Sir Walter

Waverley

oder

So war's vor sechzig Jahren

Übersetzt von Benno Tschischwitz

Sir Walter Scott: Waverley oder So war's vor sechzig Jahren

Übersetzt von Benno Tschischwitz.

Berliner Ausgabe, 2015
Vollständiger, durchgesehener Neusatz mit einer Biographie des Autors
bearbeitet und eingerichtet von Michael Holzinger

»Waverley, or 'Tis Sixty Years Since«, Edinburgh 1814. Hier in der
Übersetzung von Benno Tschischwitz, Berlin 1876.

Herausgeber der Reihe: Michael Holzinger
Reihengestaltung: Viktor Harvion
Umschlaggestaltung unter Verwendung des Bildes:
Sir Walter Scott

Gesetzt aus Minion Pro, 11 pt

Einleitung

Nachdem sich Walter Scott im Jahre 1803 einem größeren Publikum durch seine Balladen als Lyriker bekannt gemacht, ließ er im Jahre 1805 das Lied des letzten Minstrel folgen. Aber der Dichter scheint um jene Zeit schon geahnt zu haben, daß der Prosaroman das eigentliche Gebiet sei, auf das sich dereinst die ganze Größe seines Ruhmes gründen werde. Er schrieb bereits in dem letztgenannten Jahre die ersten sieben Kapitel des Waverley, doch gab er die Fortsetzung auf, weil, wie er selbst gesteht, die Arbeit einem Freunde, dem er sie vorlegte, nicht recht gefiel. Um seinen Ruf als Dichter besorgt, wollte er durch den Versuch eines neuen Genres denselben nicht aufs Spiel setzen. Ohne über das Urteil seines Freundes empfindlich zu sein, legte er das Manuskript in den Schubkasten eines alten Schreibtisches, der in irgend einer Rumpelkammer stand. »Obschon ich«, erzählt Scott selbst, »unter anderen literarischen Beschäftigungen meine Gedanken ab und zu auf die Fortsetzung des begonnenen Romans richtete, so hatte ich schließlich doch die Idee ganz aufgegeben, weil ich den geschriebenen Anfang in meinen gewöhnlichen Repositorien nicht fand und zu bequem war, denselben aus dem Gedächtniß noch einmal zu schreiben.« Die großartigen Erfolge der von ihm hochverehrten Dichterin Miß Edgeworth, die sich namentlich durch die Darstellung irischer Charaktere und Lebensbilder in England berühmt gemacht, so wie die nachgelassenen Werke Joseph Strutts, eines ausgezeichneten Künstlers und Altertumsforschers, die er herauszugeben unternahm, und unter denen sich ein angefangener Roman »Queen-Hoo-Hall« befand, steigerten sein Interesse für den historischen Roman. Die Handlung der letztgenannten Erzählung ist in die Regierungszeit Heinrichs VI. verlegt, und Strutt hatte es sich darin angelegen sein lassen, die Lebensweise, Sitten und Bräuche jener Zeit zu illustriren und selbst die Sprache des 15. Jahrhunderts nachzuahmen, wozu ihn seine eminenten historischen und antiquarischen Kenntnisse durchaus befähigten. Das Bruchstück, das eine glänzende Phantasie des Verfassers bekundete, war im übrigen mit großer Eile geschrieben worden, und schien etwas zusammenhangslos, weshalb der Editor Scott es für seine Pflicht erachtete, die Feile anzulegen, und namentlich den hastigen und unkünstlerischen Schluß aus seiner eignen Phantasie zu ersetzen. »Dies war«, fährt er fort, »ein Schritt in meiner Entwicklung zum Romanschriftsteller.« Strutts Roman »Queen-Hoo-Hall« hatte indessen keinen Erfolg, was Scott wohl nicht mit Unrecht der obsoleten Sprache und der zu großen Häufung antiquarischer Notizen zuschreibt. »Ich hielt es für möglich«, fährt er fort, »diese Fehler zu vermeiden, und dadurch, daß ich ein leichteres und dem allgemeinen Verständniß zugänglicheres Werk schrieb, die Klippe zu umsegeln, an welcher mein Vorgänger Schiffbruch gelitten. Ich war jedoch auch auf der andern Seite durch die Gleichgültigkeit des Publikums gegen Strutts Roman so weit entmutigt, um mich zu überreden, daß die Sitten des Mittelalters für das große Publikum nicht von erheblichem Interesse seien, was mich auf die Idee führte, daß ein Roman, der sich auf hochländische Geschichte und auf Ereignisse neueren Datums stütze, mehr Aussicht auf Popularität habe, als eine Erzählung aus der Ritterzeit. Meine Gedanken kehrten also mehr als einmal zu der Erzählung zurück, die ich begonnen hatte, und zuletzt führte mir ein bloßer Zufall die verlegten Blätter wieder in den Weg.«

Es trug sich nämlich zu, daß Scott für einen Freund eine Angelschnur suchte und dabei auch das alte oben erwähnte Schreibpult durchstöberte, in welchem sich derartige Utensilien befanden. Bei dieser Gelegenheit fiel ihm denn auch das lang verlorene Manuskript wieder in die Hände. Er setzte sich sofort ans Werk, um die Erzählung nach seiner ursprünglichen Idee zu vollenden.

Der Dichter fügt seinem Bericht sehr bescheiden hinzu: »Ich muß offen bekennen, daß die Art der Ausführung kaum den Erfolg verdient, dessen sich der Roman bei der Veröffentlichung erfreute; denn die einzelnen Momente der Erzählung wurden mit so wenig Sorgfalt an einander gereiht, daß ich mich nicht rühmen kann, auch nur irgend einen deutlichen Plan des Werkes entworfen zu haben. Die sämmtlichen Abenteuer Waverleys in seinen Kreuz- und Querzügen durch das Land mit dem Hochlandräuber Bean Lean sind ohne viel Geschick geschildert. Der Weg, den ich einschlug, paßte mir jedoch am besten, und gestattete mir einige landschaftliche und Sittenschilderungen einzuschieben, denen die Wirklichkeit einiges Interesse verlieh, welches das bloße Talent des Verfassers ihnen sonst schwerlich gewonnen haben würde.« Die Entstehungsgeschichte des Waverley gibt Scott in einem einleitenden Kapitel und in einer besonderen Einleitung, die wir, als mit der eigentlichen Erzählung in keinem Zusammenhange stehend, glaubten fortlassen zu dürfen.

Der Roman wurde im Jahre 1814 veröffentlicht, und da der Name des Verfassers unerwähnt blieb, so hatte der Erstling keine andere Empfehlung in der Welt als seinen eigenen Werth. Anfänglich machte seine Popularität daher auch langsame Fortschritte; aber nach den ersten zwei oder drei Monaten steigerte sich dieselbe in einer für den Verfasser höchst schmeichelhaften und ermutigenden Weise. Die Kritiker und das literarisch gebildete Publikum forschten vergeblich nach dem Namen des Verfassers, der sich auf dem Gebiet des Prosaromans so glücklich eingeführt hatte und so Bedeutendes verhieß. »Mein ursprünglicher Beweggrund, das Werk anonym zu veröffentlichen«, erklärt Scott selbst, »war die Überzeugung, daß es eigentlich ein mit dem Geschmack des Publikums vorgenommenes Experiment war, das möglicher Weise fehlschlagen konnte, und für welches ich das Risiko nicht persönlich übernehmen wollte.« Zur dauernden Bewahrung des Geheimnisses wurden verschiedentliche Vorsichtsmaßregeln getroffen. James Ballantyne, Scotts alter Freund und ehemaliger Schulkamerad, verschaffte ihm die Herren Constable und Cadell, eine sehr angesehene Firma in Edinburg, als Verleger. Er selbst übernahm den Druck, und war der Einzige, der in dieser Angelegenheit mit dem Autor correspondirte. Das Manuskript wurde für den Druck unter Ballantynes Aufsicht von einem andern kopirt, und obgleich verschiedentliche Personen im Laufe der Zeit dazu verwendet wurden, ist doch eine verhältnißmäßig lange Reihe von Jahren hindurch das Geheimniß bewahrt geblieben. Es wurden regelmäßig doppelte Korrekturbogen abgezogen. Den einen erhielt der Verfasser durch Ballantyne, und die von Scott gemachten Änderungen und Korrekturen wurden durch die Hand seines Freundes auf den zweiten Bogen übertragen und dann erst den Druckern übergeben, so daß diese, denen Scotts Schriftzüge bekannt waren, den eigentlichen Verfasser nicht kennen lernten, und die Bemühungen um die Entdeckung der Autorschaft selbst für die Neugierigsten vergeblich waren. Aber wenn nun auch der Grund zu dieser Verheimlichung im Anfange, wo die Aufnahme des Romans von Seiten des Publikums noch eine zweifelhafte war, sich rechtfertigen läßt, so ist unser Dichter selbst nie im Stande gewesen, eine stichhaltige Erklärung dafür abzugeben, daß er später, als der Erfolg durch die rasche Verbreitung von 10 – 12000 Exemplaren hinter einander glänzend entschieden war, die Anonymität immer noch beibehielt. »Ich habe mich schon anderswo bestimmt ausgesprochen«, sagt er, »daß ich leider über diesen Punkt keinen bessern Grund angeben kann, als den, welchen Shylock für sich anführt: daß dies einmal meine Laune war. Man wird bemerken, daß ich nicht den gewöhnlichen Stimulus für persönlichen Ruhm besaß: auf den Wogen der alltäglichen Unterhaltung zu schwimmen. Literarisches Renommée, mochte ich es nun verdient haben oder nicht, besaß ich schon so viel, daß auch ein noch ehrgeizigeres Gemüth als das meine damit zufrieden sein konnte; und wenn ich mich in einen neuen

Wettkampf einließ, konnte ich weit eher gefährden, was ich schon besaß, als eine irgend erhebliche Aussicht gewinnen, mir mehr zu erwerben. Außerdem wurde ich von keinem der Motive angeregt, die in einer früheren Lebensperiode ohne Zweifel auf mich gewirkt haben würden. Meine Freundschaften waren geschlossen, meine gesellschaftliche Stellung befestigt, mein Leben hatte seine Mitte erreicht. Meine Lebenslage war eine höhere, als ich vielleicht verdiente, sicher aber so hoch, wie ich sie wünschte, und es gab kaum irgend einen Grad des literarischen Erfolges, der meine persönliche Lage hätte bedeutend verändern oder bessern können.

Ich wurde also wirklich vom Ehrgeiz nicht angespornt, der doch sonst eine so starke Triebfeder ist, und darum muß ich mich von dem Vorwurfe unziemlicher Gleichgültigkeit oder des Undanks gegen den öffentlichen Beifall zu reinigen suchen. Ich habe darum nicht weniger Dankbarkeit für die öffentliche Gunst empfunden, daß ich sie nicht öffentlich aussprach; – wie ja auch der Liebende, der die Gunst seiner Herrin im Herzen trägt, eben so stolz, wenn auch nicht so eitel auf ihren Besitz ist, als ein anderer, der die Zeichen ihrer Zuneigung an seinem Hute trägt. Weit entfernt von einer so undankbaren Gesinnung, habe ich selten mehr innere Befriedigung empfunden als damals, wo ich, von einer Vergnügungsreise zurückgekehrt, Waverley im Zenith seiner Popularität und die öffentliche Neugierde nach dem Namen des Verfassers laut ausgesprochen fand. Das Bewußtsein, die Anerkennung des Publikums zu besitzen, war für mich der Besitz eines verborgenen Schatzes, der dem Eigentümer eben so teuer sein mußte, als wenn die ganze Welt gewußt hatte, wem er gehöre. Mit dieser Geheimhaltung war aber noch ein zweiter Vorteil verknüpft. Ich konnte nach Belieben auf der Bühne erscheinen oder verschwinden, ohne irgend welche andere persönliche Aufmerksamkeit auf mich zu lenken, als die die Vermutung eingibt. Auch hätte ich mir in meiner eigenen Person, als erfolgreicher Schriftsteller auf anderen literarischen Gebieten, leicht den Vorwurf zuziehen können, mich allzu häufig der Geduld des Publikums aufzudrängen; der Autor des Waverley aber war in diesem Punkte der Kritik so unzugänglich, wie der Geist des alten Hamlet der Hellebarde des Marcellus. Dazu kam noch, daß die durch das Vorhandensein eines Geheimnisses gereizte Neugier des Publikums, durch die von Zeit zu Zeit stattfindenden Diskussionen über den unbekannten Autor, lebendig erhalten wurde, und wesentlich dazu beitrug, das Interesse an den häufigen Publikationen zu steigern. Den Verfasser umgab ein gewisses Geheimniß, das jeder neue Roman möglicher Weise ein wenig lüften konnte, wenn dieser auch sonst vielleicht hinter den andern an Werth zurückblieb.

Man könnte mir vielleicht einen gewissen Grad von Affektation vorwerfen«, fährt Scott in seiner Rechtfertigung fort, »wenn ich hier als einen andern Grund meines Stillschweigens anführe, daß ich eine heimliche Abneigung besaß, mich in persönliche Diskussionen über meine eignen literarischen Arbeiten einzulassen. Es ist jedenfalls gefährlich für einen Schriftsteller, sich fortwährend unter Leuten aufzuhalten, die seine Werke zum alltäglichen und familiären Gegenstande der Unterhaltung machen, und die nothwendiger Weise parteiische Beurteiler von Schöpfungen sein müssen, die in ihrer eignen Gesellschaft entstanden sind. Der Eigendünkel, den solche Schriftsteller sich aneignen, kann nur in hohem Grade für Gemüth und Charakter nachteilig sein; denn wenn der Becher der Schmeichelei auch nicht, wie der Trank der Circe, die Menschen in Tiere verwandelt, so kann er, unmäßig geleert, die besten und geschicktesten Leute doch wenigstens zu Narren machen. Dieser Gefahr ist einigermaßen durch die Maske vorgebeugt worden, die ich trug; und mein eigner Vorrath an Eigendünkel ist wenigstens auf seinen ursprünglichen Umfang beschränkt geblieben und nicht durch die Parteilichkeit von Freunden und den Weihrauch von Schmeichlern vergrößert worden.«

Auch die eigene Familie des Dichters, wenigstens seine Kinder, kannten den Autor des Waverley nicht. Es stellte sich einmal heraus, daß die jüngere sechzehnjährige Tochter des Dichters den Buchhändler John Ballantyne (Bruder des James) für den großen Unbekannten hielt. Als Scott bei einem Souper des damaligen Prinz-Regenten in London, an welchem auch die Herzöge von York und Gordon, Lord Melville, Graf Jife, der Marquis von Hertford und andere hohe Herren Teil nahmen, sich der fröhlichsten Laune überließ, wurde er nach Mitternacht durch einen Toast des Prinzen überrascht, der sein Glas ergriff und ausrief: »Hoch lebe und abermals hoch und zum dritten Male hoch der Verfasser des Waverley!« Dabei leerte er sein Glas und blickte schelmisch auf Scott hinüber. – Der Dichter war im Augenblicke verlegen, füllte sein Glas bis zum Rande und sagte: »Eure Hoheit sehen mich so an, als hätte ich ein Anrecht auf die Ehre dieses Toastes. Das ist zwar nicht der Fall, aber ich werde dafür sorgen, daß der rechte Mann von der hohen Ehre Kunde erhält, die ihm zugedacht war«, – Er leerte dann sein Glas und stimmte mit lautem Rufe in das jubelnde Lebehoch ein, welches der Prinz nochmals ertönen ließ.

Gegen Lord Byron soll Scott sich einmal verraten haben. Kapitän Merwyn erzählt in seinen »Unterredungen mit Lord Byron«, daß er von diesem, als er ihn fragte, ob er überzeugt wäre, daß W. Scott der Verfasser der Waverley-Romane sei, die Antwort erhalten habe: »Scott hat mir in Murrays Bücherladen so gut wie eingestanden, daß er den Waverley geschrieben; ich sprach mit ihm über diesen Roman und beklagte es, daß sein Verfasser die Erzählung nicht bis in die Zeit der Revolution zurückverlegt habe; worauf Scott, der seine Reserve gänzlich vergaß, antwortete: ›Ja, ich hätte das tun können, – aber –‹ hier hielt er plötzlich inne. Es war für ihn vollkommen unmöglich, sich zu verbessern, er machte ein verlegenes Gesicht und entzog sich der Verwirrung, indem er sich rasch davon machte.« Scott erklärt jedoch, daß er sich an diese Scene nicht erinnere, und ist der Meinung, daß er im gegebenen Falle eher gelacht haben als in Verlegenheit davon gelaufen sein würde.

Erst nachdem im Jahre 1826 das Fallissement der Gebrüder Ballantyne, zu deren haftpflichtigem Kompagnon unser Dichter sich selbst gemacht hatte, ausgebrochen war, und die daran geknüpften gerichtlichen Verhandlungen die weitere Bewahrung des Geheimnisses gradezu unmöglich machten, bekannte sich Scott öffentlich als den Verfasser der Waverley-Romane. Im Februar des Jahres 1827 ließ er sich nach dem erwähnten traurigen Ereigniß zum ersten Male wieder bewegen, einem förmlichen Festessen nicht nur beizuwohnen, sondern demselben sogar zu präsidieren. Lord Meadowbank und der Graf von Fife standen ihm dabei nach englischer Sitte als Ehrenpräsidenten zur Seite. Der erstere führte unseren Dichter kurz vor Beginn des Mahles bei Seite und fragte, ob er es übel nehmen werde, wenn bei Gelegenheit eines Toastes der Autorschaft des Waverley gedacht würde. »Tun Sie, was Ihnen beliebt«, entgegnete Scott lächelnd, »aber sprechen Sie nicht zu viel über die alte Geschichte«.

Lord Meadowbank sprach dann zur Versammlung folgendermaßen:
»Ich bitte um die Erlaubniß einen Toast auszubringen.

Es gilt die Gesundheit eines Mannes, dessen Name stets vor allen anderen genannt zu werden verdient, und der überall, wo Schottländer beisammen sind, nicht mit gewöhnlichen Gefühlen der Freude und Teilnahme, nein, mit Entzücken und Begeisterung vernommen wird. Wie oft auch jeder von uns schon auf das Wohl dieses Mannes angestoßen hat, so geschah es doch fast nie ohne gewisse Anspielungen auf Dinge, die mit einem geheimnißvollen Schleier umgeben waren, und man durfte die glühenden Lobeserhebungen, die wir ihm so gern dargebracht hätten, stets nur auf Umwegen an ihn gelangen lassen. Jetzt aber haben die Wolken sich verzogen, das durchsichtige Dunkel ist verschwunden, und der große Unbekannte, der Sänger unseres Heimatlandes, vor dessen Zauberstab vergangene Zeiten und vergangene Geschlechter neu belebt unsern Blicken erschienen sind, er steht jetzt anerkannt vor uns, zur Freude unserer Augen und zum Entzücken unserer Herzen. – Da ich ihn kenne, als Freund, als Menschen und als meinen geliebten Landsmann, so weiß ich, daß die überwältigenden Gaben des Genies, die der große Mann besitzt, nicht bewundernswürdiger sind als seine einfache Bescheidenheit, welcher keine Art von Lobeserhebung angenehm ist, so wenig sie auch das Maß seiner Verdienste zu erreichen im Stande sein dürfte. Doch würden Sie, die Sie hier versammelt sind, es mir nicht verzeihen, wenn ich nicht aussprächte, daß unsere gesammte Nation eine große und schwere Schuld der Dankbarkeit gegen ihn abzutragen hat.

Zuerst hat er das Ausland mit den Schönheiten unseres Vaterlandes bekannt gemacht, und der Ruhm unserer Vorfahren ist von ihm über die Gestade dieser Insel hinausgetragen worden, bis an die Grenzen der Welt. Er hat unseren Nationalcharakter zu neuer Anerkennung gebracht und den Namen Schottland unsterblich gemacht, wäre es auch nur durch das Glück, daß er unter uns geboren ist. – Ich trinke auf das Wohl Sir Walter Scotts!«

Der Beifallssturm, den diese Rede hervorrief, war geradezu betäubend. Die ganze Gesellschaft stieg auf Stühle und Tische, schwenkte die Tücher und jubelte ohne Aufhören.

Sobald die Ruhe einigermaßen hergestellt war, sprach der Dichter:

»Ich hatte, als ich heute hier erschien, keine Ahnung davon, daß ich in Gegenwart von dreihundert Herren ein Geheimniß offenbaren sollte, welches in Anbetracht, daß mehr als zwanzig Menschen um dasselbe wußten, bis jetzt so gut bewahrt worden ist. Ich stehe hier förmlich als Angeklagter vor dem Lord Meadowbank, unserem geehrten Oberrichter, und ich bin überzeugt, daß Sie als Geschworene bei der Geringfügigkeit der gegen mich vorgebrachten Beweise mich freisprechen würden. Demnach will ich mich schuldig bekennen und den Gerichtshof nicht mit Aufzählung der Gründe ermüden, die mein Geständnis so lange verzögert haben. Vielleicht war es zum größten Teil eine bloße Laune. Jetzt habe ich nur zu sagen, daß alles Gute und alles Schlechte, was an diesen Schriften ist, ganz und ausschließlich nur mir einzig und allein zur Last fällt.

Dies ist mein Bekenntniß, und da ich weiß, daß dasselbe an die Öffentlichkeit dringen wird, so wiederhole ich ausdrücklich, daß, indem ich mich als Verfasser bekenne, ich damit sagen will, daß ich der einzige und alleinige Verfasser bin.

Mit Ausnahme der ausdrücklich als Anführungen aus Dichtern oder sonst bezeichneten Stellen enthalten diese Schriften kein Wort, das nicht aus meiner Erfindung niedergeschrieben oder eine Frucht meiner Studien gewesen wäre, und ich füge mit Prosperos Worten hinzu: Der Hauch Eures Beifalls war es, der meine Segel geschwellt hat.«

Da das Fest zur Gründung einer wohltätigen Stiftung für verarmte Bühnenkünstler vom Direktor des Edinburger Theaters angeordnet war, fügte Scott hinzu:

»Und nun trinke ich auf das Wohl des großen Bühnenkünstlers, Herrn Mackay, der die Gestalten, deren Umrisse ich entworfen, so oft durch sein Genie vor unsern Augen zur lebendigen Anschauung gebracht hat. Dieser Toast wird gewiß mit dem Beifallssturm aufgenommen werden, an welchen dieser Künstler mit Recht so gewöhnt ist. Möge dieser Beifall stets sein und bleiben: Wun–der–bar[1]!«

Diese beiden Toaste haben zu ihrer Zeit nicht nur in England, sondern auch in ganz Europa das größte Aufsehen erregt, indem selbst diejenigen, welche in die Autorschaft der Waverley-Romane, so weit Scott in Frage kam, keinen Zweifel setzten, sich nicht vorstellen konnten, daß er allein, ohne jede fremde Hilfe, im Stande gewesen sei, eine so große Anzahl von Meisterwerken zu schaffen. Der Roman Waverley, das erste der langen Reihe unsterblicher Werke, die seit 60 Jahren die gesammte gebildete Welt entzückt haben, ist keineswegs ein unvollkommener Versuch, sondern es enthält dieser Erstlingsroman unseres Dichters bereits all die Schönheiten der Sprache und der Erfindung, wie sein jüngster deutscher Biograph sich ausdrückt, die uns an all den andern entzücken. Es zeigt sich hier bereits die vollendete Meisterschaft der Charakteristik, so wie auch die Schilderung der Scenerie, die Malerei der Naturschönheiten bereits den großen Künstler deutlich genug verraten. Im Punkte der Menschendarstellung ist sein Realismus nur an der schaffenden Kraft eines Shakespeare zu messen, und grade der Waverley weist eine Fülle solcher lebenswahren Figuren und Charaktere auf. Namentlich aber ist es der hohe Adel der Gesinnung, der sittliche Ernst seiner Helden und Heldinnen, die in diesem ersten Romane so wohltuend auf uns wirken, und uns auch dort fesseln und einnehmen,

---

1   Ausdruck des Domine Simson in Guy Mannering.

wo wir den politischen Standpunkt der geschilderten Charaktere nicht teilen. Wir wollen es indessen nicht versuchen, dem Leser durch eine Charakteristik der einzelnen Persönlichkeiten vorzugreifen, und überlassen es ihm, sich sein eignes Urteil zu bilden.

Benno Tschischwitz, Berlin 1876

1. Schloß Waverley. Ein Rückblick

Vor sechszig, und wir dürfen heute wohl sagen vor mehr als hundert Jahren, nahm Edward Waverley, der Held der folgenden Blätter, Abschied von seiner Familie, um in das Dragonerregiment zu treten, in welchem er kürzlich eine Anstellung erhalten hatte. Es war ein trüber Tag in Waverley-Haus, als der junge Offizier Abschied von Sir Everard nahm, dem freundlichen alten Oheim, dessen muthmaßlicher Universalerbe er war.

Die Verschiedenheit politischer Meinungen hatte früh den Baronet mit seinem jüngern Bruder, Richard Waverley, dem Vater unsers Helden veruneinigt. Sir Everard hatte von seinen Vorfahren die ganze Summe der Toryansichten geerbt, welche das Haus Waverley seit dem großen Bürgerkriege ausgezeichnet hatte. Richard dagegen, der zehn Jahre jünger war, sah sich zu dem Schicksal eines jüngern Sohnes geboren, und erwartete weder Ansehen noch Unterhalt von dem bescheidenen Titel Hans Schickedich.[2] Er sah, daß es nötig sei, so wenig als möglich Gewicht zu tragen, um in dem Wettrennen des Lebens einen Preis zu erringen. Maler sprechen von der Schwierigkeit, verschiedene Leidenschaften zugleich in denselben Zügen auszudrücken: es würde nicht minder schwierig für den Moralisten sein, die verschiedenen Motive zu analysiren, die sich vereinigen, um den Impuls zu unsern Handlungen zu geben. Richard Waverley las und überzeugte sich selbst durch Geschichte und gesundes Urteil von der Wahrheit des alten Liedes:

> Friedsam dulden war ein Scherz,
> Pah! Widerstand wars nicht;

aber die Vernunft wäre wahrscheinlich unfähig gewesen, erbliche Vorurteile zu bekämpfen und zu beseitigen, hätte Richard vermuten können, daß sein älterer Bruder, Sir Everard, die Vereitlung einer Jugendliebe sich so zu Herzen nehmen würde, um mit 72 Jahren noch unverheiratet zu sein. Die Aussicht auf die Erbschaft, wie fern sie auch sein mochte, würde es über ihn vermocht haben, sich durch den größten Teil seines Lebens als »Master Richard, des Baronets Bruder« hinzuschleppen, in der Hoffnung, daß er vor seinem Ende noch als Sir

---

2   Bekanntlich stehen die jüngern Söhne des Adels in England an Rang den
     Bürgerlichen gleich.

Richard Waverley von Waverley-Haus ausgezeichnet werden, und als Erbe eines fürstlichen Besitztums und ausgedehnter politischer Verbindungen das Haupt der ganzen Grafschaft sein würde. Doch dies waren Dinge, die sich bei Richards Eintritt in das Leben nicht ahnen ließen. Sir Everard stand damals in der Blüte seines Alters, und in der sichern Überzeugung, ein willkommener Werber in beinahe jeder Familie zu sein, mochte nun Reichtum oder Schönheit den Gegenstand seiner Bewerbungen ausmachen. Seine baldige Verheiratung war daher in der Tat ein Gerücht, welches die Nachbarschaft regelmäßig einmal jedes Jahr unterhielt. Sein jüngerer Bruder sah keinen Weg zur Unabhängigkeit, wenn nicht die Benutzung seiner eigenen Kräfte und die Annahme eines politischen Glaubens, der mit seinem Verstande und seinem Interesse mehr übereinstimmte, als der erbliche Glaube des Sir Everard an die Hochkirche und das Haus Stuart. So erklärte er bei dem Beginn seiner Laufbahn seinen Widerruf und trat in das Leben als anerkannter Whig und Freund der hannoverschen Erbfolge.

Das Ministerium zur Zeit Georg I.[3] war klug dafür besorgt, die Phalanx der Opposition zu verringern. Der Toryadel, der seines geborgten Glanzes wegen von dem Sonnenscheine eines Hofes abhing, hatte sich seit einiger Zeit allmählich mit der neuen Dynastie ausgesöhnt. Aber die reichen Landedelleute Englands, welche neben vielen altertümlichen Sitten und traditioneller Redlichkeit einen großen Teil hartnäckiger und unbeugsamer Vorurteile besaßen, hielten sich in hochmütiger und dumpfer Opposition fern und warfen manchen Blick des Hoffens und Sehnens nach Bois le Duc, Avignon und Italien[4].

Der Übertritt eines nahen Verwandten dieser hartnäckigen und unbeugsamen Widersacher wurde von Seiten der Regierung als ein Mittel betrachtet, mehrere Bekehrte zu gewinnen, und Richard Waverley begegnete daher einer ministeriellen Gunst, die zu seinen Talenten oder zu seiner politischen Wichtigkeit in keinem Verhältnis stand. Man entdeckte indessen, daß er achtungswerte Talente zu öffentlichen Geschäften besaß, und nachdem er einmal Zutritt zum Minister gewonnen, stieg er schnell. Sir Everard erfuhr aus den Zeitungen zuerst, daß Richard Waverley Esquire für den ministeriellen Flecken Barterfaith gewählt worden sei, dann, daß Richard Waverley Esqu. bei den Debatten

3   Das Haus Hannover besteigt den Thron Englands im Jahre 1714 mit Georg I.

4   Wo der Prätendent aus dem Hause Stuart seinen Hof hielt, je nachdem seine Lage ihn zwang, seinen Wohnort zu ändern.

über die Accisebill an der Unterstützung der Regierung einen auserlesenen Anteil genommen hatte, und zuletzt, daß Richard Waverley Esqu. mit einem Sitz an einem der Gerichte beehrt worden sei, an welchen das Vergnügen, dem Lande zu dienen, mit bedeutenden Einnahmen gepaart ist, die, um sie annehmbarer zu machen, regelmäßig einmal in jedem Quartale wiederkehren. Obgleich diese Ereignisse so nahe auf einander folgten, daß der moderne Scharfsinn eines Zeitungsredakteurs die beiden letztern vorausgesagt haben würde, während er das erste meldete, so kamen sie doch zur Erkenntniß Sir Everards allmählich, Tropfen bei Tropfen so zu sagen, destillirt durch den kalten und zögernden Brennkolben von Dyers »*wöchentlichen Briefen*«[5], denn es mag im Vorbeigehen erwähnt werden, daß statt der Briefträger, durch welche jetzt jeder Arbeiter die gestrigen Neuigkeiten der Hauptstadt erfährt, in jenen Tagen eine wöchentliche Post nach Waverley-Haus einen wöchentlichen Anzeiger brachte, der, nachdem er Sir Everards und seiner Schwester Neugier, sowie die seines bejahrten Kellermeisters befriedigt hatte, regelmäßig von der Halle nach der Pfarre gebracht wurde, von der Pfarre zum Esqu. Stubb, vom Esqu. zu dem Verwalter des Baronets, nach dessen nettem weißen Hause auf der Weide, vom Verwalter zum Schultheiß, und von diesem durch einen großen Kreis ehrlicher Weiber und Gevattern, von deren harten hornigen Händen er ungefähr einen Monat nach seiner Ankunft gewöhnlich in Stücken zerrissen wurde.

Diese langsame Aufeinanderfolge der Nachrichten war in dem vorliegenden Falle von einigem Vorteile für Richard Waverley; denn hätte die ganze Summe seiner ungeheuren Erfolge auf einmal die Ohren Sir Everards erreicht, so ist nicht zu zweifeln, daß der neue Beamte wenig Ursache gehabt haben würde, sich zu dem Erfolge seiner politischen Laufbahn Glück zu wünschen. Der Baronet war zwar der gutmütigste Mensch, aber doch nicht ohne verletzbare Seiten in seinem Charakter; seines Bruders Ausführung hatte diese tief verwundet; die Waverley-Besitzungen hatten keinen Erbfolgezwang, denn nie war es einem der

5 Dyer's Weekly Letters, lange das Orakel der Landedelleute von der Hochtorypartei. Ursprünglich wurde das Blatt als Manuskript geschrieben, und durch Schreiber kopirt, welche dann die Kopien an die Subskribenten einsendeten. Der Politiker, durch den sie kompilirt wurden, sammelte seine Kenntnisse in Kaffeehäusern, und bat oft um einen Extravorschuß, in Erwägung der Extraausgaben, welche mit dem Besuche so feiner Orte verbunden waren.

frühern Besitzer in den Sinn gekommen, daß einer seiner Enkel sich solcher Vergehungen schuldig machen könnte, wie die, welche Dyers Wochenblatt Richard zur Last legte, und wäre das auch der Fall gewesen, so würde doch die Heirat des Besitzers für einen Seitenerben sehr mißlich gewesen sein. Diese verschiedenen Gedanken fuhren Sir Everard durch den Kopf, ohne aber einen bestimmten Entschluß hervorzurufen.

Er besichtigte seinen Stammbaum, welcher, geziert mit manchem Embleme der Ehre und des Heldenmutes, an dem wohlpolirten Wandgetäfel seiner Halle hing. Die nächsten Abkömmlinge des Sir Hildebrand Waverley waren die Waverley von Highley-Park, mit denen der ältere Zweig oder vielmehr Stamm des Hauses seit einem großen Prozesse im Jahr 1670 jede Verbindung abgebrochen hatte.

Dieser entartete Zweig hatte sich noch eine weitere Beleidigung gegen das Haupt seines Geschlechts zu Schulden kommen lassen, und zwar durch die Verheiratung seines Stammhauptes, mit Judith der Erbin von Oliver Bradshawe, von Highley-Park, dessen Wappen, das mit dem des Königsmörders Bradshawe übereinstimmte, er mit dem alten Wappen der Waverleys verband. Diese Vergehungen waren jedoch der Erinnerung des Sir Everard in der Hitze seines Unwillens entschwunden, und wäre der Anwalt Klippurse, nach dem er seinen Reitknecht expreß absandte, nur eine Stunde früher gekommen, so würde derselbe die Genugtuung gehabt haben, eine neue Erbfolge für die Lordschaft und die Besitzungen von Waverley-Haus mit allem Zubehör aufzusetzen. Aber eine Stunde kalter Überlegung ist eine wichtige Sache, wenn sie dazu benutzt wird, das vergleichungsweise Böse von zwei Maßregeln abzuwägen, für welche wir innerlich nicht eingenommen sind. Anwalt Klippurse fand seinen Patron in tiefes Sinnen versunken und war zu ehrerbietig, um ihn darin auf andere Weise zu stören, als daß er ihm sein Papier und sein ledernes Tintenfaß zeigte als Beweis, daß er bereit sei, Sr. Gnaden Befehle niederzuschreiben.

Selbst diese geringe Andeutung machte Sir Everard verlegen, denn er betrachtete sie als einen Vorwurf für seine Unentschlossenheit. Er sah den Anwalt mit einigem Verlangen an, sein *Fiat* hinzuschreiben, als die Sonne, hinter einer Wolke hervortretend, plötzlich ihr gebrochenes Licht durch das vergitterte Fenster des dunkeln Kabinetes warf, in dem sie saßen. Als der Baronet sein Auge erhob, fiel es gerade auf das Mittelschild des Stammbaumes, auf dem derselbe Wahlspruch stand, den sein Vorfahr auf dem Schlachtfelde von Hastings geführt haben soll: *»Sans tâche«*.

»Möge unser Name eher untergehen«, rief Sir Everard, »als daß dies alte treue Symbol mit dem entehrten Wappen eines verräterischen Rundkopfes vereinigt werde.«

Dies alles war die Wirkung eines Sonnenstrahles, der eben hinreichte, dem Anwalt Klippurse das nötige Licht zum Spitzen seiner Feder zu geben. Die Feder wurde vergebens gespitzt. Der Anwalt wurde mit der Weisung entlassen, sich bereit zu halten, auf den nächsten Ruf zu erscheinen.

Die Ankunft des Anwalt Klippurse in der Halle hatte manche Vermutungen in dem Teile der Welt, dessen Mittelpunkt Waverley-Haus bildete, veranlaßt, aber schärfere Politiker dieses Mikrokosmus zogen noch schlimmere Folgerungen für Richard Waverley aus einem Ereignisse, welches kurze Zeit nach dessen Abfall stattfand. Dies war nichts Geringeres als ein Ausflug des Baronets in einer mit sechs Pferden bespannten Staatskutsche und mit vier Bedienten in reicher Livree, um einen Besuch von einiger Dauer bei einem edlen Pair der Nachbarschaft zu machen, der von unbeflecktem Stamme, von festen torystischen Grundsätzen und glücklicher Vater von sechs unverheirateten und heiratsfähigen Töchtern war.

Sir Everards Aufnahme in dieser Familie war, wie man sich leicht denken kann, höchst günstig; unter den sechs jungen Mädchen leitete ihn sein Geschmack aber unglücklicherweise auf Lady Emily, die jüngste, die seine Aufmerksamkeit mit einer Verlegenheit hinnahm, welche bewies, daß sie sie nicht abzulehnen wagte, und daß sie ihr doch eher alles andere als Freude machte. Sir Everard mußte etwas Ungewöhnliches in der zurückhaltenden Erwiderung finden, welche das junge Mädchen seinem Entgegenkommen zollte, indeß durch die kluge Gräfin versichert, dies wären die natürlichen Folgen einer zurückgezogenen Erziehung, würde er den verhängnißvollen Schritt ohne Zweifel getan haben, hätte nicht eine ältere Schwester den Muth gehabt, dem mächtigen Bewerber zu gestehen, daß Emilys Neigung bereits auf einen jungen reichen Krieger, einen nahen Verwandten ihrer Familie, gefallen sei. Sir Everard zeigte sich bei dieser Nachricht sehr erregt. Dieselbe wurde bald daraus durch das junge Mädchen selbst in einer besondern Zusammenkunft bestätigt, in der sie zugleich die schrecklichsten Besorgnisse über ihres Vaters Unwillen äußerte.

Ehre und Großmuth waren erbliche Eigenschaften des Hauses Waverley. Mit einer Anmut und einem Zartgefühl, das eines Romanhelden würdig war, zog Sir Everard seine Bewerbung um die Hand der Lady Emily zurück, ja, ehe er Blandville-Castle verließ, war er sogar so geschickt, Emilys Vater die Einwilligung zu der Ehe mit dem Gegenstande ihrer Wahl abzudringen. Was für Gründe er in dieser Hinsicht anführte, kann nicht genau angegeben werden, denn im Punkte der Überredungsgabe wurde Sir Everard nie für stark gehalten. Sei's, wie's wolle, der junge Offizier stieg unmittelbar nach diesem Schritte in der Armee mit einer Schnelligkeit, die den gewohnten Schritt nicht protegirten Verdienstes weit übertraf, obgleich dieses dem äußern Scheine nach alles war, worauf er sich stützen konnte.

Der Streich, welchen Sir Everard bei dieser Gelegenheit empfing, wurde zwar durch das Bewußtsein gemildert, daß er tugendhaft und ehrenwert gehandelt, hatte aber doch einen Einfluß auf sein ganzes künftiges Leben. Sein Heiratsentschluß war in einem Anfalle des Unwillens gefaßt worden, die Mühe des Hofmachens paßte nicht ganz zu der würdevollen Trägheit seiner Gewohnheiten, er war nur durch einen glücklichen Zufall der Gefahr entgangen, eine Frau zu heiraten, die ihn nie lieben konnte, und sein Stolz konnte sich durch diesen Ausgang seiner Bewerbung nicht geschmeichelt fühlen, auch wenn sein Herz nicht dadurch gelitten hätte. Das Resultat der ganzen Sache war seine Rückkehr nach Waverley-Haus, ungeachtet der Seufzer und schmachtenden Blicke der schönen Verräterin, welche nur aus schwesterlicher Zuneigung das Geheimniß von der Liebe der Lady Emily verraten hatte. Auch die Winke und Fingerzeige der gefälligen Lady Mutter und die ernsten Lobsprüche, welche der Graf der Klugheit, dem gesunden Sinne und den bewundernswerten Anlagen seiner ersten, zweiten, dritten, vierten und fünften Tochter zollte, wollten nicht verfangen.

Die Erinnerung an seine mißlungene Werbung war für Sir Everard, wie bei manchen Männern seiner Gemüthsart, die zugleich schüchtern, stolz, reizbar und träg sind, eine Warnung, sich für die Zukunft ähnlicher Demütigung, Mühe und fruchtloser Anstrengung nicht wieder auszusetzen. Er fuhr fort, in Waverley-Haus nach Art eines altenglischen Edelmannes von altem Geschlecht und großem Vermögen zu leben. Seine Schwester, Miß Rahel Waverley, führte den Vorsitz an seiner Tafel, und sie wurden allmählich, er ein alter Hagestolz und sie eine alte Jungfer, die freundlichsten und gutmütigsten Anhänger des Cölibates.

Die Heftigkeit des Unwillens gegen seinen Bruder war in Sir Everard nur von kurzer Dauer; sein Mißfallen aber an dem Whig und dem königlichen Beamten erhielt fortwährend eine gewisse Kälte zwischen ihnen, wenn es auch nicht fähig war, ihn zu irgend einer Maßregel anzutreiben, die für Richard in Bezug auf die Erbfolge der Familiengüter nachteilig gewesen wäre. Richard kannte genug von der Welt und von dem Temperamente seines Bruders, um zu glauben, daß er durch irgend ein unüberlegtes oder übereiltes Vorgehen von seiner Seite passives Mißfallen in einen tätigeren Unwillen verwandeln könnte. Es war daher nur ein Zufall, der endlich eine Erneuerung ihres Verkehrs herbeiführte. Richard hatte ein junges Mädchen von Rang geheiratet, durch dessen Familienverbindungen und Privatvermögen er seine Carriere zu beschleunigen hoffte. Durch sie wurde er Besitzer eines Gutes von einigem Werte, welches nur wenige Meilen von Waverley entfernt lag.

Der kleine Edward, der Held unserer Geschichte, damals fünf Jahre alt, war ihr einziges Kind. Es ereignete sich, daß das Kind mit seiner Wärterin eines Morgens sich eine Meile von der Allee entfernt hatte, die zu Brerewood-Lodge, seines Vaters Wohnsitz, führte. Ihre Aufmerksamkeit wurde durch einen Wagen erweckt, den sechs schöne Rappen zogen, und der mit so viel Schnitzwerk und Vergoldung verziert war, daß er der Staatskutsche eines Lordmayors Ehre gemacht haben würde. Der Wagen wartete auf den Besitzer, der in geringer Entfernung davon die Fortschritte eines halbfertigen Pachthofgebäudes besichtigte. Ich weiß nicht, auf welche Weise der Knabe ein Wappenschild mit drei Hermelinen als sein persönliches Eigentum zu betrachten gelernt haben mochte, aber kaum sah er dies Familienzeichen, als er fest entschlossen schien, sein Recht auf das glänzende Fuhrwerk geltend zu machen, auf dem es angebracht war. Der Baronet erschien, während die Wärterin noch vergebens bemüht war, den Knaben davon abzubringen, sich den vergoldeten Wagen mit den sechs Pferden zuzueignen. Das Zusammentreffen erfolgte in einem glücklichen Augenblicke für Edward, denn sein Oheim hatte eben nachdenklich und mit einem Gefühle von Neid den kräftigen Knaben seines stattlichen Pächters betrachtet, dessen Wohnung nach seiner Anleitung erbaut wurde. In dem rothwangigen Cherubsgesichte, das hier vor ihm stand, sein Auge und seinen Namen und einen Anspruch auf den Erbtitel hatte, schien die Vorsehung ihm den Gegenstand zu gewahren, der am besten geeignet war, die Leere in seinen Hoffnungen und seinen Neigungen auszufüllen. Sir Everard kehrte nach Waverley-Hall auf einem für ihn bereit gehaltenen Reitpferde zurück, während er das Kind und seine Wärterin in dem Wagen nach Brerewood-Lodge schickte, und zwar mit einer Botschaft, die Richard Waverley eine Tür zur Aussöhnung mit seinem ältern Bruder öffnete.

Der so erneuerte Verkehr blieb indeß formell und höflich, aber trotz des Mangels an brüderlicher Herzlichkeit genügte er den Wünschen beider Parteien. Sir Everard erhielt durch die häufige Gesellschaft seines kleinen Neffen etwas, worin sein erblicher Stolz das vorempfundene Vergnügen einer Fortpflanzung seines Geschlechtes finden konnte, zugleich fand seine Freundlichkeit und Güte volle Gelegenheit zur Ausübung. Richard Waverley sah in der wachsenden Zuneigung zwischen Oheim und Neffen die Mittel zu seines Sohnes, wo nicht seiner eigenen Nachfolge in den erblichen Besitzungen. Daß durch irgend einen Versuch zu größerer Vertraulichkeit diese Aussicht bei einem Manne von Sir Everards Anschauungen eher gefährdet als befördert werden konnte, dessen war er sich wohl bewußt.

Durch eine Art stillschweigenden Übereinkommens wurde es so dem kleinen Edward erlaubt, den größeren Teil des Jahres in Waverley-Hall zuzubringen, und er schien beiden Familien gleich eng und intim anzugehören, obgleich ihr gegenseitiger Verkehr sich eigentlich nur auf formelle Mitteilungen und noch formellere Besuche beschränkte. Die Erziehung des Knaben wurde wechselsweise durch den Geschmack und die Meinungen seines Oheims und seines Vaters geleitet. Doch davon mehr in dem folgenden Kapitel.

2. Erziehung

Die Erziehung unseres Helden Edward Waverley war von etwas oberflächlicher Art. In seiner Kindheit litt seine Gesundheit durch die Londoner Luft, oder man glaubte wenigstens, sie leide dadurch. Sobald daher Amtspflichten, Teilnahme am Parlament, oder die Verfolgung irgend eines Planes seinen Vater nach der Stadt riefen, wurde Edward nach Waverley-Haus gebracht und erfuhr hier zugleich mit dem Wechsel des Aufenthalts einen gänzlichen Wechsel der Lehrer und des Unterrichts. Dem wäre leicht abzuhelfen gewesen, wenn sein Vater ihn unter die Oberaufsicht eines ständigen Hofmeisters gestellt hätte. Aber er mochte glauben, daß ein Mann nach seiner Wahl für Waverley-Haus nicht annehmbar erscheinen würde, und daß eine Wahl des Sir Everard, würde die Sache diesem überlassen, ihn mit einem unangenehmen Hausgenossen, wo nicht gar mit einem politischen Spione in seiner Familie belästigt hätte. So unterblieb diese Maßnahme, und der Vater vermochte seinen Privatsekretär, einen jungen Mann von Geschmack und Kenntnissen, eine Stunde oder zwei des Tages auf Edwards Erziehung zu verwenden, wenn dieser in Brerewood-Lodge war, und überließ dessen Oheim die Verantwortlichkeit für seine Vervollkommnung in *literis*, während der Knabe zu Gast auf dem gräflichen Schlosse war.

Dieser Verantwortlichkeit genügte Sir Everard in gewissem Grade nicht unzureichend, denn er machte seinen Kaplan zum Lehrer des Knaben, einen Mann, der seine Anstellung bei der Universität verloren hatte, weil er bei der Thronfolge Georgs I. den Eid verweigert hatte, und der nicht nur in der klassischen Literatur des Altertums ausgezeichnet war, sondern auch sonstige gründliche Kenntnisse besaß, namentlich ein Meister in vielen neueren Sprachen war. Doch der Kaplan war alt und nachsichtig, und das wiederholte Interregnum, welches den jungen Edward seiner Disciplin gänzlich entzog, trug nicht dazu bei, seine Autorität zu verstärken, so daß dem Knaben gestattet war, zu lernen, was er wollte, wann er wollte und wie er wollte. Diese Schlaffheit der Disciplin würde für einen Knaben von unzureichender Begabung verderblich gewesen sein, da er die Erwerbung von Kenntnissen als eine Mühe empfunden, und sie überhaupt unterlassen haben würde, wenn ihn der Lehrer nicht dazu anhielt; nicht minder gefährlich hätte die Methode für einen Jüngling sein können, dessen physisches Vermögen mächtiger gewesen wäre als seine Einbildungskraft oder sein Gefühl, und den jenes unwiderstehlich zu körperlichen Übungen gelockt hätte – der Charakter Edward Waverleys war von den geschilderten beiden gleich weit entfernt; seine Fassungsgabe war so ungemein stark, daß sie fast zur Intuition wurde, und die Hauptsorge seiner Lehrer darin gipfelte, ihn abzuhalten, sein Ziel zu überschneiden, wie ein Jäger es nennen würde, d. h. sich die nothwendigen Kenntnisse nur in flüchtiger, unvollständiger und oberflächlicher Weise anzueignen. Dazu hatte der Lehrer noch eine andere Neigung in dem Knaben zu bekämpfen, eine Neigung, die nur zu oft mit glänzender Phantasie und Lebhaftigkeit des Talentes vereint ist, jene Trägheit nämlich, die nur durch irgend ein starkes Motiv der Befriedigung gehoben werden kann, da sie es liebt, auf das Studium zu verzichten, sobald die Neugier gesättigt, das Vergnügen, die Schwierigkeiten zu besiegen, erschöpft, und die Neuheit der Sache zu Ende ist. Edward warf sich voll Eifer auf jeden klassischen Autor, dessen Lektüre sein Lehrer vorschlug, machte sich in kurzer Zeit so weit zum Herrn seines Stils, daß er den Inhalt verstand; gefiel ihm dieser, oder erregte er irgend wie sein Interesse, so beendete er den Band, vergebens aber war es, seine Aufmerksamkeit auf kritische Unterscheidungen zu richten, auf die Verschiedenheit des Idioms, auf die Schönheit glücklicher Ausdrücke oder die künstlichen Regeln der Syntax. Ich kann einen lateinischen Autor lesen und verstehen, sagte der junge Edward mit dem Selbstvertrauen und dem raschen Urteil eines Fünfzehnjährigen, und Skaliger und Bentley könnten eben nicht mehr tun. Leider bemerkte er nicht, während man ihm erlaubte, so nur zur Befriedigung seines Vergnügens zu lesen, daß er für immer die Gelegenheit verlor, die Gewohnheit eifrigen und gründlichen Lernens zu erwerben und die Kunst zu erringen, die Kräfte seines Geistes auf ernste Forderungen zu lenken und zu concentriren, eine Kunst, die weit wesentlicher ist, als jede Gelehrsamkeit in der Erklärung klassischer Autoren, die den ersten Gegenstand des Studiums zu bilden pflegt. Die Bibliothek zu Waverley-Haus, ein geräumiges gothisches Gemach mit doppelten Bogen und einer Gallerie, enthielt eine zahlreiche Sammlung und ein Durcheinander von Büchern, wie sie eben im Laufe von zwei Jahrhunderten durch eine Familie angehäuft werden, die immer reich und folglich auch immer geneigt gewesen war, ihre Schränke mit der laufenden Literatur des Tages ohne viel Unterscheidungsgabe und Urteil zu füllen. Über die weiten Gebiete, die diese Bücher behandelten, war Edward die freie Herrschaft gestattet, sein Lehrer folgte seinen eigenen Studien. Kirchenpolitik und Kirchenstreitigkeiten im Verein mit einer ausgeprägten Liebe zur Bequemlichkeit lenkten seine Aufmerksamkeit zwar nicht ganz von den Fortschritten ab, die der präsumptive Erbe seines Patrons machte, wirkten aber so viel, ihn jede erdenkbare Ausrede benutzen zu lassen, daß er keine strenge und regelmäßige Aufsicht über dessen Studium führte. Sir Everard war nie Student gewesen und hielt sich gleich seiner Schwester, Miß Rahel Waverley, an den allgemeinen Grundsatz, daß Trägheit sich mit jeder Art des Lesens vertrage, und daß die bloße Verfolgung der Charaktere des Alphabets mit dem Auge eine nützliche und verdienstliche Beschäftigung sei, ohne ängstlich zu erwägen, was für Gedanken oder Lehren diese Charaktere zufällig enthalten. Mit dem Verlangen nach Unterhaltung, welches eine bessere Leitung bald in ernsten Forschungseifer verwandelt haben würde, schiffte daher der junge Waverley durch das Büchermeer wie ein Fahrzeug ohne Pilot oder Steuerruder. Nichts steigert sich vielleicht durch Nachsicht mehr als eine flatterhafte Gewöhnung beim Lesen; ich glaube, ein vorzüglicher Grund, weshalb uns so zahlreiche Beweise gediegener Kenntnisse unter den niedern Ständen begegnen, ist der, daß bei denselben geistigen Kräften der arme Student auf einen geringen Kreis von Büchern beschränkt ist, und daß er deshalb gezwungen ist, sich mit den wenigen, die er besitzt, innig vertraut zu machen, ehe er sich neue anschaffen kann. Edward dagegen las, gleich einem Epikureer, der nur den Teil des Pfirsichs genießt, den die Sonne getroffen, die Bücher nur, so lange sie seine Neugier oder seine Teilnahme reizten. Natürlich wurde durch diese Gewohnheit die Erreichung seines Ziels täglich schwieriger, bis die Leidenschaft zu lesen gleich andern starken Neigungen durch die Befriedigung selbst eine Art von Übersättigung herbeiführte. Doch ehe er zu dieser Gleichgültigkeit gelangte, hatte er viele wesentliche Kenntnisse, wenn auch ungeordnet und bunt gemischt, in einem ungemein glücklichen Gedächtnisse aufgespeichert. In der englischen Literatur war er vertraut mit Shakespeare und Milton, mit den frühern dramatischen Autoren, mit mancher malerischen und interessanten Schilderung aus alten Chroniken, und besonders wohl vertraut mit Spenser, Drayton und andern Dichtern, die sich an romantischen Schöpfungen versuchten, von allen Aufgaben die bezauberndste für eine jugendliche Einbildungskraft, ehe die Leidenschaften sich erhoben haben, die der sentimentalen Poesie das Feld bereiten. Seine Kenntniß des Italienischen hatte ihn hier noch weiter geführt, als er in der englischen Literatur hätte gelangen können, sie hatte ihn befähigt, die zahlreichen romantischen Gedichte zu durchfliegen, welche seit den Tagen des Pulci eine Lieblingsübung für die geistvollen Köpfe Italiens waren, und Befriedigung in den zahlreichen Novellensammlungen zu suchen, die der Genius jener eleganten aber üppigen Nation in Nacheiferung des Dekamerone hervorgebracht hat. In der klassischen Literatur hatte Waverley die gewöhnlichen Fortschritte gemacht und die gangbaren Autoren gelesen; das Französische bot ihm eine beinahe unerschöpfliche Sammlung von Memoiren, die kaum wahrer als Romane waren, und von Romanen in so vorzüglicher Darstellung, daß sie kaum von Memoiren unterschieden werden konnten. Die glänzenden Schriften von Froissart mit seinen herzbewegenden und sinnbestrickenden Beschreibungen des Krieges und der Turniere zählte er unter seine Lieblinge, und aus denen von Brantome und de la Noue lernte er den wilden und lockeren, doch abergläubischen Geist der Edlen der Ligue mit dem strengen, ernsten und zuweilen unruhigen Sinn der hugenottischen Partei vergleichen. Das Spanische hatte ebenfalls zu seinem Vorrath von ritterlichen und romantischen Kenntnissen beigetragen. Die frühere Literatur der nordischen Nationen entging dem Studium dessen nicht, der mehr las, um die Einbildungskraft zu erwecken als um den Verstand zu bilden. Und dennoch konnte Edward Waverley, obgleich er viel wußte, was nur Wenigen bekannt ist, mit Recht als unwissend betrachtet werden, denn er wußte nur wenig von dem, was die Würde des Menschen erhöht und ihn befähigt, mit Auszeichnung eine höhere Stellung in der Gesellschaft einzunehmen. Die gelegentliche Aufmerksamkeit seiner Eltern hätte ihm allerdings den Dienst leisten können, die Verschwendung des Geistes zu hindern, die mit einer so oberflächlichen Art des Lesens verbunden war, aber seine Mutter starb im siebenten Jahre nach der Aussöhnung zwischen den Brüdern, und Richard Waverley selbst, welcher nach diesem Ereignisse fast nur in London verweilte, war zu sehr mit seinen eigenen Plänen beschäftigt, um von Edward mehr zu bemerken, als daß er eine große Neigung zu Büchern habe und wahrscheinlich dazu bestimmt sei, ein Bischof zu werden. Hätte er seines Sohnes wache Träume entdecken und zergliedern können, er würde einen ganz andern Schluß daraus gezogen haben.

3. Luftschlösser

Ich habe bereits darauf hingedeutet, daß der leckere, wählerische und prunkhafte Geschmack, der durch das Übermaß müßigen Lesens erweckt wurde, unsern Helden nicht nur unfähig zu ernstem und gründlichem Studium machte, sondern ihm auch in gewissem Grade alles verleidete, was er bisher mit Vorliebe gepflegt hatte. Er stand in seinem sechszehnten Jahre, als seine Gewohnheit zur Absonderung und seine Liebe zur Einsamkeit so hervorstechend wurden, daß sie bei Sir Everard Besorgniß erweckten. Er versuchte dieser Neigung dadurch entgegen zu wirken, daß er seinen Neffen zur Jagd anspornte, die das Hauptvergnügen seiner eigenen Jugend gewesen war; aber obgleich Edward einige Zeit lang die Jagdflinte mit Eifer auf die Schulter nahm, so hörte der Zeitvertreib doch auf, ihm Unterhaltung zu gewähren, sobald er im Schießen einige Geschicklichkeit erlangt hatte.

Im folgenden Frühjahr bewog das bezaubernde Werk des alten Isaak Walton unsern Edward, ein Angelbruder zu werden. Aber von allen Zerstreuungen, die je ersonnen sind, den Müßiggang erträglich zu machen, ist das Fischen am wenigsten geeignet, einen Menschen zu unterhalten, der träg und ungeduldig ist, – unseres Helden Angelrute wurde daher bald bei Seite geworfen.

Auch an der Gesellschaft gleichalteriger junger Leute fehlte es ihm. Zwar gab es einige von besserer Erziehung und edlerem Charakter in der Nahe, aber von ihrer Gesellschaft war unser Held ausgeschlossen, Sir Everard hatte bei dem Tode der Königin Anna seinen Sitz im Parlamente aufgegeben, und als sein Alter zunahm und die Zahl seiner Altersgenossen sich verminderte, zog er sich allmählich von der Gesellschaft zurück, so daß, wenn Edward sich bei irgend einer besondern Gelegenheit unter gebildete und wohlerzogene junge Leute seines eigenen Ranges mischte, er sich in ihrer Gesellschaft untergeordnet fühlte, nicht sowohl aus Mangel an Bildung, als aus Mangel an Geschicklichkeit, von der Bildung, die er besaß, Gebrauch zu machen. Eine tiefe Reizbarkeit kam zu diesem Mißfallen an der Gesellschaft hinzu und diese Reizbarkeit nahm fortwährend zu. Der Gedanke, den kleinsten Verstoß gegen den Anstand begangen zu haben, war für ihn eine Marter, denn Verschuldung weckt in solchen Gemütern vielleicht nicht ein so scharfes Gefühl von Scham und Reue, als ein bescheidener, gefühlvoller und unerfahrener Jüngling durch das Bewußtsein empfindet, die Etiquette vernachlässigt oder sich lächerlich gemacht zu haben. Wo wir uns nicht wohl befinden, können wir nicht glücklich sein, deshalb ist es nicht überraschend, daß Edward Waverley vermutete, er mißfiele der Gesellschaft und sei für dieselbe nicht geeignet, nur weil er die Gewohnheit noch nicht erworben hatte, in ihr mit Bequemlichkeit und Gemächlichkeit zu leben und gegenseitig Vergnügen zu empfangen und zu bereiten.

Die Stunden, die Edward mit seiner Tante und seinem Oheim zubrachte, wurden auf das Anhören oft wiederholter Geschichten verwendet. Hier wurde seine Einbildungskraft, die vorherrschende Fähigkeit seines Geistes, nicht selten angeregt. Wenn nämlich Edward Waverley auch zuweilen über der Aufzählung seiner Vorfahren mit ihren verschiedenen Zwischenheiraten gähnte und innerlich die kleinliche Genauigkeit verwünschte, mit welcher der würdige Sir Everard die verschiedenen Verwandtschaftsgrade zwischen dem Hause Waverley und den wackeren Baronen, Rittern und Junkern, die mit ihm verschwägert waren, herzählte, wenn er zuweilen die Sprache der Heraldik mit ihren Greifen, ihren Maulwürfen, ihren fliegenden Eidechsen, ihren Drachen zur Hölle wünschte, so gab es doch auch Augenblicke, in denen diese Mitteilungen seine Phantasie erregten und seine Aufmerksamkeit belohnten.

Die Taten Wiliberts von Waverley im gelobten Lande, seine lange Abwesenheit, seine gefahrvollen Abenteuer, sein muthmaßlicher Tod und seine Rückkehr an eben dem Abend, an welchem die Braut feines Herzens den Helden geheiratet hatte, der sie während seiner Abwesenheit gegen Beleidigung und Unterdrückung beschützte, die Großmuth, mit welcher der Kreuzfahrer seine Ansprüche aufgab und in einem benachbarten Kloster den Frieden suchte, der nicht vergänglich ist; diesen und ähnlichen Erzählungen lauschte er, bis sein Herz glühte und seine Augen funkelten. Auch war er nicht weniger gerührt, wenn seine Tante, Mistreß Rahel, die Leiden und die Standhaftigkeit der Lady Alice Waverley während des großen Bürgerkrieges schilderte. Die

wohlwollenden Züge der ehrwürdigen Jungfrau nahmen einen majestätischen Ausdruck an, wenn sie erzählte, wie Karl nach der Schlacht bei
Worcester einen Tag lang Zuflucht in Waverley-Haus gefunden hatte,
und wie Lady Alice, als ein feindlicher Reiterhaufen sich näherte, ihren
jüngsten Sohn mit einer Hand voll Diener absendete, um auf Gefahr
ihres Lebens die Feinde eine Stunde aufzuhalten, damit der König Zeit
zur Flucht gewönne. »Und Gott hab sie selig«, fuhr Mistreß Rahel fort,
indem sie ihre Augen, währenddem sie sprach, auf das Bild der Heldin
richtete, »sie erkaufte die Rettung ihres Fürsten mit dem Leben ihres
geliebten Kindes! Man brachte ihn als Gefangenen hierher, tödtlich
verwundet; noch jetzt kannst Du die Tropfen seiner Blutspuren von
der großen Haupttür links der kleinen Gallerie bis zu dem Saale sehen,
wo man ihn sterbend zu den Füßen seiner Mutter niederlegte. Durch
den Blick seiner Mutter erfuhr er, daß der Zweck seiner verzweifelten
Verteidigung erreicht sei, und dies war beiden ein Trost. Ach ich erinnere mich noch«, fuhr sie fort, »ich erinnere mich sehr gut an eine,
die ihn gekannt und geliebt hat. Miß Lucy St. Aubin lebte und starb
seinetwegen als Mädchen, obgleich sie zu den schönsten und zu den
reichsten Partien dieser Gegend gezählt wurde; alle Welt warb um sie,
aber sie trug den Wittwenschleier ihr Leben lang für den armen William, denn sie waren miteinander verlobt, freilich nicht verheiratet, sie
starb – ich kann mich auf das Datum nicht besinnen – doch ja, ich
erinnere mich, im November eben jenes Jahres starb sie, und als sie
sich schwach fühlte, wünschte sie noch einmal nach Waverley-Haus
gebracht zu werden. Hier besuchte sie alle die Plätze, an denen sie mit
meinem Großoheim gewesen war, und ließ die Teppiche wegnehmen,
um die Spuren seines Blutes zu sehen, und wenn sie Tränen hätten
verwischen können, so würden sie jetzt nicht mehr zu sehen sein, denn
kein Auge in dem Hause blieb trocken. Man hätte glauben sollen, lieber
Edward, selbst die Bäume trauerten um sie, denn ihre Blätter hingen
herab, kein Hauch des Windes bewegte sie, und in der Tat auch, sie
sah aus wie jemand, der sie nie wieder grünen sehen wird.« Von solchen
Legenden schlich unser Held sich fort, um den Phantasien nachzuhän-
gen, die sie erregten. In der Ecke der großen finstern Bibliothek, bei
den verlöschenden Bränden des geräumigen Kamins, genoß er Stunden
lang den inneren Zauber, in dem vergangene oder eingebildete Ereignisse dem Auge des Träumers erscheinen. Dann erhob sich in langem
glänzenden Zuge die Pracht des Brautfestes in Waverley-Castle, die
hohe schlanke Gestalt des eigentlichen Besitzers, wie er in der Pilger-
kutte als ein unbeachteter Zeuge der Festlichkeiten seines muthmaßli-

chen Erben und seiner verlobten Braut dastand, die elektrische Erschüt-
terung, welche die Entdeckung verursachte, das Eilen der Vasallen zu
den Waffen, das Staunen des Bräutigams, der Schrecken und die Verwirrung der Braut, die Marter, mit welcher Wilibert bemerkte, daß ihr
Herz wie ihr Wort für diese Verbindung war, das Wesen der Würde
und doch der tiefen Empfindung, mit welcher er das gezückte Schwert
von sich schleuderte und für immer aus dem Hause seiner Vorfahren
floh. Dann verwandelte er den Schauplatz, und die Phantasie stellte
ihm ganz nach Wunsch das Trauerspiel der Tante Rahel vor. Er sah
Lady Waverley in ihrem Kämmerlein sitzen, das Ohr gegen jeden Laut
geschärft, das Herz unter doppelter Angst klopfend, jetzt dem schwin-
denden Echo lauschend, das von den Hufschlägen des königlichen
Rosses herrührte, und als dieses erstorben war, in jedem Luftzuge, der
die Bäume des Parkes bewegte, den Lärm des Gefechtes vernehmend.
Endlich, horch, ein fernes Geräusch, wie das Brausen eines angeschwol-
lenen Stromes, es kommt näher, und Edward kann deutlich den Galopp
der Pferde unterscheiden, das Geschrei der Menschen, dazwischen
einzelne Pistolenschüsse, der Schall wälzt sich gegen die Halle. Die
Lady springt auf, ein erschrockener Diener stürzt herein, – doch weshalb
eine solche Beschreibung weiter verfolgen?

Je angenehmer das Leben in der Ideenwelt unserm Helden wurde,
um so unangenehmer ward ihm jede Unterbrechung. Das weite Gebiet,
welches die Halle umgab und die Räume eines gewöhnlichen Parkes
weit überschritt, wurde Waverley-Haag genannt. Es war ursprünglich
Wald gewesen, und obgleich an mehreren Stellen gelichtet, auf denen
das junge Wild seine Spiele trieb, hatte es doch seinen ursprünglichen
und wilden Charakter bewahrt. Es wurde von breiten Wegen durchschnitten, die an manchen Stellen mit Unterholz bewachsen waren,
und auf denen in früheren Tagen die Schönen ihren Stand nahmen,
um den Hirsch mit Hunden jagen zu sehen, oder mit der Armbrust
einen Schuß auf ihn zu tun. An einer Stelle, welche sich durch ein
moosbewachsenes gothisches Monument auszeichnete, das noch den
Namen Stand der Königin führte, soll Elisabeth selbst, wie man sagte,
mit ihren Pfeilen sieben Rehböcke erlegt haben. Dies war ein Lieblings-
ort für Waverley. Zu anderen Zeiten verfolgte er mit seiner Flinte und
seinem Hunde, die als Vorwand für andere dienten, und mit einem
Buch in der Tasche, das vielleicht ein Vorwand für ihn selbst war, eine
der langen Alleen. Diese führte ihn zu einem klippigen und waldigen
Paß, der Mirkwood-Tal genannt wurde, und plötzlich an einem tiefen
kleinen See endete, der Mirkwood-See hieß. Hier stand in früheren

Zeiten ein einsamer Turm auf einem Felsen, der von Wasser beinahe ganz umgeben war und den Namen »Waverleys-Hort« erworben hatte, weil er in gefahrvollen Zeiten der Familie oft zum Zufluchtsorte diente. In den Kriegen von York und Lancaster führten die letzten Anhänger der roten Rose hier einen ermüdenden und räuberischen Krieg, bis ihre Veste durch den berühmten Richard von Gloucester gebrochen wurde. Hier hielt sich auch eine Abteilung Ritter lange unter Nigellus Waverley, dem ältern Bruder jenes William, dessen Schicksal Tante Rahel erzählte. Edward liebte es, unter solchen Scenen den Köder »der süßen und bittern Phantasie« zu kosten, und wie einem Kinde unter seinem Spielzeug stiegen aus den glänzenden Bildern, mit denen seine Phantasie angefüllt war, Visionen auf, ebenso herrlich doch auch ebenso flüchtig, wie die an dem abendlichen Himmel vorübereilenden. Die Wirkungen dieses Nachgebens gegen seine Stimmung und gegen seinen Charakter werden sich in dem nächsten Kapitel zeigen.

4. Wahl eines Standes

Aus der Genauigkeit, mit welcher ich Waverleys Beschäftigung schilderte, und der schiefen Richtung, welche diese unvermeidlich seiner Phantasie geben mußte, wird der Leser vielleicht vermuten, daß ich in der folgenden Erzählung den Roman des Cervantes nachahmen wolle; er tut mir mit dieser Vermutung Unrecht. Meine Absicht ist nicht, den Schritten jenes unnachahmlichen Schriftstellers zu folgen, indem ich eine so gänzliche Verirrung des Geistes selbst beschriebe, die die Gegenstände, die sich den Sinnen darbieten, verkennt, sondern jene gewöhnliche Verirrung des Urteils, welche die Ereignisse zwar in ihrer Wirklichkeit auffaßt, aber ihnen die Färbung eines eigenen romantischen Tones mitteilt. Edward Waverley war weit davon entfernt, allgemeine Sympathie mit seinen eigenen Gefühlen zu erwarten. Er fürchtete nichts so sehr wie die Entdeckung der Gefühle, welche durch sein Träumen erweckt wurden. Er hatte weder einen Vertrauten, dem er seine Träumereien mitteilte, noch wünschte er einen zu haben, und so empfindlich war er, sich vor Spott zu bewahren, daß, wenn er die Wahl zwischen einer schmachvollen Strafe und der Notwendigkeit gehabt hätte, eine ruhige Schilderung seiner Ideenwelt zu geben, er nicht gezögert haben würde, die erstere vorzuziehen. Diese Heimlichkeit wurde ihm doppelt wert, als er mit zunehmendem Alter den Einfluß der erwachenden Leidenschaften fühlte. Weibliche Gestalten von ausgezeichneter Schönheit und Anmut begannen sich in seine geistigen Abenteuer zu mischen, auch währte es nicht lange, bis er die Geschöpfe seiner Einbildungskraft mit den weiblichen Wesen des wirklichen Lebens verglich. Die Liste der Schönheiten, welche allwöchentlich ihren Staat in der Kirche von Waverley entfalteten, war weder zahlreich noch auserwählt. Bei weitem die leidlichste war Fräulein Sissly oder wie sie sich lieber nennen ließ, Miß Cäcilia Stubbs, die Tochter des Squire Stubbs vom Meierhofe. Ich weiß nicht, ob es nur durch »den gewöhnlichsten Zufall von der Welt« geschah, ein Ausdruck, der, von weiblichen Lippen gebraucht, den boshaften Vorsatz nicht immer ausschließt, oder nur durch eine Übereinstimmung des Geschmackes, daß Cäcilia unsern Edward auf seinen Lieblingsspaziergängen durch den Waverley-Haag mehr als einmal begegnete. Er hatte noch nicht den Muth gewonnen, sie bei diesen Gelegenheiten anzureden, aber dieses Zusammentreffen blieb nicht ohne Wirkung. Ein romantischer Liebhaber ist ein sonderbarer Anbeter, der sich oft nicht darum kümmert, aus was für Holz er den Gegenstand seiner Anbetung schnitzt. Wenn die Natur diesem Gegenstand irgend ein leidliches Verhältnis von persönlichen Reizen verliehen hat, so kann er endlich leicht den Juwelier und Derwisch aus der orientalischen Erzählung spielen, und die Angebetete aus den Vorräten seiner eigenen Einbildungskraft reichlich mit übernatürlicher Schönheit und allen Gaben geistiger Schätze ausstatten. Doch ehe die Reize der Miß Cäcilia Stubbs diese zu einer positiven Gottheit erhoben, oder sie wenigstens ihrer heiligen Namensschwester gleich stellten, erhielt Mistreß Rahel einige Winke, welche sie bestimmten, die nahende Apotheose zu hindern. Selbst die Einfachsten und Verdachtlosesten des weiblichen Geschlechts haben, Gott segne sie, eine instinktmäßige Schärfe der Erkenntnis in solchen Dingen, welche zuweilen so weit geht, einzelne Umstände zu bemerken, die nie existierten, selten aber das übersieht, was sich ihrer Beobachtung wirklich darbietet. Mistreß Rahel war klug genug, die nahende Gefahr nicht zu bekämpfen, wohl aber sie aus dem Wege zu räumen, und stellte ihrem Bruder die Nothwendigkeit vor, daß der Erbe seines Hauses mehr von der Welt sehen müsse, als es bei seinem beständigen Aufenthalt in Waverley möglich sei.

Sir Everard wollte anfangs nichts von einem Vorschlage wissen, der dahin zielte, seinen Neffen von ihm zu trennen. Edward war, wie er zugab, etwas bücherhaft; aber die Jugend sei ja nach dem, was er immer gehört hätte, die Zeit zum Lernen, und sein Neffe würde ohne Zweifel an Jagd und Landwirthschaft Gefallen finden, wenn seine Wuth nach Wissen sich gelegt hätte, und sein Kopf mit Kenntnissen vollgepfropft wäre. Er selbst hatte es oft bereut, nicht einige Zeit seiner Jugend auf Studien verwendet zu haben, er würde deshalb mit nicht minderer Geschicklichkeit gejagt oder geschossen haben.

Die Angst der Tante Rahel verlieh ihr aber doch die Gewandtheit, ihr Ziel zu erreichen. Jedes Oberhaupt ihres Hauses hatte fremde Länder besucht oder dem Vaterlande in der Armee gedient, ehe es sich für das übrige Leben in Waverley-Haus niederließ, und um die Wahrheit dieser Behauptung zu bekräftigen, berief sie sich auf den Stammbaum, eine Autorität, der Sir Everard nie widersprach. Kurz, es wurde dem Mr. Richard Waverley der Vorschlag gemacht, daß sein Sohn unter der Leitung seines jetzigen Lehrers, Herrn Pembroke, und durch die Freigebigkeit des Barons reichlich ausgestattet, reisen sollte. Der Vater selbst sah kein Hinderniß gegen diesen Vorschlag. Als er aber an der Tafel des Ministers gelegentlich davon sprach, sah der große Mann sehr ernst aus. Der Minister bemerkte, die unglückliche Wendung von Sir Edwards politischen Meinungen sei der Art, daß es höchst unpassend sei, wenn ein junger Edelmann von so hoffnungsvollen Aussichten den Continent mit einem Führer bereiste, der ohne Zweifel nach der Wahl seines Oheims sei und nach dessen Lehren sein Benehmen leite. Wie die Gesellschaft des Mr. Edward in Paris und Rom sein würde, wo der Prätendent und dessen Söhne alle Arten von Schlingen legten, das wären Punkte, die Mr. Waverley wohl überlegen müßte. So viel könnte er sich selbst sagen, daß der König von den Verdiensten des Mr. Richard Waverley einen so gerechten Begriff hätte, um dessen Sohne, wenn er die Armee einige Jahre zu seiner Laufbahn wählte, eine Schwadron in einem der Dragonerregimenter zu erteilen, die kürzlich aus Flandern zurückgekehrt wären.

Ein so gegebener und fast aufgedrungener Wink konnte nicht vernachlässigt werden, und Richard Waverley glaubte, obgleich voller Besorgniß, die Vorurteile seines Bruders zu verletzen, die Anstellung annehmen zu müssen, die ihm so für seinen Sohn geboten wurde. Die Wahrheit ist, daß er viel und mit Recht auf Sir Everards Zärtlichkeit für Edward rechnete, die ihn wahrscheinlich abhalten werde, ihm einen Schritt nachzutragen, den er im gebührenden Gehorsam gegen die väterliche Autorität tat. Zwei Briefe verkündeten diesen Beschluß dem Baronet und dessen Neffen. Dem letzteren teilte Richard lediglich die Tatsache mit und deutete auf die Notwendigkeit hin, Vorbereitungen zu treffen, um zu seinem Regimente zu stoßen. Gegen seinen Bruder war er ausführlicher und genauer. Er stimmte mit ihm auf die schmeichelhafteste Weise darin überein, daß es für seinen Sohn zweckmäßig sein würde, etwas mehr von der Welt zu sehen, und war sogar beinahe demütig in seinen Ausdrücken der Dankbarkeit für die angebotene Unterstützung, indeß bedauerte er innig, daß es jetzt unglücklicher Weise nicht in Edwards Macht stehe, genau den Plan zur Ausführung zu bringen, den sein bester Freund und Wohltäter für ihn entworfen hätte. Er selbst hätte mit Schmerz an des Jünglings Untätigkeit in einem Alter gedacht, wo alle seine Vorfahren schon Waffen trugen; selbst der König hätte sich zu erkundigen geruht, ob der junge Waverley nicht jetzt in Flandern sei, in einem Alter, in welchem sein Großvater schon für seinen König in dem großen Bürgerkriege blutete. Dies wäre von dem Anerbieten einer Schwadron begleitet worden. Was hätte er tun können? Es sei keine Zeit gewesen, seines Bruders Meinungen zu Rate zu ziehen, selbst wenn er hätte vermuten können, daß derselbe Einwürfe machen würde, wenn sein Neffe der glänzenden Laufbahn seiner Vorfahren folge. Kurz, Edward sei jetzt – die Zwischenstufen des Cornets und des Lieutenants waren mit großer Leichtigkeit übersprungen worden – Kapitän Waverley im Dragonerregiment Gardiner, zu dem er im Verlaufe eines Monats stoßen müsse, der Garnisonsort sei Dundee in Schottland.

Sir Everard Waverley empfing diese Nachricht mit gemischtem Gefühl. Zur Zeit der hannoverschen Erbfolge hatte er sich aus dem Parlament zurückgezogen, und seine Aufführung in dem denkwürdigen Jahre 1715 war nicht ganz unverdächtig geblieben. Es gab Gerüchte von geheimen Musterungen der Lehnsleute und Pferde, die in Waverley-Haag bei Mondlicht abgehalten, und von Kisten mit Gewehren und Pistolen, die in Holland gekauft und an den Baronet adressirt, aber durch die Wachsamkeit eines berittenen Zollaufsehers aufgefangen worden seien, der später für seine Dienstfertigkeit durch einen Haufen kräftiger Freisassen in einer mondlosen Nacht geprellt, d.h. auf ein Tuch geworfen und so lange emporgeschleudert worden sei, bis ihm Sehen und Hören verging. Ja es wurde sogar gesagt, bei der Verhaftung des Sir William Wyndham, des Führers der Torypartei, sei in der Tasche von dessen Schlafrock ein Brief des Sir Everard gefunden worden. Aber eine offene Handlung, auf die man eine Anklage hätte stützen können, fand sich nicht, und die Regierung, welche damit zufrieden war, die Insurrektion von 1715 gedämpft zu haben, hielt es weder für klug noch für räthlich, ihre Rache weiter als auf die Unglücklichen auszudehnen, welche die Waffen wirklich ergriffen hatten.

Sir Everards Besorgnisse wegen persönlicher Folgen schienen übrigens nicht mit den Gerüchten übereinzustimmen, welche unter seinen Whig-

Nachbarn verbreitet waren. Es war wohl bekannt, daß er mehrere der unzufriedenen Northumberländer und Schotten mit Geld unterstützt hatte. Diese wurden später bei Preston gefangen genommen und in Newgate eingekerkert, und sein Anwalt war es, der die Verteidigung einiger dieser unglücklichen Edelleute bei dem Prozesse führte, allgemein aber wurde angenommen, wenn die Minister einen Beweis von der wirklichen Teilnahme Sir Everards an dem Aufstande gehabt hätten, so würde er der bestehenden Regierung entweder nicht so offen getrotzt, oder dies wenigstens nicht ungestraft getan haben. Die Gefühle, welche damals seine Schritte veranlaßten, waren die eines jungen Mannes in einer aufgeregten Zeit. Seitdem war Sir Everards Jakobitismus allmählich geschwunden, wie ein Feuer aus Mangel an Nahrung ausbrennt. Seine Grundsätze als Tory und Anglikaner wurden durch gelegentliche Übung bei Wahlen und Quartalssitzungen aufrecht erhalten, aber die in Bezug auf das Erbrecht waren allmählich geschwunden. Nur widerstritt es seinen Gefühlen gewaltig, daß sein Neffe unter der braunschweigischen Dynastie in die Armee eintreten sollte, und zwar um so mehr, als es, abgesehen von seiner hohen und gewissenhaften Meinung von der väterlichen Gewalt, unmöglich oder doch wenigstens sehr unklug gewesen wäre, offen einzuschreiten, um dies zu verhindern. Dieser unterdrückte Unwille rief manches Oh und Ach hervor, welches auf Rechnung eines Anfalles der Gicht geschrieben werden konnte, bis der würdige Baronet sich eine Rangliste holen ließ und sich damit tröstete, daß er die Nachkommen der Häuser von treuer Anhänglichkeit, der Mordaunts, Granvilles und Stanleys ebenfalls in dieser Liste fand, und indem er alle seine Gefühle der Familiengröße und des kriegerischen Ruhmes heraufrief, schloß er mit einer Logik, welche der Falstaffs einigermaßen glich, wenn ein Krieg bevorstände, wäre es, obgleich es eine Schande sei, auf einer andern Seite als einer zu sein, eine noch größere Schande, untätig zu bleiben, als auf der schlimmsten Seite zu stehen, und wäre diese auch schwärzer, als die Usurpation sie machen könnte. Die Verwirklichung des Plans der Tante Rahel war zwar nicht ganz nach ihren Wünschen ausgefallen, aber sie mußte sich in die Umstände fügen, und ihr Kummer wurde durch die Beschäftigung zerstreut, die sie dabei fand, ihren Neffen zu dem Feldzuge auszurüsten, und wesentlich durch die Aussicht gemildert, ihn in voller Uniform prunken zu sehen.

Edward Waverley empfing diese Nachricht mit lebhaftem und unverhohlenem Staunen. Es war, wie ein schönes altes Gedicht sich ausdrückt: »Wie ein Feuer, das man in die Haide wirft, das einen einsamen Hügel in Rauch hüllt, während es ihn zugleich mit düsterem Feuer beleuchtet«.

Sein Lehrer oder, wie ich vielmehr sagen muß, Mr. Pembroke, denn er verdiente kaum den Namen eines Lehrers, fand in Edwards Zimmer einige Bruchstücke von Versen, die er unter dem Einfluß der heftigen Gefühle geschrieben zu haben schien, als dieses Blatt seines Lebensbuches so plötzlich vor ihm umgewendet wurde. Der Doktor, der an alle Poesie glaubte, welche von seinen Freunden herrührte, und die in schönen geraden Linien mit einem großen Buchstaben zu Anfang einer jeden geschrieben war, teilte diesen Schatz der Tante Rahel mit, welche mit tränengetrübter Brille denselben in ihr Kollektaneenbuch legte, unter die besten Recepte zu Speisen und Arzneien, Lieblingstexte, Stellen aus Predigten der Hochkirche, und einige Liebes- und Jakobitenlieder, die sie in ihren jüngeren Tagen sammelte. Von hier wurden ihres Neffen poetische Tentamina ausgezogen, als das Buch selbst mit andern authentischen Dokumenten der Waverley-Familie der Einsicht des unwürdigen Herausgebers dieser denkwürdigen Geschichte vorgelegt wurde. Gewähren sie auch dem Leser kein höheres Vergnügen, so werden sie ihn wenigstens besser als irgend eine Erzählung mit dem wilden und ungeregelten Geiste unseres Helden bekannt machen.

Spät, als des Herbstes Abendstrahl
Auf Mirkwood-See, aufs wilde Tal
Herabsank, glänzte aus der Fluth
Zurück der Wolke Purpurgluth;
Vom Spiegel hold zurückgestrahlt,
Die Haide sich im Weiher malt,
Der wettergraue Turm, die Wand
Des Felsens, an des Wassers Rand
Der schwanke Baum die Blüte zart,
So treu, so wahr in ihrer Art,
Als läge unter jener Fluth
Ein Land, wo Leid und Sorge ruht,
Und eine Welt, die schöner weit,
Als diese Welt der Zeitlichkeit.

Doch Winde werden wach zur Stund,
Der Seegeist fährt empor vom Grund,
Er hört es, wie die Eiche kracht,
Er nimmt den Mantel schwarz wie Nacht,
Ein Krieger, der da unverweilt
Beim Schlachtruf nach der Rüstung eilt.

Der Wirbelwind kam näher kaum,
Er schüttelt seinen Helm, den Schaum,
Gefurcht die Stirn, geschwärzt die Wang',
Sein Wogenmund spricht Donnerklang.
Ans Ufer wirft der Wogenschwall
Die zarten, holden Bilder all,
Gehüllt in Graus und ganz zerschellt
Liegt nun die holde Feenwelt.

Ich schaute ernst und doch entzückt
Den Wechsel, der die Seel' entrückt –
Als Sturm mit Wogen rang und Flur,
Sah ich den Aufruhr der Natur
Von eines Turmes Mauerrest,
Und stärker ward die Brust gepreßt
Bei des erhabnen Donners Schlag,
Der in dem Herzen hallte nach;
Ins Toben stimmt' ich ein vermessen,
Die stille Scene war vergessen.

In wonn'ge Jugendträume bricht
Die Wahrheit ein mit grellem Licht,
Heißt holde Bilder schnell vergehn –
Die Länder fliehn am Rand der Seen;
So schön, so flüchtig, ohne Halt,
Wie Herbststurm fegt das Blatt im Wald,
Tob für dein innres Ange sei
Jedwede Form, die zog vorbei,
Selbst Lieb und holder Frauen Blick
Verdrängt die Sucht nach Ehr und Glück.

In schlichter Prosa trat, wie diese Verse vielleicht weniger entschieden andeuten, der vorübergehende Gedanke an Miß Cäcilia Stubbs in dem Herzen des Kapitän Waverley mitten in der Unruhe auf, die der Lebenswechsel ihm verursachte. Sie zeigte sich in der Tat in vollem Glänze in ihres Vaters Stuhl, als er am nächsten Sonntag zum letzten Mal dem Gottesdienste in der alten Dorfkirche beiwohnte, bei welcher Gelegenheit er, durch die Bitten seines Oheims und der Tante Rahel bewogen, vielleicht auch, wenn man die Wahrheit sagen soll, aus eigenem Antriebe, in voller Uniform erschien. Es gibt kein besseres Mittel gegen eine zu hohe Meinung von andern, als wenn man zugleich eine vortreffliche von sich selbst hat. Miß Stubbs hatte in der Tat den ganzen Beistand angerufen, den die Kunst der Schönheit zu leisten vermag, aber ach, Reifrock, Schönpflästerchen, frisierte Locken und ein neuer Mantel von echter französischer Seide waren verloren bei dem jungen Dragoneroffizier, der zum ersten Mal seinen goldbetreßten Hut, seine steifen Stiefel und seinen Pallasch trug. Ich weiß nicht, ob bei ihm eintrat, was eine alte Ballade von mehreren Helden singt:

> Sein Herz dem Ruhme sich neiget zu,
> Doch ach, der Liebe nicht,
> Im ganzen Lande findest du
> Kein Weib, das ihn besticht, –

oder ob die funkelnde Goldstickerei, die jetzt seine Brust bedeckte, der Artillerie aus Cäciliens Augen trotzte; jeder Pfeil wurde vergebens auf ihn geschleudert.

> Doch merkt' ich, wo der Pfeil herniedersank,
> Den Amor schoß, nicht auf ein Blümlein zart,
> Nein, auf den Rentnersohn in nächster Bank,
> Der Hans ist reich und kriegt schon einen Bart.

Ich bitte ein für allemal die Leser um Verzeihung, welche Novellen nur zu ihrem Amüsement in die Hand nehmen, daß ich sie so lange mit altmodischer Politik, mit Whigs und Torys, mit Hannoveranern und Jakobiten geplagt habe. Die Wahrheit ist, ich kann sonst nicht versprechen, daß diese Geschichte verständlich oder auch nur wahrscheinlich werden würde. Mein Plan erfordert, daß ich die Gründe auseinandersetze, nach denen die Handlung fortschreitet, und diese Gründe entspringen nothwendiger Weise aus den Gefühlen, Vorurteilen und Parteien jener Zeiten. Ich lade meine schönen Leserinnen, deren Geschlecht und Ungeduld ihnen das größte Recht gibt, sich über diese Umstände zu beklagen, nicht in einen fliegenden, von Hippogryphen gezogenen oder durch Zauberkraft bewegten Wagen ein, mein Fuhrwerk ist eine bescheidene englische Postchaise, auf vier Rädern ruhend und die königlichen Landstraßen innehaltend. Wem es nicht gefällt, mag es bei dem nächsten Halt verlassen und auf Prinz Husseins Teppich oder Maleks, des Webers, fliegendes Schilderhaus warten. Wer es zufrieden ist bei mir zu bleiben, wird zuweilen der Langsamkeit ausgesetzt sein, die von schlechten Straßen, steilen Bergen, Schluchten und andern Hindernissen des Bodens unzertrennlich ist, aber mit leidlichen Pferden und einem artigen Fuhrmann verpflichte ich mich, sobald als möglich eine malerischere und romantischere Gegend zu erreichen, wenn meine Passagiere geneigt sind, während meiner ersten Stationen einige Geduld mit mir zu haben.

5. Abschied von Waverley

Es war gegen den Abend dieses denkwürdigen Sonntags, als Sir Everard in die Bibliothek trat, wo er unsern jungen Helden vermutete. »Neffe«, sagte er, und dann, als wollte er sich verbessern, »mein lieber Edward, es ist Gottes Wille und auch der Wille Deines Vaters, daß Du uns verlassen sollst, um das Waffenhandwerk zu ergreifen, in welchem so viele Deiner Vorfahren sich ausgezeichnet haben. Ich habe Anordnungen getroffen, die Dich in den Stand setzen, in das Feld als ihr Abkömmling zu ziehen, und als der muthmaßliche Erbe des Hauses Waverley, und, Sir, auf dem Schlachtfelde werdet Ihr Euch daran erinnern, welchen Namen Ihr tragt. Und, Edward, mein lieber Junge, erinnere Dich auch daran, daß Du der letzte des Stammes bist, und daß die einzige Hoffnung seines Wiederaufblühens auf Dir ruht; deshalb vermeide, so weit Pflicht und Ehre es erlauben, die Gefahr – ich meine die unnötige Gefahr – und halte keine Gemeinschaft mit Schurken, Spielern und Whigs, von denen, wie zu fürchten steht, nur zu viele in dem Dienste sind, in den Du eintrittst. Dein Oberst ist, wie ich gehört habe, ein vortrefflicher Mann, denn er ist ein Presbyterianer; erinnere Dich an Deine Pflichten gegen Gott, gegen die Kirche von England und den« – diese Lücke sollte der Rubrik nach mit dem Worte König ausgefüllt werden – »die Kirche von England und alle eingesetzten Behörden.«

Er traute sich hiernach keine weitere Leistung zu und führte den Neffen hinab in den Stall, um ihm die zu seiner Ausrüstung bestimmten Pferde zu zeigen. Zwei waren schwarz, die Regimentsfarbe, beides ausgezeichnete Streitrosse, die drei andern waren tüchtige schnelle Pferde, zum Reisen und für seine Bedienten bestimmt, von denen zwei ihn vom Schlosse aus begleiten sollten, ein Stallknecht konnte, wenn es nötig war, noch in Schottland gemietet werden.

»Du wirst«, sagte der Baronet, »mit einem geringeren Gefolge aufbrechen als Sir Hildebrand, der vor dem Schloßtore einen stärkeren Reiterhaufen musterte als Dein ganzes Regiment. Ich würde gewünscht haben, daß die zwanzig jungen Burschen von meinen Gütern, die in

Dein Regiment eintreten, Dich auf Deiner Reise nach Schottland begleiteten. Das wäre doch wenigstens etwas gewesen, aber man sagte mir,
ihre Begleitung würde in diesen Tagen für ungebräuchlich gehalten
werden, wo jede neue und törichte Mode eingeführt wird, um die natürliche Abhängigkeit des Volkes von seinem Grundbesitzer zu zerreißen.«

Sir Everard hatte sein Bestes getan, diese unnatürliche Stimmung
der Zeit zu verbessern, denn er verstärkte das Band der Anhänglichkeit
der Rekruten an ihren jungen Kapitän nicht nur durch eine reichliche
Mahlzeit von Rinderbraten und Bier unter der Form eines Abschieds-
schmauses, sondern auch durch Geschenke an jeden einzelnen. Nach
der Besichtigung der Pferde führte Sir Everard seinen Neffen zurück
in die Bibliothek, wo er ihm einen Brief übergab, der sorgfältig zusam-
mengefaltet, nach alter Sitte mit einem seidenen Faden umwunden,
und mit einem Abdrucke des Wappens der Waverley versiegelt war.
Er trug mit großer Formalität die Adresse an »Cosmo Comyne Bradwardine, Esqu. von Bradwardine, auf seinem Hauptsitze zu Tully-
Veolan in Perthshire, Nordbritannien. Eingehändigt durch Kapitän
Edward Waverley, Neffen des Sir Everard Waverley von Waverley-
Haus, Baronet.«

Der Edelmann, an den dieser gewaltige Gruß gerichtet wurde, und
von dem wir in der Folge mehr zu sagen haben werden, hatte 1715 für
die verbannte Familie der Stuarts zu den Waffen gegriffen und war bei
Preston in Lancashire gefangen genommen worden. Er war von sehr
alter Familie und etwas zerrüttetem Vermögen, ein Gelehrter, nach der
Gelehrsamkeit der Schotten einer, der mehr oberflächlich als gründlich
gelernt und mehr gelesen als studirt hat. Von seinem Eifer für die
klassischen Autoren soll er einen ungewöhnlichen Beweis gegeben haben. Auf dem Wege von Preston nach London entsprang er seinen
Wächtern, man fand ihn aber in der Nähe seines letzten Nachtquartiers,
wo er erkannt und wieder verhaftet wurde. Seine Gefährten und seine
Eskorte waren überrascht durch seine Torheit, und konnten nicht
umhin zu fragen, weshalb er nicht so schnell als möglich einen sichern
Ort zu erreichen gesucht hätte. Er antwortete darauf, dies wäre auch
seine Absicht gewesen, aber er wäre umgekehrt, um seinen Titus Livius
zu suchen, den er bei der Eile seiner Flucht vergessen hätte. Die Einfachheit dieser Anekdote ergriff den Verteidiger des Angeklagten, der
auf Kosten des Sir Everard und einiger anderer Parteihäupter seine
Sache zu führen übernommen hatte, so sehr, daß er sich auf das äußerste anstrengte, offenbare Tatsachen, anerkannte Vergehungen etc. zu

widerlegen, und es gelang ihm endlich, die Freisprechung des Cosmo Comyne Bradwardine vor dem obersten Gerichtshofe zu Westminster zu erwirken.

Der Baron von Bradwardine, denn so hieß er in Schottland gewöhnlich, obgleich seine näheren Bekannten ihn nach seinem Wohnorte Tully-Veolan nannten, und die noch vertrauteren nur Tully, war kaum vor Gericht freigesprochen, als er sich auf den Weg machte, in Schloß Waverley seine Achtung und Dankbarkeit zu bezeigen. Eine übereinstimmende Neigung für die Jagd und gleiche politische Meinungen befestigten seine Freundschaft mit Sir Everard trotz der Verschiedenheit ihrer Gewohnheiten. Nachdem er mehrere Wochen in Waverley zugebracht, schied der Baron unter manchen Ausdrücken des Bedauerns und drang lebhaft in den Baronet, den Besuch zu erwidern, und die nächste Jagdzeit für Birkhühner in seinen Sümpfen von Perthshire mitzumachen. Es trat nun ein jährlicher Verkehr und Austausch von einem kurzen Briefe und einem Packkorbe nebst ein oder zwei Fässern zwischen Schloß Waverley und Tully-Veolan ein. Die englischen Sendungen bestanden aus gewaltigen Käsen und noch gewaltigern Alefässern, Fasanen und Wildpret, und die schottischen Gegensendungen in Birkhühnern, weißen Hasen, marinirtem Salm und Uskebah. Dieses alles wurde als Pfand beständiger Freundschaft und Einigkeit zwischen zwei wichtigen Häusern angesehen, gesendet und empfangen. Daraus folgte natürlich, daß der muthmaßliche Erbe von Waverley-Haus Schottland nicht füglich besuchen konnte, ohne mit einem Empfehlungsbriefe an den Baron von Bradwardine versehen zu werden. Als diese Angelegenheit auseinandergesetzt und abgemacht war, sprach Mr. Pembroke seinen Wunsch aus, einen besondern Abschied von seinem teuren Zöglinge zu nehmen. Des guten Mannes Ermahnungen an Edward, sein Leben und seine Moral tadellos zu erhalten, die Grundsätze der christlichen Religion fest zu bewahren, und die Gesellschaft von Gottlosen und Sittenlosen, von denen es in der Armee nur zu viele gäbe, zu vermeiden, blieben nicht ohne eine Beimischung politischer Vorurteile. Seine Hauptpflicht war, seinen teuren Zögling zu erkräftigen, unheiligen und verderblichen Lehren in Staat und Kirche zu widerstehen, wie sie sich dort zu Zeiten seinem widerstrebenden Ohre aufdrängen mußten.

Hierbei zog er zwei gewaltige zusammengefaltete Packete hervor, deren jedes ein eng geschriebenes Manuskript zu enthalten schien. Sie waren die Lebensarbeit des würdigen Mannes gewesen, und nie wurden Arbeit und Leben auf törichtere Weise verschwendet. Er war einmal nach London gegangen, mit der Absicht, sie der Welt durch Vermittelung eines Buchhändlers zu übergeben, der dafür bekannt war, solchen Verlag zu führen, und den er nach empfangener Weisung mit einer gewissen Phrase und einem gewissen Zeichen anreden sollte, welche, wie es scheint, damals unter den eingeweihten Jakobiten als Erkennungszeichen galten. Sobald Mr. Pembroke das Zauberwort mit der gehörigen Bewegung ausgesprochen hatte, begrüßte der Buchhändler ihn trotz alles Widerspruches mit dem Doktortitel und führte ihn dann in sein Hinterstübchen. Nachdem er hier jeden möglichen und unmöglichen Versteck durchsucht hatte, sagte er: »nun, Doktor, gut – sub rosa, –, ich habe hier kein Loch, in dem sich nur eine hannöversche Ratte verstecken könnte. Nun, gibt es gute Neuigkeiten von unsern Freunden jenseits des Wassers? Was macht der würdige König von Frankreich? – Oder vielleicht waren Sie später in Rom – Rom muß es endlich tun! – Die Kirche muß ihre Kerze an der alten Lampe anzünden. – Nun – vorsichtig? Sie gefallen mir deshalb um so besser; doch ohne Furcht.« Hier unterbrach Mr. Pembroke mit einiger Ruhe den Strom der Fragen, den jener mit Zeichen, Gestikulationen und Winken durchwebt hatte, und nachdem er endlich den Buchhändler überzeugt, daß er ihm zu viel Ehre antäte, wenn er ihn für einen Abgeordneten des verbannten Königtums hielte, erklärte er sein eigentliches Geschäft.

Mit viel ruhigerem Wesen ging der Büchermann jetzt an die Prüfung der Manuskripte. Der Titel des ersten war: »Ein Dissens von den Dissentern oder der widerlegte Hauptbegriff. Darlegung der Unmöglichkeit irgend einer Ausgleichung zwischen der Kirche und den Puritanern, Presbyterianern, Sektirern irgend einer Art, belegt durch Schriftstellen, die Kirchenväter und die weisesten Kontroversen.« – Das Werk wies der Buchhändler entschieden zurück; »wohl gemeint«, sagte er, »und ohne Zweifel sehr gelehrt, aber die Zeit ist vorüber. Mit kleiner Schrift würde es über 800 Seiten geben und sich nie bezahlt machen, bitte deshalb zu entschuldigen. Ich liebe und ehre die wahre Kirche von ganzer Seele, und wäre es eine Predigt über das Märtyrertum gewesen, oder irgend eine Zwölfpencesache, weshalb sollte ich nicht etwas für die Ehre des Standes wagen? – Aber lassen Sie das andere sehen. »Dem Erbrecht zum Recht verholfen.« – Ach darin liegt schon etwas. Hm, hm, hm, so viele Seiten, so viel Papier, enge Schrift, ich will Ihnen etwas sagen, Doktor, Sie müssen von dem Lateinischen und Griechischen ausmerzen. Schwerfällig, Doktor, verdammt schwerfällig, bitte um Verzeihung, und wenn Sie einige Körner Pfeffer mehr daran tun, ich gebe meinem Autor nie etwas an, ich habe Sachen von Drake und

Charlwood Lawton herausgegeben, und von dem armen Amhurst. Ach, Kaleb, Kaleb! Ja, es war eine Schande, den armen Kaleb vor Hunger sterben zu lassen, und doch gibt es so viele fette Pfaffen und Ritter unter uns. Ich gab ihm einmal wöchentlich freien Tisch, aber, hilf Himmel, was ist einmal wöchentlich, wenn ein Mensch nicht weiß, wohin er die andern Tage zum Essen gehen soll? Gut, aber ich muß das Manuskript dem kleinen Tom Alibi, dem Sachwalter, zeigen, der alle meine Rechtssachen leitet, muß auf der Windseite bleiben, der Pöbel war sehr ungezogen, als ich das letzte Mal die Rednerbühne bestieg, sind alle Whigs und Rundköpfe, Williamiten und hannöversche Ratten.« Am nächsten Tage fragte Mr. Pembroke wieder bei dem Buchhändler vor, aber er fand, daß Tom Alibis Rath diesen gegen die Annahme des Werkes gestimmt hatte. »Nicht etwa«, sagte der Buchhändler, »daß ich nicht mit Freuden im Weinberge des Herrn arbeitete, aber, lieber Doktor, ich habe Weib und Kind. Um aber meinen Eifer zu zeigen, will ich das Geschäft meinem Nachbar Trimmel empfehlen, der ist ein Hagestolz, und wenn er das Geschäft aufgeben müßte, so würde ihn eine Reise in einem Westindienfahrer nicht geniren.« Aber Mr. Trimmel war ebenfalls hartnäckig, und Mr. Pembroke mußte, vielleicht zum Glück für ihn selbst, mit seiner Abhandlung in dem Reisekoffer wieder nach Waverley zurückkehren. Diese Manuskripte überreichte er nun seinem Zöglinge beim Abschiede, der in dem Titel schon nichts sehr Einladendes sah und, durch die Dickleibigkeit derselben abgeschreckt, sie stillschweigend in einen Winkel seines Reisekoffers spedirte.

Das Lebewohl der Tante Rahel war kurz und herzlich. Sie warnte nur ihren teuren Edward, den sie wahrscheinlich für etwas gefühlvoll hielt, gegen die Bezauberung durch schottische Schönheiten. Sie gab zu, daß es im nördlichen Teile der Insel zwar einige alte Familien gebe, daß sie aber alle Whigs und Presbyterianer wären, die Hochländer ausgenommen; aber was diese beträfe, so müßte sie leider sagen, daß kein großes Zartgefühl unter den Damen herrschen könnte, wo die Kleidung der Männer, um wenig zu sagen, sehr sonderbar und durchaus nicht anständig sei. Sie beschloß ihren Abschied mit einem freundlichen, rührenden Segensspruch und gab dem jungen Offizier als Pfand ihrer Liebe einen wertvollen Diamantring und eine mit schweren Goldstücken gefüllte Börse, Geschenke, die die Lieutenants vor hundert Jahren gewiß eben so zu würdigen wußten wie heutzutage.

6. Eine Kavalleriegarnison in Schottland

Unter verschiedenen Gefühlen, deren vorherrschendstes der ängstliche und selbst feierliche Eindruck war, seiner eigenen Führung und Leitung von jetzt ab überlassen zu sein, verließ Edward Waverley am nächsten Morgen die Halle. Die Segenswünsche und Tränen aller alten Diener und der Bewohner des Dorfes begleiteten ihn. Einige leise Bitten um Unteroffiziers- und Korporalstellen wurden dabei von Seiten derer vernommen, welche gestanden, daß sie nie daran gedacht hatten, Jakob und Gilles und Jonathan unter die Soldaten treten zu lassen, wenn es nicht geschehen wäre, um Ihro Gnaden in schuldiger Pflicht zu begleiten. Edward entzog sich eben so pflichtschuldig den Bittenden mit der Zusage von weniger Versprechungen, als man von einem jungen Manne erwartet hätte, der noch so wenig von der Welt gesehen hatte. Nach einem kurzen Besuche in London begab er sich zu Pferde nach Edinburg und von dort nach Dundee, einem Seehafen an der östlichen Küste von Angusshire, wo sein Regiment damals garnisonirte.

Er trat in eine neue Welt, in der ihm für einige Zeit alles schön erschien, weil alles neu war. Oberst Gardiner, der Kommandeur des Regiments, war an sich schon ein Studium für einen romantischen, wißbegierigen Jüngling. Von Person war er schlank, schön und lebhaft, obgleich schon etwas vorgerückten Alters, In seinen früheren Jahren war er, was man schonend einen lustigen jungen Menschen nennt, gewesen, und es waren sonderbare Geschichten im Umlauf über seine plötzliche Bekehrung vom Zweifel, wo nicht vom Unglauben zu einer ernsten und schwärmerischen Gemüthsart. Man flüsterte sich zu, daß eine übernatürliche Erscheinung diese wunderbare Veränderung in ihm hervorgebracht habe, und wenn auch einige den Proselyten für einen Enthusiasten ansahen, so nannte ihn doch niemand einen Heuchler. Dieser sonderbare und geheimnißvolle Umstand gab dem Obersten Gardiner in den Augen des jungen Kriegers eine eigentümliche und feierliche Wichtigkeit. Man kann sich leicht denken, daß die Offiziere eines Regiments, welches von einem so achtungswerten Manne kommandirt wurde, eine gesetztere und ordentlichere Korporation bildeten, als man sie sonst gewöhnlich an dem Regimentstische zu finden pflegt, und daß Waverley dadurch manchen Versuchungen entging, denen er andernfalls ausgesetzt gewesen sein würde.

Seine militärische Ausbildung machte erfreuliche Fortschritte, Schon früher ein guter Reiter, wurde er jetzt mit den Künsten der Manege vertraut gemacht. Er empfing auch Unterricht im Felddienste, aber mit dem Schwinden des ersten Eifers wurden die Fortschritte gering. Die Pflichten eines Offiziers, für ein unerfahrenes Gemüth die bestechendsten von allen, weil sie von so viel äußerem Pomp begleitet werden, sind im Grunde sehr trocken und undankbar, da sie hauptsächlich von arithmetischen Berechnungen abhängen, welche viel Aufmerksamkeit erfordern und einen kalt überlegenden Verstand zu ihrer Ausführung. Unser Held machte sich einiger Zerstreutheiten schuldig, die das Gelächter seiner Kameraden und die Vorwürfe seiner Vorgesetzten zur Folge hatten. Dieser Umstand erweckte in ihm das peinliche Gefühl, gerade in den Eigenschaften, welche in seinem neuen Stande die meiste Geltung hatten, untergeordnet befähigt zu sein. Vergebens fragte er sich, weshalb sein Auge eine Distanz oder einen Raum nicht ebenso gut auszumessen verstünde, wie das seiner Kameraden, weshalb es seinem Kopfe nicht immer gelänge, die verschiedenen Schwenkungen anzuordnen, die zu einem bestimmten Manöver erforderlich waren, weshalb sein Gedächtniß, sonst bei den meisten Veranlassungen so glücklich, technische Ausdrücke und einzelne Punkte des Felddienstes nicht genau zu behalten vermöchte. Die Ursache war, daß die oberflächliche Art, mit der er sich gewöhnt hatte seine Aufgaben zu lösen, auf sein von Natur verschlossenes Gemüth wirkte und ihm jenes Schwanken eines unsteten Geistes verlieh, welches zum Studium und strenger Aufmerksamkeit unfähig macht. Zugleich lastete die Zeit schwer auf ihm. Der Landadel der Nachbarschaft war den militärischen Gästen nicht geneigt und zeigte wenig Gastfreundschaft für dieselben, und die Bürger, die vorzugsweise der Handel beschäftigte, waren nicht geeignet, in Waverley den Wunsch nach ihrer Gesellschaft zu erregen.

Der Sommer und das Verlangen, mehr von Schottland kennen zu lernen, als bei einem Spazierritt aus seiner Garnison möglich war, bestimmten ihn, um Urlaub für einige Wochen nachzusuchen. Er beschloß, zuerst seines Oheims alten Freund und Korrespondenten zu besuchen und die Länge seines Aufenthalts bei ihm den Umständen anzupassen. Er reiste natürlich zu Pferde und von einem einzigen Diener begleitet, und brachte die erste Nacht in einem elenden Wirthshause zu, dessen Wirtin weder Schuhe noch Strümpfe trug, und dessen Wirth, der sich einen Edelmann nannte, beinahe gegen seinen Gast grob geworden wäre, weil dieser ihn nicht zum Abendessen einlud, wie es damals Sitte war. Am nächsten Tage kam Edward in eine offene uneingehegte Gegend, und näherte sich allmählich dem Hochlande von Perthshire, welches sich zuerst als eine blaue Linie am Horizonte zeigte, jetzt aber zu schweren Riesenmassen anwuchs, die das unter ihnen liegende flachere Land trotzig herauszufordern schienen. Nahe dieser gewaltigen Scheidewand, aber noch im Tieflande wohnte Cosmo Comyne Bradwardine von Bradwardine, und wenn den Greisen Glauben zu schenken ist, so hatten seine Vorfahren und alle ihre Erben dort schon seit den Zeiten des allerhuldreichsten König Dunkan gewohnt.

7. Ein schottischer Landsitz vor 100 Jahren

Es war gegen Mittag, als Kapitän Waverley das einzeln stehende Dorf oder vielmehr den Weiler Tully-Veolan betrat, dicht neben welchem der Sitz des Eigentümers lag. Die Häuser schienen im höchsten Grade elend zu sein, besonders in solchen Augen, die an die Freundlichkeit englischer Güter gewöhnt waren. Sie standen ohne alle Regelmäßigkeit an beiden Seiten einer krummen ungepflasterten Straße, auf welcher die Kinder beinahe völlig nackt umher lagen, als sollten sie von den Hufen des nächsten vorüberkommenden Pferdes zertreten werden. Zuweilen, wenn ein solcher Unfall unvermeidlich schien, stürzte eine wachsame alte Großmama mit ihrem eng anschließenden Käppchen, ihrem Rocken und ihrer Spindel, wie eine rasende Sibylle, aus einer dieser elenden Höhlen bis in die Mitte des Weges, ergriff unter den sonnenverbrannten Müßiggängern ihr eigenes Fleisch und Blut, begrüßte es mit einem tüchtigen Puff und trug es zurück in seinen Kerker; der kleine weißköpfige Schelm schrie dabei aus Leibeskräften, ohne auf die Vorstellungen der zornigen Matrone zu achten. Ein andrer Teil dieses Konzerts wurde durch das unablässige Gebell von einigen zwanzig unnützen Bauernhunden gegeben, welche den Hufen der Pferde knurrend, bellend, heulend und lechzend folgten, eine Beschwerlichkeit, die in jener Zeit in Schottland so gemein war, daß ein französischer Tourist, welcher gleich andern Reisenden darnach strebte, für alles, was er sah, einen guten und verständigen Grund ausfindig zu machen, es als eine der Merkwürdigkeiten Caledoniens erzählte, daß der Staat in jedem Dorfe ein Relais von Bauernhunden unterhielte, die dazu bestimmt seien, die verhungerten und erschöpften Postpferde von einem Dorfe zum andern zu hetzen, bis ihre lästige Begleitung die Pferde endlich zur Vollendung ihrer Laufbahn bestimmte. Als Waverley weiter ritt, trat hier und dort ein alter Mann in die Tür seiner Hütte, um die Kleidung des Fremden und die Gestalt und Bewegungen seines Pferdes anzustaunen, und dann, mit seinen Nachbarn in einer kleinen Gruppe bei der Schmiede vereinigt, die Wahrscheinlichkeiten zu besprechen, von woher der Fremde komme und wohin es gehe. Drei oder vier Dorfmädchen, welche von der Quelle oder dem Teiche mit Krügen und Eimern auf den Köpfen zurückkamen, erschienen angenehmer als die alten Grauköpfe und glichen mit ihren dünnen, kurz geschnittenen Röcken, ihren bloßen Armen, Beinen und Füßen, ihrem unbedeckten Haupt und geflochtenen Haar einigermaßen der Staffage italienischer Landschaften. Die ganze Scene machte keinen vorteilhaften Eindruck, denn sie verrieth auf den ersten Blick einen Mangel an industrieller Betriebsamkeit, vielleicht auch an geistiger Bildung. Selbst die Neugier, die geschäftigste Leidenschaft der Müßigen, schien lautloser Art in dem Dorfe Tully-Veolan zu sein, nur die vorerwähnten Dorfhunde machten hierin eine Ausnahme. Bei den Bewohnern war sie passiv. Sie standen und sahen den jungen hübschen Offizier und seinen Begleiter an, doch ohne eine jener schnellen Bewegungen und gierigen Blicke, die den Eifer andeuten, mit dem die, welche zu Hause in einförmiger Gemächlichkeit leben, Unterhaltung suchen, die von draußen kommt. Bei genauerer Prüfung aber war die Physiognomie der Leute weit entfernt, die Gleichgültigkeit der Dummheit zu zeigen, ihre Züge waren roh, aber auffallend verständig, ernst aber ganz das Gegenteil von dumm, und unter den jungen Weibern hätte ein Künstler mehr als ein Modell für Antlitz und Gestalt einer Minerva wählen können. Selbst die Kinder, deren Haut die Sonne gebräunt, deren Haar sie gebleicht hatte, zeigten Blicke von Wesen, die voll Leben und Aufmerksamkeit sind. Es schien im Ganzen, als ob Armut und Trägheit sich vereinigten, um die natürlichen Anlagen eines kühnen, verständigen und überlegenden Bauernstandes niederzudrücken.

Einige solcher Gedanken fuhren Waverley durch den Kopf, als er langsam die rauhe, steinige Straße von Tully-Veolan hinritt. Das Dorf war über eine halbe Meile lang, denn die Hütten waren unregelmäßig, von einander durch Gärten von verschiedener Größe getrennt, in denen riesenmäßige Kohlpflanzen umgeben von Nesselgebüschen wuchsen, und die hier und dort eine gewaltige Schirlingstaude oder eine Nationaldistel zeigten, welche die niedrigen Einhegungen überragten. Der ungleiche Boden, auf dem das Dorf stand, war nie geebnet worden, so daß die Einhegungen allerlei Bogen bildeten, hier terrassenartig emporsteigend, dort gleich Lohgruben hinabsinkend. Die von trockenen Steinen, d.h. ohne Mörtel ausgeführten Mauern, welche diese hängenden Gärten von Tully-Veolan schützten, oder zu schützen schienen, denn sie waren jämmerlich verfallen, wurden von einem engen Gange durchschnitten, der zu dem Gemeindefelde führte, wo die vereinte Arbeit der Dorfbewohner abwechselnd Raine und Flecken von Weizen,

Hafer, Erbsen und Roggen baute, jedes von so geringer Ausdehnung, daß in kleiner Entfernung die bunte Mannigfaltigkeit der Fläche der Musterkarte eines Schneiders glich.

In vereinzelten Fällen zeigte sich hinter den Hütten ein elender Stall, von Erde, losen Steinen und Rasen aufgeführt, in dem der Wohlhabendere vielleicht einer verhungerten Kuh oder einem lahmen Pferde Schutz gewährte. Aber beinahe jede Hütte hatte an der Vorderseite einen großen schwarzen Torfhaufen, während auf der andern Seite der Haustür der Familiendüngerhaufen in edlem Wettstreit emporstrebte.

Ungefähr einen Bogenschuß von dem Ende des Dorfes zeigten sich die Umhegungen, welche den stolzen Namen des Parkes von Tully-Veolan trugen und aus mehreren viereckigen Feldern bestanden, die mit fünf Fuß hohen Steinmauern umgeben waren. Mitten in der äußersten Mauer befand sich das Eingangstor zur Auffahrt, unter einem mit Zinnen versehenen Torwege, zu dessen beiden Seiten große verwitterte und verstümmelte Steinblöcke standen, welche, wenn man der Tradition der Dorfbewohner glauben konnte, einst zwei springende Bären, die Wappenhalter der Familie Bradwardine, vorgestellt hatten oder vorstellen sollten. Die Auffahrt war grade, von bescheidener Länge, und lief zwischen einer doppelten Reihe alter Roßkastanien hin, mit wilden Sykomoren abwechselnd, die sich so hoch erhoben und so üppig grünten, daß ihre Äste die breite Straße gänzlich überwölbten. Neben diesen ehrwürdigen Alleen und ihnen parallell liefen zwei hohe Mauern, allem Anscheine nach von gleichem Alter, überwachsen mit Epheu, Immergrün und andern Schlingpflanzen, Die Allee schien sehr wenig betreten zu werden, und da sie sehr breit war und viel Schatten hatte, so zeigte sie eine üppige Rasenfläche, die nur da unterbrochen war, wo gelegentliche Fußgänger einen Fußpfad von dem obern zum untern Tore getreten hatten. Einer der Flügel des unteren Tores stand offen, und da die Sonne den Hof dahinter hell beschien, fiel durch denselben ein glänzender Strahl in die düstere dumpfe Allee. Er bildete eines jener Farbenspiele, welche der Maler gern darstellt, und vermischte sich mit dem zitternden Lichte, welches seinen Weg durch die Schatten des Gewölbes fand, das die Äste über der breiten grünen Allee bildeten.

Die stille Einsamkeit der ganzen Scene erschien wahrhaft klösterlich, und Waverley, der sein Pferd seinem Diener übergeben hatte, ging die Allee langsam hinauf und genoß des angenehmen und kühlen Schattens. Die Einfahrt in den gepflasterten Hof paßte in den Rahmen der geschilderten Scene. Das Haus, welches aus zwei oder drei hohen, schmalen, mit steilen Dächern versehenen Gebäuden zu bestehen schien, die rechtwinklig an einander stießen, machte die eine Seite des Gehöftes aus. Es war zu einer Zeit erbaut worden, da Schlösser nicht mehr nötig waren, und die schottischen Architekten die Kunst, Wohnhäuser aufzuführen, noch nicht besitzen konnten. Die Fenster waren zahllos, aber sehr klein; das Dach hatte verschiedene Vorsprünge, doch zeigte eine jede der zahlreichen Ecken ein Türmchen, das mehr einer Pfefferbüchse als einem gotischen Wachtturme ähnlich sah. Der Hof war übrigens nicht ohne Verzierungen. In einer Ecke stand ein dickbäuchiges Taubenhaus von großem Umfange. Dieser Taubenschlag oder dies *Columbarium*, wie der Besitzer es nannte, war keine geringe Hilfsquelle für einen schottischen Laird jener Zeit, dessen geringes Einkommen durch die Kontributionen erhöht wurde, welche diese leichten Fouragiere auf den Pachthöfen eintrieben, und die Konskriptionen, die von ihnen für die Tafel gemacht wurden.

Eine andere Ecke des Hofes zeigte einen Springbrunnen: ein in Stein gehauener Bär, der in ein großes steinernes Bassin Wasser spie. Dies Kunstwerk war das Wunder des Landes zehn Meilen in der Runde. Es darf nicht vergessen werden, daß alle Arten von Bären, groß und klein, in halber oder voller Gestalt, über jedem Fenster an den Enden der Giebel ausgeschnitten waren, daß die Rinnen in diese Figuren verliefen und die Türmchen von denselben getragen wurden. Und unter einer jeden stand das alte Familienmotto: »Hüte dich vor dem Bären«. Der Hof war geräumig, wohl gepflastert und ganz rein; wahrscheinlich hatten die Ställe auf der hinteren Seite noch einen besondern Ausgang, den Dünger fortzuschaffen. Alles rings umher schien verödet, nur das Plätschern des Springbrunnens deutete auf die Nähe lebender Wesen.

8. Das Wohnhaus und seine Umgebungen

Als Waverley seine Neugier durch einen Blick in die Runde befriedigt hatte, setzte er den großen Klopfer der Haustür in Bewegung, deren Architrav die Jahreszahl 1594 trug. Es erfolgte keine Antwort, obgleich der Schall durch eine Menge von Zimmern widerhallte und von dem Echo der Mauern außerhalb des Hauses wiederholt wurde. Die Tauben in der ehrwürdigen Rotunde flogen aufgescheucht empor, und selbst die Hunde des fernen Dorfes, die sich auf ihren zugehörigen Düngerhaufen schlafen gelegt hatten, fuhren auf. Endlich des Klopfens müde, wendete unser Held sich zu einer kleinen Eichentür, welche er in der Hofmauer erblickte, wo diese einen Winkel mit dem Hause bildete.

Sie war nur angelehnt und als er sie öffnete, führte sie ihn in einen Garten, der einen äußerst freundlichen Anblick gewährte.

Die südliche Seite des Hauses, die mit Fruchtbäumen besetzt war, dehnte ihre unregelmäßige doch ehrwürdige Front längs einer Terrasse aus, die teils gepflastert, teils mit Sand bestreut, teils mit Beeten voll Blumen und ausgewählter Pflanzen eingefaßt war. Von dieser Erhöhung gelangte man auf drei Treppen, in der Mitte und auf beiden Seiten, zu dem, was man den eigentlichen Garten nennen konnte. Dieser Teil, welcher sehr sorgfältig gehalten zu werden schien, war überreich an Fruchtbäumen und zeigte eine Menge von Blumen und immergrünen Gewächsen, die in grotesken Figuren geschnitten waren. Er zog sich in Terrassen von der westlichen Mauer bis zu einem großen Bache herab, der eine glatte Oberfläche zeigte, wo er dem Garten als Grenze diente, sich aber an seinem äußersten Ende tosend über ein Wehr stürzte und dort einen Wasserfall bildete, an dem ein achteckiges Sommerhaus stand.

Waverley fing allgemach an zu bezweifeln, daß er einen Eingang in dies einsame und scheinbar verzauberte Haus finden werde, als ein Mann die Allee, in der er stand, heraufkam. Edward vermutete, er möchte ein Gärtner oder irgend ein Diener des Hauses sein, und ging daher die Treppe hinab ihm entgegen, aber als die Gestalt sich nahte, und noch lange ehe er die Züge derselben erkennen konnte, fiel ihm das Wunderliche in dem Äußern und Benehmen des Mannes auf. Bald hielt er die Hände über dem Kopf gefaltet wie ein büßender Hindu, bald schwenkte er sie perpendikulär wie einen Pendel nach beiden Seiten; dann wieder schlug er sie schnell und wiederholt kreuzweis über die Brust, wie die Kutscher tun, wenn sie an einem kalten Tage müßig neben ihren Pferden stehen.

Sein Gang war eben so wunderlich wie seine Gestikulationen, denn bald hüpfte er mit großer Ausdauer auf dem rechten Fuße, wechselte dann mit dem linken ab oder hielt beide Füße dicht neben einander und hüpfte auf beiden zugleich vorwärts. Sein Anzug war ebenfalls altmodisch und auffallend. Er bestand aus einer Art grüner Jacke mit roten Aufschlägen und geschlitzten Ärmeln, die rotes Futter durchblicken ließen, die andern Teile der Kleidung stimmten in der Farbe damit überein; ein Paar scharlachrote Strümpfe, sowie eine scharlachrote Mütze nicht zu vergessen, die von einer Truthahnsfeder stolz überragt wurde. Edward, den er nicht zu bemerken schien, entdeckte jetzt in seinen Zügen die Bestätigung dessen, was Gang und Bewegung schon verkündet hatten. Der Alte war ein Gemisch von einfältigem

Narren und überspanntem Träumer. Er sang mit großem Ernste und nicht ohne einigen Geschmack ein Bruchstück aus einem alten schottischen Liede:

Du hast mir treulos das getan
Zur Sommerszeit beim Blumenflor,
Ich will, wenn Winterschauer nahn,
Vergelten, was du tatst zuvor.
Kommst du nicht wieder her zu mir.
An meine Brust, die treu gesinnt,
So sehr auch ich nicht mehr zu dir
Und seh, daß mich ein Andrer minnt.

Hier erhob er seine Augen, die bisher auf seine Füße gerichtet waren, um zu sehen, wie sie den Takt zu seinem Liede schlugen. Sobald er Waverley bemerkte, zog er augenblicklich seine Kappe mit komischen Beweisen der Überraschung, der Ehrfurcht und der Begrüßung. Mit wenig Hoffnung, eine Antwort auf irgend eine zusammenhängende Frage zu erhalten, bat Edward, ihm zu sagen, ob Mr. Bradwardine zu Hause wäre, oder wo er irgend einen der Diener finden könne. Der Gefragte antwortete, und seine Rede war Gesang, wie die der Hexe von Thalaba:

Der Heu ist im Forste,
Dort schmettert sein Horn,
Die Frau windet Kränze
Am schattigen Born,
Burd Ellen, sie legte
Weich Moos vor die Tür,
Lord William schlich leise
Hinaus und zu ihr.

Das war allerdings keine Antwort, und als Edward seine Frage wiederholte, erhielt er eine so schnelle Entgegnung, daß ihm wegen der Hast der Rede und der Eigentümlichkeit des Dialekts nur das Wort Voigt verständlich wurde. Waverley bat hierauf, zu dem Voigt geführt zu werden, und mit einem Blick und Nicken des Einverständnisses gab der Bursche ihm ein Zeichen zu folgen, und tanzte und hüpfte dann die Allee hinab, durch die er heraufgekommen war.

Ein sonderbarer Bote, dachte Edward, und einem von Shakespeares Tölpeln nicht unähnlich. Es ist nicht sehr klug gehandelt, sich seiner Führung anzuvertrauen, aber Weisere als ich sind durch Narren geleitet worden.

Inzwischen erreichte er das Ende der Allee, und als er hier umbog, stand er vor einem kleinen Blumengarten, der im Osten und Norden durch eine dichte Eichenbaumhecke geschützt wurde. Hier fand er einen ältlichen Mann, dessen Äußeres etwas von einem höheren Diener und einem Gärtner verrieth; seine rote Nase und sein zerknittertes Hemd schienen den ersteren zu verraten, sein mageres, sonnenverbranntes Gesicht und seine grüne Schürze deudeten an, daß er,

> Des alten Adams Ebenbild,
> Den Garten hier bebaute.

Der Major-Domo oder der Hausmeier legte seinen Spaten nieder, zog hastig seinen Rock an und mit einem wütenden Blick auf Edwards Führer, wahrscheinlich weil er einen Fremden hergebracht hatte, fragte er nach des Herrn Begehr. Als er gehört hatte, daß derselbe seinem Gebieter seine Achtung zu bezeigen wünschte, und daß sein Name Waverley sei, nahm des alten Mannes Gesicht eine sehr wichtige Miene an, indem er sagte, er könnte die Versicherung auf sich nehmen, daß Sr. Gnaden sehr erfreut sein würden, Herrn Waverley zu sehen. Ob nicht Herr Waverley nach seiner Reise irgend eine Erfrischung zu sich nehmen wolle? Seine Gnaden wären mit den Leuten hinaus, das Moorland zurecht zu machen, die zwei Gärtnerburschen, er betonte das Wort »zwei« besonders, hatten Befehl erhalten, ihn zu begleiten, er hatte sich eben die Zeit damit vertrieben, das Blumenbeet der Miß Rosa in Ordnung zu bringen, um für die Befehle Sr. Gnaden in der Nähe zu sein. Er fände zwar viel Vergnügen an einem Garten, hätte aber nicht viel Zeit zu solchen Zerstreuungen, »Er chas nit in Ordnig bringe i den zwee Täge, wo er hier schafft«, sagte Edwards phantastischer Führer. Ein grimmiger Blick des Haushofmeisters bestrafte diese Einmischung, und dieser gebot, indem er den Burschen David Gellatley nannte, sich nach Sr. Gnaden im Moorland umzusehen, und ihm zu sagen, es wäre ein Edelmann aus dem Süden im Schlosse angekommen.

»Kann der arme Schelm einen Brief überbringen?« fragte Edward.

»Mit aller Treue, Herr, an jeden, vor dem er Respekt hat. Ich möchte ihm kaum einen langen mündlichen Auftrag anvertrauen, obgleich er mehr Schelm als Narr ist.«

Waverley gab sein Beglaubigungsschreiben an Mr. Gellatley, welcher die letzte Bemerkung des Voigts zu bestätigen schien, indem er hinter dessen Rücken ihm ein Gesicht schnitt.

»Der ist noch harmlos, Herr«, sagte der Haushofmeister; »es gibt solche Menschen fast in jeder Stadt im Lande, aber dem unsrigen wird besondere Aufmerksamkeit erwiesen. Er pflegte sein Tagewerk leidlich zu verrichten, aber er leistete Miß Rosa Beistand als sie der neue englische Stier des Laird von Killancureit erschreckte, und seit der Zeit heißen wir ihn Davie Tu-wenig; in der Tat könnten wir ihn auch Davie Tu-nichts nennen, denn seitdem er die lustige Kleidung trägt, um Seiner Gnaden und unserer jungen Gebieterin zu gefallen, hat er nichts getan, als durch die Stadt zu tanzen, ohne eine Hand anzurühren. Wenns hoch kommt, pflegt er etwa des Lairds Angelrute zurecht zu machen und ihm Fliegen zu fangen, oder vielleicht ein Gericht Forellen. Aber da kommt Miß Rosa, die, wie ich zu behaupten auf mich nehme, außerordentlich erfreut sein wird, ein Mitglied des Hauses Waverley in ihres Vaters Schloß Tully-Veolan zu sehen.«

Aber Rosa Bradwardine verdient von ihrem unwürdigen Geschichtschreiber etwas Besseres, als an dem Ende eines Kapitels eingeführt zu werden.

Indeß möge erwähnt werden, daß Waverley durch dieses Gespräch doch zweierlei erfuhr: daß nämlich in Schottland ein einzelnes Haus eine Stadt genannt wird, und ein Narr ein Harmloser.

9. Rosa Bradwardine und ihr Vater

Rosa Bradwardine war siebzehn Jahre alt, dennoch hatte der Laird von Bumperquaigh, der immerwährende Toastausbringer des Bautherwhillery-Clubs, als bei dem letzten Wettrennen in dem Landstädtchen ** auf ihre Gesundheit getrunken werden sollte, die Gottheit, der er seine Libation darbrachte, »die Rose von Tully-Veolan« genannt, und bei dieser festlichen Gelegenheit wurde von allen der Sitzung beiwohnenden Mitgliedern jener ehrwürdigen Gesellschaft ein dreimaliges Lebehoch auf sie ausgebracht. Ja, mir ist sogar versichert worden, daß die schlafenden Teilnehmer der Gesellschaft Beifall schnarchten, und daß sogar zwei oder drei an dem Boden verschiedene unartikulierte Töne ausstießen, durch die sie ihre Zustimmung zu erkennen gaben.

Solch allgemeiner Beifall konnte nur durch ein anerkanntes Verdienst hervorgerufen werden, und Rosa Bradwardine verdiente nicht nur ihn, sondern auch den Beifall viel verständigerer Personen, als die Mitglieder des Bautherwhillery-Clubs waren. Sie war in der Tat ein ganz allerlieb-stes Mädchen nach den schottischen Begriffen der Schönheit, d.h. mit einer Fülle von Goldhaar und einer Haut, so weiß wie der Schnee auf den Bergen ihres Vaterlandes. Dennoch hatte sie kein mattes, träume-risches Wesen; ihre Züge, sowie ihr Geist, trugen einen lebendigen Ausdruck; die Farbe ihres Gesichts war zwar nicht hoch gerötet, aber sie war ebenso rein wie durchsichtig, und die leiseste Aufregung trieb ihr das Blut in Hals und Wangen. Ihr Wuchs war zwar unter der ge-wöhnlichen Größe, aber auffallend elegant, ihre Bewegungen leicht, ungezwungen, gewandt. – Sie kam aus einem andern Teile des Gartens, um Kapitän Waverley mit einer Mischung von Verschämtheit und Artigkeit zu begrüßen.

Als die ersten Begrüßungen vorüber waren, erschien der Baron selbst, durch Davie Gellatley benachrichtigt, »mit den gastfreundlichsten Ge-sinnungen«, und kam über den Wiesengrund mit so gewaltigen Schritten daher, daß sie Waverley an das Märchen von den Siebenmei-lenstiefeln erinnerten. Er war von hoher, magerer, doch athletischer Gestalt, zwar alt und grauhaarig, aber jeder Muskel war durch bestän-dige Übung so zäh wie eine Peitschenschnur geworden. Er war nach-lässig gekleidet, mehr wie ein Franzose als wie ein Engländer jener Zeit, seine scharfen Züge und seine aufrechte Haltung verliehen ihm einige Ähnlichkeit mit einem Offizier der Schweizergarde, der einige Zeit in Paris gestanden und sich wohl die Tracht, doch nicht die Leichtigkeit oder das Benehmen der dortigen Einwohner angeeignet hat. In der Tat waren auch seine Sprache und Gewohnheiten seiner Stellung ebenso wenig angemessen wie seine äußere Erscheinung.

Infolge seiner natürlichen Anlage zu wissenschaftlicher Beschäftigung oder vielleicht auch der ziemlich allgemeinen schottischen Mode, jungen Leuten von Rang eine juristische Ausbildung zu geben, war er für die Gerichtsschranken bestimmt gewesen. Da aber die politischen Traditio-nen seiner Familie jede Hoffnung ausschlossen, in dieser Laufbahn vorwärts zu kommen, so reiste Mr. Bradwardine einige Jahre mit vieler Auszeichnung in fremden Ländern und machte in auswärtigen Diensten einige Feldzüge mit. Nach einer Kollision mit den Gesetzen wegen Hochverrats im Jahre 1715 lebte er in Zurückgezogenheit und verkehrte fast nur mit solchen Nachbarn, die seine eigenen Grundsätze teilten. Bei seiner ersten Anrede schien es, als hätte die herzliche Freude, den Neffen seines Freundes zu sehen, die Steifheit und stolze Würde in der Haltung des Barons von Bradwardine etwas gemildert, denn Tränen standen dem alten Manne in den Augen, als er zuerst Edwards Hand auf englische Weise herzlich geschüttelt hatte, und er ihn dann auf französische umarmte und auf beide Backen küßte; die Härte seines Händedrucks und die Menge schottischen Schnupftabaks, welche er bei der Umarmung seinem Gaste mitteilte, riefen auch in dessen Augen einige Tropfen hervor.

»Bei der Ehre eines Edelmannes«, sagte er, »es macht mich wieder jung, Euch bei mir zu sehen, Mr. Waverley! Ein würdiger Zweig des alten Stammes von Waverley-Haus – spes altera – wie Maro sagt; und man sieht Euch an, daß Ihr zu der älteren Linie gehört, Kapitän Waverley; noch nicht so stattlich wie mein alter Freund, Sir Everard, mais cela viendra avec le temps, wie mein holländischer Bekannter, Baron Kikkitbroek sagte, als er von der sagesse de Madame son epouse sprach. – Ihr habt also die Kokarde aufgesteckt? Recht, recht, obgleich ich die Farbe etwas anders gewünscht hätte, und das tut, wie ich glaube, Sir Everard ebenfalls. Doch nichts weiter davon, ich bin alt, und die Zeiten haben sich geändert. Und wie befinden sich der würdige Baronet und die schone Miß Rahel? – Ei, Ihr lacht, junger Mann? – In der Tat, sie war die schöne Miß Rahel im Jahr der Gnade 1716; aber die Zeit vergeht – et singula praedantur anni – das ist ganz gewiß. Aber noch einmal, seid mir herzlich willkommen in meinem armen Hause zu Tully-Veolan! – Eile nach dem Hause, Rosa, und sieh nach, daß Alezander Saunderson vom alten Chateau-Margaut heraufholt, den ich im Jahr 1713 von Bordeaux nach Dundee schickte.«

Rosa entfernte sich mit ziemlich gemessenen Schritten, bis sie an die erste Ecke kam, dann flog sie mit Sylphenschnelligkeit dahin, um nach Vollziehung des väterlichen Auftrages noch für ihren Anzug und Putz sorgen zu können, wozu ihr die Nähe der Speisestunde nicht viel Zeit ließ.

»Wir können mit dem Luxus Eurer englischen Tafel nicht wetteifern, Kapitän Waverley, oder Euch die epulae lantiores von Schloß Waverley geben, ich sage epulae statt prandium, weil das letztere Wort gemein ist, epulae ad senatum, prandium vero ad populum attinet, sagte Suetonius Tranquillus. Aber ich hoffe, Ihr werdet meinem Bordeaux Beifall zollen, c'est des doux oreilles, wie Kapitän Binsauf zu sagen pflegte, vinum primae notae, wie der Rektor von St. Andreas ihn nannte. Und noch einmal, Kapitän Waverley, ich bin hocherfreut, daß Ihr hier seid, das Beste zu trinken, was mein Keller zu bieten vermag.« Diese Rede mit den nothwendigen dazwischen eingeschobenen Antworten währte von der niedern Allee, wo sie sich trafen, bis an die Tür des Hauses, wo vier oder fünf Diener in altmodischen Livreen standen, an ihrer

Spitze der Haushofmeister Alexander Saunderson, der jetzt kein Zeichen mehr von dem Staube des Gartens trug, und sie

In einer alten Halle mit Lanzen, Schwert und Bogen
Und Panzer, Schild, an die manch böser Speer geflogen,

in großem Costüm empfing.

Mit viel Ceremonie und noch weit mehr Herzlichkeit führte der Baron seinen Gast, ohne sich in einem dazwischen liegenden Zimmer aufzuhalten, in den großen Speisesaal, der mit geschwärztem Eichenholz getäfelt war, und an dessen Wänden die Bilder seiner Vorfahren hingen. Hier stand eine Tafel für sechs Personen gedeckt, und ein altmodisches Büffet entfaltete alles alte und massive Silbergeschirr der Familie Bradwardine.

Jetzt ertönte von dem Ende der Eingangsallee her eine Glocke, denn ein alter Mann, der an Galatagen das Amt eines Pförtners versah, hatte von dem Lärm gehört, den Waverleys Ankunft verursachte, war auf seinen Posten geeilt und meldete das Nahen anderer Gäste.

Diese waren, wie der Baron seinen jungen Freund versicherte, sehr ehrenwerte Personen. »Da war der junge Laird von Balmawhapple, mit dem Beinamen »der Falkenjäger«, aus dem Hause Glenfarquhar, der Jagd zwar total ergeben, – *gaudet equis et canibus*, – aber ein sehr anständiger junger Edelmann. – Dann der Land von Killancureit, der seine Mußestunden dem Ackerbau und der Viehwirthschaft widmete, und sich rühmte, im Besitze eines tadellosen Stiers aus der Grafschaft Devon zu sein. Er ist, wie Ihr nach einer solchen Neigung wohl denken könnt, nur vom Pachterschlage – *servabit odorum testa diu* –, und ich glaube, unter uns, sein Großvater war von der falschen Seite – ein gewisser Bullsegg, der als Pachter oder Vogt, oder Grundbeamter, oder dergleichen zu dem seligen Girnigo von Killancureit kam, der an der Auszehrung starb. Nach seines Herrn Tode – kaum werdet ihr ein solches Ärgerniß glauben –, verheiratete sich dieser Bullsegg, der schön und wohlgebaut war, mit der jungen und verliebten verwittweten Lady, und wurde so Eigentümer der Besitztümer, welche dieser unglückseligen Frau durch Vermächtniß ihres verstorbenen Mannes zufielen. Der jetzige Mr. Bullsegg von Killancureit hat aber in seinen Adern gutes Blut durch die Mutter und die Großmutter, welche beide aus der Familie Pickletillim stammten; er ist wohl gelitten und gern gesehen, und weiß, was für ein Platz ihm gebührt. Und behüte Gott, Waverley, daß wir uns über ihn aufhalten, denn es könnte ja kommen, daß seine Nachkommen in der achten, neunten, zehnten Generation gewissermaßen dem alten Adel des Landes gleichstehen. Rang und Ahnen, Herr, sollten die letzten Worte in unserem Munde sein, die wir aus tadellosem Geschlechte stammen – vix ea nostra voco, wie Naso sagt. – Außerdem ist da noch ein Geistlicher der wahren wenngleich unterdrückten bischöflichen Kirche von Schottland. Er war ein Bekenner derselben im Jahre 1715, als ein Haufe Whigs seine Kirche zerstörte, sein Chorhemd zerriß, ihm vier silberne Eßlöffel stahl und seine Speisevorräthe entführte, nebst zwei Fässern, eines mit einfachem, eines mit doppeltem Bier, und außerdem noch drei Flaschen Branntwein. – Der Verwalter meiner Baronie, Mr. Duncan Macwheeble, ist der vierte auf unserer Liste. In Bezug auf die alte Orthographie findet eine Ungewißheit statt, ob er zu dem Clan von Wheeble oder Quibble gehört, doch haben beide ausgezeichnete Rechtsgelehrte hervorgebracht.«

So beschrieb er alle nach Person und Namen,
Die als Gäste bei ihm zur Tafel kamen.

10. Das Banquet

Die Bewirtung war nach den Ansichten der Schotten jener Zeit reichlich und gut, und die Gäste erwiesen ihr alle Ehre. Der Baron aß wie ein ausgehungerter Soldat, der Laird von Ballmawhapple wie ein Jäger, Bullsegg von Killancureit wie ein Pächter, Waverley wie ein Reisender und der Amtmann Macwheeble wie alle vier zusammen.

Der unbeeidigte Geistliche war ein gedankenvoller interessanter Greis und hatte ganz das Ansehen eines Mannes, der wegen Gewissenssachen duldet. Er war einer von denen

»Die, unberaubt, die Pfründe opferten«.

Wenn der Baron es nicht hörte, pflegte der Amtmann den Mr. Rubrick zu necken, indem er ihn wegen der Bedenklichkeiten seines Gewissens aufzog. In der Tat muß man zugeben, daß er selbst, obwohl im Herzen ein strenger Anhänger der vertriebenen Königsfamilie, sich durch die verschiedenen Staatsumwälzungen seiner Zeit vortrefflich zu winden wußte, so daß ihn Gellatley einst als einen ausgezeichnet guten Menschen beschrieb, der ein so ruhiges friedliches Gewissen hätte, daß es ihm nie die geringsten Schmerzen verursachte.

Als das Essen abgetragen war, brachte der Baron die Gesundheit des Königs aus, wobei er es klüglich dem Gewissen seiner Gäste überließ, dem Herrscher de facto oder dem de jure zu Ehren zu trinken, je nach der politischen Meinung der einzelnen. Das Gespräch wurde jetzt allgemeiner, und Miß Bradwardine, welche bei der Mahlzeit die Honneurs mit natürlicher Anmut und Einfachheit gemacht hatte, zog sich zurück; nach kurzer Zeit folgte ihr der Geistliche. Unter den übrigen Tischgenossen machte der Wein, welcher das Lob des Wirtes vollkommen rechtfertigte, fleißig die Runde, nur Waverley erlangte das Vorrecht, das Glas zuweilen vernachlässigen zu dürfen. Als endlich der Abend näher rückte, gab der Baron dem Mr. Saunders Saunderson, oder wie er ihn prunkend nannte Alexander ab Alexandro ein geheimes Zeichen, auf das hin er mit einem Kopfnicken den Speisesaal verließ. Bald darauf kehrte er zurück, das ernste Gesicht von einem feierlichen geheimnißvollen Lächeln umspielt, und setzte vor seinen Herrn ein kleines Kästchen von Eichenholz mit kupfernen Zierrathen von merkwürdiger Gestalt. Der Baron zog einen kleinen Schlüssel hervor, schloß das Kästchen auf, legte den Deckel zurück und zeigte einen goldenen Becher von eigentümlicher Gestalt und altmodischer Arbeit, einen aufgerichteten Bären darstellend, den der Eigentümer mit einem Blicke voll Ehrfurcht, Stolz und Entzücken betrachtete. Alsbald wandte er sich gefällig zu Waverley und bat ihn, er möchte die bedeutende Reliquie aus alten Zeiten betrachten. »Sie stellt den Helmschmuck unserer Familie vor, einen Bären, und wie Ihr bemerken werdet, in aufrechter Stellung; denn ein guter Heraldiker bildet jedes Tier seiner Natur gemäß ab, ein Pferd springend, einen Windhund laufend und ein reißendes Tier in actu ferocior, oder in einer gefräßigen, raubdürstigen, drohenden Stellung. Wir, edler Herr, erhielten diese ehrende Auszeichnung durch den Wappenbrief des deutschen Kaisers Friedrich Barbarossa für meinen Vorfahren Godmund Bradwardine. Sie war nämlich der Helmschmuck eines riesenhaften Dänen gewesen, den mein Ahn im heiligen Lande erschlug, und zwar in einem Streite wegen der Keuschheit der Gemahlin oder der Tochter des Kaisers, welcher von beiden läßt die Tradition unentschieden. Was den Becher selbst betrifft, Kapitän Waverley, so wurde er auf Geheiß des St. Duthac, Abt von Aberbrothock, angefertigt, zu Nutz und Frommen eines andern Barons aus dem Hause Bradwardine, welcher die Besitzungen des Klosters gegen gewisse räuberische Edelleute tapfer verteidigt hatte. Er wird sehr passend der heilige Bär von Bradwardine genannt, und in alten katholischen Zeiten wurden ihm gewisse mystische und übernatürliche Kräfte beigelegt. Obgleich

ich nichts auf solche *ancilia*, gebe, ist es doch gewiß, daß dieser Bär stets als ein feierlicher Festbecher und ein unveräußerliches Erbstück unseres Hauses betrachtet wurde, auch wird er nie anders als bei außerordentlich festlichen Gelegenheiten gebraucht, und dafür halte ich das Erscheinen von Sir Everards Erben unter meinem Dache, auch widme ich diesen Trunk dem Gedeihen des alten und hochgeehrten Hauses Waverley.«

Während dieser langen Anrede entkorkte er sorgfältig eine mit Spinngeweben bedeckte Flasche und goß ihren Inhalt in den Pokal, der beinahe ein englisches Maß faßte, dann reichte er die Flasche dem Haushofmeister, damit er sie gegen das Licht halte, und schlürfte den Inhalt des heiligen Bären von Bradwardine andächtig hinunter.

Mit Entsetzen und Angst sah Edward das Tier die Runde machen und dachte mit großer Besorgniß an den sehr passenden Wahlspruch: »Hüte dich vor dem Bären«. Zugleich aber sah er ein, daß, da keiner der Gäste zauderte, ihm diese ungewöhnliche Ehre zu erweisen, man seine Weigerung, die Artigkeit zu erwidern, sehr übel aufnehmen würde. Er beschloß daher, sich der tyrannischen Forderung zu unterwerfen, dann aber, wo möglich, die Tafel zu verlassen, und indem er seiner kräftigen Konstitution vertraute, tat er der Gesellschaft durch den Inhalt des heiligen Bären ihr Recht an, und der Trunk belästigte ihn weniger, als er erwartet hatte. Die andern, welche ihre Zeit eifriger benutzt hatten, begannen in andern Zungen zu reden. »Der Wein tat seine guten Dienste.« Das Eis der Etikette, der Stolz der Geburt begannen vor dem Segen dieser beglückenden Konstellation zu weichen, und die formellen Benennungen, mit denen die drei Würdenträger sich bisher angeredet hatten, wurden vertraulich in Tully, Bally und Killie abgekürzt. Nachdem der Becher einige Male die Runde gemacht hatte, baten die beiden letzteren, als sie einige Worte geflüstert hatten, um die Erlaubniß, den Abschiedstrunk fordern zu dürfen, eine freudige Nachricht für Edward. Nach einigem Zögern wurde der Trunk gebracht, und Waverley schloß daraus, daß die Bacchusfeier für diesen Abend beendet wäre. Nie in seinem Leben hatte er sich mehr getäuscht.

Da die Gäste ihre Pferde in dem kleinen Dorfwirtshause gelassen hatten, konnte der Baron der Höflichkeit wegen nicht umhin, sie die Allee hinabzubegleiten. Waverley schloß sich, um ebenfalls nicht unhöflich zu erscheinen und um nach der Mahlzeit die frische Abendluft zu genießen, an. Als sie aber zu dem Wirthshause der Luckie Macleary kamen, erklärten die Lairds von Valmawhapple und Killancureit ihre Absicht, die in Tully-Veolan genossene Gastfreundschaft dadurch anzuerkennen, daß sie mit ihrem Wirte und dessen Gast Kapitän Waverley noch einen Satteltrunk täten.

Der Amtmann, welcher aus Erfahrung wußte, die Lustigkeit des Tages werde zum Teil auf seine Kosten enden, hatte seinen spatlahmen Schimmel bestiegen und zwischen der Hoffnung des Herzens, zu entkommen, und der Furcht, eingeholt zu werden, in einen humpelnden Galopp gesetzt – ein Trab war nicht möglich. So hatte er jetzt das Dorf bereits im Rücken. Die andern traten in das Wirthshaus und führten Edward, der nicht zu widerstehen wagte, mit hinein, denn sein Wirth hatte ihm zugeflüstert, das Ablehnen einer solchen Einladung würde als eine große Verletzung der *leges conviviales* betrachtet werden. Die Wittwe Macleary schien diesen Besuch erwartet zu haben, wie sie auch füglich konnte, da es die gewöhnliche Beendigung munterer Gastmähler, nicht nur in Tully-Veolan, sondern auch in den Häusern der meisten schottischen Edelleute vor mehr als hundert Jahren war. Die Gäste entledigten sich so der Last der Dankbarkeit für ihres Wirtes Güte, belebten den Verkehr des Wirthshauses und hielten sich für den Zwang, den die Privatgastfreundschaft ihnen auflegte, dadurch schadlos, daß sie das, was Falstaff den »süßern Teil« der Nacht nennt, in der ungebundenen Freiheit des Wirtshauslebens verbrachten.

In Erwartung dieser ausgezeichneten Gäste hatte daher Luckie Macleary ihr Haus zum ersten Mal seit vierzehn Tagen gefegt, ihr Torffeuer so angeschürt, wie es die Jahreszeit in ihrer dumpfigen Höhle selbst mitten im Sommer erforderte, ihren Tisch abgescheuert, den wackelnden Fuß desselben durch ein Stück Torf befestigt, und vier oder fünf schwerfällige Stühle an die Stellen gesetzt, wo sie bei der Unebenheit des Lehmbodens am festesten standen. Sie hatte überdies noch ihre neue Schürze, ihren Rock und ihr Scharlachkleid angelegt und erwartete mit Ernst die Ankunft der Gesellschaft, in der freudigen Hoffnung auf Absatz und Gewinn. Als sie unter den schweren Balken von Luckie Maclearys einzigem Zimmer saßen, das mit Spinnweben dick tapeziert war, erschien die Wirtin mit einer schweren Kanne, die wenigstens drei englische Quart enthielt und gewöhnlich die Bruthenne genannt wurde, augenblicklich aber nach der Versicherung der Wirtin mit vortrefflichem Claret, eben vom Fasse gezapft, gefüllt war. Bald zeigte es sich, daß der Rest von Vernunft, den der Bär noch nicht verschlungen, von der Henne aufgepickt werden würde. Die Verwirrung, welche zu herrschen schien, begünstigte Edwards Entschluß, sich von dem munter kreisenden Becher fortzustehlen. Die andern fingen gemach an sehr laut und zu gleicher Zeit zu sprechen, jeder für sich selbst und ohne auf den andern zu hören. Der Baron von Bradwardine sang französische chansons à boire und gab lateinische Brocken zum Besten. Killancureit sprach auf unverständliche Weise von Oberdüngung und Unterdüngung, von Jährlingen, von Pferden, von jungen Stieren, verbuttetem Vieh, von einer in Vorschlag gebrachten Wegegeld-Akte. Balmawhapple überschrie beide und rühmte seine Pferde, seine Falken und seinen Windhund, Whistler genannt. Mitten in diesem Getümmel bat der Baron wiederholt um Stillschweigen, und als endlich der Instinkt der Höflichkeit zu walten begann, beeilte er sich, ihre Aufmerksamkeit für ein Lied in Anspruch zu nehmen, welches, wie er sagte, der Marschall Herzog von Berwick besonders liebte. Dann ahmte er, so gut er es vermochte, Wesen und Ton eines französischen Musketiers nach und begann also:

Mein flüchtig Herz, sagt sie,
Ist nicht für Dich, mein Lohn.
Für einen Krieger ists,
Den ziert ein Kinnbart schon,
Schon, schon – Kinnbart schon!

Ein Federbusch am Hut
Ist seines Mutes Lohn.
Er spielt die Flöte gut
Und singt mit seinem Ton, Ton, Ton –
seinem Ton.

Balmawhapple konnte nicht länger an sich halten, sondern stimmte einen, wie er ihn nannte, »verflucht schönen Gesang« an, den Gibby Gaethioughwi't, der Pfeifer von Cupar, komponirt hatte:

Gern über Glenbarchan's
Lehn' ich geh
Und übern Berg von Killiebraid,
Das Sumpfhuhn flattert in die Höh',
Wenn ichs doch nur beim Schwanze hätt!

Der Baron, dessen Stimme durch die lautere und kräftigere Balmawhapples übertönt wurde, gab den Wettkampf auf, fuhr aber fort, sein Ton, Ton, seinem Ton zu brüllen, und betrachtete den siegreichen Bewerber um die Aufmerksamkeit der Gesellschaft mit einem geringschätzigen Blicke, während Balmawhapple weiter sang:

Und steigt ein schöner Birkhahn auf
Den schieß ich nieder in den Sand,
Denn sicher ist mein Flintenlauf,
Vom Fehlen ist mir nichts bekannt!

Nach einem erfolglosen Versuche, sich auf den nächsten Vers zu besinnen, sang er den ersten dann noch einmal, und in Verfolgung seines Triumphes erklärte er, es läge mehr Sinn darin, als in all den französischen derry-dongs und Fifeshire-Liedern noch dazu. Der Baron antwortete darauf nur, indem er eine gewaltige Prise Schnupftabak nahm, mit einem Blicke unaussprechlicher Verachtung. Aber die zwei edlen Verbündeten, der Bär und die Henne, hatten den jungen Laird der Ehrfurcht überhoben, die er zu andern Zeiten gegen Bradwardine zeigte. Er erklärte den Claret für unschmackhaft und schrie mit lauter Stimme nach Branntwein. Als dieser gebracht war, begeisterte er den Laird von Balmawhapple, mit Stentorstimme aufzufordern, die Gesundheit des kleinen Mannes in schwarzem Sammt zu trinken, der 1702 solche Dienste leistete, und durch das weihe Roß den Hals auf seinem eigenen Erdhaufen brach. Edwards Kopf war in diesem Augenblick nicht frei genug, als daß er sich daran hätte erinnern können, daß König Wilhelms Sturz, durch den sein Tod herbeigeführt wurde, dadurch veranlaßt wurde, daß sein Pferd über einen Maulwurfshügel strauchelte; er fühlte sich aber geneigt, einen Toast übel aufzunehmen, der nach dem funkelnden Blicke Balmawhapples in dem weißen Roß eine ungeziemende Anspielung auf die Regierung, der er diente, zu enthalten schien. Doch ehe er noch ein Wort sagen konnte, hatte der Baron von Bradwardine den Streit schon aufgenommen. »Herr«, sagte er, »wie meine Gesinnungen tamquam privatus in dergleichen Dingen auch sein mögen, so werde ich es doch nie dulden, daß Ihr irgend etwas sagt, was die ehrenwerten Gesinnungen eines Gastes unter meinem Dache verletzen könnte. Wenn Ihr keine Achtung vor den Gesetzen der Höflichkeit habt, ehrt Ihr dann auch nicht den Kriegereid, das sacramentum militare, durch welchen jeder Offizier an die Fahne gebunden ist, der er dient? Blickt auf Titus Livius, was er von den römischen Kriegern sagt, die so unglücklich waren, exuere sacramentum, ihren Legionseid zu vergessen, – aber freilich, Ihr wißt eben so wenig von der alten Geschichte wie von der modernen Höflichkeit.«

»Bin nicht so unwissend, wie Ihr mich machen wollt«, schrie Balmawhapple. »Weiß wohl, daß Ihr die feierliche Liga und den Covenant meint, aber wenn auch alle Whigs der Hölle –«

Jetzt sprachen der Baron und Waverley zugleich, der erstere rief laut aus: »Schweigt, Herr. Ihr zeigt nicht nur Eure Unwissenheit, sondern setzt auch Euer Vaterland vor einem Fremden und einem Engländer herab.« – Waverley aber bat Mr. Bradwardine, ihm zu erlauben, auf eine Beleidigung zu antworten, die ihm persönlich gegolten zu haben schiene. Der Baron jedoch war durch Wein, Wuth und Unwillen allen irdischen Rücksichten unzugänglich. »Ich bitte Euch«, sagte er, »still zu schweigen, Kapitän Waverley, Ihr seid anderwärts vielleicht vestri juris, d. h. befähigt und befugt, für Euch selbst zu denken und zu handeln, aber auf meinem Gebiete, auf dieser armen Baronie von Bradwardine und unter diesem Dache, welches quasi mein ist, da ich es durch stillschweigende relocatio als Pächter inne habe, bin ich gegen Euch in loco parentis und verpflichtet, darauf zu sehen, daß Ihr ungekränkt bleibt. – Und Euch, Mr. Falconer von Balmawhapple, Euch warne ich, Mich weitere Verirrungen auf diesem Pfade der guten Sitten merken zu lassen.«

»Und ich sage Euch, Mr. Cosmo Comyne Bradwardine von Bradwardine und Tully-Veolan«, entgegnete der Jäger mit ungeheurer Geringschätzung, »daß ich ein Sumpfhuhn aus jedem machen werde, der sich weigert, meinen Toast mitzutrinken, sei es nun ein stutzohriger englischer Whig mit einem schwarzen Band an der Kappe oder irgend ein anderer, der seine eigenen Freunde verläßt, um bei den hannoverschen Ratten Gunst zu suchen.«

Im Nu waren jetzt die Degen entblößt und einige gewaltige Streiche gewechselt. Balmawhapple war jung, kräftig und schnell, aber der Baron war ungleich mehr Meister der Waffe und würde seinen Gegner arg gekitzelt haben, hätte er nicht zu sehr unter dem Einfluß des großen Bären gestanden. Edward stürzte vor, um die Kämpfer zu trennen, aber der am Boden liegende Laird von Killancureit, über den er strauchelte, hemmte seinen Fuß. Wie Killancureit in einem so interessanten Augenblicke in die liegende Stellung kam, ist nie bekannt geworden. Einige glaubten, er habe sich unter den Tisch retiriren wollen, er selbst aber versicherte, er wäre gefallen, als er einen Schemel hätte aufheben wollen, um zur Vermeidung von Unglück Balmawhapple damit niederzuschlagen. Sei dem aber wie ihm wolle, wäre nicht schnellere Hilfe als seine und Waverleys zur Hand gewesen, so würde Blut geflossen sein. Das wohlbekannte Schwerterklirren hatte aber Luckie Macleary herbeigerufen, die ruhig in der Ofenecke saß, die Augen auf ein Buch gerichtet, aber in Gedanken damit beschäftigt, die Rechnung zusammenzuziehen, Sie stürzte kühn hinein mit dem gellenden Ausruf: »Wollen Ew Gnaden einander hier ermorden und das Haus einer ehrlichen Wittwe in Mißkredit bringen, während draußen Weideland genug zum Fechten ist?« Diese Vorstellung unterstützte sie dadurch, daß sie mit großer Geschicklichkeit ihren Plaid über die Waffen der Kämpfenden warf. Ihre Knechte stürzten herein, und da sie zufällig leidlich nüchtern waren, trennten sie mit Hilfe Edwards und Killancureits die entflammten Gegner. Killancureit führte Balmawhapple fort, der fluchte, schwur und Rache gelobte gegen jeden Whig, Presbyerianter und Fanatiker in England und Schottland von John-o'-Groats bis Landsend und sich dabei mühsam auf sein Pferd schwang. Unser Held begleitete, unterstützt durch Saunders Saunderson den Baron von Bradwardine nach dessen eigener Wohnung, konnte ihn aber nicht bewegen, zu Bett zu gehen, bis er eine lange und gelehrte Abhandlung über die Ereignisse dieses Tages gehalten hatte, wovon nicht ein Wort verständlich war, bis auf ein weniges von Centauren und Lapithenx.

11. Reue und Versöhnung

Waverley war nur an mäßigen Weingenuß gewöhnt, er schlief daher weit in den nächsten Morgen hinein und erwachte endlich mit einer peinlichen Erinnerung an die Auftritte des vergangenen Abends. Er war persönlich beleidigt worden, er, ein Edelmann, ein Offizier und ein Waverley. Freilich besaß der Mann, der ihn beleidigte, als dies geschah, den ihm von der Natur gewahrten bescheidenen Teil der Vernunft nicht; zwar mußte er durch Ahndung der Beleidigung die Gesetze des Himmels und die seines Landes übertreten; zwar konnte er, wenn er dies tat, einem jungen Manne das Leben nehmen, der vielleicht ehrenwert seine Pflichten in der Gesellschaft erfüllte; freilich konnte er dadurch dessen Familie elend machen, oder wohl auch selbst das Leben einbüßen – keine angenehmen Schlüsse, selbst für den Tapfersten nicht, wenn sie ruhig gezogen werden.

Dieses alles drängte sich ihm auf, aber die erste Auffassung kehrte stets mit derselben unwiderstehlichen Gewalt zurück. Er hatte eine persönliche Beleidigung erlitten, er gehörte dem Hause Waverley an, er war Offizier. Es gab keine Alternative, und er ging deshalb in das Frühstückszimmer mit der Absicht hinab, Abschied von der Familie zu nehmen und einem seiner Regimentskameraden zu schreiben, daß er ihn in dem Wirthshause auf der Hälfte des Weges zwischen Tully-Veolan und ihrer Garnison erwarten würde, um dem Laird von Balmawhapple eine Sendung zu überschicken, wie sie die Umstände zu fordern schienen. Er fand Miß Bradwardine mit dem Tee und Kaffee beschäftigt, den Tisch mit warmem Brot von Weizen- und Roggenmehl bedeckt, in der Gestalt von Laiben, Kugeln, Bisquits und andern Arten Gebäck, mit Eiern, Renntier-, Schöps- und Rindslenden, geräuchertem Salm, Marmelade und den übrigen Delikatessen, welche selbst Johnson veranlaßten, den Luxus eines schottischen Frühstückes über den aller andern Länder, zu erheben. Ein Teller mit Hafermehlsuppe, daneben ein silberner Napf, der eine gleiche Mischung von Sahne und Buttermilch enthielt, war als des Barons Anteil an der Mahlzeit hingestellt wurden. Er wäre, sagte Rosa, schon sehr früh am Morgen ausgegangen, nachdem er Befehl gegeben hatte, seinen Gast nicht zu stören.

Waverley setzte sich fast schweigend nieder, und mit einer Zerstreutheit, die der jungen Miß Bradwardine von seiner Unterhaltungsgabe keine günstige Meinung beibringen konnte. Er antwortete in den Tag hinein auf eine oder zwei Bemerkungen, die sie über gewöhnliche Gegenstände machte; sie fühlte sich dadurch beinahe in ihren Bemühungen, ihn zu unterhalten, zurückgestoßen, und indem sie sich heimlich darüber wunderte, daß die rote Uniform keine bessere Erziehung deckte, überließ sie ihn seiner Stummheit. Plötzlich fuhr er auf und wurde roth, als er, durch das Fenster blickend, den Baron und den jungen Balmawhapple Arm in Arm über den Hof kommen sah, allem Anschein nach in einem sehr ernsten Gespräch. Hastig fragte er: »Hat der Herr Falkoner die vergangene Nacht hier geschlafen?«

Rosa war nicht sehr erfreut über das Abgebrochene der ersten Frage, die der junge Fremde an sie richtete, sie antwortete kurz verneinend, und das Gespräch verstummte wieder.

In diesem Augenblicke erschien Mr. Saunderson, mit dem Auftrage seines Gebieters, daß dieser den Kapitän Waverley in einem andern Zimmer zu sprechen wünsche. Mit etwas schnelleren Herzschlägen, nicht eigentlich vor Furcht, sondern vor Ungewißheit folgte Edward dem Rufe. Er fand die beiden Edelleute beisammen, den Baron mit dem Ausdruck ruhiger Würde auf der Stirn, während in den Zügen Balmawhapples etwas wie Verdrießlichkeit oder Scham, oder beides zusammen lag. Der erstere schlang seinen Arm durch den des letzteren und schien mit ihm Waverley entgegenzugehen, während er ihn in der Tat zog. Indem er dann in der Mitte des Zimmers stehen blieb, hielt er mit Ernst und Würde folgende Anrede: »Herr Kapitän, mein junger und geschätzter Freund, Mr. Falkoner von Balmawhapple, hat mein Alter und meine Erfahrungen als die eines Mannes in Anspruch genommen, der mit den Anforderungen und Erfordernissen eines Duelles oder Zweikampfes nicht ganz unbekannt ist, um sein Vermittler zu sein, Euch die Reue auszudrücken, die er empfindet, wenn er sich gewisser Stellen unserer Unterhaltung während der vergangenen Nacht erinnert, die Euch sehr mißfällig sein mußten, weil Ihr für den Augenblick unter der jetzt bestehenden Regierung dient. Er bittet Euch, Herr, solche Verstöße gegen die Gesetze der Höflichkeit in Vergessenheit zu begraben, da seine bessere Einsicht sie selbst verwirft, und die Hand anzunehmen, die er Euch in Freundschaft bietet; und ich muß hinzufügen, daß nichts als das Gefühl *dans son tort* zu sein, sowie seine vorteilhafte Meinung von Eurem persönlichen Verdienst, solche Geständnisse von ihm erwirken konnte, denn er und seine ganze Familie waren seit Menschengedenken *Mavortia pectora*, wie Buchanan sagt, kühne kriegerische Leute.«

Augenblicklich und mit angeborner Artigkeit ergriff Edward die Hand, welche Balmawhapple oder vielmehr der Baron in seinem Amte als Vermittler ihm reichte. »Es wäre ihm«, sagte er, »unmöglich, sich dessen zu erinnern, was ein Edelmann nicht ausgesprochen zu haben wünschte, und willig schreibe er das Vorgefallene dem überreichen Genuß der Festlichkeit des vergangenen Tages zu.«

»Sehr schön gesagt«, antwortete der Baron, »denn wenn ein Mensch *ebrius* oder betrunken ist, so ist das ein Umstand, der sich bei feierlichen und festlichen Gelegenheiten in dem Leben eines Mannes von Ehre wohl ereignen kann, aber wenn eben dieser Ehrenmann, sobald er wieder frisch und nüchtern ist, die Beleidigungen widerruft, die er in der Trunkenheit ausstieß, so muß man sagen, nicht er, sondern *vinum locutum est*, die Worte hören dann auf, seine eigenen zu sein. Dennoch würde ich das nicht als die Entschuldigung eines Menschen betrachten, der *ebriosus* oder ein Trunkenbold wäre, denn wenn solch ein Mensch es liebt, den größten Teil seiner Zeit unter dem Prädikament eines Trunkenbolds zu verleben, so hat er keinen Anspruch auf eine Ausnahme von den Gesetzen der Höflichkeit, sondern sollte es lernen, sich friedlich und artig zu benehmen, wenn er unter dem Einflüsse des Weines steht. – Und nun laßt uns zum Frühstück gehen und nicht weiter an die närrische Geschichte denken.«

Ich muß gestehen, was für eine Folgerung auch daraus gezogen werden möge, daß Edward nach dieser Erklärung den Delikatessen auf der Frühstückstafel der Miß Bradwardine ungleich mehr Ehre antat, als sein Anfang versprochen hatte. Balmawhapple dagegen schien verlegen und niedergeschlagen, und Waverley bemerkte jetzt zum ersten Mal, daß sein Arm in der Binde lag, was auch die steife und linkische Art erklärte, wie er ihm die Hand geboten hatte. Auf eine Frage der Miß Bradwardine stammelte er so etwas, wie, daß er mit dem Pferde gestürzt wäre, und indem es schien, als wünsche er der Unterhaltung wie der Gesellschaft so bald als möglich zu entrinnen, stand er auf, sobald das Frühstück vorüber war, verneigte sich gegen die Anwesenden, lehnte des Barons Einladung, bis nach dem Essen zu bleiben, ab, bestieg sein Pferd und kehrte zu seinem eigenen Hause zurück.

Waverley kündete jetzt seine Absicht an, Tully-Veolan bald nach dem Essen zu verlassen, um den Ort zu erreichen, wo er zu übernachten gedachte; aber die ungeheuchelte und tiefe Betrübniß, mit welcher der gutmütige und herzliche alte Herr den Vorsatz vernahm, raubte ihm gänzlich den Muth, darauf zu beharren. Kaum hatte er seine Einwilligung gegeben, seinen Besuch noch um einige Tage zu verlängern, als der Laird sich bemühte, die Gründe zu beseitigen, die, wie er vermutete, seinen Gast zu einer so baldigen Entfernung bewogen hatten.

»Ich möchte nicht, Kapitän Waverley«, sagte er, »daß Ihr denken solltet, ich wäre aus Übung oder Grundsatz ein Verteidiger der Trunkenheit, obgleich es wohl sein könnte, daß bei unserem Feste der vergangenen Nacht einige unserer Freunde, wo nicht vielleicht alle, *ebrii* oder betrunken waren, oder wenigstens *ebrioli*, durch welchen Ausdruck die Alten solche bezeichneten, die ohne Verstand waren, oder, wie Ihr in England sagt, toll und voll. Nicht etwa, daß ich dies von Euch sagen wollte, Kapitän Waverley, der Ihr Euch wie ein verständiger Jüngling des Trinkens eher enthieltet; auch kann es nicht mit Recht von mir selbst gesagt werden, der ich den Tafeln mancher großen Generale und Marschälle beiwohnte und die Kunst besitze, meinen eigenen Wein mit Mäßigung zu trinken, ja der ich, wie Ihr ohne Zweifel bemerkt haben werdet, gestern während des ganzen Abends die Grenzen anständiger Fröhlichkeit nicht überschritt.«

Gegen eine so bestimmt ausgesprochene Behauptung ließ sich nichts sagen; hätte aber Edward nach seinen eigenen Erinnerungen die Entscheidung fällen sollen, so würde er das Urteil ausgesprochen haben, daß der Baron nicht nur *ebriolus* war, sondern nahe daran, *ebrius* zu werden, oder auf gut Deutsch, daß er unbedingt der Betrunkenste der ganzen Gesellschaft war, seinen Gegenpart, den Laird von Balmawhapple, vielleicht ausgenommen. Als er aber die erwartete oder vielmehr geforderte Bestätigung seiner Nüchternheit erhalten hatte, fuhr der

Baron fort: »Nein, Herr, obgleich ich selbst von derbem Temperament bin, verabscheue ich doch die Trunkenheit und verachte die, welche den Wein *gulae causa* verschlingen, nur um den Gaumen zu kitzeln; dennoch möchte ich das Gesetz des Pittacus von Mytilene verwerfen, welcher ein Verbrechen doppelt bestrafte, das unter dem Einflüsse des *Liber pater* oder Bacchus begangen wurde, ebenso wenig möchte ich der Verwerfung des jüngern Plinius im 12. Buche seiner *Historia naturalis* beistimmen. Nein, Herr, ich unterscheide und billige nur den Wein, insofern als er das Gesicht fröhlich macht, oder nach dem Ausdrucke des Flaecus *recepto amico*.«

So endete die Schutzrede, welche der Baron von Bradwardine dem Übermaße seiner Gastlichkeit glaubte halten zu müssen, und man kann sich leicht denken, daß er weder durch Widerspruch noch durch eine Äußerung des Unglaubens unterbrochen wurde.

Er forderte hierauf seinen Gast zu einem Morgenspazierritte auf und befahl, daß Davie Gellatley mit Ban und Buscar im »Schleichwege« zu ihnen stoßen sollte. »Denn«, fuhr er fort, »bis die Jagd beginnt, möchte ich Euch doch wenigstens etwas von der Jagd zeigen, und mit Gottes Willen können wir wohl auf ein Reh stoßen. Das Reh, Kapitän Waverley, kann zu allen Zeiten gejagt werden, denn da es nie ins Fett geht, kann es auch nie außer der Jagdzeit sein, obgleich sein Fleisch weder dem des Roth- noch dem des Dammwilds gleichkommt. Aber Ihr werdet sehen, wie meine Hunde jagen, und deshalb soll Davie Gellatley mit ihnen auf uns warten.« Waverley sprach sein Staunen darüber aus, daß sein Freund Davie zu einem solchen Auftrage fähig sei, aber der Baron gab ihm zu verstehen, daß der arme Einfaltspinsel weder wahnsinnig *nec naturaliter idiota* sei, sondern nur ein hirnverdrehter Schelm, der jeden Auftrag wohl ausführen könne, der mit seinen eigenen Neigungen übereinstimmte, und der seine Narrheit nur zum Vorwand mache, jedem andern aus dem Wege zu gehen. »Er hat sich um uns sehr verdient gemacht«, fuhr der Baron fort, »indem er Rosa aus einer großen Gefahr rettete, und zwar mit eigener. Der schelmische Narr muß daher von unserem Brod essen und aus unserm Becher trinken und tun, was er kann oder was er will, und wenn der Verdacht Saunderfons und des Amtmanns begründet ist, so ist das bei ihm genau dasselbe.«

Miß Bradwardine gab Waverley hierauf zu verstehen, daß der arme Narr ganz vernarrt in die Musik sei, daß er von melancholischen Liedern tief ergriffen und von leichten lebhaften zu ausgelassener Lustigkeit hingerissen würde. Er hatte in dieser Beziehung ein außerordentliches

Gedächtniß, das mit Bruchstücken alter Lieder und Gesänge vollgestopft war, die er zuweilen mit besonderer Gewandtheit als Gründe des Widerspruchs, der Erklärung oder der Satire anwendete. Davie war den wenigen, die ihm Freundlichkeit erwiesen, sehr zugetan, er fühlte jede freundliche und unfreundliche Begegnung, und war geschickt genug, die letztere zu rächen, wo er dazu eine Gelegenheit sah. Die gemeinen Leute, die über einander ebenso schnell ihr Urteil fällen, wie über höher Stehende, hatten großes Mitleid mit dem Harmlosen gezeigt, so lange er zerlumpt durch das Dorf ging, kaum sahen sie ihn aber anständig gekleidet, versorgt und sogar wie eine Art von Günstling installirt, als sie sich auch aller Beweise von Pfiffigkeit und Feinheit in Wort und Handlung erinnerten, welche Davies' Geschichte bot, und darauf stützte man denn die freundliche Hypothese, daß Davie Gellatley aus weiter keinem Grunde ein Narr sei, als um das harte Arbeiten zu vermeiden. Diese Meinung war nicht besser begründet als die der Neger, welche wegen der listigen und boshaften Streiche der Affen behaupten, dieses Tier besäße die Gabe der Rede, verhehle sie aber, um nicht zur Arbeit angehalten zu werden, denn Davie Gellatley war in der Tat der halb wahnsinnige Schwachkopf, als den er sich zeigte, und unfähig zu jeder anhaltenden und anstrengenden Arbeit. Er hatte gerade so viel Urteilskraft, daß er nicht unbedingt für einen Verrückten gelten konnte, und gerade so viel Witz, um vor der Beschuldigung des Stumpfsinns sicher zu sein, einige Gewandtheit in Jagdsachen, in welchen eben so große Narren oft ausgezeichnet sind, viel Herzensgüte und Menschlichkeit bei der Behandlung ihm anvertrauter Tiere, Zuneigung, ein ausgezeichnetes Gedächtnis; und ein scharfes Ohr für Musik.

Das Stampfen der Pferde wurde jetzt auf dem Hofe hörbar, und Davies Stimme sang den beiden großen Jagdhunden zu:

Fort, fort und hinaus
Ins blättrige Haus!
Wo die Büsche so grün,
Und die Quellen sprühn,
Wo die Farren so dicht,
Und der Tau so licht.
Wo der Auerhahn balzt,
Und das Elfenpaar walzt;
An den einsamsten Ort
Macht euch fort, macht euch fort.
Wo es still, wo es kalt,

Wo am tiefsten der Wald,
Fort, fort und hinaus
Ins blättrige Haus!

»Sind die Verse, die er singt, altschottische Poesie, Miß Bradwardine?«
fragte Waverley.

»Ich glaube nicht«, erwiderte Rosa. »Dieses arme Geschöpf hatte einen Bruder, dem der Himmel, als wollte er der Familie Ersatz für Davies
Mängel gewähren, Talente verliehen hatte, welche das Dorf für ungewöhnliche hielt. Ein Oheim versuchte es, ihn für die schottische Kirche
zu erziehen, aber er wurde nicht befördert, weil er von unserm Grund
und Boden war. Hoffnungslos und mit gebrochenem Herzen kehrte er
von der Hochschule zurück, den Todeskeim in sich tragend. Mein
Vater unterstützte ihn bis zu seinem Tode, der noch vor seinem
neunzehnten Jahr eintrat. Er spielte die Flöte ausgezeichnet und besaß,
wie man vermutete, eine große poetische Gabe. Er war freundlich und
herzlich gegen seinen Bruder, der ihm wie sein Schatten folgte, und
wir glaubten, daß Davie manche Bruchstücke von Liedern und Musik
lernte, die nicht aus der unseres Landes stammen. Fragen wir ihn,
woher er solche Bruchstücke genommen hat wie das, welches er jetzt
singt, so antwortet er nicht, sondern bricht entweder in ein wildes
Gelächter aus oder in Tränen und Klagen; nie aber hat er irgend eine
Erklärung gegeben oder seit dem Tode seines Bruders dessen Namen
ausgesprochen.«

»Gewiß«, sagte Edward, der leicht durch eine Erzählung gefesselt
wurde, welche an das Romantische streifte, »gewiß könnte durch ge-
nauere Fragen mehr aus ihm herausgebracht werden.«

»Das ist nicht unmöglich«, antwortete Rosa, »aber mein Vater gestattet niemandem, den Gefühlen des armen Menschen zu nahe zu treten.«

Inzwischen hatte der Baron mit Hilfe des Mr. Saunderson ein paar
gewaltige Wasserstiefeln angelegt und forderte jetzt unsern Helden auf,
ihm zu folgen, indem er die breite Treppe hinuntertappte und dabei
auf jeden Vorsprung des Geländers mit dem Stiele seiner schweren
Hetzpeitsche schlug, wobei er wie ein Jäger Ludwigs XIV. sang:

»Pour la chasse ordonnée il faut préparer tout. Ho la ho! Vite! ite
debout!«

12. Ein Tag, der vernünftiger ist als der vorige

Der Baron von Bradwardine war auf seinem gut zugerittenen flinken Pferde, auf seinem halbhohen Sattel mit tief herunterhängender Schabracke von der Farbe seiner Livree kein übler Repräsentant der alten Schule. Sein hellfarbiges gesticktes Wamms, eine mit Tressen reich besetzte Weste, seine Perrücke mit dem goldbetreßten dreieckigen Hütlein darauf vollendeten seine eigne Kleidung. Er war von zwei wohlberittenen mit Sattelpistolen bewaffneten Dienern begleitet, die Livreen trugen.

So ritt er über Berg und Tal, die Bewunderung jedes Pachthofes, an dem sie vorbeikamen, erregend, bis sie im »grasigen Tale« Davie Gellatley gelagert fanden, der zwei schöne große Jagdhunde führte, und über ein halbes Dutzend barköpfige und barfüßige Jungen gebot, welche, um der Jagd beiwohnen zu dürfen, sein Ohr mit dem süßen Namen Mr. Gellatley gekitzelt hatten, obgleich alle ihn bei sonstigen Gelegenheiten wahrscheinlich den närrischen Davie nannten. Freilich ist das kein ungewöhnlicher Zug der Schmeichelei gegen angestellte Personen und beschränkt sich auch nicht bloß auf die barfüßigen Bewohner von Tully-Veolan. So war es vor mehr als hundert Jahren, so ist es jetzt, und so wird es nach sechshundert Jahren sein, wenn die Welt, jene bewunderungswerte Mischung von Torheit und Schurkerei, dann noch existirt.

Die Barfüßler waren dazu bestimmt, das Holz abzusuchen, und sie taten dies mit solchem Erfolge, daß nach einer halben Stunde ein Rehbock aufgescheucht, gejagt und geschossen ward. Der Baron folgte auf seinem weißen Rosse, wie Earl Percy in alten Zeiten, und weidete großherzig das erlegte Tier mit seinem eigenen Jagdmesser aus, was die französischen Jäger, wie er bemerkte, *faire la curée* nannten. Nach dieser Feierlichkeit führte er seinen Gast auf einem freundlichen, doch etwas weiteren Wege nach Hause. Sie hatten hier eine weite Aussicht über verschiedene Dörfer und Häuser; von jedem wußte Mr. Bradwardine eine Anekdote zu erzählen, und er tat dies in Gesprächen, die zwar oft in Folge seiner Vorurteile und seiner Pedanterie wunderlich waren, oft aber auch ehrenwert durch den Verstand und die achtbaren Gefühle, die er bei seiner Erzählung entwickelte, und beinahe immer merkwürdig, wo nicht wertvoll durch die Belehrung, die sie enthielten.

So war der Ritt für beide Teile angenehm durch das Wohlgefallen, das der eine an des andern Unterhaltung fand, obgleich ihr Charakter und ihre Denkweise in mancher Beziehung ganz entgegengesetzt waren.

Edward war, wie wir den Leser bereits unterrichteten, glühend in seinen Gefühlen, wild und romantisch in seinen Ideen und in seinem Geschmack am Lesen und hatte dabei eine starke Neigung zur Poesie. Mr. Bradwardine war das Gegenteil von dem allen und pikirte sich darauf, durch das Leben mit derselben stolzen, steifen, stoischen Gravität hinzuschreiten, durch welche sich seine Abendspaziergänge auf der Terrasse von Tully-Veolan auszeichneten, wo er stundenlang als ein getreues Bild des alten Hardykanut,

> Stattlich hin nach Osten schritt
> Und stattlich auch nach Westen.

Zwar las er die klassischen Poeten und viele andere Dichter, Geschichtsschreiber etc., aber wenn er auch so den Musen seine Zeit widmete, so würde er doch, die Wahrheit zu sprechen, sich weit besser unterhalten haben, wären ihm die frommen oder gelehrten Abhandlungen in schlichter Prosa geboten worden. Zuweilen konnte er sich sogar nicht enthalten, seine Geringschätzung gegen die eitle und nichtige Kunst der Gedichtemacherei auszusprechen, in welcher, wie er sagte, zu seiner Zeit nur einer ausgezeichnet gewesen sei: Allan Ramsay, der Perrückenmacher. Wichen also Edward und er *toto coelo*, wie der Baron gesagt haben würde, in diesem Punkte von einander ab, so trafen sie auf einem andern Felde, der Geschichte, auf neutralem Grunde um so leichter zusammen. Hier nahm jeder seinen Anteil in Anspruch. Der Baron füllte sein Gedächtniß nur mit Tatsachen, den kalten, trockenen, harten Außenlinien der Geschichte, Edward dagegen liebte es, die nackte Erzählung mit den Farben einer warmen lebendigen Einbildungskraft auszufüllen und zu runden, und so den handelnden und sprechenden Personen in dem Drama vergangener Zeiten Licht und Leben zu verleihen. Natürlich trugen diese widersprechenden Neigungen bei vereintem Interesse nur zu gegenseitiger Unterhaltung bei. Mr. Bradwardines kleinliche Erzählungen und gewaltiges Gedächtniß versahen Waverley mit immer neuen Tatsachen, an denen seine Phantasie sich gern übte, und eröffneten ihm eine neue Fundgrube von Vorfällen und Charakteren. Dieser vergalt das ihm gewordene Vergnügen durch ernste Aufmerksamkeit, welche jedem Geschichtserzähler wertvoll ist, die es aber ganz besonders für den Baron war, der dadurch seiner Gewohnheit, vor sich selbst Respekt zu haben, geschmeichelt sah, und den die Mitteilungen, welche Edward seinerseits zum Besten gab, nicht wenig interessirten, da sie seine eigenen Lieblingsanekdoten bestätigten oder erläuterten. Überdies sprach Mr. Bradwardine gern von den Austritten in seiner Jugend, die er in fremden Feldlagern und Ländern zubrachte, und wußte manche interessante Züge von Generalen zu erzählen, unter denen er gedient, und von Ereignissen, denen er als Augenzeuge beigewohnt hatte.

Beide kehrten sehr zufrieden mit einander nach Tully-Veolan zurück: Wauverley begierig, einen Mann noch aufmerksamer zu studiren, in dem er einen seltenen und bedeutsamen Charakter erkannte, und dessen Gedächtniß ein merkwürdiges Register von alten und neuen Anekdoten war; Bradwardine, geneigt, Edward als *puer*, oder vielmehr als *juvenis bonae spei et magnae indolis* zu betrachten, einen Jüngling ohne jede ungestüme Flüchtigkeit, welche über die Unterhaltung und Nachschlage älterer Personen ungeduldig hinwegeilt. Er sagte deshalb von seinem künftigen Erfolge und seinem Benehmen in der Welt große Dinge voraus. Im Schlosse fanden sie keinen andern Gast als Mr. Rubrick, dessen Kenntnisse und Unterhaltung als Geistlicher und Gelehrter dem Baron und seinem Gaste sehr wohl zusagten.

Bald nach dem Essen machte der Baron, als wollte er zeigen, baß seine Mäßigkeit nicht rein theoretisch sei, den Vorschlag zu einem Besuch in Rosas Zimmer, oder, wie er es nannte, in der *troisième étage*. Waverley wurde demzufolge durch einen oder zwei der langen Gange geführt, mit denen alte Architekten die Bewohner der von ihnen aufgeführten Häuser in Verwirrung zu setzen pflegten. Am Ende derselben stieg Mr. Bradwardine, immer eine Stufe überspringend, eine steile, enge Wendeltreppe hinauf und überließ es Mr. Rubrick und Waverley, ihm langsamer zu folgen, wahrend er seiner Tochter den Besuch anmeldete.

Nachdem sie diesen senkrechten Pfropfenzieher erklettert hatten, bis ihnen der Kopf beinahe drehend wurde, kamen sie zu einer kleinen mit Teppichen belegten Halle, welche als Vorzimmer zu Rosas *sanctum sanctorum* diente, und durch welche sie in ihr Gesellschaftszimmer traten. Es war ein kleines, doch freundliches Gemach, mit der Aussicht nach Süden und mit Tapeten bekleidet, außerdem wurde es noch durch zwei Gemälde geschmückt. Das eine stellte ihre Mutter in Schäfertracht dar, das andere den Baron in seinem zehnten Jahr, in blauem Rocke, gestickter Weste, Tressenhut, Allongenperrücke, mit einem Bogen in der Hand. Edward konnte sich nicht erwehren über das Costüm zu lächeln, sowie über die komische Ähnlichkeit zwischen dem runden, freundlichen, rothwangigen Gesichte auf dem Bilde, und dem gelben, bärtigen, hohläugigen, runzligen Gesichte, das das Original durch

Kriegsmühen und Alter erhalten hatte. Der Baron lachte mit. »Wahrlich«, sagte er, »das Bild entstand durch eine Weiberlaune meiner guten Mutter, einer Tochter des Laird von Talliellum; ich zeigte Euch, Kapitän Waverley, das Haus, als wir auf dem Gipfel des Shinnyheuch waren; es wurde durch die holländischen Hilfstruppen niedergebrannt, welche die Regierung im Jahre 1715 in das Land zog. Seitdem dieses Bild gemalt wurde, saß ich nur noch einmal zu einem Porträt und zwar auf den ausdrücklichen und wiederholten Wunsch des Marschalls, Herzog von Verwick.«

Der gute alte Herr erwähnte nicht, was Mr. Rubrick Edward später erzählte, daß ihm der Herzog diese Ehre erwies, weil er während des denkwürdigen Feldzuges von 1709 der erste war, der in Savoyen die Bresche einer Festung erstieg und sich hier zehn Minuten lang allein verteidigte, bis er Unterstützung erhielt. Um dem Baron Gerechtigkeit widerfahren zu lassen, muß man sagen, daß er zwar stolz genug war, die Würde und den Rang seiner Familie zu rühmen und sogar zu übertreiben, daß er aber zu viel wahren Muth besaß, um je auf Beweise persönlicher Tapferkeit anzuspielen, wie er deren mehrere gegeben hatte.

Miß Rosa trat jetzt aus einem innern Zimmer ihrer Wohnung, um ihren Vater und dessen Freunde willkommen zu heißen. Die kleinen Arbeiten, mit denen sie sich beschäftigte, zeigten viel natürlichen Geschmack, so daß dieser nur geringer Ausbildung bedurft hatte, damit sie Vollkommenes leiste. Ihr Vater hatte sie im Französischen und Italienischen unterrichtet, und einige der gangbarsten Autoren dieser Sprachen zierten ihre Bücherbretter. Auch hatte er versucht, ihr Lehrer in der Musik zu sein, aber da er mit dem Schwierigsten den Anfang machte und vielleicht selbst nicht ganz fest darin war, so hatte sie keine weiteren Kenntnisse erworben, als daß sie ihren Gesang auf dem Flügel begleiten konnte. Aber selbst das war zu jener Zeit in Schottland nicht sehr gewöhnlich. Diese Mängel zu verbessern, sang sie mit viel Geschmack und Gefühl, und mit einer Auffassung des Gesungenen, die manchen Damen von weit größerem musikalischen Talent zu empfehlen wäre. Ihr natürlicher Verstand sagte ihr, daß, wenn die »Musik mit unsterblichen Versen vermählt wird«, diese Ehe durch den Sänger auf schmähliche Weise nur allzu oft wieder getrennt wird. Eine Zinne oder vorspringende Gallerie vor ihrem Fenster zeugte von einer anderen Beschäftigung Rosas. Sie war mit Blumen verschiedener Art besetzt, die sie unter ihre besondere Pflege genommen hatte. Ein vorspringender Turm gewährte Zutritt zu dem gothischen Balkon, von dem man eine reizende Aussicht genoß. Der eigentliche Garten mit seinen hohen Mauern lag unten, und schien zu einem großen Blumenbeet zusammengedrängt zu sein, während der Blick darüber hinweg ein waldiges Tal übersah, in welchem der Bach bald dem Auge sichtbar, bald vom Gebüsch verdeckt dahinfloß. Das in die Ferne schweifende Auge ruhte bald auf den Felsen, die sich hier und dort mit breiten oder scharfen Giebeln aus dem Walde erhoben, oder es verweilte auf dem schönen verfallenen Turme, der sich hier in seiner ganzen Würde zeigte, da er auf einem Felsvorsprunge den Fluß überragte. Links erblickte man zwei oder drei Hütten, die einen Teil des Dorfes bildeten, während die anderen sich hinter dem Abhang des Hügels versteckten. Das Tal oder die Schlucht schloß mit einem Teiche, Loch Veolan genannt, in den sich der Bach ergoß, der jetzt in den Strahlen der Abendsonne funkelte. Das ferne Land lag offen in welliger Oberfläche, und nichts unterbrach den Blick, bis die Scene durch eine Reihe blauer ferner Hügel eingefaßt wurde, welche die südliche Grenze des Tales bildeten. An diesen reizenden Ort hatte Miß Bradwardine den Kaffee zu bringen befohlen.

Der Anblick des alten Turmes oder der Veste hatte einige Familienanekdoten und Geschichten von schottischer Ritterlichkeit in des Barons Gedächtniß gerufen, die er jetzt mit großem Enthusiasmus erzählte. Die hervorspringende Spitze eines überhängenden Felsens, nahe an dem Turme, hatte den Namen St. Swithins Kanzel erhalten. Sie war der Schauplatz besonderen Aberglaubens, von dem Mr. Rubrick einige merkwürdige Beispiele erzählte, die Waverley an einen Vers Edgars in König Lear erinnerten. Rosa wurde aufgefordert, eine kleine Legende zu singen, in welche ein Dorfpoet jene Ereignisse verflochten hatte, der

Unbekanntem Stamm entsprang
Und andre, nicht sich selbst besang.

Ihre süße Stimme und die einfache Schönheit ihrer Musik verliehen dem Gedichte alle Vorteile, welche der Dichter sich nur wünschen konnte, zumal sie seiner Poesie so sehr mangelten. Ich zweifle fast, ob sie ohne diese Vorteile mit Geduld wird gelesen werden können, obgleich ich vermute, daß die folgende Abschrift durch Waverley etwas verbessert wurde, um sie dem Geschmacke derer anzupassen, denen reine Altertümlichkeit nicht zum poetischen Genuß hinreicht.

St. Swithins Kanzel

Geht am Abend aller Heil'gen
Ihr zur Ruh, so seid bedacht,
Daß Ihr *Ave* singt und *Credo*
Und drei Kreuz am Bette macht.

Denn am Allerheiligen Abend
Zieht die Nachtmar wild umher
Unter Sturm und Windessausen
Mit der Geister grausem Heer.

Auf St. Swithins hoher Kanzel
Saß des Schlosses stolze Frau,
Bleich, doch Hohn im düstern Auge
Und das Haar genetzt vom Tau.

Sie murmelt den Bann, den Swithin sprach.
Als barfuß er den Wald durchschritt,
Und der Nachtmar bösen Zauber brach,
Daß sie stieg von dem, auf dem sie ritt.

Denn wer nach Swithins Kanzel geht,
Wenn durch die Luft die Nachtmar fährt,
Der hat drei Fragen an sie frei.
Weil sie, gebannt, ihm Rede steht.

Mit König Robert, seinem Herrn,
Zog der Baron fort in den Krieg,
Drei Jahre ist er von ihr fern,
Und jede Nachricht von ihm schwieg.

Sie schaudert und vergißt den Bann –
War es der Uhu, der so schreit,
Ist es des Kololds jäh Gekreisch,
Der höhnisch raschelt durch den Tann?

Es seufzt der Wind so leis, so leis,
Der Strom vom Himmel rauscht nicht mehr.

Die Still' ist graus'ger als der Sturm,
Die Wolke bringt das Geisterheer.

»Es tut mir leid, die Gesellschaft täuschen zu müssen, besonders Kapitän Waverley, der mit so löblichem Ernst zuhört, es ist leider nur ein Bruchstück, doch glaube ich, daß es noch andere Verse gibt, welche die Rückkehr des Barons aus dem Kriege beschreiben, und erzählen, wie die Lady steif und kalt auf der Klippe gefunden wurde«, sagte Rosa.

»Es ist eine jener Erfindungen«, bemerkte Mr. Bradwardine, »durch welche die frühere Geschichte ausgezeichneter Familien in den Zeiten des Aberglaubens entstellt wurde; so hatten die Römer und andere Nationen ihre Wunder, die man in alten Legenden lesen kann.«

»Mein Vater hegt ein sonderbares Mißtrauen gegen das Wunderbare, Kapitän Waverley«, bemerkte Rosa, »und stand einst fest, als eine ganze Synode presbyterianischer Geistlicher durch eine plötzliche Erscheinung des bösen Feindes in die Flucht gejagt wurde.«

Waverley schien begierig, mehr zu hören.

»Muß ich meine Geschichte erzählen, wie ich mein Lied singen mußte? – Gut. – Einst lebte eine alte Frau, Namens Janet Gellatley, welche für eine Hexe gehalten wurde, und zwar aus den unfehlbaren Gründen, weil sie sehr alt, sehr häßlich und sehr arm war, und zwei Söhne hatte, von denen der eine sich zum Dichter und der andere zum Narren ausbildete, eine Heimsuchung, die sie nach der Meinung der ganzen Nachbarschaft als Strafe für die Sünde der Zauberei getroffen hatte. Sie wurde eine Woche lang in den Turm der Dorfkirche eingesperrt und spärlich mit Nahrung versorgt, ja es wurde ihr nicht einmal gestattet, zu schlafen, bis sie selbst eben so sehr wie ihre Ankläger davon überzeugt war, sie sei eine Hexe; in diesem hellen und glücklichen Gemüthszustande wurde sie herbeigeholt, um vor all den Whigs, Edelleuten und Geistlichen der Nachbarschaft ein offenes Geständniß von ihren Zaubereien abzulegen. Mein Vater ging hin, um darauf zu achten, daß es redlich zwischen der Geistlichkeit und der Hexe zuginge, denn diese war auf seinen Besitzungen geboren, und während die Hexe ihr Geständniß ablegte, daß der böse Feind ihr in Gestalt eines hübschen, schwarz gekleideten Mannes erschienen sei, und während die Zuhörer mit staunendem Ohr lauschten, und der Schreiber mit zitternder Hand das Geständniß protokollirte, veränderte sie plötzlich den leisen flüsternden Ton, mit dem sie bisher gesprochen hatte, und schrie mit lauter Stimme: »Wahret euch, wahret euch! Ich sehe den Bösen mitten unter euch sitzen.« – Das Staunen war allgemein, und Schrecken und Flucht die unmittelbare Folge. Glücklich die, welche sich der Tür zunächst befanden, und manches Mißgeschick befiel Hüte, Kragen, Aufschläge und Perrücken, ehe alles aus der Kirche gelangen konnte, wo sie den hartnäckigen Ankläger mit der Hexe allein zurückließen.«

»*Risu solvuntur tabulae*« sagte der Baron; »als sie sich von ihrem panischen Schrecken erholten, waren sie zu beschämt, um den Proceß gegen Janet Gellatley wieder aufzunehmen.«

Unter solchen Gesprächen über romantische Legenden, Geistergeschichten und Hexenprocesse schloß der zweite Abend für unsern Helden in dem Hause von Tully-Veolan.

13. Eine Entdeckung. Waverley gehört zur Familie in Tully-Veolan

Am nächsten Morgen stand Edward früh auf, und auf einem Morgenspaziergange um das Haus und durch dessen Umgebung kam er plötzlich auf einen kleinen Hof, dem Hundestalle gegenüber, und fand dort Freund Davie mit seinen vierfüßigen Pfleglingen beschäftigt. Ein flüchtiger Blick seines Auges streifte Waverley und zeigte, daß er ihn erkannt hatte, gleichwohl sang er, als hatte er ihn nicht bemerkt, folgendes Bruchstück einer alten Ballade:

> Ein Junger, der liebt dich wohl hübscher und fein;
> Ei, hörst du, wie lustig das Vögelein singt?
> Ein Alter, der wird immer treu dir sein;
> Und die Drossel den Kopf untern Fittig schiebt.

> Des Jungen Wuth, die gleicht brennendem Stroh;
> Ei hörst du, wie lustig das Vögelein singt?
> Des Alten Zorn ist Rothgluth und Loh;
> Und die Drossel den Kopf untern Fittig schiebt.

> Der Junge dir frech beim Nachtschmaus prahlt;
> Ei hörst du, wie lustig das Vögelein pfeift?
> Mit dem Schwert der Alte am Morgen zahlt;
> Und die Drossel den Kopf untern Fittig schiebt.

Waverley mußte bemerken, daß Davie diese Verse mit satirischer Emphase recitirte; daher näherte er sich ihm und suchte zu erfahren, was die Anspielung zu bedeuten habe. Davie aber hatte keine Lust, sich zu erklären, und besaß Witz genug, seine Schelmerei hinter seiner Narrheit zu verstecken. Edward konnte nichts von ihm erfahren, als daß der Laird von Balmawhapple gestern Morgen »mit Blut auf den Stiefeln« nach Haus gegangen sei. Im Garten traf Waverley den bejahrten Haushofmeister, der jetzt nicht länger zu verbergen suchte, daß er an den Blumenbeeten arbeite, um dem Laird und Miß Rosa zu gefallen. Durch eine Reihenfolge von Fragen erfuhr Edward endlich, mit einem peinlichen Gefühle der Überraschung und Scham, daß Balmawhapples Entschuldigung und Aussöhnung die Folge eines Zweikampfes mit dem Baron gewesen sei, welcher stattgefunden hatte, ehe er selbst sein Lager verließ, und in welchem der jüngere Kämpfer entwaffnet und am rechten Arme verwundet worden sei. Durch diese Nachricht tief gedemütigt, suchte Edward seinen freundlichen Wirth auf und setzte ihm ängstlich das Unrecht auseinander, das er begangen, als er seinem Zusammentreffen mit Mr. Falkoner zuvorgekommen sei, da dies in Erwägung seiner Jugend und der eben von ihm begonnenen Waffenlaufbahn sehr zu seinem Nachteile ausgelegt werden könnte. Der Baron rechtfertigte sich mit großer Breite, wie gewöhnlich. Er führte an, der Zwist sei für sie beide gemeinschaftlich gewesen, und Balmawhapple hätte es nach den Gesetzen der Ehre nicht vermeiden können, beiden Genugtuung zu geben; dies hätte er bei ihm durch einen ehrenvollen Zweikampf und bei Edward durch eine Palinodie getan, welche den Gebrauch des Schwertes unnötig machte.

Durch diese Entschuldigung wurde Waverley zum Schweigen gebracht, wenn auch nicht zufrieden gestellt; er konnte sich aber nicht enthalten, einiges Mißvergnügen gegen den »heiligen Bären« zu äußern, welcher Veranlassung zu dem Streit gegeben, und deutete darauf hin, daß der heiligende Beiname kaum passend sei. Der Baron bemerkte, er könnte nicht leugnen, daß der Bär, obgleich von den Heraldikern als ein ehrenvolles Zeichen der Familie dargestellt, nichts desto weniger etwas Mürrisches, Tückisches und Grimmiges in seinen Anlagen habe, und so der Typus mancher Händel und Zwistigkeiten in dem Hause Bradwardine geworden wäre.

Da wir bei den Beschreibungen der Unterhaltungen in Tully-Veolan am ersten Tage nach Edwards Ankunft so genau waren, den Leser mit allen seinen Bewohnern bekannt zu machen, wird es jetzt weniger nötig, den weiteren Verkehr mit derselben Genauigkeit zu beschreiben. Es ist wahrscheinlich, daß ein junger, an heitere Gesellschaft gewöhnter Mann der Unterhaltung eines so eifrigen Verteidigers der Heraldik wie Mr Bradwardine, wenn er all die Eigentümlichkeiten des Familienbären erklärte, bald überdrüssig geworden wäre, aber er fand eine angenehme

Abwechselung in der Unterhaltung der Miß Bradwardine, welche seinen Auseinandersetzungen über die Literatur aufmerksam zuhörte und in ihren Antworten einen sehr richtigen Geschmack zeigte. Ihr sanftes Gemüth hatte sie veranlaßt, sich bereitwillig und sogar mit Vergnügen in die Lectüre zu fügen, die ihr Vater ihr vorschrieb, obwohl sie nicht nur einige wuchtige Folianten über Welthistorie enthielt, sondern auch gewisse Riesenbände anglikanischer Polemik. Rosa war der Augapfel ihres Vaters. Ihre beständige Liebenswürdigkeit, ihre Aufmerksamkeit auf alle die kleinen Rücksichten, welche denen am meisten schmeicheln, die nie daran gedacht haben würden, sie zu fordern, ihre Schönheit, die ihn an die Züge eines geliebten Weibes erinnerte, ihre ungeheuchelte Frömmigkeit, die edle Großmuth ihrer Gesinnungen, würden die zärtlichste Liebe eines Vaters gerechtfertigt haben.

Seine Besorgniß um sie schien sich aber nicht bis zu dem Punkte zu erstrecken, durch den sie der allgemeinen Meinung nach am deutlichsten gezeigt wird, nämlich bis zu der Sorge, ihre Zukunft durch eine reiche Erbschaft oder eine bedeutende Aussteuer sicher zu stellen. Nach einem alten Erbvertrage fielen fast alle Besitzungen des Barons nach dessen Tode einem entfernten Verwandten zu, so daß er sich auch nur als Pächter des Gutes betrachtete. Man vermutete, daß Miß Bradwardine nur spärlich versorgt sein würde, da des guten Barons Gelder viel zu lange ausschließlich in den Händen des Verwalters Macwheeble gewesen waren, als daß man sich von der Erbschaft große Vorstellungen hätte machen können. Es ist wahr, daß der erwähnte Amtmann seinen Herrn und seines Herrn Tochter zunächst, obgleich in Unermeßlicher Ferne, nach sich selbst liebte. Er hielt es für möglich, die Erbfolge der männlichen Linie zu beseitigen, und hatte sich in der Tat darüber, und wie er sich rühmte, unentgeltlich, ein Gutachten von einem ausgezeichneten schottischen Rechtsgelehrten verschafft, aber der Baron wollte von einem solchen Vorschlage nichts hören. »Nein«, sagte er, »sind manche ebenso würdige Weiber als Rosa ausgeschlossen worden, um meiner eigenen Erbfolge Platz zu machen, so behüte mich der Himmel, daß ich irgend etwas tun sollte, was der Bestimmung meiner Vorfahren widerspräche, oder das Recht meines Lehnsvettern, Malcolm Bradwardine von Inchgrabbit antastete, der, wenn auch herabgekommen, doch ein ehrenwerter Sproß meiner Familie ist.«

Der Verwalter hatte, als Premierminister, diese bestimmte Weisung seines Herrschers empfangen und wagte nicht, seine eigene Ansicht weite zur verfolgen. Er begnügte sich damit, bei jeder Gelegenheit gegen Saunderson, den Minister des Innern, des Lairds Eigensinn zu beklagen und Pläne zu entwerfen, Rosa mit dem jungen Laird von Balmawhapple zu verbinden, der eine hübsche, nur wenig verschuldete Besitzung besaß, ein fleckenloser junger Edelmann und so nüchtern wie ein Heiliger war, wenn man Branntwein von ihm fern hielt und ihn von Branntwein, der, kurz gesagt, keine andern Mängel hatte, als daß er zu Zeiten leichte Gesellschaft liebte, »Und diese Fehler, Mr. Saunderson, wird er ablegen, er wird sie ablegen«, versicherte der Amtmann.

»Wie ein Holzapfel die Säure«, bemerkte Davie Gellatley, der zufällig diesem Conclave näher war, als sie vermuteten.

Bei all ihrer Einfachheit ergriff Rosa voll Eifer die Gelegenheit zur Vermehrung ihrer literarischen Kenntnisse, welche Edwards Besuch ihr bot. Er ließ aus seiner Garnison einige seiner Bücher kommen, und diese eröffneten ihr eine Quelle des Entzückens, von dem sie bisher keine Idee gehabt hatte. Die besten englischen Dichter jeder Art und andere belletristische Werke bildeten einen Teil dieser kostbaren Fracht, Ihre Musik und selbst ihre Blumen wurden vernachlässigt, und Saunderson murrte nicht nur über eine Arbeit, für welche er jetzt kaum noch einen Dank erhielt, sondern begann sogar, sich dagegen aufzulehnen. Diese neuen Freuden wurden allmählich dadurch erhöht, daß sie sie mit einem Mann von gebildeterem Geschmacke teilte. Edwards Bereitwilligkeit, schwierige Stellen zu erklären, machte seinen Beistand unschätzbar, und die wildere Romantik seines Geistes entzückte einen Charakter, der zu jung und unerfahren war, um seine Mängel zu bemerken. Bei Gegenständen, die ihn interessirten, und wenn er sich ganz behaglich fühlte, besaß er jenen Strom natürlicher und glühender Beredsamkeit, welche ein weibliches Herz zu gewinnen für ebenso mächtig gehalten wird als Gestalt, Benehmen, Ruhm und Reichtum. Es war daher eine wachsende Gefahr für der armen Rosa Gemüthsruhe in diesem beständigen Verkehr, und diese Gefahr war um so größer, da ihr Vater in seine Studien zu sehr vertieft und von seiner eigenen Würde zu sehr eingenommen war, um sich träumen zu lassen, daß seine Tochter derselben ausgesetzt sei.

Er schloß seine Augen so ganz gegen die natürlichen Folgen von Edwards vertraulichem Umgange mit Miß Bradwardine, daß die ganze Nachbarschaft vermutete, er hätte sie den Vorteilen geöffnet, die eine Verbindung seiner Tochter mit dem reichen jungen Engländer mit sich brächte.

Hätte der Baron wirklich auf eine solche Verbindung gesonnen, so würde Waverleys Gleichgültigkeit für einen solchen Plan ein unübersteigliches Hinderniß gewesen sein. Seit unser Held in Freiheit und

Verkehr mit der Welt getreten war, hatte er gelernt, mit Scham und Verwirrung an seine geistige Legende der heiligen Cäcilia zu denken. Sein Verdruß über diese Betrachtungen konnte leicht der natürlichen Empfänglichkeit seiner Gefühle das Gegengewicht halten. Überdies besaß Rosa Bradwardine, so reizend und liebenswürdig wir sie auch geschildert haben, nicht gerade jene Schönheit und Vorzüge, die ein romantisches Gemüth in früher Jugend fesseln. Sie war zu offen, zu vertrauensvoll, zu freundlich, liebenswürdige Eigenschaften ohne Zweifel, die aber das Wunderbare aufheben, mit dem ein Jüngling von glühender Einbildungskraft die Gebieterin seiner Neigungen auszustatten liebt. War es möglich, sich vor dem schüchternen und doch heiteren Mädchen, das jetzt Edward bat, ihr eine Feder zu schneiden, dann, ihr eine Stanze im Tasso zu erklären, dann wieder, ihr ein langes, langes Wort zu einem richtigen Verse teilen zu helfen, zu beugen, vor ihm zu zittern und es anzubeten? Es ist gewiß, daß, wäre Edward die Gelegenheit geboten worden, sich mit Miß Stubbs lange zu unterhalten, die Vorsicht der Tante Rahel unnötig war, weil er sich dann ebenso schnell in ein anderes Mädchen, das ihm ferner stand, verliebt haben würde. Freilich war Miß Bradwardine ein ganz anderer Charakter; aber es ist wahrscheinlich, daß eben der vertraute Umgang ihn hinderte, für sie andere Gefühle zu hegen als die eines Bruders für eine liebenswürdige, ausgezeichnete Schwester. Die Gefühle der armen Rosa nahmen allmählich und ihr selbst unbewußt einen Schatten wärmerer Zuneigung an. Wir hätten erwähnen sollen, daß Edward, als er die Bücher aus Dundee holen ließ, um längern Urlaub bat, der ihm auch gewährt wurde. Der Brief seines Obersten enthielt den freundschaftlichen Rath, seine Zeit nicht ausschließlich Personen zu widmen, die im allgemeinen Sinne sehr achtungswert sein möchten, von denen man aber nicht annehmen dürfte, daß sie einer Regierung zugetan wären, deren Anerkennung durch den Eid der Treue sie verweigerten. Der Brief deutete ferner sehr schonend darauf hin, daß gewisse Familienverbindungen es dem Kapitän vielleicht nothwendig machten, mit Männern umzugehen, die sich in einem so unangenehmen Verdachte befänden, daß aber seines Vaters Stellung und Wünsche ihn abhalten müßten, diesen Umgang zu innigerer Freundschaft werden zu lassen. Zugleich wurde bemerkt, daß er auch in der Religion irrige Eindrücke durch Geistliche empfangen möchte, die hartnäckig daran arbeiteten, die königliche Gewalt in kirchlichen Dingen zu bestreiten.

Diese letzte Andeutung bewog Waverley wahrscheinlich, die Warnungen den Vorurteilen seines Obersten zuzuschreiben. Er fühlte, daß

Mr. Bradwardine mit dem gewissenhaftesten Zartgefühl gehandelt hatte, indem er sich nie in einen Streit einließ, der nur die geringste Absicht verraten konnte, Waverleys Ansichten zu ändern, obgleich der Baron selbst nicht nur ein entschiedener Anhänger der verbannten Königsfamilie war, sondern auch zu verschiedenen Zeiten die wichtigsten Aufträge im Interesse derselben ausgerichtet hatte. Edward fühlte sich daher überzeugt, daß er keine Gefahr lief, seinen Pflichten abwendig gemacht zu werden, ja es kam ihm vor, als begehe er eine Ungerechtigkeit gegen seines Oheims alten Freund, wenn er ein Haus, in welchem er Vergnügen und Unterhaltung empfing, nur wegen eines vorurteilsvollen und unbegründeten Verdachtes verließe. Er schrieb deshalb eine sehr allgemein gehaltene Antwort, in der er seinem Obersten versicherte, daß seine Treue nicht der geringsten Gefahr ausgesetzt sei, und blieb nach wie vor ein geehrter Gast und Bewohner des Hauses von Tully-Veolan.

14. Ein feindlicher Überfall und dessen Folgen

Als Edward ungefähr sechs Wochen zu Gast in Tullyl-Veolan gewesen war, bemerkte er eines Morgens bei seinem gewöhnlichen Spaziergange Zeichen ungewöhnlicher Bewegung. Vier barfüßige Milchmädchen, jedes mit einem leeren Milcheimer in der Hand, rannten mit ängstlichen Geberden und unter lautem Geschrei der Bestürzung, des Kummers und der Wuth umher. Ihrem Äußern nach hätte ein Heide sie für eine Abteilung der berühmten Danaiden halten können, welche eben von ihrer Büßung kamen. Da von diesem wilden Chor nichts zu hören war als »Hilf Himmel!« und »Ach Herr!« ging Waverley nach dem Vorderhofe, wo er den Amtmann Macwheeble erblickte, der seinen Schimmel mit aller Macht die Allee heraufspornte. Ihm folgte ein halbes Dutzend Bauern aus dem Dorfe, die eben nicht große Mühe hatten, mit seinem Pferde gleichen Schritt zu halten.

Der Amtmann war viel zu geschäftig und tat viel zu wichtig, um sich gegen Edward in Erklärungen einzulassen. Er rief Mr. Saunderson herbei, der mit einem Gesichte erschien, in welchem sich Angst mit Feierlichkeit paarten, und sogleich begannen sie ein Gespräch mit einander. Davie Gellatley erschien ebenfalls bei der Gruppe, aber untätig, wie Diogenes von Sinope, während seine Landsleute sich für eine Belagerung vorbereiteten. Er wurde durch alles angeregt, mochte es gut oder schlimm sein, was Tumult veranlaßte; er hüpfte, tanzte und sang, bis er dem Amtmann zufällig zu nahe kam und mit dessen Reitpeitsche eine Ermahnung erhielt, welche sein Singen in Wehklagen verwandelte.

Von hier ging Waverley nach dem Garten, wo er den Baron selbst erblickte, der mit schnellen und hastigen Schritten längs der Terrasse auf- und niederging. Sein Gesicht verrieth verletzten Stolz und Unwillen, und sein ganzes Benehmen schien anzudeuten, daß eine Frage nach der Ursache seiner Aufregung ihm mindestens unangenehm wo nicht gar beleidigend sein würde. Waverley schlüpfte daher in das Haus, ohne ihn anzureden, und nahm seinen Weg nach dem Frühstückszimmer, wo er seine junge Freundin Rosa fand, die zwar weder so zornig wie ihr Vater aussah, auch nicht die ungestüme Wichtigtuerei des Amtmanns Macwheeble, noch die Verzweiflung der Milchmägde zeigte, aber doch verdrießlich und nachdenksam erschien. Ein Wort erklärte das Geheimniß: »Ihr Frühstück wird etwas mangelhaft sein, Kapitän Waverley«, sagte sie, »ein Haufe Bergräuber hat uns die letzte Nacht überfallen und alle unsere Kühe fortgetrieben.«

»Bergräuber?«

»Ja, Räuber aus dem benachbarten Hochlande. Wir waren so lange frei von ihnen, als wir an Fergus Mac-Ivor Tribut zahlten, aber mein Vater hielt es seines Ranges und seiner Geburt für unwürdig, ihn noch länger zu entrichten, und so hat uns denn das Unglück betroffen. Es ist nicht der Werth des Viehes, Kapitän Waverley, der mich beunruhigt, aber mein Vater fühlt sich so verletzt und ist so ergrimmt und hitzig, daß ich fürchte, er wird einen Versuch machen, die Beute mit Gewalt zurückzuerlangen. Wird er dabei nicht selbst getödtet, so tödtet er vielleicht einen dieser wilden Menschen, und dann ist zwischen ihnen und uns vielleicht für unsere ganze Lebenszeit kein Friede; wir können uns nicht wie in früheren Zeiten verteidigen, denn die Regierung hat uns alle Waffen genommen, und mein Vater ist so jähzornig! – Ach, was wird aus uns werden?«

Hier brach der Muth der armen Rosa gänzlich, und ein Tränenstrom entstürzte ihren Augen.

In diesem Augenblicke trat der Baron ein und machte ihr härtere Vorwürfe, als Edward ihm Rosa gegenüber zugetraut hätte. »Ist es nicht eine Schande«, sagte er, »daß Du Dich vor einem Edelmanne in solchem Lichte zeigst und über eine Herde Hornochsen und Milchkühe Tränen vergießest wie die Tochter eines Pächters? – Kapitän Waverley, ich muß Euch bitten, ihr den Kummer zu verzeihen, der gewiß lediglich aus dem Grunde entspringt, ihres Vaters Besitzungen der Gefahr der Beraubung und Beschimpfung durch gemeine Diebe und Bettler preisgegeben zu sehen, weil es uns nicht erlaubt ist, zur Verteidigung oder zum Schutz ein Dutzend Gewehre zu halten.«

Der Amtmann Macwheeble trat unmittelbar nach dieser Äußerung ein und bestätigte sie durch seinen Bericht über Waffen und Munition, indem er dem Baron mit trauriger Stimme sagte, die Leute würden gewiß Sr. Gnaden Befehl folgen, aber sie hätten freilich keine Aussicht auf ein glückliches Gelingen, denn nur Sr. Gnaden beide Bedienten wären mit Schwert und Pistolen bewaffnet, die Räuber aber wären zwölf Hochländer gewesen und alle nach Landesweise vollständig gerüstet.

Der Baron ging inzwischen in schweigendem Unwillen im Zimmer auf und nieder, und richtete endlich die Augen auf ein altes Bild, das einen Mann in Rüstung darstellte, dessen Züge grimmig aus einem Busch von Haaren hervorblitzten, die vom Kopf auf die Schultern und von der Oberlippe und dem Kinn auf den Brustharnisch herabhingen. »Der Mann, Kapitän Waverley«, sagte er, »mein Großvater, schlug mit zweihundert Reitern, die er auf seinen eigenen Gütern aushob, mehr als fünfhundert dieser Hochlandsdiebe in die Flucht, welche stets ein *lapis offensionis et petra scandali* gewesen sind, ein Stein des Anstoßes und des Ärgernisses für das benachbarte Tiefland. Er schlug sie, sage ich, als sie die Verwegenheit hatten, zur Zeit des Bürgerkrieges das Land zu beunruhigen. Und ich, Sir, sein Enkel, werde jetzt von so unwürdigen Händen in dieser Weise behandelt.«

Hier entstand eine peinliche Pause, worauf alle, wie gewöhnlich in schwierigen Lagen, einzelne und unzusammenhängende Rathschläge gaben. *Alexander ab Alexandro* machte den Vorschlag, jemanden abzusenden, um mit den Freibeutern zu unterhandeln, welche, wie er sagte, gern bereit sein würden, die Beute für einen Dollar pro Kopf zurückzugeben. Der Amtmann meinte, das würde nicht passend sein, und rieth, irgend einen verschlagenen Menschen in die Täler zu senden, um einen so vorteilhaften Handel als möglich zu schließen und das Vieh zurückzukaufen, als wäre es für sich selbst, so daß der Laird bei diesem Handel scheinbar unbeteiligt bliebe. Edward machte den Vorschlag, aus der nächsten Garnison eine Abteilung Soldaten und einen Verhaftsbefehl kommen zu lassen, und Rosa wagte es anzuraten, den rückständigen Tribut an Fergus Mac-Ivor zu zahlen, der, wie alle wußten, die Zurückerstattung des Viehs leicht bewirken könnte, wenn er auf passende Weise versöhnt würde.

Keiner von diesen Vorschlägen fand des Barons Billigung, Der Gedanke einer Vergütung, sei's direct oder indirect, schien ihm durchaus schmachvoll, der Vorschlag Waverleys zeigte ihm nur, daß er den Zustand des Landes und der politischen Parteien, die es spalteten, nicht begriff, und wie die Dinge mit Fergus Mac-Ivor standen, wollte der Baron kein Zugeständniß machen, »wäre es auch«, wie er sagte, »um *restitutio in integrum* für all das Vieh zu erlangen, das der Häuptling, seine Vorfahren und sein Clan seit den Tagen Malcolm Canmores gestohlen hätten.«

Er war durchaus für den Krieg, und er machte den Vorschlag, Boten an Balmawhapple, Killancureit, Tulliellum und andere Lairds zu senden, die gleichen Überfällen ausgesetzt wären, und sie aufzufordern, sich der Verfolgung anzuschließen, »und dann Herr, sollen diese Nebulones nequissimi das Schicksal ihres Vorgängers Cacus erleiden:

»*Elisos oculos et siccum sanguine guttur.*«

Der Amtmann, der an diesen kriegerischen Rathschlägen kein Gefallen fand, zog eine gewaltige Uhr hervor, von der Farbe und auch beinahe der Größe einer kupfernen Wärmpfanne. Er bemerkte, daß es jetzt Mittag vorbei sei, und daß man die Räuber bald nach Sonnenaufgang in dem Passe von Ballybrough gesehen hatte, so daß sie noch vor der Vereinigung der Streitkräfte mit ihrer Beute in Sicherheit sein würden, und zwar in pfadlosen Wüsteneien, wohin es nicht räthlich sei ihnen zu folgen.

Diese Behauptung war nicht zu bestreiten. Der Kriegsrath wurde daher aufgehoben, ohne daß man zu einem Entschlüsse gekommen wäre, nur wurde bestimmt, daß der Amtmann seine eigenen drei Kühe auf den Edelhof senden, und als Ersatz für die Milch zu seinem eigenen Gebrauche Dünnbier brauen sollte. Diesem, von Saunderson aufgestellten Vorschlage stimmte der Verwalter bereitwillig bei, teils aus gewohnter Unterwürfigkeit gegen die Familie, teils aus innerer Überzeugung, daß dieser Dienst auf eine oder die andere Weise zehnfach vergolten werden würde.

Als der Baron sich ebenfalls entfernt hatte, um einige nothwendige Befehle zu erteilen, ergriff Edward die Gelegenheit, zu fragen, ob dieser Fergus der erste Schnapphahn der Provinz sei?

»Schnapphahn!« antwortete Rosa lachend. »Er ist ein gelehrter, einflußreicher Edelmann, Häuptling über den unabhängigen Zweig eines Hochlandclans, und wird hoch geachtet wegen seiner eigenen Macht und der seiner Anhänger, Verwandten und Verbündeten.«

»Und was hat er denn mit diesen Dieben zu tun? Ist er Beamter, Friedensrichter?« fragte Waverley.

»Kriegsrichter vielmehr, wenn es einen solchen Posten gäbe«, entgegnete Rosa, »denn für die ihm Nichtbefreundeten ist er ein sehr unruhiger Nachbar. Er hält ein größeres Gefolge auf den Beinen als manche, deren Besitzungen dreimal größer sind. Was seine Verbindung mit den Räubern betrifft, so weiß ich sie nicht zu erklären, aber der kühnste von ihnen wird dem nie eine Klaue stehlen, der an Mac-Ivor black mail bezahlt.«

»Und was ist black mail?«

»Eine Art von Schutzgeld, welches die Niederlandsedelleute und Grundbesitzer, die dem Hochlande nahe liegen, irgend einem Hochlandshäuptlinge bezahlen, damit dieser weder ihnen selbst Schaden zufüge, noch dulde, daß es andere tun; wird einem dann Vieh gestohlen, so darf man ihn nur benachrichtigen, und er bringt es zurück, oder er raubt auch vielleicht selbst Vieh von einem andern fernen Orte, mit dem er in Streit liegt und gibt dieses als Ersatz.«

»Und diese Art Hochlandräuber hat Zutritt in der Gesellschaft und wird Edelmann genannt?«

»So sehr«, entgegnete Rosa, »daß der Streit zwischen meinem Vater und Fergus Mac-Ivor bei einer Provinzialversammlung begann, in der er vor allen Edelleuten des Niederlandes den Vortritt genommen haben würde, hätte sich nicht mein Vater allein widersetzt. Dort machte er meinem Vater den Vorwurf, er stehe unter seinem Banner und müsse ihm Tribut zahlen; mein Vater wurde darüber aufgebracht, denn Macwheeble, der solche Angelegenheiten auf seine Weise zu ordnen pflegt, hatte das Schutzgeld vor ihm geheim gehalten und es als Abgabe verrechnet. Sie würden sich geschlagen haben, hätte nicht Fergus Mac-Ivor sehr ritterlich erklärt, er würde nie seine Hand gegen einen so geachteten Greis wie meinen Vater erheben. – Ach, ich wünschte, sie wären Freunde geblieben.«

»Und sähet Ihr, Miß Bradwardine, jemals diesen Herrn Mac-Ivor, wenn das sein Name ist?«

»Nein, das ist nicht sein Name, und er würde die bloße Benennung »Herr« als eine Art Beleidigung betrachten, ausgenommen etwa, es nannte ihn so ein Engländer, der es nicht besser verstünde. Die Niederländer nennen ihn wie andere Edelleute nach dem Namen seiner Besitzung: Glennaquoich; die Hochländer nennen ihn Bich Ian Vohr, d. h. den Sohn Johanns des Großen. Wir hier am Abhänge nennen ihn mit beiden Namen.«

»Ich fürchte, ich werde meine englische Zunge nie dahin bringen, ihn bei einem dieser beiden Namen zu nennen.«

»Aber er ist ein sehr artiger, hübscher Mann«, fuhr Rosa fort, »und seine Schwester Flora ist eins der reizendsten und ausgezeichnetsten jungen Mädchen unserer Gegend. Sie wurde in einem französischen Kloster erzogen, und war mir vor diesem unglückseligen Zwiste sehr befreundet. Lieber Kapitän Waverley, versucht Euren Einfluß bei meinem Vater, um die Sache beizulegen. Ich bin überzeugt, daß dies nur der Anfang unserer Verdrießlichkeiten ist, denn Tully-Veolan war nie ein ruhiger oder sicherer Aufenthaltsort, so lange wir im Streit mit dem Hochlande lagen. Als ich ein Mädchen von etwa zehn Jahren war, fand hier ganz in der Nähe ein Gefecht zwischen einigen zwanzig von ihnen und meinem Vater mit seinen Dienstleuten statt; die Kugeln zerschmetterten auf der Nordseite mehrere Fenster, so nahe am Schlosse schlugen sie sich. Drei der Hochländer wurden getödtet. Man brachte sie in ihre Plaids gehüllt her und legte sie auf den Steinen der Vorhalle nieder; am nächsten Tage kamen ihre Weiber und Töchter, rangen die Hände, sangen Klagelieder, und schrieen, und trugen die Leichen mit sich hinweg, wobei die Pfeifer vor ihnen aufspielten. Ich konnte sechs Wochen nicht schlafen, ohne mehrmals des Nachts in die Höhe zu fahren, weil es mir vorkam, als hörte ich das entsetzliche Geschrei, und sähe die Leichen in der Vorhalle liegen, steif und eingehüllt in ihre blutigen Tartans. Doch seit jener Zeit kam eine Abteilung der Garnison von Stirling, mit einem Befehle des Lord Gerichtsschreibers, oder sonst eines ähnlichen großen Mannes, uns alle Waffen zu nehmen; wie sollen wir uns daher jetzt verteidigen, sobald sie mit irgend einer Streitmacht herabkommen?«

Waverley mußte von einer Erzählung ergriffen werden, die mit seinen eigenen wachen Träumen so viel Ähnlichkeit hatte. Hier war ein kaum siebenzehnjähriges Mädchen, die lieblichste ihres Geschlechts, an Körper sowohl wie an Geist, das mit eigenen Augen eine Scene sah, die vor seine Phantasie wie ein Bild aus alten Zeiten trat, und dies Mädchen sprach davon so ruhig, wie wenn sich solche Dinge alle Tage zutragen könnten. Er fühlte lebhafte Neugier und jenes leise Bewußtsein nahender Gefahr, das sich zugleich einstellte, erhöhte seine Teilnahme. Er hätte mit Malvolio sagen können: »Ich bin jetzt nicht Narr genug, mich durch die Einbildungskraft tyrannisiren zu lassen –« und dabei dachte er: »ich bin jetzt wirklich in dem Lande kriegerischer und romantischer Abenteurer, und es bleibt nur noch übrig zu sehen, welcher Anteil mir selbst dabei zufallen wird.«

Alles, was Edward bis jetzt von dem Zustande des Landes erfahren hatte, schien ihm gleich neu und merkwürdig. Er hatte in der Tat oft

von Hochlandräubern gehört, doch keinen Begriff von der systemati-
schen Art und Weise gehabt, wie sie ihre Räubereien ausführten. Noch
weniger begriff er, daß dieser Gebrauch von mehreren Hochlandshäuptlingen geduldet, ja sogar befördert wurde, indem diese die Streifzüge
und Überfälle nicht nur vorteilhaft fanden, um ihren Clan in der
Handhabung der Waffen zu üben, sondern auch, um unter ihren Nie-
derlandsnachbarn heilsame Furcht zu erhalten und, wie wir gesehen
haben, unter dem Namen von Schutzgeld einen Tribut von ihnen zu
ziehen. Der Amtmann Macwheeble, der bald darauf wieder eintrat,
ließ sich über den Gegenstand noch weitläufiger aus. Er versicherte
unsern Helden, seit den ältesten Zeiten hätten die Schelme, Diebe und
Freibeuter des Hochlands mit einander in Verbindung gestanden, um
Diebereien gegen die ehrenwertesten Leute des Niederlandes zu unternehmen, ihnen Korn, Rindvieh, Pferde und Schafe ganz nach ihrem
Belieben zu rauben, und sogar Gefangene zu machen, die entweder
Lösegeld zahlen mußten oder gezwungen wurden, ein Pfand darauf zu
geben, im Falle der Nichtzahlung in die Gefangenschaft zurückzukehren.
Das alles wäre durch verschiedene Gesetze verpönt, sowohl durch die
Akte vom Jahr 1567, als durch andere, aber diese Statuten, sowie alle
folgenden, und alle, welche noch folgen möchten, würden schamlos
von diesen Dieben und Räubern übertreten und verletzt, die zu dem
vorerwähnten Zwecke der Dieberei, Plünderung, Brandstiftung, des
Mordes, *raptus mulierum* oder gewaltsamen Mädchenraubes und mehr
dergleichen verbündet wären.

Es kam Waverley wie ein Traum vor, daß dergleichen Gewalttaten
in der Erinnerung irgend eines Menschen leben sollten, und daß man
davon sprechen konnte, wie von ganz gewöhnlichen Dingen, die sich
täglich in unmittelbarer Nachbarschaft zutrugen, ohne daß man vorher
über die Meere zu segeln und den Boden Großbritanniens in weiter
Ferne hinter sich zu lassen brauchte.

15. Ein unerwarteter Verbündeter erscheint

Der Baron kehrte zur Essenszeit zurück und hatte seine Fassung und
gute Laune zum großen Teil wiedergefunden. Er bestätigte nicht nur
die Geschichten, welche Edward von Rosa und Macwheeble gehört
hatte, sondern fügte noch manche Anekdote aus seiner eigenen Erfahrung über die Hochlande und deren Bewohner hinzu. Die Häuptlinge,
versicherte er, wären im allgemeinen Edelleute von Ehre und altem
Stamme, deren Wort bei ihrem Geschlecht oder Clan als Gesetz gelte.

»Es kommt ihnen freilich nicht zu«, sagte er, »wie sie in jüngster Zeit getan haben, ihre Abstammung, die sich größtenteils nur auf die eitlen und prahlerischen Gesänge ihrer Barden stützt, mit der Beweiskraft der Dokumente und königlichen Briefe gleichzustellen, die mehreren ausgezeichneten Häusern des Tieflandes durch verschiedene schottische Monarchen erteilt worden sind; gleichwohl geht ihre Anmaßung so weit, die, welche dergleichen Dokumente besitzen, als sich untergeordnet zu betrachten, als ob sie ihre Ländereien für ein Schafsfell erworben hätten.«

Dies erklärte beiläufig die Ursache der Zwistigkeiten zwischen dem Baron und seinem Hochlandnachbarn vollkommen. Aber er schilderte so viele merkwürdige Umstände von den Sitten, Gebräuchen und Gewohnheiten dieses patriarchalischen Geschlechts, daß Edwards Neugier dadurch in hohem Grade gereizt wurde. Er fragte daher, ob es wohl möglich sei, mit Sicherheit einen Ausflug in das benachbarte Hochland zu machen, dessen neblige Gebirgsscheidewand schon seinen Wunsch rege gemacht hätte, über sie hinausdringen, Der Baron versicherte seinen Gast, nichts würde leichter sein, wenn nur sein Streit erst beigelegt wäre, denn er könnte ihm Briefe an mehrere der ausgezeichnetsten Häuptlinge mitgeben, welche ihn mit der größten Artigkeit und Gastfreundschaft aufnehmen würden.

Während sie noch darüber sprachen, wurde die Tür geöffnet, und durch Saunders Saunderson geführt, trat ein vollständig bewaffneter und ausgerüsteter Hochländer in das Zimmer. Hätte Saunders nicht bei dieser kriegerischen Erscheinung die Rolle des Zeremonienmeisters versehen, und hätte der Baron oder auch nur Rosa einige Unruhe geäußert, so würde Edward ganz gewiß an einen feindlichen Besuch gedacht haben. Er fuhr bei dem Anblicke, der ihm bisher noch nicht geworden war, zusammen: Ein Hochländer in seiner vollen Nationaltracht! Der Gäle war ein starker, schwarzer, junger Mann von kleinem Wuchs; die weiten Falten seines Plaids erhöhten noch den Eindruck großer Stärke, den seine Gestalt hervorrief. Der kurze Schurz ließ seine Sehnen und wohlgeformten Glieder sehen; der ziegenlederne Beutel und die gewöhnlichen Waffen, der Dolch und ein mit Stahl ausgelegtes Pistol hingen vorn herunter; sein Barett hatte eine kurze Feder, die seinen Anspruch verkündigte, als Duinhé-wassel, oder eine Art von Edelmann betrachtet zu werden. Ein breites Schwert hing an seiner Seite, eine Tartsche auf seiner Schulter, und in einer Hand hielt er eine lange spanische Büchse. Mit der andern Hand nahm er sein Barett ab, und der Baron, der ihre Gebräuche und die Art, wie man sie anreden mußte, genau kannte, sagte augenblicklich mit würdigem Ton, doch ohne aufzustehen, und, nach Edwards Meinung wie ein Fürst, der eine Gesandtschaft empfängt: »Willkommen Evan Dhu Maccombich, was gibts neues von Fergus Mac-Ivor Bich Ian Vohr?«

»Fergus Mac-Ivor Bich Ian Vohr«, antwortete der Abgeordnete in gutem Englisch, »grüßt Euch freundlich, Baron von Bradwardine und Tully-Veolan. Es tut ihm leid, daß eine dichte Wolke sich zwischen Euch und ihn gelagert hat, die Euch abhält, die Freundschaft und Bündnisse zu erwägen, die in alten Zeiten zwischen euren Häusern und Vorfahren bestanden haben. Er bittet Euch, dafür zu sorgen, daß die Wolke hinwegziehe, und daß es in Zukunft sei, wie es zuvor zwischen dem Clan Ivor und dem Hause Bradwardine gewesen ist. Auch hofft er, Ihr selbst werdet sagen, daß Euch die Wolke betrübt, und niemand soll dann darnach fragen, ob sie vom Berge niedersank in das Tal oder vom Tale aufstieg zu dem Berg.«

Der Baron antwortete hierauf mit geziemender Würde, er wüßte, daß der Häuptling des Clan Ivor dem Könige wohlwolle, und es betrübe ihn, daß eine Wolke zwischen ihm und irgend einem Edelmanne von solchen Gesinnungen aufgestiegen sei; denn wenn das Volk sich veruneinige, sei der schwach, der keinen Bruder habe.

Dies erschien vollkommen genügend zum Friedensschlusse zwischen diesen erhabenen Personen. Um ihn feierlich zu besiegeln, ließ der Baron einen Krug Uskebah bringen, füllte ein Glas und leerte es auf die Gesundheit und das Wohlergehen Mac-Ivors von Glennaquoich, worauf der celtische Abgeordnete, um die Artigkeit zu erwidern, einen mächtigen Becher dieses Getränkes hinabstürzte, wobei er seine besten Wünsche für das Haus Bradwardine aussprach.

Nachdem so die Präliminarien des allgemeinen Friedensvertrages ratificirt worden waren, entfernte sich der Gesandte, um mit Mr. Macwheeble einige untergeordnete Artikel in Ordnung zu bringen, mit denen der Baron nicht behelligt zu werden brauchte. Diese bezogen sich wahrscheinlich auf die Nichtfortbezahlung der Subsidien, und offenbar fand der Verwalter Mittel, den Verbündeten zu befriedigen, ohne bei dem Baron die Besorgniß einer Verletzung seiner Würde zu erwecken. Wenigstens ist gewiß, daß, nachdem die beiden Bevollmächtigten mit einander eine Flasche Branntwein geleert hatten, Evan Dhu Maccombich seine Absicht erklärte, augenblicklich die Räuber verfolgen zu wollen, welche, wie er sagte, noch nicht weit fort sein würden. »Sie haben«, bemerkte er, »wohl den Knochen gebrochen, aber das Mark auszusaugen hatten sie keine Zeit.« Unser Held, welcher Evan Dhu bei seinen Fragen aufmerksam folgte, staunte über den Scharfsinn, den jener entwickelte, um Nachrichten zu sammeln, sowie über die bestimmten und scharfen Schlüsse, die er daraus zog. Evan Dhu seinerseits fühlte sich offenbar geschmeichelt durch die Aufmerksamkeit Waverleys, durch seine Neugier in Beziehung auf die Sitten und Gegenden des Hochlandes. Ohne viele Umstände forderte er Edward auf, ihn auf einem kurzen Weg von zehn bis fünfzehn Meilen in die Berge zu begleiten und den Ort zu besichtigen, wohin das Vieh geschafft worden sei. »Ist es so, wie ich vermute«, fügte er hinzu, »so habt Ihr nie in Eurem Leben einen solchen Ort gesehen, und könnt ihn nie zu sehen bekommen, wenn Ihr nicht mit mir oder einem meines Geschlechts geht.«

Unser Held fühlte seine Neugier gewaltig durch den Gedanken angeregt, die Höhle eines Hochland-Räubers zu besuchen, war aber doch so vorsichtig, sich zu erkundigen, ob er seinem Führer trauen dürfe. Er erhielt die Versicherung, daß bei der Einladung nicht die geringste Gefahr sei, und daß alles, was er zu fürchten habe, in einigen Mühseligkeiten bestehe, und als Evan ihm den Vorschlag machte, auf der Rückkehr einen Tag in dem Hause seines Häuptlings zuzubringen, wo er des besten Willkommens gewiß sein durfte, schien in dem Unternehmen nichts Furchtbares zu liegen. Rosa wurde blaß, als sie davon hörte, ihr Vater aber, welchem die mutige Neugier seines jungen Freundes gefiel, versuchte es nicht, sie zu dämpfen. Nachdem ein Reisesack mit verschiedenen Bedürfnissen einem Boten über die Schulter gehängt worden war, machte sich unser Held mit einem Jagdgewehr auf den Weg, begleitet von seinem Freunde Evan Dhu, dem Boten und zwei wilden Hochländern, den Begleitern Evans, von denen einer auf der Schulter ein Beil, eine sogenannte Lochaberaxt, und der andere eine lange Entenflinte trug. Auf Edwards Frage versicherte Evan, daß diese kriegerische Begleitung keineswegs als Schutzwache nötig sei, sondern nur – und dabei warf er seinen Plaid mit einem Ausdrucke der Würde über – damit er anständig in Tully-Veolan hätte erscheinen können, und wie es dem Milchbruder Bich Ian Vohrs zieme. »Ha!« rief er, »*Saxon Duinhé-wassel* (englischer Edelmann), Ihr solltet nur den Häuptling mit seinem Schweife sehen!«

»Mit seinem Schweife?« wiederholte Edward staunend.

»Ja, d.h. mit seinem gewöhnlichen Gefolge, wenn er die besucht, die mit ihm gleichen Ranges sind; da sind«, fuhr er fort, indem er stehen blieb und sich stolz emporrichtete, während er an den Fingern die verschiedenen Amtleute in dem Gefolge seines Häuptlings herzählte, »da ist der Mann seiner rechten Hand (Rechtsgelehrter); sein Barde oder Dichter; sein Redner, um die Großen, die er besucht, anzureden; sein Waffenträger, um sein Schwert, seine Tartsche und seine Büchse zu tragen; dann einer, der ihn durch Sümpfe und Bäche auf dem Rücken trägt; einer, der sein Pferd auf steilen und gefährlichen Pfaden am Zügel nimmt; einer, der seinen Brodsack schleppt; dann der Pfeifer mit seiner Bande, und überdies noch ein Dutzend junger Bursche, die kein bestimmtes Geschäft haben, die aber dem Laird als Schildknappen folgen, um jeden seiner Befehle zu vollziehen.«

»Und unterhält Euer Häuptling alle diese Leute regelmäßig?« fragte Waverley. »Alle«, erwiderte Evan, »ja diese und noch manches andere Haupt, welches ohne die große Scheuer in Glennaquoich nicht wüßte, wo es sich niederlegen sollte.«

Mit ähnlichen Schilderungen von der Größe des Häuptlings im Kriege und Frieden verkürzte Evan Dhu den Weg, bis sie den gewaltigen Bergen näher kamen, die Edward bisher nur in der Ferne gesehen hatte. Gegen Abend betraten sie eine der großartigen Schluchten, welche das Hochland mit dem Niederlande in Verbindung setzen; der Pfad, der außerordentlich steil und rauh war, wand sich in der Schlucht zwischen zwei kolossalen Felsen empor und verfolgte dieselbe Richtung mit einem schäumenden Strome, der weit unter ihm brauste, und der sich im Laufe der Jahre sein Bett gewühlt zu haben schien. Einige Strahlen der eben untergehenden Sonne fielen auf das Wasser in seinem dunkeln Bette, das gehemmt war durch tausend Felsstücke, gebrochen durch tausend Wasserfälle. Der Weg von dem Pfade zum Strome war außerordentlich abschüssig, nur hier und dort sprang ein Granitblock oder ein verkrüppelter Baum, der seine Wurzeln in die Risse des Felsen geschlagen hatte, hervor. Rechts stieg der Berg über dem Pfade fast ebenso unzugänglich empor, doch der dem Flusse gegenüberliegende Hügel war mit Unterholz bedeckt, aus dem einige Fichten hervorragten.

»Dies«, sagte Evan, »ist der Paß von Bally-Brough, den vor alten Zeiten zehn Mann aus dem Clan Donnochie gegen hundert Niederlandsbengel verteidigten. Die Gräber der Gefallenen sind noch dort in der kleinen Schlucht zu sehen, und wenn Eure Augen gut sind, könnt Ihr die grauen Hügel zwischen dem Haidekraut unterscheiden. – Sehet, da ist ein Aar, den ihr Südländer Adler nennt; Ihr habt keine solchen Vögel in England. Der will sich seine Abendmahlzeit von der Weide des Laird von Bradwardine holen, aber ich werde ihm eine Pille nachsenden.«

Er feuerte sein Gewehr ab, aber er fehlte den stolzen Herrscher der gefiederten Stämme, welcher, ohne den Angriff zu beachten, seinen majestätischen Flug südwärts fortsetzte. Tausend Raubvögel, Falken, Geier, Raben, Habichte, aus den Zufluchtsstätten, die sie eben für die Nacht ausgesucht hatten, aufgeschreckt, erhoben sich in die Lüfte und vermischten ihr heiseres mißtönendes Gekrächze mit dem darauf antwortenden Echo und mit dem Gebrüll der Bergwasserfälle. Evan, den es etwas verdroß, sein Ziel verfehlt zu haben, wo er besondere Geschicklichkeit zu zeigen gedachte, pfiff ein Stück aus einem alten Kriegsgesange, während er sein Gewehr wieder lud, und verfolgte dann schweigend seinen Weg. Der Paß lief in ein enges zwischen zwei hohen mit Haidekraut bewachsenen Hügeln sich hinstreckendes Tal aus. Der Bach war fortwährend ihr Begleiter, obwohl sie ihn dann und wann überschreiten mußten. Bei solchen Gelegenheiten bot Evan Dhu stets den Beistand seiner Begleiter an, um Edward über das Wasser zu tragen, unser Held aber, der von jeher ein leidlicher Fußgänger gewesen war, lehnte es ab, und stieg offenbar in der guten Meinung seines Führers, da er keine Furcht zeigte, nasse Füße zu bekommen. In der Tat war er bemüht, so weit es ohne Ziererei anging, die Meinung zu beseitigen, welche Evan von dem weibischen Wesen der Tieflandleute und besonders der Engländer zu haben schien. Durch die Schlucht dieses Tales gelangten sie zu einem schwarzen Sumpfe von gewaltiger Ausdehnung und voller Untiefen; nur mit großer Schwierigkeit kamen sie über ihn hinweg, auf Pfaden, die nur ein Hochländer verfolgen konnte. Der Weg selbst, oder vielmehr der Teil eines festeren Grundes, auf welchem die Reisenden halb gingen, halb wateten, war rauh, uneben und an vielen Stellen unsicher, so daß sie manchmal von einem Büschel zum andern springen mußten, weil der Raum dazwischen das Gewicht eines Menschen nicht zu tragen vermochte. Dies war etwas Leichtes für die Hochländer, welche Holzschuhe mit dünnen Sohlen trugen, die zu diesem Zwecke gearbeitet waren, und die sich mit einem eigentümlich springenden Schritte vorwärts bewegten, Edward jedoch fand die ungewöhnte Anstrengung ermüdender, als er erwartet hatte. Das Zwielicht leuchtete ihnen noch über den Sumpf, verließ sie aber fast gänzlich am Fuße eines steilen steinigen Hügels, den zu ersteigen die nächste anstrengende Aufgabe der Reise war. Die Nacht war freundlich und nicht finster. Waverley, der all seine moralische Kraft gegen die Ermüdung zu Hilfe rief, verfolgte mutig seinen Weg, obgleich er im Herzen seine Hochlandbegleiter beneidete, die ohne irgend ein Zeichen verminderter Kraft ihren leicht beschwingten Schritt oder vielmehr Trab fortsetzten, in welchem sie nach seiner Schätzung bereits fünfzehn Meilen[6] zurückgelegt hatten.

Nachdem sie diesen Berg überwunden hatten und auf der andern Seite gegen ein dichtes Gehölz hinabstiegen, hielt Evan Dhu eine Beratung mit seinen Begleitern. Das Resultat war, daß Edwards Gepäck von den Schultern des Boten auf die eines Hochländers wanderte, und der erstere mit dem zweiten Hochländer in anderer Richtung fortgeschickt wurde. Als Waverley nach der Ursache dieser Trennung fragte, erhielt er die Antwort, der Tieflandmann müßte für diese Nacht nach einem drei Meilen entfernten Dorfe marschiren; denn Donald Bean Lean, der würdige Mann, in dessen Besitz das Vieh muthmaßlich sei, sähe es ungern, wenn andere als ganz nahe Freunde seinen Aufenthaltsort besuchten. Evan fügte unmittelbar daraus hinzu, es würde auch besser sein, wenn er vorausginge, um Donald Bean Lean ihr Kommen anzuzeigen, denn die Erscheinung eines roten Soldaten möchte sonst eine unangenehme Überraschung sein.

Und ohne eine Antwort abzuwarten, schritt er so schnell voran, daß er dem Blicke alsbald entschwunden war.

Waverley sah sich seinen eigenen Betrachtungen überlassen, denn sein Begleiter mit der Streitaxt sprach nur sehr wenig englisch. Sie gingen durch ein dichtes und wie es schien, endloses Gehölz von Fichten, und der Weg war bei der sie umgebenden Dunkelheit durchaus nicht zu erkennen; der Hochländer schien ihn instinktmäßig zu finden, und Edward folgte seinen Tritten so nahe als möglich. Nachdem sie einige Zeit schweigend miteinander vorwärtsgeschritten waren, konnte Waverley die Frage nicht unterdrücken, ob es noch weit bis an das Ende ihrer Reise sei.

»Die Höhle ist drei oder vier Meilen weit, aber da Duinhéwassel müde wäre, könnte Donald und würde gewiß einen Curry schicken.«

Diese Antwort gab keine Erklärung. Das versprochene Curry oder Transportmittel konnte ein Mensch, ein Pferd, ein Karren, ein Wagen sein, mehr war von dem Manne mit der Streitaxt jedoch nicht herauszubringen, er sagte nur: »Ja, ja, ein Curry.«

Nach kurzer Zeit erkannte Edward den Sinn dieses Wortes. Als sie nämlich aus dem Holze traten und sich am Ufer eines Flusses oder Sees befanden, gab sein Führer ihm zu verstehen, daß sie sich hier niedersetzen müßten, um zu warten. Der Mond, der jetzt aufzugehen begann, zeigte dunkel die Ausdehnung des Wassers, das sich vor ihnen

6   Bekanntlich ist eine englische Meile nur der vierte Teil einer deutschen.

hinzog, und die gestaltlosen unbestimmten Formen von Bergen, die es zu umgeben schienen. Die kühle und doch milde Luft der Sommernacht erfrischte Waverley nach dem schnellen und anstrengenden Marsche, und der Wohlgeruch, den die vom Nachttau getränkten Birken aushauchten, war ungemein würzig. Er hatte jetzt Zeit, sich dem Romantischen seiner Situation hinzugeben. Da saß er an dem Ufer eines unbekannten Sees, geführt von einem wilden Eingebornen, dessen Sprache ihm unbekannt war, um der Höhle eines berüchtigten Räubers, vielleicht eines zweiten Robin Hood oder Adam o'Gordon, einen Besuch abzustatten, und zwar in tiefer Mitternacht, nach einem Wege, der von Mühseligkeiten und Gefahren umgeben gewesen war, getrennt von seinem Begleiter, verlassen von seinem Gesellschafter. – Der einzige Umstand, der zur Romantik nicht paßte, war die Veranlassung der Reise: Des Barons Rindvieh! – Diesen herabwürdigenden Anlaß ließ er deshalb im Hintergrunde seiner Gedanken.

Während er noch in diese Träume versunken war, berührte sein Gefährte ihn leise und sagte, indem er nach einer Richtung deutete, welche fast genau auf der entgegengesetzten Seite des Sees lag: »Das ist die Höhle.«

In der Richtung, nach welcher er zeigte, funkelte ein kleiner heller Punkt, der allmählich an Größe und Helligkeit zunahm, und wie ein Meteor am Saum des Horizontes zu flimmern schien. Während Edward dieses Phänomen noch betrachtete, wurden in der Ferne Ruderschläge hörbar. Der gleichmäßige Ton kam näher und näher, und endlich vernahm man in derselben Richtung ein helles Pfeifen.

Als Antwort auf dieses Signal pfiff sein Begleiter ebenfalls hell und gellend, und ein mit vier oder fünf Hochländern bemanntes Boot lief in die kleine Bucht ein, in deren Nähe Edward saß. Er ging den Leuten mit seinem Begleiter entgegen, wurde durch zwei kräftige Hochländer mit vieler Aufmerksamkeit in das Fahrzeug gehoben, und hatte sich kaum gesetzt, als die Leute wieder zu den Rudern griffen und mit großer Schnelligkeit den See zu kreuzen anfingen.

16. Die Burg eines Hochland-Räubers

Die Ruderer beobachteten ein tiefes Stillschweigen, das nur durch einen vom Steuermann monoton gebrummten gälischen Gesang unterbrochen wurde, und nach dem der Takt der Ruder geregelt zu werden schien, die sich gleichmäßig ins Wasser senkten. Das Licht, dem sie sich jetzt noch mehr näherten, nahm einen größeren, röteren und unregelmäßigeren Glanz an, bald zeigte es sich deutlich als ein großes Feuer; ob es aber auf einer Insel oder auf dem Festlande angezündet sei, vermochte Edward nicht zu entdecken. Sie kamen näher, und das Licht des Feuers zeigte hinlänglich, daß es in der Tiefe eines finstern Felsvorsprunges angezündet war, der vom Saume des Wassers steil aufstieg, und dessen Fläche, durch den Widerschein dunkelroth gefärbt, einen sonderbaren und selbst unheimlichen Contrast mit dem nebenliegenden Ufer bot, das von Zeit zu Zeit von dem matten Mondlichte spärlich beschienen wurde.

Das Boot näherte sich jetzt der Küste, und Edward konnte erkennen, daß das gewaltige Feuer, welches durch zwei Gestalten unterhalten wurde, die in dem roten Lichte Dämonen glichen, in der Mündung einer Höhle angezündet war, in welche von dem See aus ein Eingang zu führen schien. Er vermutete, wie es auch in der Tat der Fall war, daß das Feuer angezündet worden sei, um den Bootsleuten bei ihrer Rückkehr als Richtschnur zu dienen. Sie steuerten gerade auf die Mündung der Höhle zu, zogen ihre Ruder ein, und das Boot lief unter der Nachwirkung des empfangenen Stoßes in die Öffnung. Das Fahrzeug glitt an der kleinen Platform des Felsen, auf der das Feuer brannte, vorüber, und ungefähr zwei Bootslängen weiter legte es an einer Stelle an, wo die Höhle, die oberhalb gewölbt war, in fünf oder sechs breiten Felsschichten aus dem Meere emporstieg, so daß sie als eine natürliche Treppe betrachtet werden konnten. In diesem Augenblicke wurde plötzlich eine Masse Wasser auf das Feuer geworfen, so daß es zischend erlosch, und mit ihm das Licht verschwand, das es bisher verbreitet hatte. Vier oder sechs kräftige Arme hoben Waverley aus dem Boote, stellten ihn auf die Füße und trugen ihn beinahe in die Höhle. Er tat im Dunkeln ein paar Schritte und näherte sich einem Geräusch von Stimmen, welches aus dem Innern des Felsen zu kommen schien, und bei einer plötzlichen Wendung standen Donald Bean Lean und seine ganze Niederlassung vor ihm.

Das Innere der Höhle, welche sehr hoch war, wurde durch Kienfackeln beleuchtet, welche ein hellflackerndes und von einem starken, doch nicht unangenehmen Geruch begleitetes Licht verbreiteten. Das Licht wurde durch den roten Schein eines Steinkohlenfeuers unterstützt, an welchem fünf oder sechs bewaffnete Hochländer saßen, während andere in der Tiefe der Höhle auf ihren Plaids schliefen. In einer breiten Öffnung, welche der Räuber witzig seinen Brodschrank nannte, hing an den Hinterbeinen ein zerlegtes Schaf und zwei kürzlich geschlachtete Kühe. Der vornehmste Bewohner dieses eigentümlichen Hauses kam, von Evan Dhu als Ceremonienmeister begleitet, seinem Gaste entgegen. In seinem Äußern und Wesen war er ganz von dem verschieden, was Waverleys Einbildungskraft sich unter ihm vorgestellt hatte. Das Handwerk, welches er trieb, die Wildniß, in der er lebte, die wilden Kriegergestalten, die ihn umgaben, waren berechnet, Schrecken einzuflößen. Nach diesen Umgebungen war Waverley darauf gefaßt, eine finstere riesenmäßige Gestalt zu erblicken, wie Salvator sie zum Mittelpunkt einer Banditengruppe gewählt haben würde.

Donald Bean Lean war das Gegenteil von alle dem. Er war mager und klein von Gestalt, hatte röthliches Haar und ein blasses Gesicht, von welchem er seinen Beinamen Bean »der Weiße« ableitete, und obgleich er gewandt, wohlgebaut und lebhaft schien, war er doch im Ganzen nur eine unbedeutende Figur. Er hatte in der französischen Armee gedient, und um seinen englischen Gast mit größerer Formalität zu empfangen, und wahrscheinlich weil er ihm dadurch eine Artigkeit zu erweisen meinte, hatte er für den Augenblick seine Hochlandstracht abgelegt und eine alte blaue und rote Uniform geringeren Ranges angezogen, und dazu einen Federhut aufgesetzt, der ihn durchaus nicht vorteilhaft kleidete, und Waverley beinahe zum Lachen gereizt hätte, wenn dies artig oder rathsam gewesen wäre. Der Räuber empfing Kapitän Waverley mit einem Schwalle französischer Artigkeiten und schottischer Gastfreundlichkeit. Er schien seinen Namen und seine Verbindungen genau zu kennen und besonders von den politischen Gesinnungen seines Oheims genau unterrichtet zu sein. Diesen widmete er große Lobsprüche, die Waverley nur obenhin zu beantworten für klug hielt. Nachdem sie in gehöriger Entfernung von dem Steinkohlenfeuer Platz genommen hatten, setzte ein großes starkes Hochlandsmädchen vor Waverley, Evan und Donald Bean drei hölzerne Gefäße, mit einer starken, aus einem besondern Teile des Rindes bereiteten Suppe hin. Nach dieser Erquickung, die durch Anstrengung und Hunger eßbar gemacht wurde, trug man dünne geröstete Fleischschnittchen in reichlicher Menge auf, und sie verschwanden vor Donald, Evan Dhu und ihrem Gaste mit einer Schnelligkeit, die zauberhaft schien und Waverley in Erstaunen setzte. Er wußte sich diese Gefräßigkeit nach allem, was er von der Enthaltsamkeit der Hochländer gehört hatte, nicht zu erklären. Es war ihm unbekannt, daß diese Enthaltsamkeit bei den geringeren Ständen nur Sache des Zwanges war, und daß die, welche sie übten, sich nach Art der Raubtiere bei Gelegenheit reichlich schadlos zu halten wußten, wenn der Zufall ihnen Überfluß in den Weg warf. Der Whisky wurde dann aufgetragen, um das Mahl zu krönen. Die Hochländer tranken reichlich und ungemischt davon, Edward aber, der etwas davon mit Wasser vermischt hatte, fand ihn nicht von solchem Geschmacke, daß er bewogen wurde, mehr zu trinken. Sein Wirth entschuldigte sich, daß er seinem Gast keinen Wein anbieten könnte. Hätte er nur vor vierundzwanzig Stunden von seinem Besuche gewußt, so würde er, wie er sagte, welchen gehabt haben, und hätte er ihn vierzig Meilen in der Runde aufsuchen lassen sollen. Aber kein Edelmann, fügte er hinzu, könnte die Ehre, die ihm durch einen Besuch widerführe, genügender anerkennen, als dadurch, daß er dem Gaste das Beste anböte, was sein Haus enthielte. Wo keine Bäume wären, könne es keine Nüsse geben, und mit denen man lebte, deren Lebensweise müsse man folgen.

Er beklagte dann gegen Evan Dhu den Tod eines alten Mannes, Donnacha an Amrigh oder Duncan mit der Kappe, eines »begabten Sehers«, der vermittelst des zweiten Gesichtes Gäste jeder Art anmeldete, welche die Höhle besuchten, entweder als Freunde oder als Feinde.

»Ist nicht sein Sohn Malcolm *taishatr*[7]?« fragte Evan.

»Nicht in dem Grade wie sein Vater«, entgegnete Donald Bean. »Neulich sagte er uns, wir würden einen großen Herrn zu Roß erblicken, und den ganzen Tag kam niemand als Shemus Beg, der blinde Harfner, mit seinem Hunde. Ein andermal benachrichtigte er uns von einer Hochzeit, und siehe da, es war ein Begräbnis, und als er uns bei dem Streifzuge hundert Stück Hornvieh voraussagte, faßten wir nichts als einen fetten Rathsmann aus Perth.«

Von diesem Gespräche ging er auf den politischen und militärischen Zustand des Landes über, und Waverley staunte und erschrak sogar, einen Menschen dieser Art so genau mit der Stärke der verschiedenen Garnisonen und Regimenter vertraut zu finden, welche nördlich des Tay lagen. Er erwähnte sogar genau die Zahl der Rekruten, welche zu Waverleys Regiment von den Gütern seines Oheims gestoßen war, und sagte, sie wären hübsche Leute, womit er nicht meinte, sie wären hübsch, sondern kräftig und kriegerisch. Er erinnerte Waverley an zwei besondere Umstände, die sich bei einer allgemeinen Revue seines Regimentes zugetragen hätten, woraus dieser ersah, das der Räuber Augenzeuge gewesen war. Evan Dhu hatte sich inzwischen von dem Gespräche zurückgezogen und in seinen Plaid gehüllt, um der Ruhe zu genießen, und Donald fragte darauf Edward auf sehr bedeutsame Weise, ob er ihm nichts Besonderes zu sagen hätte.

7   Hellseher

Waverley, der über eine derartige Frage von solch einem Menschen erstaunt war, antwortete, er hätte keinen Grund zu dem Besuche gehabt als die Neugier, einen so merkwürdigen Aufenthaltsort zu sehen, Donald Bean Lean sah ihm einen Augenblick fest in das Gesicht und sagte dann mit bedeutungsvollem Kopfnicken: »Ihr hättet mir ebenso gut vertrauen können; ich bin des Vertrauens ebenso würdig wie der Baron von Bradwardine oder Bich Ian Vohr. – Aber Ihr seid in meinem Hause nichts desto weniger sehr willkommen.«

Waverley fühlte sich von unwillkürlichem Schauder bei dieser geheimnißvollen Sprache des gesetzlosen Banditen durchrieselt, und trotz seiner Versuche, das Gefühl zu bemeistern, beraubte es ihn doch der Kraft, nach dem Sinne jener Andeutungen zu fragen. Ein Lager von Haidekraut war für ihn in einem Winkel der Höhle bereitet worden, und mit den Plaids zugedeckt, die erübrigt werden konnten, lag er hier noch einige Zeit und beobachtete die Bewegungen der anderen Höhlenbewohner. Kleine Abteilungen von zweien oder dreien betraten oder verließen die Höhle ohne jede andere Ceremonie, als einige gälische Worte an den Häuptling, und als dieser eingeschlafen war, an einen großen Hochländer, seinen Lieutenant, der während der Ruhe des Führers Wache zu halten schien. Die Eintretenden schienen von irgend einer Excursion zurückzukehren und den Erfolg derselben zu berichten, worauf sie ohne weitere Umstände zu der Vorrathskammer schritten, wo sie sich ein Stück von dem dort hängenden Fleisch abschnitten, was sie alsbald nach eigenem Gefallen kochten und aßen. Der Branntwein stand unter strenger Aufsicht und wurde entweder von Donald selbst, seinem Lieutenant oder dem oben erwähnten Mädchen ausgeteilt, welches das einzige weibliche Geschöpf war, das sich zeigte. Die Portion würde jedem andern als einem Hochländer reichlich erschienen sein, diese aber, welche in einem feuchten Klima beständig in freier Luft leben, können eine große Quantität starker Getränke vertragen, ohne eine nachteilige Wirkung auf ihr Hirn oder auf ihre Gesundheit zu spüren.

Endlich begannen die einzelnen Gruppen vor den sich schließenden Augen unseres Helden zu verschwimmen, und er öffnete sie nicht eher wieder, als bis die Morgensonne draußen schon hoch über dem See stand, obgleich in der Höhle Uaimh an Ri oder der Königshöhle, wie dieser Aufenthaltsort Donald Bean Leans stolz genannt wurde, nur ein mattes Zwielicht herrschte.

17. Waverley setzt seine Reise fort

Als Edward sich gesammelt hatte, wunderte er sich, die Höhle ganz verlassen zu finden. Er stand auf, brachte seinen Anzug in Ordnung und sah sich sorgfältiger um, – alles blieb still. Ohne die erloschenen Brände des Feuers, das jetzt in graue Asche versunken war, ohne die Überbleibsel des Festes, die aus einigen halbverbrannten und halb abgenagten Knochen bestanden und zwei oder drei leeren Gefäßen wäre keine Spur von Donald und seiner Bande zu sehen gewesen. Als Waverley zu den Eingange der Höhle eilte, bemerkte er, daß der Felsvorsprung, auf welchem noch die Spuren von dem Feuer der letzten Nacht zu sehen waren, durch einen schmalen Pfad betreten werden konnte, der teils von der Natur gebildet, teils in den Fels gehauen war, und längs des Wassers einige Klafter weit bis zu einer Bucht führte, wo das Boot, das ihn hergebracht, vor Anker lag. Als er den kleinen Felsvorsprung erreichte, auf dem das Feuersignal gebrannt hatte, hielt er es für unmöglich, zu Lande weiter zu kommen, aber es war kaum wahrscheinlich, daß die Bewohner der Höhle keinen andern Ausgang haben sollten, als den über den See; er sah sich daher genauer um und bemerkte am äußersten Ende der kleinen Plattform drei oder vier eingehauene Terrassen oder Felslagen, und indem er sich ihrer als einer Treppe bediente, kletterte er um den Vorsprung, auf dem die Höhle sich öffnete, und stieg auf der andern Seite mit einiger Schwierigkeit hinab. Er erreichte bald die wilden, steilen Ufer eines Hochlandsees, der ungefähr vier Meilen breit und anderthalb Meilen lang und von waldbewachsenen wilden Bergen umgeben war, auf deren Gipfel der Morgennebel noch lagerte.

Als er auf den Ort, von dem er kam, zurückblickte, mußte er die Schlauheit bewundern, welche einen so geheimen und abgelegenen Zufluchtsort herausgefunden hatte. Der Fels, den er mit Hilfe einiger kaum bemerkbarer Einschnitte, die nur eben für den Fuß Raum genug darboten, erklettert hatte, schien ein dunkler Abgrund zu sein, der jeden weiteren Weg an den Ufern des Sees versperrte. Es war, erwog man die Breite des Sees, keine Möglichkeit, den niedrigen und finstern Eingang der Höhle von dem andern Ufer aus zu entdecken; wenn man daher nicht auf Booten den Zufluchtsort aufsuchte oder Verrath ihn bloßlegte, so konnte er für seine Bewohner ein sicheres und geheimes Versteck sein, so lange sie mit Lebensmitteln versorgt waren. Als Waverley seine Neugier in dieser Beziehung befriedigt hatte, sah er sich nach Evan Dhu und dessen Begleitern um, welche, wie er meinte, nicht weit entfernt sein konnten, was auch immer aus Donald Bean Lean und dessen Leuten geworden sein mochte, deren Lebensart einen plötzlichen Aufenthaltswechsel mit sich bringt. In der Entfernung einer halben Meile erblickte er auch wirklich einen Hochländer, allem Anscheine nach Evan, der in dem See angelte; neben ihm stand ein anderer mit einer Waffe auf der Schulter, in dem er seinen Freund mit der Streitaxt erkannte.

Viel näher dem Eingang der Höhle hörte er einen lieblichen gälischen Gesang, und geleitet durch denselben, fand er auf einem sonnigen Platze, beschattet von einer flimmernden Birke, wo der Boden von festem weißem Sande wie von einem Teppich bedeckt war, die Donna der Höhle beschäftigt, auf das beste ein Frühstück von Milch, Eiern, Haferkuchen, frischer Butter und Honigscheiben zu bereiten. Das arme Mädchen hatte diesen Morgen schon einen Weg von vier Meilen zurückgelegt, um die Eier, das Kuchenmehl und die andern Bestandteile des Frühstückes herbeizuholen, denn dies alles waren Delikatessen, die sie von fernen Hüttenbewohnern erbitten oder borgen mußte. Die Leute des Donald Bean Lean genossen wenig andere Nahrung als das Fleisch des Viehs, das sie aus dem Niederlande forttrieben; selbst Brod war ein Leckerbissen, an den sie nur selten dachten, weil es schwer zu erlangen war, und die häuslichen Genüsse der Milch, des Geflügels, der Butter sc. waren Dinge, von denen in diesem Scythenlager gar nicht die Rede war. Es darf jedoch nicht mit Stillschweigen übergangen werden, daß, obgleich Alice einen Teil des Morgens darauf verwendet hatte, für den Gast solche Genüsse herbeizuschaffen, welche die Höhle nicht bot, sie doch auch noch so viel Zeit gewinnen mußte, ihre eigene Person aufs beste herauszuputzen. Ihr Anzug war sehr einfach. Eine kurze rote Jacke und ein Unterrock von nicht gerade bedeutender Länge bildeten ihre ganze Kleidung, aber diese Stücke waren rein und sauber geordnet. Ein Stück scharlachrotes gesticktes Tuch, Snood genannt, umschloß ihr Haar, welches darüber in einer reichen Fülle schwarzer Locken herabsank. Der scharlachrote Plaid, der einen Teil ihres Anzuges bildete, war bei Seite gelegt, damit er sie bei ihrer Tätigkeit in der Bedienung des Fremden nicht hindere. Aber ich würde Alicens stolzesten Schmuck vergessen, unterließe ich es, ein paar goldene Ohrringe und einen goldenen Rosenkranz zu erwähnen, welche ihr Vater, denn sie war die Tochter des Donald Bean Lean, aus Frankreich mitgebracht hatte, wahrscheinlich als Beute aus einer Schlacht oder einer erstürmten Veste.

Ihr Wuchs war für ihre Jahre zwar etwas groß, aber wohl proportioniert, und ihr Benehmen zeigte eine natürliche ländliche Anmut, ohne irgend etwas von dem Linkischen einer gewöhnlichen Bäuerin zu verraten. Das Lächeln, welches zwei Reihen der weißesten Zähne zeigte, und das lachende Auge, mit dem sie Waverley den Morgengruß gälisch zurückgab, hätten von einem Stutzer und auch vielleicht von einem hübschen jungen Krieger so ausgelegt werden können, als sollten sie mehr ausdrücken als die bloße Artigkeit einer Wirtin. Auch will ich es nicht auf mich nehmen zu behaupten, daß die kleine wilde Bergbewohnerin für einen bejahrten Mann, den Baron von Bradwardine zum Beispiel, dieselbe Aufmerksamkeit gehabt haben würde wie für Edward. Sie schien zu wünschen, ihn bei dem Mahle zu sehen, das sie so sorgsam geordnet hatte, und dem sie jetzt noch einige Büschel Preißelbeeren hinzufügte, die sie in der Nähe gesucht. Als ihr die Genugtuung geworden war, ihn bei dem Frühstück sitzen zu sehen, nahm sie selbst auf einem Stein in einiger Entfernung Platz und schien auf eine Gelegenheit zu warten, ihn mit Zuvorkommenheit zu bedienen.

Evan und sein Gefährte kamen jetzt langsam vom Ufer zurück; der letztere trug eine starke Lachsforelle, den Ertrag der Morgenfischerei, und die Angelrute, während Evan mit schnellen, selbstgefälligen Schritten dem Orte zueilte, wo Waverley an dem Frühstückstische so angenehm beschäftigt war. Nach dem Morgengruß von beiden Seiten sagte Evan, mit einem Blicke auf Edward, einige gälische Worte zu Alice, worüber diese lachte, zugleich aber errötete ihre von Wind und Sonne gebräunte Haut bis zur Stirn, dann sagte ihr Evan, daß sie den Fisch noch zum Frühstück bereiten möchte. Ein paar Funken von seinem Pistolenschloß schafften Feuer, welches schnell einige trockene Fichtenzweige in Asche verwandelte, in der dann der Fisch in dünnen Scheiben gesotten wurde. Die Mahlzeit zu krönen, zog Evan aus der Tasche seiner kurzen Jacke eine große Kammmuschel und unter den Falten seines Plaids ein Widderhorn voll Whisky hervor. Davon nahm er einen derben Schluck, wobei er bemerkte, daß er seinen Morgentrunk schon mit Donald Bean Lean vor dessen Aufbruch genommen; er bot dann auch Alice und Edward davon an, die aber beide ablehnten. Mit dem stolzen Wesen eines Lords reichte Evan dann die Muschel dem Dugald Mahony, seinem Begleiter, der sie mit großem Wohlbehagen austrank, ohne sich zum zweiten Mal nötigen zu lassen. Evan traf hierauf Anstalten, das Boot zu besteigen, und forderte Edward auf, ihm zu folgen. Inzwischen hatte Alice in einen kleinen Korb gepackt, was sie des Mitnehmens wert erachtete, und ihren Plaid überwerfend trat sie auf Edward zu und bot ihm mit der größten Unbefangenheit ihre Wange zum Abschiedskusse dar, während sie seine Hand ergriff und einen leichten Knix machte. Evan, der unter den Bergbewohnern als ein Schalk bekannt war, trat vor, als wollte er eine ähnliche Gunst in Anspruch nehmen, aber Alice ergriff schnell ihren Korb und sprang mit der Behendigkeit eines Rehes um die Felsecke, dann wandte sie sich lachend um und rief ihm auf gälisch etwas zu, was er in gleichem Tone und in derselben Sprache beantwortete. Hierauf winkte sie Edward mit der Hand einen Gruß zu, machte sich auf den Weg und verschwand bald in dem Dickicht, aus dem man noch einige Zeit ihren muntern Gesang hörte.

Sie betraten jetzt wieder die Mündung der Höhle, und sobald sie in dem Boote Platz genommen hatten, stieß der Hochländer ab und spannte ein schwerfälliges Segel auf, um den frischen Morgenwind zu benutzen. Evan ergriff das Steuer, und wie es Waverley schien, richteten sie ihren Lauf etwas höher an dem See aufwärts, als zu dem Orte, wo sie sich am vorigen Abend eingeschifft hatten. Als sie über den Silberspiegel hinglitten, eröffnete Evan das Gespräch mit einer Lobrede auf Alice, die, wie er sagte, mild und freundlich wäre, und bei dem allen die beste Tänzerin der ganzen Welt. Edward stimmte dem Lobe bei, soweit er vermochte, sprach dann aber sein Bedauern darüber aus, daß sie zu einem so gefahrvollen und traurigen Leben verurteilt sei.

»O, was das betrifft«, sagte Evan, »so gibt es in ganz Perthshire nichts, das sie nicht bekäme, wenn sie ihren Vater bäte, es ihr zu holen, es müßten denn Mühlsteine oder glühendes Eisen sein.«

»Aber die Tochter eines Kuhräubers, eines gemeinen Diebes zu sein!«

»Gemeinen Diebes! Ganz und gar nicht! Donald Bean Lean konfiscirte in seinem ganzen Leben nie weniger als eine Heerde.«

»Nennt Ihr ihn denn etwa einen ungewöhnlichen Dieb?«

»Nein; wer einer armen Wittwe eine Kuh, oder einem Freisassen den Ochsen stiehlt, der ist ein Dieb; wer aber einem Sachsenlaird die Heerde forttreibt, der ist ein Heerdentreiber und wird Herr genannt. Einen Ast vom Baume, einen Salm aus dem Flusse, ein Stück Wild vom Berg, oder eine Kuh von der Weide eines Tieflandmannes zu holen, das wird ein Hochländer nie als eine Schande betrachten.«

»Aber, was soll das für ein Ende nehmen, wenn er bei einer solchen Aneignung ergriffen wird?«

»Gewiß würde er für das Gesetz sterben, wie schon mancher tüchtige Mann vor ihm.«

»Für das Gesetz sterben?«

»Ja, das heißt, in Folge der Gesetze oder durch das Gesetz, nämlich an dem freundlichen Galgen von Crieff[8] in die Höhe gezogen werden, wo sein Vater und Großvater starben, und wo er, wie ich hoffe, selbst sterben wird, wenn er nicht bei einem Überfalle todtgeschossen oder niedergehauen wird.«

»Ihr hofft einen solchen Tod für Euren Freund, Evan?«

»Ja, das tu ich; wolltet Ihr ihm etwa wünschen, auf einem Bündel faulen Strohs in seiner Höhle zu sterben wie ein räudiger Hund?«

»Aber was sollte dann aus Alice werden?«

»Gewiß, wenn sich ein solches Ereigniß zutrüge, und ihr Vater sie dann nicht länger nötig hätte, wüßte ich nichts, was mich hindern sollte, sie selbst zu heiraten.«

»Mutig entschlossen«, sagte Edward, »aber was hat Euer Schwiegervater, das heißt, wenn er das Glück hat, gehangen zu werden, inzwischen mit dem Vieh des Barons angefangen?«

»Ei«, entgegnete Evan, »das trabte schon, ehe die Sonne diesen Morgen über Ben-Lawers blickte, vor Eurem Burschen und Allan Kennedy her; jetzt muß es in dem Passe von Bally-Brough sein, auf dem Rückwege nach der Trift von Tully-Veolan; es fehlen nur zwei Stück, die unglücklicherweise geschlachtet wurden, ehe ich gestern Abend nach Uaimh an Ri kam.«

»Und wohin gehen wir jetzt, Evan, wenn ich so kühn sein darf, zu fragen?« sagte Waverley.

»Wohin könntet Ihr wohl gehen, als nach des Lairds eigenem Hause in Glennaquoich? Ihr werdet doch nicht daran denken, auf seinem Gebiete zu sein, ohne ihn zu besuchen? Das gälte so viel wie ein Menschenleben.«

»Und sind wir noch weit von Glennaquoich entfernt?«

»Nur fünf kleine Meilen, und Bich Ian Vohr wird uns entgegenkommen.«

Nach ungefähr einer halben Stunde erreichten sie das obere Ende des Sees, wo die beiden Hochländer, nachdem sie gelandet hatten, das Boot in eine kleine Bucht zogen, in der es vollkommen versteckt lag. Die Ruder verbargen sie an einem andern Orte, beides wahrscheinlich zu dem Gebrauche Donald Bean Leans, wenn seine Geschäfte ihn nächstens wieder an diesen Ort brächten. Die Reisenden folgten einige Zeit einer köstlichen Aussicht zwischen den Hügeln, in der sich ein

---

8   Im Orte Crieff in Perthshire wurden in alten Zeiten viele Hochlandräuber hingerichtet.

Bach zu dem See herabschlängelte. Als sie ihren Weg eine kurze Strecke verfolgt hatten, erneuerte Waverley seine Fragen nach ihrem Höhlenwirte. »Wohnt er immer in der Höhle?«

»O nein, es übersteigt die Geschicklichkeit eines Menschen, zu sagen, wo er zur Zeit zu finden ist. Es gibt im ganzen Lande keine finstere Schlucht oder Höhle, mit der er nicht bekannt wäre.«

»Und gewähren ihm außer Eurem Herrn auch noch andere Schutz?«

»Mein Herr? – Mein Herr ist der dort oben«, antwortete Evan stolz, wobei er nach dem Himmel wies. Sogleich nahm er indeß wieder seine gewöhnliche Höflichkeit an und sagte: »Aber Ihr meint meinen Häuptling, nein, der schützt weder Donald Bean Lean, noch irgend einen, der ihm gleicht; er gestattet ihm nur«, fügte er lächelnd hinzu, »Holz und Wasser.«

»Keine große Gabe, sollte ich meinen, Evan, wo beides so im Überfluß ist.«

»Ja, aber Ihr versteht mich nicht; wenn ich sage, Holz und Wasser, so meine ich den See und den Wald, und ich denke, Donald würde schön in die Klemme geraten, wollte ihn der Laird mit etwa sechszig Mann dort in dem Walde von Kailychat suchen, und kämen unsere Boote mit etwa zwanzig anderen Mann, von mir oder sonst einem tüchtigen Burschen geführt, den See herab gegen Uaimh an Ri.«

»Aber gesetzt nun, daß aus dem Tieflande eine starke Abteilung gegen ihn zöge, würde Euer Häuptling ihn dann nicht verteidigen?«

»Nein, er würde nicht den Funken eines Feuersteins für ihn wagen, wenn sie mit dem Gesetze kämen.«

»Und was müßte Donald dann tun?«

»Donald täte am besten, sich aus dem Staube zu machen und zurückzuziehen, vielleicht nach Letter Scriven über den Berg hinüber.«

»Und wenn er auch dahin verfolgt würde?«

»Dann möchte ich darauf wetten, daß er zu seinem Vetter nach Rannoch ginge.«

»Und wenn man ihm auch nach Rannoch folgte?«

»Das«, sagte Evan, »ist gar nicht glaublich, und Euch die Wahrheit zu sagen, kein Tieflandmann in ganz Schottland wagt sich weiter als einen Büchsenschuß über Bally-Brough hinaus, er hätte denn die Hilfe des Sidier Dhu.«

»Was nennt Ihr so?«

»Sidier Dhu? den schwarzen Soldaten; das ist, was man Frei-Kompagnie nennt, Leute, die ausgehoben wurden, um Frieden und Gesetz in den Hochlanden aufrecht zu erhalten, Bich Ian Vohr kommandirte deren vor fünf Jahren eine, und ich selbst war Unteroffizier, dafür stehe ich Euch. Man nennt sie Sidier Dhu, weil sie Tartschen tragen, wie man Eure Leute König Georgs Leute, Sidier Roy oder rote Soldaten nennt.«

»Gut, aber als Ihr in König Georgs Sold standet, Evan, wäret Ihr doch gewiß auch König Georgs Soldaten?«

»Meiner Treu, danach müßt Ihr Bich Ian Vohr fragen, denn wir sind für seinen König und kümmern uns nicht sehr darum, welcher von ihnen es ist. Auf jeden Fall kann niemand sagen, daß wir jetzt König Georgs Soldaten sind, denn seit einem Jahr haben wir keinen Sold von ihm besehen.«

Dieser letzte Grund gestattete keine Widerrede, auch versuchte Edward keine; er zog es vielmehr vor, das Gespräch wieder auf Donald Bean Lean zu lenken, »Beschränkt sich Donald auf Rindvieh, oder annektirt er, wie Ihr es nennt, auch andere Dinge, die ihm in den Weg kommen?«

»Ei, er ist nicht lecker und nimmt alles, am liebsten aber Rindvieh, Pferde oder lebendige Christenmenschen; denn Schafe lassen sich zu langsam treiben, Hausgeräth nimmt zu viel Raum weg und ist überdies hier im Lande nicht leicht zu versilbern.«

»Aber raubt er auch Männer und Weiber?«

»Ei freilich, hörtet Ihr ihn nicht von dem Voigt aus Perth sprechen? Dem kostete es über fünfhundert Mark, bis er wieder auf die Südseite von Bally-Brough kam. Aber einmal spielte Donald einen prächtigen Streich. Es sollte eine fröhliche Hochzeit gefeiert werden, zwischen der Lady Cramseezer aus dem Hause der Mearns, sie war des alten Lairds Wittwe und nicht mehr so jung, wie sie früher gewesen war, und dem jungen Gilliewhackit, der sein Gut und all seine Fahrhabe wie ein Edelmann bei Hahnenkämpfen, Stierhetzen, Pferderennen und dergleichen vertan hatte. Nun wußte aber Donald Bean Lean, daß der Bräutigam in Ansehen stand, und da er gern Geld erwischt hätte, entführte er Gilliewhackit mit List, als er Nachts schlaftrunken und etwas berauscht nach Hause ritt. Mit Hilfe seiner Burschen schleppte er ihn mit Blitzesschnelle in die Berge, und der erste Ort, an dem er erwachte, war die Höhle von Uaimh an Ri. Nun war es schwer, den Bräutigam auszulösen, denn Donald wollte keinen Pfennig von tausend Pfund nachlassen.«

»Der Teufel!«

»Pfund schottisch, müßt Ihr wissen. Und die Lady hatte das Geld nicht, und hätte sie auch ihren Seckel umgestürzt. So wendete sie sich an den Gouverneur von Schloß Stirling und an den Major der Zollwache; aber der Gouverneur sagte, es wäre zu weit nördlich und außer seinem Distrikt, und der Major sagte, seine Leute wären zur Schafschur nach Hause gegangen, und er würde sie, ehe die Lebensmittel eingebracht wären, nicht um alle Cramfeezers in der Christenheit zurückrufen, abgesehen von den Mearns, denn das würde dem Lande nachteilig sein. Und unterdessen konntet Ihr doch Gilliewhackit nicht hindern, die Blattern zu kriegen. Da war kein Doktor in Perth oder Stirling, der den armen Burschen hätte kuriren mögen, und ich kann sie deshalb nicht tadeln, denn Donald war durch einen Doktor in Paris falsch behandelt worden, und hatte deshalb geschworen, den ersten, den er diesseits des Passes fände, in den See zu werfen. Ein paar alte Weiber aber, die bei Donald waren, pflegten Gilliewhackit so gut, daß er sich in der frischen Luft der Höhle genau ebenso befand, wie wenn er in einem Zimmer mit Glasfenstern[9] gewesen wäre, in einem Bett mit Vorhängen gelegen hätte und mit rotem Wein und weißem Brod verpflegt worden wäre. Donald war darüber so ärgerlich, daß er ihn, als er wohl und gesund war, frei nach Hause schickte und sagte, er würde mit allem zufrieden sein, was sie ihm für die Sorge und Mühe geben wollten, die er mit Gilliewhackit in so unerhörtem Grade gehabt hätte. Ich kann nicht genau sagen, wie sie es ausgemacht, aber das ist gewiß, daß Donald eingeladen wurde, auf der Hochzeit in seiner Hochlandstracht zu tanzen, und man sagt, man hätte weder vorher noch seitdem in seiner Börse so viel Silber gesehen. Und als Dank für das alles sagte Gilliewhackit, wenn er bei dem Verhör Donalds irgend als Zeuge sein müßte, so würde er ihm nichts Schuld geben, ausgenommen etwa Brandstiftung und Mord im Auftrage.«

Mit solchen Schilderungen pries Evan den gegenwärtigen Zustand des Hochlandes, vielleicht mehr zur Unterhaltung Waverleys als der unserer Leser. Endlich, nachdem sie über Berg und Tal, Sumpf und Haide gegangen waren, kam es Edward vor, obgleich es ihm unbekannt war, wie freigebig die Schotten ihre Entfernungen schätzten, als müßten die fünf Meilen Evans schon doppelt zurückgelegt sein. Seine Bemerkung über das große Maß, welches die Schotten ihrem Lande anlegten, im Vergleich zu dem geringen Werte ihres Geldes, beantwortete Evan

9   Vor der Einführung der Glasfenster in England und Schottland waren feine Hornscheiben im Gebrauch. Daher die volkstümliche Korrektion des lat. *laterna* in *lant-horn*.

schnell durch den alten Scherz: »Der Teufel holt den, der das kleinste Maß führt.«

Jetzt fiel ein Schuß, und ein Jäger erschien mit seinen Hunden und einem Begleiter am obern Ende des Tales. »Seht!« sagte Dugald Mahony, »da ist der Häuptling.«

»Er ist es nicht«, sagte Evan gebieterisch. »Glaubst Du, er würde einem Sassenagh Duinhs-Vassel auf solche Weise entgegenkommen?«

Als sie etwas näher kamen, sagte er mit offenbarem Verdruß: »Und doch ist er es, gewiß genug, und er hat sein Gefolge nicht bei sich, es ist kein lebendiges Geschöpf bei ihm als Callum Beg.«

In der Tat hatte Fergus Mac-Ivor, von dem ein Franzose eben so gut wie ein anderer Mann in den Hochlanden hätte sagen können: »*Qu'il connaît bien ses gens*«, nicht daran gedacht, sich in den Augen eines jungen reichen Engländers dadurch ein Ansehen zu geben, daß er mit einem für die Gelegenheit unpassenden Gefolge hochländischer Müßiggänger erschienen wäre. Er war sich bewußt, daß ein so unnötiges Gefolge Edward eher prahlerisch als achtunggebietend erschienen sein würde. Obgleich er daher einen andern Häuptling wahrscheinlich mit dem ganzen Gefolge empfangen haben würde, welches Evan mit so vieler Salbung beschrieb, so hielt er es doch für angemessen, Waverley nur mit einem einzigen Begleiter entgegen zu gehen, einem schönen Hochlandsjünglinge, der seines Gebieters Jagdtasche und Schwert trug, welch letzteres derselbe selten beim Ausgehen daheim ließ.

Als Fergus und Waverley zusammentrafen, fühlte sich dieser überrascht durch die hohe Würde und Anmut des Häuptlings. Über Mittelgröße und wohl gebaut, hob die Hochlandstracht, die er nach der einfachsten Mode trug, seine Gestalt vorteilhaft hervor. Seine Strümpfe waren scharlachroth und weiß gewürfelt; in den andern Teilen glich sein Anzug demjenigen Evans, ausgenommen, daß er keine andern Waffen trug als einen reich mit Silber ausgelegten Dolch. Sein Page hielt, wie erwähnt, sein Schwert, und das Gewehr, welches er selbst in der Hand hatte, schien nur zur Jagd bestimmt zu sein. Er hatte während des Weges einige junge Wildenten geschossen. Sein Gesicht war entschieden schottisch und hatte alle Eigentümlichkeiten dieser nördlichen Physiognomie, aber doch so wenig von ihrer Härte und Markirung, daß man es in jedem Lande für sehr hübsch erklärt haben würde. Die kriegerische Ausstattung seiner Mütze mit einer einzigen Adlerfeder als Auszeichnung trug viel zu dem männlichen Aussehen seines Kopfes bei, der überdies noch immer mit einer anmutigen Menge dichter schwarzer Locken geschmückt war, wie man sie kaum im Friseurladen feil bietet.

Ein offenes und zutrauliches Wesen steigerte noch den günstigen Eindruck, den sein schönes und würdevolles Äußere machte. Ein geschickter Physiognomiker würde indessen bei einem zweiten Blicke mit dem Gesichte minder zufrieden gewesen sein als bei dem ersten. Seine Augenbrauen und die Oberlippe verrieten die Gewohnheit gebieterischen Befehls und entscheidender Überlegenheit. Selbst seine Höflichkeit schien das Bewußtsein persönlicher Wichtigkeit zu verraten, obgleich sie frei und ungezwungen war. Bei jeder plötzlichen oder zufälligen Aufregung zeigte ein schnelles, doch vorübergehendes Blitzen des Auges ein ungestümes, hochmütiges, rachgieriges Gemüth, das zu fürchten war, wenn es auch durch Selbstbeherrschung gezügelt zu werden schien. Kurz, das Gesicht des Häuptlings glich einem schönen Sommertage, der uns durch gewisse, wenn auch kaum bemerkbare Zeichen verräth, daß es noch vor dem Abend donnern und blitzen kann.

Bei ihrem ersten Zusammentreffen hatte Edward indessen keine Gelegenheit, diese wenig günstigen Bemerkungen zu machen. Der Häuptling empfing ihn als einen Freund des Barons von Bradwardine mit der größten Freundlichkeit und Dankbarkeit für den Besuch; er machte ihm scherzhaft Vorwürfe darüber, daß er die Nacht vorher einen so rauhen Aufenthaltsort gewählt hätte und ließ sich mit ihm in ein freundliches Gespräch über Donald Beans Haushaltung ein, jedoch ohne den leisesten Wink auf dessen schmachvolle Lebensweise oder die unmittelbare Veranlassung zu Waverleys Besuch. Da der Häuptling das Gespräch nicht auf diese Sache brachte, vermied es unser Held ebenfalls. Während sie heiter dem Hause von Glennaquoich zuschritten, folgte Evan, der jetzt ehrfurchtsvoll zurücktrat, mit Callum Beg und Dugald Mahony.

Bei dieser Gelegenheit wollen wir den Leser mit einigen Umständen aus Fergus Mac-Ivors Charakter und Geschichte bekannt machen, welche Waverley erst nach einem längern Umgange erfuhr, einem Umgange, der zwar aus so zufälliger Ursache entsprang, aber für lange Zeit den tiefsten Einfluß auf seinen Charakter, seine Handlungen und seine Aussichten übte. Da dies aber ein wichtiger Gegenstand ist, so muß er den Anfang eines neuen Kapitels bilden.

18. Der Häuptling und sein Haus

Vor ungefähr zweihundert Jahren hatte ein Vorfahr des Fergus Mac-Foor die Forderung gestellt, als Häuptling des mächtigen und zahlreichen Clans anerkannt zu werden, zu dem er gehörte und dessen Namen nicht erwähnt zu werden braucht. Da ein Gegner, der mehr Anspruch oder mehr Gewalt hatte, ihn besiegte, wandte er sich mit denen, die an ihm hingen, südwärts, um gleich einem zweiten Äneas neue Wohnplätze aufzusuchen. Der Zustand des Perthshire-Hochlandes begünstigte diesen Plan. Ein großer Baron dieses Landes war unlängst zum Hochverräter gegen die Krone geworden; Ian, das war der Name unseres Abenteurers, schloß sich denen an, welche der König beauftragt hatte, den Verräter zu züchtigen, und leistete so gute Dienste, daß er als Belohnung das Gebiet erhielt, welches er und seine Nachkommen später bewohnten. Er folgte dem Könige auch in einem Kriege gegen die fruchtbaren Gegenden Englands und benutzte hier seine Mußestunden so eifrig, bei den Bauern von Northumberland und Durham Subsidien beizutreiben, daß er bei seiner Rückkehr einen steinernen Turm oder eine Veste erbauen lassen konnte, welche von seinen Anhängern und Nachbarn so sehr bewundert wurde, daß er, der bisher Ian Mac-Foor genannt worden war oder Johann, der Sohn Ivors, nun in Gesängen und Genealogien durch den hohen Titel Ian nan Ehaistel oder Johann von dem Turme ausgezeichnet wurde. Die Nachkommen dieses Ehrenmannes waren auf ihn so stolz, daß der regierende Häuptling stets den Titel führte: Bich Ian Vohr, d. h. der Sohn Johannes des Großen. Sein Clan im Allgemeinen nannte sich Sliochd nan Foor, das Geschlecht Ivors, um sich von dem zu unterscheiden, von welchem er sich getrennt hatte.

Der Vater dieses Fergus, der zehnte Abkömmling in gerader Linie von Johann vom Turme, nahm mit Herz und Hand an dem Aufstände von 1715 Teil und war gezwungen, nach Frankreich zu fliehen, als der in jenem Jahre zu Gunsten der Stuarts gemachte Versuch scheiterte. Glücklicher als andere Flüchtlinge fand er eine Anstellung in französischen Diensten und heiratete in jenem Lande eine Dame von Rang, von der er zwei Kinder bekam, Fergus und Flora. Die schottischen Besitzungen waren eingezogen und verkauft worden, sie wurden aber für eine geringe Summe im Namen des jungen Erben zurückgekauft, der infolge dessen auf seinen angestammten Besitzungen seinen Wohnsitz nahm. Bald bemerkte man, daß er einen Charakter von ungewöhnlichem Scharfsinn, Feuer und Ehrgeiz besaß, der, als er mit dem Zustande des Landes vertrauter wurde, allmählich einen gemischten und eigentümlichen Ton annahm, wie er nur vor sechszig Jahren möglich war.

Hatte Fergus Mac-Ivor sechzig Jahre früher gelebt, so würde er aller Wahrscheinlichkeit nach jenes feine Wesen und jene Weltkenntniß entbehrt haben, welche er jetzt besaß, und hätte er sechzig Jahre später gelebt, so hätte sein Ehrgeiz und seine Herrschsucht den Brennstoff nicht gefunden, den seine Lage ihnen jetzt gewahrte. Er war in der Tat in seinem kleinen Kreise ein vollendeter Politiker, Er legte sich mit großem Eifer darauf, die Zwistigkeiten zu beseitigen, die zwischen den Clans in seiner Nachbarschaft entstanden, so daß er häufig Schiedsrichter bei ihren Händeln wurde. Seine eigene patriarchalische Gewalt vergrößerte er durch jede Ausgabe, die sein Vermögen erlaubte, und strengte seine Mittel in der Tat auf das äußerste an, um jene urwüchsige und freigebige Gastfreundschaft zu unterhalten, welche das geschätzteste Attribut eines Häuptlings war. Aus derselben Ursache überfüllte er seine Besitzungen mit einem Bauernstande, der zwar kühn und zu kriegerischen Zwecken geeignet war, aber weit die Zahl überstieg, welche der Boden unterhalten konnte. Diese Bauern bestanden hauptsächlich aus seinem eigenen Clan, und keiner von ihnen durfte seine Güter verlassen, wenn er es irgend zu hindern vermochte. Aber er unterhielt auch außerdem viele Abenteurer ans geringeren Ständen, welche einen minder kriegerischen, wenn auch reicheren Häuptling verließen, um Fergus Mac-Ivor zu dienen. Noch andere Individuen, die nicht einmal so viel Ansprüche hatten, wurden in seinen Bund aufgenommen, und dieser in der Tat keinem versagt, der wie Poins Herr seiner Hände war und bereit, zum Namen Mac-Ivor zu schwören.

Es wurde ihm möglich, diese Streitkräfte zu diszipliniren, weil er das Kommando einer der Frei-Kompagnien erhalten hatte, welche die Regierung bilden ließ, um den Frieden im Hochlande zu sichern. Während er diesen Posten bekleidete, handelte er mit Kraft und Geist und hielt die Ordnung in dem Lande, das unter seiner Aufsicht stand, streng aufrecht. Er ließ seine Vasallen der Reihe nach in seine Kompagnie eintreten und für eine gewisse Zeit darin dienen, wodurch sie alle einen Begriff von militärischer Zucht bekamen. In seinen Streifzügen gegen die Banditen übte er die unumschränkteste Gewalt, welche, da die Gesetze in dem Hochlande keinen freien Lauf hatten, als ein Recht der zu ihrer Unterstützung aufgerufenen kriegerischen Partei betrachtet wurde. Er handelte z. B. mit großer und verdächtiger Nachsicht gegen die Freibeuter, welche seiner Aufforderung folgten und persönliche

Unterwerfung gegen ihn selbst gelobten, während er alle Schleichhändler streng verfolgte, ergriff und der Gerechtigkeit überlieferte, die seine Ermahnungen oder Befehle gering zu schätzen wagten. Wenn Beamte oder Militärabteilungen sich anmaßten, Diebe oder Schmuggler durch sein Gebiet zu verfolgen, ohne seine Zustimmung oder Mitwirkung in Anspruch zu nehmen, war nichts gewisser als ein auffallendes Mißlingen oder eine gewaltige Niederlage. Bei solchen Gelegenheiten war dann Fergus Mac-Ivor immer der erste, die Geschädigten zu bedauern, und nachdem er ihnen freundliche Vorwürfe über ihre Übereilung gemacht hatte, den gesetzlosen Zustand des Landes zu beklagen. Diese Klagen schlossen jedoch den Verdacht nicht aus, und die Dinge wurden der Regierung so vorgestellt, daß unserm Häuptling sein militärisches Kommando abgenommen wurde.

Was Fergus Mac-Ivor bei dieser Gelegenheit auch fühlen mochte, er besaß die Kunst, jeden Schein der Unzufriedenheit zu vermeiden; in kurzer Zeit aber begann die benachbarte Gegend die bösen Folgen seiner Ungnade zu fühlen. Donald Bean Lean und andere seiner Gattung, deren Plünderungen bisher auf andere Distrikte beschränkt gewesen waren, schienen jetzt diese Gegend zu ihrem Lieblingsaufenthalte gemacht zu haben, und ihre Verheerungen trafen nur auf geringen Widerstand, da der Tieflandsadel meistenteils aus Jakobiten bestand und entwaffnet war. Dies zwang viele Einwohner, mit Fergus Mac-Ivor Schutzverträge abzuschließen. Dadurch wurde er nicht nur ihr Beschützer, sondern er gewann auch großen Einfluß auf alle ihre Beratungen und erwarb die Gelder zur Fortsetzung seiner lehnsherrlichen Gastfreiheit, welche bei dem Ausbleiben des Soldes bedeutend hätte beschränkt werden müssen. Indessen hatte Fergus weitere Pläne, als der große Mann seiner Nachbarschaft zu sein und despotisch über einen geringen Clan zu herrschen. Seit seiner Kindheit hatte er sich der Sache der verbannten Königsfamilie gewidmet und sich nicht nur eingeredet, daß sie die Krone Britanniens bald wieder gewinnen müßte, sondern auch, daß die, welche ihr dazu behilflich waren, in Ehre und Rang steigen würden. In dieser Absicht wirkte er dahin, die Hochländer unter sich auszusöhnen und seine eigenen Streitkräfte auf das äußerste zu vergrößern, um bei der ersten günstigen Gelegenheit für den Ausstand vorbereitet zu sein. Aus dem nämlichen Grunde suchte er auch die Freundschaft derer unter den benachbarten Edelleuten des Tieflandes, welche Freunde der guten Sache waren, und ergriff gern die Gelegenheit bei Donald Bean Leans Plünderung, um den Zwist mit dem Baron von Bradwardine auf die erzählte Weise beizulegen. Einige vermuteten freilich, daß er selbst Donald zu der Unternehmung veranlaßt, um sich dadurch den Weg zu einer Aussöhnung zu bahnen, was den Baron von Bradwardine zwei gute Milchkühe kostete. Diesen Eifer zu Gunsten seiner Sache vergalt das Haus Stuart mit großem Vertrauen, mit einer gelegentlichen Unterstützung durch Louisd'or, einem Überflusse von schönen Worten und einem Pergamente mit gewaltigem angehängten Siegel, einem Grafendiplom, von niemand Geringerem ausgestellt als Jakob III., König von England, dem achten König von Schottland, für seinen festen, treuen und vielgeliebten Fergus Mac-Ivor von Glennaquoich in der Grafschaft Perth, Königreich Schottland.

Mit dieser künftigen Grafenkrone vor seinem Auge verwickelte sich Fergus tief in die Korrespondenzen und die Verschwörungen jener unglücklichen Zeit, und wie alle solche tätigen Agenten söhnte er sich mit seinem Gewissen leicht darüber aus, daß er im Dienste seiner Partei gewisse Schritte tat, von denen Ehre und Stolz ihn abgehalten haben würden, wenn sein Zweck die Förderung eigener Pläne gewesen wäre.

Dies war der Mann, in dessen Gesellschaft wir Waverley gelassen.

Der Häuptling und sein Gast hatten Glennaquoich erreicht, welches aus Ian nan Chaistels Haus, einem hohen schwerfälligen, viereckigen Turme, bestand, an den ein hohes Gebäude angebaut worden war, ein Bau von zwei Stockwerken, den Fergus' Großvater ausführen ließ, als er von der denkwürdigen Unternehmung zurückkehrte, welche in den westlichen Grafschaften unter dem Namen der Hochlandszug wohlbekannt ist. Bei Gelegenheit dieses Kreuzzuges gegen die Whigs und Covenanter in Ayrshire war der Bich Ian Vohr jener Periode wahrscheinlich ebenso glücklich gewesen wie sein Vorfahr bei dem Zuge gegen Northumberland, so daß er seinen Nachkommen als Denkmal seiner Prachtliebe auch ein Gebäude zu hinterlassen im Stande war.

Rings um dieses Haus, welches auf einer Anhöhe in der Mitte eines engen Hochlandtales stand, zeigte sich nichts von jener Sorge für Bequemlichkeit oder für Zierrath und Schmuck, die sonst einen Edelsitz zu umgeben pflegt. Eine oder zwei Umfriedigungen von trockenen Steinmauern waren der einzige verwahrte Teil des Gebietes, das übrige zog sich an dem Bache in einigen Streifen Feldes hin, die mit Hafer spärlich besäet und den beständigen Besuchen der wilden Pferde und des Hornviehs ausgesetzt waren, welche auf den gegenüberliegenden Hügeln weideten. Ein halbes Dutzend Hochlandsbuben war angestellt, sie durch lautes Geschrei zu verjagen, so oft sie nahten, und sie liefen alle, als ob sie wahnsinnig wären und hetzten halbverhungerte Hunde auf das wütende Vieh, um das Korn zu retten. Talaufwärts lag in geringer Entfernung ein kleines Gehölz verkrüppelter Birken; die Berge waren hoch und waldbewachsen, doch ohne Abwechslung, so daß die ganze Gegend eher einen wilden und traurigen Anblick gewährte als einen großartig einsamen. Dennoch würde sie kein Nachkomme Ian nan Ehaistels gegen die Herrschaften Stow und Blenheim vertauscht haben.

Vor dem Tore aber bot sich ein Anblick dar, welcher dem ersten Besitzer von Blenheim vielleicht mehr Freude gewährt haben würde, als die schöne Aussicht auf die Herrschaft, welche die Dankbarkeit des Vaterlandes ihm verlieh. Es waren etwa hundert Hochländer, in voller Kleidung und Bewaffnung, die diesen Anblick gewährten, und der Häuptling richtete, als sie sichtbar wurden, in scheinbar gleichgültigem Tone die Worte an Waverley: »Ich hatte vergessen, daß ich einigen Leuten meines Klans den Befehl erteilt habe, sich zu stellen, damit ich sie mustern und prüfen kann, ob sie sich auch in einem Zustande befinden, der sie fähig macht, das Land zu verteidigen und solche Ereignisse abzuwenden, wie den Baron von Bradwardine betroffen haben. Vielleicht, Kapitän Waverley, findet Ihr ein Vergnügen darin, sie einige Übungen vornehmen zu sehen, ehe sie entlassen werden.«

Edward war es zufrieden, und die Mannschaft vollzog nun mit Gewandtheit und Sicherheit einige militärische Evolutionen, Dann schossen sie einzeln nach der Scheibe und zeigten die größte Geschicklichkeit in der Behandlung der Pistole sowohl als der Büchse. Sie zielten stehend, sitzend, angelehnt, flach auf der Erde liegend, nach dem Kommando, stets mit Erfolg. Dann nahmen sie Übungen mit dem Säbel vor, und nachdem jeder einzelne seine Geschicklichkeit gezeigt hatte, bildeten sie zwei Haufen und führten eine Art von Scheingefecht auf, in welchem Angriff, Sammlung, Flucht, Verfolgung, kurz der ganze Verlauf eines hitzigen Kampfes nach den Signalen des großen Kriegsdudelsackes vollzogen wurde.

Auf ein Zeichen des Häuptlings endete das Scharmützel, und es wurden Aufgaben in Wettlauf, Ringen, Springen, Stangenklettern und andern Übungen gegeben, bei denen die Lehnsmiliz unglaubliche Schnelligkeit, Kraft und Gewandtheit zeigte, und durchaus dem Zweck genügte, den ihr Häuptling sich gesetzt hatte: Waverley keinen geringen Begriff von ihrem Verdienste als Krieger, sowie von der Macht dessen beizubringen, der mit einem Winke über sie gebot.

»Und wie groß ist die Anzahl so tüchtiger Leute, die das Glück hat, Euch ihren Führer zu nennen?« fragte Waverley.

»Für eine gute Sache und unter einem geliebten Führer ist der Stamm Ivors selten mit weniger als fünfhundert Degenklingen in das Feld gezogen. Aber Ihr könnt wohl denken, Kapitän Waverley, daß die Entwaffnungsakte, die vor etwa zwanzig Jahren erlassen wurde, es ihm unmöglich macht, wie in früheren Zeiten in vollständig gerüstetem Zustande zu sein, und ich halte ihrer jetzt nicht mehr unter den Waffen, als hinreichen, mein und meiner Freunde Eigentum zu beschützen, wenn das Land durch solche Gäste beunruhigt wird, wie Euer Wirth der vergangenen Nacht einer ist. Die Regierung, welche andere Verteidigungsmittel beseitigt hat, muß sich darein fügen, daß wir uns selbst schützen.«

»Aber mit Eurer Macht könntet Ihr solche Banden wie die Donald Bean Leans bald verjagen oder vernichten.«

»Ja, ohne Zweifel, und meine Belohnung wäre die Aufforderung, dem Generale Blackeney in Stirling die wenigen Schwerter abzuliefern, die uns noch geblieben sind. Ich glaube, darin läge wenig Klugheit. – Aber kommt, Kapitän Waverley, der Ton der Pfeifen verkündet mir, daß das Essen bereit steht. – Gönnt mir die Ehre, Euch in meine schmucklose Behausung einzuführen.«

19. Ein Hochlandsfest

Ehe Waverley die Festhalle betrat, wurde ihm die patriarchalische Erfrischung eines Fußbades geboten, welche das schwüle Wetter und die Sümpfe, die er durchschritten hatte, sehr annehmbar machten. Aber er wurde nicht so üppig bedient wie die heldenhaften Wanderer in der Odyssee, es war kein reizendes Weib, die das Abwaschen und Abtrocknen übernahm, geübt

> Die Glieder sanft zu reiben,
> Zu spenden edlen Öles Duft,

sondern ein verräuchertes altes Hochlandsweib, das sich durch die ihm auferlegte Pflicht nicht sehr geehrt zu fühlen schien, sondern zwischen den Zähnen brummte: »Unserer Väter Herde lagen nicht so nahe beisammen, daß ich Euch diesen Dienst leisten müßte.« Doch ein kleines Geschenk sühnte die bejahrte Magd mit der Last des entwürdigenden Amtes aus, und als Edward der Halle zuschritt, erteilte sie ihm ihren Segen mit dem gälischen Sprichwort: »Möge die offene Hand am reichsten gefüllt werden.«

Die Halle, in welcher das Fest bereitet war, nahm den ganzen ersten Stock von Ian nan Chaistels ursprünglichem Bau ein, und ein schwerer Eichentisch deckte die ganze Länge des Zimmers. Die Zubereitungen zu dem Mahle waren einfach bis zur Ärmlichkeit, die Gäste zahlreich bis zum Gedränge. An dem obern Ende der Tafel saß der Häuptling, neben ihm Edward und zwei Hochlandsgäste von benachbarten Clans, die Ältesten seines eigenen Stammes, Erbpächter und Zinsleute nahmen den nächsten Rang ein, auf diese folgten deren Söhne, Neffen und Milchbrüder, dann die Beamten von des Häuptlings Haushaltung nach ihrem Range, und zu unterst von allen die Hintersassen, welche den Boden wirklich bebauten. Und über diese lange Reihe noch hinaus konnte Edward im Freien, wohin sich zwei schwere Flügeltüren öffneten, eine, Menge von Hochländern von noch geringerem Stande sehen, welche dennoch als Gäste betrachtet wurden und nicht nur unter dem Schutze des Gastgebers standen, sondern auch an seinen Festen ihren Anteil hatten. In der Ferne um diese äußerste Grenze des Banketts hin und her geschäftig, zeigte sich eine Menge von Weibern, zerlumpten Knaben und Mädchen, alten und jungen Bettlern und Hunden aller Gattungen; sie alle nahmen einen unmittelbaren oder mittelbaren Anteil an dem Feste.

Diese scheinbar unbegrenzte Gastfreiheit hatte gleichwohl ihre ökonomische Beschränkung. Einige Mühe war auf die Fische und das Wildpret, das in Schüsseln am obern Ende der Tafel servirt und den Augen des englischen Gastes unmittelbar ausgesetzt war, verwendet worden. Weiter unten standen gewaltige Schüsseln mit Hammel- und Rindfleisch, welche, wenn Schweinefleisch dabei gewesen wäre, das in den Hochlanden verabscheut wird, viel Ähnlichkeit mit dem rohen Festmahl für die Freier der Penelope gehabt hätten. Das Hauptgericht war ein jähriges Lamm, das ganz gebraten war. Es stand auf den Beinen mit einem Büschel Petersilie im Maule und wurde wahrscheinlich in dieser Stellung aufgetragen, um den Stolz des Koches zu kitzeln, der mehr auf die Fülle, als auf die Zierlichkeit bei der Tafel seines Gebieters sah. Die Seiten dieses armen Tieres wurden von den Clansleuten tapfer angegriffen, von den einen mit Dolchen, von den andern mit den Messern, welche sie gewöhnlich in derselben Scheide mit den Dolchen trugen, so daß das Ganze bald einen traurigen Anblick gewährte. Noch weiter unten an dem Tische schienen die Speisen noch geringerer Art zu sein, obgleich in reichlicher Menge vorhanden. Fleischbrühe, Zwiebeln, Käse und die Überbleibsel des Festes regalirten die »Söhne« Ivors[10], die in freier Luft tafelten.

Die Getränke wurden in demselben Verhältnisse und nach ähnlichen Regeln verteilt. Vortrefflicher Champagner und Claret flossen reichlich unter des Häuptlings unmittelbaren Nachbarn: Whisky, rein oder vermischt, und starkes Bier erquickten die, welche am unteren Ende der Tafel saßen. Übrigens schien diese ungleiche Verteilung niemanden zu verletzen. Jeder Anwesende erkannte, daß sein Geschmack sich nach dem Range richten müsse, den er an der Tafel einnahm, die Freisassen und ihre Angehörigen versicherten daher, daß der Wein für ihren Magen zu kalt wäre, und forderten scheinbar nach Wahl das Getränk, welches ihnen aus Sparsamkeit angewiesen wurde. Die Sackpfeifer spielten während der ganzen Essenszeit einen lärmenden Kriegsgesang, und das Echo des gewölbten Gemachs und das Geräusch der celtischen Sprache brachten ein solches babylonisches Gewirr hervor, daß Waverley fürchtete, seine Ohren möchten sich nie davon erholen. Mac-Ivor suchte die Verwirrung, die durch eine so große Gesellschaft veranlaßt wurde, zu entschuldigen, und bezog sich auf seine Lage, die ihm unbegrenzte Gastfreiheit zur Pflicht machte. »Diese meine kräftigen müßigen Lehnsleute«, sagte er, »glauben, daß ich meine Besitzungen zu ihrem Unterhalte habe, und ich muß Rindfleisch und Ale für sie herschaffen, während die Schelme nichts für sich selbst tun, als sich mit dem Schwerte üben, oder über die Berge wandern, um zu schießen, zu fischen, zu jagen, zu trinken und mit den Mädchen des Tales zu liebeln. Aber was kann ich tun, Kapitän Waverley? Jedes Ding hält sich nach seiner Art, mag es nun ein Habicht oder ein Hochländer sein.«

Waverley gab die erwartete Antwort durch eine Schmeichelei über den Besitz so vieler kühner und treuer Anhänger.

»Ei ja«, entgegnete der Häuptling, »wollte ich meines Vaters Weg einschlagen, um einen Streich auf den Kopf oder zwei in das Genick zu bekommen, so glaube ich wohl, daß die Burschen mir beistehen würden. Aber wer denkt daran in unsern Tagen, wo der Wahlspruch geht: Besser ein altes Weib mit dem Geldbeutel in der Hand, als drei Männer mit geschwungenem Schwert.« – Hierauf wendete er sich zur Gesellschaft und brachte die Gesundheit aus auf Kapitän Waverley, einen würdigen Freund seines guten Nachbarn und Verbündeten, des Baron von Bradwardine.

10 Die zum Clan gehörigen Männer, die sämmtlich den Namen »Sohn Ivors« tragen.

»Er ist willkommen hier«, sagte einer der Alten, »wenn er von Cosmo Comyne Bradwardine kommt.«

»Ich sage nein dazu«, rief ein anderer Alter, der offenbar nicht in die Gesundheit mit einstimmen wollte, »ich sage nein dazu. So lange es ein grünes Blatt im Walde gibt, herrscht auch Falschheit bei einem Comyne.«

»Es ist Ehre in dem Baron von Bradwardine«, antwortete wieder ein anderer Alter, »und der Gast, der von ihm Hieher kommt, sollte willkommen sein, erschiene er auch mit Blut an seiner Hand, wenn es nur kein Blut vom Stamme Foors ist.«

Der alte Mann, dessen Becher gefüllt blieb, antwortete: »Es klebt genug Blut von dem Stamme Foors an der Hand Bradwardines.«

»Ha, Ballenkuiroch«, entgegnete der erste, »Ihr denkt mehr an den Blitz der Muskete auf den Gefilden von Tully-Veolan als an das Blitzen des Schwertes, das bei Preston für unsere Sache focht.«

»Und das darf ich«, antwortete Ballenkuiroch, »der Blitz der Muskete kostete mich einen blondlockigen Sohn, und das blinkende Schwert hat nur wenig für König Jakob getan.«

Der Häuptling erklärte Waverley mit zwei Worten auf französisch, daß der Baron vor sieben Jahren dieses alten Mannes Sohn in einem Gefechte bei Tully-Veolan erschossen hätte, und eilte dann, Ballenkuirochs Vorurteil zu beseitigen, indem er ihm sagte, daß Waverley ein Engländer sei und mit der Familie Bradwardine weder durch Blut, noch durch Heirat verbunden. Darauf erhob der Alte seinen bisher unberührten Becher und trank höflich auf des Kapitäns Gesundheit. Als so der Alte beschwichtigt war, gab der Häuptling den Pfeifern das Zeichen aufzuhören und rief laut: »Wo hat sich der Gesang versteckt, meine Freunde, daß Mac-Murrough ihn nicht finden kann?«

Mac-Murrough, der Familienbarde, ein bejahrter Mann, beachtete den Wink und begann mit leisen und schnellen Tönen eine Menge lettischer Verse vorzutragen, welche von den Zuhörern mit enthusiastischem Beifall vernommen wurden. Je weiter er in seiner Deklamation kam, desto mehr schien seine Gluth zuzunehmen.: Anfangs hatte er mit auf den Boden gehefteten Augen gesprochen, dann ließ er seine Blicke umherschweifen, als suche, bald auch, als gebiete er Aufmerksamkeit, und seine Stimme erhob sich zu wilden leidenschaftlichen Tönen, die passende Geberden begleiteten. Es schien Edward, der ihm mit der größten Aufmerksamkeit folgte, als nenne er viele Eigennamen, beklage die Todten, rede die Abwesenden an, ermahne, beschwöre, beseele die Anwesenden. Waverley glaubte sogar seinen eigenen Namen zu hören und überzeugte sich von der Richtigkeit seiner Vermutung, als die Augen der ganzen Gesellschaft sich gleichzeitig auf ihn richteten. Die Gluth des Sängers schien sich den Zuhörern mitzuteilen. Ihre wilden sonnenverbrannten Gesichter nahmen einen feurigeren, belebteren Ausdruck an, alle neigten sich vorwärts gegen den Sänger, mehrere sprangen auf und schwangen verzückt die Arme, andere legten die Hand an ihr Schwert. Als der Gesang geendet, entstand eine tiefe Pause, während welcher die aufgeregten Gefühle des Sängers und der Zuhörer allmählich wieder zur Ruhe kamen.

Der Häuptling, welcher während dieses Auftrittes mehr die erweckte Aufregung zu beobachten, als den Enthusiasmus selbst zu teilen schien, füllte einen kleinen silbernen Becher, der vor ihm stand, mit Claret und sagte zu einem der Diener: »Gib dies an Mac-Murrough nan Jonn, d. h. vom Liede, und wenn er getrunken hat, möge er zum Andenken an Bich Ian Vohr das Gefäß behalten.« Mac-Murrough empfing die Gabe mit inniger Dankbarkeit; er trank den Wein, küßte den Becher und schob ihn voll Ehrfurcht in die Falten seines über die Brust geschlungenen Plaids. Dann ließ er einen Gesang erschallen, den Edward mit Recht für einen aus dem Stegreif gedichteten Dank und Lobgesang auf seinen Häuptling hielt. Er wurde ebenfalls mit Beifall aufgenommen, brachte aber nicht die Wirkung des ersten Liedes hervor. Dennoch war es offenbar, daß der Clan die Freigebigkeit seines Häuptlings mit hoher Billigung sah. Hierauf wurden mehrere gälische Trinksprüche ausgebracht, und von einigen gab der Häuptling seinem Gaste die Übersetzung; sie lauteten:

»Dem, der weder Freund noch Feind den Rücken kehrt!«

»Dem, der nie einen Kameraden verließ!«

»Dem, der nie Gerechtigkeit kaufte oder verkaufte!«

»Gastfreundschaft für den Landflüchtigen, zerbrochene Knochen für den Tyrannen!«

»Den Burschen mit dem Schwert!«

»Hochländer, Schulter an Schulter!«

Andere drückten Gedanken ähnlicher Art aus.

Edward war besonders begierig, den Sinn jenes Gesanges kennen zu lernen, der die Leidenschaften der Gesellschaft so tief aufgeregt hatte, und teilte seinem Wirte seinen Wunsch mit, »Da ich bemerke«, versetzte der Häuptling, »daß Ihr die Flasche während der letzten drei Stunden unberührt vorbeigehen ließet, wollte ich Euch eben den Vorschlag machen, Euch zu dem Teetisch meiner Schwester zurückzuziehen, die Euch diese Dinge besser erklären kann als ich. Obgleich ich meinen

Clan bei dem gewöhnlichen Laufe meiner Feste nicht beschränken kann, bin ich doch selbst nicht geneigt, an demselben bis zu Ende Teil zu nehmen; auch halte ich nicht«, fügte er lächelnd hinzu, »einen Bären, um den Verstand derer zu verschlingen, welche davon guten Gebrauch zu machen wissen.«

Edward war mit dem Vorschlage einverstanden. Der Häuptling richtete einige Worte an die zunächst Sitzenden und verließ, von Waverley begleitet, die Tafel. Als die Tür sich hinter ihnen schloß, hörte Edward, wie die Gesundheit Bichs Ian Vohr mit lautem wildem Geschrei ausgebracht wurde, und er erkannte daraus sowohl die Zufriedenheit der Gäste, als ihre unbedingte Ergebenheit in seinen Dienst.

20. Des Häuptlings Schwester

Das Gesellschaftszimmer Floras Mac-Ivor war auf die einfachste Weise eingerichtet, denn in Glennaquoich wurde jede andere Ausgabe so viel als möglich beschränkt, um die Gastlichkeit des Häuptlings in höchstem Glanze bestehen lassen und die Zahl seiner Untergebenen und Anhänger nicht nur erhalten, sondern noch vermehren zu können. Von dieser Sparsamkeit zeigte sich jedoch nichts in dem Anzuge der Dame, der sehr elegant und reich war und in außerordentlich geschmackvoller Vereinigung teils die Pariser Mode zeigte, teils die einfachere Hochlandstracht. Ihr Haar war nicht durch die Kunst eines Friseurs entstellt, sondern fiel in üppigen Ringeln auf ihren Nacken herab, nur durch einen reich mit Diamanten besetzten Reif gehalten. Diese Tracht hatte sie aus Rücksicht auf das Hochlandsvorurteil angenommen, welches nicht duldet, daß ein weibliches Haupt eher bedeckt wird, als bis der Brautkranz es ziert. Flora Mac-Ivor sah ihrem Bruder auffallend ähnlich. Beide hatten die antike Regelmäßigkeit des Profils, dieselben dunkeln Augen, Augenwimpern und Augenbrauen, dieselbe zarte Gesichtsfarbe, nur hatte das Wetter Fergus gebräunt, während Floras Teint von der feinsten Zartheit war. Die hochmütige und etwas strenge Regelmäßigkeit in Fergus' Zügen war in denen Floras lieblich gemildert. Auch ihre Stimmen hatten ähnlichen Ton, nur waren sie in der Lage verschieden. Die von Fergus, besonders wenn er seinen Leuten während der militärischen Übungen Befehle gab, hatte Edward an eine Schilderung des Emetrius erinnert.

Deß Stimme laut zum Ohre drang
Wie der Drommete Silberklang.

Floras Stimme dagegen war lieblich und sanft, eine vortreffliche Eigenschaft des Weibes. Besprach sie aber irgend einen Lieblingsgegenstand, was sie gern und mit natürlicher Beredsamkeit tat, so standen ihr ebenso wohl die Töne, welche Ehrfurcht und Überzeugung erwecken, wie die, welche überredend bestricken, zu Gebote. Der feurige Glanz des schönen schwarzen Auges, das bei dem Häuptling, selbst bei den materiellen Hindernissen, auf die er traf, ungeduldig zu flackern schien, war bei seiner Schwester in ein sinnvolles Leuchten übergegangen. Seine Blicke schienen Ruhm, Macht und alles das zu suchen, was ihn über andere Menschen erheben konnte, während die seiner Schwester, des geistigen Übergewichtes sich bewußt, die, welche nach anderer Auszeichnung rangen, eher mit Mitleid als mit Neid zu betrachten schienen. Ihre Empfindungen stimmten mit dem Ausdruck ihres Gesichtes überein. Ihre Jugenderziehung hatte ihrem Gefühle, wie dem des Häuptlings, die innigste Anhänglichkeit an die verbannte Familie der Stuarts eingeflößt, sie hielt es für die Pflicht ihres Bruders, seines Clans, jedes Mannes in Britannien, welche persönliche Gefahr auch damit verbunden sein mochte, zu deren Wiedereinsetzung beizutragen, auf die zu hoffen die Anhänger des Ritters von St. Georg noch nicht aufgehört hatten. Sie war bereit, dafür alles zu tun, alles zu dulden, alles zu opfern. Aber ihre Anhänglichkeit übertraf die ihres Bruders an Reinheit wie an Fanatismus. An kleinliche Intrigen gewöhnt, und dadurch nothwendiger Weise in tausend schnöde und selbstische Diskussionen verwickelt, war sein politischer Glaube durch die Zwecke seines Interesses und seines Ehrgeizes, die sich so leicht damit verbinden ließen, wenigstens gefärbt, wo nicht befleckt, und von dem Augenblicke an, wo er sein Schwert zog, war es schwer zu sagen, ob es mehr in der Absicht geschah, Jakob Stuart zum König oder Fergus Mac-Ivor zum Grafen zu machen. Es war dies allerdings ein Gemisch von Gefühlen, in dem er selbst nicht klar sah, aber es existirte nichts desto weniger.

In Floras Busen dagegen brannte der Eifer der Treue rein und ungetrübt von irgend einem selbstsüchtigen Gefühle, ihr Patriotismus war geradezu von religiöser Reinheit. Eine solche Anhänglichkeit war nicht ungewöhnlich unter den Parteigängern des unglücklichen Geschlechtes der Stuarts; besondere Aufmerksamkeit von Seiten des Ritters von St. Georg und seiner Gemahlin gegen die Eltern des Barons und dessen Schwester, sowie für sie selbst, als sie Waisen wurden, hatte diese Anhänglichkeit in Flora noch vermehrt. Nach dem Tode seines Vaters war Fergus einige Zeit Ehrenpage bei der Gemahlin des Ritters gewesen, und wegen seiner Schönheit und seines heiteren Gemütes war er von ihr mit vieler Auszeichnung behandelt worden. Diese hatte sich auch auf Flora erstreckt, welche einige Zeit in einem Kloster ersten Ranges auf Kosten der Prinzessin erzogen und dann in die eigene Familie derselben aufgenommen worden war, wo sie beinahe zwei Jahre zugebracht hatte. Bruder sowohl als Schwester bewahrten das tiefste und dankbarste Gefühl für diese Güte.

Nachdem wir so die Grundzüge von Floras Charakter geschildert haben, kann das, was damit zusammenhing, flüchtiger berührt werden. Flora war sehr gebildet und hatte sich jenes elegante Wesen angeeignet, welches sich von einer Dame erwarten ließ, die in ihrer früheren Jugend die Gesellschafterin einer Fürstin war; aber sie hatte nicht gelernt, durch den Schein der Höflichkeit die Wirklichkeit des Gefühles zu ersetzen. Als sie sich in der einsamen Gegend von Glennaquoich niederließ, fand sie, daß ihre Hilfsquellen in der französischen, englischen und italienischen Literatur nur spärlich und mangelhaft wären, und so verwendete sie, um ihre müßige Zeit auszufüllen, einen Teil derselben auf die Musik und die poetischen Überlieferungen des Hochlandes. Sie fand dabei bald das Vergnügen wirklich, welches ihr Bruder, dessen Begriffe von literarischem Verdienst weniger geläutert waren, mehr wegen der daher entstammenden Popularität heuchelte als fühlte. Ihr Entschluß befestigte sich bei ihren Nachforschungen durch das Entzücken, welches ihre Fragen bei den Leuten erweckten, an die sie sich um Belehrung wandte.

Die Liebe zu ihrem Clan, eine Anhänglichkeit, die in ihrem Busen erblich war, war bei ihr wie ihre Ergebenheit für die Königsfamilie eine reinere Leidenschaft als bei ihrem Bruder. Er war zu sehr Politiker und betrachtete seinen patriarchalischen Einfluß zu sehr als ein Mittel, sein eigenes Steigen zu bewirken, als daß wir ihn das Muster eines Hochlandshäuptlings nennen könnten. Flora fühlte zwar denselben Drang, ihre patriarchalische Herrschaft auszubreiten, aber mehr aus dem großmütigen Verlangen, diejenigen Personen der Armut oder doch wenigstens dem Mangel und der fremden Bedrückung zu entreißen, über welche ihr Bruder durch seine Geburt nach den Begriffen der Zeit und des Landes zu herrschen bestimmt war. Ihre Ersparnisse, sie bezog eine kleine Pension von der Prinzessin Sobieski, widmete sie nicht dem Zwecke, den Bauern Erleichterung zu verschaffen, denn das war ein Wort, welches sie entweder nicht kannte oder allem Anscheine nach nicht kennen zu lernen wünschte, sondern für ihre notwendigen Bedürfnisse zu sorgen, wenn sie krank oder alt waren. Zu jeder andern Zeit suchten sie eher mit dem Häuptlinge den Ertrag ihrer Mühen zu teilen, um ihm so ihre Anhänglichkeit zu beweisen, als daß sie von ihm einen andern Beistand annahmen außer dem, welchen die rohe Gastlichkeit seines Schlosses gewährte, und außer der allgemeinen Verteilung und Unterverteilung seiner Besitzungen unter sie. Daher war Flora bei allen so beliebt, daß, wenn Mac-Murrough ein Lied dichtete, in welchem er alle die vorzüglichsten Schönheiten der Gegend aufzählte und dann ihre Erhabenheit dadurch ausdrückte, daß er schloß: »Der schönste Apfel hängt an dem höchsten Zweige«, er von den Clansgliedern mehr Saathafer zum Geschenk erhielt, als nötig gewesen wäre, seinen Hochlandsparnaß, *des Barden Feld*, wie es genannt wurde, zehnmal zu besäen.

Durch die Verhältnisse sowohl, als auch aus Neigung war die Gesellschaft der Miß Mac-Ivor sehr beschränkt. Ihre vertrauteste Freundin war Rosa Bradwardine gewesen, der sie sich innig zugetan fühlte, und wenn man die Mädchen beisammen sah, hätten sie einem Künstler zwei bewundernswerte Gegenstände für die ernste und heitere Muse bieten können. Rosa wurde von ihrem Vater so zärtlich bewacht, und der Kreis ihrer Wünsche war so beschränkt, daß keiner erwachte, als den er zu erfüllen geneigt war, und kaum einer, der nicht im Bereiche seiner Macht lag. Mit Flora war das anders. Beinahe noch Kind hatte sie den Wechsel des Glücks, von Pracht und Herrlichkeit zu Verlassenheit und Armut erfahren, und die Gedanken und Wünsche, welche sie hauptsächlich nährte, betrafen große nationale Ereignisse, die nicht ohne Gefahr und Blutvergießen herbeigeführt werden konnten, und an die man nicht mit leichtem Mute denken durfte. So war ihr Wesen ernst geworden, obgleich sie stets bereit war, mit ihren Talenten zur Unterhaltung der Gesellschaft beizutragen und sehr hoch in der Meinung des alten Barons stand, der mit ihr französische Duette zu singen pflegte, wie sie zu Ende der Regierung Ludwigs XIV. Mode waren.

Man glaubte allgemein, obgleich niemand gegen den Baron von Bradwardine darauf hinzudeuten gewagt hätte, daß Floras Bitten keinen geringen Anteil daran gehabt hatten, die Wuth ihres Bruders bei der Gelegenheit des Streites mit ihm zu beschwichtigen. Sie faßte Fergus bei seiner verwundbaren Seite, indem sie zuerst auf des Barons Alter aufmerksam machte, dann auf den Nachteil, der der guten Sache daraus erwachsen konnte, und auf den Zweifel an seiner Klugheit, die für einen politischen Agenten so nothwendig ist, wenn er darauf bestand, den Streit bis zum Äußersten zu treiben. Wäre das nicht geschehen, so ist es wahrscheinlich, daß ein Duell daraus entstanden wäre, sowohl weil der Baron bei einer frühern Gelegenheit das Blut eines Clansangehörigen vergossen hatte, als auch weil er einen hohen Ruf wegen seiner Handhabung jeder Waffe genoß, um den Fergus ihn fast beneidete. Darum betrieb Flora ihre Aussöhnungsversuche nur um so eifriger, und der Häuptling war um so bereitwilliger, als einige andere seiner Pläne dadurch gefördert wurden.

Bei diesem jungen Mädchen, welches jetzt den Vorsitz am Teetisch hatte, führte Fergus den Kapitän Waverley ein, der von ihr mit der üblichen Höflichkeit empfangen wurde.

21. Hochlands Sängerschaft

Als die ersten Begrüßungen vorüber waren, sagte Fergus zu seiner Schwester:»Meine liebe Flora, ehe ich zu den barbarischen Gebräuchen unserer Väter zurückkehre, muß ich Dir sagen, daß Kapitän Waverley ein Verehrer der celtischen Muse ist, und vielleicht um so mehr, als er kein Wort von der Sprache versteht. Ich habe ihm gesagt, daß Du eine vortreffliche Übersetzerin der Hochlandspoesie bist, und daß Mac-Murrough Deine Übersetzung seiner Gesänge aus demselben Grunde bewundert, wie Kapitän Waverley das Original: weil er nichts davon versteht. Willst Du wohl die Güte haben, unserem englischen Gaste die außerordentliche Reihe von Namen, die Mac-Murrough im Gälischen zusammengesetzt hat, vorzulesen oder mitzuteilen? Ich setze mein Leben gegen die Feder eines Sumpfhuhns, daß Du mit einer Übersetzung ausgerüstet bist, denn ich weiß, daß Du in dem Rate des Barden sitzest und mit seinen Gesängen bekannt bist, lange bevor er sie in der Halle vorträgt.«

»Wie kannst Du das sagen, Fergus? Du weißt, wie wenig diese Verse einen Engländer interessiren können, selbst wenn ich sie zu übersetzen vermöchte, wie Du behauptest.«

»Nicht weniger als sie mich interessiren, schöne Lady. Zudem hat eure vereinte Dichtung, denn ich bleibe dabei, daß Du Teil daran hast, mich den letzten silbernen Becher in dem Schlosse gekostet und, wie ich vermute, wird sie mich das nächste Mal, wenn ich eine allgemeine Hofversammlung halte, noch mehr kosten, wenn die Muse Mac-Murrough heimsucht; denn Du kennst unser Sprüchwort: Wenn die Hand des Häuptlings zu geben aufhört, ist das Wort des Barden erfroren. – Nun, ich möchte, daß es so wäre, denn drei Dinge sind einem modernen Hochländer nutzlos: ein Schwert, das er nicht ziehen darf, ein Barde, der von Taten singt, die er nicht nachzuahmen wagt, und ein großer Beutel von Ziegenleder, in den er keine Goldstücke zu stecken hat.«

»Nun, Bruder, da Du meine Geheimnisse verräthst, kannst Du nicht erwarten, daß ich Deine bewahre. – Ich versichere Euch, Kapitän Waverley, daß Fergus zu stolz ist, um sein Schwert gegen einen Marschallsstab auszutauschen, daß er Mac-Murrough für einen weit größeren Dichter hält als Homer, und daß er seinen ziegenledernen Beutel nicht für alle die Louisd'ore hingeben würde, die er enthalten könnte.«

»Wohl gesprochen, Flora, Schlag um Schlag, wie Conan zum Teufel sagte. Aber jetzt mögt ihr beiden von Barden und Poesie, wo nicht von Börsen und Schwertern schwatzen, während ich bei den Senatoren des Stammes Ivor die letzten Honneurs machen will.«

Mit diesen Worten verließ er das Zimmer.

Das Gespräch wurde zwischen Flora und Waverley fortgesetzt, denn zwei wohlgekleidete junge Mädchen, die zwischen der Gefährtin und der Dienerin zu stehen schienen, nahmen daran keinen Teil. Beides waren reizende Mädchen, aber sie dienten nur als Folie für die Anmut und Schönheit ihrer Gebieterin. Das Gespräch folgte der Richtung, welche der Häuptling ihm gegeben hatte, und Waverley wurde eben so unterhalten als überrascht durch die Schilderung, welche die Lady ihm von der celtischen Poesie entwarf.

»Gedichte«, sagte sie, »welche die Taten der Helden schildern, die Klagen Liebender, die Kriege feindlicher Stämme bilden die Hauptunterhaltung eines Winterabends an dem Hochlandsherde. Einige davon sollen sehr alt sein, und würden sie je in irgend eine der Sprachen des civilisirten Europa übersetzt, so müßten sie einen tiefen und allgemeinen Eindruck hervorbringen. Andere sind neuer und sind die Dichtung des Familienbarden, den Häuptlinge von ausgezeichneterem Namen und größerer Macht als Dichter und Geschichtsschreiber ihrer Stämme halten. Diese sind natürlich von verschiedenem Verdienst, und vieles davon muß in einer Übersetzung verschwinden, oder denen verloren gehen, die mit den Gefühlen des Dichters nicht sympathisiren.«

»Und wird Euer Barde, dessen Gesang auf die heutige Gesellschaft einen solchen Eindruck zu machen schien, unter die begünstigten Dichter dieser Berge gerechnet?«

»Das ist eine schwierige Frage. Sein Ruf ist ausgezeichnet unter seinen Landsleuten, und Ihr dürft nicht erwarten, daß ich ihn herabsetze.«

»Aber sein Gesang, Miß Mac-Ivor, schien alle diese Krieger aufzuregen, die jungen wie die alten.«

»Der Gesang ist wenig mehr als ein Verzeichnis; von Namen der Hochlandclans nach ihren sie kennzeichnenden Eigentümlichkeiten und eine Ermahnung, sich der Taten ihrer Vorfahren zu erinnern und sie nachzuahmen.«

»Und irre ich in der Vermutung, wie ungewöhnlich sie auch scheinen mag, daß in den Versen eine Anspielung auf mich vorkam?«

»Ihr habt eine scharfe Beobachtungsgabe, Kapitän Waverley, und sie täuschte Euch nicht. Die gälische Sprache ist ungemein reich an Vokalen, und deshalb wohl geeignet zu extemporirter Poesie. Ein Barde unterläßt es selten, die Wirkungen eines Gesanges dadurch zu erhöhen, daß er irgend eine Stanze einflicht, welche die gerade gegebenen Verhältnisse hervorrufen.«

»Ich würde mein bestes Pferd darum geben, zu wissen, was der Hochlandbarde von einem so unwürdigen Südländer, wie ich bin, zu sagen hatte.«

»Das soll Euch nicht einmal seine Mähne kosten. Una, mavourneen.« – Sie sagte einige Worte zu einem der beiden jungen Mädchen, welches sich verbeugte und aus dem Zimmer eilte. – Ich habe Una abgeschickt, von dem Barden die Ausdrücke zu erfahren, deren er sich bediente, und Ihr sollt über meine Geschicklichkeit als Dolmetscher gebieten.«

Una kehrte nach einigen Minuten zurück und recitirte vor ihrer Gebieterin einige gälische Verse. Flora schien einen Augenblick nachzudenken, errötete dann und sagte zu Waverley: »Ich kann Eure Neugier nicht befriedigen, Kapitän Waverley, ohne meine eigene Anmaßung preiszugeben. Wenn Ihr mir einige Augenblicke zum Nachdenken gönnen wollt, so werde ich versuchen, den Sinn dieser Verse in englischer Übersetzung auszudrücken. Unsern Teetisch können wir wohl aufheben, und da der Abend köstlich ist, wird Una Euch den Weg zu einem meiner Lieblingsplätze zeigen, zu dem ich mit Cathleen nachkommen werde.«

Una führte nach der erhaltenen Weisung Waverley durch einen andern Ausgang als den, durch welchen er das Zimmer betreten hatte. Noch hörte er von fern in der Halle den Ton der Sackpfeifen und den Jubel der Gäste. Als er durch eine Hintertür in die freie Luft getreten war, gingen sie auf einem schmalen Pfade das wilde öde Tal hinauf, in welchem das Haus lag, und folgten dem Laufe des Flüßchens, das sich in demselben hinschlängelte. Ungefähr eine Viertelmeile von dem Schlosse entfernt, trafen zwei Bäche, die diesen Fluß bildeten, zusammen. Der größere von beiden kam das lange öde Tal herab, welches sich ohne irgend einen Wechsel des Charakters oder der Höhe so weit erstreckte, als die Hügel, die dessen Grenze bildeten, dem Auge den Ausblick gestatteten. Der andere Bach aber, der zwischen den Bergen links von dem Tale entsprang, schien aus einer engen finsteren Öffnung innerhalb zweier hoher Felsen hervorzukommen. Beide Bäche waren auch im Charakter verschieden. Der größere war sanft, sogar träge in seinem Laufe, wälzte sich durch tiefe Wirbel fort oder schlummerte in dunkelblauen Untiefen; die Bewegungen des kleineren Baches waren schnell und wütend, er schäumte zwischen Felsabgründen hervor, wie ein Rasender, der seinen Fesseln entflieht, lauter Schaum und Tosen.

Über diesen letzten Bach wurde Waverley gleich einem fahrenden Ritter von dem schönen Hochlandsmädchen, seiner schweigenden Führerin, geleitet. Ein schmaler Pfad, der an mehreren Orten zu Floras Bequemlichkeit geebnet worden war, führte ihn dann durch eine Gegend von ganz verschiedenem Charakter. Rings um das Schloß war alles kalt, todt, öde, aber zahm selbst bei dieser Öde; dieser enge Pfad schien in nächster Nähe in das Land der Romantik zu führen. Die Felsen nahmen tausend verschiedene und eigentümliche Gestalten an. An einer Stelle schien ein Riesenblock jedes weitere Vorschreiten zu hemmen, und erst als Waverley zu dem Fuße desselben gelangte, entdeckte er die scharfe Windung, durch welche der Pfad sich um das gewaltige Hinderniß herumzog, an einer andern Stelle traten die gegenüberstehenden Felsen so nahe zusammen, daß zwei darübergelegte, mit Rasen bedeckte Fichtenstämme in der Höhe von wenigstens hundert und fünfzig Fuß eine einfache Brücke darüber bildeten, die kein Geländer hatte und wenig mehr als drei Fuß breit war.

Während er auf diesen gefahrvollen Pfad hinstarrte, bemerkte Waverley mit einem Gefühle des Entsetzens Flora und ihre Begleiterin, die wie Bewohnerinnen einer andern Region auf diesem gebrechlichen Bau über ihm in der Luft zu schweben schienen. Sie blieb stehen, als sie ihn unten erblickte, und mit einer Bewegung anmutiger Leichtigkeit, über die er schauderte, wehte sie mit ihrem Taschentuche zum Zeichen, daß sie ihn erkannt. Das Gefühl des Schwindels, welches ihr Gruß in ihm erweckte, machte ihn unfähig, denselben zu erwidern, und er fühlte sich erst erleichtert, als die liebliche Erscheinung von der furchtbaren Höhe, die sie mit solcher Zuversicht zu betreten schien, hinter dem Felsen auf der entgegengesetzten Seite verschwand.

Als er wenige Schritte weiter, und unter der Brücke durchgegangen war, die ihm einen solchen Schrecken einflößte, stieg der Pfad schnell von dem Ufer des Baches aufwärts, und das Tal öffnete sich zu einem waldigen Amphitheater, das mit Birken, Haselsträuchern und einzelnen Eichen besetzt war. Die Felsen wichen jetzt zurück, aber ihre grauen scharfen Spitzen ragten noch aus dem Gehölze hervor. Noch höher erhoben sich steile Gipfel, einige nackt, andere mit Wald bewachsen oder in rotes Haidekraut gehüllt, wieder andere schroff und verwittert. Nach einigen Windungen brachte der Fußpfad, der seit längerer Zeit den Bach verlassen hatte, unsern Waverley plötzlich einem malerischen Wasserfalle gegenüber, der nicht sowohl bemerkenswert war durch große Höhe oder Wassermenge, als durch seine reizende Umgebung. Nach einem mehrfach unterbrochenen Falle von ungefähr zwanzig Fuß Höhe wurde der Bach in einem weiten natürlichen Becken aufgefangen, welches da, wo der Schaum des Wasserfalles aufhörte, das Auge trotz der großen Tiefe jede Blase am Boden erkennen ließ. Am Rande dieses Behälters hinlaufend, fand der Bach eine niedrige Stelle und bildete einen zweiten Wasserfall, der sich in einen tiefen Abgrund zu stürzen schien; dann unter den dunkeln Felsen hervorwirbelnd, die er viele Menschenalter hindurch geglättet hatte, rieselte er murmelnd das Tal hinab und bildete endlich den Fluß, an welchem Waverley heraufgekommen war. Hier befanden sich weiche mit Blumen und Kräutern geschmückte Rasenbänke, von denen einige nach der Anordnung Floras gepflanzt worden waren, doch so vorsichtig, daß sie die Schönheit erhöhten, ohne die romantische Wildheit der Scene zu stören. An dieser Stelle fand Waverley Flora auf den Wasserfall blickend, wie eine jener lieblichen Gestalten, welche die Landschaften Poussins beleben. Zwei Schritte weiter entfernt stand Cathleen mit einer kleinen schottischen Harfe; im Gebrauch derselben war Flora durch Rory Dall, einen der letzten Harfner der westlichen Hochlande, unterrichtet worden. Die Sonne, welche jetzt im Westen niedersank, verlieh allem, was Waverley umgab, eine reiche mannigfaltige Färbung. Auch dem ausdrucksvollen Glanze in Floras dunkelm Auge schien sie mehr als menschliches Feuer zu verleihen, das durch die Reinheit ihrer Züge, durch die Würde und Anmut ihrer reizenden Gestalt etwas Bezauberndes erhielt.

Edward glaubte niemals, selbst nicht in seinen wildesten Träumen, ein Wesen von so seltener vollendeter Lieblichkeit erblickt zu haben. Die wilde Schönheit des Ortes, die wie mit Zaubergewalt auf ihn einstürmte, steigerte noch die gemischten Gefühle des Entzückens und scheuer Ehrfurcht, mit denen er sich ihr nahte, wie einer holden Zaubererin des Ariost.

Wie jedes schöne Mädchen war Flora sich der Macht ihrer Reize bewußt und erfreute sich der Wirkungen derselben, welche sie aus der achtungsvollen, doch verlegenen Anrede des jungen Offiziers leicht erkennen konnte. Da sie aber viel Verstand besaß, verlieh sie der romantischen Gegend und anderen zufälligen Umständen volles Gewicht bei der Würdigung der Gefühle, die sie Waverley eingeflößt zu haben schien, und unbekannt mit seinem phantastischen Wesen und der eigentümlichen Empfänglichkeit seines Charakters betrachtete sie seine Huldigung als den vorübergehenden Zoll, den selbst ein Weib von geringeren Reizen in solcher Umgebung empfangen haben würde. Sie zeigte deshalb schweigend den Weg zu einem Orte, der von dem Wasserfalle so entfernt war, daß dessen Rauschen ihre Stimme und ihr Instrument eher begleiten als unterbrechen konnte, und nachdem sie die Harfe aus Cathleens Händen genommen, ließ sie sich auf einem moosbewachsenen Felsstücke nieder.

»Ich habe Euch die Mühe gemacht, bis hierher zu gehen, Kapitän Waverley«, sagte sie, »weil ich wünschte, daß die Umgebung Eure Teilnahme erregen möchte, und weil ein Hochlandsgesang durch meine unvollkommene Übersetzung viel verlieren würde, müßte ich ihn ohne seine eigentümliche und wilde Umgebung vortragen. Um in der poetischen Sprache meines Landes zu reden, ist der Sitz der celtischen Muse auf der Mitte des geheimen einsamen Hügels, und ihre Stimme mischt sich mit dem Gemurmel des Bergbaches. Wer ihr huldigt, muß den öden Fels mehr lieben, als das fruchtbare Tal, die Einsamkeit der Wüste mehr, als die Festlichkeit der Halle.«

Nur wenige hätten vermocht, das liebliche Wesen eine solche Erklärung mit klangvoller Stimme geben zu hören, ohne daß sie erklärt hätten, die geschilderte Muse habe nie eine geeignetere Stellvertreterin finden können. Auch Waverley fühlte dies in seinem Innern, doch fand er nicht den Muth, es auszusprechen. In der Tat erweckte das wilde Entzücken, mit dem er die ersten Töne, die sie dem Instrumente entlockte, vernahm, beinahe ein peinliches Gefühl in ihm. Er hätte um den Preis ganzer Welten den Platz an ihrer Seite nicht verlassen, und doch sehnte er sich beinahe allein zu sein, um mit Muße die verworrenen Gefühle zergliedern zu können, die jetzt auf einmal seinen Busen bestürmten. Flora hatte das gemessene und monotone Recitativ des Barden mit einer kühnen und ungewöhnlichen Hochlandsmelodie vertauscht, welche in früheren Zeiten die eines Schlachtgesanges gewesen war. Wenige unregelmäßige Griffe bildeten das Vorspiel von wilder eigentümlicher Art, welche trefflich mit dem fernen Wasserfalle und dem milden Rauschen des Abendwindes harmonirte, der mit den Blättern einer Espe spielte, die den Sitz der schönen Harfenspielerin beschattete. – Die folgenden Verse geben nur einen geringen Begriff von den Gefühlen, welche sie, so gesungen und akkompagnirt, unserm Waverley einflößten:

Auf den Bergen liegt Nebel und die Nacht auf dem Tal,
Tief schlummern die Helden, tief schlummert ihr Stahl.
Ein Fremder gebot, – und da sank es aufs Land
Und machte das Herz starr und lähmte die Hand.

Mit Staub sind der Schild, und der Dolch nun bedeckt,
Nur vom Rost ist das Schwert, nicht vom Blute befleckt,
Und zeigt sich am Hügel, im Wald ein Gewehr
Es blitzt hinterm Reh nur und Waldhuhn daher.

Wenn Taten der Väter der Barde uns singt,
Vor Scham das Blut in die Wange uns dringt,
Schweigt, Saiten, und stumm sei ein jeglicher Ton,
Der uns singt von dem Ruhm, der auf immer entflohn.

Doch vorbei sind die Stunden des Schlafes der Nacht,
Auf den Bergen ist dämmernd der Morgen erwacht,
Glenaladales Gipfel erröten vom Strahl,
Und die Bäche Glenfinnans erglänzen im Tal.

Hochherziger Moray, Du Teurer, verbannt,
Im Morgenroth nimm Du das Banner zur Hand!
Daß es lustig flattre im eisigen Wind
Wie Sonnenglanz, eh' das Gewitter beginnt.

Wenn, Söhne der Kraft, solch ein Morgen bricht an,
Ists die Harfe allein noch, die wecken Euch kann?
Nie grüßte die Ahnen solch Morgenroth,
Sie sprangen denn auf zu Sieg oder Tod.

Ein großer Hund, der das Tal heraufkam, sprang hier an Flora in die Höhe und unterbrach ihren Gesang mit seinen ungestümen Liebkosungen. Auf ein fernes Pfeifen drehte er um und flog mit der Schnelligkeit eines Pfeiles wieder davon. »Das ist Fergus' treuer Begleiter, Kapitän Waverley, und das war sein Signal«, sagte Flora, »Mein Bruder liebt nur die heitere Poesie und kommt eben zur rechten Zeit, um mein langes Lied zu unterbrechen.«

Waverley sprach sein Bedauern über die Unterbrechung aus.

»O Ihr könnt nicht erraten, wie viel Ihr verloren habt«, entgegnete Flora. »Der Barde hat, seiner Pflicht getreu, an Bich Ian Vohr, den Bannerherrn, seine Verse gerichtet, hat alle seine großen Eigenschaften aufgezählt und dabei nicht zu erwähnen vergessen, daß er ein Gönner des Harfners und des Barden ist, ein Spender reicher Gaben. Überdies würdet Ihr eine Ermahnung an den schönhaarigen Sohn des Fremden gehört haben, der in dem Lande lebt, wo das Gras immer grün ist, den Reiter auf glattgestriegeltem Rößlein, dessen Farbe wie die des Raben ist, und dessen Wiehern dem Schlachtenruf des Adlers gleicht. Dieser tapfere Reiter wird herzlich beschworen sich daran zu erinnern, daß seine Vorfahren stets sich durch Treue wie durch Muth auszeichneten. Das alles habt Ihr verloren, und da Eure Neugier noch nicht befriedigt ist, glaube ich, nach dem fernen Pfeifen meines Bruders zu urteilen, noch so viel Zeit zu haben, den Gesang zu beendigen, ehe er zu uns kommt, und mich wegen meiner Übersetzung auslacht.

Ihr Söhne der Hügel, des Meeres wacht auf!
Ihr vom See, von der Bucht, kommt alle zu Hauf!
Es ertönet das Horn, doch es tönt nicht zur Jagd,
Es ruft nicht zur Halle, es ladet zur Schlacht.

Es ladet die Helden zu Sieg oder Tod,
Die Banner zu schwingen der Häuptling gebot,
Es ruft zu den Schwertern, es rufet zum Kampf,
Zu Märschen, zum Angriff im Pulverdampf.

Wie Fin einst schwinge der Häuptling das Schwert.
Wenn wie Feuer das Blut durch die Adern ihm fährt.
Und das fremde Joch, Helden, o duldet es nie,
Kühn kämpft wie die Väter und sterbet wie sie!

22. Waverley bleibt in Elennaquoich

Flora hatte ihren Gesang eben vollendet, als Fergus zu ihnen trat.

»Ich wußte auch ohne den Beistand meines Freundes Bran, daß ich euch hier finden würde«, sagte er. »Ein einfacher, nicht hochstrebender Geschmack wie der meinige würde einen Springbrunnen in Versailles dieser Kaskade mit dem ganzen Akkompagnement von Felsen und Geräusch vorziehen. Doch dies ist Floras Parnaß, Kapitän Waverley, und jener Quell ihr Helikon. Es würde meinem Keller sehr wohl tun, lehrte sie ihrem Verbündeten Mac-Murrough den Werth dieses Wassers, denn er hat eben eine Pinte Uskebah getrunken, um sich, wie er sagte, von der Kälte meines Claret zu erholen. – Ich muß doch seine Vorzüge prüfen.«

Er schöpfte mit der hohlen Hand etwas Wasser und sprach mit theatralischem Wesen:

Heil Dir, güt'ge Fee der Haide!
Lied und Harfe liebst Du beide;
Stiegst aus blüh'ndem Land herab
Hieher, wo's Gras und Korn nie gab.

Aber englische Poesie ist von keiner Wirkung unter dem Einflusse eines Hochlandshelikon. – Allons – courage –

O vous qui buvez, à tasse pleine,
A cette heureuse fontaine,
Ou on ne voit sur le rivage,
Que quelques vilains troupeaux
Suivis de nymphes de village
Qui les escortenet sans sabots.[11]

»Ich bitte Dich, lieber Fergus«, sagte Flora, »verschone uns mit diesen langweiligen und geschmacklosen Arkadierinnen. Um des Himmels willen, bringe nicht Coridon und Lindor über uns!«

»Nun, wenn Du Hirtenstab und Schalmei nicht ertragen kannst, bleibe bei Deinen Heldengesängen.«

»Lieber Fergus, Du bist wahrlich noch mehr von Mac-Murroughs Becher begeistert als von meinem.«

11   Ihr, die ihr mit voller Schale
      Aus dieser Quelle euch erquickt,
      An deren Ufer in dem Tale
      Ihr schnödes Rindvieh nur erblickt,
      Begleitet von des Dorfes Nymphe,
      Die weder Schuhe kennt, noch Strümpfe.

»Das bestreite ich, ma belle demoiselle, obgleich ich gestehe, daß er mir am meisten von beiden zusagt. Welcher von Deinen hirnverbrannten italienischen Romantikern ists doch, der singt:

Io d'Elicona niente
Mi curo, in fe de Dio,
che 'l bere d'acque (Bea chi ber ne vuol)
sempre mi spiacque![12]

Wenn Ihr aber das Gälische vorzieht, Kapitän Waverley, so ist hier die kleine Cathleen, die kann Euch den Drimmindhu vorsingen. – Komm, Cathleen, astore – meine Liebe – fang an; keine Entschuldigungen gegen den Cean-kinné!«

Cathleen sang mit großer Lieblichkeit ein gälisches Lied, die komische Elegie eines Landmannes über den Verlust seiner Kuh, und obgleich Waverley die Sprache nicht verstand, mußte er doch mehrmals über den Ausdruck des Liedes lachen.

»Vortrefflich, Cathleen«, rief der Häuptling, »ich muß Dir nächstens einen hübschen Burschen unter meinen Clansleuten zum Manne aussuchen.« Cathleen lachte, errötete und versteckte sich hinter ihre Gefährtin.

Während der Rückkehr nach dem Schlosse drang der Häuptling mit vieler Wärme in Waverley, eine oder zwei Wochen zu bleiben, um an einer großen Jagd Teil zu nehmen, die er mit einigen andern Hochlands-Edelleuten zu veranstalten gedächte.

Der Zauber der Melodie und der Schönheit hatte sich Edwards Brust zu tief eingeprägt, als daß er eine so freundliche Einladung hätte ablehnen können. Es wurde daher verabredet, daß er an den Baron von Bradwardine schreiben solle, daß er noch vierzehn Tage in Glennaquoich zu bleiben gedächte und daß er ihn zugleich bitte, ihm durch den Überbringer die etwa angekommenen Briefe zu schicken.

Dies brachte das Gespräch auf den Baron, den Fergus als Edelmann und Soldat sehr lobte. Noch mehr erhob Flora seinen Charakter, sie bemerkte, er sei das Muster eines altschottischen Kavaliers, mit allen Vorzügen und Eigentümlichkeiten eines solchen. »Er ist einer der Charaktere, Kapitän Waverley«, sagte sie, »welche jetzt ganz verschwinden, ihre beste Seite war die Selbstachtung, die jetzt mehr und mehr

12   Ich kümmre mich fürwahr nicht um den Helikon!
       Trink Wasser, wer da will, ich bleib davon.

aus den Augen gesetzt wird. In unserer Zeit werden die Edelleute, deren Grundsätze es nicht gestatten, der bestehenden Regierung den Hof zu machen, vernachlässigt und herabgesetzt, viele von ihnen betragen sich auch danach und nehmen, gleich einigen, die Ihr in Tully-Veolan gesehen habt, Gewohnheiten und einen Umgang an, der zu ihrer Geburt und Erziehung nicht paßt. Die grausame Verfolgung des Parteigeistes scheint die Opfer herabzuwürdigen, die er brandmarkt. Aber laßt uns auf schönere Zeiten hoffen, wo ein schottischer Landedelmann ein Gelehrter sein kann ohne die Pedanterie unseres Freundes, des Barons, ein Jäger ohne die gemeinen Gewohnheiten des Mr. Falconer und ein verständiger Verbesserer seiner Güter, ohne ein bäuerischer zweibeiniger Stier zu werden wie Killancureit.«

So sagte Flora eine Revolution voraus, welche die Zeit in der Tat herbeigeführt hat, doch freilich in ganz anderer Weise, als sie im Sinne hatte. Man kam dann auf die liebenswürdige Rosa zu sprechen, und es wurden ihrer Person, ihrem Wesen, ihrem Gemüth die wärmsten Lobsprüche erteilt. »Der Mann«, sagte Flora, »welcher so glücklich sein wird, die Neigung Rosas zu gewinnen, findet in ihr einen unerschöpflichen Schatz. Ihre ganze Seele liegt in ihrer Häuslichkeit und in der Erfüllung all der stillen Tugenden, deren Mittelpunkt das Haus ist. Ihr Gatte wird einst für sie sein, was jetzt ihr Vater ist: der Gegenstand all ihrer Aufmerksamkeit, Sorgfalt und Zuneigung. Sie wird nichts sehen als ihn, sich mit nichts verbinden außer mit ihm und durch ihn. Ist er gefühlvoll und tugendhaft, so wird sie mit seinem Kummer sympathisiren, seine Mühe mildern und seine Vergnügungen teilen. Wird sie das Eigentum eines rohen, sie vernachlässigenden Mannes, so wird sie seinem Geschmacke ebenfalls zusagen, denn sie wird seine Unfreundlichkeit nicht lange überleben. Und ach, wie groß ist die Wahrscheinlichkeit, daß meiner armen Freundin irgend ein solches unwürdiges Loos zufällt! Wäre ich doch in diesem Augenblicke eine Königin und könnte dem würdigsten und liebenswürdigsten Jünglinge meines Königreichs befehlen, mit der Hand meiner Rosa sein Glück zu empfangen.«

»Ich wünschte, Du könntest ihr en attendant gebieten, die meine anzunehmen«, sagte Fergus lachend.

Ich weiß nicht, durch welche Laune dieser Wunsch, wie scherzend er auch ausgesprochen wurde, Edwards Gefühle verletzte, ungeachtet seiner wachsenden Neigung für Flora und seiner Gleichgültigkeit gegen Miß Bradwardine. Es ist dies eines der Räthsel der menschlichen Natur, und wir lassen es ohne Kommentar.

»Die Deine, Bruder?« antwortete Flora, indem sie ihn fest ansah. »Nein, Du hast eine andere Braut, – die Ehre. Die Gefahren, denen Du Dich ihrer Rivalin nachzujagen aussetzen müßtest, würden der armen Rosa das Herz brechen.«

Unter diesem Gespräche erreichten sie das Schloß, und Waverley besorgte sogleich seine Sendung für Tully-Veolan. Da er des Barons Peinlichkeit in solchen Dingen kannte, wollte er den Brief mit seinem Wappen siegeln, aber er fand es nicht an seiner Uhr und glaubte, er habe es in Tully-Veolan vergessen. Er erwähnte diesen Verlust, indem er sich das Familienwappen des Häuptlings borgte.

»Wahrlich«, sagte Miß Ivor, »Donald Bean Lean wird doch nicht –«

»Mein Leben für ihn unter solchen Umständen«, fiel ihr Bruder ihr in das Wort; »überdies würde er die Uhr dann nicht zurückgelassen haben.«

»Nach allem, Fergus«, sagte Flora, »mit Deiner Erlaubniß, wundert es mich, daß Du diesen Menschen unterstützest.«

»Ich ihn unterstützen? Ei, meine gütige Schwester möchte Euch überreden, Kapitän Waverley, ich nähme, was das Volk sonst den Beuteschnitt oder, deutlicher gesprochen, einen Teil von der Beute des Räubers nannte, den dieser dem Laird oder dem Häuptling entrichtete, durch dessen Gebiet er seine Beute trieb. Wahrlich, wenn ich nicht irgend einen Weg finde, Floras Zunge zu fesseln, so wird General Blackeney von Stirling ein Detachement mit einem Offizier absenden«, dies sagte er lachend und mit beißender Ironie, »um Dich Ian Vohr, wie sie mich mit dem Spottnamen nennen, in seinem eigenen Schlosse zu fangen.«

»Nein, Fergus, muß nicht unser Gast denken, daß das alles nur Torheit und Affektation ist? Du hast Leute genug in Deinem Dienste, ohne Banditen anwerben zu müssen, und Deine Ehre ist fleckenlos. – Weshalb schickst Du also nicht diesen Donald Bean Lean, den ich wegen seiner Glätte und Doppelzüngigkeit fast noch mehr als wegen seiner Raubsucht hasse, aus dem Lande? Keine Ursache würde mich bewegen, einen solchen Menschen zu dulden.«

»Keine Ursache, Flora?« sagte der Häuptling bedeutungsvoll.

»Keine, Fergus, selbst nicht das, was meinem Herzen am nächsten liegt. Erspare dem Stützen von so böser Vorbedeutung!«

»Aber, Schwester«, entgegnete der Häuptling heiter, »Du vergißt meine Rücksicht auf *la belle passion*. Evan Dhu Maccombich liebt Donalds Tochter Alice, und Du kannst doch nicht erwarten, daß ich diese Liebe stören soll? Der ganze Clan würde Pfui über mich rufen.

Du weißt, es ist ein weiser Spruch: Ein Verwandter ist ein Teil von unserem Körper, ein Milchbruder aber ist ein Teil von unserem Herzen.«

»Mit Dir läßt sich nicht streiten, Fergus; aber ich wünsche, daß das alles ein gutes Ende nimmt.«

»Fromm geredet, meine liebe prophetische Schwester, und der beste Weg von der Welt, einen zweifelhaften Beweisgrund abzuschließen. – Aber hört Ihr nicht die Pfeifen, Kapitän Waverley? Vielleicht ist es Euch lieber, in der Halle nach ihrem Ton zu tanzen, als hier durch ihre Klänge betäubt zu werden, ohne an der Übung Teil zu nehmen, zu der sie uns einladen.«

Waverley nahm Floras Hand. Tanz, Gesang und Lustbarkeit nahmen ihren Fortgang und beschlossen das Fest dieses Tages in dem Hause Bich Ian Vohrs. Edward zog sich endlich zurück, aufgeregt durch eine Menge neuer und widerstreitender Gefühle, welche ihn dem Schlafe auf einige Zeit entzogen. Spät erst schlief er ein und träumte von Flora Mac-Ivor.

23. Eine Hirschjagd und ihre Folgen

Die feierliche Jagd wurde aus verschiedenen Gründen über drei Wochen verschoben. Die Zwischenzeit brachte Waverley mit großer Zufriedenheit in Glennaquoich zu, denn der Eindruck, den Flora bei ihrem ersten Zusammentreffen auf ihn gemacht hatte, wurde täglich stärker. Sie war ganz der Charakter, einen Jüngling von romantischer Einbildungskraft zu bezaubern. Ihr Wesen, ihre Sprache, ihr Talent für Poesie und Musik verliehen ihren seltenen persönlichen Reizen eine größere und mannigfaltigere Gewalt. Selbst in ihren heiteren Stunden stand sie in Edwards Gedanken weit über den gewöhnlicheren Evastöchtern und schien sich nur auf Augenblicke zu den Gemeinplätzen der Unterhaltung und Heiterkeit herabzulassen, für welche andere allein zu leben scheinen. In der Nähe dieser Zauberin und während die Jagd den Morgen hinnahm und Musik und Tanz die Abendstunden füllten, wurde Waverley täglich mehr von seinem gastlichen Wirte eingenommen, täglich verliebter in dessen reizende Schwester.

Endlich erschien die zu der großen Jagd festgesetzte Zeit, und Waverley und der Häuptling brachen nach dem Versammlungsplatze auf, der eine Tagereise nördlich von Glennaquoich lag. Fergus wurde bei dieser Gelegenheit von 200 Mann seines Clans begleitet, die sämmtlich wohl bewaffnet und gekleidet waren. Waverley fügte sich der Sitte des

Landes insoweit, daß er die Strümpfe, (mit dem kurzen Schurz konnte er sich nicht aussöhnen), die Holzschuhe und das Barett der Hochländer als den bequemsten Anzug zu den bevorstehenden Unternehmungen anlegte, und der ihn zugleich am wenigsten der Unannehmlichkeit aussetzte, auf dem Sammelplatze wie ein Fremder angestarrt zu werden. Sie fanden an dem bezeichneten Orte mehrere mächtige Häuptlinge; allen wurde Waverley förmlich vorgestellt und von allen wurde er herzlich gegrüßt. Ihre Vasallen und Clansleute, deren Lehnspflicht zum Teil war, ihre Häuptlinge bei solchen Gelegenheiten zu begleiten, waren in so großer Anzahl zugegen, daß sie eine kleine Armee bildeten. Diese tätigen Gehilfen breiteten sich in der Gegend nah und fern aus und bildeten einen Cirkel, in der Jägersprache Tinchel (Kessel) genannt, der, sich allmählich zusammenziehend, das Wild in Heerden dem Tale zutrieb, wo die Häuptlinge und die ausgezeichnetsten Jäger lagernd es erwarteten. Inzwischen bivuakirten die erhabenen Herren auf der blumigen Haide, in ihre Plaids gehüllt, eine Art, die Sommernacht hinzubringen, die unserm Waverley keineswegs unangenehm dünkte. Mehrere Stunden nach Sonnenaufgang lagen die Berggipfel und Schluchten noch in Schweigen und Einsamkeit, und die Häuptlinge unterhielten sich durch verschiedenen Zeitvertreib, bei dem das Spiel mit Muscheln einen Hauptteil ausmachte. Andere saßen einzeln auf abgelegenen Höhen, wahrscheinlich in die Besprechung politischer Neuigkeiten vertieft. Endlich wurden Signale von der Annäherung des Wildes gegeben und gehört. Fernes Geschrei tönte von Tal zu Tal, als die verschiedenen Abteilungen der Hochländer, Felsen erkletternd, Bäche durchwatend, Dickichte durchkriechend, einander näher und näher kamen, und das erschreckte Wild mit den andern Tieren, die vor ihm herflohen, in einen engeren Kreis zwangen. Dann und wann fiel ein Schuß, durch tausendfältiges Echo erwidert. Das Gebell der Hunde schloß sich bald dem Chore an, der immer lauter und lauter wurde. Endlich zeigten sich die vordersten Haufen des Wildes, und während sie zu zweien oder dreien von den Höhen herabsetzten, zeigten die Jäger ihre Geschicklichkeit, indem sie die feistesten Hirsche auswählten und mit ihren Büchsen niederstreckten. Fergus namentlich bewies eine ungewöhnliche Gewandtheit, und auch Edward war so glücklich, die Aufmerksamkeit und den Beifall der Jäger auf sich zu ziehen.

Jetzt aber zeigte sich die ganze Heerde der Hirsche am obern Ende des Tales, in eine dichte Masse zusammengedrängt, und eine so furchtbare Phalanx bildend, daß ihre Geweihe aus der Ferne einem Haine ohne Laub glichen. Ihre Zahl war ungemein groß, und aus dem verzweiflungsvollen Halt, den sie machten, die stärksten Rotwildhirsche voran, wie in einer Art von Schlachtordnung und die Gruppe der Jäger, die ihnen den Weg durch das Tal versperrte, anstarrend, begannen die erfahrensten Waidmänner Gefahr zu ahnen. Das Werk der Vernichtung nahm indeß jetzt auf allen Seiten seinen Anfang, Hunde und Jäger waren bei der Arbeit, und Flinten- und Büchsenschüsse fielen überall. Zur Verzweiflung getrieben, machte das Wild endlich einen fürchterlichen Angriff gerade auf dem Punkte, auf welchem die vornehmsten Jäger ihren Stand genommen hatten. Es wurde in gälischer Sprache das Losungswort gegeben, sich flach auf das Gesicht niederzuwerfen, Waverley aber, für dessen englisches Ohr das Signal verloren ging, wäre beinahe als Opfer seiner Sprachunkenntniß gefallen, Fergus, der seine Gefahr bemerkte, sprang auf und riß ihn mit Heftigkeit nieder, eben in dem Augenblicke, als die ganze Heerde auf sie hereinbrach. Da dem Strome zu widerstehen durchaus unmöglich war, und von Hirschgeweihen gestoßene Wunden höchst gefährlich sind, konnte die rasche Tat des Häuptlings bei dieser Gelegenheit als eine Lebensrettung seines Gastes betrachtet werden. Er hielt ihn mit festem Griffe am Boden, bis die ganze Herde über sie fortgegangen war. Waverley versuchte dann aufzustehen, aber er bemerkte, daß er mehrere starke Kontusionen bekommen hatte, und fand bei näherer Prüfung, daß sein Fußgelenk verrenkt war. Dies störte die Heiterkeit der Gesellschaft, obgleich die Hochländer, an dergleichen Ereignisse gewöhnt und darauf vorbereitet, keinen Unfall erlitten hatten. Augenblicklich errichtete man eine Laubhütte, in der Edward auf einem Lager von Haidekraut niedergelegt wurde. Der Chirurg, oder der, welcher das Amt eines solchen versah, schien den Charakter eines Vieharztes und Beschwörers in seiner Person zu vereinigen. Er war ein alter ausgedörrter Hochländer mit einem ehrwürdigen grauen Barte und trug als einziges Kleidungsstück einen Rock aus Tartan, dessen Zipfel bis auf die Kniee herabfielen, und der, vorn nicht geteilt, zugleich Wamms und Schurz bildete. Er näherte sich Edward mit vieler Ceremonie, und obgleich unser Held große Schmerzen ausstand, wollte er doch nichts unternehmen, was diese lindern, konnte, ehe er dessen Lager dreimal umschritten hatte, indem er sich von Osten nach Westen mit dem Laufe der Sonne bewegte. Dies, was er den deasil nannte, schienen sowohl der Arzt als die Umstehenden für eine Sache der höchsten Wichtigkeit zur Vollendung der Kur zu betrachten, und Waverley, dem der Schmerz den Widerspruch unmöglich machte, und der außerdem keine Wahrscheinlichkeit der Milderung sah, unterwarf sich schweigend.

Nachdem diese Ceremonie auf gehörige Weise vollzogen war, setzte der alte Äskulap dem Kranken mit vieler Geschicklichkeit einen Schröpfkopf und kochte dann auf dem Feuer mehrere Kräuter zu einem Umschlage, wobei er fortwährend auf gälisch leise mit sich selbst redete. Hierauf benetzte er die verletzten Teile, wobei er nicht unterließ, entweder Gebete oder Zauberformeln zu sprechen; was es eigentlich war, vermochte Waverley nicht zu unterscheiden, da sein Ohr nur die Worte vernahm: Kaspar, Melchior, Balthasar, – Max, Prax, Fax und ähnliches Geplärre.

Der Umschlag verminderte schnell die Schmerzen und die Geschwulst, was unser Held der Heilkraft der Kräuter oder der Wirkung der Wärme zuschrieb, was aber von den Umstehenden einstimmig den Zauberformeln beigelegt wurde, unter denen der Arzt die Operation vollzog. Es wurde Edward dabei zu verstehen gegeben, daß sämmtliche Ingredienzien nur beim Vollmond gesammelt worden waren, und daß der Zauberer dabei fortwährend einen Zauber gesprochen, der auf englisch so laute:

Heil sei Dir, heilig Kraut,
Gesproßt auf heiligem Grund
Auf dem Ölberg wardst Du gebaut
Und bist ein glücklicher Fund –
Bist gut für Schlag und Bruch,
Heilest jede Wund,
In der Jungfrau Namen nehme
Ich Dich auf vom Grund.

Edward bemerkte mit einigem Staunen, daß selbst Fergus, ungeachtet seiner Kenntnisse und seiner Erziehung, den Aberglauben seiner Landleute zu teilen schien, entweder weil er es für unpolitisch hielt, bei einer allgemein geglaubten Sache Unglauben zu zeigen, oder noch wahrscheinlicher, weil er, gleich den meisten Menschen, die über dergleichen Dinge nicht ernst und gründlich nachdenken, in seinem Innern einen Rest des Aberglaubens bewahrte, der die Freiheit seines Redens und Handelns bei andern Gelegenheiten aufwog. Waverley machte daher keine Bemerkungen über die Behandlungsweise, belohnte aber den Arzt mit einer Freigebigkeit, welche dessen ungemessenste Hoffnungen weit überstieg. Er brach in so viele unzusammenhängende Segenssprüche in gälischer und englischer Sprache aus, daß Mac-Ivor, durch das Übermaß seiner Danksagungen aufgebracht, denselben kurz ein Ende machte, indem er rief: Ceud mile mhalloich ort – Hunderttausend Flüche über Dich; und damit den Helfer der Menschen aus der Laube stieß.

Als Waverley allein war, ließ ihn die Erschöpfung des Schmerzes und der Anstrengung, denn der ganze Tag hatte viele Mühseligkeit mit sich gebracht, in einen tiefen, doch fieberhaften Schlaf fallen, den er hauptsächlich einem Opiat verdankte, das ihm der alte Hochländer in einer Abkochung verschiedener Kräuter gereicht hatte.

Früh am nächsten Morgen entstand die Frage, wie der kranke Waidmann fortzuschaffen sei, denn der Zweck des Zusammenkommens war erreicht und die Jagdlust durch den Unfall gestört, über welchen Fergus sowie alle seine Freunde die innigste Teilnahme äußerten. Die Frage wurde durch Mac-Ivor entschieden, der von Birken und Haselzweigen eine Tragbahre hatte anfertigen lassen, auf die man Waverley legte und die von seinen Leuten mit vieler Geschicklichkeit und Vorsicht getragen wurde.

Die verschiedenen Stämme versammelten sich jetzt ein jeder unter dem Kriegsgesange seines Clans und geführt von seinem patriarchalischen Herrscher. Einige, die schon aufgebrochen waren, konnte man sehen, wie sie die Hügel hinanstiegen, oder die Schluchten von dem Schauplatze der Handlung hinabgingen, und der Klang ihrer Sackpfeifen entschwand endlich dem Ohre. Andere boten auf der nahen Ebene noch ein reizendes Bild verschiedener wechselnder Gruppen, während ihre Federn und ihre losen Plaids im Morgenwinde flatterten und ihre Waffen in der aufgehenden Sonne blitzten. Die meisten Häuptlinge kamen, um Abschied von Waverley zu nehmen und ihre Hoffnung auf baldiges Wiedersehen auszusprechen. Aber Fergus verkürzte die Ceremonie des Abschiednehmens. Als endlich seine eigenen Leute zusammengetreten und gemustert waren, begann Mac-Ivor seinen Marsch, doch nicht in der Richtung, von woher sie gekommen waren. Er gab Edward zu verstehen, daß der größere Teil seiner jetzt im Felde stehenden Leute zu einer fernen Unternehmung bestimmt wäre, und daß er, nachdem er ihn in dem Hause eines Edelmannes abgesetzt, der ihm jede mögliche Aufmerksamkeit widmen würde, selbst den größeren Teil des Weges mit seinen Leuten ziehen müßte. Er werde indeß keine Zeit verlieren, wieder zu seinem Freunde zu kommen. Waverley war sehr verwundert, daß Fergus diese weitere Bestimmung nicht erwähnt hatte, als sie zu dem Jagdzuge aufbrachen, doch seine Lage ließ nicht viele Fragen zu. Der größere Teil der Clansleute zog unter dem alten Ballenkeiroch und Evan Dhu Maccombich voraus, die allem Anschein nach sehr aufgeregt waren. Wenige blieben als Eskorte des Häuptlings zurück, der neben Edwards Sänfte herging und mit der herzlichsten Aufmerksamkeit für ihn Sorge trug. Nach einer Reise, welche der Schmerz seiner Verletzungen, die Unebenheit des Weges und die Art des Transportes sehr peinlich machten, wurde Waverley gegen Mittag sehr gastlich in dem Hause eines Edelmannes aufgenommen, der mit Fergus verwandt war, und der zu seiner Bequemlichkeit alle Anstalten getroffen hatte, welche ihm die damals in Schottland übliche einfache Lebensweise gestattete. In seinem Wirte, einem alten Manne von beinahe siebenzig Jahren, bewunderte Edward einen Überrest früherer Einfachheit. Er trug keine andere Kleidung, als welche seine Güter ihm lieferten; das Tuch war von der Wolle seiner eigenen Schafe, gewebt von seinen eigenen Leuten, gefärbt mit den Kräutern, die auf den Bergen rings umher wuchsen. Sein Linnen war von seinen Töchtern und Mägden aus seinem eigenen Flachs gesponnen, und sein Tisch zeigte zwar eine reiche Fülle und Abwechslung von Wild und Fisch, doch nichts als einheimische Produkte.

Er nahm für sich selbst kein Recht der Clanschaft in Anspruch und fühlte sich glücklich in dem Bündniß und Schutz Bich Ian Vohrs und anderer kühner und unternehmender Häuptlinge, die ihn in dem ruhigen, von jedem Ehrgeiz freien Leben schützten, das er liebte. Es ist wahr, daß die auf seinen Gütern geborenen jungen Leute oft verlockt wurden, ihn zu verlassen, um in den Dienst seiner tätigeren Freunde zu treten, aber einige alte Diener und Anhänger pflegten ihre grauen Locken zu schütteln, wenn sie ihren Herrn wegen Mangel an Muth tadeln hörten, und sagten: Wenn der Wind still ist, fällt der Regen um so leiser.

Dieser gute alte Mann, dessen Milde und Gastfreundschaft unbegrenzt waren, würde Waverley, da seine Lage Beistand forderte, mit Güte aufgenommen haben, wäre er auch der geringste sächsische Bauer gewesen. Seine Aufmerksamkeit für einen Freund und Gast Bich Ian Vohr aber war ängstlich und ununterbrochen. Andere Umschläge wurden auf das beschädigte Glied gelegt und neue Zauberformeln in Anwendung gebracht. Endlich nahm Fergus von Edward für einige Tage Abschied. Er würde dann nach Tomanrait zurückkehren, sagte er, und hoffe, Edward gesund genug zu finden, um einen von den Hochlandskleppern seines Wirtes besteigen und so nach Glennaquoich zurückkehren zu können.

Als Edward am nächsten Tage seinen freundlichen alten Wirth sah, erfuhr er, daß sein Freund mit Tagesanbruch abgereist sei und von seinen Leuten niemand zurückgelassen hätte als Callum Beg, seinen Leibpagen, der jetzt zur Bedienung Waverleys bestimmt war. Als er seinen Wirth fragte, ob er wisse, wohin der Häuptling gegangen sei, blickte der alte Mann ihn starr an, und in dem Lächeln, welches seine einzige Antwort war, lag etwas Geheimnißvolles und Trübes, Waverley wiederholte seine Frage, und sein Wirth erwiderte mit dem Sprichwort:

>>Schon Manchen hat ins Grab gesandt,
Daß er das fragt, was ihm bekannt.<<

Er wollte fortfahren, aber Callum Beg sagte ziemlich naseweis: Ta Tighearnach, d.h. der Häuptling, wollte nicht, daß der Sassenagh Duinhéwassel – englischer Edelmann – bei seiner Krankheit mit vielem Sprechen belästigt würde. Waverley schloß hieraus, daß es seinem Freunde unangenehm sein würde, wenn er einen Fremden nach dem Zwecke der Reise frage, welchen er ihm nicht selbst mitgeteilt hatte.

Es ist überflüssig, die Genesung unseres Helden zu verfolgen. Am sechsten Tage, als er schon wieder mit einem Stocke herum gehen konnte, kehrte Fergus mit etwa zwanzig seiner Leute zurück. Er schien sehr heiter, wünschte Waverley Glück zu seiner fortschreitenden Genesung, und da er ihn im Stande fand, ein Pferd zu besteigen, machte er ihm den Vorschlag, sogleich nach Glennaquoich zurückzukehren. Waverley stimmte freudig bei, denn während der ganzen Zeit seiner unfreiwilligen Haft hatte die Gestalt seiner schönen Angebeteten in seinen Träumen gelebt.

>>Nun ist er geritten durch Sumpf und durch Moor,
Über Berg und manch ein Tal.<<

während Fergus mit seinen Myrmidonen an seiner Seite hinschritt, oder sich dann und wann damit ergötzte, ein Reh oder ein Birkhuhn zu schießen. Waverleys Herz klopfte schneller, als sie sich dem alten Turme des Ian van Chaistel näherten, und er die holde Gestalt seiner Herzenskönigin erkennen konnte, die ihnen entgegenkam.

Fergus begann sogleich mit seiner gewöhnlichen Lebhaftigkeit: >>Öffne Deine Tore, unvergleichliche Fürstin, dem verwundeten Mauren Abindarez, den Rodrigo von Narvez, Constable von Antiquera, zu Deinem Schlosse geleitet, oder öffne sie, wenn Dir das lieber ist, dem hochberühmten Marquis von Mantua, dem traurigen Begleiter seines halberschlagenen Freundes, Baldovinus von den Bergen. – Ruhe Deiner

Seele, Cervantes, denn wie könnte ich ohne Dich meine Sprache romantischen Ohren anpassen.«

Flora trat jetzt näher und begrüßte Waverley mit vieler Freundlichkeit, indem sie ihr Bedauern über seinen Unfall aussprach, von dem sie bereits gehört hatte. Es wundere sie, sagte sie, daß ihr Bruder nicht mehr darauf geachtet habe, einen Fremden vor den Gefahren der Jagd zu warnen, zu der er ihn aufforderte. Edward entschuldigte leicht den Häuptling, der in der Tat mit eigener Gefahr sein Leben gerettet hatte. Als diese Begrüßung vorüber war, sagte Fergus seiner Schwester drei, vier Worte auf gälisch. Die Tränen traten ihr dabei in die Augen, doch es schienen Tränen des Glücks und der Freude zu sein, denn sie blickte auf zum Himmel und faltete die Hände, wie in dem feurigen Ausdrucke des Gebetes oder der Dankbarkeit, Nach einer Pause von einer Minute überreichte sie Edward einige Briefe, die während seiner Abwesenheit von Tully-Veolan für ihn angekommen waren, und gab zugleich auch ihrem Bruder einige. Dem letzteren händigte sie drei oder vier Nummern des caledonischen Merkurs ein, der einzigen Zeitung, welche damals nördlich des Tweed erschien.

Beide Männer zogen sich zurück, um ihre Briefe zu lesen, und Edward fand sogleich, daß die, welche er bekommen hatte, Dinge von der höchsten Wichtigkeit enthielten.

24. Nachrichten aus England

Die Briefe, welche Waverley bisher von seinen Verwandten in England erhalten hatte, waren nicht der Art, daß sie eine besondere Erwähnung in dieser Erzählung forderten. Sein Vater schrieb ihm gewöhnlich mit der prunkhaften Ziererei eines Mannes, der zu sehr durch öffentliche Angelegenheiten bestürmt ist, um für die seiner eigenen Familie Muse zu finden. Dann und wann erwähnte er Persönlichkeiten von Rang in Schottland, denen sein Sohn, wie er wünschte, einige Aufmerksamkeit erweisen möchte, aber Waverley, der bisher durch die Unterhaltung beschäftigt wurde, die er in Tully-Veolan und Glennaquoich gefunden hatte, unterließ es, so kalt hingeworfenen Winken einige Aufmerksamkeit zu schenken, besonders da Entfernung, Kürze des Urlaubs und dergleichen einen passenden Vorwand boten. In der letzten Zeit aber enthielten Mr. Richard Waverleys väterliche Episteln gewisse geheimnißvolle Winke über künftige Größe und mächtigen Einfluß, den er selbst bald erreichen würde. Sir Everards Briefe waren in anderem Tone. Sie waren kurz, denn der gute Baronet gehörte nicht zu den

Korrespondenten, deren Briefe die Seiten eines Postbogens noch überfluten, so daß kein Raum für das Siegel bleibt, aber sie waren freundlich und herzlich und schlossen selten ohne irgend eine Anspielung auf unseres Helden Beschäftigungen, eine Frage nach dem Zustande seiner Börse und irgend eine Erkundigung nach den Rekruten, welche mit ihm von Waverley-Haus zu dem Regiment gekommen waren. Tante Rahel ermahnte ihn, sich der Grundsätze der Religion zu erinnern, für seine Gesundheit zu sorgen, den schottischen Nebel zu scheuen, der, wie sie gehört hätte, einen Engländer durch und durch naß zu machen pflegte, bei Nacht nie ohne seinen großen Mantel auszugehen und vor allen Dingen auf dem bloßen Leibe Flanell zu tragen.

Mr. Pembroke schrieb unserm Helden nur einen Brief, aber er hatte den Umfang von sechs Episteln dieser entarteten Zeit und enthielt auf dem geringen Raume von zehn eng beschriebenen Folioseiten ein Supplement der Addenda, Delenda und Corrigenda in Bezug auf die beiden Abhandlungen, die er Waverley verehrt hatte. Dies war bisher der Stil der Briefe gewesen, die Edward Waverley aus England erhielt; das Packet, welches ihm in Glennaquoich eingehändigt wurde, war von anderem und viel wichtigerem Inhalt. Es würde für den Leser unmöglich sein, selbst wenn wir die Briefe ihrem ganzen Inhalte nach mitteilten, die Ursache, weshalb sie geschrieben wurden, zu erkennen, ließen wir ihn nicht einen Blick in das Innere eines britischen Kabinetts werfen.

Die Minister waren in zwei Parteien geteilt; die schwächste derselben ersetzte durch Eifer der Intrigue ihren Mangel an wahrer Wichtigkeit und hatte unlängst einige Proselyten und mit ihnen die Hoffnung gewonnen, die Nebenbuhler in der Gunst des Herrschers zu vernichten und in dem Hause der Gemeinen zu überwältigen. Unter anderem hatte sie es auch der Mühe wert gehalten, auf Richard Waverley einzuwirken. Dieser Ehrenmann hatte einen gewissen Namen und Einfluß im öffentlichen Leben errungen, mehr durch ein ernstes geheimnißvolles Wesen und eine Aufmerksamkeit mehr auf die Etiquette des Geschäftes als auf das eigentliche Wesen desselben, mehr durch die Geschicklichkeit, lange Reden voller Gemeinplätze und technischer Ausdrücke zu halten, als durch wahre Beredsamkeit, und so galt er bei vielen sogar für einen tiefen Politiker.

Dieser Glaube war so allgemein geworden, daß der erwähnte Teil des Kabinetes, nachdem er Herrn Richard Waverley geprüft hatte, sehr zufrieden mit seinen Gesinnungen und seiner Tüchtigkeit war. Für den Fall, daß die dem Ministerium bevorstehende Umwälzung gelingen sollte, ward ihm in der neuen Ordnung der Dinge ein wichtiger Platz zugedacht, zwar nicht gerade vom ersten Range, aber doch in Bezug auf Besoldung und Einfluß weit höher als der, dessen er sich jetzt erfreute. So verführerischen Vorschlägen ließ sich nicht widerstehen, obgleich der große Mann, unter dessen Patronat er eingetreten war, und unter dessen Banner er bisher festgestanden hatte, der Hauptgegenstand des von den neuen Aliirten geplanten Angriffes war. Unglücklicherweise wurde dieser schöne Plan des Ehrgeizes durch eine voreilige Bewegung in die Luft gesprengt. Alle die darin verwickelten Beamten, die Bedenken trugen, freiwillig zu verzichten, wurden in Kenntniß gesetzt, daß der König ihrer Dienste ferner nicht mehr bedürfe, und bei Richard Waverley, dessen Fall der Minister der Undankbarkeit wegen für schlimmer ansah, wurde die Entlassung von einer Art persönlicher und schmachvoller Geringschätzung begleitet. Das Publikum und selbst die Partei, in deren Fall er verwickelt worden, hatte wenig Mitgefühl mit der Enttäuschung dieses selbstsüchtigen und eigennützigen Staatsmannes; er zog sich daher mit der tröstlichen Betrachtung aufs Land zurück, daß er zugleich Amt, Einfluß und, was er wenigstens eben so sehr beklagte, seine Einkünfte verloren habe.

Richard Waverleys Brief an seinen Sohn war bei dieser Gelegenheit ein Meisterstück. Aristides selbst hätte nichts Schwierigeres leisten können. Ein ungerechter Monarch und ein undankbares Vaterland waren der Schlußstein des wohlgerundeten Satzes. Er sprach von langen Diensten, von unvergoltenen Opfern, obgleich die ersteren durch sein Gehalt überreich bezahlt worden waren, und niemand erraten konnte, worin die letzteren bestanden, ausgenommen etwa darin, daß er die Tory-Grundsätze seiner Familie nicht aus Überzeugung verließ, sondern aus Gewinnsucht. Zum Schlusse machte sein Unwille sich in so beredten Ausdrücken Luft, daß er selbst Drohungen der Rache, wie unbestimmt und ohnmächtig sie auch sein mochten, nicht unterdrücken konnte; endlich machte er seinen Sohn auf das Vergnügen aufmerksam, das er darüber empfinden würde, wenn das Gefühl seiner Mißhandlung ihn bewöge, seinen Abschied zu nehmen, sobald er diesen Brief erhielte. Dies, sagte er, sei auch seines Oheims Wunsch, wie er ihm selbst mitteilen würde.

Der nächste Brief, den Edward öffnete, war von Sir Everard Waverley. Seines Bruders Unglück schien bei dem Gutmütigen jede Erinnerung an ihre Zwistigkeiten verbannt zu haben, und da er auf keine Weise erfahren konnte, daß dies Unglück in der Tat nur die gerechte und natürliche Folge seiner mißlungenen Intrigen sei, betrachtete der gute doch leichtgläubige Baronet es als einen neuen schreienden Beweis für die Ungerechtigkeit der bestehenden Regierung. Es sei wahr, sagte er, und er dürfte es selbst vor Edward nicht verhehlen, daß sein Vater eine solche Beschimpfung, die hier zum ersten Male einem Gliede seines Hauses widerführe, nicht erfahren haben würde, hätte er sich dem nicht dadurch ausgesetzt, daß er unter dem gegenwärtigen System eine Anstellung angenommen. Sir Everard zweifle nicht, daß er jetzt die Größe seines Irrtums einsehe und fühle, und es werde seine, Sir Everards, Aufgabe sein, dafür zu sorgen, daß diese traurige Geschichte nicht auch pekuniäre Nachteile für ihn habe. Es sei genug für einen Waverley, öffentlichen Schimpf erduldet zu haben, die andern Folgen könnten leicht durch das Haupt der Familie abgewendet werden. Aber es sei die Meinung des Herrn Richard Waverley, sowie seine eigene, daß Edward, der Repräsentant der Familie Waverley, nicht in einer Stellung bliebe, welche ihn einer eben solchen Behandlung, wie die seines Vaters, aussetze. Er fordere deshalb seinen Neffen auf, die beste und zugleich die nächste Gelegenheit zu ergreifen, dem Kriegsamte seine Abdankung einzusenden, und deutete überdies darauf hin, daß dort wenig Rücksichtnahme nötig wäre, wo man gegen seinen Vater so wenig gezeigt hatte. Zugleich sendete er dem Baron von Bradwardine tausend Grüße. Ein Brief der Tante Rahel sprach sich noch deutlicher aus. Sie betrachtete die Ungnade ihres Bruders Richard als die gerechte Strafe für seinen Abfall von dem gesetzmäßigen, wenngleich verbannten Herrscher und für seinen Eid gegen einen Fremden, ein Zugeständniß, welches ihr Großvater Sir Nigel Waverley sowohl gegen das rundköpfige Parlament, als gegen Cromwell zu machen sich weigerte, als sein Leben und sein Vermögen in der höchsten Gefahr schwebten. Sie hoffte, ihr teurer Edward würde in die Fußstapfen seiner Vorfahren treten, sobald als möglich die Sklavendienste beim Usurpator abwerfen und das seinem Vater angetane Unrecht als eine Mahnung des Himmels betrachten, daß das Abweichen von der Richtschnur der Treue seine Strafe findet. Sie schloß ebenfalls mit Grüßen an Mr. Bradwardine und bat Waverley ihr zu schreiben, ob dessen Tochter Miß Rosa alt genug sei, um ein Paar sehr hübsche Ohrringe zu tragen, die sie ihr als ein Zeichen ihrer Anhänglichkeit zu schicken beabsichtige. Die gute Dame wünschte auch zu wissen, ob Mr. Bradwardine noch so viel schnupfe und so unermüdlich tanze wie damals, wo er vor dreißig Jahren Gast in Waverley-Haus gewesen.

Diese Briefe erregten, wie sich leicht erwarten läßt, Waverleys Unwillen in hohem Grade. Infolge der oberflächlichen Weise seiner Studien konnte er den Regungen des Unwillens, den er bei seines Vaters muthmaßlicher Verletzung fühlte, keine feste politische Meinung entgegensetzen. Die wahre Ursache dieser Ungnade war Edward gänzlich unbekannt, auch hatten seine Gewohnheiten ihn durchaus nicht dahin gebracht, die Politik der Zeit, in welcher er lebte, zu prüfen, oder die Intriguen zu bemerken, in die sein Vater so tätig verwickelt war. Die Eindrücke, die er gelegentlich von den Parteien der Zeit empfangen hatte, waren zufolge der Gesellschaft, in der er in Waverley-Haus lebte, der bestehenden Regierung und Dynastie eher ungünstig. Er teilte daher ohne Besinnen die Rachegefühle der Verwandten, welche das beste Recht darauf hatten, sein Benehmen zu leiten, vielleicht war er auch deshalb nicht minder dazu geneigt, weil er sich an das Langweilige seines Standquartiers, sowie an die untergeordnete Figur erinnerte, die er unter den Offizieren seines Regimentes gespielt hatte. Hätte er noch irgend einen Zweifel gehegt, so würde dieser durch den folgenden Brief seines Kommandeurs beseitigt worden sein, der, da er sehr kurz ist, hier wörtlich mitgeteilt werden soll.

»Mein Herr! Nachdem ich über die Grenzen meiner Pflicht hinaus Nachsicht geübt, eine Nachsicht, die menschliche und noch mehr christliche Erleuchtung gegen Irrtümer gebietet, die aus jugendlicher Unerfahrenheit entspringen können, bin ich in der gegenwärtigen Krisis widerstrebend gezwungen, das einzige noch in meiner Macht bleibende Mittel anzuwenden. Es wird Ihnen daher hierdurch befohlen, drei Tage nach dem Empfang dieses Briefes in **, dem Hauptquartier Ihres Regimentes, zu erscheinen. Sollten Sie dies unterlassen, so müßte ich Sie dem Kriegsamte als abwesend ohne Urlaub melden und auch noch andere Schritte tun, die Ihnen eben so unangenehm sein würden, als, mein Herr,
Ihrem gehorsamen Diener,
P. Gardiner, Oberstlieutenant,
Kommandeur des Dragonerregiments ***.«

Edwards Blut kochte, als er diesen Brief las. Er war seit seiner Kindheit daran gewöhnt, in hohem Grade über seine Zeit zu verfügen, und hatte Gewohnheiten angenommen, welche ihm die Regeln der militärischen Disciplin in dieser Beziehung ebenso unangenehm machten, als sie es in anderer Beziehung waren. Ein Gedanke hatte sich ihm auch aufgedrängt, daß dieses Gesetz gegen ihn nicht sehr streng zur Anwendung gebracht werden würde, und diese Meinung war bisher durch die Nachsicht seines Oberstlieutenants bestärkt worden. Auch hatte sich seines Wissens nichts zugetragen, was seinen Kommandeur bewegen konnte, ohne irgend eine andere Mahnung als die Winke, die wir zu Ende des dreizehnten Kapitels anführten, so plötzlich einen harten und, wie es Edward vorkam, so unverschämten Ton diktatorischer Autorität anzunehmen. Wenn er die Briefe damit in Verbindung brachte, die er soeben von seiner Familie erhalten hatte, mußte er vermuten, daß man die Absicht hätte, ihn in seiner gegenwärtigen Lage den Druck eben der Gewalt fühlen zu lassen, welche gegen seinen Vater geltend gemacht worden war, und das Ganze als einen überlegten Plan ansehen, jedes Mitglied der Familie Waverley zu chikaniren und herabzusetzen.

Ohne sich zu besinnen, schrieb er deshalb einige kalte Zeilen, durch die er seinem Oberstlieutenant für dessen frühere Gefälligkeiten dankte und sein Bedauern darüber aussprach, daß er es für gut befunden, die Erinnerung daran durch einen andern Ton zu verwischen. Der Ausdruck seines Briefes sowohl, als das, was er, Edward, für seine Pflicht hielte, forderten ihn in der gegenwärtigen Krisis auf, seinen Abschied zu nehmen, d. h. er legte die förmliche Verzichtleistung auf eine Anstellung bei, welche ihn einem so unangenehmen Briefwechsel aussetze, und ersuche den Obersten Gardiner um die Gefälligkeit, sie an die geeignete Behörde einzusenden.

Als er diese großartige Epistel geendigt hatte, fühlte er sich etwas unentschlossen über die Ausdrücke, die er bei seiner Verzichtleistung zu wählen hätte; er beschloß, hierüber Fergus Mac-Ivor zu Rate zu ziehen. Es mag im Vorbeigehen bemerkt werden, daß die kühne und rasche Gewohnheit des Denkens, Handelns und Sprechens, welche diesen jungen Häuptling auszeichnete, ihm ein bedeutendes Übergewicht über Waverley verliehen hatte. Mit wenigstens eben so viel Verstand und viel mehr Geist begabt, beugte sich Edward dennoch der kühnen und entscheidenden Energie eines Geistes, der durch die Gewohnheit, stets nach einem vorgefaßten und regelmäßigen Systeme sowie nach einer, ausgedehnten Welt- und Menschenkenntnis; zu handeln, geschärft wurde.

Als Edward seinen Freund fand, hatte dieser das Zeitungsblatt noch in der Hand und kam ihm mit dem verlegenen Wesen eines Menschen entgegen, der eine unangenehme Nachricht mitzuteilen hat. »Bestätigen Eure Briefe, Kapitän Waverley, die unangenehme Nachricht, die ich in diesen Zeitungen finde?«

Er gab ihm die Zeitung, in welcher seines Vaters Unglück in den bittersten Ausdrücken wahrscheinlich aus einem Londoner Blatte mitgeteilt war. Am Ende des Paragraphen stand der merkwürdige Satz:

»Wir glauben, daß der Richard, welcher dies alles getan hat, nicht das einzige Beispiel der schwankenden Ehre des W–v–r–ly H–s–s ist. Man sehe die Zeitung von diesem Tage.«

Mit hastiger fieberischer Angst suchte unser Held die angezogene Stelle auf und fand hier: »Edward Waverley, Kapitän im Dragonerregiment **, cassirt wegen Abwesenheit ohne Urlaub« – und in der Liste der militärischen Beförderungen fand er bei demselben Regiment: »Lieutenant Buttler zum Kapitän für den cassirten Waverley.«

Unseres Helden Busen glühte vor Rache, welche die unverdiente und offenbar vorher überlegte Beschimpfung bei einem Menschen erwecken mußte, der nach Ehre gestrebt hatte, und der so muthwillig der öffentlichen Schande und Verachtung preisgegeben wurde. Als er das Datum in dem Briefe seines Obersten mit dem Artikel in der Zeitung verglich, bemerkte er, daß die Drohung, seine Abwesenheit zu melden, buchstäblich erfüllt worden sei, und zwar, wie es schien, ohne danach zu fragen, ob Edward die Aufforderung erhalten hatte oder geneigt sei, ihr zu genügen. Das Ganze erschien daher als ein überlegter Plan, ihn in den Augen des Publikums herabzusetzen, und der Gedanke, daß dieser Plan gelungen war, erfüllte ihn mit solcher Bitterkeit, daß er sich nach verschiedenen Bemühungen, sie zu verbergen, endlich Mac-Ivor in die Arme warf und in einen Strom von Tränen der Scham und des Unwillens ausbrach.

Es gehörte nicht zu des Häuptlings Fehlern, gegen das seinen Freunden getane Unrecht gleichgültig zu bleiben, und für Edward fühlte er eine tiefe und aufrichtige Teilnahme, abgesehen noch von gewissen Plänen, mit denen er im Zusammenhange stand. Das Verfahren erschien ihm eben so auffallend wie Edward. Er kannte in der Tat besser als dieser die Gründe zu dem strengen Befehle, augenblicklich zu seinem Regiment zu stoßen. Daß aber der kommandirende Offizier, ohne weiter nach den Umständen nothwendiger Verzögerung zu fragen, im Widerspruch mit seiner anerkannten Redlichkeit auf eine so harte unredliche Art verfuhr, war für ihn ein Geheimniß, das er nicht zu ergründen vermochte. Er beruhigte unsern Helden jedoch, so viel es in seiner Macht stand, und lenkte seine Gedanken auf die Notwendigkeit, Genugtuung für seine beleidigte Ehre zu suchen.

Edward ergriff diese Idee hastig. »Wollt Ihr eine Herausforderung von mir an den Oberst Gardiner überbringen und mich dadurch für ewig verpflichten?« fragte er.

Fergus zögerte einen Augenblick und antwortete dann: »Das wäre ein Beweis der Freundschaft, über den Ihr gebieten dürftet, könnte er nützlich sein oder zur Genugtuung führen, aber ich zweifle, daß in dem vorliegenden Falle Euer Kommandeur Euch die Genugtuung für Schritte gewähren würde, die, so hart und ungerecht sie auch sein mögen, doch in dem strengen Bereiche seiner Pflicht lagen. Überdies ist Gardiner ein Hugenott und hat über das Sündige des Duells Begriffe, von denen er unmöglich abweichen kann, besonders da sein Muth über allen Verdacht erhaben ist. Außerdem darf ich, um die Wahrheit zu sagen, in diesem Augenblicke aus sehr wichtigen Gründen keiner Garnison nahe kommen, die zu diesem Gouvernement gehört.«

»Und soll ich ruhig und geduldig die empfangene Schmach hinnehmen?« rief Waverley.

»Das möchte ich nie einem Freunde raten«, entgegnete Mac-Ivor. »Aber die Rache sollte das Haupt treffen, nicht die Hand, die tyrannische und harte Regierung, welche diese überlegten und wiederholten Beschimpfungen veranlaßte und leitete, nicht das bereitwillige Werkzeug, dessen sie sich bei der Ausübung dieser Beleidigungen bediente.«

»Die Regierung!« sagte Waverley.

»Ja«, entgegnete der ungestüme Hochländer, »das thronräuberische Haus Hannover, dem Euer Großvater eben so wenig gedient haben würde, wie er rothglühendes Gold vom Satan in der Hölle angenommen hätte.«

»Aber seit den Zeiten meines Großvaters haben zwei Dynastien diesen Thron besessen«, sagte Waverley gelassen.

»Allerdings«, entgegnete der Häuptling, »und weil wir ihnen so lange die Mittel ließen, ihren angebornen Charakter zu zeigen, weil Ihr und ich in ruhiger Unterwerfung lebten, weil wir durch die Zeiten sogar dahin gebracht wurden, einen Posten unter ihnen anzunehmen, wodurch sie Gelegenheit fanden, uns durch Entziehung derselben öffentlich zu beschimpfen, sollten wir uns wegen der Ungerechtigkeit nicht rächen dürfen, die unsere Väter nur fürchteten, wir aber wirklich erfuhren? – Oder ist die Sache der unglücklichen Stuarts weniger gerecht geworden, weil ihr Titel auf einen Erben fiel, der unschuldig an dem ist, was man der Regierung seines Vaters zur Last legte? – Erinnert Ihr Euch der Verse Eures Lieblingsdichters:

Ein König kann nur geben, was sein eigen, Mag Richard denn von diesem Throne steigen, Doch hätt' er einen Sohn, blieb dem die Krone.

Ihr seht, mein lieber Waverley, ich kann Dichterverse eben so gut citiren wie Flora und Ihr. Doch kommt, erheitert Eure finstre Stirn und vertraut mir. Ich will Euch einen ehrenvollen Weg zu einer schnellen glorreichen Rache zeigen. Laßt uns Flora aufsuchen, welche uns vielleicht noch mehr von dem zu erzählen hat, was während unserer Abwesenheit vorfiel. Sie wird sich freuen zu hören, daß Ihr Eurer Knechtschaft ledig seid. Zuerst fügt aber Eurem Briefe noch eine Nachschrift hinzu, in welcher Ihr den Tag bezeichnet, an dem Ihr die erste Aufforderung dieses calvinistischen Obersten empfinget, und sprecht Euer Bedauern darüber aus, daß die Hast seines Verfahrens Euch hinderte, ihm durch die Einsendung Eures Abschieds zuvorzukommen. Dann mag er über seine Ungerechtigkeit erröten.«

Dieser Brief wurde gesiegelt, und Mac-Ivor schickte ihn mit einigen Briefen von ihm selbst durch einen besondern Boten ab, dem er den Auftrag erteilte, ihn dem nächsten Postamte des Tieflandes zu übergeben.

25. Die Erklärung

Der Wink, den der Häuptling wegen Flora hingeworfen hatte, war nicht ohne Vorbedacht. Er hatte mit großer Zufriedenheit die wachsende Neigung Waverleys für seine Schwester bemerkt und sah kein Hindernis ihrer Verbindung, ausgenommen die Stellung, welche Waverleys Vater in dem Ministerium einnahm, und Edwards eigene Anstellung in der Armee Georgs II. Diese Hindernisse waren jetzt gehoben, und zwar auf eine Weise, welche augenscheinlich dem Sohne den Weg bahnte, sich mit einem andern Bündnisse auszusöhnen. In jeder andern Beziehung war die Verbindung sehr wünschenswert. Die Zukunft, das Glück und die ehrenvolle Versorgung seiner Schwester, die er herzlich liebte, schienen durch diese Heirat sicher gestellt, und sein Herz schwoll, wenn er bedachte, wie sehr in den Augen des Exmonarchen, dem er seine Dienste geweiht hatte, seine eigene Wichtigkeit durch eine Verbindung mit einer der ältesten, mächtigsten und reichsten Familien Englands von alter ritterlicher Treue erhöht werden musste, deren geschwundene Anhänglichkeit für die Familie der Stuarts neu anzufachen jetzt eine Lebensfrage für die Sache der Stuarts war. Auch konnte Fergus kein Hindernis für einen solchen Plan entdecken. Waverleys Liebe war unverkennbar, sein Äußeres war gefällig, seine Neigungen stimmten mit denen Floras überein, er erwartete also von ihr keinen Widerspruch. Bei seinen Begriffen von patriarchalischer Macht und denen, welche er in Frankreich in Beziehung auf Verfügung über weibliche Mitglieder in Eheangelegenheiten angenommen hatte, würde ein Widerspruch seiner Schwester, so teuer ihm diese war, auch das geringste Hindernis gewesen sein, auf das er gerechnet hätte, wäre selbst die Verbindung weniger wünschenswert gewesen. Geleitet durch diese Gefühle führte der Häuptling Waverley jetzt zu Miß Mac-Ivor, nicht ohne Hoffnung, daß die gegenwärtige Aufregung seines Gastes ihm den Muth geben würde, das kurz abzubrechen, was Fergus den Roman des Hofmachens nannte. Sie fanden Flora nebst ihren schönen Begleiterinnen Una und Cathleen beschäftigt mit Zurüstungen, die Waverley für Brautgeschenke hielt. Er verhehlte so gut als möglich die Aufregung seines Gemütes und fragte, zu welcher fröhlichen Veranlassung Miß Mac-Ivor so reichliche Anstalten treffe?

»Für Fergus' Brautfest«, sagte sie lächelnd.

»Wirklich!« rief Edward. »Er hat sein Geheimniß wohl bewahrt. Ich hoffe, er wird mir gestatten, sein Brautführer zu sein.«

»Das ist eines Mannes Amt, doch nicht das Eure, wie Beatrice sagt«, entgegnete Flora.

»Und wer ist die schöne Braut, wenn ich fragen darf, Miß Mac-Ivor?«

»Sagte ich Euch nicht längst schon, daß Fergus um keine andere Braut freit als um die Ehre?« antwortete Flora.

»Und bin ich denn unfähig, sein Beistand und Rathgeber auf der Bahn der Ehre zu sein?« fragte unser Held, dunkel errötend. »Stehe ich in Eurer Meinung so tief?«

»Weit davon entfernt, Kapitän Waverley, wollte Gott, daß Ihr unsere Meinung teiltet! Ich brauchte den Ausdruck, der Euch mißfiel, nur, weil Ihr doch nicht steht auf unsrer Seite – Nein, offenbar im Widerstreite.«

»Die Zeit ist vorüber, Schwester«, sagte Fergus, »und Du kannst Edward Waverley – nicht mehr Kapitän – Glück dazu wünschen, daß er von der Sklaverei eines Usurpators befreit ist, welche durch dies schwarze Zeichen von böser Vorbedeutung ausgedrückt wurde.«

»Ja«, sagte Waverley, die Kokarde von seinem Hute nehmend, »es hat dem Könige, der mir dies Zeichen verlieh, gefallen, es auf eine Weise zurückzunehmen, welche mir wenig Veranlassung gibt, meine Entlassung zu beklagen.«

»Gott sei Dank!« rief die Begeisterte, »und möchten sie blind genug sein, jeden Ehrenmann, der ihnen dient, eben so unwürdig zu behandeln, damit ich weniger zu seufzen habe, wenn der Kampf beginnt.«

»Und jetzt, Schwester«, fuhr der Häuptling fort, »ersetze diese Kokarde durch eine von freundlicherer Farbe. Ich denke, es war vor Zeiten die Art der Damen, ihre Ritter auszurüsten und zu hohen Taten auszusenden.«

»Doch nicht eher«, erwiderte die Lady, »als bis der Ritter die Gerechtigkeit und Gefahr der Sache wohl erwogen hat, Fergus. Herr Waverley ist jetzt zu sehr durch die neuesten Ereignisse aufgeregt, als daß ich ihn dringen könnte, einen Entschluß von so wichtigen Folgen zu fassen.«

Waverley fühlte sich halb beunruhigt bei dem Gedanken, zu dem überzutreten, was die Mehrzahl der Bewohner des Königreiches als Rebellion betrachtete, aber dennoch vermochte er nicht, seinen Kummer über die Kälte zu verhehlen, mit welcher Flora ihres Bruders Wink abwehrte. »Wie ich sehe«, sagte er etwas bitter, »hält Miß Mac-Ivor den Ritter ihrer Ermutigung und Gunst für unwert.«

»Das nicht, Herr Waverley«, entgegnete sie mit viel Freundlichkeit. »Weshalb sollte ich meines Bruders geehrtem Freunde eine Gabe verweigern, welche ich unter seinen ganzen Clan verteile? Gern würde ich jeden Mann von Ehre für die Sache anwerben, der mein Bruder sich gewidmet hat. Aber Fergus traf seine Maßregeln mit offenen Augen. Sein Leben war von der Wiege an dieser Sache geweiht; für ihn ist ihr Anspruch ein heiliger und forderte er selbst seinen Jod. Aber wie kann ich wünschen, daß Ihr, Herr Waverley, so neu in der Welt, so fern von jedem Freunde, jedem Einflüsse, der Euch leiten darf, und noch dazu in einem Augenblicke der Gereiztheit und des Unwillens, Euch plötzlich in eine so verzweifelte Unternehmung stürzet?«

Fergus, der dieses Zartgefühl nicht faßte, schritt im Zimmer auf und ab, biß sich auf die Lippen und sagte endlich mit gezwungenem Lächeln: »Gut, Schwester, ich überlasse Dich Deiner neuen Rolle als Vermittlerin zwischen dem Kurfürsten von Hannover und den Untertanen Deines gesetzmäßigen Herrschers und Wohltäters.« Und damit verließ er das Gemach.

Es entstand eine peinliche Pause, welche endlich Miß Mac-Ivor brach. »Mein Bruder ist ungerecht«, sagte sie, »weil er keine Unterbrechung zu ertragen vermag, die seinen edlen Eifer zu hemmen scheint.«

»Und teilt Ihr seinen Eifer nicht?« fragte Waverley.

»Ob ich ihn teile?« entgegnete Flora. »Gott weiß, daß der meinige den seinigen übertrifft, wenn das möglich wäre. Aber ich bin nicht gleich ihm durch den Lärm kriegerischer Rüstungen und alle die Einzelnheiten, die zu der gegenwärtigen Unternehmung nötig sind, gehindert, die großen Grundzüge der Gerechtigkeit und Wahrheit in Erwägung zu ziehen, auf die unser Beginnen gegründet ist, und diese können nur durch Maßregeln gefördert werden, welche an sich gerecht und offen sind. Auf Eure gegenwärtigen Gefühle zu wirken, lieber Waverley, Euch zu einem unwiderruflichen Schritte zu veranlassen, dessen Gerechtigkeit und Gefahren Ihr nicht geprüft habt, das ist meinem beschränkten Urteile nach weder offen, noch wahr.«

»Unvergleichliche Flora!« sagte Edward, ihre Hand ergreifend, »wie sehr bedarf ich eines solchen Rathgebers.«

»Einen viel bessern«, entgegnete Flora, indem sie sanft ihre Hand zurückzog, »wird Herr Waverley stets in seinem eigenen Busen finden, wenn er der leisen Stimme desselben Muße läßt, sich Gehör zu verschaffen.«

»Nein, Miß Mac-Ivor, das darf ich nicht hoffen, tausend Umstände verderblicher Selbstleitung haben mich mehr zu dem Geschöpfe der Einbildungskraft als des Verstandes gemacht. Dürfte ich nur hoffen, könnte ich nur denken, daß Ihr der innige, herablassende Freund sein wolltet, welcher mir die Kraft verliehe, meine Irrtümer zu sühnen, so würde mein zukünftiges Leben –«

»Still, lieber Herr! Ihr treibt jetzt Eure Freude, den Händen eines jakobitischen Werbeoffiziers entgangen zu sein, zu einem unverhältnißmäßigen Übermaß der Dankbarkeit.«

»Nein, teure Flora, scherzt nicht länger mit mir, Ihr könnt den Sinn der Gefühle nicht verkennen, die ich fast unwillkürlich ausgesprochen habe, und da ich die Scheidewand des Schweigens niederriß, laßt mich meine Kühnheit benutzen. – Oder darf ich mit Eurer Erlaubniß Eurem Bruder sagen –«

»Nicht um die Welt, Waverley.«

»Wie soll ich das verstehen?« sagte Edward. »Besteht irgend ein verhängnißvolles Hinderniß, eine frühere Neigung –«

»Keines, mein Herr«, antwortete Flora. »Ich bin es mir selbst schuldig, zu sagen, daß ich noch nie den Mann sah, an den ich mit Beziehung auf diesen Punkt dachte.«

»Die Kürze unserer Bekanntschaft vielleicht, wenn Miß Mac-Ivor mir Zeit gönnen wollte –«

»Ich habe nicht einmal diese Entschuldigung. Herrn Waverleys Charakter ist so offen, ist – kurz, er ist solcher Art, daß er sich nicht verkennen läßt, weder in seiner Stärke, noch in seiner Schwäche.«

»Und wegen dieser Schwäche verwerfet Ihr mich?« sagte Edward.

»Verzeiht mir, Waverley, und bedenkt, daß bis zu der letzten halben Stunde zwischen uns eine für mich unübersteigliche Scheidewand bestand; denn an einen Offizier im Dienste des Kurfürsten von Hannover konnte ich nie anders denken, als wie an eine zufällige Bekanntschaft. Erlaubt mir daher, meine Gedanken in Bezug auf eine so unerwartete Aufgabe zu ordnen, und in einer halben Stunde will ich bereit sein, für den Entschluß, den ich ausspreche, Gründe anzugeben, die Euch genügend, wenn auch vielleicht nicht angenehm sein werden.«

Mit diesen Worten ging Flora, und überließ es Waverley, über die Art und Weise nachzudenken, wie sie seine Erklärung aufgenommen hatte.

Ehe er noch darüber ins Klare kommen konnte, ob er hoffen sollte, daß seine Werbung annehmbar erschienen oder nicht, trat Fergus wieder in das Zimmer.

»Wie, à la mort, Waverley?« rief er aus. »Kommt mit hinunter in den Hof, und Ihr sollt einen Anblick haben, der alle Tiraden Eurer Romane aufwiegt. Hundert Gewehre, Freund, und eben so viele Degen, die eben von guten Freunden ankamen, und zwei bis dreihundert kräftige Burschen, die sich beinahe darum schlagen, wer sie zuerst besitzen soll. – Doch laßt Euch näher betrachten. – Ei, ein echter Hochländer würde sagen, Ihr wäret vom bösen Blick getroffen worden. – Kann denn das törichte Mädchen Euren Sinn so sehr betrübt haben? Denkt nicht mehr an sie, teurer Edward; die Weisesten ihres Geschlechtes sind Narren, was die Angelegenheiten ihres Lebens betrifft.«

»Wahrlich, mein guter Freund«, entgegnete Waverley, »alles, was ich Eurer Schwester zum Vorwurf machen kann, ist, daß sie zu gedankenreich, zu vernünftig ist.«

»Wenn das alles ist, so wette ich mein Leben gegen einen Louisd'or, daß die Laune nicht über vierundzwanzig Stunden anhält. Kein Weib war je über die Zeit hinaus gedankenreich, und wenn es Euch Freude macht, will ich dafür bürgen, daß Flora morgen so unvernünftig ist wie irgend eine ihres Geschlechts. Ihr müßt es lernen, mein lieber Freund, die Weiber *en mousquetaire* zu betrachten.«

Mit diesen Worten ergriff er Waverleys Arm und zog ihn fort zur Revue seiner kriegerischen Zurüstungen.

26. Über denselben Gegenstand

Fergus Mac-Ivor hatte zu viel Takt und Zartgefühl, um das Gespräch, welches er unterbrochen hatte, zu erneuern. Sein Kopf war oder schien wenigstens so ganz mit Musketen, Schwertern, Mützen, Feldflaschen und Tartanstrümpfen angefüllt, daß Waverley für einige Zeit seine Aufmerksamkeit auf keinen andern Gegenstand zu lenken vermochte.

»Wollt Ihr so bald in das Feld ziehen, Fergus«, fragte er, »daß Ihr alle diese kriegerischen Zurüstungen trefft?«

»Wenn wir abgemacht haben, daß Ihr mit mir geht, sollt Ihr alles wissen, sonst könnte Euch die Kenntniß nur nachteilig sein.«

»Aber ist es Euer ernster Vorsatz, Euch mit so geringen Streitkräften gegen eine bestehende Regierung zu erheben? Das ist ja reiner Wahnsinn.«

»*Laissez faire à Don Antoine.* – Ich werde dafür schon selbst sorgen, wenigstens werden wir den Spruch Conans in Anwendung bringen, der nie einen Streich empfing, ohne einen dafür zu geben. Ich wünschte übrigens nicht«, fuhr der Häuptling fort, »daß Ihr mich für wahnsinnig genug hieltet, mich zu erheben, ehe sich eine günstige Gelegenheit bietet; ich lasse meine Hunde nicht los, ehe das Wild aufgejagt ist. Aber noch einmal, schließt Euch uns an, und Ihr sollt alles wissen.«

»Wie kann ich das?« sagte Waverley. »Ich, der ich kürzlich noch aktiv war, dessen Abschied nur eben noch unterwegs ist. Meine Annahme des Dienstes schloß ein Versprechen der Treue in sich und eine Anerkennung der Rechtmäßigkeit der bestehenden Regierung.«

»Ein übereiltes Versprechen«, sagte Fergus, »ist keine stählerne Handschelle, es kann abgeschüttelt werden, besonders wenn es unter dem Einflusse einer Täuschung erfolgte und durch Beschimpfung vergolten wurde. Aber, wenn Ihr Euch nicht augenblicklich zu einer glorreichen Rache entschließen könnt, so geht nach England, und ehe Ihr den Tweed überschreitet, werdet Ihr Dinge hören, von denen die Wellt erschallt, und wenn Sir Everard der tapfere alte Ritter ist, als den ich durch einige unserer redlichen Biedermänner aus dem Jahr 1715 ihn beschreiben hörte, so wird er für Euch ein besseres Regiment und eine bessere Sache ausfindig machen als die, welche Ihr verloren habt.«

»Aber Eure Schwester, Fergus?«

»Ha, hyperbolischer Feind!« rief der Häuptling lachend, »wie marterst Du diesen Menschen. – Kannst Du denn von nichts als Mädchen reden?«

»Nein, seid ernsthaft, mein teurer Freund«, sagte Waverley, »ich fühle, daß das Glück meines künftigen Lebens von der Antwort abhängt, welche Miß Mac-Ivor auf das erteilt, was ich ihr diesen Morgen zu sagen wagte.«

»Und ist das Euer wirklicher Ernst«, sagte Fergus, »oder sind wir in dem Lande des Romans und der Dichtung?«

»Mein Ernst, ohne allen Zweifel. Wie könnt Ihr glauben, daß ich über einen solchen Gegenstand scherzen würde?«

»Nun denn, in ganz nüchternem Ernst«, antwortete sein Freund, »ich bin erfreut, das zu hören, und ich denke so hoch von Flora, daß Ihr in ganz England der einzige Mann seid, für den ich so viel sagen würde. – Doch ehe Ihr meine Hand so warm schüttelt, ist noch mehr in Erwägung zu ziehen. – Eure eigene Familie – wird die es je billigen, daß Ihr Euch mit der Schwester eines hochgebornen Hochlandbettlers verbindet?«

»Meines Oheims Verhältnisse«, entgegnete Waverley, »seine allgemeinen Ansichten, seine Nachsicht gegen mich berechtigen mich zu der Behauptung, daß Geburt und persönliche Eigenschaften alles sind, worauf er bei einer solchen Verbindung sehen würde. Und wo kann ich beides in so hohem Grade vereinigt finden als bei Eurer Schwester?«

»O, nirgends! *Cela va sans dire*«, entgegnete Fergus lächelnd, »aber Euer Vater darf das natürliche Vorrecht in Anspruch nehmen, zu Rate gezogen zu werden.«

»Gewiß, doch sein Bruch mit der herrschenden Macht entfernt jede Besorgniß eines Widerspruchs von seiner Seite, besonders da ich überzeugt bin, daß mein Oheim mir warm das Wort reden wird.«

»Die Religion«, sagte Fergus, »mag vielleicht ein Hinderniß sein, obgleich wir keine bigotten Katholiken sind.«

»Meine Großmutter gehörte der römischen Kirche an, und ihre Religion wurde von meiner Familie nie als Hinderniß betrachtet. – Denkt nicht an meine Verwandten, teurer Fergus, leiht mir vielmehr Euren Beistand, wo es nötiger sein dürfte, Hindernisse zu beseitigen – ich meine, bei Eurer liebenswerten Schwester!«

»Meine liebenswerte Schwester«, entgegnete Fergus, »ist wie ihr liebenswerter Bruder sehr dazu geneigt, ihren eigenen entscheidenden Willen zu haben, und durch den müßt Ihr Euch in diesem Falle lenken lassen, aber meine Teilnahme und mein Rath sollen Euch nicht fehlen. Zuerst will ich Euch einen Wink geben: treue Anhänglichkeit ist ihre herrschende Leidenschaft, und seitdem sie das Englische buchstabieren konnte, ist sie verliebt in das Andenken des tapfern Kapitän Vogan, der den Dienst des Usurpators Cromwell verließ, um zu der Fahne Karls II. zu schwören, und mit einer Hand voll Reitern von London nach den Hochlanden aufbrach, um nach Middleton zu kommen, das damals für den König in den Waffen stand, und endlich für die königliche Sache glorreich fiel. Bittet sie nur, Euch einige Verse zu zeigen, die sie auf dessen Geschichte und Schicksal machte, sie sind vielfach bewundert worden, das kann ich Euch versichern. – Der nächste Punkt ist – ich glaube, ich sah Flora nach dem Wasserfalle gehen, folgt ihr, Freund, folgt ihr! Laßt der Garnison keine Zeit, sich in ihrem Entschlusse des Widerstands zu befestigen, *alerte à la muraille!* Sucht Flora auf und erfahrt ihren Entschluß so bald als möglich; Cupido begleite Euch, während ich nach den Degengehenken und Patronentaschen sehe.«

Waverley ging mit ängstlich klopfendem Herzen das Tal hinauf, die Liebe, mit ihrem ganzen romantischen Gefolge von Hoffnungen, Besorgnissen und Wünschen mischte sich mit andern Empfindungen, die minder leicht zu erklären waren. Er mußte daran denken, wie sehr sich diesen Morgen sein Schicksal verändert hatte, und in was für eine Verwicklung von Verlegenheiten es ihn stürzen konnte. Der Sonnenaufgang erblickte ihn auf einer geachteten Rangstufe der ehrenvollen Waffenlaufbahn, seinen Vater allem Anscheine nach schnell in der Gunst seines Herrschers emporsteigend. Dies alles war jetzt wie ein Traum verschwunden: er selbst war entehrt, sein Vater in Ungnade gefallen, und er wider seinen Willen der Vertraute, wo nicht Mitschuldige von finstern gefährlichen Plänen geworden, welche den Sturz der Regierung, der er soeben noch gedient, oder das Verderben aller derer, die an den Plänen Teil genommen hatten, herbeiführen mußten. Selbst wenn Flora auf seine Bewerbung eine günstige Antwort erteilte, welche Aussichten hatte er, mitten im Tumulte einer Empörung ein beglückendes Ziel zu erreichen? Oder wie konnte er selbstsüchtig fordern, daß sie Fergus, an dem sie so innig hing, verlassen, und mit ihm nach England gehen sollte, um als eine ferne Zuschauerin den Erfolg der Unternehmungen ihres Bruders oder den Untergang aller seiner Hoffnungen und seines Glückes abzuwarten? – Oder sollte er auf der andern Seite, selbst ohne andern Beistand als seinen Arm, den gefährlichen und übereilten Rathschlägen des Häuptlings folgen, sich von ihm fortreißen lassen, ein Teilnehmer aller seiner verzweifelten und ungestümen Unternehmungen werden und sich selbst der Macht entäußern, über die Richtigkeit oder Klugheit seiner Handlungen zu entscheiden? – Das war für den geheimen Stolz Waverleys keine erfreuliche Aussicht. Und welchen anderen Schluß konnte er ziehen, ausgenommen die Verwerfung seines Antrages von Seiten Floras, eine Alternative, an die er bei der jetzigen Aufregung seiner Gefühle nur mit innerer Todesangst denken konnte. Die zweifelhaften und gefährlichen Aussichten, die vor ihm lagen, erwägend, kam er endlich an den Wasserfall, wo er, wie Fergus richtig vermutet hatte, Flora fand. Sie war ganz allein, und sobald sie ihn bemerkte, stand sie auf und kam ihm entgegen. Edward versuchte es, ein gewöhnliches Gespräch anzuknüpfen, aber er fühlte sich unfähig dazu. Flora schien anfangs ebenso verlegen, faßte sich aber schnell, und war – ein ungünstiges Zeichen für Waverleys Werbung – die erste, welche das Gespräch auf ihre letzte Unterredung lenkte. »Die Sache ist zu wichtig, in jeder Beziehung, Herr Waverley«, sagte sie, »als daß sie mir erlaubte, Euch über meine Gesinnungen in Zweifel zu lassen.«

»Sprecht sie nicht zu schnell aus«, sagte Waverley sehr bewegt; »laßt die Zeit – laßt mein künftiges Benehmen – laßt Eures Bruders Einfluß –«

»Verzeiht mir, Herr Waverley«, sagte Flora mit etwas erhöhter Gesichtsfarbe, doch mit fester Stimme, »ich würde mich in meinen Augen sehr tadelnswert finden, verzögerte ich es, meine aufrichtige Überzeugung auszusprechen, daß ich Euch nie anders als wie einen geschätzten Freund zu betrachten vermag. Ich würde die größte Ungerechtigkeit gegen Euch begehen, verhehlte ich Euch meine Gefühle nur einen Augenblick. – Ich sehe, daß ich Euch betrübe, und das tut mir leid, doch besser jetzt als später, tausendmal besser, Waverley, daß Ihr jetzt eine augenblickliche Täuschung empfindet als später den langen herzzernagenden Kummer, der auf eine übereilte, unpassende Heirat folgt.«

»Großer Gott!« rief Waverley, »wie könnt Ihr solche Folgen von einer Verbindung erwarten, wo die Geburt gleich ist, das Vermögen günstig, wo, wie ich zu sagen wage, die Neigungen ähnlich sind, wo, Eurer Versicherung nach, kein Vorzug für einen andern stattfindet, wo Ihr selbst eine vorteilhafte Meinung von dem aussprecht, den Ihr verwerft?«

»Herr Waverley, ich hege diese vorteilhafte Meinung«, antwortete Flora, »und zwar so sehr, daß Ihr meine Gründe, obgleich ich sie lieber verschwiegen hätte, erfahren sollt, wenn Ihr einen solchen Beweis meiner Achtung und meines Vertrauens fordert.«

Sie setzte sich auf ein Felsstück, und Waverley, der in ihrer Nähe Platz nahm, drang ängstlich wegen der versprochenen Erklärung in sie.

»Ich wage es kaum«, sagte sie, »Euch den Zustand meiner Gefühle zu beschreiben, denn sie sind so verschieden von denen, welche man bei jungen Mädchen meines Alters gewöhnlich findet, ebenso wage ich es kaum, das zu berühren, was ich für die eigentliche Natur Eurer Gefühle halte, weil ich fürchte, da zu verletzen, wo ich gern Trost gewähren möchte. – Was mich betrifft, so habe ich von meiner Kindheit bis zu diesem Tage nur einen Wunsch gehabt: die Wiedereinsetzung meiner königlichen Wohltäter auf ihren rechtmäßigen Thron. Es ist unmöglich, Euch zu beschreiben, wie ganz meine Gefühle nur diesem einen Gegenstand zugewendet sind, und ich gestehe offen, daß sie meinen Geist so ganz in Anspruch genommen haben, um jeden Gedanken an das auszuschließen, was man eine Versorgung nennt. Möge ich nur den Tag dieser Wiedereinsetzung erleben, und eine Hochlandhütte, ein französisches Kloster, oder ein englischer Palast sind mir vollkommen gleichgültig.«

»Aber, teuerste Flora, weshalb ist Euer enthusiastischer Eifer für die verbannte Familie mit meinem Glücke unverträglich?«

»Weil Ihr in dem Gegenstande Eurer Zuneigung ein Herz sucht oder suchen solltet, dessen höchstes Entzücken darin besteht, Euer häusliches Glück zu erhöhen und Eure Neigung zu erwidern, selbst bis zum Gipfel des Romantischen. Einen Mann von weniger scharfer Gefühlsrichtung, von weniger enthusiastisch zärtlicher Neigung könnte Flora Mac-Ivor vielleicht zufrieden, wohl gar glücklich machen, denn wäre das unwiderrufliche Wort gesprochen, so würde sie die gelobten Pflichten nie unerfüllt lassen.«

»Und weshalb, weshalb, Miß Mac-Ivor, dünket Ihr Euch wertvoller für einen Mann, der weniger fähig ist als ich, Euch zu lieben, Euch zu bewundern?«

»Nur deshalb, weil der Ton unserer Zuneigung übereinstimmender sein würde, und weil sein weniger lebhaftes Gefühl nicht die Erwiderung eines Enthusiasmus forderte, der nicht in meiner Gewalt steht. Ihr aber, Herr Waverley, würdet stets zu den Begriffen häuslichen Glückes zurückkehren, welches Eure Phantasie Euch zu malen vermag, und was von dem Ideale abwiche, würde als Kälte und Gleichgültigkeit betrachtet werden, während Euch mein Enthusiasmus für die königliche Familie wie ein Raub an der Euch gebührenden Neigung vorkäme.«

»Mit andern Worten, Miß Mac-Ivor, Ihr könnt mich nicht lieben?« sagte der Bewerber niedergeschlagen.

»Ich könnte Euch achten, Waverley, so sehr, und mehr vielleicht als irgend einen der Männer, die ich bis jetzt kennen lernte, aber ich könnte Euch nicht lieben, wie Ihr geliebt werden müßtet. O, wünschet Euch selbst zu Liebe keinen so gefährlichen Versuch. Die Frau, die Ihr heiratet, muß ihre Neigungen, ihre Meinungen nach den Eurigen gestalten. Ihre Studien müssen Eure Studien sein, ihre Wünsche, ihre

Gefühle, ihre Hoffnungen, ihre Befürchtungen müssen ganz mit den Eurigen übereinstimmen. Sie muß Eure Freude erhöhen, Euren Kummer teilen, Euren Trübsinn aufheitern.«

»Und weshalb wollt Ihr, Miß Mac-Ivor, die Ihr eine glückliche Ehe so gut schildern könnt, weshalb wollt Ihr nicht selbst die Person sein, die Ihr beschreibt?«

»Ist es möglich, daß Ihr mich noch nicht versteht?« antwortete Flora. »Habe ich Euch nicht gesagt, daß bei mir jedes lebhaftere Gefühl ausschließlich einem Ereignisse zugewendet ist, zu dessen Beschleunigung ich in der Tat nichts habe als meine inbrünstigen Gebete?«

»Und kann nicht die Erfüllung meines Wunsches«, sagte Waverley, zu ausschließlich mit seinem Zwecke beschäftigt, um zu bedenken, was er sagte, »die Zwecke befördern, denen Ihr Euch gewidmet habt? – Meine Familie ist reich und mächtig, ihren Grundsätzen nach der Familie Stuart zugetan, und sollte eine günstige Gelegenheit –«

»Eine günstige Gelegenheit?« fiel Flora beinahe zornig ein. »Ihren Grundsätzen nach zugetan! – Kann eine so lauwarme Anhänglichkeit für Euch selbst ehrend sein, oder Eurem rechtmäßigen Herrscher genügen? Urteilt nach meinen gegenwärtigen Gefühlen, was ich leiden müßte, nähme ich eine Stelle in einer Familie ein, in welcher die Rechte, welche ich für die heiligsten halte, der Gegenstand kalter Unterhaltung wären, und nur dann der Unterstützung wert geachtet würden, wenn sie auf dem Punkte ständen, ohne dieselbe zu triumphiren.«

»Eure Zweifel«, sagte Edward rasch, »sind ungerecht, so weit sie mich selbst betreffen. Die Sache, der ich beitrete, werde ich auch unter jeder Gefahr eben so unerschrocken verteidigen, wie der Kühnste, der für sie das Schwert zieht.«

»Daran kann ich nicht einen Augenblick zweifeln«, entgegnete Flora. »Aber zieht eher Euer eigenes Urteil, Euren eigenen Verstand als einen übereilten Entschluß zu Rate, den Ihr wahrscheinlich nur faßtet, weil Ihr ein junges Mädchen, das mit den gewöhnlichen Vorzügen ihres Geschlechts ausgestattet ist, in einer eigentümlichen und romantischen Lage fandet. Laßt Euren Anteil an diesem großen und gefährlichen Drama auf Überzeugung beruhen, und nicht auf einem voreiligen, und darum wahrscheinlich nur vorübergehenden Gefühle.«

Waverley wollte antworten, aber die Stimme versagte. Jede Gesinnung, die Flora ausgesprochen hatte, erhöhte die Gewalt seiner Neigung, denn so wild enthusiastisch ihre Königstreue auch sein mochte, sie war doch großmütig und edel, indem sie es verschmähte, zur Beförderung der Sache, der sie sich gewidmet hatte, irgend ein unehrenwertes Mittel anzuwenden. Nachdem beide den Weg abwärts eine Strecke schweigend neben einander hergegangen waren, begann Flora das Gespräch von neuem.

»Noch ein Wort, Waverley, ehe wir für immer von diesem Gegenstande Abschied nehmen, und verzeiht es meiner Kühnheit, wenn dieses Wort das Ansehen eines Rates hat. Mein Bruder wünscht, daß Ihr Euch ihm bei seiner jetzigen Unternehmung anschließen möchtet. Willigt nicht ein; durch Euren einzelnen Arm könnt Ihr sein Glück nicht befördern, und Ihr würdet unvermeidlich seinen Fall teilen, wäre es der Wille des Schicksals, daß er fallen soll. Auch Euer öffentliches Ansehen würde darunter unfehlbar leiden. Laßt mich Euch bitten, nach Eurem Lande zurückzukehren; wenn Ihr Euch dann öffentlich von jedem Bande gegen die usurpatorische Regierung frei gemacht habt, dann werdet Ihr, wie ich hoffe, Ursache und Gelegenheit finden, Eurem gekränkten Herrscher erfolgreich zu dienen, und wie Eure königstreuen Vorfahren an der Spitze Eurer natürlichen Begleiter und Anhänger aufzubrechen, als ein würdiger Repräsentant des Hauses Waverley.«

»Und wäre ich so glücklich, mich dabei auszuzeichnen, darf ich dann hoffen –«

»Verzeiht meine Unterbrechung«, sagte Flora. »Nur die Gegenwart gehört uns, und ich kann Euch nur die Gefühle aufrichtig schildern, die ich jetzt empfinde; wie sie sich vielleicht durch eine Reihenfolge von Ereignissen verändern, die zu günstig sind, um sie hoffen zu dürfen, das vermag ich nicht zu sagen. Nur dessen seid versichert, Waverley, daß ich nach meines Bruders Ehre und Glück für niemand so aufrichtig beten werde wie für Euch.« Mit diesen Worten trennte sie sich von ihm, denn sie waren jetzt an die Stelle gelangt, wo ihre Pfade sich schieden. Waverley erreichte das Schloß unter einem Sturme sich bekämpfender Gefühle. Er vermied jedes Alleinsein mit Fergus, da er sich eben so wenig fähig fühlte, dessen Neckereien zu ertragen, wie auf dessen Vorstellungen zu antworten. Die wilde Lustbarkeit des Festes, denn Mac-Ivor hielt offene Tafel für seinen Clan, diente einigermaßen dazu, seine Gedanken zu betäuben. Nach Beendigung des Festes dachte er daran, wie er sich nach der peinlichen Erklärung dieses Morgens gegen Miß Mac-Ivor bei dem nächsten Zusammentreffen benehmen sollte; allein Flora erschien nicht. Fergus, dessen Augen flammten, als Cathleen ihm sagte, daß ihre Gebieterin für den Rest des Abends auf ihrem Zimmer bleiben wollte, ging selbst, sie zu holen, aber allem Anscheine nach waren seine Vorstellungen unerhört geblieben, denn er kehrte zurück, das Gesicht dunkel gerötet, und mit mancherlei Symptomen des Mißvergnügens. Der Rest des Abends ging hin, ohne daß Fergus oder Waverley auf den Gegenstand anspielten, der die Gedanken des letzteren in Anspruch nahm, ja vielleicht die beider.

Als Edward sich auf seinem Zimmer befand, versuchte er die Ereignisse dieses Tages zu summiren. Daß Flora für den Augenblick bei ihrer Weigerung beharren würde, war außer allem Zweifel. Aber konnte er auf spätere Gewährung hoffen, wenn die Umstände ihm gestatten sollten, seine Werbung zu erneuern? Konnte die enthusiastische Königstreue, welche in diesem Augenblicke der Begeisterung in ihrem Busen keiner andern Leidenschaft Raum ließ, von Dauer sein oder gleich stark bleiben, wenn der Erfolg der politischen Machinationen, die man eben vorhatte, scheiterte? Und wenn dies nicht geschah, durfte er dann hoffen, daß die eingestandene Teilnahme für ihn zu einer wärmeren Neigung werden könnte? Er strengte seine Erinnerung an, sich jedes Wort zurückzurufen, das sie zu ihm gesprochen hatte, jeden Blick, jede Bewegung, mit denen sie es begleitete, und er befand sich darnach in dem nämlichen Zustande der Ungewißheit. Es war sehr spät, ehe der Schlaf den Aufruhr seines Innern beschwichtigte.

27. Ein Brief aus Tully-Veolan

Am folgenden Morgen, als Waverleys unruhige Betrachtungen für einige Stunden dem Schlafe gewichen waren, ertönte in seinen Träumen eine Melodie; aber es war nicht die Stimme Selmas. Es kam ihm vor, als sei er wieder in Tully-Veolan und höre Davie Gellatley aus dem Hofe jene Lieder singen, welche seine Morgenruhe zu stören pflegten, als er Gast des Barons von Bradwardine war. Die Töne, welche das Traumgesicht hervorgerufen hatten, wurden lauter, bis Edward darüber erwachte. Der Traum aber schien noch nicht ganz verschwunden zu sein. Das Zimmer, in dem er sich erblickte, war in der Burg Jans nan Chaistel, aber noch immer war es die Stimme Gellatleys, welche unter seinen Fenstern sang:

> Mein Herz ist im Hochland, mein Heiz ist nicht hier;
> Mein Herz ist im Hochland und jaget das Tier,
> Es jaget das Wildtier und folget dem Reh,
> Mein Herz ist im Hochland, wohin ich auch geh.

Neugierig, zu erfahren, was Mr. Gellatley zu einem so ungewohnten Ausfluge bewegen konnte, kleidete Edward sich in aller Hast an, und während dies geschah, wechselte Davie mehrmals die Weise seines Gesanges:

> Nichts ist in dem Hochland als Zwiebel und Lauch,
> Beim Stutzer selbst ist keine Hos' im Gebrauch,
> Doch kommt König Jakob, erkämpfen wir Schuh',
> Wir erkämpfen die Schuh' und die Hosen dazu.

Während sich Waverley angekleidet hatte und hinabeilte, schloß Davie Bekanntschaft mit ein paar Hochlandbummlern, welche die Tore des Schlosses stets mit ihrer Gegenwart beehrten, und hüpfte und sprang nach der Musik seines eigenen Pfeifens sehr lustig umher. Diese doppelte Eigenschaft eines Tänzers und Musikers setzte er fort, bis ein müßiger Pfeifer, der seinen Eifer sah, dem allgemeinen Rufe: Aufgespielt! folgte, und ihn von dem musikalischen Teil seiner Anstrengung befreite. Jung und Alt mischten sich dann in den Tanz, wie sie eben Teilnehmer dazu finden konnten. Das Erscheinen Waverleys unterbrach Gellatleys Anstrengungen nicht, obgleich er ihm durch Grüßen und Nicken und Verbeugungen Zeichen des Erkennens zukommen ließ. Indem er ohne Unterlaß hüpfte und sprang und mit den Fingern über dem Kopfe schnippte, verlängerte er plötzlich einen Seitenschritt bis zu dem Orte, wo Edward stand, und indem er wie Harlekin in der Pantomime dem Takte der Musik noch immer folgte, drückte er unserm Helden einen Brief in die Hand, worauf er seinen Tanz ohne die geringste Unterbrechung fortsetzte. Edward, der auf der Adresse Rosas Handschrift erkannte, entfernte sich, um den Brief zu lesen, und überließ den treuen Boten dem Tanze, bis der Pfeifer oder er müde wurden.

Der Inhalt dieses Briefes überraschte Waverley sehr. Er war ursprünglich mit »teurer Herr« angefangen worden, dann war das Wort »teurer« sorgfältig ausradiert und nur das Wort Herr geblieben. Den übrigen Inhalt wollen wir mit Rosas eigenen Worten geben.

»Ich fürchte, daß ich mir eine unpassende Freiheit nehme, wenn ich Sie belästige; aber ich kann sonst niemand Vertrauen schenken, um Ihnen Dinge mitzuteilen, die sich hier zugetragen haben, und mit denen Sie, wie mir scheint, bekannt gemacht werden müssen. Verzeihen Sie mir, wenn ich Unrecht tue, doch ach, Herr Waverley, ich habe keinen bessern Rathgeber als meine eigenen Gefühle. Mein teurer Vater ist fort, und wann er zu meinem Beistande und meinem Schutze zurückkehrt, weiß nur Gott. Sie haben wahrscheinlich gehört, daß infolge beunruhigender Nachrichten aus dem Hochlande Befehle erteilt wurden, mehrere Edelleute unserer Gegend zu verhaften, unter andern auch meinen Vater. Trotz aller meiner Tränen und Bitten, sich der Regierung zu überliefern, vereinigte er sich mit Mr. Falkoner und einigen andern Edelleuten, und sie alle sind mit etwa vierzig Reitern nordwärts gezogen. Ich bin also nicht sowohl wegen seiner augenblicklichen Sicherheit besorgt, als wegen der Folgen, denn diese Unruhen beginnen erst. Doch das alles geht Sie nichts an, Herr Waverley, nur glaubte ich, daß es Sie freuen würde, zu hören, daß mein Vater nun in Sicherheit ist, wenn Sie zufällig von der Gefahr hören sollten, in welcher er sich befunden hatte.

Den Tag nach der Entfernung meines Vaters kam eine Abteilung Soldaten nach Tully-Veolan und benahm sich sehr roh gegen den Amtmann Macwheeble, aber der Offizier war artig gegen mich, nur sagte er, daß seine Pflicht ihn zwänge, nach Waffen und Papieren Haussuchung zu halten. Mein Vater hatte dagegen Vorkehrungen getroffen, indem er alle Waffen mitnahm, ausgenommen das alte unbrauchbare Zeug, das in der Halle hängt; die Papiere hat er auch alle fortgeschafft.

Aber ach, Herr Waverley, wie soll ich Ihnen sagen, daß die Soldaten sich auch nach Ihnen erkundigten, und fragten, wann Sie in Tully-Veolan gewesen, und wo Sie jetzt wären. Der Offizier ist mit seinen Leuten wieder zurückgegangen, aber ein Unteroffizier ist mit vier Mann als Garnison im Hause geblieben und bis jetzt haben sie sich sehr gut betragen, da wir gezwungen sind, sie bei guter Laune zu erhalten. Die Soldaten spielten aber darauf an, daß Sie in großer Gefahr sein würden, wenn Sie ihnen in die Hände fielen, ich kann mich nicht entschließen, niederzuschreiben, was für schnöde Unwahrheiten sie erzählen, denn Lügen waren es gewiß; doch Sie werden am besten wissen, was Sie zu tun haben. Der Offizier hat Ihren Bedienten als Gefangenen, Ihre zwei Pferde und alles, was Sie in Tully-Veolan ließen, mitgenommen. Ich hoffe, Gott wird gestatten, daß Sie glücklich nach England kommen, wo, wie Sie mir selbst manchmal erzählten, kein Kampf zwischen den Clans und keine Gewalttat mit Waffen erlaubt ist, sondern alles unter gleichem Gesetze steht, das die Harmlosen und Unglücklichen beschützt. Ich hoffe, Sie werden mir Nachsicht dafür gewähren, daß ich so kühn bin, Ihnen zu schreiben, wo es mir scheint, daß Ihre Sicherheit und

Ehre gefährdet sind, wenn dies vielleicht auch ein Irrtum sein könnte. Ich bin überzeugt, wenigstens glaube ich es, daß mein Vater diesen Brief billigen würde, denn Mr. Rubrick ist zu seinem Vetter nach Duchran geflohen, um außer aller Gefahr vor den Soldaten und den Whigs zu sein, und der Amtmann Macwheeble liebt es nicht, wie er sagt, sich in anderer Leute Angelegenheiten zu mischen, obgleich ich hoffe, daß meines Vaters Freunden in einer Zeit wie diese Dienste zu leisten keine unpassende Einmischung genannt werden kann. Leben Sie wohl, Kapitän Waverley! Ich werde Sie wahrscheinlich nie wieder sehen, denn es wäre sehr unpassend, zu wünschen, daß Sie eben jetzt nach Tully-Veolan kämen, auch wenn diese Leute fort wären; aber ich werde mich stets mit Dankbarkeit der Güte erinnern, mit der Sie mich bei meinen kleinen Studien unterstützten, sowie Ihrer Aufmerksamkeit gegen meinen teuren, teuren Vater.

Ich bleibe Ihre hochverpflichtete Dienerin

Rosa Comyne Bradwardine.

Nachschrift.

Ich hoffe, Sie werden mir durch Davie Gellatley ein paar Zeilen schicken, um mir zu sagen, daß Sie diese erhielten, und daß Sie für Ihre Sicherheit Sorge tragen wollen; und verzeihen Sie mir, wenn ich Sie um Ihrer selbst willen anflehe, sich keiner dieser unglücklichen Kabalen anzuschließen, sondern so bald als möglich nach Ihrem beglückten Vaterlande zu entfliehen. Viele Grüße an meine teure Flora und an Glennaquoich. Ist sie nicht so schön und vortrefflich, wie ich sie beschrieb?«

So schloß Rosas Brief, dessen Inhalt Waverley zugleich überraschte und betrübte. Daß der Baron den Verdacht der Regierung infolge des gegenwärtigen Aufstandes für das Haus Stuart erweckte, schien die natürliche Folge seiner früheren politischen Gesinnungen; unerklärlich schien ihm aber, wie er selbst mit in diesen Verdacht verwickelt worden sei, zumal er bis gestern frei von jedem Gedanken einer Unternehmung gegen die herrschende Familie gewesen war. Sowohl in Tully-Veolan als in Glennaquoich hatten seine Wirte seine Verpflichtung gegen die bestehende Regierung geehrt, und obgleich sich zufällig genug ereignete, was ihn veranlassen konnte, den Baron und den Häuptling unter die mißvergnügten Edlen zu rechnen, deren Zahl in Schottland noch immer sehr groß war, so hatte er doch bis zu seinem Austritte aus der Armee keinen Grund gehabt zu vermuten, daß sie unmittelbare oder feindliche Absichten gegen die eingesetzte Regierung hegten. Wohl sah er ein, daß, wenn er den Vorschlag Fergus Mac-Ivors, sich dem Aufstande anzuschließen, zurückwiese, es für ihn von der größten Wichtigkeit sei, diese verdächtige Gegend ohne Zögern zu verlassen und sich dahin zu begeben, wo seine Aufführung einer Prüfung unterworfen werden könnte. Diesen Entschluß faßte er um so rascher, als Floras Rath ihn begünstigte, und er einen unaussprechlichen Widerwillen gegen den Gedanken hegte, die Leiden des Bürgerkrieges befördern zu helfen. Was auch die ursprünglichen Rechte der Stuarts sein mochten, ruhige Überlegung sagte ihm, daß Jakob II. seine persönlichen Rechte nach der einstimmigen Entscheidung der ganzen Nation verscherzt hatte. Dabei sah er von der Frage, wie dieser König zugleich die Rechte seiner Nachkommen verscherzen konnte, ganz ab. Seit jener Zeit hatten vier Monarchen in Frieden und Ruhe über Britannien geherrscht, die den Charakter der Nation nach außen sicherten und emporhoben und ihre Freiheit nach innen förderten. Die Vernunft fragte, ob es wert sei, eine so lange bestehende und befestigte Regierung zu beunruhigen und ein Königreich in alle Greuel des Bürgerkrieges zu stürzen, um die Nachkommen eines Monarchen auf jenen Thron zu setzen, den er muthwillig verscherzt hatte? Wenn auf der andern Seite seine eigene Überzeugung von der Vortrefflichkeit ihrer Sache oder die Befehle seines Vaters oder seines Oheims ihn bewegen konnten, dem Bündniß für die Stuarts beizutreten, so war es doch nothwendig, seinen eigenen Charakter zu rechtfertigen, indem er zeigte, daß er nicht, wie fälschlich insinuirt zu sein schien, irgend einen Schritt in dieser Sache getan habe, so lange er noch im Dienste des regierenden Monarchen stand.

Die herzliche Einfachheit Rosas und ihre Besorgniß für seine Sicherheit, sein Gefühl, sie in schutzlosem Zustande zu wissen, und der Schrecken sowie die wirklichen Gefahren, denen sie ausgesetzt sein konnte, machten einen tiefen Eindruck auf ihn. Er schrieb augenblicklich, um ihr in den freundlichsten Ausdrücken für ihre Besorgniß seinetwegen zu danken, seine herzlichsten Wünsche für ihr Wohlergehen und das ihres Vaters auszusprechen und sie von seiner eigenen Sicherheit zu überzeugen. Die Gefühle, welche diese Aufgabe in ihm hervorgerufen hatte, verschwanden schnell vor der Notwendigkeit, die jetzt an ihn herantrat, Flora Mac-Ivor Lebewohl zu sagen, vielleicht für immer. Unbeschreiblich war die Qual, mit der er dies sich sagte, denn die Erhabenheit ihres Charakters, ihre innige Anhänglichkeit an die von ihr ergriffene Sache, ihre ängstliche Gewissenhaftigkeit in Bezug auf die Mittel, diese Sache zu fördern, hatten vor seinem Verstande die Wahl seiner Leidenschaft gerechtfertigt. Aber die Zeit drängte, die

Verleumdung war geschäftig gegen seinen Ruf, und jede Stunde des Zögerns vermehrte die Macht, demselben zu schaden. Seine Abreise mußte augenblicklich erfolgen. Mit diesem Entschlusse suchte er Fergus auf und teilte ihm den Inhalt von Rosas Brief sowie seine Absicht mit, auf der Stelle nach Edinburg zu gehen und in die Hände einer oder der andern jener einflußreichen Personen, an die er Briefe von seinem Vater hatte, seine Rechtfertigung gegen jede mögliche Beschuldigung niederzulegen.

»Ihr steckt Euren Kopf in den Rachen des Löwen«, antwortete Mac-Ivor. »Ihr kennt nicht die Strenge einer Regierung, die durch gerechte Besorgnisse und das Bewußtsein ihrer eigenen Ungesetzlichkeit und Unsicherheit getrieben wird. Ich werde Euch aus irgend einem Gefängnisse in Stirling oder Edinburg befreien müssen.«

»Meine Unschuld, mein Rang, meines Vaters vertrauter Umgang mit vielen Lords und Generalen der Armee wird ein hinreichender Schutz für mich sein«, sagte Waverley.

»Ihr werdet das Gegenteil finden«, entgegnete der Häuptling, »diese Herren werden mit sich selbst genug zu tun haben. Noch einmal, wollt Ihr den Plaid nehmen und einige Zeit für die beste Sache, für welche je ein Schwert gezogen wurde, unter unsern Nebeln und Bergen bleiben?«

»Wegen mancher Gründe, mein teurer Fergus, müßt Ihr mich entschuldigen.«

»Wohl«, sagte Mac-Ivor, »so werde ich Euch gewiß damit beschäftigt finden, Eure poetischen Talente in Elegien über ein Gefängniß zu üben, Nachforschungen über das Oggam-Alphabet[13] anzustellen oder punische Hieroglyphen auf dem Schlußsteine eines merkwürdig gearbeiteten Gewölbes zu entziffern. Oder was meint Ihr zu einem *petit pendement, bien joli*? Gegen welche unangenehme Ceremonie ich Euch nicht Bürge sein mag, solltet Ihr auf eine Abteilung der bewaffneten Westlands-Whigs treffen.«

»Und weshalb sollten sie mich so behandeln?« fragte Waverley.

»Aus hundert guten Gründen«, antwortete Fergus. »Erstlich seid Ihr ein Engländer, dann ein Edelmann, drittens ein abgeschworener Prälatist, und viertens haben sie nicht oft die Gelegenheit, ihre Talente in dieser Beziehung zu üben. Doch seid nicht niedergeschlagen, mein Lieber: alles wird in der Furcht des Herrn geschehen.«

---

13 Das alte Alphabet der Irländer, von dem man annahm, daß es mit dem phönizischen im Zusammenhang stehe.

»Wohl, ich muß mich der Gefahr aussetzen.«

»Ihr seid also entschlossen?«

»Ich bin es.«

»Der Eigensinn tuts«, sagte Fergus, »Doch, Ihr könnt nicht zu Fuß gehen, und ich werde kein Pferd brauchen, da ich zu Fuße an der Spitze der Söhne Ivors fechte, Ihr sollt den braunen Dermid haben.«

»Wolltet Ihr ihn verkaufen, so würdet Ihr mich sehr verpflichten.«

»Wenn Euer stolzes englisches Herz ein Geschenk oder ein Darlehen nicht annehmen will, so werde ich das Geld bei dem Anfange eines Feldzuges nicht ablehnen; der Preis ist zwanzig Guineen. (Erinnere Dich, Leser, daß es mehr als sechszig Jahr her ist.) Und wann denkt Ihr zu reisen?«

»Je eher, desto besser«, sagte Waverley.

»Ihr habt Recht, da Ihr gehen müßt oder gehen wollt. Ich werde Floras Klepper nehmen und Euch bis Bally-Brough begleiten. – Callum Beg, sorge dafür, daß unsere Pferde und ein Klepper für Dich gesattelt werden, um Herrn Waverley zu begleiten und sein Gepäck bis ** – hier nannte er eine kleine Stadt – zu bringen, wo er ein Pferd und einen Boten nach Edinburg bekommen kann. Leg Tieflandstracht an, Callum, und sorge dafür, Deine Zunge im Zaum zu halten, wenn Du nicht willst, daß ich sie Dir ausreißen soll. – Herr Waverley reitet den Dermid.« – Hierauf wandte er sich zu Edward mit der Frage: »Wollt Ihr Abschied von meiner Schwester nehmen?« »Gewiß, das heißt wenn Miß Mac-Ivor mich dieser Ehre würdigen will.«

»Cathleen, sage meiner Schwester, daß Herr Waverley ihr Lebewohl zu sagen wünscht, ehe er uns verläßt. – Aber an Rosa Bradwardines Lage muß gedacht werden, ich wünschte, sie wäre hier, und weshalb sollte sie nicht? – Es sind nur vier Rothröcke in Tully-Veolan, und ihre Musketen würden uns sehr nützlich sein.«

Auf diese abgebrochenen Bemerkungen antwortete Edward nichts; sein Ohr vernahm sie zwar, aber seine Seele war bei dem bevorstehenden Abschiede von Flora. Die Tür öffnete sich, es war Cathleen, welche eine Entschuldigung ihrer Herrin und die besten Wünsche für Kapitän Waverleys Gesundheit und Wohlergehen überbrachte.

28. Waverleys Aufnahme in dem Tieflande nach seiner Hochlandsreise

Es war Mittag, als die beiden Freunde auf dem Gipfel des Passes von Bally-Brough standen. »Ich darf nicht weiter gehen«, sagte Fergus Mac-

Ivor, welcher während des Weges vergebens versucht hatte, seinen Freund aufzuheitern. »Hat meine querköpfige Schwester irgend einen Anteil an Eurer Niedergeschlagenheit, so darf ich Euch versichern, daß sie eine hohe Meinung von Euch hat, obgleich ihre jetzige Besorgniß um die öffentlichen Angelegenheiten sie hindert, auf irgend einen andern Gegenstand zu hören. Vertraut Eure Sache mir an, ich werde sie nicht verraten, vorausgesetzt, daß Ihr die häßliche Kokarde nicht wieder anlegt.«

»Fürchtet das nicht nach der Art, wie sie mir abgefordert wurde. Lebt wohl, Fergus, gebt nicht zu, daß Eure Schwester mich ganz vergißt.«

»Lebt wohl, Waverley, Ihr mögt bald von ihr unter einem stolzeren Titel hören. Geht nach Hause, schreibt Briefe und werdet Freunde, so viel und so schnell Ihr könnt, bald werden unerwartete Gäste an der Küste von Suffolk erscheinen, oder meine Nachrichten aus Frankreich haben mich getäuscht.«

So trennten sich die Freunde. Fergus kehrte zurück zu seinem Schlosse, und Edward ritt dem kleinen Städtchen ** zu, begleitet von Callum Beg, der von Kopf bis zu Fuß in einen Tieflandsreitknecht verwandelt war.

Edward ritt unter den peinlichen und doch nicht ganz bittern Gefühlen weiter, welche Trennung und Ungewißheit in dem Gemüte eines jugendlichen Liebhabers hervorbringen. Entfernung bringt in den Gedanken dieselbe Wirkung hervor, wie in der Wirklichkeit die Perspektive, die Gegenstände werden dadurch gemildert, gerundet und doppelt anmutig gemacht, die schärferen und auffallenden Seiten des Charakters verschwinden, und die, an welche man sich erinnert, sind die hervorspringenden Linien der Erhabenheit, Anmut oder Schönheit. Es gibt Nebel an dem geistigen wie an dem natürlichen Horizonte, die das verbergen, was an fernen Gegenständen minder gefällig ist, und es gibt glückliche Lichter, welche einen vollen Schein auf die Punkte werfen, die durch glänzende Beleuchtung gewinnen können.

Waverley vergaß Flora Mac-Ivors Vorurteile über ihrer Großherzigkeit und verzieh ihr beinahe ihre Gleichgültigkeit gegen seine Neigung, wenn er sich der großen und entscheidenden Dinge erinnerte, die ihre ganze Seele zu füllen schienen. Was für Gefühle mußte dieses Mädchen, dessen Begriffe von Pflicht sie so ganz für die Sache ihres Wohltäters einnahmen, für den Glücklichen hegen, dem es gelang, sie zu gewinnen? – Dann kam die Frage des Zweifels, ob er nicht dieser Glückliche sein könnte, eine Frage, welche die Phantasie zu bejahen bemüht war, indem er sich an alles erinnerte, was sie zu seinem Lobe gesagt hatte, und indem er dies auf viel schmeichelhaftere Weise auslegte, als eigentlich in den Worten selbst lag. Alles, was Gemeinplätze waren, alles, was der täglichen Welt angehörte, verschwand vor diesen Träumen der Einbildungskraft, die ihn nur an die Anmut und Würde erinnerten, welche Flora vor der Mehrzahl ihres Geschlechts auszeichneten, nicht aber an das, was sie mit derselben gemein hatte. Kurz, Edward war auf dem schönsten Wege, aus einem ausgezeichneten und reizenden jungen Mädchen eine Göttin zu schaffen, und die Zeit verschwand unter Luftschlössern, bis er, einen steilen Hügel hinabreitend, den Marktflecken vor sich liegen sah.

Die Hochlandshöflichkeit Callum Begs, (wenige Nationen können sich einer so großen natürlichen Höflichkeit rühmen, als diese Hochländer), die Hochlandshöflichkeit seines Begleiters also hatte diesem nicht erlaubt, die Träumereien seines Gebieters zu stören. Als er aber sah, daß derselbe bei dem Anblicke des Ortes erwachte, ritt Callum naher zu ihm heran, und sagte: Er hoffe, wenn sie in das Wirthshaus kämen, würden Sr. Gnaden nichts von Bich Ian Vohr sagen, denn diese Leute wären hier ganz abscheuliche Whigs, der Teufel möchte sie holen.

Waverley versicherte den klugen Pagen, daß er vorsichtig sein würde, und als er jetzt nicht gerade Glockengeläute hörte, sondern das Klopfen eines Dinges, wie ein Hammer, gegen einen alten grünen umgekehrten Suppentopf, der in einer alten Bude von der Größe und Gestalt eines Papageienkäfigs hing, die das östliche Ende eines Gebäudes schmückte, das wie eine alte Scheuer aussah, fragte er Callum Beg, ob heute Sonntag wäre.

»Kanns nicht genau sagen. – Sonntag kommt selten über den Paß von Bally-Brough.«

Als sie aber den Flecken erreichten, und dem größten Wirthshause zuritten, das sich ihnen zeigte, bewog die Menge alter Weiber in Tartanröcken und roten Decken, welche aus dem scheuerähnlichen Gebäude strömte, und während des Weges über die Verdienste des gesegneten Jünglings Jabesh Rentowel und des auserwählten Gefäßes Meister Goukthrapple diskutirten, unsern Callum, seinem augenblicklichen Gebieter zu versichern, daß es entweder wirklicher Sonntag, oder ein kleiner Regierungssonntag sei, den sie ein Fest nannten.

Als sie beim Schilde des siebenarmigen goldenen Leuchters, der zur Ergötzung der Gäste auch noch ein kurzes hebräisches Motto trug, abstiegen, wurden sie von dem Wirte empfangen, einer langen, dünnen, puritanischen Gestalt, welche mit sich selbst zu kämpfen schien, ob sie denen, die an einem solchen Tage reisten, Obdach gewähren sollte oder nicht. Wahrscheinlich aber überlegte der Ehrenmann, daß er die Gewalt besäße, sie für diese Unregelmäßigkeit mit Geld zu strafen, eine Buße, der sie wahrscheinlich entgingen, wenn sie bei Gregor Duncanson, im »fidelen Hochländer« einkehrten; Mr. Ebenezer Cruickshanks ließ sich daher herab, den Reisenden den Eintritt in seine Wohnung zu gestatten.

Diesem heiligen Manne erklärte Waverley seinen Wunsch, ihm einen Führer mit einem Reitpferde zu verschaffen, um seinen Mantelsack nach Edinburg zu bringen.

»Und wo kommt Ihr denn wohl her?« fragte der Wirth des sieben-armigen Leuchters. »Ich habe Euch gesagt, wohin ich zu gehen wünsche, ich sehe nicht ein, weshalb weitere Mitteilungen wegen des Boten und des Reitpferdes nötig sein sollten?«

»Hm, hm«, entgegnete der Wirth vom Leuchter, durch diese Zurecht-weisung etwas verwirrt. »Es ist das große Fest, Herr, und ich kann mich in kein weltliches Geschäft an diesem Tage einlassen, an welchem alles Volk sich in Demut kleiden sollte, wie der würdige Mr. Goulthrapp-le sagt, zumal, wie der würdige Jabesh Rentowel mit Recht bemerkt, während das Land über niedergebrannte, zerstörte und begrabene Re-ligionsverträge trauert.«

»Mein guter Freund«, sagte Waverley, »könnt Ihr mir kein Pferd und einen Boten verschaffen, so soll mein Diener es anderwärts suchen.«

»Ei so, Euer Diener! Und warum geht er denn nicht selbst mit Euch weiter?«

Waverley besaß nur wenig von dem Geiste eines Reiterkapitäns, ich meine von dem Geiste, dem ich mich oft verpflichtet gefühlt habe, wenn ich in einer Miethkutsche oder Diligence mit einem Offizier zu-sammentraf, der es freundlich übernahm, die Kutscher zu rüffeln oder ihre Forderungen zu taxiren. Etwas von diesem nützlichen Talente hatte unser Held jedoch während seines Militärdienstes erworben, und auf diese grobe Frage antwortete er daher ziemlich heftig: »Ihr müßt wissen, daß ich zu meinem Wohlgefallen hierher kam, und nicht, um unverschämte Fragen zu beantworten. Sagt entweder, daß Ihr mir verschaffen könnt, was ich brauche, oder nicht, in beiden Fällen setze ich meinen Weg fort.«

Mr. Ebenezer Ernickshanks verlieh das Zimmer mit einem unver-ständlichen Gemurmel, ob bejahend oder verneinend, konnte Edward nicht unterscheiden. Die Wirtin, ein artiges, ruhiges, arbeitsames Weib, kam, um nach seinen Befehlen wegen des Essens zu fragen, lehnte aber jede Antwort über das Pferd und den Boten ab, denn das gälische Gesetz schien sich über die Ställe des goldenen Leuchters verbreitet zu haben.

Aus einem Fenster, welches den engen und dunkeln Hof überblickte, auf welchem Callum Weg die Pferde nach ihrer Reise striegelte, hörte Waverley das folgende Gespräch zwischen dem verschmitzten Diener Bich Ian Vohrs und seinem Wirte. »Ihr werdet aus dem Norden sein, junger Mann?« begann der letztere.

»Könnt Recht haben«, antwortete Callum.

»Und Ihr mögt wohl heut schon weit geritten sein?«

»Weit genug, um mir einen Schluck zu gönnen.«

»Frau, geh, und hol die Kanne!«

Jetzt wurden einige Komplimente gewechselt, wie sie die Umstände erforderten, und als der Herr Wirth des goldenen Armleuchters, seiner Meinung nach, durch den reichlichen Trunk das Herz seines Gastes geöffnet hatte, setzte er sein Verhör fort.

»Ihr habt wohl keinen bessern Whisky als den jenseits des Passes?«

»Ich bin nicht von jenseits.« »Ihr seid aber doch Eurer Aussprache nach ein Hochländer.«

»Nein, ich bin von Aberdeen.«

»Und kommt Euer Herr mit Euch von Aberdeen?«

»Ja, das heißt, als ich es selbst verlassen habe«, antwortete der kalte und unausforschliche Callum Beg.

»Und was für eine Art Herr ist er?«

»Ich glaube, er ist einer von König Georgs Staatsbeamten, wenigstens sagt er, daß er nach dem Süden geht. Er hat hübsches Geld und brummt nie mit einem armen Menschen, oder über die Zeche.«

»Er braucht ein Pferd und einen Boten von hier nach Edinburg?«

»Ja, und Ihr müßt es ihm bald verschaffen.«

»Hm, hm, das wird teuer sein.«

»Darum kümmert er sich nicht.«

»Also, Duncan, – sagtet Ihr nicht, Euer Name wäre Duncan oder Donald?«

»Nein, Mensch, Jamie – Jamie Steenson, ich habe es Euch ja schon anfangs gesagt.«

Diese letzte Antwort leitete Mr. Cruickshanks gänzlich irre, welcher sich begnügte, die Rechnung und die Pferdemiete so einzurichten, daß sie ihn für seine unbefriedigte Neugier schadlos hielte. Der Umstand, daß Festtag war, wurde in der Rechnung nicht vergessen, die übrigens das Doppelte dessen nicht überstieg, was sie eigentlich hätte betragen sollen.

Callum Beg meldete bald darauf den Abschluß dieses Vertrages in eigener Person, indem er hinzufügte: »Der alte Teufel wird selbst mit Ew. Gnaden reiten.«

»Das wird weder sehr angenehm sein, Callum, noch sehr sicher, denn unser Wirth scheint gewaltig neugierig zu sein. Doch ein Reisender muß sich solchen Übelständen fügen. Inzwischen, mein guter Bursche, ist hier eine Kleinigkeit, um dafür auf Bich Ian Vohrs Gesundheit zu trinken.«

Das Falkenauge Callums blickte entzückt auf eine Guinee, von deren Einhändigung diese Worte begleitet waren. Er eilte, nicht ohne einen Fluch über die Verschlingungen einer sächsischen Hosentasche, oder Spleuchan, wie er sagte, diesen Schatz in seine Tasche zu schieben, und als fühlte er sich verpflichtet, diese Freigebigkeit von seiner Seite durch einen Dienst zu vergelten, trat er dicht zu Edward heran und flüsterte mit einem besonders ausdrucksvollen Ton und mit leiser Stimme: »Wenn Ew. Gnaden den alten Teufelskerl von Whig für ein bischen gefährlich halten, so könnt ich leicht dafür sorgen, ihn unschädlich und still zu machen.«

»Aber auf welche Art?«

»Ihr dürft nur sagen, daß ich ein bischen von der Stadt entfernt warten soll, um ihm dann die Rippen mit meinem *skeneoccle* zu kitzeln.«

»*Skene-occle*, was ist das?«

Callum knöpfte sein Wamms auf, hob den linken Arm empor und zeigte mit bedeutungsvollem Nicken auf den Griff eines kleinen Dolches, der darunter im Futter der Jacke eingenäht war. Waverley glaubte, er hätte seine Meinung mißverstanden; er starrte ihm in das Gesicht und entdeckte in Callums hübschen, wenn gleich etwas sonnenverbrannten Zügen denselben Grad schelmischer Bosheit, mit welchem ein Bursche desselben Alters in England den Plan verraten haben würde, irgend einen Obstgarten zu plündern.

»Guter Gott, Callum, Du wirst doch nicht dem Menschen das Leben nehmen wollen?«

»Freilich«, entgegnete der junge Taugenichts, »und ich denke, er hat lange genug gelebt, wenn er darauf sinnt, ehrliche Leute zu verraten, die ihr Geld in seinem Wirthshause ausgeben.«

Edward sah nicht ein, was sich hier durch Gründe ausrichten lassen könnte, und begnügte sich daher, Callum zu ermahnen, jeden Plan gegen die Person des Mr. Ebenezer Cruickshanks aufzugeben. Der junge Mensch schien sich mit großer Gelassenheit bei dieser Weisung zu beruhigen.

»Ihr könnts halten, wie Ihr wollt; der Alte hat Callum nichts zu Leid getan. Aber hier sind einige Zeilen von Tighearna, die ich Ew. Gnaden geben sollte, ehe ich zurückkäme.«

Der Brief des Häuptlings enthielt Floras Verse auf das Geschick des Kapitän Wogan, dessen unternehmenden Charakter Clarendon so schön geschildert hat. Er war ursprünglich in den Dienst des Parlamentes getreten, hatte aber diese Partei bei der Hinrichtung Karls I. abgeschworen, und als er hörte, daß die königliche Fahne von dem Earl von Glaincaire und dem General Middleton in dem schottischen Hochlande aufgepflanzt sei, nahm er Abschied von Karl II., der damals in Paris war, und ging nach London. Dort versammelte er eine Abteilung Reiter in der Nähe der Stadt und durchzog das Königreich auf Märschen, die mit so viel Geschicklichkeit, Verwegenheit und List ausgeführt wurden, daß er ungefährdet mit seiner Hand voll Reiter zu dem unter Waffen stehenden Corps der Hochländer stieß. Nach mehreren Monaten eines erbitterten Krieges, in welchem der Muth und die Gewandtheit Wogans den höchsten Ruhm erwarben, hatte er das Unglück, gefährlich verwundet zu werden, und da die Hilfe eines Wundarztes nicht zu erreichen war, endete er seine kurze aber glorreiche Laufbahn. Es walteten augenscheinlich Gründe ob, weshalb der politische Häuptling das Beispiel dieses jungen Helden unserm Waverley vor die Augen zu bringen wünschte, dessen romantische Neigungen so ausfallend mit denen jenes Mannes übereinstimmten. Der Brief aber betraf hauptsächlich einige unbedeutende Aufträge, die Waverley in England für ihn zu besorgen versprochen hatte, und erst zum Schlusse fand Edward die Worte:

»Ich zürne Flora, daß sie uns gestern ihre Gesellschaft versagte, und da ich Euch damit belästige, diese Zeilen zu lesen, um Euch an Euer Versprechen zu erinnern, mir in England das Fischgeräth und die Armbrust zu verschaffen, schließe ich Floras Verse an das Grab Wogans bei. Das wird sie verdrießen, denn Euch die Wahrheit zu sagen, glaube ich, daß sie verliebter in das Andenken jenes todten Helden ist, als sie es wahrscheinlich je in einen lebenden sein wird, er müßte denn gleich jenem einen ähnlichen Weg betreten. Doch die englischen Herren unserer Tage bewahren ihre Eichbäume, um ihren Tierpark zu beschatten oder die Spielverluste eines Abends zu decken, keineswegs aber, ihre Stirnen zu umkränzen, oder ihre Gräber damit beschatten zu lassen.

Laßt mich auf eine glänzende Ausnahme bei einem Freunde hoffen,
dem ich gern einen teureren Namen gäbe.«

Die Verse waren überschrieben:

Auf eine Eiche

auf dem Kirchhofe zu –,
im schottischen Hochlande
über dem Grabe des Kapitän Wogan,
der im Jahre 1649 blieb.

O, Bild von Englands altem Muth,
Schüttle Du Dein hehres Haupt,
Hier, wo im tiefen Grabe ruht,
Ein Herz, zu früh vom Tod geraubt.

Und Du, der jetzt dort unten wohnt,
Klag nicht die rauhern Lüfte an,
Wenn Deinen Ruhm kein Blümchen lohnt
Das nur im Süd gedeihen kann.

Im heitern Mai erblüht es nur
Und stirbt im heißen Sonnenlicht,
Auch wenn der Winter deckt die Flur,
Drum gleicht sein Werth dem Deinen nicht.

Nein, in des Schicksals wildem Streit
Erhob Dein Herz sich unverzagt,
Und in verzweiflungsvoller Zeit
Riefst Du voll Muth: »Ich habs gewagt.«

Du suchtest bei uns hier im Nord,
Als England kalt den Kampf vermied,
Den Bergsohn auf, er hielt sein Wort,
Und focht mit Dir in Reih und Glied.

Die Klage schwieg an Deinem Grab
Nicht folgte Dir der Glocken Klang,
Der Gäle rief Dir Ruh hinab,
Dein Grablied war sein Schlachtgesang.

Noch wem des Glückes hehrer Stern
Gelacht, tauscht er die Herrlichkeit
Mit Deinem Morgenroth nicht gern,
Wenns auch erblich vor Mittagszeit?

Dein sei der Baum, so kühn belaubt
Trotz Sommersglut und Winternacht!
Rom wend' um seiner Helden Haupt
Den Zweig, der Wogans Gruft bewacht.

Von welchem Verdienste auch Flora Mac-Ivors Poesie sein mochte, so
mußte doch der Enthusiasmus, den sie atmete, einen entsprechenden
Eindruck auf den Liebenden machen. Die Verse wurden gelesen und
wieder gelesen, dann an Waverleys Herzen verborgen, dann wieder
herausgezogen, nochmals Zeile für Zeile gelesen, und zwar mit leiser
flüsternder Stimme, und mit häufigen Pausen, welche den geistigen
Genuß verlängerten, wie man durch langsames Schlürfen den Genuß
eines Getränkes erhöht. Der Eintritt der Frau Cruickshanks mit den
sublunarischen Artikeln Essen und Wein unterbrach kaum diese Pantomime des innigsten Enthusiasmus.

Endlich zeigte sich die lange hagere Gestalt und das widerliche Gesicht Ebenezers selbst. Der obere Teil seines Körpers war, obgleich die
Jahreszeit dies nicht erforderte, in einen großen gegürteten Überrock
gehüllt, der mit einer Kapuze von demselben Stoffe versehen war,
welche, wenn sie über Hut und Kopf gezogen wurde, beide gänzlich
bedeckte. Seine Hand hielt eine schwere Reitpeitsche mit kupfernem
Griff. Seine dünnen Beine waren mit einem Paar an der Seite zugeknöpf-
ter Gamaschen bekleidet. So angetan, stiefelte er in die Mitte des
Zimmers und verkündete seine Absicht durch den kurzen Satz: »Eure
Pferde sind bereit.«

»Also geht Ihr selbst mit, Herr Wirth?«

»Ja, bis Perth, wo Ihr Euch einen Boten nach Embro beschaffen
könnt, wie es die Gelegenheit fordert.«

Mit diesen Worten hielt er die Rechnung, die er in der Hand hatte,
unter Waverleys Augen und goß sich zugleich auf eigene Einladung
ein Glas Wein ein, welches er mit einem Segensspruche auf ihre Reise
austrank. Waverley war empört über die Unverschämtheit dieses
Menschen, aber da ihre Gemeinschaft nur kurz sein sollte, machte er
keine Bemerkung darüber, und sprach, nachdem er die Rechnung bezahlt hatte, die Absicht aus, augenblicklich aufzubrechen. Er bestieg

deshalb den Dermid und verließ den goldenen Armleuchter, begleitet von der puritanischen Gestalt, die wir eben beschrieben, nachdem dieselbe sich mit Aufwand einiger Zeit und Mühe und mit Hilfe eines Ecksteins auf den Rücken eines langen, dürrleibigen, dünnhalsigen Phantomes von Vollblutpferd geschwungen hatte, auf welchem Waverleys Mantelsack befestigt war. Unser Held war zwar in keiner sehr heitern Stimmung, konnte sich aber doch des Gelächters bei dem Anblicke seines neuen Knappen nicht erwehren, indem er daran dachte, welches Staunen dessen Person und Equipirung in Waverley-Haus erwecken würden.

Edwards Neigung zur Lustigkeit entging dem Wirte des Armleuchters nicht, der deshalb die pharisäischen Linien seines Gesichtes nur um so sauertöpfischer verzog und sich innerlich gelobte, daß unser junger Englischer die Verachtung, die er gegen ihn zeigte, auf die eine oder die andere Weise teuer bezahlen sollte. Callum stand an dem Torwege und ergötzte sich ebenfalls mit unverhehlter Heiterkeit an der lächerlichen Gestalt des Mr. Cruickshanks. Als Waverley an ihm vorüberritt, zog er ehrerbietig seinen Hut ab, und indem er sich dem Steigbügel näherte, bat er ihn, sich vorzusehen, daß der alte verteufelte Whig ihm keinen Streich spiele, Waverley dankte ihm nochmals, wünschte ihm Lebewohl und ritt dann schnell vorwärts, ganz zufrieden, das Geschrei nicht mehr zu hören, welches die Straßenkinder erhoben, als sie den alten Ebenezer sahen, wie er sich in den Bügeln hob und senkte, um die Stöße zu vermeiden, die der harte Trab seines Pferdes auf einer halbgepflasterten Straße verursachte. Der Flecken ** lag bald mehrere Meilen hinter ihnen.

29. Zeigt, daß der Verlust eines Hufeisens eine ernste Unbequemlichkeit werden kann

Das Wesen und Benehmen Waverleys, vor allem aber der blinkende Inhalt seiner Börse, und die Gleichgültigkeit, mit der er dieselbe anzusehen schien, machten einen ehrfurchtgebietenden Eindruck auf seinen Gefährten, und hielten ihn von allen Versuchen ab, sich in ein Gespräch mit ihm einzulassen. Seine eigenen Betrachtungen wurden überdies durch verschiedene Voraussetzungen beschäftigt und durch damit zusammenhängende Pläne, die seinen Nutzen betrafen. Die Reisenden ritten daher schweigend vorwärts, bis der Führer das Schweigen durch die Meldung unterbrach: sein Pferd hätte das Eisen am Vorderfuß verloren, und Se. Gnaden würden es ohne Zweifel als ihre Pflicht betrachten, dasselbe wieder aufzulegen.

Das war, was die Rechtsgelehrten eine fischende Frage nennen, berechnet, zu erforschen, inwiefern Waverley geneigt sei, sich dieser kleinen Auflage zu unterwerfen. »Ich Eurem Pferde ein Eisen auflegen, Ihr Hallunke?« sagte Waverley, der die Forderung mißverstand.

»Unzweifelhaft«, antwortete Mr. Cruickshanks; »obgleich keine ausdrückliche Klausel festgesetzt wurde, ist doch nicht anzunehmen, daß ich für die Zufälligkeiten zahlen soll, die das arme Tier befallen, während es in Ew. Gnaden Diensten ist. Wenn indeß Ew. Gnaden –«

»Ja so! Ihr meint, daß ich den Schmied bezahlen soll, aber wo finden wir einen?«

Erfreut über die Entdeckung, daß sein augenblicklicher Gebieter gegen die Zahlung nichts einzuwenden haben würde, versicherte Mr. Cruickshanks, daß Cairnvreckan, ein Dorf, welches sie eben erreichten, sich eines vortrefflichen Hufschmieds erfreue; da er aber ein Professor sei, würde er an einem Sabbath oder Kirchfeste auf keinen Fall einen Nagel einschlagen, es müßte denn die dringendste Nothwendigkeit sein, in welchem Falle er für jedes Eisen einen Sixpence fordere. Das, was nach der Meinung des Sprechers das wichtigste bei dieser Mitteilung war, machte nur einen sehr geringen Eindruck auf den Hörer, der sich nur im Stillen darüber wunderte, welchem Kollegium dieser Schmiedeprofessor angehören könne, und nicht ahnte, daß man mit diesem Worte alle die zu bezeichnen pflegte, welche sich eine ungewöhnliche Heiligkeit im Glauben und Betragen angelegen sein ließen.

Als sie das Dorf Cairnvreckan betraten, erkannten sie leicht das Haus des Schmiedes, das zugleich Gasthaus, und als solches zwei Stock hoch war. Es streckte darum seinen mit grauem Schiefer bedeckten Giebel stolz aus den niedern Hütten empor, die es umgaben. Die anstoßende Schmiede zeigte nichts von der Sabbathsruhe und Stille, welche Ebenezer nach der Heiligkeit seines Freundes vermutet hatte. Im Gegenteil schlug der Hammer, rauschte der Blasebalg, schien der ganze Apparat des Vulkan in Tätigkeit zu sein. Auch war die Arbeit nicht ländlicher und friedlicher Art. Der Meister Schmied, welcher, wie sein Schild sagte, John Mucklewrath hieß, war mit zwei Gesellen emsig damit beschäftigt, alte Musketen, Pistolen und Schwerter, die in seiner Werkstatt unordentlich umherlagen, auszubessern und in Stand zu setzen. Der offene Schuppen, in welchem sich die Schmiede befand, war mit Personen angefüllt, die kamen und gingen, als brächten und empfingen sie wichtige Nachrichten, und ein einziger Blick auf die Leute, die hastig über die Straße schritten, oder mit erhobenen Augen und Händen in Gruppen beisammenstanden, verrieth, daß irgend eine außerordentliche Nachricht die Gemüter der Bewohner von Cairnvreckan aufregte.

»Da gibt es etwas neues«, sagte der Wirth vom Armleuchter, indem er sein Laternengesicht und seinen kahlen Schädel unter die Menge schob, »da gibt es etwas neues, und wenn es meinem Schöpfer gefällt, werde ich bald wissen, was es ist.« Waverley, der seine Neugier besser zu zügeln wußte als sein Gefährte, stieg ab und übergab sein Pferd einem Knaben, der gaffend in der Nähe stand. Es mochte eine Folge seines scheuen Charakters, der ihm von seiner Kindheit her geblieben war, sein, daß er sich nicht geneigt fühlte, von einem Fremden auch nur eine zufällige Erkundigung einzuziehen, ohne vorher sein Gesicht und sein Äußeres betrachtet zu haben. Während er sich also nach einem Menschen umsah, den er befragen konnte, wurde er der Mühe durch die umstehende Menge überhoben. Die Namen Lochiel, Clanronald, Glengarry und anderer ausgezeichneter Hochlandshäuptlinge, unter denen Bich Ian Vohr wiederholt genannt wurde, gingen in dem Munde dieser Menschen so geläufig hin und her wie Haushaltsausdrücke, und aus der allgemeinen Besorgniß schloß er leicht, daß ein Einfall jener Häuptlinge in die Tieflande an der Spitze ihrer bewaffneten Stämme entweder schon stattgefunden hätte oder für jeden Augenblick befürchtet würde.

Ehe er noch nach näheren Umständen fragen konnte, drängte sich ein großes starkknochiges Weib mit harten Zügen durch die Menge, ungefähr vierzig Jahre alt und angezogen, als wären ihre Kleider mit der Heugabel übergeworfen. Ihre Wangen waren dunkel gerötet, wo Ruß und Lampendunst sie nicht geschwärzt hatten, beim Hindurchdrängen hielt sie ein Kind von ungefähr zwei Jahren hoch empor, und während sie es auf ihren Armen tanzen ließ, sang sie, ohne auf das Geschrei des Kleinen zu achten, mit der ganzen Kraft ihrer Lunge:

»Karl ist mein Herzchen, mein Herzchen, mein Herzchen.
Karl ist mein Herzchen, Mein Junker und Herr!«

»Hört ihr, was über euch kommen wird«, fuhr das Mannweib fort, »hört ihrs, ihr winselnden Whigs? Hört ihr, was kommt, euer Geschwätz zu kürzen –

Ihr wißt wenig, was kommt,
Ihr wißt wenig, was kommt,
Doch es kommt der wilde Macraws.«

Der Vulkan von Cairnvreckan, der in dieser lärmenden Bacchantin seine Venus erkannte, sah sie mit einem grimmigen, zornfunkelnden Gesicht an, während einige von den Vorstehern des Dorfes zur Beschwichtigung eilten, »Still Weib«, sagten sie, »ist dies eine Zeit, oder ist dies ein Tag, Eure wilden Lieder zu singen, eine Zeit, wenn der Wein des Zornes ungemischt in den Becher des Unwillens gegossen wird, und ein Tag, an dem das Land Zeugniß geben sollte gegen Papsttum und Prälaten und Quäker und Independenten und Supremat und Erastianismus und Antinomianismus und alle die Irrtümer der Kirche?«

»Das ist alles eure Whiggerei«, entgegnete die jakobitische Herrin. »Das ist eure Whiggerei und eure Presbyterei, ihr abgegriffenen greinenden Kerle! Was glaubt ihr wohl, daß die Burschen ohne Hosen sich um eure Synoden und Presbyterien und euren Bußschemel kümmern? Rache an dem schwarzen Gesicht dafür! Manch ehrlicheres Weib hat darauf gesessen, als an der Seite irgend eines Whig im Lande geht. Ich selbst –«

John Mucklewrath, welcher fürchtete, sie möchte in die näheren Umstände und persönlichen Erlebnisse eingehen, machte seine eheherrliche Gewalt geltend. »Geh nach Haus und hol Dich der Kuckuk, daß ich so sprechen muß, geh, setz das Hafermuß über zur Abendsuppe!«

»Und Du einfältiger Tropf«, rief seine zarte Ehehälfte, deren Wuth, welche bisher der ganzen Versammlung gegolten hatte, plötzlich und heftig in ihr natürliches Bett gezwungen wurde, »Du stehst da und hämmerst Waffen für Narren, die sie nie gegen einen Hochlandsmann schwingen werden, statt für Brod für Deine Familie zu sorgen, und das Pferd des jungen hübschen Herrn zu beschlagen, der da eben vom Norden gekommen ist. Ich möchte wetten, der ist keiner von eurem weibischen König-Georgsvolke, sondern ein tapferer Gordon oder etwas dergleichen.« Die Augen der Versammlung wendeten sich jetzt auf Waverley, der diese Gelegenheit ergriff, den Schmied zu bitten, das Pferd seines Führers so schnell als möglich zu beschlagen, weil er seine Reise fortzusetzen wünsche; denn er hatte genug gehört, um die Überzeugung zu gewinnen, daß für ihn Gefahr dabei sein würde, länger hier zu bleiben. Die Augen des Schmiedes lasteten auf ihm mit einem Blicke des Mißvergnügens und Verdachtes, welcher durch die Hast nicht gemildert wurde, mit der seine Frau Waverleys Verlangen unterstützte.

»Hörst Du alter, dusliger Taugenichts, was der schöne junge Herr sagt?« rief sie.

»Und wie heißt Ihr wohl, Herr?« fragte Mucklewrath.

»Das geht Euch nichts an, mein Freund, wenn ich nur Eure Arbeit bezahle.«

»Aber es kann den Staat etwas angehen, Herr«, sagte ein alter Pächter, der stark nach Whisky und Torfrauch roch, »und ich glaube, wir sollten Eure Reise hindern, bis Ihr den Laird gesehen habt.«

»Sicher«, sagte Waverley stolz, »werdet Ihr es schwer und gefährlich finden, mich aufzuhalten, wenn Ihr nicht zeigt, daß Ihr dazu autorisirt seid.«

Es entstand eine Pause, und ein Geflüster unter der Menge: »Sekretär Murray – Lord Lewis Gordon – vielleicht der Ritter selbst!« Das waren die Vermutungen, welche die Menge schnell durchflogen und offenbar die Neigung steigerten, sich Waverleys Weiterreise zu widerzusetzen. Er versuchte ein gütliches Abkommen mit ihnen, aber seine freiwillige Bundesgenossin, Frau Mucklewrath, schrie hinein und übertönte seine Worte, indem sie seine Partei mit einer übel angebrachten Heftigkeit nahm, welche die, gegen die sie gerichtet wurde, ganz auf Edwards Rechnung setzten. »Ihr wollt einen Edelmann aufhalten, der des Prinzen Freund ist?« Denn auch sie hatte, obgleich mit anderen Gefühlen, die allgemeine Meinung in Bezug auf Waverley angenommen. »Wagt es, ihn anzurühren!« Dabei spreizte sie ihre langen, kräftigen Finger aus, besetzt mit Krallen, die ein Geier ihr hätte beneiden können. »Ich male meine zehn Gebote dem ersten Schelme ins Gesicht, der es wagt, ihn nur mit einem Finger anzurühren.«

»Geht nach Hause, gute Frau«, sagte der oben erwähnte Pächter; »es wäre besser, Ihr sorgtet für Eures Mannes Kinder, als daß Ihr uns hier mit Eurem Geschrei betäubt.«

»Seine Kinder?« sagte die Amazone und blickte ihren Mann mit einem Grinsen unbeschreiblicher Geringschätzung an. »Seine Kinder!

O wärt Ihr todt, mein guter Mann,
Und lägt im Grab, mein guter Mann,
Dann lenkt’ ich meine Wittwenschaft
Auf einen kräft’gen Hochlandsmann.«

Dieser Gesang, welcher ein unterdrücktes Gelächter bei dem jüngern Teile der Zuhörer erweckte, überwältigte die hartgeprüfte Geduld des Mannes vom Ambos vollends. »Mich soll der Teufel holen«, schrie er, »wenn ich ihr nicht die Worte in die Gurgel zurückschlage«, und zugleich ergriff er mit rasender Wuth eine eiserne Stange. Wahrscheinlich hätte er seine Drohung vollzogen, wäre er nicht durch einen Teil des Haufens zurückgehalten worden, während andere bemüht waren, ihm das Weib aus dem Gesichte zu führen. Waverley wollte in der Verwirrung den Rückzug antreten, aber er sah sein Pferd nirgends. Endlich entdeckte er in einiger Entfernung seinen treuen Begleiter Ebenezer, der, sobald er bemerkte, welche Wendung die Sache leicht nehmen könnte, beide Pferde aus dem Gedränge gezogen hatte. Er saß auf dem einen und hielt das andere am Zügel und antwortete auf den lauten und wiederholten Ruf Waverleys nach seinem Pferde: »Nein, nein, wenn Ihr kein Freund der Kirche und des Königs seid und als solch eine Person festgenommen werdet, so müßt Ihr einem ehrlichen Menschen für den Kontraktbruch stehen und ich behalte das Pferd und den Mantelsack zur Schadloshaltung für meine Kosten, denn mein Pferd und ich, wir verlieren das morgende Tagewerk und überdies noch die Nachmittagspredigt.«

Edward, der seine Geduld erschöpft sah und auf allen Seiten von dem aufgeregten Haufen eingezwängt, jeden Augenblick persönliche Gewalttat fürchtete, beschloß Einschüchterungsmaßregeln zu versuchen und zog ein Paar Taschenpistolen hervor, mit denen er jeden niederzuschießen drohte, der ihn aufzuhalten wagte, zugleich machte er Ebenezer Aussicht auf das gleiche Geschick, wenn er sich nur einen Schritt weit mit den Pferden entferne. Der gelehrte Partridge sagt, ein Mensch mit einer Pistole ist hundert Unbewaffneten überlegen, denn obgleich er aus der Menge nur einen todtschießen kann, weiß doch keiner, ob nicht eben er das unglückliche Individuum wird. Die Masse der Bewohner von Cairnvreckan wäre daher wahrscheinlich zurückgewichen, und Ebenezer, dessen natürliche Blässe noch dreimal leichenhafter geworden war, würde gegen ein solches Gebot auch nichts einzuwenden gehabt haben, hätte nicht der Vulkan des Dorfes, begierig, die Wuth, welche sein Weib hervorgerufen, an irgend jemand auszulassen, und nicht unwillig darüber, einen solchen Gegenstand in Edward zu finden, eine glühend rote Eisenstange ergriffen, mit der er so wütend auf ihn einstürmte, daß das Abfeuern seines Pistols nur eine Handlung der Selbstverteidigung war. Der Unglückliche fiel, und während Edward, von einem natürlichen Schauder über dieses Ereigniß durchrieselt, nicht so viel Geistesgegenwart besaß, seinen Säbel zu ziehen oder sich seines zweiten Pistols zu bedienen, warf sich die Masse auf ihn, entwaffnete ihn und stand im Begriffe, die größten Gewalttaten zu verüben, als das Erscheinen eines ehrwürdigen Geistlichen, des Predigers der Gemeinde, ihrer Wuth ein Ziel setzte.

Dieser würdige Mann, keiner von den Goukthrapples oder Rentowels, bewahrte seine Würde unter dem gemeinen Volke, obgleich er die praktischen Gründe des christlichen Glaubens so gut wie die abstrakten Lehren desselben predigte, und die höheren Stände achteten ihn, obgleich er es vermied, ihre spekulativen Irrtümer dadurch zu mildern, daß er die Kanzel in eine Schule heidnischer Moral verwandelte. Vielleicht verdankte er es dieser Mischung des Glaubens und der Praxis in seinen Lehren, daß ich nie zu entdecken vermochte, ob er der evangelischen oder der gemäßigten Partei der Kirche angehörte, wiewohl sein Andenken in den Annalen von Cairnvreckan einen besonderen Zeitabschnitt bildete, so daß die Leute, um zu bezeichnen, was sich vor sechszig Jahren zutrug, noch jetzt zu sagen pflegen: Es ereignete sich in den Zeiten des guten Mr. Morton.

Mr. Morton war durch den Pistolenschuß und den wachsenden Tumult in der Nähe der Schmiede beunruhigt worden. Nachdem er den Umstehenden geboten hatte, Waverley zu halten, aber ihm nichts zu Leide zu tun, richtete er seine erste Aufmerksamkeit auf Mucklewrath, über dem sein Weib in einem Anfall der Reue weinte, heulte und sich wie außer sich die Haare ausraufte. Als man den Schmied aufhob, war die erste Entdeckung, daß er lebte, und die nächste, daß er wahrscheinlich noch so lange leben würde, als wenn er niemals hätte eine Pistole abschießen hören. Er war übrigens nur noch so eben davon gekommen; die Kugel hatte seine Stirn gestreift, wodurch er auf einige Augenblicke die Besinnung verloren hatte, ein Zustand, den Schreck und Verwirrung wohl noch etwas verlängert haben mochten. Er stand jetzt auf, um an der Person Waverleys Rache zu nehmen, und nur mit Mühe willigte er in den Vorschlag des Herrn Morton, Edward vor den Laird, in dessen Eigenschaft als Friedensrichter, zu bringen und zu dessen Verfügung zu stellen. Die übrigen Zeugen waren einstimmig mit diesem Vorschlage zufrieden, und selbst Mrs. Mucklewrath, welche sich von ihrem hysterischen Anfalle erholt hatte, sagte kleinlaut: »Sie würde nichts gegen des Predigers Vorschläge einwenden; er wäre viel zu gut für seinen Stand, und sie wünschte nur, ihn noch mit einer bischöflichen Stola auf dem Rücken zu sehen; das wäre ein besserer Anblick als die reformirten Mäntel und Binden.«

Da so aller Widerspruch beseitigt war, wurde Waverley, begleitet von sämmtlichen Bewohnern des Dorfes, die gerade nicht bettlägerig waren, zu dem Edelhofe von Cairnvreckan gefühlt, der ungefähr eine halbe Meile entfernt lag.

30. Ein Verhör

Major Melville von Cairnvreckan, ein ältlicher Herr, der seine Jugend beim Militär verlebt hatte, empfing Mr. Morton mit vieler Freundlichkeit und unsern Helden mit Artigkeit, die indessen infolge der zweideutigen Umstände, in denen er sich befand, gezwungen und kühl war.

Die Wunde des Schmieds wurde untersucht, und da die Verletzung aller Wahrscheinlichkeit nach nur leicht war, und die Umstände, unter denen er sie empfing, von Edwards Seite als Handlung der Selbstverteidigung betrachtet werden mußten, erklärte der Major, er könne diese Sache als erledigt betrachten, wenn Waverley in seine Hände eine kleine Summe als Schmerzensgeld für den Verwundeten niederlege.

»Ich wünschte, Herr«, fuhr der Major fort, »daß meine Pflicht hiermit beendet wäre, allein es ist nötig, daß wir etwas genauer nach der Veranlassung Ihrer Reise durch diese Gegend in einer so schweren und unruhigen Zeit forschen.«

Mr. Ebenezer Cruickshanks trat jetzt vor und teilte dem Friedensrichter alles mit, was er von der Zurückhaltung Waverleys und den Ausflüchten Callum Begs wußte oder vermutete. Das Pferd, welches Edward ritte, gehöre, wie er wisse, Bich Ian Vohr, obschon er nicht gewagt hätte, das dem früheren Begleiter Edwards vorzuwerfen, weil ihm sonst Haus und Stall durch die gottlose Bande der Mac-Ivors in irgend einer Nacht über dem Kopf würde angezündet worden sein. Er schloß damit, daß er seine eigenen Dienste für Kirche und Staat rühmte, so daß er mit Gottes Hilfe, wie er sich bescheiden ausdrückte, das Mittel gewesen sei, dieses verdächtigen und schrecklichen Delinquenten habhaft zu werden. Er sprach die Hoffnung auf künftige Belohnung und augenblickliche Vergütung für den Verlust an Zeit und sogar an gutem Rufe aus, weil er in Staatsangelegenheiten an einem Festtage gereist sei.

Der Friedensrichter Melville antwortete hierauf mit großer Ruhe, daß Mr. Cruickshanks, weit entfernt in dieser Angelegenheit irgend ein Verdienst in Anspruch nehmen zu können, vielmehr um den Erlaß einer schweren Strafe nachzusuchen hätte, indem er, der kürzlich ergangenen Bekanntmachung entgegen, die nächste Behörde von dem in seinem Gasthause eingekehrten Fremden nicht benachrichtigt hätte; daß, da Mr. Cruickshanks sich so vieler Religion und Treue rühme, er dies Benehmen indeß nicht einem Mangel an Untertanenliebe zuschreiben wolle, sondern nur vermute, sein Eifer für Kirche und Staat sei durch die Gelegenheit, von einem Fremden eine doppelte Pferdemiete zu erhalten, eingeschläfert worden, daß er aber, unfähig, für sich allein über die Aufführung einer so wichtigen Person zu entscheiden, die Sache der nächsten Vierteljahrssitzung zur Beratung vorlegen würde. Unsere Geschichte sagt nichts weiter von dem Wirte zum Armleuchter, als daß er schmerzerfüllt und unzufrieden nach seiner eigenen Wohnung zurückkehrte.

Mr. Melville ermahnte hierauf die Dorfbewohner, nach ihren Häusern zurückzukehren, zwei ausgenommen, die den Constablerdienst versahen, denen er zu warten befahl. Das Gemach wurde so von allen Anwesenden geräumt, nur Mr. Morton blieb auf die Bitte des Friedensrichters zurück; außer ihm war ein Faktor, der das Amt eines Schreibers versah, und Waverley zugegen. Es entstand jetzt eine peinliche und verlegene Pause, bis Melville, welcher Waverley teilnahmsvoll ansah und dabei mehrmals ein Papier zu Rate zog, das er in der Hand hielt, nach seinem Namen fragte.

»Edward Waverley.«

»Das dachte ich; unlängst im Dragonerregiment *** und Neffe des Sir Everard Waverley von Waverley-Haus?«

»Derselbe.«

»Junger Mann, es tut mir außerordentlich leid, daß mir diese peinliche Pflicht zugefallen ist.«

»Die Pflicht, Herr Melville, macht jede Entschuldigung überflüssig.«

»Gewiß, erlauben Sie mir daher, Sie zu fragen, wie Sie Ihre Zeit bisher zugebracht haben, seitdem Sie vor mehreren Wochen von Ihrem Regimente Urlaub nahmen.«

»Meine Antwort auf eine so allgemeine Frage«, sagte Waverley, »muß durch die Natur der Anklage geleitet werden, die sie veranlaßt. Ich bitte daher, mir zu sagen, worin diese Anklage besteht, und welche Autorität mich zwingt, darauf zu antworten?«

»Die Anklage, Herr Waverley, ist, wie ich mit vieler Betrübniß sagen muß, sehr ernster Art und betrifft Ihren Ruf als Soldat und als Untertan. In der ersteren Eigenschaft sind Sie angeklagt, bei den Leuten unter ihrem Kommando Meuterei und Rebellion verbreitet und ihnen das Beispiel zur Desertion gegeben zu haben, indem Sie Ihre Abwesenheit von dem Regimente gegen den ausdrücklichen Befehl Ihres Regimentskommandeurs verlängerten. Das Civilverbrechen, dessen Sie angeklagt stehen, ist Hochverrath und bewaffneter Aufruhr gegen den König, das schlimmste Verbrechen, dessen ein Untertan sich schuldig machen kann.«

»Und durch welche Autorität werde ich hier aufgehalten, um auf so gehässige Verleumdungen zu antworten?«

»Durch eine, die Sie weder bestreiten, noch umgehen können.«

Er händigte Waverley einen Erlaß des höchsten Kriminalgerichtshofes von Schottland ein, sich der Person des Edward Waverley, Esq., zu bemächtigen, welcher verräterischer Unternehmungen und anderer Verbrechen und Gesetzbrüche verdächtigt sei.

Das Staunen, welches Waverley über diese Mitteilung ausdrückte, legte Mr. Melville dem Bewußtsein der Schuld bei. Mr. Morton war eher geneigt, es als Überraschung der ungerecht verdächtigten Unschuld zu betrachten. Es lag in beiden Vermutungen etwas wahres, denn obgleich Edwards Gewissen ihn von dem Verbrechen freisprach, dessen er angeklagt wurde, so zeigte ihm doch ein schneller Überblick seiner Aufführung, daß es ihm sehr schwer fallen würde, seine Unschuld in den Augen anderer genügend darzutun.

»Es ist ein recht peinlicher Teil dieses Geschäftes«, sagte Mr. Melville nach einer Pause, »daß ich Sie bei einer so ernsten Anklage notwendiger Weise bitten muß, mir die Papiere zu zeigen, die Sie bei sich haben.«

»Hier sind sie, Herr Major«, sagte Edward, indem er sein Taschenbuch und sein Tagebuch auf den Tisch legte, »nur ein Papier wünschte ich behalten zu dürfen.«

»Es tut mir leid, Herr Waverley, keine Ausnahme gestatten zu dürfen.«

»So sollen Sie's denn sehen, doch da es von keinem Belange sein kann, bitte ich, es mir zurückzugeben.«

Er nahm hierauf aus seinem Busen die Verse, die er diesen Morgen empfangen hatte, und überreichte sie dem Friedensrichter mit dem Umschlage. Mr. Melville las sie schweigend und gebot hierauf dem Schreiber, eine Abschrift davon zu nehmen, alsdann schob er die Kopie in ein Couvert, legte dieses auf den Tisch vor sich und gab das Original mit dem Ausdrucke trüben Ernstes an Waverley zurück.

Nachdem er dem Gefangenen, denn als solcher muß unser Held jetzt betrachtet werden, die gehörige Zeit zur Überlegung zugestanden hatte, setzte er das Verhör fort, indem er hervorhob: da Herr Waverley allgemeine Fragen zu verwerfen schiene, sollten die seinigen so speziell sein, als seine Instruktion erlaubte. Er schritt hierauf in der Untersuchung weiter und diktirte die Fragen und die Antworten dem Schreiber, der sie niederschrieb.

»Kannten Sie, Herr Waverley, einen gewissen Humphry Houghton, Unteroffizier in dem Dragonerregimente Gardiner?«

»Gewiß, er war Unteroffizier meiner Schwadron und der Sohn eines von den Pächtern meines Oheims.«

»Richtig, – und besaß in hohem Grade Ihr Vertrauen und Einfluß unter seinen Kameraden?«

»Ich hatte nie Gelegenheit, einem Menschen dieses Standes mein Vertrauen zu schenken«, antwortete Waverley. »Ich begünstigte den Unteroffizier Houghton als einen ordentlichen, tätigen Menschen, und ich glaube, daß seine Kameraden ihn infolge dessen achteten.«

»Aber Sie pflegten«, entgegnete Major Melville, »durch diesen Menschen mit denen Ihrer Leute zu verkehren, die von den Waverleygütern rekrutirt waren?«

»Gewiß, die armen Burschen, welche sich in einem Regimente erblickten, das aus lauter Schotten oder Irländern bestand, wandten sich bei all ihren kleinen Unannehmlichkeiten an mich und natürlich wählten sie bei solchen Gelegenheiten ihren Landsmann und Unteroffizier zum Sprecher.«

»Unteroffizier Houghtons Einfluß«, fuhr der Friedensrichter fort, »erstreckte sich also vorzüglich auf die Soldaten, welche Ihnen zu dem Regimente von den Besitzungen Ihres Oheims gefolgt waren?«

»Gewiß, doch wie gehört das alles hierher?«

»Darauf komme ich eben und bitte Sie, aufrichtig zu antworten. – Haben Sie, seitdem Sie das Regiment verließen, in irgend einem direkten oder indirekten Briefwechsel mit diesem Unteroffizier Houghton gestanden?«

»Ich! – Ich mit einem Menschen seines Ranges und seiner Stellung Briefe wechseln? Weshalb oder in welcher Absicht?«

»Das haben Sie zu erklären, – aber schickten Sie nicht z. B. wegen einiger Bücher zu ihm?«

»Sie erinnern mich an einen unbedeutenden Auftrag«, sagte Waverley, »den ich dem Unteroffizier Houghton gab, weil mein Diener nicht lesen konnte. Ich erinnere mich, daß ich ihn durch einen Brief bat, einige Bücher, von denen ich ihm eine Liste schickte, auszuwählen und sie mir nach Tully-Veolan zu senden.«

»Und welcher Art waren diese Bücher?«

»Sie betrafen fast ausschließlich die schöne Literatur und waren zur Lektüre einer Dame bestimmt.«

»Waren nicht verräterische Abhandlungen und Flugschriften darunter, Herr Waverley?«

»Es waren einige politische Abhandlungen dabei, die ich kaum angesehen habe. Sie wurden mir durch den Diensteifer eines alten Freundes geschickt, dessen Herz mehr zu achten ist als seine Klugheit und sein politischer Scharfsinn; es schienen abgeschmackte, langweilige Sachen zu sein.«

»Der Freund«, fuhr der eifrige Verhörrichter fort, »war ein Herr Pembroke, ein eidverweigernder Geistlicher, der Verfasser zweier verräterischer Werke, deren Manuskripte unter ihrem Gepäck gefunden wurden?«

»Von denen ich aber, darauf kann ich Ihnen mein Wort als Edelmann geben, nie sechs Zeilen gelesen habe.«

»Ich bin nicht Ihr Strafrichter, Herr Waverley, Ihr eigentliches Verhör wird an einem andern Orte stattfinden. Und nun weiter: Kennen Sie einen Menschen, der Willy Will oder Will Ruthven genannt wird?«

»Ich habe bis zu diesem Augenblicke den Namen nie gehört.«

»Haben Sie durch ihn oder irgend eine andere Person Verkehr mit dem Unteroffizier Humphry Houghton gehabt, ihn angetrieben, daß er mit so vielen seiner Kameraden, wie er verleiten könnte, desertiren sollte, um mit diesen zu den Hochländern und andern Rebellen zu stoßen, die jetzt unter dem Kommando des jungen Prätendenten unter Waffen stehen?«

»Ich versichere Sie, daß ich nicht nur ganz schuldlos an dem Komplotte bin, welches Sie mir zur Last legen, sondern daß ich es vom Grunde meiner Seele verabscheue und mich einer solchen Verräterei niemals schuldig machen würde, gälte es auch einen Thron.«

»Wenn ich aber diese Adresse in Erwägung ziehe, die ganz die Handschrift eines jener irregeleiteten Edelleute, die jetzt gegen ihr Vaterland in den Waffen stehen, trägt, sowie die Verse, die sie enthielt, so kann ich nicht umhin, eine Analogie zwischen der erwähnten Unternehmung und der Tat Wogans zu finden, deren Nachahmung der Schreiber von Ihnen zu erwarten scheint.«

Waverley ward bei diesem Zusammentreffen von Umständen stutzig, bestritt aber, daß die Erwartungen und Wünsche des Briefstellers als Beweise einer Anklage gegen ihn betrachtet werden könnten.

»Wenn ich recht berichtet bin, so brachten Sie Ihre Zeit während der Abwesenheit vom Regiment teils in dem Hause dieses Hochlandhäuptlings zu, teils in dem des Mr. Bradwardine von Bradwardine.«

»Das leugne ich nicht, wohl aber leugne ich auf das bestimmteste, daß ich auf irgend eine Art mit ihren Absichten gegen die Regierung bekannt war.«

»Aber Sie werden doch, wie ich vermute, nicht leugnen wollen, daß Sie Ihren Wirth Glennaquoich zu einer Versammlung begleiteten, wo unter dem Vorwande einer großen Jagd die meisten Mitschuldigen dieses Verrates versammelt waren, um sich über die Maßregeln zur Ergreifung der Waffen zu beraten?«

»Ich gestehe, daß ich bei der Jagd war«, sagte Waverley, »aber ich sah und hörte von dem nichts, was ihr den Charakter verleihen konnte, den Sie ihr zuschreiben.«

»Von dort«, fuhr der Beamte fort, »gingen Sie mit Glennaquoich und einem Teile seines Clans zu der Armee des jungen Prätendenten und kehrten, nachdem Sie demselben Ihre Huldigung dargebracht hatten, zurück, um den übrigen Teil des Clans zu bewaffnen und einzuüben, um ihn dann auf dem Marsche südwärts mit dem Hauptcorps zu vereinigen?«

»Nie habe ich Glennaquoich auf einer solchen Reise begleitet, und habe nicht einmal ein Wort davon gehört, daß die Person, von der Sie sprechen, in dem Lande sei.«

Er setzte hierauf die Geschichte seines Mißgeschickes bei der Jagd auseinander und fügte hinzu, bei seiner Rückkehr hätte er sich plötzlich seines Postens entsetzt gefunden. Er leugnete nicht, daß er dann, aber jetzt zum ersten Male, bei den Hochländern Symptome bemerkt hatte, die eine Neigung zum Aufstande andeuteten, er fügte aber hinzu, daß er weder die Absicht gehabt, sich ihrer Sache anzuschließen, noch Ursache, länger in Schottland zu bleiben, und daß er jetzt auf dem Rückwege zu seinem Vaterlande sei, wohin ihn die berufen, die das Recht hätten, seine Handlungen zu leiten, Mr. Melville könne dies aus den auf dem Tische liegenden Briefen ersehen.

Major Melville überflog sogleich die Briefe Richard Waverleys, Sir Everards und der Tante Rahel, aber die Schlüsse, die er daraus zog, waren weit entfernt von dem, was Waverley erwartete. Sie führten die Sprache der Unzufriedenheit mit der Regierung, ließen keine undeutlichen Winke fallen, sich rächen zu wollen, und der der Tante Rahel, welcher sich deutlich für die Sache der Stuarts aussprach, wurde als ein offenes Geständniß dessen betrachtet, was die andern nur anzudeuten wagten.

»Erlauben Sie mir noch eine andere Frage, Herr Waverley«, sagte Major Melville. »Erhielten Sie nicht wiederholt Briefe von Ihrem

Kommandeur, worin er Sie warnte und Ihnen gebot, auf Ihren Posten zurückzukehren, indem er Sie damit bekannt machte, daß man sich Ihres Namens bediene, um Unzufriedenheit unter Ihren Leuten zu verbreiten?«

»Nie, Major Melville. Einen Brief erhielt ich freilich, der eine artige Andeutung des Wunsches enthielt, ich möchte meinen Urlaub anders als zu einem fortwährenden Aufenthalt in Bradwardine benutzen, und ich gestehe, daß ich fand, der Oberst wäre zu einer solchen Einmischung nicht berechtigt. Schließlich erhielt ich an eben dem Tage, an welchem ich in der Zeitung als des Dienstes entlassen aufgeführt wurde, einen zweiten Brief von Oberst Gardiner, worin er mir gebot, zu dem Regimente zu kommen, ein Befehl, den ich wegen meiner erwähnten und gerechtfertigten Abwesenheit zu spät erhielt, um ihn befolgen zu können. Wurden dazwischen noch andere Briefe geschrieben, wie ich nach dem ehrenwerten Charakter des Obersten nicht anders glauben kann, so haben sie mich nie erreicht.«

»Ich habe vergessen, Herr Waverley«, fuhr Major Melville fort, »Sie nach einer Sache von geringerer Wichtigkeit zu fragen, die aber nichts destoweniger öffentlich zu Ihrem Nachteile besprochen worden ist. Es wird behauptet, es sei in Ihrer Gegenwart ein verräterischer Toast ausgebracht worden, und Sie, ein Offizier des Königs, hätten geduldet, daß ein anderer Edelmann der Gesellschaft Genugtuung für die Beleidigung nahm. Dies, mein Herr, kann in einem Gerichtshofe nicht gegen Sie vorgebracht werden, aber wenn, wie ich gehört habe, die Offiziere Ihres Regiments eine Erklärung wegen dieses Gerüchtes von Ihnen forderten, so muß ich mich wundern, daß Sie als Edelmann und Offizier dieselbe nicht gegeben haben.«

Das war zu viel. Auf allen Seiten durch Anklagen gedrängt und bestürmt, bei denen die gröbsten Unwahrheiten mit solchen Umständen der Wahrheit gemischt waren, daß sie nicht ermangeln konnten, Glauben zu gewinnen, allein, ohne Freund und in einem fremden Lande, gab Waverley sein Leben und seine Ehre beinahe für verloren, und den Kopf in die Hand stützend, verweigerte er entschlossen jede andere Antwort, da die offene und ehrliche Auseinandersetzung nur dazu gedient hätte, Waffen gegen ihn zu liefern.

Ohne Überraschung oder Unwillen über das veränderte Benehmen Waverleys auszusprechen, fuhr der Friedensrichter gelassen fort, mehrere Fragen an ihn zu richten. »Was nützt es mir, Ihnen zu antworten«, sagte Edward finster, »Sie scheinen von meiner Schuld überzeugt und benutzen jede Antwort, die ich gebe, Ihre eigene vorgefaßte Meinung zu bestärken. Genießen Sie also Ihren muthmaßlichen Triumph, und quälen Sie mich nicht weiter. Bin ich der Feigheit und Verräterei fähig, mit der mich die Anklage belastet, so verdiene ich keinen Glauben für irgend eine Antwort, die ich Ihnen gebe. Verdiene ich Ihren Verdacht nicht, und Gott und mein eigenes Gewissen geben Zeugniß, daß dem so ist, so sehe ich nicht ein, weshalb ich durch meine Aufrichtigkeit meinen Anklägern Waffen gegen meine Unschuld leihen sollte. Es ist daher kein Grund vorhanden, noch ein Wort weiter zu antworten, und ich bin entschlossen, bei meinem Stillschweigen zu verharren.«

Und wieder nahm er seine Stellung dumpfen und entschlossenen Schweigens an.

»Erlauben Sie mir«, sagte der Friedensrichter, »Sie auf einen Grund aufmerksam zu machen, der die Zweckmäßigkeit eines offenen und wahren Bekenntnisses darlegt. Die Unerfahrenheit, Herr Waverley, macht die Tugendhaften den Plänen der Listigeren und Verschlageneren zugänglich, und einer Ihrer Freunde wenigstens, ich meine Mac-Ivor von Glennaquoich, nimmt einen hohen Rang unter diesen letzteren ein, während ich Sie nach Ihrer Unbefangenheit, Ihrer Jugend und Ihrer Unbekanntschaft mit den Sitten des Hochlandes zu den ersteren zu rechnen geneigt bin. In einem solchen Falle kann ein falscher Schritt oder ein Irrtum wie der Ihre, den ich mit Freuden als unwillkürlich betrachte, gesühnt werden, und gern will ich als Vermittler handeln; doch da Sie nothwendiger Weise mit den Streitkräften der Individuen des Landes, welche zu den Waffen gegriffen haben, mit ihren Mitteln, ihren Plänen vertraut sein müssen, erwarte ich, daß Sie diese meine Vermittelung durch ein offenes freies Geständniß alles dessen verdienen, was über die Führer zu Ihrer Kenntniß gelangt ist. In diesem Falle glaube ich versprechen zu dürfen, daß eine kurze Beschränkung Ihrer persönlichen Freiheit die einzige böse Folge Ihrer Teilnahme an diesen unglücklichen Intriguen sein wird.«

Waverley hörte diese Ermahnung mit großer Ruhe bis zu Ende an, worauf er mit einer Heftigkeit, die er bisher noch nicht gezeigt hatte, von seinem Sitze aufsprang und sagte: »Major Melville, da das Ihr Name ist, ich habe bisher Ihre Fragen aufrichtig beantwortet oder un- willig zurückgewiesen, weil ihr Inhalt mich nur allein betraf, da Sie mich aber jetzt für gemein genug halten, ein Angeber gegen andere zu werden, die mich, wie auch ihre politischen Meinungen immer sein mögen, als Gast und Freund aufnahmen, erkläre ich Ihnen, daß ich Ihre Fragen als eine weit beleidigendere Schmähung betrachte als Ihren verleumderischen Verdacht, und da mein hartes Geschick mich keine andere Art der Genugtuung fordern läßt, so erkläre ich Ihnen, daß Sie mir eher das Herz aus dem Busen reißen als eine einzige Silbe der Mitteilung über Dinge erfahren sollen, mit denen ich nur durch das Vertrauen argwohnloser Gastfreundschaft bekannt geworden sein könnte.«

Herr Morton und der Major sahen einander bedeutungsvoll an, und der erstere, welcher im Laufe des Verhörs mehrmals von einem schlimmen Husten befallen worden war, nahm jetzt seine Zuflucht zu der Schnupftabaksdose und dem Taschentuche.

»Herr Waverley«, sagte der Friedensrichter, »meine gegenwärtige Stellung macht es gleich unmöglich, Beleidigungen zu erteilen wie zu empfangen, und ich will keinen Streit herbeiführen, der dem einen oder dem andern zu nahe träte. Es tut mir leid, einen Verhaftsbefehl für Sie ausfertigen zu müssen, doch soll dies Haus vorläufig Ihr Gefängniß bleiben. – Ich fürchte, ich werde Sie nicht bewegen können, meine Einladung anzunehmen, mit uns zu Abend zu essen – Edward schüttelte den Kopf – aber ich werde mir erlauben, Ihnen einige Erfrischungen auf das Zimmer bringen zu lassen.«

Unser Held verbeugte sich und ging, von einem Gerichtsdiener geleitet, nach einem kleinen freundlichen Zimmer, wo er, jedes Anerbieten von Speise und Wein ablehnend, sich auf das Bett warf und, erschöpft durch die ermüdenden Ereignisse und die geistige Anstrengung dieses traurigen Tages, bald in einen tiefen festen Schlaf versank. Das war mehr als er selbst gehofft hatte, aber man hat bei den nordamerikanischen Indianern die Bemerkung gemacht, daß sie am Marterpfahl bei der geringsten Unterbrechung ihrer Qualen einschlafen, bis die Anwendung des Feuers sie wieder weckt.

31. Eine Beratung und ihre Folgen

Der Friedensrichter Melville hatte Herrn Morton während Waverleys Verhör zurückbehalten, teils weil er hoffte, in dessen praktischem Verstande und anerkannter Redlichkeit eine Unterstützung zu finden, teils weil es ihm angenehm war, bei dem Verfahren gegen die Ehre und Sicherheit eines jungen Engländers von Rang und Familie, dem muthmaßlichen Erben eines bedeutenden Vermögens, einen Zeugen von unbezweifelter Aufrichtigkeit und Wahrheitsliebe zu haben. Jeder seiner Schritte wurde wohl überlegt, und er mußte dafür Sorge tragen, seine eigene Rechtschaffenheit außer Frage zu stellen.

Als Waverley sich entfernt hatte, setzten sich der Laird und der Geistliche von Cairnvreckan schweigend zu ihrem Abendessen. Während die Diener aufwarteten, sprach keiner von beiden ein Wort über die Dinge, mit denen ihre Gedanken beschäftigt waren, und keiner hatte Lust von etwas anderem zu sprechen. Die Jugend und die anscheinende Freimütigkeit Waverleys standen in dem stärksten Widerspruche zu dem schwarzen Verdachte, der auf ihm ruhte, und er hatte eine Art von Unbefangenheit und Offenheit des Wesens, welche seine Unbekanntschaft mit Intrigen zu verbürgen schien und sehr zu seinen Gunsten sprach.

Beide dachten über die einzelnen Umstände des Verhöres nach, und jeder sah sie aus dem Gesichtspunkte seiner eigenen Empfindungen. Beide waren unbedingt Männer von Talent, beide gleich befähigt, verschiedene Umstände der Beweisführung zu erwägen und daraus die nötigen Schlüsse zu ziehen. Aber der große Unterschied ihrer Gewohnheiten und ihrer Erziehung bewirkte oft eine bedeutende Abweichung ihrer beiderseitigen Schlüsse trotz gleicher Prämissen.

Der Friedensrichter Melville war in Lagern und Städten aufgewachsen, er war wachsam infolge seines Standes, vorsichtig aus Erfahrung, denn er hatte in der Welt viel Böses gesehen; obgleich er selbst ein redlicher Beamter und ein Ehrenmann war, war seine Meinung über andere stets streng und zuweilen ungerecht herb. Herr Morton dagegen war von den literarischen Beschäftigungen eines Kollegiums, in welchem seine Kommilitonen ihn liebten, seine Lehrer ihn achteten, zu der Behaglichkeit und Einfachheit seines geistlichen Amtes übergegangen, wo er nur wenig Gelegenheit hatte, Böses zu sehen. Er übte es nie aus, als um Reue und Besserung zu bewirken, und die Liebe und Achtung seiner Beichtkinder belohnte seinen herzlichen Eifer für ihr Bestes dadurch, daß sie ihm zu verbergen bemüht waren, was, wie sie wußten, ihm den bittersten Kummer machte, nämlich ihre eigenen gelegentlichen Übertretungen der Pflichten, deren Anempfehlung das Geschäft seines Lebens war. So pflegte man denn in der Nachbarschaft zu sagen, obgleich beide Männer beliebt waren, der Friedensrichter kenne nur das Böse in der Gemeinde und der Pfarrer nur das Gute.

Liebe zu den Wissenschaften, die freilich seinen geistlichen Studien und Pflichten untergeordnet war, zeichnete den Pastor von Cairnvreckan ebenfalls aus und gab seinem Gemüte in früheren Tagen eine leichte Färbung der Romantik, welche spätere Ereignisse des wirklichen Lebens nicht ganz tilgten. Der frühe Verlust einer liebenswürdigen jungen Gattin, die er aus reiner Liebe geheiratet, welcher ein einziges

Kind bald in das Grab folgte, hatte ebenfalls auf weite Jahre hinaus die Wirkung gehabt, sein von Natur wohlwollendes und kontemplatives Gemüth noch mehr zu mildern. Seine Gefühle bei der gegenwärtigen Gelegenheit wichen daher wesentlich von denen des strengen Moralisten, gewissenhaften Beamten und argwöhnischen Weltmannes ab.

Als die Diener sich entfernt hatten, währte das Schweigen beider Tischgenossen noch fort, bis Melville, sein Glas füllend und Herrn Morton die Flasche zuschiebend, anfing:

»Eine böse Geschichte das, Herr Morton. Ich fürchte, der Jüngling hat sich in den Bereich eines Strickes gebracht.«

»Behüte Gott!« entgegnete der Geistliche.

»Von Herzen und Amen«, sagte der weltliche Beamte. »Aber ich glaube, selbst Eure nachsichtige Logik wird diesem Schluß kaum ausweichen können.«

»Wahrlich«, antwortete der Geistliche, »ich hoffe, es läßt sich noch abwenden nach allem, was wir diesen Abend hörten.«

»In der Tat!« entgegnete Melville. »Aber mein guter Pastor, Ihr seid einer von denen, welche gern jeden Verbrecher die Wohltaten der Kirche genießen lassen möchten.«

»Unzweifelhaft möchte ich das: Milde und Nachsicht sind die Grundlagen der Lehren, die zu predigen ich berufen bin.«

»Religiös gesprochen, freilich, aber Milde gegen einen Verbrecher kann eine große Ungerechtigkeit gegen die Gesellschaft sein. Ich spreche nicht von diesem jungen Menschen im besondern, denn ich wünsche recht herzlich, er möchte sich rechtfertigen können; er gefällt mir wegen seiner Bescheidenheit und seines Geistes. Aber ich fürchte, er ist seinem Verhängniß verfallen.«

»Und weshalb? Hunderte von irregeleiteten Edelleuten stehen jetzt gegen die Regierung in Waffen, viele ohne Zweifel gestützt auf Grundsätze, welche Erziehung und früh eingesogene Vorurteile mit dem Namen des Patriotismus und Heldenmutes vergoldeten, wenn die Gerechtigkeit ihre Opfer aus einer solchen Menge auswählt, (denn ganz gewiß werden sie doch nicht alle hingerichtet werden), so muß sie die moralischen Beweggründe der einzelnen in Erwägung ziehen. Wen Ehrgeiz oder die Hoffnung auf persönliche Vorteile bewog, den Frieden einer wohlgeordneten Regierung zu stören, der falle als ein Opfer der Gesetze, der Jüngling aber, der durch die wilden Visionen von Ritterlichkeit und Treue irre geleitet wurde, hat sicher Anspruch auf Verzeihung.«

»Wenn phantastische Ritterlichkeit und eingebildete Loyalität in die Kategorie des Hochvcrrates fallen«, antwortete der Beamte, »dann kenne ich keinen Gerichtshof in der Christenheit, mein lieber Herr Morton, bei dem Sie Ihre *Habeas-Corpus*-Akte geltend machen könnten.«

»Aber ich sehe nicht, daß die Schuld dieses Jünglings vollkommen dargetan ist«, sagte der Geistliche.

»Weil Ihre Gutmütigkeit Ihren Verstand blendet«, entgegnete der Friedensrichter Melville. »Bemerken Sie nur: dieser junge Mann, der Abkömmling einer Familie erblicher Jakobiten, sein Oheim, der Führer der Torypartei in der Grafschaft **, sein Vater ein in Ungnade gefallener und mißvergnügter Höfling, sein Lehrer ein eidverweigernder Priester und Verfasser zweier verräterischer Schriften – dieser Jüngling, sage ich, tritt in Gardiners Dragonerregiment ein und bringt eine Abteilung junger Bursche von den Gütern seines Oheims mit, welche sich nicht scheuen, unterwegs die Grundsätze der anglikanischen Kirche zu bekennen, die sie in Waverley einsogen. Gegen diese jungen Leute zeigt er sich ungewöhnlich aufmerksam, sie erhalten mehr, als ein Soldat bedarf und mit der Disziplin verträglich ist, unter der Leitung eines Lieblingsunteroffiziers, durch dessen Vermittlung sie in ungemein nahen Verkehr mit ihrem Kapitän treten, betrachten sie sich als unabhängig von den andern Offizieren und als ihren Kameraden überlegen.«

»Das alles, mein lieber Major Melville, ist die natürliche Anhänglichkeit an ihren jungen Gutsherrn, sowie die Folge des Umstandes, daß sie sich in einem Regimente befanden, welches größtenteils im Norden von Irland und im Westen von Schottland ausgehoben war, und folglich unter Kameraden, die zu Händeln mit ihnen, sowohl als Engländern, wie als Mitgliedern der Kirche von England, geneigt waren.«

»Wohl gesagt, Pastor«, entgegnete der Friedensrichter. »Ich möchte, daß Euch einige Mitglieder Eurer Synode hörten. – Aber laßt mich fortfahren: dieser junge Mann erhält Urlaub, er geht nach Tully-Veolan, die Grundsätze des Baron von Bradwardine sind wohlbekannt, nicht zu erwähnen, daß der Oheim dieses jungen Mannes ihn *anno 15* vom Tode rettete, er läßt sich hier in Händel ein, bei denen er seine Uniform beschimpft haben soll, Oberst Gardiner schreibt ihm, anfangs mild, dann streng; (ich hoffe, Ihr werdet nicht daran zweifeln, daß er es tat, da er es sagt), seine Kameradschaft fordert ihn auf, die Ehrensache zu erklären, in die er verwickelt gewesen sein soll; er antwortet weder seinem Kommandeur, noch seinen Kameraden, während dessen werden seine Leute aufrührerisch und widersetzlich, und als endlich das Gerücht dieses unglücklichen Aufstandes allgemein bekannt ist, wird sein Lieblingsunteroffizier Houghton und ein anderer Bursche des Briefwechsels mit einem französischen Emissär überführt, beglaubigt, wie er angibt, durch Kapitän Waverley, der die Leute auffordern läßt, zu desertiren und beim Prinzen Karl zu ihm zu stoßen. Inzwischen hält sich dieser Kapitän nach seinem eigenen Zugeständnisse in Glennaquoich bei dem tätigsten, feinsten, verzweifeltsten Jakobiten von ganz Schottland auf; er geht mit demselben wenigstens bis zu der berüchtigten großen Jagdpartie und, wie ich fürchte, auch noch etwas weiter. Während dessen werden ihm zwei andere Ermahnungen zugesendet; die eine warnt ihn vor der Meuterei seiner Leute, die andere gebietet ihm streng, zu seinem Regiment zu kommen, was in der Tat die gesunde Vernunft schon befohlen haben sollte, sobald er bemerkte, daß rings um ihn her alles im Aufruhr stand. Er antwortet durch eine unbedingte Weigerung und gibt seinen Posten auf.«

»Er war desselben bereits beraubt«, sagte Mr. Morton.

»Aber er bedauert«, entgegnete Melville, »daß die Maßregel seiner Verzichtleistung zuvorkam. Seine Sachen werden in seinem Quartier und in Tully-Veolan belegt, und man findet darunter eine Menge pestilenzialischer jakobitischer Flugschriften, hinlänglich, ein ganzes Land zu vergiften, sowie die beiden ungedruckten Lukubrationen seines würdigen Freundes und Lehrers Mr. Pembroke.«

»Er sagt, daß er sie nie gelesen hat«, erwiderte der Geistliche.

»In einem gewöhnlichen Falle würde ich ihm glauben«, entgegnete der Friedensrichter, »denn sie sind eben so dumm und pedantisch in ihrer Abfassung, als straffällig in ihren Grundsätzen. Aber könnt Ihr glauben, daß irgend etwas als die Wertschätzung Ihrer Meinungen einen jungen Mann seines Alters bewegen konnte, solches Zeug mit sich herumzuschleppen? Als dann die Nachricht von der Annäherung der Rebellen kommt, bricht er in einer Art von Verkleidung auf und weigert sich, seinen Namen zu nennen. Wenn jenem alten Fanatiker zu glauben ist, war er von einem sehr verdächtigen Menschen begleitet und ritt ein Pferd, das, wie man weiß, Glennaquoich gehört hat; bei sich führt er überdies Briefe von seiner Familie, welche einen hohen Unwillen gegen das Haus Braunschweig aussprechen, und die Abschrift einiger Verse zum Lobe eines gewissen Wogan, der den Dienst des Parlamentes verließ und zu den Hochlandsinsurgenten überging, als diese die Waffen ergriffen hatten, um das Haus Stuart wieder einzusetzen, ganz das Gegenstück seiner eigenen Verschwörung, und überdies noch mit einer Nachschrift, die ermahnt: Gehet hin und tuet desgleichen, von diesem treuen Untertanen, diesem friedlichen, zuverlässigen Charakter, dem Fergus Mac-Ivor von Glennaquoich, Bich Ian Vohr etc. Und endlich«, fuhr Major Melville fort, welcher sich durch seine Argumente selbst warm redete, »wo finden wir diese zweite Ausgabe des Ritter Wogan? Wo anders, als auf dem Wege zu der geeignetsten Ausführung seiner Absichten, indem er gleich den ersten von den Untertanen des Königs, der es wagt, seinen Absichten nachzufragen, niederschießt.«

Mr. Morton enthielt sich klüglich aller Gründe, welche, wie er bemerkte, nur dazu gedient hätten, den Beamten in seiner Meinung zu bestärken, und begnügte sich mit der Frage, was er über den Gefangenen weiter zu verfügen gedenke?

»Das ist eine ziemlich schwierige Frage, in Erwägung des Zustandes, in welchem sich das Land befindet«, sagte Mr. Melville.

»Könntet Ihr nicht, da er ein so edler junger Mann ist, hier in Eurem eignen Hause das Unheil von ihm abhalten, bis der Sturm vorüber ist?«

»Nein, guter Freund«, entgegnete der Friedensrichter, »weder Euer Haus, noch meines wird lange gegen Unheil geschützt bleiben, wäre es selbst gesetzlich, ihn hier zu behalten. Ich habe eben erfahren, daß der kommandirende General, welcher in das Hochland rückt, um die Insurgenten aufzusuchen und aus einander zu sprengen, bei Coryerrick eine Schlacht mit denselben abgelehnt hat, und mit allen disponiblen Truppen der Regierung nördlich gegen den Inverneß nach John-o'-Groats Haus, oder weiß der Teufel wohin, marschirt ist, so daß der Weg nach dem Tieflande für die Hochlandsarmee ganz offen und unverteidigt daliegt.«

»Guter Gott!« rief der Geistliche, »ist der Mensch denn eine Memme, ein Verräter oder ein Dummkopf?«

»Keines von den dreien, glaube ich«, entgegnete Melville, »Sir John hat den gewöhnlichen Muth des gemeinen Soldaten, ist redlich genug, tut, was ihm befohlen, und versteht, was ihm gesagt wird, ist aber eben so befähigt, bei wichtigen Gelegenheiten für sich selbst zu handeln, wie ich es bin, Eure Kanzel einzunehmen.«

Die wichtige öffentliche Angelegenheit lenkte natürlich das Gespräch für einige Zeit von Waverley ab, endlich aber wurde dieser wieder ins Gespräch gezogen.

»Ich glaube«, sagte der Major Melville, »daß ich diesen jungen Mann einem Detachement der bewaffneten Freiwilligen übergeben muß, welche kürzlich ausgesandt wurden, die mißvergnügten Gegenden einzuschüchtern. Sie sind jetzt gegen Stirling zurückberufen, und eine kleine Abteilung von ihnen kommt morgen oder übermorgen hier durch, befehligt von dem Westlandsmanne, wie ist doch sein Name? Ihr sahet ihn und sagtet, er wäre das echte Muster von einem der heiligen Streiter Cromwells.«

»Gilfillan, der Cameronsmann«, entgegnete Mr. Morton. »Ich wünsche, der junge Mann möchte bei ihm sicher sein. Auffallende Dinge geschehen in der Hitze und Aufregung der Gemüter bei einer so beunruhigenden Krisis, und ich fürchte, Gilfillan gehört zu einer Sekte, welche Verfolgung erlitten hat, ohne Milde zu lernen.«

»Er hat Waverley nur im Schlosse Stirling abzuliefern«, entgegnete der Friedensrichter. »Ich will strenge Weisung geben, daß er gut behandelt wird. In der Tat kann ich nichts Besseres ausfindig machen, um ihn in Sicherheit zu bringen; und ich glaube kaum, daß Ihr mir raten werdet, mich der Verantwortlichkeit auszusetzen, ihn frei zu lassen.«

»Aber Ihr werdet doch nichts dagegen haben, daß ich ihn morgen früh allein spreche?« sagte der Geistliche, »Nein, gewiß nicht, Eure Treue und Euer Charakter sind mir Bürge. Aber in welcher Absicht sprecht Ihr diesen Wunsch aus?«

»Nur um zu versuchen«, entgegnete Mr. Morton, »ob ich ihn nicht dahin bringen kann, mir einige Umstände mitzuteilen, die im Stande sind, ihn zu rechtfertigen oder doch seine Schuld zu mildern.«

Die Freunde trennten sich jetzt und gingen zur Ruhe, beide in trüben Betrachtungen über den Zustand des Landes.

32. Ein Vertrauter

Waverley erwachte am Morgen von unruhigen Träumen und einem unerqickenden Schlummer zum vollen Bewußtsein seiner schrecklichen Lage. Wie sie enden würde, das wußte er nicht. Er konnte den Kriegsgesetzen überliefert werden, welche mitten im Bürgerkriege wahrscheinlich nicht sehr gewissenhaft in der Wahl ihrer Opfer oder in der Prüfung der Beweisgründe von deren Verurteilung sein würden. Auch fühlte er sich nicht sehr erleichtert durch den Gedanken an eine Untersuchung vor einem schottischen Gerichtshofe, denn er wußte, daß die Gesetze und Formen dort in mancher Hinsicht von denen in England abwichen, und man hatte ihn, wenn auch irrtümlich, zu glauben gelehrt, daß Freiheit und Recht der Untertanen dort minder sorgfältig beschützt würden. Es entstand in seinem Gemüth ein Gefühl der Bitterkeit gegen die Regierung, welche er als die Ursache seiner Verlegenheit und Gefahr betrachtete, und er verwünschte es innerlich, daß er so skrupulös gewesen war, Mac-Ivors Einladung, ihn ins Feld zu begleiten, zu verwerfen. »Weshalb«, sagte er sich selbst, »ergriff ich nicht, gleich andern Männern von Ehre, die erste Gelegenheit, in Britannien den Abkömmling seiner alten Könige, den unmittelbaren Erben seines Thrones zu begrüßen. Weshalb

Entzog ich nicht des Aufruhrs Nadelöhr
Den Faden? Hieß verkannte Treu willkommen?
Floh zu dem Prinzen Karl? Fiel ihm zu Füßen?

Alles, was von Werth und Vortrefflichkeit dem Hause Waverley nachgesagt worden ist, war gegründet auf seine treue Anhänglichkeit an das Haus der Stuarts. Nach der Auslegung, welche der schottische Beamte den Briefen meines Oheims und meines Vaters gegeben hat, ist es klar, daß ich sie so verstanden haben sollte, als ermahnten sie mich, der Laufbahn meiner Vorfahren zu folgen, und nur mein Unverstand, meine Dummheit, im Verein mit der Undeutlichkeit ihrer Ausdrücke, die sie der Sicherheit wegen wählten, haben mein Urteil irre geleitet. Wäre ich der ersten großmütigen Einflüsterung des Unwillens gefolgt, als ich erfuhr, daß man mit meiner Ehre gespielt habe, wie anders würde dann meine jetzige Lage sein! Ich wäre frei und unter den Waffen und kämpfte gleich meinen Vorfahren für Liebe, Königstreue und Ruhm. Und nun bin ich hier in Fesseln und in Banden, der Gnade eines harten, strengen, kaltherzigen Menschen überlassen, vielleicht um in die Einsamkeit eines Kerkers gestürzt oder der Schande einer öffentlichen Hinrichtung überliefert zu werden. Ach, Fergus, wie wahr hat sich Deine Prophezeihung gezeigt, und wie schnell, wie unendlich schnell ist sie in Erfüllung gegangen!«

Während Edward so diesen peinlichen Gegenständen der Betrachtung nachhing, und sehr natürlich, doch nicht mit gleichem Rechte, der herrschenden Dynastie das zur Last legte, was der Zufall, aber wenigstens zum Teil sein eigenes unüberlegtes Betragen verschuldete, benutzte Morton die Erlaubniß des Major Melville, den Gefangenen zu besuchen.

Waverleys erste Regung war, ihm den Wunsch auszusprechen, er möchte ihn nicht durch Fragen oder Gespräche belästigen, aber er unterdrückte ihn, als er das wohlwollende und ehrwürdige Äußere des Geistlichen sah, der ihn von der unmittelbaren Gewalttat der Dorfbewohner errettet hatte.

»Ich glaube, Herr« sagte der junge unglückliche Mann, »daß ich Euch unter jeden andern Umständen so viel Dankbarkeit aussprechen würde, als die Sicherheit meines Lebens wert ist, aber die Aufregung meines Gemütes ist jetzt so groß und meine Besorgniß vor dem, was ich wahrscheinlich zu erdulden habe, so lebhaft, daß ich Euch für Eure Vermittelung kaum meinen Dank ausdrücken kann.«

Mr. Morton entgegnete, er sei weit entfernt, auf seinen Dank Anspruch zu machen, sondern sein einziger Wunsch und der alleinige Zweck seines Besuches sei, die Mittel ausfindig zu machen, ihn zu verdienen. – »Mein vortrefflicher Freund, der Friedensrichter Melville«, fuhr er fort, »hat als Offizier und öffentlicher Beamter Gefühle und Pflichten, durch die ich nicht gefesselt bin, auch kann ich nicht immer mit den Meinungen übereinstimmen, die er hegt, vielleicht weil er der Unvollkommenheit der menschlichen Natur so wenig Nachsicht schenkt.« Er hielt inne und fuhr erst nach einer Pause fort: »Ich dränge mich nicht in Euer Vertrauen, Herr Waverley, um Umstände zu erfahren, deren Kenntniß Euch oder andern nachteilig sein kann, aber ich spreche den ernsten Wunsch aus, daß Ihr mich mit solchen Umständen bekannt machen möchtet, die zu Eurer Rechtfertigung führen können. Ich kann Euch die feierliche Versicherung geben, daß sie einem treuen, und soweit seine beschränkte Macht geht, eifrigen Gehilfen anvertraut werden.«

»Ihr seid, wie ich vermute, ein presbyterianischer Geistlicher?«

Mr. Morton verneigte sich bejahend.

»Ließe ich mich durch die Vorurteile der Erziehung leiten«, fuhr Waverley fort, »so würde ich Euren freundlichen Anerbietungen mißtrauen, aber ich habe bemerkt, daß in diesem Lande ähnliche Vorurteile gegen Eure Amtsbrüder der bischöflichen Kirche genährt werden, und ich bin geneigt zu glauben, daß beide ungerecht sind.«

»Wehe dem, der anders denkt«, sagte Mr. Morton, »oder der Kirchenherrschaft und Ceremonien für ein Unterpfand des Glaubens oder der Moralität hält.«

»Aber«, fuhr Waverley fort, »ich kann nicht sehen, weshalb ich Euch durch die Mitteilung näherer Umstände beunruhigen sollte, aus denen ich, wenn ich sie so sorgfältig als möglich in mein Gedächtniß zurückrufe, die Anklage durchaus nicht zu erklären weiß. Ich weiß in der Tat, daß ich unschuldig bin, aber ich sehe kaum ein, wie ich es zu beweisen vermag.«

»Eben aus dem Grunde, Mr. Waverley, wage ich es, Euer Vertrauen in Anspruch zu nehmen. Meine Kenntniß der Individuen in diesem Lande ist sehr allgemein und kann im Fall der Noth noch ausgedehnt werden. Eure Lage wird, wie ich fürchte, Euch nicht erlauben, die

Schritte zu tun, die nötig sind, um Nachrichten einzuziehen oder Betrug zu hindern, ich will dieselben gern für Euch tun, und wenn meine Bemühungen Euch nichts nützen können, so werden sie Euch doch auch nicht schädlich sein.«

Nach kurzer Überlegung fühlte sich Waverley überzeugt, daß sein Vertrauen gegen Mr. Morton, soweit es ihn selbst betraf, weder Mr. Bradwardine, noch Fergus Mac-Ivor nachteilig sein könnte, die beide offen gegen die Regierung die Waffen ergriffen hatten, daß es aber ihm selbst möglicherweise von Nutzen sein könnte. Er eilte deshalb kurz über die meisten Ereignisse hinweg, mit denen der Leser bereits bekannt ist, überging seine Liebe zu Flora mit Stillschweigen und erwähnte in der Tat weder sie noch Rosa Bradwardine in dem Laufe seiner Erzählung. Mr. Morton schien besonders ergriffen durch die Schilderung von Waverleys Besuch bei Donald Bean Lean.

»Es freut mich«, sagte er, »daß Ihr dessen gegen den Friedensrichter nicht erwähntet. Dieser Umstand ist großer Mißdeutung von Seiten derer ausgesetzt, welche die Gewalt der Neugier und den Einfluß romantischer Neigungen als Beweggründe in den Handlungen der Jugend nicht berücksichtigen. Als ich in Ihrem Alter war, Herr Waverley, würde jede solche hirnverbrannte Unternehmung, ich bitte um Verzeihung wegen des Ausdrucks, für mich einen unaussprechlichen Reiz gehabt haben. Aber es gibt Menschen in der Welt, welche nicht glauben, daß man Gefahren und Mühseligkeiten oft ohne eine sehr angemessene Ursache aussucht, und die deshalb geneigt sind, den Handlungen Beweggründe unterzuschieben, die von der Wahrheit durchaus abliegen. Dieser Bean Lean ist durch das ganze Land berüchtigt als eine Art Robin Hood, und die Geschichten, die man sich von seiner Gewandtheit und seinem Unternehmungsgeist erzählt, sind in unserer Gegend die gewöhnliche Unterhaltung am winterlichen Herde. Er besitzt ganz gewiß Talente, die ihn weit über die niedere Sphäre hinausheben, in der er sich bewegt, und da es ihm weder an Ehrgeiz mangelt, noch sein Gewissen ihn abhält, wird er wahrscheinlich alle möglichen Mittel anwenden, um sich während dieser unglücklichen Unruhen auszuzeichnen.«

Mr. Morton erkundigte sich hierauf sorgfältig nach den verschiedenen näheren Umständen von Waverleys Zusammentreffen mit Donald Bean Lean und allem andern, was er ihm mitgeteilt hatte. Die Teilnahme, welche dieser gute Mann an Edwards Unglück zu nehmen schien, vor allem aber das volle Vertrauen, das er dem Anscheine nach in seine Unschuld setzte, hatte die natürliche Wirkung, des Jünglings Herz zu erleichtern, der durch die Kälte des Friedensrichters zu dem Glauben veranlaßt worden war, die ganze Welt hätte sich verschworen, ihn zu unterdrücken. Er schüttelte Mr. Morton herzlich die Hand, und indem er ihm die Versicherung gab, daß seine Güte und Teilnahme sein Gemüth von einer schweren Last befreit hätten, sagte er ihm: Wie auch sein Geschick sein möchte, so gehöre er doch einer Familie an, die dankbare Gesinnungen hege, und die die Macht habe, sie zu betätigen. Der Ernst seines Dankes lockte Tränen in die Augen des würdigen Geistlichen, der sich für die Sache, für welche er seine Dienste dargeboten hatte, doppelt interessirt fühlte, als er die offenen unverstellten Gefühle seines jungen Freundes sah.

Edward fragte jetzt Mr. Morton, ob er wisse, welcher Bestimmungsort ihm gesetzt werden würde.

»Das Schloß von Stirling«, entgegnete sein Freund, »und insofern bin ich Euretwegen erfreut, denn der Gouverneur ist ein Mann von Ehre und Menschlichkeit. Zweifelhaft aber ist mir Eure Behandlung unterwegs. Major Melville ist wider Willen gezwungen, die Obhut über Eure Person einem andern anzuvertrauen.«

»Das freut mich«, entgegnete Waverley, »ich verabscheue diesen kalten, berechnenden schottischen Beamten. Ich hoffe, er und ich, wir treffen nie wieder zusammen. Er zeigte weder Mitgefühl mit meiner Unschuld, noch mit meiner traurigen Lage, und die lästige Genauigkeit, mit welcher er alle Formen der Höflichkeit beobachtete, während er mich durch Fragen marterte, sein Verdacht, seine Einwürfe, waren für mich so peinigend wie die Tortur einer Inquisition. Verteidigen Sie ihn nicht, lieber Herr, denn ich könnte das nicht mit Geduld ertragen, sagen Sie mir lieber, wer die Aufsicht über einen Staatsgefangenen haben soll, wie ich es bin.«

»Ich glaube, ein gewisser Gilfillan, einer von der Sekte, welche Cameronsleute genannt werden.«

»Ich hörte bisher nie von ihnen.«

»Sie machen Anspruch darauf«, sagte der Geistliche, »die strengeren Presbyterianer vorzustellen, welche sich in den Tagen Karls II. und Jakobs II. weigerten, die Toleranz oder Indulgenz zu benutzen, die sich auf andere Glieder dieser Sekte erstreckte. Sie halten Konventikel auf offenem Felde, und da sie von der schottischen Regierung mit großer Heftigkeit und Grausamkeit behandelt wurden, griffen sie mehrmals zu den Waffen. Sie leiten ihren Namen von ihrem Führer Richard Cameron ab.«

»Ich erinnere mich«, sagte Waverley, »aber vertilgte nicht der Triumph des Presbyterianismus in der Revolution diese Sekte?«

»Keineswegs«, entgegnete Morton, »jenes große Ereigniß blieb weit hinter dem zurück, was sie verlangten; es war nichts geringeres als die vollständige Herstellung der presbyterianischen Kirche auf dem Grunde des alten feierlichen Covenant. Ich glaube, sie wußten in der Tat kaum, was sie wollten, aber da sie zahlreich und im Gebrauch der Waffen nicht unerfahren waren, hielten sie als eine besondere Partei im Staate zusammen, und zur Zeit der Union schlossen sie ein fast unnatürliches Bündniß mit ihren alten Feinden, den Jakobiten, um jene wichtige Maßregel zu hindern. Seit jener Zeit hat ihre Zahl bedeutend abgenommen, aber noch immer sind viele in den westlichen Grafschaften zu finden, und mit einer bessern Stimmung als 1707 haben jetzt mehrere von ihnen für die Regierung die Waffen ergriffen. Dieser Mensch, der Gilfillan, der Begabte, genannt wird, ist lange einer ihrer Führer gewesen und kommandirt jetzt eine kleine Abteilung, welche heute oder morgen auf ihrem Marsche nach Stirling hier durchkommen wird und unter deren Eskorte Major Melville Sie fortzuschicken gedenkt. Ich bin gern bereit, Ihretwegen mit Gilfillan zu sprechen, aber da er von allen Vorurteilen seiner Sekte eingenommen und von wilder Gemüthsart ist, so wird er wenig auf die Worte eines Erastianers achten, wie er mich höflich zu nennen beliebt. – Und nun leben Sie wohl, mein junger Freund, für jetzt darf ich des Majors Güte nicht mißbrauchen, damit ich die Erlaubniß erhalte, Sie im Laufe des Tages noch einmal zu besuchen.«

33. Es bessert sich ein wenig

Gegen Mittag kehrte Mr. Morton zurück und brachte eine Einladung des Majors Melville, Waverley mochte ihm, ungeachtet der unangenehmen Umstände, die ihn in Cairnvreckan zurückhielten, von denen er Herrn Waverley von Herzen gern befreit setzen würde, die Ehre seiner Gesellschaft bei Tische gönnen. Die Wahrheit war, daß Mr. Mortons günstiger Bericht und seine vorteilhafte Meinung den Argwohn des alten Kriegers über Edwards Teilnahme an der Meuterei im Regiment etwas geschwächt hatte, und bei dem unglücklichen Zustande des Landes konnte der bloße Verdacht der Unzufriedenheit oder der Neigung, zu den jakobitischen Insurgenten zu gehen, wohl als Verbrechen, doch nicht als Schande betrachtet werden. Überdies hatte eine Person, welcher der Major Vertrauen schenkte, diesem gemeldet, obgleich, wie sich zeigte, ohne Grund, daß die beunruhigenden Gerüchte des vorhergehenden Abends unbegründet wären. Infolge dieser zweiten Nachricht hatten sich die Hochländer von der Grenze des Tieflandes zurückgezogen, um der königlichen Armee auf ihrem Marsche nach Inverneß zu folgen. Der Friedensrichter wußte in der Tat nicht, wie er diese Nachricht mit der wohlbekannten Gewandtheit einiger Edelleute in der Hochlandsarmee in Übereinstimmung bringen sollte, aber es konnte dieser Schritt andern wohl der angenehmste sein. Er erinnerte sich, daß dieselbe Politik sie im Jahre 1715 im Norden zurückgehalten hatte, und schloß daraus auf eine ähnliche Beendigung der gegenwärtigen Insurrektion. Die Nachricht versetzte ihn in eine so gute Laune, daß er bereitwillig auf Mr. Mortons Vorschlag einging, seinem unglücklichen Gaste einige Freundschaft zu beweisen, und daß er aus freien Stücken hinzusetzte, er hoffe, die ganze Sache werde sich als ein Jugendstreich herausstellen, der leicht durch eine kurze Haft gesühnt werden könnte. Der freundliche Vermittler war etwas beunruhigt darüber, wie er seinen jungen Freund bewegen sollte, die Einladung anzunehmen. Er wagte es nicht, den wahren Grund anzugeben, welcher in dem gutmütigen Wunsche bestand, über Waverleys Angelegenheit von dem Major einen günstigen Rapport an den Gouverneur Blackeney zu erlangen. Aus dem aufsteigenden Unwillen unseres Helden erkannte er, daß eine Berührung dieses Gegenstandes seine Absicht zuverlässig vereiteln würde. So bemerkte er denn, daß die Einladung des Major Melville einen deutlichen Unglauben an jedem mit dem Benehmen eines Soldaten und eines Mannes von Ehre unverträglichen Punkte der Anklage bewiese, und daß die Ablehnung dieser Artigkeit als entsprungen aus dem Bewußtsein, daß sie unverdient sei, ausgelegt werden könnte. Kurz, er überzeugte Edward, daß es das männlichste und geeignetste Benehmen sei, dem Major ohne Zwang entgegen zu gehen, so daß Waverley, seinen Widerwillen gegen ein abermaliges Zusammentreffen mit dem kalten pünktlichen Geschäftsmanne bezwingend, seinem neuen Freunde versprach, sich von ihm leiten zu lassen.

Das Zusammentreffen war anfangs steif und förmlich genug. Da Edward aber die Einladung angenommen hatte, und da er sich durch die Herzlichkeit Mortons wirklich beruhigt und erleichtert fühlte, hielt er sich für verpflichtet, ein ungezwungenes Benehmen zu zeigen, wenn er auch keine Herzlichkeit zu erheucheln vermochte. Der Major war ein Lebemann und sein Wein vortrefflich. Er erzählte seine alten Kriegsgeschichten und entfaltete eine große Kenntniß von Menschen und Sitten. Mr. Morton besaß einen Schatz ruhiger, stiller Heiterkeit, welche selten verfehlte, eine kleine Gesellschaft, in der er sich wohl befand, ebenfalls heiter zu stimmen. Waverley, dessen Leben ein Traum war, gab bereitwillig dem vorherrschenden Impulse nach und wurde der Unterhaltendste in der Gesellschaft. Er besaß zu allen Zeiten eine reiche Unterhaltungsgabe, die allerdings leicht durch irgend eine Verstimmung zum Schweigen gebracht werden konnte. Jetzt aber lag ihm daran, in der Erinnerung seiner Gesellschafter einen günstigen Eindruck zurückzulassen, als ein Mann, der unter so traurigen Umständen sein Mißgeschick mit Leichtigkeit und Heiterkeit zu ertragen vermochte. Sein Geist war sehr elastisch und unterstützte seine Absichten. Das Kleeblatt war in einem sehr angeregten Gespräch begriffen, offenbar mit einander höchst zufrieden, und der freundliche Wirth entstöpselte eben eine dritte Flasche Burgunder, als in einiger Entfernung Trommeln ertönten. Der Friedensrichter, welcher über der Laune eines alten Soldaten die Pflichten des Beamten vergessen hatte, verwünschte mit einem militärischen Fluche die Umstände, welche ihn zu seinem Amte riefen. Er sprang auf und eilte an das Fenster, welches eine beschränkte Aussicht auf die Landstraße gewährte, seine Gäste folgten ihm.

Die Trommel kam näher, doch ertönte kein kriegerischer Marsch, sondern ein eintöniges Drumderumdum, welches dem Tone der Feuerlärmtrommel glich, der die schlummernden Handwerker eines schottischen Fleckens aus dem Schlafe aufschreckt. Es ist der Zweck dieser Geschichte, jedermann Gerechtigkeit widerfahren zu lassen; um gegen den Trommelschläger ebenfalls gerecht zu sein, muß ich daher erwähnen, daß er versicherte, alle in der britischen Armee bekannten Märsche und Signale schlagen zu können, und daß er deshalb mit Dumbartons Trommelmelodien angefangen, der Kommandeur der Abteilung, Gilsillan, der Begabte, ihm aber damit aufzuhören geboten, da er seinen Leuten nicht gestatten wollte, nach dieser profanen und, wie er sagte, strafbaren Melodie zu marschiren, und befohlen habe, den 119. Psalm zu schlagen. Da dies über die Fähigkeit des Kalbfellraßlers ging, griff derselbe zu einem harmlosen Drumderumdum als einem unschuldigen Ersatze für die fromme Melodie, zu der entweder das Instrument oder seine Kunst nicht hinreichten. Dies mag vielleicht für eine unbedeutende Anekdote gehalten werden, aber dieser Tambour war nichts geringeres als Stadttrommler in Anderton. Ich erinnere mich, daß sein Nachfolger im Amte ein Mitglied jenes erleuchteten Körpers, des britischen Conventes, war: möge sein Andenken daher mit der gehörigen Ehrfurcht behandelt werden.

34. Ein Freiwilliger vor sechszig Jahren

Als Major Melville den unwillkommenen Ton der Trommel hörte, öffnete er hastig eine Glastür und trat auf eine Terrasse, welche sein Haus von der Landstraße trennte, von der die kriegerische Musik herausschallte. Waverley und dessen neuer Freund folgten ihm, obgleich er ihre Begleitung augenscheinlich nicht wünschte. Bald erblickten sie in einem feierlichen Marsche zuerst den Trommelmusikus, dann eine große Fahne, welche in vier Felder geteilt war, auf denen die Worte standen: »Covenant, Kirche, König, Königreiche!« Dem, welcher mit dem Tragen dieser Fahne geehrt wurde, folgte der Kommandeur der Abteilung, ein magerer, schwarzer, streng aussehender Mensch von ungefähr sechszig Jahren. Der geistliche Stolz, der bei dem Wirte des Armleuchters durch eine Art von hochmütiger Heuchelei bemäntelt wurde, war in dem Gesichte dieses Menschen erhabener, doch echter und ganz entschiedener Fanatismus. Es war unmöglich, ihn anzusehen, ohne ihn in Gedanken in irgend eine merkwürdige Krisis zu versetzen, in welcher religiöser Eifer den Ausschlag gab. Ein Märtyrer auf dem Scheiterhaufen, ein Krieger in dem Felde, ein einsamer verbannter Wanderer, getröstet durch die Kraft und eingebildete Reinheit seines Glaubens unter allen irdischen Entbehrungen, vielleicht ein verfolgungssüchtiger Inquisitor, ebenso fürchterlich in der Macht wie unbeugsam im Mißgeschick – irgend eine dieser Rollen schien dem Charakter dieses Menschen zuzugehören. Neben diesen scharf geprägten Zügen innerer Kraft lag in der affektirten Bestimmtheit und Feierlichkeit seines Benehmens und seiner Rede etwas, was ans Spaßhafte grenzte, so daß man den Mr. Gilsillan nach der Stimmung des Beobachters, oder nach dem Lichte, in welchem er gerade erschien, fürchten, bewundern oder verlachen konnte. Seine Kleidung war die eines westländischen Bauern, von besserem Stoffe freilich als die der niederen Stände, aber in keiner Weise die herrschende Mode oder die des schottischen Adels irgend welcher Zeit nachahmend. Seine Waffen waren ein Schwert und Pistolen, welche, nach ihrem Aussehen zu urteilen, schon den Aufstand von Pentland oder Bothwell-Bridge mitgemacht haben konnten. Als er dem Major Melville einige Schritte näher trat und feierlich, doch kaum merklich, seine schwerfällige mit einem überbreiten Rande versehene blaue Mütze berührte, um dem Major zu danken, der seinen kleinen goldbetreßten dreieckigen Hut höflich lüftete, konnte Edward sich des Gedankens nicht erwehren, er sehe einen von den Führern der ehemaligen Rundköpfe in Beratung mit einem Hauptmann Marlboroughs.

Die Abteilung von etwa dreißig Bewaffneten, welche diesem begab-ten[14] Führer folgte, war ziemlich buntscheckig. Alle trugen gewöhnliche Tieflandskleidung von verschiedener Farbe, welche ihnen durch den Gegensatz zu ihren Waffen ein unregelmäßiges plebejisches Ansehen verlieh, denn das Auge ist einmal daran gewöhnt, beim Soldaten Gleichheit der Kleidung vorauszusetzen. Voran standen einige wenige, die allem Anscheine nach den Enthusiasmus ihres Führers teilten, Leute, die offenbar in einem Kampfe zu fürchten waren, in welchem ihr natürlicher Muth durch religiösen Eifer gesteigert wurde. Andere dagegen waren nicht wenig aufgeblasen und machten sich wichtig, weil sie Waffen trugen, was für sie etwas neues war; die übrigen, allem Anscheine nach ermüdet durch ihren Marsch, schleppten sich lautlos im Gliede fort oder entfernten sich heimlich von ihren Gefährten, um sich Erfrischungen zu verschaffen, wie die benachbarten Hütten und Bürgerhäuser sie gewährten.

»Sechs Grenadiere von Ligoniers Regiment«, dachte der Friedensrich-ter, indem er sich seiner eigenen militärischen Erfahrung erinnerte, »würden mit all diesen Burschen fertig werden.«

Er grüßte indeß Mr. Gilfillan höflich und fragte, ob er den Brief er-halten, den er ihm während seines Marsches zugeschickt, und ob er den Transport des darin erwähnten Staatsgefangenen bis Stirling, übernehmen könnte.

»Ja«, lautete die kurze Antwort des Cameronmannes mit einer Stimme, die aus dem tiefsten Innern seines Körpers herzukommen schien.

»Aber Eure Mannschaft, Mr. Gilfillan, ist nicht so stark, als ich er-wartete«, sagte Major Melville.

»Einige der Leute«, entgegnete Gilfillan, »hatten Hunger und Durst unterwegs, und sie blieben zurück, bis ihre armen Seelen durch das Wort erfrischt würden.«

»Es tut mir leid«, entgegnete der Friedensrichter, »daß Ihr mit der Erfrischung Eurer Leute nicht bis Cairnvreckan gewartet habt; was aber mein armes Haus enthält, steht Leuten, die im Dienst sind, zu Befehl.«

»Nicht von fleischlicher Erfrischung sprach ich«, antwortete der Covenanter, indem er den Major mit geringschätzendem Lächeln be-trachtete, »dennoch danke ich Euch; die Zurückbleibenden warteten auf den herrlichen Gottesmann Mr. Jabesh Rentowel, um seine Nach-mittagspredigt zu Ende zu hören.«

14   Im Englischen heißt er Gifted Gilfillan.

»Und habt Ihr«, fragte der Major, »während die Rebellen auf dem Punkte stehen, sich über dieses Land zu ergießen, wirklich einen großen Teil Eurer Leute wegen einer Feldpredigt zurückgelassen?«

Gilsillan lächelte abermals geringschätzend und gab die indirekte Antwort: »So sind die Kinder dieser Welt in ihrer Art weiser als die Kinder des Lichts.«

»Da Ihr aber«, sagte der Friedensrichter, »diesen Herrn nach Stirling transportiren und ihn mit diesen Papieren den Händen des Gouverneurs Blackeney übergeben sollt, ersuche ich Euch, während Eures Marsches einige militärische Regeln zu beobachten; z. B. würde ich Euch raten, Eure Mannschaft dichter zusammenzuhalten, so daß jeder seinen Vordermann deckt, statt sie wie eine Heerde Gänse laufen zu lassen. Zur Vermeidung eines Überfalles möchte ich Euch ferner raten, aus Euren besten Leuten eine kleine Avantgarde zu bilden, mit einer Vedette zur Eröffnung des ganzen Marsches, so daß, wenn Ihr Euch einem Dorfe oder einem Walde nahet – aber«, unterbrach Major Melville sich selbst, »ich sehe, daß Ihr nicht auf mich hört, Mr. Gilfillan, und ich glaube daher, daß ich mir nicht die Mühe zu geben brauche, Euch noch etwas weiteres über diesen Gegenstand zu sagen. Ihr habt ohne Zweifel ein besseres Urteil als ich über die zu treffenden Maßregeln; auf eines aber möchte ich Euch doch noch aufmerksam machen, daß Ihr diesen Herrn, Euren Gefangenen, weder mit Strenge noch mit Unhöflichkeit zu behandeln, ihn namentlich keinem andern Zwange zu unterwerfen habt, als den die Sicherheit erfordert.«

»Ich kenne meine Instruktion«, sagte Mr. Gilfillan, »die von einem würdigen Bekenner, dem Earl William von Glencairn, unterschrieben ist, und ich finde darin nichts davon, daß ich wegen meines Tuns Weisungen oder Befehle von dem Major William Melville in Cairn-vreckan zu empfangen hätte.«

Mr. Melville wurde roth bis zu den wohlgepuderten Ohren, die unter seinen militärischen Seitenlocken hervorblickten, um so mehr, da er das Lächeln des Mr. Morton in demselben Moment bemerkte.

»Mr. Gilfillan«, erwiderte er mit einiger Schärfe, »ich bitte zehntau-sendmal um Verzeihung, daß ich einer Person von Eurer Wichtigkeit einen Rath zu erteilen wagte; ich glaubte, da Ihr als Viehmäster aufge-wachsen seid, wenn ich nicht irre, könnte es nichts schaden, wenn ich Euch an den Unterschied zwischen Hochländern und hochländischen Hornochsen erinnerte, und wenn Ihr zufällig mit irgend einem Manne zusammentrefft, der gedient hat und geneigt ist, mit Euch darüber zu sprechen, so glaube ich noch jetzt, daß es Euch keinen Schaden bringen würde, ihn anzuhören. Aber ich bin fertig und habe nur nochmals diesen Herrn sowohl Eurer Höflichkeit als Eurer Aufsicht zu empfehlen. – Herr Waverley, es tut mir wirklich leid, daß wir uns auf diese Weise trennen müssen, aber ich hoffe, wenn Ihr wieder in diese Gegend kommt, Gelegenheit zu finden, Euch Cairnvreckan angenehmer zu machen, als die Umstände mir es diesmal gestatteten.«

Mit diesen Worten schüttelte er unserm Helden die Hand.

Morton nahm ebenfalls herzlichen Abschied von ihm, und Waverley, der sein Pferd bestiegen hatte, welches ein Musketier am Zügel führte, während auf jeder Seite ein ganzes Glied marschirte, um seine Flucht zu hindern, rückte mit Gilfillan und dessen Abteilung aus. Durch das kleine Dorf wurden sie von dem Geschrei der Kinder begleitet, welche riefen: »Ha, seht den Südlandsedelmann, der gehangen wird, weil er den langen Schmied John Mucklewrath angeschossen hat.

35. Ein Ereigniß

Die Mittagszeit wurde in Schottland vor sechszig Jahren um zwei Uhr abgehalten. Es war daher gegen vier Uhr an einem köstlichen Herbstnachmittage, als Mr. Gilfillan seinen Marsch in der Hoffnung antrat, Stirling, obgleich es achtzehn englische Meilen entfernt war, noch an diesem Abend zu erreichen, wenn er eine oder zwei Stunden von der Dunkelheit erborgte. Er strengte daher alle Kräfte an, indem er an der Spitze seiner Leute einherschritt, wobei er von Zeit zu Zeit unsern Helden ansah, als hätte er Lust, ein Gespräch mit ihm anzuknüpfen. Endlich war er unfähig, der Versuchung länger zu widerstehen, verkürzte seinen Schritt, bis er neben dem Pferde seines Gefangenen war, und nachdem er noch eine kurze Zeit an der Seite desselben hergegangen war, fragte er plötzlich: »Könnt Ihr mir sagen, wer der Kerl mit dem schwarzen Rocke und dem gepuderten Haare war, den ich bei dem Laird von Cairnvreckan sah?«

»Ein presbyterianischer Geistlicher«, antwortete Waverley.

»Ein Presbyterianer?« erwiderte Gilsillan geringschätzend, »ein elender Ketzer oder vielmehr ein unerleuchteter Prälatist, ein Begünstiger der schwarzen Indulgenz, einer von den schweigsamen Hunden, die nicht bellen können, sie schwatzen über den Schrecken und den Trost in ihren Predigten ohne Sinn und Kraft und Leben. – Ihr seid vielleicht auch in diesem Glauben aufgewachsen?«

»Nein, ich gehöre zur englischen Kirche«, sagte Waverley.

»Nun, die sind Nachbarskinder«, entgegnete der Covenanter, »und kein Wunder, daß sie mit einander so gut stehen. Wer hätte gedacht, daß der gute Bau der Kirche von Schottland, den unsere Väter 1642 aufführten, durch fleischliche Zwecke und die Verderbniß der Zeit entstellt werden würde, wer hätte gedacht, daß das Schnitzwerk des Heiligtums so bald niedergerissen werden würde?«

Auf diese Klagen, welche einer oder zwei der Zuhörer mit einem tiefen Stöhnen begleiteten, hielt unser Held eine Antwort für überflüssig. Mr. Gilfillan beschloß darauf, daß er, wenn kein Disputator, so doch wenigstens ein Zuhörer sein sollte, und fuhr in seiner Jeremiade fort, in der er nur die versprengten Reste des Hügelvolks schonte.

Sein Gegenstand war umfangreich, seine Stimme mächtig, sein Gedächtniß stark, so daß wenig Aussicht war, er würde seine Ermahnungsrede endigen, ehe er Stirling erreichte, wäre nicht seine Aufmerksamkeit durch einen Hausirer erweckt worden, der sich ihnen an einem Kreuzwege angeschlossen hatte, und der bei jeder passenden Stelle der salbungsvollen Rede gewaltig seufzte und stöhnte.

»Und wer mögt Ihr sein, Freund?« fragte ihn Gifted Gilfillan.

»Ein armer Hausirer, der nach Stirling will, und Euer Gnaden um den Schutz Eurer Mannschaft in diesen traurigen Zeiten bittet. Ach, Ew. Gnaden besitzen eine seltene Fähigkeit, das Geheimniß zu erforschen und zu erklären, ja, das Geheimniß und die dunkeln und unbegreiflichen Ursachen von dem Zurückkommen dieses Landes. Ja, Ew. Gnaden haben das Ding bei der Wurzel gefaßt.«

»Freund«, sagte Gilfillan mit einer milderen Stimme, als er bisher hören ließ, »begnädige mich nicht. Ich gehe nicht aus auf die Spaziergänge und Marktplätze, damit Hirten und Bauern und Bürger ihre Mützen abnehmen, wenn sie zu mir kommen, wie vor dem Major Melville von Cairnvreckan, und lasse mich nicht Laird oder Kapitän oder Ew. Gnaden nennen. – Nein, meine geringen Mittel, welche nicht über 20,000 Mark betragen, sind mit Wachstum gesegnet worden, doch der Stolz meines Herzens ist nicht mit ihnen gewachsen, auch freut es mich nicht, Kapitän genannt zu werden, obgleich das Patent, welches der gottselige Earl von Glencairn unterzeichnet hat, mich so benennt. So lange ich lebe, bin und will ich genannt werden Habakuk Gilfillan, der einstehen wird für die Fahne des Glaubens, welcher mit der einst berühmten Kirche von Schottland übereinstimmt, ehe sie mit dem verfluchten Achan sich einließ – das will Gilfillan, so lange er noch ein Geldstück in seinem Beutel und einen Tropfen Blut in seinen Adern hat.«

»Ach«, sagte der Bettler, »ich habe Euer Landgut Mauchlin gesehen, ein fruchtbarer Fleck! Eure Felder sind auf liebliche Orte gefallen, und solch Vieh hat kein Laird in Schottland.«

»Ihr sprecht wahr, Ihr sprecht wahr, Freund«, entgegnete Gilfillan eifrig, denn er war Schmeicheleien dieser Art nicht unzugänglich. Ihr sprecht wahr, echte Lancashirer Rasse, und es gibt ihres Gleichen nicht, selbst nicht auf den Marschen von Kilmaurs.« Er ließ sich hierauf in die Beschreibung seines Viehs ein, die für unsere Leser wahrscheinlich eben so gleichgültig ist, wie sie es für Waverley war. Nach dieser Abschweifung kehrte der Führer zu seinen theologischen Diskussionen zurück, und der Hausirer, der in diesem mystischen Punkte nicht so bewandert war, begnügte sich damit, zu seufzen und in passenden Pausen seine Erbauung auszudrücken.

»Was für ein Segen würde es für die armen blinden papistischen Völker sein, unter denen ich mich aufhielt, solch ein Licht auf ihrem Pfade leuchten zu sehen. Ich bin als wandernder Händler bis nach Moskau gekommen und durch Frankreich, und durch die Niederlande, und durch Polen, und durch den größten Teil von Deutschland. Ach, Ew. Gnaden Seele würde in tiefe Trauer sinken, sähet Ihr das Singen und Messelesen in der Kirche und das Gepfeife in den Wirthshäusern und das heidnische Tanzen und Würfelspielen am Sabbath.«

Dies brachte Gilfillan auf das Sportbuch, Whiggamores Invasion, den Covenant, und die Versammlung der Gottesgelehrten in Westminster, und auf den langen und kurzen Katechismus, und auf die Exkommunikation zu Torwood, und auf die Ermordung des Erzbischofs Sharp. Dieser letztere Umstand führte ihn wieder zu der Gesetzmäßigkeit der Verteidigungswaffen, über welchen Gegenstand er viel verständiger urteilte, als sich nach andern Teilen seiner Rede hatte vermuten lassen, so daß er selbst Waverleys Aufmerksamkeit fesselte, der bisher in trübe Betrachtungen über seine Lage versunken gewesen war. Mr. Gilfillan erwog hierauf die Berechtigung des Bürgers, als ein Rächer der öffentlichen Unterdrückung aufzutreten, und indem er noch mit großem Ernste die Sache des Mas James Mitchell besprach, der auf den Erzbischof von St. Andrews schoß, einige Jahre vor der Ermordung des Prälaten bei Magus Muir, wurde der Fluß seiner Rede durch ein Ereigniß unterbrochen.

Die Strahlen der Sonne zögerten am Rande des Horizontes, als die Abteilung einen hohlen und etwas steilen Weg hinanzog, der zum Gipfel einer Anhöhe führte. Das Land war nicht eingehegt, da es zu einer weiten Haide oder Gemeindeweide gehörte, aber es war durchaus nicht eben, an einigen Orten durchschnitten es mit Ginster und Haidekraut bewachsene Schluchten, an andern kleine Hügel, die mit Krüppelholz bedeckt waren. Ein Dickicht der letzteren Art überzog die Anhöhe, welche die Abteilung erstieg. Der vorderste des Haufens, der der kräftigste und munterste war, hatte die Anhöhe bereits erreicht, und war jetzt außer dem Gesichtskreise, Gilfillan, der Hausirer, und die wenigen Leute, welche Waverleys unmittelbare Wache bildeten, waren dem Gipfel nahe, die übrigen zogen in bedeutenden Zwischenräumen nach.

Dies war die Scene, als der Hausirer, welcher, wie er sagte, einen kleinen Hund vermißte, stehen blieb, um nach dem Tiere zu pfeifen. Das mehrmals wiederholte Signal beleidigte die Strenge seines Gefährten, namentlich, weil es Unaufmerksamkeit gegen die Schätze theologischen Wissens verrieth, die er zu seiner Erbauung auskramte. Er sagte daher brummend, daß er seine Zeit nicht verschwenden könne, um auf einen nutzlosen Köter zu warten.

»Aber, wenn Ew. Gnaden den Fall des Tobias erwägen wollten?«

»Tobias«, rief Gilfillan heftig, »Tobias und sein Hund sind heidnisch und apokryph, und niemand als ein Prälatist und ein Papist würde beide in Frage ziehen. Ich fürchte, ich habe mich in Euch geirrt, Freund.«

»Wahrlich«, antwortete der Bettler mit großer Ruhe, »aber dennoch müßt Ihr mir erlauben, noch einmal nach dem armen Bawty zu pfeifen.«

Dieses letzte Signal wurde auf unerwartete Weise beantwortet, indem sechs oder acht stämmige Hochländer, die in dem dichten Gehölz gelauert hatten, in den Hohlweg sprangen und mit ihren Schwertern links und rechts einhieben. Gilfillan, den diese unerwünschte Erscheinung nicht erschreckte, rief männlich aus: »Das Schwert und Gideon!« und sein Schwert ziehend würde er wahrscheinlich so viel für die gute alte Sache geleistet haben, als irgend einer ihrer tapfern Streiter bei Drumelog. Doch der Haussirer der dem zunächst gehenden Soldaten die Muskete aus der Hand riß, versetzte seinem Lehrer im cameronianischen Glauben mit dem Kolben einen solchen Schlag auf den Kopf, daß er zu Boden stürzte. In der Verwirrung, welche hierauf folgte, wurde das Pferd unseres Helden durch einen von Gilfillans Leuten erschossen, der sein Gewehr ins Blaue hinein abfeuerte. Waverley fiel mit dem Tiere und unter dasselbe und empfing dabei mehrere Quetschungen. Aber zwei Hochländer zogen ihn ohne Zögern unter dem Pferde hervor und rissen ihn aus dem Gedränge und von der Straße fort. Sie liefen sehr schnell, indem sie unsern Helden halb trugen, halb schleiften. Waverley hörte während dessen noch einzelne Schüsse an dem Orte fallen, den er verlassen hatte. Sie rührten, wie er später vernahm, von Gilfillans Mannschaft her, die sich gesammelt hatte, nachdem die Nachzügler herangekommen waren. Bei ihrer Annäherung zogen die Hochländer sich zurück, nachdem sie Gilfillan und zwei seiner Leute schwer verwundet hatten. Noch wurden einige Schüsse zwischen den Hochländern und den Westländern gewechselt, doch machten die letztern, welche jetzt keinen Führer mehr hatten, und die außerdem einen zweiten Hinterhalt fürchteten, keinen ernsthaften Versuch, ihres Gefangenen wieder habhaft zu werden, sondern hielten es für klüger, ihren Weg nach Stirling fortzusetzen, wobei sie ihren Kapitän und ihre verwundeten Kameraden mit sich nahmen.

36. Waverley immer noch in Noth

Die Schnelligkeit, mit welcher Waverley fortgeschleppt wurde, beraubte ihn beinahe des Bewußtseins, denn die Quetschungen hinderten ihn, sich so zu helfen, wie er sonst wohl getan haben würde. Als seine Führer dies bemerkten, riefen sie zwei oder drei der andern zur Hilfe herbei, legten unsern Helden in einen ihrer Plaids und teilten so die Last unter sich, indem sie ihn eben so schnell wie vorher ohne irgend eine Anstrengung seinerseits forttrugen. Sie sprachen wenig, und das wenige in gälischer Zunge, verkürzten auch ihren Schritt nicht eher, als bis sie ungefähr zwei Meilen weit gelaufen waren, dann gingen sie zwar etwas langsamer, aber doch noch immer sehr schnell und wechselten von Zeit zu Zeit unter einander ab. Unser Held versuchte jetzt, sie anzureden, erhielt aber die einzige Antwort: *Cha n'eil Beurl' agam* – ich verstehe kein Englisch, welches, wie Waverley wohl wußte, die beständige Antwort eines Hochländers war, wenn er einen Engländer, oder einen des Tieflandes nicht verstand, oder ihm nicht antworten wollte. Er nannte hierauf den Namen Bich Ian Vohr, indem er vermutete, daß er dessen Freundschaft für seine Rettung aus den Klauen des Gifted Gilfillan verpflichtet sei, aber auch dies brachte keine Wirkung bei seinen Begleitern hervor.

Das Zwielicht war dem Mondschein gewichen, als man am Rande eines tiefen Tales Halt machte, welches, von den Strahlen des Mondes zum Teil beleuchtet, mit Bäumen und dicht verwachsenem Unterholz angefüllt zu sein schien. Zwei der Hochländer gingen auf einem schmalen Fußpfade hinab, gleichsam um es zu durchsuchen; nach einigen Minuten kehrte einer zurück, sagte einige Worte zu den übrigen, und diese hoben augenblicklich ihre Last wieder auf und trugen sie mit großer Aufmerksamkeit und Sorgfalt den engen Pfad hinab. Ungeachtet ihrer Vorsicht aber kam Waverley mehr als einmal ziemlich derb in Berührung mit den Ästen und Zweigen, die auf den Pfad herabhingen. Auf der Talsohle, und wie es schien am Ufer eines Baches, (denn Waverley hörte das Rauschen eines Gewässers, obgleich er es in der Dunkelheit nicht sehen konnte), hielten seine Begleiter vor einer kleinen roh gezimmerten Hütte. Die Tür wurde geöffnet und das Innere schien eben so rauh und unbequem zu sein, als die Lage und das Äußere vermuten ließen.

Es zeigte sich kein Fußboden irgend welcher Art, das Dach schien an mehreren Stellen geborsten zu sein, die Mauern bestanden aus losen Stämmen, Rasen und Baumzweigen. Ein Feuer, welches in der Mitte brannte, erfüllte die ganze Hütte mit Rauch, der sowohl durch die Tür, als durch ein rundes Loch in dem Dache seinen Ausweg suchte. Eine alte Hochlandssibylle, die einzige Bewohnerin dieser einsamen Hütte, schien mit der Bereitung einer Speise beschäftigt zu sein. Bei dem Lichte, welches das Feuer verbreitete, konnte Waverley sehen, daß die Leute nicht dem Clan Ivor angehörten, denn Fergus hielt streng darauf, daß seine Leute einen Tartan von den besonderen Farben ihres Stammes trugen, ein Unterscheidungszeichen, das in den früheren Zeiten in dem Hochlande allgemein war und noch von den Häuptlingen beibehalten wurde, die auf ihre Abstammung stolz oder auf ihre besondere und eigentümliche Gewalt eifersüchtig waren.

Edward hatte in Glennaquoich lange genug gelebt, um ein Unterscheidungszeichen kennen zu lernen, welches er wiederholt erwähnen hörte, und nachdem er sich überzeugt hatte, daß er von seinen Begleitern keine besondere Teilnahme zu erwarten hatte, ließ er einen trüben Blick rings in der Hütte umherschweifen. Das einzige Hausgeräth war neben einem Waschfaß und einem hölzernen Schrank, der gewaltig gelitten hatte, ein hölzernes Bett, wie gewöhnlich rings herum mit Brettern verschlagen. In diesen Schlupfwinkel legten die Leute Waverley, nachdem er durch Zeichen jede Erfrischung abgelehnt hatte. Sein Schlaf war unterbrochen und unerquickend, merkwürdige Visionen gingen an seinen Augen vorüber, und es bedurfte beständiger und wiederholter Anstrengungen des Geistes, um sie zu verbannen. Frösteln, heftiges Kopfweh und Reißen in den Gliedern folgten auf diese Symptome und am Morgen war es seinen Hochlandsbegleitern oder Wächtern, denn er wußte nicht, für was er sie halten sollte, klar, daß er die Reise nicht fortzusetzen vermöchte. Nach langer Beratung unter einander begaben sich sechs der Leute mit ihren Waffen aus der Hütte und ließen einen alten und einen jungen Mann zurück. Der erste redete Waverley an und netzte seine Kontusionen, die jetzt durch Geschwulst und bläuliche Färbung kenntlich waren. Sein eigener Mantelsack, den die Hochländer mitgebracht hatten, versorgte ihn mit Leinwand und wurde ihm zu seiner großen Überraschung mit seinem vollen Inhalte zum beliebigen Gebrauch überlassen. Das Bett seines Lagers schien reinlich und bequem zu sein. Der ältere Wärter verschloß die Tür des Bettes, welches keine Vorhänge hatte, und sagte dann auf gälisch einige Worte zu Waverley, wovon dieser soviel verstand, daß er ihn zur Ruhe ermahnte. So sehen wir also unsern Helden zum zweiten Mal als Patienten eines Hochlandäskulaps, doch in einer weit weniger behaglichen Lage, als die war, während der er zu Gast bei dem würdigen Tomanrait verweilte.

Das Fieber, welches die erlittenen Quetschungen begleitete, ließ erst am dritten Tage nach, dann wich es der Pflege seiner Wärter und der Kraft seiner Konstitution, und er konnte sich jetzt in seinem Bette aufrichten, doch noch nicht ohne Schmerzen. Er bemerkte indeß, daß das alte Weib, welches seine Pflegerin machte, sowie der ältere Hochländer nicht geneigt waren, ihm zu gestatten, die Tür seines Bettes offen zu lassen, um sich mit der Beobachtung ihrer Bewegungen zu unterhalten, und nachdem Waverley die Tür endlich mehrmals geöffnet, und jene sie ebenso oft geschlossen hatten, beendete der Alte den Streit dadurch, daß er von außen einen Nagel so fest vorschlug, daß der Käfig ohne Beseitigung dieses Hindernisses nicht aufgetan werden konnte.

Während er über die Ursache dieses widersprechenden Benehmens bei Personen nachdachte, die keine Absicht auf Raub gezeigt hatten und die in andern Punkten auf sein Wohlergehen und seine Wünsche die größte Rücksicht zu nehmen schienen, erinnerte sich unser Held daran, daß es ihm während der schlimmsten Krisis seiner Krankheit vorgekommen war, als hätte eine weibliche Gestalt, die jünger wie seine Pflegerin war, sein Lager umgangen. Er hatte davon in der Tat nur eine sehr undeutliche Erinnerung, aber sein Verdacht wurde bestärkt, als er aufmerksam lauschend im Laufe des Tages mehrmals eine andere weibliche Stimme als die der Wärterin mit seinem Aufseher flüstern hörte. Wer konnte das sein? Und weshalb suchte sie sich so zu verbergen? Augenblicklich regte sich seine Phantasie und wendete sich auf Flora Mac-Ivor. Nach kurzem Kampfe aber zwischen dem Zweifel und seinem dringenden Verlangen, glauben zu dürfen, daß sie in seiner Nähe sei, wie ein Engel der Gnade sein Krankenlager bewachend, war

Waverley zu dem Schlusse gezwungen, daß diese Vermutung durchaus unwahrscheinlich sei; denn anzunehmen, daß sie ihren Aufenthaltsort in Glennaquoich verlassen hätte, um in das Tiefland herabzukommen, das jetzt der Schauplatz des Bürgerkrieges war, und sich in einem solchen Verstecke aufzuhalten, war unmöglich. Dennoch hüpfte sein Herz, wenn er zuweilen deutlich hören konnte, wie ein leichter weiblicher Tritt zur Tür der Hütte glitt, oder von dort herkam, oder wenn er die unterdrückten Töne einer sanften, wohlklingenden weiblichen Stimme im Zwiegespräch mit dem heiseren Gekrächz der alten Janet vernahm, so hieß, wie er gehört hatte, seine bejahrte Wärterin.

Da er weiter nichts wußte, um seine Einsamkeit zu erheitern, beschäftigte er sich mit Planen, der ängstlichen Aufmerksamkeit Janets und des alten Hochländers zum Trotz, seine Neugier zu befriedigen, den jungen Burschen hatte er seit dem ersten Morgen nicht wiedergesehen. Endlich schien ihm bei genauer Prüfung der gebrechliche Zustand seines hölzernen Gefängnisses die Mittel zur Befriedigung seiner Neugier zu bieten, denn es gelang ihm, aus einem etwas altersschwachen Brette einen Nagel herauszuziehen. Durch diese kleine Öffnung erblickte er eine weibliche Gestalt, die, in einen Plaid gehüllt, sich mit Janet unterhielt. Aber seit den Tagen unserer Stammmutter Eva hat ungezügelte Neugier gewöhnlich durch Enttäuschung ihre Strafe gefunden. Die Gestalt war nicht die Floras, und ihr Gesicht nicht zu sehen, und seinen Verdruß zu krönen, verrieth sein leises Geräusch, als er die Öffnung vergrößern wollte, um dadurch eine vollere Übersicht zu gewinnen, seine Absicht, und der Gegenstand seiner Neugier verschwand augenblicklich, auch kehrte er, soweit er bemerken konnte, nicht wieder in die Hütte zurück.

Alle Vorsichtsmaßregeln, seinen Blick zu beschränken, wurden jetzt aufgegeben, und es wurde ihm nicht nur gestattet, sondern man unterstützte ihn sogar dabei, aufzustehen und das Lager zu verlassen, an das er im eigentlichen Sinne des Wortes gefesselt gewesen war; aber die Hütte durfte er nicht verlassen. Der jüngere Hochländer war jetzt wieder zu dem älteren zurückgekehrt, und einer von beiden hielt fortwährend Wache. Wenn Waverley sich der Tür der Hütte näherte, stellte sich ihm die Schildwache artig doch entschieden in den Weg, und verwehrte ihm den Austritt unter Zeichen, welche ihm anzudeuten schienen, daß Gefahr bei dem Versuche sei und ein Feind in der Nähe. Die Alte schien ängstlich und wachsam zu sein, und Waverley, der noch nicht wieder so viel Kräfte gewonnen hatte, um zu versuchen, sich trotz des Widerstandes seiner Wirte zu entfernen, sah sich zur

Geduld gezwungen. Seine Nahrung war in jeder Beziehung besser, als er erwarten konnte, denn Geflügel und Wein blieben seiner Tafel nicht fern. Die Hochländer machten nie Anspruch darauf, mit ihm zu essen, und behandelten ihn, die Bewachung ausgenommen, mit der größten Ehrerbietung. Seine einzige Zerstreuung war, aus dem Fenster oder vielmehr aus der Öffnung, welche die Stelle eines Fensters vertrat, auf einen Bach zu blicken, der rasend und schäumend durch sein felsiges, dicht mit Bäumen und Gebüsch besetztes Bett ungefähr zehn Fuß vor seinem Gefängnisse vorüberschoß. Am sechsten Tage seiner Haft fühlte Waverley sich so wohl, daß er an die Flucht aus seinem dumpfen elenden Kerker zu denken begann, denn er glaubte, daß jede Gefahr, der er sich durch den Versuch aussetzen könnte, der unerträglichen Gleichförmigkeit in Janets Hütte vorzuziehen sei. Die Frage drängte sich freilich auf, wohin er sich wenden sollte, wenn er wieder frei über sich verfügen könnte. Zwei Pläne schienen ausführbar, beide aber waren mit Gefahren und Schwierigkeit verbunden. Der eine war, zurück nach Glennaquoich zu gehen, und zu Fergus Mac-Ivor zu stoßen, der ihn, wie er überzeugt war, freundlich aufnehmen würde, und bei seiner jetzigen Gemüthsstimmung sprach die Strenge, mit der er behandelt worden war, ihn in seinen Augen von jedem Gehorsam gegen die bestehende Regierung vollkommen frei. Der andere Plan war, womöglich einen schottischen Seehafen zu erreichen und sich von dort nach England einzuschiffen. Sein Geist schwankte zwischen diesen beiden Plänen, und hätte er seine Flucht durchgesetzt, so würde er sich wahrscheinlich durch die Leichtigkeit der Ausführung beider zu dem einen oder dem andern haben bestimmen lassen. Doch sein Geschick hatte entschieden, daß er nicht nach seinem eigenen Willen handeln solle.

Gegen den Abend des siebenten Tages öffnete sich plötzlich die Tür der Hütte, und zwei Hochländer traten ein, Waverley erkannte in ihnen zwei seiner ursprünglichen Begleiter. Sie unterhielten sich kurze Zeit mit dem alten Manne und dessen jüngerem Gefährten und gaben Waverley dann durch bedeutungsvolle Zeichen zu verstehen, daß er sich bereit halten sollte, sie zu begleiten. Das war eine freudige Mitteilung. Was während seiner Haft sich zugetragen hatte, machte es offenbar, daß er keine persönliche Beleidigung zu fürchten brauchte, und sein romantischer Sinn, der während seiner Ruhe viel von der Elasticität wiedergewonnen hatte, welche Angst, Reue, Enttäuschung und das Gemisch unangenehmer Gefühle für einige Zeit unterdrückt hatten, war jetzt der Untätigkeit müde. Seine Leidenschaft für das Wunderbare war unter den gewöhnlichen und scheinbar unüberwindlichen Schwierigkeiten verschwunden, von denen er in Cairnvreckan umgeben zu sein schien, obgleich es in der Natur solcher Gemüter liegt, durch den Grad der Gefahr aufgeregt zu werden, welcher dem, der ihr ausgesetzt ist, erhöhte Würde verleiht. In der Tat, diese Mischung aufgeregter Neugier und gesteigerter Einbildungskraft bildet eine eigene Art des Mutes, welche gewissermaßen dem Lichte gleicht, das gewöhnlich der Bergmann zu tragen pflegt, es reicht hin, ihn während der gewöhnlichen Gefahren seiner Arbeit zu leiten und zu beruhigen; aber es verlischt eben so sicher augenblicklich, wenn er auf den furchtbaren Zufall der bösen oder schlagenden Wetter stoßen sollte. Dies Licht wurde für Waverley jetzt noch einmal angezündet, und mit einer bebenden Mischung der Furcht, Hoffnung und Besorgniß beobachtete er die Gruppe vor seinen Augen, wahrend die Neuangekommenen hastig etwas Speise zu sich nahmen und die andern sich rüsteten oder kurze Vorbereitungen zu ihrem Aufbruche trafen.

Als er in der räucherigen Hütte in einiger Entfernung von dem Feuer saß, um das die andern sich drängten, fühlte er einen leisen Druck auf seinem Arme. Er sah sich um und erblickte Alice, die Tochter Donald Bean Leans. Sie zeigte ihm ein kleines Päckchen Papier, doch so, daß es niemand merkte, drückte dann den Finger an ihre Lippen und ging vorüber, als wollte sie der alten Janet helfen, Waverleys Kleider in den Mantelsack zu packen. Offenbar wünschte sie, daß er den Schein vermeiden möchte, als kenne er sie, gleichwohl aber blickte sie wiederholt nach ihm zurück, wenn es unbemerkt geschehen konnte. Als sie sich überzeugt hatte, daß er bemerkte, was sie tat, wickelte sie mit großer Geschicklichkeit das Packet in eines seiner Hemden und legte es in den Mantelsack.

Hier gab es also neue Nahrung für Vermutungen. War Alice seine unbekannte Wärterin? War dies Mädchen der Höhle der Schutzengel, welcher während seiner Krankheit an seinem Lager wachte? Befand er sich in den Händen ihres Vaters? Und wenn dies der Fall, zu welchem Ende? Beute, sein gewöhnlicher Zweck, schien in diesem Falle nicht beabsichtigt zu sein, denn er hatte ja nicht nur sein sonstiges Eigentum zurückerhalten, sondern auch seine Börse, welche diesen Räuber von Profession wohl hatte reizen können, war in seinem Besitze geblieben. Das alles erklärte vielleicht das Packet, aber aus Alices Benehmen ging deutlich hervor, daß sie wünschte, er möchte es heimlich zu Rate ziehen. Auch suchte sie seine Augen nicht wieder, nachdem sie sich überzeugt hatte, daß sie beobachtet und verstanden worden sei. Im Gegenteil verließ sie bald darauf die Hütte, und erst als sie aus der Tür trat, lächelte sie, durch die Dunkelheit begünstigt, Waverley zu und deutete mit einem freundlichen Kopfnicken an, daß sie ihn und er sie verstanden. Alsdann verschwand sie in der finstern Talschlucht.

»Gott segne Euch! Gott lasse es Euch Wohlergehen, Kapitän Waverley«, sagte Janet in gutem Niederschottisch, obgleich er bisher keine Silbe als gälisch von ihr gehört hatte. Die Ungeduld seiner Begleiter hinderte ihn, irgend eine weitere Auskunft zu erlangen.

37. Ein nächtliches Abenteuer

Es entstand eine augenblickliche Stille, als alle die Hütte verlassen hatten, und der Hochländer, welcher das Kommando übernahm, und der nach Waverleys erwachender Erinnerung dieselbe hohe Gestalt zu sein schien, die als Lieutenant Donald Bean Leans handelte, gebot durch Flüstern und Zeichen das tiefste Schweigen, Er übergab Edward ein Schwert und ein Pistol, deutete die Schlucht hinauf und indem er die Hand auf den Griff seines eigenen Schwertes legte, gab er ihm zu verstehen, daß sie sich vielleicht den Durchweg würden erzwingen müssen. Er stellte sich hierauf an die Spitze des Zuges, welcher den Fußpfad nach Sitte der Indianer, d. h. einer hinter dem andern, dahinschritt, wobei Waverley zunächst hinter dem Führer ging. Dieser schritt sehr vorsichtig weiter, als wollte er jedes Geräusch vermeiden, und hielt an, als er den Saum der Höhe erreichte, Waverley erkannte bald den Grund hiervon, denn in nicht großer Entfernung hörte er eine englische Schildwache rufen: »Alles gut«. Der Nachtwind trug den lauten Ruf durch das waldige Tal und das Echo beantwortete ihn. Ein zweites, drittes und viertes Mal wurde der Ruf, schwächer und schwächer, in größerer und größerer Entfernung wiederholt. Offenbar stand eine Abteilung Soldaten nahe und war wachsam, doch nicht hinreichend, um Leute zu entdecken, die in jeder Kunst des Kleinkrieges so erfahren waren.

Als diese Laute in der Stille der Nacht verstummt waren, beschleunigten die Hochländer ihren Marsch, doch mit Vorsicht und Schweigen. Waverley hatte wenig Zeit und in der Tat auch wenig Lust zur Beobachtung und konnte kaum bemerken, daß sie in einiger Entfernung vor einem großen Gebäude vorübergingen, in dessen Fenstern noch ein oder zwei Lichter flimmerten. Etwas weiter hin schnüffelte der Hochländer den Wind ein wie ein Spürhund, und gab dann seinen Leuten ein Zeichen, wieder zu halten. Er legte sich nieder auf die

Hände, dicht in seinen Plaid gehüllt, so daß er von dem Haidegrunde, auf dem er sich bewegte, kaum zu unterscheiden war, und kroch in dieser Stellung vorwärts, um zu rekognosziren. Nach kurzer Zeit kehrte er zurück und entließ seine Begleiter bis auf einen, und nachdem er Waverley zu verstehen gegeben hatte, daß er seine Vorsicht nachahmen müßte, krochen alle drei auf Händen und Knieen weiter.

Nachdem sie eine bedeutende Strecke auf diese unbequeme Weise zum Nachteil für Waverleys Kniee und Schienbeine zurückgelegt hatten, roch dieser Rauch, welchen die schärferen Geruchsorgane seines Führers wahrscheinlich schon viel eher bemerkt hatten. Er stieg von der Ecke eines niedrigen halbverfallenen Schafpferches auf, dessen Wände, wie es in Schottland gebräuchlich ist, von losen Steinen aufgeführt waren. Dicht an dieser niedrigen Mauer führte der Hochländer unsern Waverley hin, und wahrscheinlich, um ihn auf die Gefahr aufmerksam zu machen, vielleicht auch, um ihm einen glänzenden Begriff von seiner eigenen Gewandtheit beizubringen, deutete er ihm durch Zeichen und Beispiel an, daß er den Kopf in die Höhe heben und über die Mauer in den Pferch blicken möchte, Waverley tat dies und erblickte einen Außenposten von vier bis fünf Soldaten, die um das Wachtfeuer lagen. Alle schliefen, ausgenommen die Schildwache, welche auf- und niederschritt, auf der Schulter die Muskete, die roth in dem Lichte des Feuers glänzte, wenn sie vor demselben vorbeikam; häufig sah sie nach dem Teile des Himmels, an dem der Mond, der bisher durch Wolken verdeckt war, erscheinen sollte.

Nach einer oder zwei Minuten erhob sich ein heftiger Wind, trieb die Wolken vor sich her, die den Horizont umzogen hatten, und das Mondlicht ergoß sich voll über eine weite offene Haide, die mit Unterholz und verkrüppelten Bäumen in der Richtung bewachsen war, woher sie kamen, aber dem Blicke der Schildwache gänzlich frei lag in der, nach welcher hin sie krochen. Die Mauer des Pferchs verbarg sie freilich, so lange sie lagen, aber jedes Vordringen darüber hinaus schien ohne gewisse Entdeckung unmöglich.

Der Hochländer blickte zu dem blauen Gewölbe hinauf, aber weit entfernt, das nützliche Licht zu segnen, stieß er einen gälischen Fluch gegen den unzeitigen Glanz von *Mac-Farlanes buat*, d. h, Laterne, aus. Er blickte einige Minuten unruhig umher und faßte dann einen Entschluß. Seinen Gefährten bei Waverley lassend, nachdem er diesem angedeutet hatte, ruhig zu bleiben, und nachdem er seinem Kameraden kurze Weisungen zugeflüstert hatte, zog er sich, begünstigt durch die Unebenheit des Bodens, in der Richtung und auf dieselbe Weise, wie er gekommen war, zurück. Edward sah ihm nach und konnte bemerken, wie er mit der Gewandtheit eines Indianers auf allen Vieren kroch und dabei jeden noch so kleinen Busch, jede Erhöhung benutzte, um der Entdeckung zu entgehen; über die ausgesetzteren Stellen seines Weges schlüpfte er nie anders, als wenn die Schildwache ihm den Rücken zuwendete. Endlich erreichte er das Dickicht des Unterholzes, welches sich bis zum Rande des Tales erstreckte, dessen Bewohner Waverley so lange gewesen war. Hier verschwand er, doch nur für wenige Minuten, denn plötzlich trat er an einer andern Stelle wieder hervor, ging kühn vorwärts, als fordere er die Entdeckung heraus, zielte auf die Schildwache und feuerte. Eine Wunde im Arm war eine unangenehme Unterbrechung für des armen Burschen Himmelsbeobachtungen, sowie für die lustige Melodie, die er grade pfiff. Er erwiderte den Schuß, doch ohne zu treffen, und seine Kameraden, die erschrocken aufgesprungen waren, eilten nach dem Orte, von wo der erste Schuß gekommen war. Der Hochländer zeigte sich ihnen in voller Gestalt und tauchte dann ins Dickicht.

Während die Soldaten die Ursache der Störung in der einen Richtung verfolgten, eilte Waverley, den Wink seines übrig gebliebenen Begleiters befolgend, so schnell als möglich in derjenigen vorwärts, die sie ursprünglich eingeschlagen hatten, und die jetzt, wo die Aufmerksamkeit der Soldaten auf eine andere Weise in Anspruch genommen war, unbeobachtet und unbewacht blieb. Als sie ungefähr eine Viertelmeile weit gelaufen waren, schützte sie der Saum einer Höhe, die sie erstiegen, vor der Gefahr der Entdeckung. Aber noch immer hörten sie in der Entfernung das Geschrei der Soldaten, die einander auf der Haide zuriefen, sowie das Rasseln einer Trommel, die in derselben Richtung Allarm schlug. Indessen ertönten diese feindlichen Klänge jetzt weit hinter ihrem Rücken und erstarben endlich gänzlich, als sie rasch vorwärts schritten.

Nachdem sie eine halbe Stunde weit durch eine offene öde Gegend gegangen waren, kamen sie zu dem Rumpfe einer alten Eiche, die, nach ihren Überbleibseln zu urteilen, ein Baum von bedeutendem Umfange gewesen zu sein schien. In einer unfern gelegenen Höhle fanden sie mehrere Hochländer mit ein paar Pferden. Sie waren erst wenige Minuten mit ihnen zusammen, als Duncan Duroch, ihr voriger Führer, selbst erschien, zwar außer Atem und mit allen Zeichen, daß er für sein Leben gelaufen war, aber lachend und sehr vergnügt über das Gelingen der List, durch die er seine Verfolger getäuscht hatte. Waverley sah leicht ein, daß das Verdienst des Bergbewohners dabei in der Tat nicht groß war, denn er kannte die Gegend genau und verfolgte seinen Weg mit einer Sicherheit und Zuversicht, wie sie seinen Verfolgern durchaus fehlte. Der Allarm schien noch immer fortzudauern, denn dann und wann hörte man in großer Entfernung einzelne Schüsse, durch welche die Heiterkeit Duncans und seiner Kameraden nicht wenig erhöht wurde.

Der Hochländer nahm jetzt die Waffen zurück, die er unserm Helden anvertraut hatte, indem er ihm zu verstehen gab, daß die Gefahr der Reise glücklich überstanden wäre. Unserm Waverley wurde hierauf eines der Pferde angeboten, ein Tausch, der ihm nach den Anstrengungen dieser Nacht und seiner unlängst überstandenen Krankheit sehr annehmbar vorkam. Sein Mantelsack wurde auf ein anderes Pferd gelegt, Duncan bestieg ein drittes, und, begleitet von ihrer Eskorte, verfolgten sie in scharfem Trabe ihren Weg. Kein anderes Ereigniß bezeichnete die Reise dieser Nacht, und mit Tagesanbruch erreichten sie die Ufer eines reißenden Flusses. Die Gegend wurde auf einmal fruchtbar und romantisch. Die steilen waldbewachsenen Ufer waren von Kornfeldern unterbrochen, welche dies Jahr eine reiche, dem Schnitte nahe Ernte boten.

Am entgegengesetzten Ufer des Flusses, und von einer Windung desselben beinahe umgeben, stand ein großes festes Schloß, dessen halb verfallene Türme schon in den ersten Strahlen der Sonne funkelten. Es hatte die Gestalt eines länglichen Vierecks und war groß genug, um im Innern einen geräumigen Hof einzuschließen. Die Türme an jeder Ecke waren höher als die Mauern, und wurden wieder von Türmchen überragt, die in Höhe und Bauart von einander abwichen. Auf einem dieser letztern stand eine Schildwache, deren Mütze und der im Winde flatternde Plaid einen Hochländer erkennen ließen, wie auch eine große weiße Fahne, die auf einem andern Turme wehte, ankündigte, daß die aufrührerischen Anhänger des Hauses Stuart die Garnison des Schlosses bildeten.

Die kleine Abteilung ritt schnell durch ein unbedeutendes Dorf, in welchem ihr Erscheinen weder Überraschung noch Neugier erregte, kam dann über eine alte schmale Brücke, und links in eine große Allee von Sykomoren einbiegend, erblickte sich Waverley dem finstern, doch malerischen Gebäude gegenüber, das er aus der Ferne bewundert hatte. Ein schweres eisernes Gittertor, welches die äußerste Schutzwehr bildete, war bereits zu ihrem Empfange geöffnet worden, und ein zweites schweres Eichentor, dicht mit eisernen Nägeln beschlagen, ließ sie in den Hofraum ein. Ein Edelmann in Hochlandstracht, eine weiße Kokarde an der Mütze, half Waverley vom Pferde, und hieß ihn mit vieler Artigkeit in dem Schlosse willkommen.

Nachdem der Gouverneur, denn so müssen wir ihn nennen, Waverley nach einem kleinen halbverfallenen Stübchen mit einem Feldbett geführt hatte, bot er ihm jede Erfrischung an, die er verlangen würde, und wollte sich entfernen.

»Wollt Ihr Eure Artigkeiten nicht noch dadurch erhöhen«, sagte Waverley, »daß Ihr die Güte habt, mir zu sagen, wo ich bin, und ob ich mich als Gefangenen betrachten muß?«

»Ich darf in dieser Beziehung nicht so ausführlich sein, wie ich wünschte. Ihr seid, um es kurz zu sagen, in dem Schlosse Doune, im Distrikt Menteith, und in durchaus keiner Gefahr.«

»Und wer bürgt mir dafür?«

»Das Ehrenwort Donald Stuarts, des Garnison-Gouverneurs und Oberstleutenants im Dienste Sr. königlichen Hoheit des Prinzen Karl Eduard.« Mit diesen Worten verließ er hastig das Gemach, als wünsche er ein weiteres Gespräch zu vermeiden.

Erschöpft durch die Anstrengungen der Nacht warf unser Held sich auf das Bett und lag nach einigen Minuten in festem Schlafe.

38. Die Reise wird fortgesetzt

Ehe Waverlery erwachte, war der Tag weit vorgerückt, und er begann zu fühlen, daß er viele Stunden ohne Nahrung zugebracht hatte. Dem half zwar ein reichliches Frühstück bald ab, aber der Oberst Stuart erschien nicht wieder vor seinem Gaste, wahrscheinlich, weil er dessen Fragen zu vermeiden wünschte. Seine Grüße wurden indeß durch einen Diener mit der Versicherung überbracht, daß er dem Kapitän Waverley alles, was in seiner Macht stände, zur Fortsetzung seiner Reise verschaffen würde, welche, wie er zugleich andeutete, diesen Abend erfolgen müsse. Allen andern Fragen Waverleys setzte der Diener die unübersteigliche Schranke wirklicher oder erheuchelter Unwissenheit und Dummheit entgegen. Er trug die Speisen und das Tischtuch fort, und Waverley war abermals seinen Betrachtungen überlassen.

Indem er über das Sonderbare seines Geschickes nachdachte, richtete er seine Augen plötzlich auf seinen Mantelsack, der während seines Schlafes in sein Zimmer gebracht worden war. Das geheimnißvolle Erscheinen Alices in der Talhütte fiel ihm dabei ein, und er wollte eben das Päckchen, das sie in seiner Wäsche versteckt hatte, herausnehmen und durchsehen, als der Diener des Obersten Stuart wieder eintrat und den Mantelsack auf die Schulter nahm.

»Kann ich nicht etwas frische Wäsche herausnehmen, mein Freund?«

»Euer Gnaden sollen von des Obersten Wäsche bekommen, aber das hier muß in dem Bagagekarren bleiben.«

Und mit diesen Worten trug er sehr gelassen den Mantelsack fort, ohne auf eine weitere Vorstellung zu warten, und ließ unsern Helden in einem Zustande zurück, in welchem Täuschung und Unwille um die Herrschaft rangen. Nach wenigen Minuten hörte er einen Karren von dem holprigen Hofe rasseln, und zweifelte nicht daran, daß ihm jetzt für einige Zeit, wo nicht für immer, der Besitz der einzigen Dokumente geraubt sei, die auf die geheimnißvollen Ereignisse der letzten Zeit einiges Licht werfen konnten. Unter so trüben Gedanken mußte er noch gegen fünf einsame Stunden zubringen.

Als diese Zeit verstrichen war, ließ sich Pferdegetrappel auf dem Hofe vernehmen, bald darauf trat Oberst Stuart ein, um seinen Gast zu bitten, vor seiner Abreise noch einige weitere Erfrischungen zu sich zu nehmen. Das Anerbieten wurde angenommen, denn das späte Frühstück hatte unsern Helden keineswegs unfähig gemacht, dem Mittagsessen, welches jetzt aufgetragen wurde, alle Ehre anzutun. Die Unterhaltung seines Wirtes war die eines schlichten Landedelmannes, untermischt mit einigen militärischen Angelegenheiten. Er vermied sorgfältig jede Anspielung auf die kriegerischen Unternehmungen oder die Politik der Zeit, und auf Waverleys unmittelbare Fragen über solche Punkte antwortete er, daß er über dergleichen nicht sprechen dürfe.

Als die Mahlzeit beendet war, stand der Gouverneur auf, und indem er Edward eine glückliche Reise wünschte, sagte er, daß er durch seine Diener erfahren habe, Waverleys Bagage sei vorausgeschickt worden, darum hätte er sich die Freiheit genommen, ihn mit frischer Wäsche versorgen zu lassen, deren er sich bedienen könne, bis er wieder im Besitz seiner eigenen sei. Damit verschwand er, und ein Diener meldete Waverley den Augenblick darauf, daß sein Pferd bereit sei.

Auf diesen Wink ging Waverley hinab auf den Hof und fand hier einen Trupp Reiter, die ein gesatteltes Pferd hielten; er bestieg dasselbe und verließ Schloß Doune, begleitet von ungefähr zwanzig bewaffneten Reitern. Diese hatten weniger das Ansehen regelmäßiger Soldaten als solcher Leute, die plötzlich in einer dringenden aber unerwarteten Sache zu den Waffen gegriffen haben. Ihre Uniform, blau und roth, eine affektirte Nachahmung der französischen Chasseurs, war in mancher Beziehung unvollständig, und saß denen, die sie trugen, sehr schlecht.

Waverleys Auge, welches an den Anblick eines wohldisciplinirten Regiments gewöhnt war, konnte leicht entdecken, daß die Bewegungen und Gewohnheiten seiner Eskorte nicht diejenigen wohlgeschulter Soldaten waren, und daß sie ihre Pferde zwar geschickt genug zu regieren wußten, doch nicht wie Kavalleristen, sondern mehr wie Jäger und Stallknechte, Die Pferde waren nicht an jene übereinstimmende Gangart gewöhnt, welche zu der Ausführung gleichzeitiger oder zusammengesetzter Bewegungen und Formationen so nothwendig ist, auch schienen sie nicht zum Kriegsgebrauch gezäumt zu sein. Die Reiter aber waren kräftige, kühn aussehende Bursche, und konnten als irreguläre Kavallerie furchtbar sein. Der Führer dieser kleinen Abteilung ritt ein vortreffliches Jagdpferd, und obgleich er eine Uniform trug, hinderte die veränderte Kleidung unsern Waverley nicht, seinen alten Bekannten Mr. Falconer von Balmawhapple wiederzuerkennen.

Obgleich Edwards Trennung von diesem Manne keineswegs die freundlichste gewesen war, würde er doch gern jede Erinnerung an ihren törichten Streit geopfert haben, um des Vergnügens geselliger Frage und Antwort zu genießen, dessen er so lange beraubt gewesen war, aber offenbar schien die Erinnerung an die durch den Baron erlittene Niederlage, deren unwillkürliche Ursache Edward gewesen war, am Herzen dieses gemeinen, obgleich stolzen Lairds noch zu nagen. Er vermied sorgfältig jedes Zeichen der Bekanntschaft, ritt mürrisch an der Spitze seiner Leute, die, obgleich an Zahl kaum einer Korporalschaft gleich, doch den Namen: »Schwadron des Kapitän Falconer« trugen, und einen Trompeter und eine Fahne hatten, die der Kornet Falconer, des Lairds jüngerer Bruder, trug. Der Lieutenant, ein ältlicher Mann, hatte mehr das Ansehen eines Jägers und muntern Gesellschafters, ein Ausdruck trockenen Humors herrschte in seinem Gesichte über gemeine Züge vor, welche die Gewohnheit der Unmäßigkeit verrieten. Sein dreieckiger Hut saß stark auf einem Ohre, und während er unter dem Einflüsse eines halben Maßes Branntwein ein Liedchen pfiff, schien er lustig vorwärts zu traben, in glücklicher Gleichgültigkeit gegen den Zustand des Landes, die Führung der Abteilung, das Ende der Tagereise und alle sublunarischen Dinge überhaupt.

Von diesem Menschen, der dann und wann neben seinem Pferde ritt, hoffte Waverley einige Nachricht zu erlangen, oder sich doch wenigstens den Weg durch Geschwätz mit ihm abzukürzen.

»Ein schöner Abend, mein Herr«, war Edwards Gruß.

»Ei ja, Herr! Eine schöne Nacht!« antwortete der Lieutenant in dem breiten schottischen Dialekt der vulgärsten Art.

»Und allem Anscheine nach ein schöner Herbst«, sagte Waverley, seinen ersten Angriff fortsetzend.

»Ja, der Hafer wird gut eingebracht werden, aber die Pächter, der Teufel hol sie, und die Kornhändler, werden den alten Preis gegen die Pferdehalter geltend machen.«

»Ihr habt wohl den Posten eines Quartiermeisters, Herr?«

»Ja, eines Quartiermeisters, Rittmeisters und Lieutenants«, antwortete der Inhaber aller dieser Würden. »Und wer könnte auch wohl besser für die armen Gäuler sorgen als ich selber, der sie alle gekauft und verkauft hat?«

»Wenn ich mir nicht eine zu große Freiheit nehme, darf ich dann wohl fragen, wohin wir gehen?«

»Zu einem Narrenstreiche fürcht' ich«, erwiderte der Redselige.

»Wenn das der Fall ist«, sagte Waverley entschlossen, keine Artigkeit zu sparen, »so hätte ich geglaubt, ein Mann von Euren, Ansehen würde nicht auf dem Wege zu finden sein.«

»Sehr wahr, Herr, sehr wahr«, entgegnete der Offizier, aber jed's Weil hat sein Warum. Ihr müßt wissen, der Laird da kaufte mir Pferde ab, seine Leute beritten zu machen, und kam mit mir überein, sie zu bezahlen nach der Notwendigkeit und dem Preise der Zeit. Aber wie's zum Klappen kam, hat er keinen Pfennig, und da man mir sagte, daß 'ne Verschreibung nicht einen Schluck Schnaps wert wäre, und ich alle meine Krämer auf Martini bestellt hatte; und weil er mir auch noch freundlich diesen Posten antrug, und da die alten *Fünfzehn*[15] mir nimmermehr zu meinem Gelde für die Pferde verhelfen würden, da'ch gegen d'Regierung Lieferungen übernommen, dacht'ch, meiner Treu, es würd' das beste sein, zur Bezahlung selbst mit *aufzustehen*; und Ihr könnt denken, Herr, da'ch mein Lebtage mit Halftern z'thun gehabt habe, kümmr'ch mich nich drum, mein Genick in die Gefahr von einem St. Johnstones Halsband z'bringen.«

»Ihr seid also nicht Eurem Stande nach Soldat?« fragte Waverley.

»Ne, ne, Gott sei Dank!« antwortete dieser wackere Parteigänger, »ich wurde zu solcher knappen Hantirung nicht aufgezogen, sondern zu Pferd und Krippe. Ich bin ein Pferdehändler, und wenn ichs erlebe, Euch in Whitson zu sehn, oder beim Wettrennen, oder auf'n Wintermarkt in Hawick, und Ihr braucht jemand, der Euch z'recht weist, so kann ich Euch dienen, denn Jamie Jinker ist nicht der Kerl dazu, um 'nen Edelmann zu betrügen: Ihr seid'n Edelmann, Herr, und sollt't

---

15   So nannte das Volk die Richter des obersten schottischen Gerichtshofes.

Euch auf Pferde versteh'n. Ihr seht das tadellose Ding, das Balmawhapple reitet, ich hab's ihm verkauft, es stammt von Herzog Hamiltons Weißfuß« –

Aber als Jinter den ganzen Stammbaum von dem Pferde Balmawhapples herzählen wollte, und Waverley auf eine Gelegenheit wartete, interessantere Nachrichten von ihm zu erhalten, hielt der edle Kapitän sein Pferd an, bis die beiden Redenden neben ihm waren, und sagte dann, scheinbar ohne Edward zu bemerken, mit strengem Tone: »Ich dächte, Lieutenant, meine Befehle wären bestimmt genug gewesen, daß niemand mit dem Gefangenen sprechen sollte!«

Der metamorphosirte Pferdehändler wurde durch diese Weisung zum Stillschweigen gebracht, und indem er sich hinten an die Schwadron anschloß, tröstete er sich durch einen heftigen Streit über den Preis des Heues, den er mit einem Pächter anfing, welcher seinem Kapitän widerwillig gefolgt war, um die eben abgelaufene Pachtung nicht zu verlieren. Waverley war also abermals zum Schweigen verurteilt, auch sah er ein, daß jeder weitere Versuch, mit irgend einem der Leute ein Gespräch anzuknüpfen, Balmawhapple nur die erwünschte Gelegenheit bieten würde, die Unverschämtheit des Gebieters und den tückischen Groll eines von Natur mürrischen Gemütes zu zeigen.

Nach etwa zwei Stunden kamen sie in die Nähe des Schlosses Stirling, über dessen Zinne die Fahne der Union, von der Abendsonne beschienen, flatterte. Um den Weg abzukürzen, vielleicht auch um seine Wichtigkeit zu zeigen und die englische Garnison zu insultiren, ritt Balmawhapple durch den königlichen Park, der bis an den Fels, auf welchem sich die Festung erhob, reichte und ihn umgab.

In ruhigerer Stimmung hätte Waverley gewiß nicht umhin gekonnt, die Mischung des Romantischen und des Schönen zu bewundern, welche die Gegend, durch die er jetzt kam, interessant machte, das Feld, welches in alten Zeiten der Schauplatz der Turniere gewesen war, der Fels, von welchem die Damen dem Kampfe zusahen, während jede ihre Wünsche für irgend einen begünstigten Ritter hegte, die Türme der gothischen Kirche, in welcher diese Wünsche den Lohn empfingen, und, alles andere überragend, die Festung selbst, zugleich Burg und Palast, wo die Tapferkeit den Preis aus königlicher Hand empfing, und wo Ritter und Damen den Abend unter der Lust des Tanzes, des Gesanges, des Bankettes beschlossen; das alles waren Gegenstände, wohl geeignet, eine romantische Einbildungskraft zu erwecken und zu nähren. Aber Waverleys Gedanken waren auf andere Gegenstände gerichtet, und bald trug sich ein Ereigniß zu, welches jedes Nachdenken überhaupt störte. In seinem Stolze, einen Reiterhaufen zu führen, ließ Balmawhapple den Trompeter blasen und die Fahne flattern, als er am Fuße des Schlosses vorüberritt. Diese Beleidigung brachte augenscheinlich einige Aufregung hervor, denn als die Abteilung in solcher Entfernung von der südlichen Batterie war, daß ein Geschütz auf sie abgefeuert werden konnte, blitzte es in einer der Schießscharten, eine Kanonenkugel fuhr sausend über Balmawhapples Kopf fort und schlug in so geringer Entfernung von ihm ein, daß er mit der emporgeschleuderten Erde bedeckt wurde. Es war nicht nötig, seine Mannschaft zur Eile anzutreiben. In der Tat handelte jeder nach dem Impulse des Augenblicks und brachte die Pferde des Herrn Jinker bald dahin, ihr Feuer zu zeigen; die Reiter jagten mit mehr Eile als Regelmäßigkeit zurück und setzten, wie der Lieutenant später versicherte, erst dann in den Trab ein, als eine Anhöhe sie gegen eine so unwillkommene Begrüßung aus dem Schlosse Stirling schützte. Ich muß Balmawhapple übrigens die Gerechtigkeit widerfahren lassen, daß er nicht nur hinter seinen Leuten zurückblieb und Ordnung unter ihnen zu erhalten bemüht war, sondern daß er auch in dem Ungestüm seines Mutes das Feuer aus dem Schlosse dadurch erwiderte, daß er eine seiner Sattelpistolen gegen die Mauern abschoß. Da es aber eine halbe Meile entfernt war, wird dieser Racheschuß schwerlich großen Schaden angerichtet haben.

Die Reisenden kamen jetzt über das denkwürdige Feld von Bannockburn und erreichten Torvood, einen Ort glorreichen oder fürchterlichen Andenkens für die Schotten, je nachdem die Erinnerung an die Taten eines Wallace oder an die Grausamkeiten eines Wude Willie Grime im Gedächtniß vorwalteten. In Falkirk, einer Stadt, die früher in der schottischen Geschichte berühmt war, und bald wieder als der Schauplatz wichtiger militärischer Ereignisse ausgezeichnet werden sollte, schlug Balmawhapple vor, Halt zu machen und für den Abend auszuruhen. Dies geschah mit wenig Rücksicht auf militärische Disciplin, da sein würdiger Quartiermeister besonders bemüht war, zu entdecken, wo man den besten Branntwein bekäme. Schildwachen wurden für überflüssig erachtet, und von dem ganzen Haufen wachten nur die, welche sich etwas zu trinken verschaffen konnten. Wenige entschlossene Leute hätten das ganze Detachement aufheben können, allein von den Einwohnern waren einige günstig gesinnt, andere gleichgültig und die übrigen zu sehr eingeschüchtert. So ereignete sich denn nichts Bemerkenswertes, ausgenommen, daß Waverleys Ruhe unangenehm durch die lauten Gesänge gestört wurde, welche die jakobitischen Schwärmer unbarmherzig brüllten.

Früh am Morgen waren sie wieder zu Pferde und auf dem Wege nach Edinburg, obgleich die blassen Gesichter einiger verrieten, daß sie die Nacht unter schlafloser Ausschweifung verlebt hatten. Sie machten Halt in Linlithgow, das sich durch seinen alten Palast auszeichnete, der vor sechszig Jahren noch unversehrt und bewohnbar war.

Als sie sich der Hauptstadt Schottlands in einer ländlichen, wohlgebauten Gegend näherten, wurde der Kriegslärm vernehmbar. Das ferne doch deutliche Feuern schwerer Geschütze ward in einzelnen Zwischenräumen hörbar, und sagte Waverley, daß das Werk der Vernichtung bereits vorwärts schreite. Selbst Balmawhapple schien geneigt, einige Vorsichtsmaßregeln zu treffen, indem er eine kleine Avantgarde vorausschickte, die übrige Mannschaft in ziemlicher Ordnung hielt und unaufhaltsam vorwärts ritt.

Auf diese Weise erreichten sie bald eine Höhe, von der sie Edinburg übersehen konnten, das sich an dem Hügel östlich von dem Schlosse hinzieht. Das letztere wurde von den nördlichen Insurgenten, welche sich der Stadt schon seit zwei oder drei Tagen bemächtigt hatten, belagert oder vielmehr blockirt, und feuerte von Zeit zu Zeit auf Abteilungen von Hochländern, die sich auf der Landstraße oder in der Nähe der Burg zeigten. Da der Morgen ruhig und schön war, hüllten diese Schüsse das Schloß in eine Rauchwolke, deren Saum sich langsam in die Luft erhob, während ihr Mittelpunkt sich durch neues Feuer mehr und mehr verdichtete; das Ganze gewährte einen Anblick finsterer Erhabenheit, welcher noch fürchterlicher erschien, wenn Waverley über die Ursache nachdachte, die ihn hervorrief, und wenn er sich sagte, daß jeder neue Schuß die Todtenglocke irgend eines braven Mannes sein könnte.

Noch ehe sie sich der Stadt näherten, war die einseitige Kanonade gänzlich verstummt. Balmawhapple aber, welcher sich der unfreundlichen Begrüßung noch erinnerte, die seine Leute von der Batterie in Stirling empfangen hatten, schien offenbar keinen Wunsch zu haben, die Höflichkeit der Schloßartillerie zu prüfen. Er verließ daher die gerade Straße, hielt sich bedeutend südwärts, so daß er außer Schußweite war, und näherte sich dem alten Schlosse Holyrood, ohne die Mauern der Stadt berührt zu haben. Er stellte dem ehrwürdigen Gebäude gegenüber seine Mannschaft in einer Reihe auf und übergab Waverley der Obhut einer Wache von Hochländern, deren Offizier ihn in das Innere des Schlosses führte.

Eine lange, niedrige, unproportionirte Gallerie, mit Bildern der Könige, die jedenfalls mehrere Jahrhunderte vor der Erfindung der Ölmalerei lebten, diente als eine Art von Vorgemach zu den Zimmern, welche der abenteuernde Karl Eduard jetzt in dem Palast seiner Vorfahren bewohnte. Offiziere in Hochlands- und Tieflandstrachten gingen hastig hin und her, oder standen in der Halle, als warteten sie auf Befehle. Alle schienen geschäftig und auf etwas wichtiges gefaßt zu sein. Man gestattete Waverley, sich in die Vertiefung eines Fensters zu setzen, von allen unbeachtet, und in ängstliche Gedanken über sein Schicksal versunken, dessen Entscheidung sich jetzt mit raschen Schritten zu nähern schien.

39. Eine alte und eine neue Bekanntschaft

Während er in seine Träumereien noch tief versunken war, hörte er das Rauschen eines Plaids hinter sich, ein Arm umschloß ihn, und eine befreundete Stimme rief: »Sprach der Hochlandsprophet wahr, oder gilt das zweite Gesicht gar nichts?«

Waverley wendete sich um, und Fergus Mac-Ivor umarmte ihn herzlich, »Tausendmal willkommen in Holyrood«, rief er, »das abermals im Besitze seiner rechtmäßigen Herrscher ist! Sagte ich nicht, daß wir glücklich sein, und Ihr in die Hände der Philister fallen würdet, wenn Ihr uns verließet?« »Teurer Fergus!« sagte Waverley, den Gruß feurig erwidernd. »Es ist lange her, seit ich eines Freundes Stimme hörte. – Wo ist Flora?«

»In Sicherheit, und triumphirende Zuschauerin unseres Erfolges.«

»Hier?« fragte Waverley.

»Ja, wenigstens in dieser Stadt«, antwortete sein Freund; »und Ihr sollt sie sehen, aber vorher müßt Ihr einen Freund begrüßen, an den Ihr gar nicht denkt, und der sich oft nach Euch erkundigt hat.«

Mit diesen Worten zog er Waverley am Arme aus dem Vorzimmer, und ehe er noch wußte, wohin er geführt wurde, erblickte sich Edward in einem Empfangzimmer, dessen Ausschmückung königliche Pracht nachzuahmen versuchte.

Ein junger Mann, der sein eigenes schönes Haar trug, und sich durch die Würde seines Äußern, sowie durch den edlen Ausdruck seiner wohlgeformten und regelmäßigen Züge auszeichnete, trat aus einem Kreise von Offizieren und Hochlandshäuptlingen, von denen er umringt war, hervor. Waverley glaubte später, daß er an seinem leichten und anmutigen Benehmen dessen hohe Geburt und ausgezeichneten Rang erkannt haben würde, waren auch der Stern auf der Brust und das gestickte Band um das Knie keine äußeren Zeichen davon gewesen.

»Erlauben mir Ew. königliche Hoheit«, sagte Fergus, indem er sich tief verbeugte, »Ihnen« –

»Den Abkömmling einer der ältesten und treuesten Familien in England vorzustellen?« sagte der junge Chevalier, ihn unterbrechend. »Ich bitte Sie um Verzeihung, mein teurer Mac-Ivor, daß ich Sie unterbreche, aber es bedarf keines Ceremonienmeisters zu der Vorstellung eines Waverley vor einem Stuart.«

Mit diesen Worten reichte er Edward die Hand mit einer solchen Freundlichkeit, daß dieser, hätte er auch gewollt, es nicht vermocht hätte, ihm die Huldigung zu versagen, die seinem Range zu gebühren schien, sicher aber ein Recht seiner Geburt war. »Ich erfahre mit Betrübniß, Herr Waverley«, fuhr der Prinz fort, »daß Sie infolge von Umständen, die mir bisher nur mangelhaft auseinander gesetzt wurden, unter meinen Anhängern in Perthshire und während Ihres Marsches einigen Zwang zu erdulden hatten; aber wir befinden uns in einer solchen Lage, daß wir unsere Freunde kaum kennen, und selbst jetzt weiß ich noch nicht, ob ich das Vergnügen haben kann, Herrn Waverley als einen der Meinigen zu betrachten.«

Er hielt hierauf einen Augenblick inne, aber ehe noch Edward eine angemessene Antwort geben oder auch nur seine Gedanken dazu ordnen konnte, zog der Prinz ein Papier aus der Tasche und fuhr dann fort: »Ich sollte in der Tat kaum daran zweifeln, dürfte ich dieser Proklamation trauen, welche von den Freunden des Kurfürsten von Hannover erlassen wurde, und in der sie Herrn Waverley unter den Edlen nennen, welche mit der Strafe des Hochverraths bedroht werden wegen treuer Anhänglichkeit für ihren angebornen Herrscher. Aber ich wünsche nur durch Zuneigung und Überzeugung Anhänger zu gewinnen, und wenn Herr Waverley geneigt ist, seine Reise nach dem Süden fortzusetzen, oder zu den Truppen des Kurfürsten von Hannover zu stoßen, so soll er dazu von mir einen Paß und freie Erlaubniß erhalten; ich kann jedoch nur bedauern, daß meine gegenwärtige Macht nicht hinreicht, ihn gegen die wahrscheinlichen Folgen eines solchen Schrittes zu schützen. – Wenn aber«, fuhr Karl Eduard nach einer abermaligen kurzen Pause fort, »Herr Waverley, gleich seinem Vorfahren, Sir Nigel, geneigt sein sollte, eine Sache zu ergreifen, die sich durch wenig mehr als ihre Gerechtigkeit empfiehlt, und einem Prinzen zu folgen, der sich auf die Anhänglichkeit seines Volkes verläßt, um den Thron seiner Väter wieder zu gewinnen, oder, indem er es versucht, unterzugehen, so kann ich nur sagen, daß er unter diesen Großen und Edlen würdige Teilnehmer einer mutigen Unternehmung finden und einem Gebieter folgen wird, der wohl unglücklich sein kann, aber nie undankbar sein wird.«

Der politische Häuptling des Stammes Ivor kannte seinen Vorteil wohl, als er Waverley so zu einem persönlichen Zusammentreffen mit dem königlichen Abenteurer geleitete. Nicht gewohnt an die Manieren und das Wesen der Höfe war das Herz unseres Helden von den artigen und freundlichen Worten des Prinzen so eingenommen, daß dies jede Rücksicht der Klugheit aufwog. So persönlich um seinen Beistand durch einen Prinzen ersucht zu werden, dessen Formen und Benehmen seinen Begriffen von einem kühnen Romanhelden entsprachen; von ihm in den alten Hallen seines väterlichen Palastes empfangen zu werden, den er durch sein Schwert wieder gewonnen hatte, welches er zu neuen Eroberungen zu ziehen bereit war, das gab Edward in seinen eigenen Augen die Würde und Wichtigkeit wieder, die er beinahe als verloren betrachtet hatte. Auf der einen Seite verworfen, verfolgt, bedroht, wurde er unwiderstehlich zu der Sache hingerissen, welche die Vorurteile der Erziehung und Familiengrundsätze ihm bereits als die gerechteste dargestellt hatten. Diese Gedanken ergossen sich über sein Gemüth gleich einem Strome und rissen jede entgegenstehende Rücksicht mit sich fort; die Zeit erlaubte überdies kein Besinnen, und so kniete denn Waverley vor Karl Eduard nieder und gelobte sein Herz und sein Schwert der Wiedergewinnung seiner Rechte.

Der Prinz hob Waverley vom Boden auf und umarmte ihn mit einem Ausdrucke des Dankes, der zu warm war, um nicht aufrichtig zu sein. Er dankte auch Fergus Mac-Ivor wiederholt dafür, ihm einen solchen Anhänger zugeführt zu haben, alsdann stellte er Waverley den verschiedenen Edelleuten, Häuptlingen und Offizieren, die seine Person umgaben, als einen jungen Edelmann von den höchsten Hoffnungen und Aussichten vor, in dessen kühnem und enthusiastischem Geständnisse sie in dieser wichtigen Krisis einen Beweis für die Gefühle der englischen Familien von Rang erblicken möchten. In der Tat war gerade dies ein Punkt, den die Anhänger des Hauses Stuart sehr bezweifelten, und da der wohlbegründete Unglaube an die Mitwirkung der englischen Jakobiten manchen Schotten von Rang von den Fahnen Eduards fern hielt und den Muth derer schwächte, die zu ihm gestoßen waren, konnte für den Ritter nichts erwünschter sein, als die offene Erklärung zu seinen Gunsten von Seiten eines Repräsentanten des Hauses Waverley, welches so lange als ritterlich und royalistisch gesinnt bekannt gewesen war. Das hatte Fergus von allem Anfange vorausgesehen. Er liebte Waverley wirklich, weil ihre Gefühle und Pläne einander nie durchkreuzten, er hoffte, ihn mit Flora vereinigt zu sehen, und er freute sich, daß beide zu einer und derselben Sache verbunden waren. Wie wir aber früher andeuteten, triumphirte er auch als Politiker, da er seiner Partei einen Anhänger von solcher Wichtigkeit geworben hatte, und war weit entfernt, unempfindlich gegen die persönliche Wichtigkeit zu sein, welche er bei dem Prinzen dadurch gewann, daß er ihm durch diese Erwerbung materiell so genutzt hatte.

Karl Eduard seinerseits schien seiner Umgebung das Gewicht zeigen zu wollen, welches er auf seinen neuen Anhänger legte, indem er auf die Umstände seiner Lage sogleich wie in vertraulichem Gespräch einging.

»Herr Waverley, Sie sind aus Ursachen, von denen ich nur unvollkommen unterrichtet bin, so sehr von allen Nachrichten abgeschnitten gewesen, daß ich vermute, Sie sind selbst mit den wichtigsten Einzelheiten meiner gegenwärtigen Lage noch unbekannt. Sie werden indeß von meiner Landung in dem fernen Distrikt Moidart mit nur sieben Begleitern gehört haben, sowie von den vielen Häuptlingen und Clans, deren enthusiastische Treue einen einzelnen Abenteurer schnell an die Spitze einer ritterlichen Armee stellte. Sie werden, wie ich glaube, auch erfahren haben, daß der Höchstkommandirende des Kurfürsten von Hannover, Sir John Cope, an der Spitze einer zahlreichen und wohlgerüsteten Armee in das Hochland mit der Absicht einrückte, uns eine Schlacht zu liefern, daß ihm aber der Muth dazu gebrach, als wir noch drei Tagemärsche weit von einander entfernt waren, und daß er endlich, uns entschlüpfend, gegen Aberdeen marschirte, indem er das Tiefland offen und unverteidigt ließ. Um eine so günstige Gelegenheit nicht zu verlieren, rückte ich gegen diese Hauptstadt vor und trieb die beiden Kavallerieregimenter Gardiner und Hamilton, welche gedroht hatten, jeden Hochländer, der sich über Stirling hinaus wagen würde, in Stücke zu hauen, vor mir her. Während der Magistrat und die Bürgerschaft von Edinburg sich dann darüber stritten, ob sie sich verteidigen oder ergeben sollten, ersparte mein Freund Lochiel, hier legte er die Hand auf die Schulter dieses tapfern Häuptlings, ihnen die Mühe weiterer Beratung, indem er mit 500 Cameronmännern in die Stadt einzog. So weit ist also die Sache gut gegangen, doch während dessen scheinen sich die Nerven der Generals durch die frische Luft in Aberdeen gestärkt zu haben; er schiffte sich nach Dunbar ein, und ich habe eben bestimmte Nachricht erhalten, daß er gestern dort landete. Seine Absicht muß unstreitbar die sein, gegen uns zu marschiren, um die Hauptstadt wieder in seinen Besitz zu bekommen. Nun gibt es in unserm Kriegsrath zwei Meinungen: die eine behauptet, da wir wahrscheinlich an Zahl und ganz gewiß an Disciplin und militärischer Ausrüstung dem Feinde nachstehen, unsern gänzlichen Mangel an Artillerie und die Schwäche unserer Kavallerie nicht zu erwähnen, daß es das Sicherste sein würde, uns gegen die Berge zurückzuziehen, und dort den Krieg in die Länge zu ziehen, bis frische Verstärkungen aus Frankreich einträfen, und die gesammten Hochland-Clans die Waffen zu unsern Gunsten ergriffen haben würden. Dagegen machen die Andersdenkenden geltend, daß eine rückgängige Bewegung in unserer Lage unsere Waffen und unser Unternehmen herabsetzen würde, und weit entfernt, uns neue Anhänger zu gewinnen, im Gegenteil die entmutigen müßte, die bereits zu unseren Fahnen gestoßen wären. Die Offiziere, welche dieser letzten Meinung sind, und unter denen sich auch Ihr Freund Fergus Mac-Ivor befindet, behaupten, wenn den Hochländern die gewöhnliche militärische Disciplin Europas fremd wäre, so wäre den Soldaten, mit welchen sie zusammentreffen sollen, die eigentümliche und ungestüme Art ihres Angriffes nicht minder fremd, die Anhänglichkeit und der Muth der Häuptlinge ließen keinen Zweifel zu, und wenn diese sich in die Mitte des Feindes stürzten, würden ihre Clansleute ihnen sicher folgen; schließlich, da wir einmal das Schwert gezogen hätten, sollten wir die Scheide von uns werfen und unsere Sache der Schlacht und dem Gott der Schlachten anheimstellen. Will Herr Waverley uns seine Meinung in dieser Sache mitteilen?«

Waverley errötete vor Freude und Bescheidenheit über die Auszeichnung, die in dieser Frage lag, und antwortete mit eben so viel Geist als Promptheit, daß er nicht wagen könnte, eine Meinung auszusprechen, die aus militärischer Tüchtigkeit entspränge, daß ihm aber der Rath bei weitem der annehmbarste sei, der ihm die erste Gelegenheit böte, seinen Eifer für den Dienst Sr. königlichen Hoheit zu zeigen.

»Gesprochen wie ein Waverley«, antwortete Karl Eduard; »und damit Sie einen Rang einnehmen, der mit Ihrem Namen übereinstimmt, erlauben Sie mir, statt des Kapitänpatentes, das Sie verloren haben, Ihnen das Patent eines Majors in meinem Dienste zu erteilen, mit dem Vorzüge, mein Adjutant zu sein, bis Sie einem von den Regimentern zugeteilt werden können, von denen, wie ich hoffe, bald mehrere organisirt werden sollen.«

»Ew. königliche Hoheit mögen mir verzeihen«, antwortete Waverley, denn er erinnerte sich an Balmawhapple und dessen geringe Schwadron, »wenn ich die Annahme irgend eines Ranges ablehne, bis ich genug Einfluß besitze, selbst eine hinlängliche Zahl von Leuten zu stellen, um mein Kommando für den Dienst Ew. königl. Hoheit nützlich zu machen. Inzwischen bitte ich um Ihre Erlaubniß, als Freiwilliger unter meinem Freunde Fergus Mac-Ivor dienen zu dürfen.«

»Wenigstens«, sagte der Prinz, dem dieser Vorschlag offenbar zusagte, »gönnen Sie mir die Freude, Sie nach Hochlandsweise zu bewaffnen.« Mit diesen Worten koppelte er das Schwert los, welches er trug, dessen Gefäß mit Silber plattirt, und dessen stählerner Korb reich und schön ausgelegt war. »Die Klinge«, sagte der Prinz, »ist ein echter Andrea Ferrara, sie ist ein Erbteil meiner Familie, aber ich bin überzeugt, daß ich sie in bessere Hände lege, als meine eigenen sind, und ich werde ein paar Pistolen von derselben Arbeit hinzufügen. Oberst Mac-Ivor, Sie werden Ihrem Freunde viel zu sagen haben, ich will Sie Ihrer besondern Unterhaltung nicht länger entziehen, aber erinnern Sie sich, daß wir Sie heute Abend beide erwarten. Es ist vielleicht die letzte Nacht, die wir in diesen Hallen zubringen, und da wir mit reinem Gewissen in das Feld rücken, wollen wir den Vorabend der Schlacht hier, verleben.« So entlassen, verließen der Häuptling und Waverley das Audienzzimmer.

40. Das Geheimniß fängt an, sich aufzuklären

Wie gefällt er Dir?« war Fergus' erste Frage, als sie die breite steinerne Treppe hinabgingen.

»Ein Prinz, unter dem man leben und sterben möchte«, war Waverleys enthusiastische Antwort.

»Ich wußte, daß Du so denken würdest, wenn Du ihn sähest, und ich dachte, dies sollte früher geschehen, doch Deine Verstauchung verhinderte es. Und dennoch hat er seine Schwächen oder er hat vielmehr ein schwieriges Spiel, und die irischen Offiziere, welche ihn umgeben, sind schlechte Rathgeber; sie können zwischen den vielfältigen Ansprüchen, die vorgebracht werden, nicht unterscheiden. Solltest Du es wohl glauben, ich bin gezwungen worden, für den Augenblick ein Grafenpatent zu unterdrücken, welches mir für Dienste gewährt wurde, die ich vor zehn Jahren leistete, aus Furcht, die Eifersucht des C– und M– zu erwecken. Aber Du tatest sehr Recht, Edward, die Stelle eines Adjutanten abzulehnen. Es sind in der Tat zwei vakant, aber Clanronald und Lochiel und beinahe wir alle haben eine für den jungen Aberchallader erbeten, und die Tiefländer und die irische Partei wünschen gleich dringend, die andere für den Herrn von F– zu erhalten. Wäre nun einer dieser Bewerber durch Deine Begünstigung zurückgesetzt worden, so hätte Dir das viele Feinde gemacht. Dann wundert es mich auch, daß Dir der Prinz den Majorsrang antrug, da er doch weiß, daß nichts geringeres als ein Oberstlieutnantspatent andern genügt, die nicht 150 Mann in das Feld stellen können. – Aber Geduld, Vetter, und die Karten gemischt! – Alles ist für den Augenblick gut, und jetzt müssen wir Dich für den Abend neu equipiren, denn Dein äußerer Mensch ist, die Wahrheit zu sagen, kaum für einen Hof passend.«

»Freilich«, erwiderte Waverley, auf seinen vernachlässigten Anzug blickend, »mein Jagdanzug hat seine Dienste geleistet, seit wir uns trennten; aber das weißt Du, mein Freund, wahrscheinlich eben so gut oder besser als ich.«

»Du erzeigst meinem zweiten Gesicht zu viel Ehre«, sagte Fergus. »Wir waren erst so sehr damit beschäftigt, die Schlacht zu liefern, und dann mit unsern Unternehmungen in dem Tieflande, daß ich denen unserer Leute, die in Perthshire blieben, nur allgemeine Weisung geben konnte, Dich zu ehren und zu schützen, solltest Du ihnen in den Weg kommen. Aber laß mich Deine Abenteuer ganz hören, denn die Nachricht davon hat uns nur auf sehr unzuverlässige Weise erreicht.«

Waverley erzählte hierauf ausführlich, was dem Leser bereits bekannt ist, und Fergus hörte ihm mit großer Aufmerksamkeit zu. Während dessen erreichten sie die Wohnung des letzteren, die er aus einem kleinen gepflasterten Hofe in der Canongate-Straße bei einer muntern Wittwe von vierzig Jahren genommen hatte, die dem schönen jungen Häuptling freundlich zuzulächeln schien, und bei der zärtliche Blicke und gute Laune nie verloren gingen, welcher politischen Richtung auch der Partner angehören mochte. Hier empfing sie Callum Beg mit einem Lächeln der Wiedererkennung.

»Callum«, sagte der Häuptling, »rufe Shemus an Snachad« – Jakob von der Nadel. Dies war der Erbschneider Bich Ian Vohrs. »Shemus«, sagte Fergus zu dem Eintretenden, »Herr Waverley wird den Cath Dath – Schlachtfarbe oder Tartan – tragen, sein Anzug muß in vier Stunden fertig sein. Du kennst das Maß eines wohlgebauten Mannes, zwei doppelte Nagelbreiten am Knöchel.«

»Elf von der Hüfte bis zu den Absätzen, sieben um den Leib, ich gebe Ew. Gnaden die Erlaubniß, Shemus hängen zu lassen, wenn es in dem Hochlande ein paar Schneiderscheren gibt, die einen kühneren Schnitt haben, was Hosen betrifft.«

»Macht dazu einen Plaid von Mac-Ivor-Tartan und einen Schurz«, fuhr der Häuptling fort, und besorgt eine blaue Mütze von dem Schnitt der des Prinzen bei Mr. Monat im Laden. Mein kurzes grünes Wamms mit silbernen Tressen und silbernen Knöpfen wird ihn vollkommen kleiden, und ich habe es noch nie getragen. Sagt dem Fähndrich Maccombich, daß er einen hübschen Schild unter den meinen aussuchen soll. Der Prinz hat Herrn Waverley ein Schwert und Pistolen gegeben, ich will ihn mit Dolch und Beutel versehen, fügt noch ein Paar Schuhe mit niedrigen Absätzen hinzu, und dann, mein teurer Edward«, wendete er sich zu diesem, »bist Du ein vollkommener Sohn Ivors.«

Als die nötigen Weisungen erteilt waren, nahm der Häuptling das Gespräch über Waverleys Abenteuer wieder auf. »Es ist klar«, sagte er«, daß Du in der Obhut Donald Bean Leans warst. Du mußt wissen, daß ich, mit meinem Clan aufbrechend, um zu dem Prinzen zu stoßen, diesem würdigen Mitgliede der menschlichen Gesellschaft einen gewissen Auftrag erteilte, wonach er mit all den Leuten, die er auftreiben könnte, zu mir stoßen sollte. Statt aber dies zu tun, hielt der Herr, der das Land leer fand, es für besser, auf seine eigene Faust Krieg zu führen, er brandschatzte und plünderte, glaube ich, Freund und Feind, unter dem Vorwande, Schutzgeld zu erheben, zuweilen wie durch mich autorisirt, zuweilen aber auch in seinem eigenen großen Namen. Bei meiner Ehre, ich fühle mich versucht, den Burschen hängen zu lassen, wenn ich das Leben habe, um die Berge von Benmore wieder zu sehen. Ich erkenne ihn besonders in der Art Deiner Rettung von dem Schuft, dem Gilfillan, und ich zweifle kaum, daß Donald selbst bei jener Gelegenheit die Rolle des Bettlers spielte, weshalb er aber Dich nicht ausplünderte oder wenigstens Lösegeld von Dir forderte oder sich Deine Gefangenschaft sonst zu Nutzen machte, das übersteigt meinen Scharfsinn.«

»Wann und wie hörtest Du die Nachricht von meiner Gefangennehmung?« fragte Waverley.

»Der Prinz selbst erzählte mir davon«, entgegnete Fergus, »und erkundigte sich genau nach Deiner Geschichte. Er erwähnte hierauf, daß Du in diesem Augenblick in der Gewalt einer unserer Abteilungen wärest, und fragte mich um meine Meinung, wie über Dich zu verfügen sei. Daß ich nach näheren Umständen nicht fragen konnte, siehst Du wohl ein, indeß riet ich, Dich als Gefangenen hierher bringen zu lassen, denn ich wollte Dich bei der englischen Regierung nicht weiter verdächtigen, im Fall Du bei Deinem Vorsätze beharrtest, die Reise nach dem Süden fortzusetzen. Du mußt Dich erinnern, daß ich nichts von der gegen Dich erhobenen Beschuldigung des Hochverrates wußte, welche wahrscheinlich dazu beigetragen hat, Deinen ersten Plan zu ändern. Das dumme, nichtsnutzige Tier, der Balmawhapple, wurde nach Doune geschickt, Dich mit einer sogenannten Schwadron hierher zu eskortiren. Was sein Benehmen betrifft, so glaube ich, daß seine gewöhnliche Antipathie gegen alles, was einem Edelmann gleicht, noch zu seinem Abenteuer mit Bradwardine kam, ihn gegen Dich zu reizen, um so mehr, da ich wohl sagen darf, daß seine Art, die Geschichte zu erzählen, zu den bösen Gerüchten beigetragen haben wird, welche Dein ehemaliges Regiment erreichten.«

»Sehr möglich«, sagte Waverley, »doch jetzt, mein teurer Fergus, wirst Du wohl die Zeit dazu finden, mir etwas von Flora zu sagen.« »Ich kann Dir nur sagen«, erwiderte Fergus, »daß sie sich wohl befindet und gegenwärtig mit einer Verwandten hier in der Stadt ist. Ich hielt es für besser, daß sie hierher käme, da seit unserm Erfolge viele Damen von Rang unsern militärischen Hof begleiten, und ich versichere Dich, daß eine Art von Wichtigkeit sich an die nahen Verwandten einer Dame, wie Flora Mac-Ivor, knüpft, und wo ein solcher Kampf von Gesuchen und Ansprüchen stattfindet, da muß ein Mann jedes Mittel ergreifen, um seine Wichtigkeit zu erhöhen.« In dieser Äußerung lag etwas Verletzendes für Waverleys Gefühl. Er konnte es nicht ertragen, daß Flora durch die Bewunderung, die sie ohne allen Zweifel erwecken mußte, zu ihres Bruders Beförderung dienen sollte, und obgleich dies in manchen Punkten mit Fergus' Charakter übereinstimmte, verletzte es Edward doch, als selbstsüchtig, als unwürdig für die Seelengröße seiner Schwester und seinen Stolz auf die eigene Unabhängigkeit. Fergus, der am französischen Hofe aufgewachsen und mit solchen Manövern vertraut war, bemerkte nicht den ungünstigen Eindruck, den er auf seines Freundes Gemüth gemacht hatte, und schloß mit der Bemerkung: Sie würden Flora schwerlich vor dem Abend sehen können, wo sie dem Ball und Concert beiwohnen würde, mit denen des Prinzen Gesellschaft unterhalten werden sollte. »Ich hatte einen kleinen Streit mit ihr«, fuhr er fort, »weil sie bei Deinem Abschiede nicht erschien, und ich möchte den nicht gern erneuern, indem ich sie bäte, Dich diesen Morgen zu empfangen. Dies Verlangen könnte leicht nicht nur erfolglos sein, sondern auch Euer Zusammentreffen für diesen Abend verhindern.«

Während sie so mit einander sprachen, hörte Waverley auf dem Hofe vor dem Fenster eine wohlbekannte Stimme: »Ich versichere Euch, mein würdiger Freund, daß das eine gänzliche Verletzung der militärischen Disciplin ist, und wäret Ihr nicht gewissermaßen *tiro*, so würde Eure Absicht strenge Vorwürfe verdienen. Denn ein Kriegsgefangener ist durchaus nicht mit Fesseln zu belasten oder *in ergastulo* zu halten, wie der Fall gewesen sein würde, wäre dieser Edelmann in Balmawhapple in den Glockenturm gesperrt worden. Ich gebe in der Tat zu, daß ein solcher Gefangener der Sicherheit wegen *in carcere* gehalten werden kann, d. h. in einem öffentlichen Gefängniß.«

Die brummende Stimme Balmawhapples ließ sich hören, als nähme er im Unwillen Abschied, aber es war nichts deutlich zu vernehmen außer dem Wort »Landstreicher«. Er war verschwunden, ehe Waverley den Platz erreicht hatte, um den würdigen Baron von Bradwardine zu begrüßen. Die Uniform, welche derselbe jetzt trug, ein blauer Rock mit goldenen Litzen, scharlachrote Weste und Beinkleider und ungeheure Reiterstiefeln, schien seiner langen schnurgeraden Gestalt eine neue und erhöhte Steifheit zu verleihen, und das Bewußtsein militärischen Kommandos hatte in demselben Grade das Selbstbewußte seines Benehmens und das Dogmatisirende seiner Unterhaltung gesteigert. Er empfing Waverley mit seiner gewöhnlichen Freundlichkeit und sprach sogleich den dringenden Wunsch aus, etwas Näheres über die Umstände zu erfahren, unter denen Edward seine Charge in Gardiners Dragonerregiment verloren hätte. Nicht etwa, sagte er, daß er die geringste Besorgniß hegte, sein junger Freund möchte irgend etwas getan haben, was eine solche Behandlung von Seiten der Regierung verdiente, sondern weil es recht und schicklich sei, daß der Baron von Bradwardine jede Verleumdung gegen den Erben des Hauses Waverley, den er in so mancher Beziehung als seinen eigenen Sohn betrachten dürfe, zurückzuweisen fähig sei.

Fergus Mac-Ivor, der jetzt zu ihnen trat, ging schnell über die einzelnen Umstände von Waverleys Geschichte fort und schloß mit der Schilderung des schmeichelhaften Empfanges, der ihm bei dem jungen Chevalier geworden. Der Baron hörte schweigend zu und schüttelte zum Schlusse Waverley herzlich die Hand, indem er ihm Glück dazu wünschte, in den Dienst seines rechtmäßigen Fürsten eingetreten zu sein. »Denn«, fuhr er fort, »obgleich es bei allen Nationen mit Recht für eine Schande und Schmach gilt, das *sacramentum militare* zu verletzen, mag es nun von jedem Krieger einzeln abgelegt sein, was die Römer *per oonjurationem* nannten, oder von einem im Namen der übrigen, so hat doch auch niemand daran gezweifelt, daß der Eid durch die *dimissio* oder Entlassung eines Kriegers aufgehoben würde, dessen Stand, wenn es anders wäre, eben so hart sein würde, wie der der Kohlenbrenner und Salzträger oder anderer *adscripti glebae*, will sagen: Sklaven des Bodens. Das ist dem ähnlich, was der gelehrte Sanchez in seinem Werke *de jure jurando* sagt, welches Ihr ohne Zweifel über diesen Fall zu Rate gezogen habt. Was die betrifft, die Euch verleumdeten, so beteuere ich bei dem Himmel, daß sie sich die Strafe der *Memnonia lex* zuzogen, die auch *lex Rhemnia* genannt wird, und auf welche Tullius in seiner Rede *in Verrem* verweiset. Ich sollte aber gemeint haben, Herr Waverley, ehe Ihr Euch dazu entschlösset, einen bestimmten Dienst in der Armee des Prinzen anzunehmen, hättet Ihr fragen sollen, was für einen Rang der alte Bradwardine bekleidete, und ob er sich nicht besonders glücklich geschätzt haben würde, Euch in dem Reiterregiment zu sehen, das er zu errichten im Begriffe steht.«

Edward lehnte den Vorwurf dadurch ab, daß er die Nothwendigkeit vorstellte, auf das Anerbieten des Prinzen sogleich zu antworten, sowie seine Unwissenheit davon, daß der Baron in der Armee diene, oder sonst ein wichtiges Amt übernommen habe. Als dieser Punkt abgemacht war, fragte Waverley nach Miß Bradwardine und erfuhr, sie wäre mit Flora Mac-Ivor nach Edinburg gekommen, und zwar unter Eskorte von Leuten des Häuptlings. Das war in der Tat nothwendig, da Tully-Veolan ein sehr unfreundlicher und sogar gefährlicher Aufenthaltsort für ein junges schutzloses Mädchen geworden war, teils wegen der Nähe des Hochlandes, teils wegen der Nachbarschaft von zwei oder drei großen Dörfern, die sich sowohl aus Widerwillen gegen die Caterans wie aus Eifer für den Presbyterianismus zu Anhängern der Regierung erklärt hatten. Sie hatten daher unregelmäßige Freikorps gebildet, welche häufige Scharmützel mit den Bergbewohnern hatten, und griffen zuweilen die Häuser der jakobitischen Edelleute an, die auf der Grenze zwischen dem Hochlande und der Ebene lagen.

»Ich möchte Euch den Vorschlag machen«, fuhr der Baron fort, »mit nach meinem Quartier in Luckenbooths zu kommen und auf Eurem Wege dahin die Hochstraße zu bewundern, welche ohne allen Zweifel schöner ist als irgend eine Straße in London oder Paris. Aber Rosa, das arme Ding, ist gewaltig außer Fassung gekommen bei dem Feuern vom Schlosse, obgleich ich ihr aus Blondel und Coehorn bewiesen habe, daß diese Gebäude unmöglich von einer Kugel erreicht werden können. Außerdem erhielt ich von Sr. königl. Hoheit den Auftrag, nach dem Lager unserer Armee zu gehen, um dafür zu sorgen, daß unsere Leute ihr Gepäck für den Marsch zu morgen in Stand setzen.«

»Das wird den meisten von uns sehr leicht werden«, sagte Mac-Ivor lachend.

»Bitte um Verzeihung, Oberst Mac-Ivor, nicht so leicht, nicht so leicht, als Ihr zu denken scheint. Ich gebe zu, daß viele Eurer Leute unbeschwert und von Gepäck nicht belästigt die Hochlande verließen: aber die Menge nutzloser Dinge, mit denen sie sich während des

Marsches bepackten, ist unbeschreiblich. So sah ich z. B. einen von Euren Burschen, ich bitte Euch abermals um Verzeihung, der einen Spiegel auf dem Rücken trug.«

»Ei«, sagte Fergus noch immer mit heiterer Laune, »hättet Ihr ihn gefragt, so würde er Euch geantwortet haben: Der schreitende Fuß nimmt immer etwas mit. – Aber, mein lieber Baron, Ihr wißt eben so gut wie ich, daß hundert Ulanen oder ein einziger Haufe von Schmirschitz' Panduren in einer Gegend mehr Verheerung anrichten würden, als Euer Ritter vom Spiegel und all unsre Clans zusammen.«

»Und das ist sehr richtig«, entgegnete der Baron. »Sie sind, wie der heidnische Autor sagt: *ferociores in asspectu, mitiores in actu*, von abschreckendem und grimmigem Antlitz, aber freundlicher in ihrem Betragen, als man nach ihrer Physiognomie vermuten sollte. – Aber ich stehe hier und spreche mit euch beiden jungen Menschen, während ich in des Königs Park sein sollte.«

»Aber Ihr werdet doch bei Eurer Rückkehr mit Waverley und mir speisen? Ich versichere Euch, Baron, wenn ich auch als Hochländer leben kann, wo es sein muß, so erinnere ich mich doch noch meiner Pariser Erziehung, und verstehe vollkommen *faire la meilleure chère*.«

»Und wer Teufel zweifelt daran«, sagte der Baron lachend, »wo Ihr nur das Küchenpersonal mitbringt, und die gute Stadt die Materialien liefern muß? – Gut; auch ich habe in der Stadt etwas zu tun, und werde um drei Uhr bei Euch sein, wenn der Steinbutt so lange warten kann.«

Mit diesen Worten nahm er Abschied von den Freunden und ging sein Geschäft zu besorgen.

41. Ein Soldatenmahl

Jakob von der Nadel war ein Mann von Wort, wenn sich der Whisky nicht ins Abkommen mischte, und Callum Beg, der sich noch als Schuldner Waverleys betrachtete, weil dieser sich nicht auf Kosten des Leuchterwirts schadlos halten wollte, ergriff die Gelegenheit, seine Schuld dadurch zu tilgen, daß er über den Erbschneider des Stammes Ivor wachte, und ihn, wie er sich ausdrückte, so lange unterm Daumen hielt, bis er die Arbeit vollendet hatte. Um sich von diesem Zwange zu befreien, flog des Schneiders Nadel wie der Blitz durch den Tartan, so daß drei Stiche auf den Tod eines jeden Helden kamen, während er ein Schlachtlied von Fin Macoul sang. Der Anzug war daher bald fertig, denn der Waffenrock paßte und das übrige bedurfte nur geringer Arbeit.

Nachdem unser Held die Tracht der alten Gälen angelegt hatte, welche wohl geeignet war, einer Gestalt das Ansehen von Kraft zu verleihen, die zwar groß und wohlgebaut, aber eher elegant als robust war, werden meine schönen Leserinnen, wie ich hoffe, ihn entschuldigen, daß er mehr als einmal in den Spiegel sah und sich selbst gestand, das Bild sei das eines recht hübschen jungen Mannes. In der Tat ließ sich das nicht leugnen. Sein hellbraunes Haar, denn er trug ungeachtet der Mode der Zeit keine Perrücke, paßte zu der Mütze, von der es bedeckt wurde. Seine Gestalt verrieth Festigkeit und Gewandtheit, und die weiten Falten des Plaids verliehen ihm ein würdevolles Aussehen. Sein blaues Auge schien von jener Art,

> Die in der Liebe schmilzt, und im Kriege blitzt, und eine gewisse Schüchternheit verlieh seinen Zügen ein besonderes Interesse, ohne der Anmut und dem Geist derselben zu schaden.

»Er ist ein prächtiger Mann, ein ganz prächtiger Mann«, sagte Evan Dhu, jetzt Fähnrich Maccombich, zu Fergus' munterer Wirtin.

»Er ist recht hübsch«, entgegnete die Wittwe Flockhart, »doch nicht so hübsch als Euer Oberst, Fähnrich.«

»Ich wollte sie nicht vergleichen«, sagte Evan, »auch meinte ich nicht, daß er hübsch wäre, sondern nur, daß Herr Waverley recht nett und wie ein Bursche aussieht, der seinen Mann in der Schlacht stellen wird. Und meiner Treu, er führt das Schwert und den Schild schon ziemlich gut. Ich habe selbst mit ihm in Glennaquoich gespielt und auch Bich Ian Vohr oft am Sonntag Nachmittag.«

»Gott verzeihs Euch, Fähnrich Maccombich«, sagte die ängstliche Presbyterianerin, »ich bin gewiß, der Oberst wird so etwas nie tun.«

»Geht doch! Geht doch, Frau Flockhart«, erwiderte der Fähnrich, »wir sind junges Blut, wie Ihr wißt, und: junge Heilige, alte Teufel.«

»Aber werdet Ihr mit Sir John Cope morgen fechten, Fähnrich Maccombich?« fragte die Frau Flockhart ihren Gast.

»Freilich, liebe Frau, wenn er uns herausfordert«, entgegnete der Gäle.

»Und werdet Ihr den kinderfressenden Dragonern die Spitze bieten, Fähnrich Maccombich?« fragte die Wirtin wieder.

»Klaue für Klaue, wie Conan zum Satan sprach, und der Teufel holt den mit den kürzesten Krallen.«

»Und wird der Oberst sich selbst gegen die Bajonnete wagen?«

»Darauf könnt Ihr schwören, Frau Flockhart; der erste wird er sein, beim heiligen Phedar.«

»Du meine Güte! Und wenn er nun unter den Rothröcken ums Leben kommt?« rief die weichherzige Wittwe.

»Meiner Treu, wenns so käme, Frau Flockhart, so kenne ich eine, die nicht lange um ihn weinen würde. Aber heute wollen wir noch leben und unser Essen haben, und da ist Bich Ian Vohr, der seinen Mantelsack, seinen *dorlach*, gepackt; und Herr Waverley hat sich im Spiegel unten müde gesehen; und der graue alte Kerl, der Baron von Bradwardine, der den jungen Ronald von Ballenkeiroch erschoß, der kommt mit dem alten pustenden und schnaufenden Vogt Macwheeble, dem der Degen grade hinten raus steht, wie der Bratspieß bei einem französischen Koch; und ich bin so hungrig wie ein Wolf, mein gutes Täubchen; sagt der Käthe, daß sie die Brühe beisetzt, und werft auch Ihr Euch in Wichs, denn Ihr wißt wohl, Bich Ian Vohr setzt sich nicht eher, als bis Ihr den obersten Platz eingenommen habt; und vergeßt auch nicht die Quartflasche Branntwein, mein Herzchen.«

Der Wink fruchtete. Frau Flockhart lächelte aus ihren Gewändern hervor, wie die Sonne durch den Nebel, und nahm am obersten Ende der Tafel Platz, indem sie vielleicht bei sich selbst dachte, es wäre ihr einerlei, wie lange der Aufstand noch dauere, der sie mit Personen von so viel höherem Range als ihre gewöhnliche Gesellschaft zusammenbrächte. Ihr zur Seite saßen Waverley und der Baron, und der Häuptling ihr *vis-à-vis*. Die Männer des Friedens und des Krieges, d. h. der Vogt Macwheeble und der Fähnrich Maccombich nahmen nach vielen Komplimenten gegen ihre Vorgesetzten die beiden Plätze an der Seite des Häuptlings ein. Wenn man Zeit, Ort und Umstände berücksichtigt, war die Mahlzeit trefflich, und Fergus sehr heiter gestimmt. Die Gefahr nicht beachtend, sanguinisch durch Natur, Jugend und Ehrgeiz, sah er in der Einbildung alle seine Pläne mit Erfolg gekrönt und war durchaus gleichgültig gegen die mögliche Alternative eines Soldatentodes. Der Baron machte leise Entschuldigungen, daß er Macwheeble mitgebracht hätte; sie hätten, sagte er, für die Ausgaben des Feldzuges gesorgt. »Und meiner Treu«, fügte der alte Herr hinzu, »da ich denke, daß dies mein letzter sein wird, ende ich da, wo ich angefangen habe. – Ich habe die Nerven des Krieges, wie ein gelehrter Schriftsteller die *caisse militaire* nennt, immer schwieriger herbeizuschaffen gefunden, als Fleisch, Blut und Knochen!«

»Was! Ihr habt unsere einzige wirkliche Kavallerie errichtet und dazu keinen von den Louisd'or der Doutelle[16] zur Unterstützung erhalten?«

»Nein, Glennaquoich, klügere Burschen sind vor mir dagewesen.«

»Das ist eine Schande«, sagte der junge Hochländer. »Aber Ihr sollt teilen, was von meinen Subsidien übrig bleibt. Das wird Euch heut einen ängstlichen Gedanken ersparen und morgen ist doch alles eins; denn ehe die Sonne untergeht, ist auf eine oder die andere Weise für uns gesorgt.« Waverley machte, zwar tief errötend, aber mit großem Ernste dasselbe Anerbieten.

»Ich danke euch beiden, meine guten Jungen, aber ich will euer Geld nicht schmälern. Der Amtmann Macwheeble hat für die nötige Summe gesorgt.«

Hier rückte der Amtmann auf seinem Stuhle hin und her und schien sich sehr unbehaglich zu fühlen. Endlich, nach manchem einleitenden Hm! und vielen wortreichen Versicherungen der Anhänglichkeit an den Dienst Sr. Gnaden bei Tag und Nacht, im Leben und im Tode, rückte er damit heraus: daß die Bank all ihr baares Geld in das Schloß geschafft hätte, daß der Silberschmied Sandie Goldie ohne Zweifel viel für Se. Gnaden tun würde, daß aber keine Zeit sei, die bedungene Pfandlegung zu besorgen, und wenn daher Sr. Gnaden Glennaquoich oder Waverley aushelfen könnten –«

»Laßt mich solchen Unsinn nicht mehr hören«, sagte der Baron in einem Tone, der Macwheeble stumm machte, »sondern tut, was wir vor Tisch verabredeten, wenn Ihr in meinem Dienst zu bleiben wünscht.«

Obgleich ihm zu Mute war, als sollte er sein eigenes Blut in die Adern des Barons übertragen lassen, wagte der Amtmann auf diesen bestimmten Befehl doch nicht zu antworten. Nachdem er noch einige Zeit hin und her gerückt war, wendete er sich an Glennaquoich und sagte, wenn Se. Gnaden mehr Geld vorrätig hätten, als zu den Bedürfnissen des Feldzuges nötig wäre, so könnte er es zur Zeit mit großem Vorteil und sicher unterbringen. Bei diesem Vorschlag lachte Fergus herzlich und als er wieder zu Atem gekommen war, antwortete er: »Tausend Dank, Amtmann, aber Ihr müßt wissen, daß es bei uns Soldaten Brauch ist, unsere Wirtin zu unserem Banquier zu machen. – Hier, Frau Flockhart«, sagte er, indem er fünf größere Stücke aus einer wohlgefüllten Börse nahm, und diese dann mit dem übrigen Inhalte

16 Die Doutelle war ein bewaffnetes Fahrzeug, welches eine geringe Geldhilfe und Waffen aus Frankreich zur Unterstützung der Insurrektion brachte.

in ihre Schürze steckte, das wird zu meinen Bedürfnissen hinreichen, nehmt Ihr das übrige, seid mein Banquier, wenn ich lebe, und mein Testamentsvollstrecker, wenn ich sterbe. Sorgt aber dafür, daß etwas an diejenigen Trauerweiber gezahlt wird, die für den letzten Bich Ian Vohr die Klagelieder am lautesten heulen.«

»Das ist das *testamentum militare*«, sagte der Baron, »welches bei den Römern des Vorrechtes genoß, *nuncoupative* d. h. mündlich gemacht werden zu dürfen.«

Aber das sanfte Herz der Frau Flockhart brach über den Worten des Häuptlings; sie fing an zu jammern und lehnte es auf das bestimmteste ab, das Geld zu behalten, welches Fergus also selbst wieder nehmen mußte.

»Gut«, sagte der Häuptling, »wenn ich also falle, so ist es für den Grenadier, der mir den Schädel einschlägt, und ich will schon dafür sorgen, daß es ihm nicht zu leicht wird.«

Der Amtmann Macwheeble fühlte sich versucht, noch einmal sein Ruder einzusetzen, denn wo es auf Geld ankam, da ließ er sich nicht leicht abschrecken.

»Vielleicht«, sagte er, »ist es besser, für die Gefahr des Todes oder des Kriegsunglückes, das Geld zu der Miß Mac-Ivor zu bringen. Es könnte als Gabe *mortis causa* zu Gunsten der jungen Dame gelten, und es wären dazu nur zwei Federstriche nötig.«

»Die junge Dame«, sagte Fergus, »wird, wenn solch ein Ereigniß stattfindet, an andere Dinge zu denken haben, als an diese elenden paar Louisd'or.«

»Freilich, unleugbar, daran läßt sich nicht zweifeln, aber Ew. Gnaden wissen, daß großer Kummer –«

»Manchem Menschen erträglicher ist als Hunger? – Wahr, sehr wahr, Amtmann, und ich glaube, es gibt sogar Menschen, die sich durch einen solchen Gedanken über den Verlust einer ganzen Generation trösten würden. Aber es gibt einen Kummer, der weder Hunger noch Durst kennt, und die arme Flora –« er stockte, und die ganze Gesellschaft nahm Teil an seiner Rührung.

Des Barons Gedanken richteten sich natürlich auf den schutzlosen Zustand seiner Tochter, und eine dicke Träne trat in das Auge des Veteranen. »Wenn ich falle, Macwheeble«, sagte er, »so habt Ihr alle meine Papiere und kennt alle meine Angelegenheiten, seid rechtschaffen gegen Rosa.«

Der Amtmann war irdischer Gesinnung und hatte ohne Zweifel eine dichte Rinde um sein Herz, im Innern aber doch einen Kern freundlicher und gerechter Gefühle, besonders wo es seinen Herrn oder seine junge Gebieterin galt. Er brach in ein klägliches Geheul aus.

»Träte ein solcher Tag der Trauer ein, so lange Duncan Macwheeble noch einen Pfennig hätte, so sollte er Miß Rosa gehören. Ich wollte lieber für saures Geld abschreiben, als daß sie Mangel leiden sollte; sollte in der Tat die schöne Baronie Bradwardine und Tully-Veolan mit dem Schloß und dem Herrenhause«, er machte während der folgenden Aufzahlung bei jedem Worte unter Weinen und Schluchzen eine Pause, »Baustellen – Mooren – Außen- und Innenfeldern – Gebäuden – Plantagen – Taubenschlägen – mit dem Rechte des Netzes und der Angel in dem Wasser und See von Veolan – Zehnten, Frohnen und Patronatsrechten – Brennholz und Torfstich – Teilen und An- und Zubehör aller Art«, – hier nahm er vom Ende seines langen Halstuches die Zipfel, um sich die überströmenden Augen zu trocknen, – »wie das alles in den betreffenden Papieren näher bezeichnet ist, und die in dem Kirchspiele von Brabwardine in der Grafschaft Perth liegt, wenn das alles von meines Gebieters Kind auf Inchgrabbit übergehen sollte, der ein Whig und ein Hannoveraner ist, und wenn das alles von seinem Geschäftsmann Jamie Howie geleitet werden soll, der kein Unterbeamter sein könnte, geschweige denn ein Amtmann –«

Der Anfang dieser Klagerede hatte in der Tat etwas Rührendes, der Schluß aber erweckte allgemeines Gelächter.

»Denkt daran nicht, Amtmann«, sagte Fähnrich Maccombich, »denn die guten alten Zeiten des Zugreifens werden schon wiederkommen, und all der Hocus Pocus wird dem längsten Schwerte Platz machen.«

»Und das Schwert wird unseres sein, Amtmann«, sagte der Häuptling, welcher bemerkte, daß Macwheeble bei dieser Andeutung sehr ernsthaft aussah.

> »Wir zahlen mit Erz, das die Berge uns schaffen,
> Lillibullero, bullen a la,
> Doch nimmer mit Münzen, nein, immer mit Waffen,
> Lillibullero, bullen a la,
> Wir streichen vom Kerbholze Mahner und Schulden,
> Lillibullero, bullen a la,
> Wenn wer so bezahlt ist, braucht keine Gulden.
> Lillibullero, bullen a la.

Doch kommt, Amtmann, seid nicht niedergeschlagen, trinkt Euren Wein mit leichtem Herzen, der Baron wird gesund und siegreich nach

Tully-Veolan zurückkehren und Killancureits Güter mit den seinigen vereinen, da das feige halbwüchsige Schwein nicht wie ein Edelmann für des Prinzen Sache aufstehen will.«

»Freilich«, sagte der Amtmann, indem er sich die Augen trocknete, »sie liegen dicht daran und würden natürlich unter dieselbe Aufsicht kommen.«

»Und ich«, führ der Häuptling fort, »werde selbst dafür Sorge tragen, denn Ihr müßt wissen, daß ich hier ein gutes Werk zu tun habe, indem ich Frau Flockhart in den Schooß der katholischen Kirche bringe oder wenigstens auf den halben Weg dahin, das heißt in das bischöfliche Bethaus. Ja, Baron, hättet Ihr den schönen Contra-Alt gehört, mit dem sie diesen Morgen Käthe und Matty ermahnte, Ihr, der Ihr Musik versteht, würdet bei dem Gedanken zittern, sie psalmiren zu hören.«

»Verzeih Euch Gott, Oberst, wie Ihr lästert! Aber ich hoffe, Ihr werdet erst Tee trinken, ehe Ihr nach dem Palast geht, und ich will ihn immer aufgießen.«

Mit diesen Worten überließ Frau Flockhart die Männer ihrer eigenen Unterhaltung, welche, wie man sich leicht denken kann, sich bald ausschließlich um die Ereignisse des bevorstehenden Feldzuges drehte.

42. Der Ball

Fähnrich Maccombich war in Dienstgeschäften nach dem Hochland, wo sich das Lager befand, gegangen, Amtmann Macwheeble hatte sich zurückgezogen, um sein Mittagessen und Evan Dhus Hindeutung auf das Kriegsgesetz zu verdauen, und Waverley, der Baron und der Häuptling gingen nach Holyrood. Die beiden letzten waren sehr flott gestimmt, und der Baron neckte unsern Helden während des Weges über seinen schönen Wuchs, der durch den neuen Anzug vorteilhaft hervorgehoben wurde.

Sie erreichten jetzt den Palast von Holyrood und wurden gemeldet, indem sie in die Gemächer traten.

Es ist nur zu wohl bekannt, wie viele Edelleute von Rang, Erziehung und Vermögen an der verzweifelten Unternehmung von 1745 Teil nahmen. Auch die Damen traten in Schottland fast allgemein der Sache des tapfern und schönen jungen Prinzen bei, der sich seinen Landsleuten mehr wie ein Romanheld als wie ein berechnender Politiker anvertraute. Es ist daher nicht zu verwundern, daß Edward, welcher den größern Teil seines Lebens in der feierlichen Einsamkeit von Waverley-Haus zugebracht hatte, durch die Lebendigkeit und den Glanz der

Scene geblendet wurde, die sich ihm jetzt in den lange verödeten Hallen des schottischen Palastes darbot. In der Tat herrschte wenig Glanz, da die Verwirrung und Hast der Zeit in dieser Beziehung nicht zu viel zu tun gestattete, dennoch aber war der allgemeine Eindruck überraschend, und wenn man den Rang der Gesellschaft erwägt, so konnte sie wohl glänzend genannt werden.

Es währte nicht lange, bis das Auge des Liebenden den Gegenstand seiner Neigung entdeckte. Flora Mac-Ivor kehrte eben zu ihrem Sitz am obern Ende des Gemaches mit Rosa Bradwardine an ihrer Seite zurück. Unter vielen Erscheinungen von Eleganz und Schönheit hatten sie in hohem Grade die allgemeine Aufmerksamkeit auf sich gezogen, denn sie waren zwei der hübschesten unter den anwesenden Damen. Der Prinz beschäftigte sich viel mit beiden, besonders mit Flora, mit der er tanzte, ein Vorzug, den sie wahrscheinlich wegen ihrer fremden Erziehung, sowie ihrer Fertigkeit in der französischen und englischen Sprache genoß.

Als das Gewirre nach Beendigung des Tanzes es erlaubte, folgte Edward beinahe unwillkürlich Fergus zu dem Orte, wo Miß Mac-Ivor saß. Das Gefühl der Hoffnung, mit dem er seine Neigung während der Abwesenheit von dem geliebten Gegenstande genährt hatte, schien in seiner Gegenwart zu verschwinden, und wie jemand, der sich der einzelnen Umstände eines halb vergessenen Traumes zu erinnern strebt, würde er in diesem Augenblicke die Welt darum gegeben haben, sich auf die Gründe zu besinnen, auf welche er einst Aussichten stützte, die jetzt trügerisch zu sein schienen. Er begleitete Fergus mit niedergeschlagenen Augen, klingendem Ohr und dem Gefühl des Verbrechers, der, während der finstere Karren sich langsam durch die dichte Masse bewegt, die sich versammelt hat, um der Hinrichtung beizuwohnen, kein deutliches Gefühl von dem Lärmen gewinnt, das seine Ohren füllt, noch von dem Tumult, auf den sein unstäter Blick trifft.

Flora schien ein wenig, sehr wenig, durch seine Annäherung erregt und außer Fassung. – »Ich bringe Dir einen Adoptivsohn Ivors«, sagte Fergus.

»Und ich empfange ihn wie einen zweiten Bruder«, erwiderte Flora. Es lag eine leise Betonung in dem Worte, die jedem andern Ohre als einem so fieberhaft gespannten entgangen sein würde. Sie war aber genau markirt, und mit ihrem ganzen Ton und Wesen zusammengehalten, sagte sie deutlich: »Ich will nie an Herrn Waverley wie an einen vertrauteren Bekannten denken.« Edward verbeugte sich und blickte Fergus an, der sich auf die Lippe biß, eine Bewegung des Zornes, welche bewies, daß auch er dem Empfange seines Freundes von Seiten seiner Schwester eine ungünstige Auslegung gegeben hatte.

»Das also ist das Ende meines wachen Traumes?« Das war Waverleys erster Gedanke, und er war ihm so peinlich, daß er jeden Blutstropfen aus seinen Wangen trieb.

»Großer Gott!« rief Rosa Bradwardine, »er ist noch nicht wiederhergestellt.«

Diese Worte, welche sie mit großer Rührung aussprach, hörte der Chevalier selbst, der schnell vortrat, und Waverleys Hand ergreifend, freundlich nach seiner Gesundheit fragte, und dann hinzufügte, daß er mit ihm zu sprechen wünsche. Durch eine kräftige Anstrengung, welche die Umstände unerläßlich machten, gewann Waverley so viel Selbstbeherrschung, daß er dem Prinzen schweigend in eine ferne Ecke des Gemaches folgen konnte.

Hier hielt der Prinz ihn einige Zeit zurück, indem er ihm mehrere Fragen nach den großen Torys und katholischen Familien Englands, ihren Verbindungen, ihrem Einflusse und ihren Neigungen gegen das Haus Stuart vorlegte. Auf diese Fragen hätte Edward zu jeder Zeit nur allgemeine Antworten geben können, und man muß vermuten, daß bei dem gegenwärtigen Zustande seiner Gefühle seine Antworten unklar bis zur Verwirrung waren. Der Chevalier lächelte einigemal über das Unzusammenhängende seiner Entgegnungen, fuhr aber in der Unterhaltung fort, obgleich er sich gezwungen sah, den größten Teil derselben allgemein zu führen; endlich bemerkte er, daß Waverley seine Geistesgegenwart wiedergewonnen hatte. Es ist wahrscheinlich, daß diese lange Audienz zum Teil vom Prinzen beabsichtigt war, der seiner Umgebung einen möglichst hohen Begriff von der politischen Wichtigkeit Waverleys beizubringen wünschte. Nach seinen letzten Ausdrücken aber schien es, daß er auch einen ganz andern und gutmütigen Beweggrund hatte, der unserm Helden persönlich galt, wenn er das Gespräch verlängerte. »Ich kann der Versuchung nicht widerstehen«, sagte er, »mich meiner Verschwiegenheit als der Vertraute einer Dame zu rühmen. Sie sehen, Herr Waverley, daß ich alles weiß, und ich versichere Sie meiner aufrichtigsten Teilnahme an der Sache. Aber, mein guter junger Freund, Sie müssen Ihren Gefühlen mehr Zwang anlegen. Es gibt hier viele Augen, die eben so klar sehen wie die meinigen, deren Zungen jedoch nicht eben so zu trauen ist wie der meinigen.«

Mit diesen Worten wendete er sich freundlich ab und trat zu einem Kreise von Offizieren, die wenige Schritte entfernt standen, und überließ Waverley dem Nachdenken über seine letzte Äußerung, welche zwar nicht ganz verständlich war, aber doch hinlänglich die Nothwendigkeit der Vorsicht andeutete. Er machte daher eine Anstrengung, sich der Teilnahme wert zu zeigen, die sein neuer Gebieter gegen ihn ausgesprochen hatte, und um seinem Winke augenblicklich zu gehorchen, ging er zu dem Orte, wo Flora und Miß Bradwardine noch saßen, und nachdem er die letztere gegrüßt hatte, gelang es ihm, selbst über seine Erwartung, ein Gespräch über allgemeine Gegenstände anzuknüpfen.

Anstrengung belohnt sich wie die Tugend selbst, und unser Held hatte überdies noch einen andern Sporn gegen Floras offenbare Unfreundlichkeit, eine erzwungene Ruhe und Gleichgültigkeit zu zeigen. Der Stolz, welcher sich als ein nützliches, wenn auch strenges Mittel gegen die Wunden der Neigung zeigt, kam ihm schnell zu Hilfe. Ausgezeichnet durch die Gunst des Prinzen, bestimmt dazu, wie er hoffen durfte, in der Revolution, welche die Gründung eines mächtigen Königreichs erwarten ließ, eine hervorragende Rolle zu spielen, indem er wahrscheinlich an geistigen Vorzügen die meisten der edlen und ausgezeichneten Personen überträfe, neben denen er jetzt stand, und denen er an persönlichen Vorzügen wenigstens gleich käme, jung, reich, hochgeboren, konnte, mußte er sich vor dem Stirnrunzeln einer launischen Schönheit beugen?

Wie kalt auch Dein Herz immer sein mag, Nymphe,
Mein Busen ist so stolz wie Deiner.

Mit dem Gefühl, welches in diesen Zeilen ausgesprochen ist, beschloß Waverley, Flora zu überzeugen, daß er durch eine Zurückweisung nicht niedergebeugt werden konnte, eine Zurückweisung, durch die, wie seine Eitelkeit ihm zuflüsterte, sie ihren eigenen Aussichten eben so im Wege stand wie seinen eigenen. Und diesen Wechsel der Gefühle zu unterstützen, lauerte darin die geheime, wenn auch uneingestandene Hoffnung, daß sie seine Neigung höher schätzen würde, sähe sie ein, daß es nicht ausschließlich in ihrer Macht stände, sie anzuziehen oder zurückzuweisen. Es lag auch eine geheimnißvolle Ermutigung in den Worten des Chevaliers, obgleich er fürchtete, daß sie sich nur auf Fergus' Wunsch bezögen, der ja eine Verbindung zwischen ihm und seiner Schwester begünstigte. Das Zusammentreffen der Zeit, des Ortes, der Umstände vereinigten sich, seine Einbildungskraft zu erregen, und ihn zu einem männlichen, entschiedenen Benehmen aufzufordern, wobei er dem Geschicke den Ausgang überließ. Sollte er als der einzige Trübe und Entmutigte am Vorabend einer Schlacht erscheinen? Wie begierig würde dies von einem Gerücht benützt werden, das sich schon einmal so boshaft gegen ihn gezeigt hatte? »Nie, nie«, so beschloß er bei sich selbst, »sollen meine Feinde, die ich nicht herausforderte, einen solchen Vorteil über meinen Ruf gewinnen.«

Unter dem Einflusse dieser gemischten Gefühle, und von Zeit zu Zeit ermutigt durch ein Lächeln des Einverständnisses und der Billigung von Seiten des Prinzen, wenn dieser an der Gruppe vorüberging, bot Waverley seine Kraft der Phantasie, Lebendigkeit und Beredsamkeit auf und zog die allgemeine Bewunderung der Gesellschaft auf sich. Das Gespräch nahm allmählich den Ton an, der am besten geeignet war, seine Talente und Kenntnisse zu zeigen. Die Heiterkeit des Abends wurde durch die nahende Gefahr des morgenden Tages eher gesteigert als gehemmt. Alle Nerven waren gespannt auf die Zukunft und zugleich bereit, sich der Gegenwart zu freuen. Diese Gemüthsstimmung ist sehr vorteilhaft, die Gewalt der Einbildungskraft, der Poesie zu entwickeln, sowie jene Beredsamkeit, welche die Verbündete der Poesie ist. Waverley besaß, wie wir früher schon bemerkten, zuweilen einen wunderbaren Redefluß, und bei der gegenwärtigen Gelegenheit schlug er mehr als einmal die Saiten des höchsten Gefühls an und ließ sich dann von wilder phantastischer Fröhlichkeit fortreißen. Er wurde durch den lebhaft verwandten Geist der andern, welche denselben Einfluß der Stimmung und der Zeit empfanden, unterstützt und angetrieben, und selbst die von kälteren und ruhigeren Gewohnheiten wurden durch den allgemeinen Strom mit fortgerissen. Viele Damen lehnten den Tanz ab, der noch immer fortwährte, und traten unter dem einen oder andern Grunde zu der Gruppe, welcher »der hübsche junge Engländer« sich gewidmet zu haben schien. Er wurde mehreren Damen vom ersten Range vorgestellt, und sein Benehmen erregte allgemeines Entzücken.

Flora Mac-Ivor schien unter allen anwesenden Damen die einzige zu sein, welche ihm mit einem gewissen Grade der Kälte und Zurückhaltung begegnete, aber selbst sie konnte einige Verwunderung über Talente nicht unterdrücken, welche sie ihn im Laufe ihrer Bekanntschaft nie so glänzend und mit solchem Erfolge hatte entwickeln sehen. Ich weiß nicht, ob sie eine augenblickliche Reue darüber fühlte, einen Liebhaber so entschieden zurückgewiesen zu haben, der so wohl geeignet schien, einen hohen Platz in dem höchsten Range der Gesellschaft einzunehmen. Sicher hatte sie bisher zu den unverbesserlichen Fehlern Edwards die *mauvaise honte* gerechnet, welche, da sie in den ersten Cirkeln des Auslandes erzogen und mit dem zurückhaltenden Wesen englischer Sitte unbekannt war, ihrer Meinung nach, der Blödigkeit und Dummheit nahe stand. Wenn aber in ihr ein vorübergehender Wunsch erwachte, daß Waverley sich immer so liebenswürdig und anziehend gezeigt haben möchte, so war diese Wirkung doch nur sehr augenblicklich, denn seitdem sie sich nicht gesehen, hatten sich Umstände zugetragen, welche bei ihr den Entschluß, den sie früher in Bezug auf ihn gefaßt, fest und unwiderruflich machten.

Mit entgegengesetzten Gefühlen lauschte ihm Rosa Bradwardine von ganzer Seele. Sie fühlte einen geheimen Triumph über den öffentlichen Tribut, der einem jungen Manne gezollt wurde, dessen Verdienst sie nur zu früh und zu sehr würdigen gelernt hatte. Ohne einen Gedanken der Eifersucht, ohne ein Gefühl von Furcht, Schmerz oder Zweifel, ungestört durch irgend eine selbstsüchtige Betrachtung, gab sie sich dem Vergnügen hin, das allgemeine Gemurmel des Beifalls zu beobachten. Wenn Waverley sprach, war ihr Ohr ausschließlich von dem Klange seiner Stimme erfüllt, wenn andere antworteten, wendete sie ihr Auge beobachtend auf ihn und schien zu warten, was er antworten würde. Das Entzücken, welches sie diesen Abend empfand, war seiner Natur nach vielleicht das reinste und uneigennützigste, dessen der Mensch fähig ist, obgleich es nur vorübergehend war und große Sorge im Gefolge hatte.

»Baron«, sagte der Chevalier, »ich möchte meine Geliebte der Gesellschaft Ihres jungen Freundes nicht anvertrauen. Er ist in der Tat einer der bezauberndsten jungen Männer, die ich je gesehen habe, wenn auch vielleicht etwas romantisch.«

»Und bei meiner Ehre, Hoheit«, entgegnete der Baron, »der Bursche kann zuweilen so mürrisch sein wie ein Sechsziger, gleich mir. Hätten Ew. königliche Hoheit ihn gesehen, wie er träumend und sinnend durch die Gänge von Tully-Veolan hinschlich, Sie würden sich wundern, wo er so plötzlich alle diese seinen Worte und diese heitere Beredsamkeit hergenommen hat.«

»Wahrlich«, sagte Fergus Mac-Ivor, »ich glaube, das ist nur die Begeisterung des Tartans, denn obgleich Waverley jederzeit ein junger Mann voll Verstand und Ehre war, so habe ich ihn doch bisher oft als einen schweigsamen und unaufmerksamen Gesellschafter gefunden.«

»Wir sind ihm dann um so mehr verpflichtet«, sagte der Prinz, »daß er für diesen Abend Eigenschaften aufsparte, welche so vertraute Freunde noch nicht beobachteten. – Doch kommen Sie, meine Herren, die Nacht rückt vor, und wir müssen morgen früh an unser Geschäft denken. Jeder führe seine Dame und ehre ein kleines Mahl mit seiner Gesellschaft.«

Er ging nach einer andern Reihe von Gemächern voran und nahm den obersten Sitz an mehreren Tafeln mit einem Wesen der Würde und Leutseligkeit ein, das mit seiner edlen Geburt und seinen hochstrebenden Ansprüchen wohl übereinstimmte. Kaum war so eine Stunde vergangen, als die Musik das in Schottland wohlbekannte Zeichen zum Aufbruch gab.

»Gute Nacht denn!« sagte der Chevalier, indem er aufstand. »Gute Nacht, meine schönen Damen, die Sie einen verbannten und verstoßenen Prinzen so hoch geehrt haben. – Gute Nacht, meine braven Freunde, möge das Glück, welches wir diesen Abend empfanden, ein Vorzeichen unserer baldigen und triumphirenden Rückkehr in diese unsere väterlichen Hallen sein, sowie für manch wiederholtes Zusammensein voll Lust und Freude in dem Palaste von Holyrood!«

Wenn der Baron von Bradwardine später dies Lebewohl des Chevaliers erzählte, verfehlte er nie, in einem melancholischen Tone zu wiederholen:

Audiit, et voti Phoebus succedere partem
Mente dedit; partem volueres dispersit in auras;

»was«, wie er hinzufügte, »mein Freund Bangour so übersetzt hat:

Ein Teil der Worte ließ Gott Phöbus Gnade finden,
Der andre ward verstreut nach allen Winden.«

43. Der Marsch

Die widerstreitenden Leidenschaften und aufgeregten Gefühle Waverleys ließen ihn einen zwar späten, aber doch gesunden Schlaf genießen. Er träumte von Glennaquoich, und versetzte nach den Hallen Ians nan Chaiftel den festlichen Zug, welcher noch so kürzlich die von Holyrood schmückte. Auch den Pibroch hörte er deutlich, und dieser wenigstens war keine Täuschung, denn der stolze Schritt des ersten Pfeifers vom Clan Mac-Ivor ließ sich auf dem Hofe vor der Tür seines Häuptlings vernehmen, und, wie Frau Flockhart bemerkte, die augenscheinlich keine Freundin seiner Musik war, erweichte Steine und Kalk mit seinem Gequieke. Er wurde deshalb auch bald zu mächtig für Waverleys Traum, mit dem er zuerst so ziemlich harmonirte.

Der Klang von Callums Holzschuhen, denn Mac-Ivor hatte seinem Freund Waverley wieder der Sorge desselben übertragen, war die nächste Mahnung zum Aufbruche. »Woll'n Eu'r Gnaden nicht auf? Bich Ian Vohr und der Prinz sind nach dem grünen Tal gegangen, das man Königspark nennt und mancher steht schon auf sein'n eig'nen Beinen, der auf andrer Leute ihren getragen werden wird, eh' die Nacht anbricht.«

Waverley sprang auf und mit Callums Beistand und nach dessen Weisungen legte er sich den Tartan an. Callum sagte ihm auch, sein lederner Mantelsack mit dem Schlosse wäre aus Doune angekommen, aber schon wieder mit Bich Ian Vohrs Sachen auf den Wagen gepackt. Waverley dachte dabei an das geheimnißvolle Packet, das ihm beständig zu entgehen schien, wenn er es schon zu fassen glaubte. Aber es war jetzt nicht die Zeit dazu, der Neugier nachzugeben, und nachdem er Frau Flockharts Anerbieten eines Morgens, d. h. eines Frühtrunkes abgelehnt hatte, wahrscheinlich der einzige Mann in des Chevaliers Armee, der eine solche Artigkeit zurückwies, sagte er Lebewohl und brach mit Callum auf.

»Callum«, sagte er, als sie eine schmutzige Gasse hinabgegangen waren, um das südliche Ende von Canongate zu erreichen, »wo bekomme ich ein Pferd her?«

»Den Teufel, wo denkt Ihr hin?« sagte Callum, »Bich Ian Vohr marschirt zu Fuß an der Spitze seiner Leute, nichts zu sagen vom Prinzen, der's auch so macht, mit seinem Schild auf der Schulter, und Ihr müßt doch gleich sein.«

»Das will ich auch, Callum; gib mir meinen Schild! So, wie sehe ich jetzt aus?«

»Wie der hübsche Hochländer auf dem Wirtshausschilde der Luckie Middlemass«, antworte Callum, und ich muß bemerken, daß er diese Äußerung für ein großes Kompliment hielt, denn seiner Meinung nach war das Wirthshausschild der Luckie Middlemass ein ausgezeichnetes Kunstwerk. Waverley aber, der die Wichtigkeit dieses artigen Vergleiches nicht erkannte, richtete weiter keine Frage an ihn.

Als sie die engen und schmutzigen Vorstädte im Rücken hatten und in die freie Luft hinaustraten, fühlte Waverley seine Gesundheit und seine Lebensgeister erneut; er wendete seine Gedanken mit Festigkeit auf die Ereignisse des vorhergehenden Abends und mit Hoffnung und Entschlossenheit auf die des bevorstehenden Tages.

Als er eine kleine Höhe erstiegen hatte, welche St. Leonards Hügel hieß, lag der Königspark, oder die Schlucht zwischen dem Berge Arthurs Sitz und dem aufsteigenden Boden, auf welchem der südliche Teil von Edinburg jetzt erbaut ist, unter ihm, und gewährte ein eigentümliches und interessantes Schauspiel. Er war von der Armee der Hochländer besetzt, die jetzt im Begriffe stand, abzumarschiren. Waverley hatte schon etwas der Art bei der großen Jagd gesehen, der er mit Fergus beiwohnte, doch dies war in weit größerem Maßstabe und von ungleich höherem Interesse. Die Felsen, welche den Hintergrund der Scene bildeten, und der Himmel selbst erdröhnte unter dem Klange der Sackpfeifer, deren jeder mit dem eigentümlichen Pibroch, d. h. der Schlachtmusik seinen Häuptling und seinen Clan rief. Die Bergbewohner, welche sich von ihrem Lager unter dem Gewölbe des Himmels mit dem Gesumm und Gewirr einer unregelmäßigen Volksmenge erhoben, gleich Bienen, die in ihren Stöcken beunruhigt wurden, schienen alle die Fügsamkeit zu besitzen, welche zu kriegerischen Manövern erforderlich ist. Ihre Bewegungen sahen zwar willkürlich und verworren aus, aber der Erfolg war Ordnung und Regelmäßigkeit so daß ein General das Resultat gelobt haben würde, hätte auch vielleicht ein strenger Kriegsmann die Ausführungsweise verspottet.

Das Gewirr, welches durch die hastigen Anordnungen der verschiedenen Clans unter ihren Bannern entstand, um in die Marschordnung zu kommen, war an und für sich ein heiteres, lebendiges Schauspiel. Sie hatten keine Zelte abzubrechen, da sie sämmtlich und aus freier Wahl auf offenem Felde schliefen, obgleich der Herbst schwand und die Frostnächte anfingen. Während sie sich in Ordnung stellten, entstand für kurze Zeit ein Hin- und Herwogen und ein buntes Gemisch flatternder Tartans und wallender Federn, sowie der Banner mit dem stolzen Allarm-Worte des Clan Ronald *Ganion Coheriga* – Widerstehe, wer kann –, *Loch Slo*, dem Feldrufe der Mac-Farlanes, *Forth, fortune and fill the fetters*, dem Motto des Marquis von Tullibardine, *Bydand*, dem des Lord Lewis Gordon, sowie den angemessenen Wahlsprüchen und Emblemen mancher andern Häuptlinge und Clans.

Endlich ordnete sich die wogende Menge in eine schmale Kolonne von großer Länge, welche sich durch das ganze Tal erstreckte. In der Mitte der Kolonne wehte die Fahne des Chevaliers, ein rotes Kreuz auf weißem Grunde mit der Umschrift »*tandem triumphans*«. Die geringe Kavallerie, meistens Tieflandsedelleute mit ihren Dienern und Pächtern, bildete die Avantgarde der Armee, und ihre Fahnen, deren sie im Verhältniß zu ihrer Anzahl eigentlich zu viel hatte, sah man am äußersten Saume des Horizontes flattern. Viele Reiter dieser Abteilung, unter der Waverley zufällig Balmawhapple und dessen Lieutenant Jinker bemerkte, welcher letztere aber auf den Rath des Barons von Bradwardine degradirt worden war, erhöhten das Lebendige des Schauspieles, keineswegs aber die Regelmäßigkeit desselben, indem sie, so schnell das Gedränge es gestattete, vorwärts gallopirten, um den ihnen angewiesenen Platz in der Vorhut zu erreichen. Die Zaubermittel der Circen in der Hochstraße, und die starken Getränke, durch die sie während der Nacht erquickt wurden, hatten diese Helden wahrscheinlich innerhalb der Mauern Edinburgs länger zurückgehalten, als mit ihrer Dienstpflicht verträglich war. Von diesen Nachzüglern schlugen die Klügeren den weiteren aber offeneren Weg ein, um an ihre Stelle zu gelangen, indem sie, die Infanterie umgehend, rechts durch die Umhegungen ritten, auf die Gefahr hin, über die Steinmauern hinwegsetzen oder dieselben einreißen zu müssen. Das unregelmäßige Erscheinen und Verschwinden dieser einzelnen Reiterabteilungen, sowie die Verwirrung, welche die verursachten, die sich durch die Abteilungen der Hochländer zu drängen suchten, erhöhten die malerische Wildheit der Scene durch das, was sie ihr an militärischer Regelmäßigkeit nahmen. Während Waverley dieses merkwürdige Schauspiel anstarrte, das durch die einzelnen Kanonenschüsse aus dem Schlosse auf die abziehenden Wachen noch eindrucksvoller gemacht wurde, erinnerte ihn Callum mit seiner gewöhnlichen Freiheit der Rede daran, daß Bich Ian Vohrs Mannschaft beinahe an der Spitze der Kolonne wäre, und daß sie nach diesen Kanonenschüssen im Geschwindschritt marschiren würden. So ermahnt, schritt Waverley rasch vorwärts, warf aber noch oft einen Blick zurück auf die dunkle Masse der Krieger, die vor und unter ihm versammelt waren. Ein näherer Anblick verminderte den Eindruck, den die fernere Ansicht der Armee auf das Gemüth gemacht hatte. Die Führer jedes Clans waren alle wohlbewaffnet mit Schwert, Schild und Büchse, denen alle noch den Dolch und viele stählerne Pistolen zugefügt hatten. Doch diese bestanden aus Edelleuten, d. h. Verwandten des Häuptlings, die als solche auf dessen Schutz und Unterstützung einen unmittelbaren Anspruch hatten. Schönere und kühner aussehende Menschen hätte man aus keiner Armee der Christenheit auswählen können. Die freien und unabhängigen Gewohnheiten, welche jeder besaß und welche doch jeder so gut dem Befehle seines Häuptlings unterzuordnen geübt war, sowie die besondere Art der Disciplin in dem Hochlandskriege machten sie ebenso gefährlich durch ihren individuellen Muth und ihr Ungestüm, wie durch ihre innige Überzeugung von der Notwendigkeit, einig zu handeln, um ihrer nationalen Angriffsweise die vollste Gelegenheit des Gelingens zu geben.

In einem niedrigeren Range als diese aber standen Leute einer geringeren Kategorie, nämlich die gemeinen Bauern des Hochlandes, welche sich zwar nicht so nennen ließen und oft sogar mit anscheinendem Rechte eine ältere Abstammung in Anspruch nahmen als die Gebieter, denen sie dienten, die aber gleichwohl die Kleidung der äußersten Armut trugen, schlecht bewaffnet, halb nackt, kleiner und von erbärmlichem Aussehen waren. Jeder wichtige Clan hatte einige dieser Heloten als Anhängsel. So waren die Mac-Couls obgleich sie ihre Abstammung von Comhal, dem Vater Fingals herleiteten, eine Art von Gibeoniten oder erblicher Diener der Stuarts von Appine; die Macbeths, von dem unglücklichen Monarchen dieses Namens stammend, waren Untertanen der Morays. Noch könnten viele andere Beispiele aufgestellt werden, müßte ich nicht fürchten, den Stolz irgend einer noch bestehenden Clanschaft zu verletzen und dadurch einen Hochlandssturm auf den Laden meines Buchhändlers zu leiten. Nun waren im allgemeinen diese Heloten sehr spärlich genährt, schlecht gekleidet und noch schlechter bewaffnet, obgleich die Willkürherrschaft des Häuptlings, unter dem sie Holz fällten und Wasser trugen, sie in das Feld zwang. Die schlechte Bewaffnung rührte in der Tat hauptsächlich von der Akte der allgemeinen Entwaffnung her, welche im ganzen Hochlande zur Ausübung kam, obgleich die meisten Häuptlinge sich ihrem Einflusse dadurch zu entziehen wußten, daß sie die Waffen ihrer unmittelbaren Clansleute behielten und nur die wertloseren jener niederen Satelliten ablieferten. Daraus folgte denn natürlich, daß viele dieser armen Schelme in einem sehr erbärmlichen Zustande in das Feld zogen.

So kam es denn, daß in Abteilungen, deren Spitze auf ihre eigentümliche Weise vortrefflich bewaffnet war, die Nachhut wahren Banditen glich. Hier war eine Streitaxt, dort ein Schwert ohne Scheide; hier ein Gewehr ohne Schloß, dort eine Sense an einer Stange befestigt; einige hatten sogar nichts als ihren Dolch oder Pfähle, die sie aus irgend einem Zaune gezogen. Das grimmige, ungekämmte und wilde Aussehen dieser Menschen, von denen die meisten mit der Bewunderung der Unwissenheit die gewöhnlichsten Erzeugnisse der häuslichen Künste anblickten, erweckte bei den Tieflandleuten Staunen aber auch Schrecken. Man darf sich deshalb nicht wundern, daß Waverley, der bisher die Hochländer im allgemeinen nur nach dem beurteilt hatte, was Fergus ihm dann und wann von ihnen gezeigt hatte, über das kühne Unternehmen eines Heeres staunte, welches nicht über 4000 Mann zählte, von dem höchstens die Hälfte bewaffnet war, das es dennoch unternehmen wollte, das Schicksal der britischen Königreiche umzugestalten.

Während er an der Kolonne hinging, wurde eine eiserne Kanone, das einzige Geschütz, welches die Armee besaß, die eine so wichtige

Revolution unternahm, zum Signal des Abmarsches abgefeuert. Der Chevalier hatte den Wunsch ausgesprochen, dieses nutzlose Geschütz zurückzulassen. Zu seinem Staunen aber verwendeten die Hochlandshäuptlinge sich dafür, daß es den Marsch mitmachen sollte, indem sie auf die Vorurteile ihrer Leute aufmerksam machten, welche, an Artillerie wenig gewöhnt, diesem Geschütz einen absurden Grad von Wichtigkeit beilegten und erwarteten, daß es wesentlich zu einem Siege beitragen würde, den sie doch nur durch ihre Musketen und Schwerter erringen könnten. Zwei oder drei französische Artilleristen wurden daher zur Bedienung dieses Geschützes bestimmt, welches von einigen Hochlandspferden gezogen und nur zu Signalschüssen benutzt wurde. Kaum war bei dieser Gelegenheit seine Stimme vernommen worden, als sich die ganze Linie in Bewegung setzte. Ein wilder Schrei der Freude von den vorrückenden Bataillonen erschütterte die Luft und verlor sich in den schrillen Tönen der Sackpfeifen, und diese wurden wieder von dem schweren Tritt so vieler Marschirenden übertönt. Die Banner flatterten in dem Winde und die Reiter eilten, ihre Stellung bei der Avantgarde einzunehmen und Patrouillen zur Rekognoszirung auszusenden, um Nachricht von den Bewegungen des Feindes einzuziehen. Sie verschwanden vor Waverleys Augen, als sie um den Fuß von Arthurs Sitz bogen, unter dem merkwürdigen Basaltfelsen, der dem kleinen See von Duddingstone gegenübersteht.

Die Infanterie folgte in derselben Richtung in gleicher Höhe mit einer anderen Abteilung, welche auf einem südlicheren Wege marschirte. Es kostete Edward einige Anstrengung, die Stelle zu erreichen, welche Fergus mit seiner Mannschaft in der Kolonne einnahm.

44. Ein Umstand gibt Veranlassung zu unnützen Betrachtungen

Als Waverley die Stelle erreichte, welche in der Kolonne durch den Clan Mac-Ivor ausgefüllt wurde, machte dieser Halt und begrüßte ihn mit einer Fanfare der Sackpfeifen und einem lauten Geschrei der Mannschaft, von der die meisten ihn persönlich kannten und entzückt waren, ihn in der Kleidung ihres Landes und ihres Stammes zu sehen. »Ihr schreit«, sagte ein Hochländer eines benachbarten Clans zu Evan Dhu, »als ob der Häuptling eben an Eure Spitze gekommen wäre.«

»*Mar e Bran is e a brathair* – ist es nicht Bran, so ists Brans Bruder«, war die sprichwörtliche Antwort Maccombichs.

»So ists also der hübsche Saffanagh Duinhé-wassel, den Lady Flora heiraten wird?«

»Das kann sein und kann auch nicht sein, aber das ist weder meine Sache, noch Deine, Gregor.«

Fergus trat vor, den Freiwilligen zu umarmen, und begrüßte ihn warm und herzlich; er hielt es aber für nötig, sich wegen der verminderten Stärke seines Bataillons, welches in der Tat nicht über 200 Mann zählte, dadurch zu entschuldigen, daß er viele zu andern Unternehmungen abgesendet hätte.

Die Tatsache war aber, daß der Abfall Donald Bean Leans ihm wenigstens dreißig tüchtige Burschen raubte, auf deren Dienste er bestimmt gerechnet hatte, und daß manche seiner frühern Anhänger von ihren eigentlichen Häuptlingen zu den Fahnen gerufen worden waren, zu denen sie gehörten. Auch das eifersüchtige Haupt des großen nordischen Zweiges, zu dem sein eigener Clan gehörte, hatte seine Mannschaft gemustert, und obgleich er sich weder für den Chevalier, noch für die Regierung erklärte, verminderten seine Intrigen doch in etwas die Streitkräfte, mit denen Fergus in das Feld rückte. Diese getäuschten Hoffnungen zu vergüten, wurde allgemein eingestanden, daß die Mannschaft Bich Ian Vohrs in Aussehen, Equipirung, Waffen und gewandtem Gebrauch derselben den auserwähltesten Truppen gleichkäme, welche den Fahnen Karl Edwards folgten. Der alte Ballenkeiroch diente als Major und hieß wie die übrigen Offiziere, die Waverley in Glennaquoich kennen gelernt hatte, unsern Helden herzlich als den Teilnehmer ihrer Gefahren und ihres erwarteten Ruhmes willkommen.

Die Straße, welche die Hochlandarmee verfolgte, nachdem sie das Dorf Duddingstone verlassen hatte, war einige Zeit die gewöhnliche Poststraße zwischen Edinburg und Haddington, bis sie bei Musselburgh über den Esk ging; statt hier die Niederung gegen die See zu halten, wendete sie sich mehr landeinwärts und besetzte die Spitze des Carberry Hill, eines Ortes, der in der schottischen Geschichte schon dadurch berühmt war, daß die Königin Marie sich hier ihren aufrührerischen Untertanen überlieferte. Diese Richtung wählte der Chevalier, weil er die Nachricht erhalten hatte, daß die Armee der Regierung, die zur See von Aberdeen gekommen, in Dunbar gelandet hatte, und die vorige Nacht westlich von Haddington einquartiert gewesen war, die Absicht hätte, an dem Ufer hin sich Edinburg auf der niedern Küstenstraße zu nähern. Indem er die Höhen hielt, welche die niedere Straße an vielen Stellen beherrschten, hoffte er eine Gelegenheit zu finden, den Feind mit Vorteil anzugreifen. Die Armee machte daher auf dem Kamme von Carberry Hill Halt, sowohl um die Soldaten zu erfrischen, als weil dies ein Centralpunkt war, von dem aus der Marsch nach jedem

Punkte gerichtet werden konnte, wohin die Bewegungen des Feindes es räthlich machen würden. Während die Armee in dieser Stellung blieb, langte ein Bote in aller Hast an, um Mac-Ivor zu dem Prinzen zu berufen. Er fügte hinzu, daß ihre Avantgarde ein Scharmützel mit der feindlichen Kavallerie gehabt, und der Baron von Bradwardine einige Gefangene zurückgeschickt hätte.

Waverley trat etwas vor die Linie, um seine Neugier zu befriedigen und bemerkte bald fünf oder sechs Reiter, die mit Staub bedeckt, herangaloppirt kamen, um zu melden, daß der Feind in vollem Marsche längs der Küste sei und gegen Westen rücke.

Indem er noch etwas weiter vorging, fiel ihm ein schmerzliches Stöhnen auf, das aus einer Hütte ertönte. Er näherte sich dem Orte und hörte eine Stimme in dem englischen Provinzialdialekte seiner Grafschaft das Vater Unser beten, obgleich von Schmerzen oft unterbrochen. Die klagende Stimme fand eine bereite Antwort in dem Busen unseres Helden. Er trat in die Hütte und konnte in der Dunkelheit derselben anfangs nichts erkennen, als eine Art von rotem Bündel, denn die, welche den Verwundeten seiner Waffen und eines Teils seiner Kleider beraubten, hatten ihm seinen Dragonermantel gelassen, in den er gehüllt war.

»Um Gottes willen«, sagte der Verwundete, als er Waverleys Schritte hörte, »gebt mir einen einzigen Tropfen Wasser.«

»Den sollt Ihr haben«, antwortete Waverley, hob ihn zugleich auf, trug ihn zu der Tür der Hütte und ließ ihn aus seiner Feldflasche trinken.

»Die Stimme sollte ich kennen«, sagte der Mensch, aber mit einem verwirrten Blicke auf Waverleys Anzug fügte er hinzu: »Nein, das ist nicht der junge Junker.«

Dies war die gewöhnliche Benennung, mit welcher Edward auf den Besitzungen von Waverley-Haus bezeichnet wurde, und der Klang durchzuckte sein Herz mit den tausendfachen Erinnerungen, welche die wohlbekannten Töne seiner Geburtsgegend schon in ihm erweckt hatten. »Houghton«, sagte er, indem er in das blasse Gesicht des Verwundeten sah, dessen Züge der Tod schon entstellte, »könnt Ihr das sein?«

»Ich glaubte nie wieder einen englischen Laut zu hören«, sagte der Verwundete. »Sie ließen mich hier liegen, zu leben oder zu sterben, wie ich könnte, als sie sahen, daß ich ihnen nichts von der Stärke des Regiments sagen wollte. – Aber, Herr Junker, wie konntet Ihr so lange von uns fortbleiben und uns durch den bösen Feind aus der Hölle, den

Ruffin, versuchen lassen? – Wir wären Euch ganz gewiß durch Wasser und Feuer gefolgt!«

»Ruffin? Ich versichere Euch, Houghton, Ihr seid schändlich hintergangen worden.« »Das dachte ich oft«, entgegnete Houghton, »obgleich sie uns Euer Siegel zeigten. So wurde Tims erschossen und ich zum Gemeinen degradirt.«

»Erschöpft Euch nicht durch das Sprechen«, sagte Edward; »ich will sogleich einen Chirurg besorgen.«

Er sah Mac-Ivor sich nähern, der vom Hauptquartier zurückkehrte, wo er einem Kriegsrate beigewohnt hatte, und der ihm eilig entgegenkam.

»Gute Nachrichten!« rief der Häuptling, »In weniger als zwei Stunden werden wir an einander sein. Der Prinz hat sich selbst an die Spitze der Avantgarde gestellt, und als er das Schwert zog, rief er aus: »Meine Freunde, ich habe die Scheide fortgeworfen! – Kommt, Waverley, wir marschiren sogleich.«

»Einen Augenblick, einen Augenblick, dieser arme Gefangene stirbt, wo finde ich einen Chirurg?«

»Ei, wo solltet Ihr? Wir haben keinen, wie Ihr wißt, ausgenommen zwei oder drei Franzosen, die, wie ich glaube, wenig besseres sind als garçons apothécaires.«

»Aber der Mensch verblutet sich.«

»Der arme Bursche!« sagte Fergus in einem augenblicklichen Anfalle der Teilnahme, sogleich aber setzte er hinzu: »Das wird, noch ehe die Nacht anbricht, das Schicksal von Tausenden sein, kommt also.«

»Ich kann nicht, er ist ein Pächterssohn von unsern Gütern.«

»O, wenn er einer von Euren Leuten ist, muß für ihn gesorgt werden. Ich will Callum zu Euch schicken, aber diaoul! – ceade millia mollighe-art«, fuhr der ungeduldige Häuptling fort, »was macht denn ein alter Soldat wie Bradwardine, daß er uns Sterbende zur Last fallen läßt.«

Callum kam mit seiner gewöhnlichen Schnelligkeit herbei, und Waverley stieg in der Tat in der Meinung der Hochländer durch seine Besorgniß für den verwundeten Mann. Sie würden schwerlich die allgemeine Menschenliebe begriffen haben, die es Waverley unmöglich gemacht hätte, irgend jemand in einer solchen Lage hilflos zu lassen, als sie aber hörten, daß der Verwundete einer der Seinigen sei, da gestanden sie einstimmig, Waverleys Benehmen sei das eines freundlichen, folgsamen Häuptlings, der die Anhänglichkeit seiner Leute verdiene. – In weniger als einer Viertelstunde hauchte der arme Humphrey seinen letzten Seufzer aus, indem er seinen jungen Gebieter bat, wenn er nach

Waverley zurückkehre, gütig gegen den alten Job Houghton und dessen Frau zu sein, und ihn beschwor, nicht mit diesen wilden Unterrocks-männern gegen Altengland zu fechten.

Als er den letzten Atemzug ausgestoßen hatte, gebot Waverley, der mit aufrichtigem Kummer und nicht ohne Reue hier zum ersten Male Zeuge des Todeskampfes war, daß Callum die Leiche in die Hütte schaffen sollte. Dies tat der junge Hochländer, doch nicht ohne die Taschen des armen Verstorbenen zu durchsuchen, die aber, wie er bemerkte, schon vortrefflich gesäubert waren. Er zog jedoch dem Todten die Uniform aus und versteckte diese mit der Vorsicht eines Hundes, der einen Knochen vergräbt, in einem dichten Busche Ginster. Den Ort merkte er sich genau, indem er sagte, wenn er auf diesem Wege glücklich zurückkommen sollte, so würde das eine vortreffliche Jacke für seine alte Mutter Elspat geben.

Nach einer beträchtlichen Anstrengung erreichten sie ihre Stelle in der marschirenden Kolonne, welche jetzt schnell vorrückte, um die Höhen über dem Dorfe Tranent zu besetzen. Zwischen diesem und dem Meere mußte nämlich die feindliche Armee ihren Marsch nehmen.

Dies traurige Zusammentreffen mit seinem früheren Unteroffizier zwang Waverley manche nutzlose, doch peinliche Betrachtungen auf. Nach den Geständnissen dieses Mannes war es klar, daß die Schritte des Obersten Gardiner streng pflichtgemäß und sogar unvermeidlich gewesen waren, nach allem, was in Edwards Namen getan worden war, um dessen Leute zur Meuterei zu reizen. Des Umstandes mit dem Siegel erinnerte er sich jetzt zum ersten Male wieder, und wahrschein-lich mußte er es in der Höhle des Bean Lean verloren haben. Daß der listige Schurke es gestohlen und als Mittel benutzt hatte, zu seinem ei-genen Zwecke irgend eine Intrigue in dem Regimente zu spielen, war jetzt deutlich genug, und Edward zweifelte nicht daran, daß er in dem Päckchen, welches dessen Tochter in seinem Mantelsack verborgen hatte, weiteres Licht finden würde. Dabei tönte der wiederholte Ausruf Houghtons: »Ach, Herr Junker, weshalb seid Ihr von uns gegangen?« gleich einer mahnenden Glocke in seinen Ohren. »Ja«, sagte er, »ich habe in der Tat gegen Euch mit gedankenloser Grausamkeit gehandelt. Ich entriß Euch Euren väterlichen Fluren und dem Schutze eines großmütigen und freundlichen Herrn, und als ich Euch der ganzen Strenge militärischer Disciplin unterworfen hatte, scheute ich mich, meinen eigenen Teil an der Bürde zu tragen, und entzog mich den Pflichten, die ich übernommen hatte; so überließ ich die, deren Schutz meine Pflicht war, sowie meinen eigenen Ruf den Ränken der Schurkerei. O, Trägheit und Unentschlossenheit des Herzens! Wenn ihr nicht an und für sich Laster seid, zu wie viel Elend und Mißgeschick könnt ihr dennoch so häufig den Weg bahnen.«

45. Vorabend der Schlacht

Obgleich die Hochländer rasch marschirten, war die Sonne doch schon im Untergehen, als sie auf den Rücken der Höhen gelangten, welche eine offene und weithin nördlich zur See sich erstreckende Ebene beherrschten, aus der die beiden kleinen Dörfer Seaton und Cockanzie und in ansehnlicher Entfernung das größere Preston liegen. Eine der niederen Straßen nach Edinburg durchschnitt diese Ebene, aus den Gehegen um Seaton-Haus hervortretend und bei dem Flecken oder Dorfe Preston wieder in die Defileen einer umschlossenen Gegend einlenkend. Auf diesem Wege wollte der englische General sich der Hauptstadt nähern, erstlich, weil er der bequemste für seine Kavallerie war, und dann, weil er wahrscheinlich meinte, daß er dadurch den Hochländern, welche in der entgegengesetzten Richtung von Edinburg kamen, direkt entgegengehen würde. Darin irrte er sich aber; das richtige Urteil des Chevalier, oder derer, auf deren Rath er hörte, ließ den geraden Weg frei und besetzte die Höhen, von denen die Straße übersehen und beherrscht wurde.

Als die Hochländer die Höhen über der eben beschriebenen Ebene erreichten, wurden sie sogleich am Saume des Hügels in Schlachtordnung aufgestellt. Beinahe in demselben Augenblick trat die Vorhut der Engländer aus den Bäumen und Gebüschen um Seaton in der Absicht hervor, die Ebene zwischen der Höhe und dem Meere zu besetzen. Der Raum, welcher beide Armeen trennte, betrug nur etwa eine Viertelstunde in der Breite. Waverley konnte deutlich die Schwadronen der Dragoner, eine nach der andern, ihre Vedetten in der Front, aus den Defileen hervorkommen und sich auf der Ebene der Armee des Prinzen gegenüber formiren sehen. Ihnen folgte eine Batterie Feldartillerie, welche, als sie die Flanke der Dragoner erreichte, ebenfalls aufgestellt und gegen die Höhen gerichtet wurde. Der Marsch wurde durch drei oder vier Regimenter Infanterie fortgesetzt, die in offener Kolonne vorrückten, und deren Bajonettreihen wie eben so viele Hacken von Stahl aussahen, und deren Musketen wie Blitze funkelten, als sie auf ein gegebenes Signal ebenfalls in die Linie einrückten. Eine zweite Batterie und ein zweites Regiment Kavallerie schloß die lange Kolonne und bildeten den äußersten linken Flügel auf der Flanke der Infanterie, mit der Front nach Süden.

Während die englische Armee diese Evolutionen vornahm, zeigten die Hochländer gleichen Eifer zur Schlacht. Sobald die Clans auf der Höhe anlangten, die dem Feinde gegenüberlag, wurden sie in Schlachtordnung aufgestellt, so daß beide Armeen zu gleicher Zeit vollständig formirt waren. Als dies vollendet war, brachen die Hochländer in ein lautes Geschrei aus, das der Widerhall der Höhen hinter ihnen wiederholte. Die regelmäßigen Truppen, die sehr aufgeregt waren, erwiderten den Ruf durch Hohngeschrei und feuerten ein oder zwei Geschütze auf einen vorgeschobenen Posten der Hochländer ab. Diese zeigten großen Eifer, sogleich zum Angriff überzugehen. Evan Dhu führte gegen Fergus als Grund an, »daß der *sidier ro*[17] zitterte wie ein Ei auf dem Stocke, und daß sie den Vorteil des Angriffs hätten, denn selbst eine Kuh könnte bergab angreifen«.

Aber das Terrain, welches die Hochländer zurückzulegen gehabt hätten, war zwar nicht von großer Ausdehnung, doch ungangbar, denn es war nicht nur sumpfig, sondern wurde auch von Mauern und der ganzen Länge nach von einem sehr breiten und tiefen Graben durchschnitten. Dies waren die Umstände, welche dem Musketenfeuer der regulären Truppen einen gewaltigen Vorteil gewährt haben würden, ehe die Schotten von ihren Schwertern, auf die sie besonders angewiesen waren, Gebrauch machen konnten. Die Autorität der Führer wurde daher dem Ungestüm der Hochländer entgegengesetzt, und nur einige Schützen sendete man von der Höhe hinab, mit den feindlichen Tiralleuren zu scharmützeln und das Terrain zu rekognosciren. Es zeigte sich jetzt ein militärisches Schauspiel von nicht gewöhnlichem Interesse, das sich nicht oft ereignen wird. Die beiden Armeen, so verschieden in Aussehen und Disciplin, aber jede in ihrer eigentümlichen Kriegsweise so wohl geordnet, standen einander jetzt gegenüber, wie zwei Gladiatoren in der Arena, von denen jeder überlegt, wie er den Feind angreifen soll. Die kommandirenden Offiziere und der Generalstab beider Armeen konnten vor der Front ihrer Linien unterschieden werden, wie sie beschäftigt waren, mit Ferngläsern ihre beiderseitigen Bewegungen zu beobachten, Befehle abzusenden und Meldungen zu empfangen, welche durch Adjutanten und Ordonnanzoffiziere überbracht wurden. Diese verliehen dem Bilde dadurch ein eigentümliches Leben, daß sie nach verschiedenen Richtungen galoppirten, als ob das

17 Regierungssoldat

Geschick des Tages von der Schnelligkeit ihrer Pferde abhinge. Der Raum zwischen den beiden Armeen wurde durch den teilweisen und unregelmäßigen Kampf einzelner Scharfschützen eingenommen, und dann und wann sah man einen Hut oder eine Mütze fallen, wenn ein Verwundeter von seinen Kameraden fortgetragen wurde. Dies aber waren nur unbedeutende Scharmützel, denn es sagte keiner von beiden Parteien zu, in dieser Richtung vorzurücken. In den benachbarten Dörfern zeigten sich die Bauern vorsichtig, als wollten sie den Ausgang des erwarteten Kampfes beobachten, und in nicht großer Entfernung sah man in der Bucht zwei Barkschiffe, deren Masten und Raaen mit weniger ängstlichen Zuschauern bedeckt waren.

Als diese furchtbare Pause eine kurze Zeit gewährt hatte, empfingen Fergus und ein anderer Häuptling den Befehl, mit ihren Clans gegen das Dorf Preston vorzurücken, um die rechte Flanke von Copes Armee zu bedrohen und ihn zu einer Änderung seiner Position zu zwingen. Um diese Befehle vollziehen zu können, besetzte der Häuptling von Glennaquoich den Kirchhof von Tranent, der eine beherrschende Lage hatte, und, wie Evan Dhu bemerkte, ein passender Ort war für jeden, der das Unglück haben sollte, getödtet zu werden, und ein christliches Begräbniß begehrte. Diese Abteilung aufzuhalten oder zu vertreiben, detachirte der englische General zwei Geschütze unter einer starken Kavallerieeskorte. Sie kamen so nahe, daß Waverley die Fahne der Schwadron deutlich erkennen konnte, die er früher kommandirt, daß er die Trompeten und die Kesselpauken dasselbe Signal zum Vorrücken geben hörte, dem er so oft gehorcht hatte. Er konnte auch das wohlbekannte Kommandowort in englischer Sprache und die ebenfalls wohlbekannte Stimme des Regimentskommandeurs hören, der ihm einst so viel Ehrfurcht eingeflößt. Gerade in diesem Augenblick sah er um sich und gewahrte die wilde Kleidung und das wilde Aussehen seiner Hochlandsverbündeten. Er hörte ihr Geflüster in einer ihm unverständlichen Sprache und blickte auf seinen eigenen Anzug, der dem so unähnlich war, den er von seiner Kindheit an getragen. Ach, er wünschte aus dem Zustande zu erwachen, der ihm in diesem Augenblicke als ein Traum, als ein sonderbarer, unnatürlicher Traum erschien.

»Guter Gott«, flüsterte er, »so bin ich denn wirklich ein Verräter gegen mein Vaterland, ein Abtrünniger von meiner Fahne, ein Feind Englands, meines Vaterlandes, wie der arme Sterbende sich ausdrückte?«

Ehe er noch seine Gedanken verbannen oder beschwichtigen konnte, war sein früherer Kommandeur, der zu rekognosciren beabsichtigte, deutlich erkennbar. »Jetzt kann ich ihn fassen«, sagte Callum, indem er vorsichtig den Lauf seines Gewehres über die Mauer erhob, hinter der er kaum sechszig Schritte entfernt verborgen lag.

Edward war zu Mute, als sollte in seiner Gegenwart ein Vatermord begangen werden, denn das ehrwürdige graue Haar, das edle Gesicht des Veteranen erinnerten ihn an die kindliche Ehrfurcht, mit welcher seine Offiziere ihn betrachteten. Aber ehe er noch Halt sagen konnte, ergriff ein greiser Hochländer, der neben Callum Beg lag, seinen Arm. »Spare Deinen Schuß«, sagte der Seher, »seine Stunde ist noch nicht gekommen. Mag er sich vor morgen in Acht nehmen! – Ich sehe sein Sterbehemd auf seiner Brust!«

Callum, der anderen Rücksichten unzugänglich war, war es nicht dem Aberglauben. Er wurde blaß bei den Worten des Sehers oder *Taishatr* und zog sein Gewehr zurück. Oberst Gardiner, nichts ahnend von der Gefahr, der er entging, wendete sein Pferd um und ritt langsam zu der Front seines Regimentes zurück.

Während dieser Zeit hatte die reguläre Armee eine neue Frontstellung eingenommen, sie hatte den einen Flügel gegen das Meer gelehnt, den andern gegen das Dorf Preston, und da sich bei dem Angriffe dieser neuen Position ähnliche Schwierigkeiten boten, wurden Fergus und sein Detachement zu ihren früheren Posten zurückberufen. Dies rief eine entsprechende Änderung in der Stellung des Generals Cope hervor, welche wieder parallel mit der Linie der Hochländer gewählt wurde. Unter diesen Manövern von beiden Seiten war der Tag beinahe hingegangen, und beide Armeen trafen Anstalten, die Nacht hindurch bei den herrschenden Umständen unter dem Gewehr zu bleiben, wo sie eben standen.

»Es wird heute Abend nichts getan werden«, sagte Fergus zu seinem Freunde Waverley, »und ehe wir uns in unsere Plaids hüllen, laß uns sehen, was der Baron hinter der Front macht.« Als sie sich dem Posten desselben näherten, fanden sie den guten alten Offizier, der seine Nachtpatrouillen ausgeschickt und seine Posten aufgestellt hatte, damit beschäftigt, dem übrigen Teil seiner Leute den Abendsegen der bischöflichen Kirche vorzulesen. Seine Stimme war laut und kräftig, und obgleich die Brille auf seiner Nase und die Erscheinung des Saunders Saunderson, welcher in militärischer Tracht das Amt eines Küsters versah, etwas Komisches hatte, verliehen doch die gefährlichen Umstände, in denen sie sich befanden, das militärische Äußere der Zuhörer, die hinter denselben gezäumten und gesattelten Pferde dem ganzen Gottesdienste etwas Feierliches und Eindrucksvolles.

»Ich habe heute gebeichtet, ehe Du aufwachtest«, flüsterte Fergus Waverley zu, »aber ich bin kein so strenger Katholik, um nicht in das Gebet dieses Mannes einzustimmen.«

Edward war der gleichen Meinung, und sie blieben, bis der Baron den Gottesdienst beendet hatte.

Als er das Buch zuschlug, sagte er: »Nun, Bursche, geht morgen mit wuchtigen Händen und leichtem Gewissen dran!« – Dann begrüßte er herzlich Mac Ivor und Waverley, welche ihn in Betreff ihrer Situation um seine Meinung baten. »Ei, ihr wißt wohl, daß Tacitus sagt, *in rebus bellicis maxime dominatur Fortuna*, was userm Spruche gleich kommt: Glück entscheidet alles im Kriege. Aber glaubt mir, ihr Herren, der da ist kein Meister seines Handwerks. Er dämpft den Geist der armen Burschen, die er kommandirt, indem er sie in der Defensive hält, welche schon an und für sich Furcht oder Schwäche verräth. Da werden sie unter den Waffen liegen, so ängstlich und so unbehaglich, wie eine Kröte unter der Harke, wahrend unsere Leute morgen frisch und munter zum Gefecht sein werden. Gute Nacht jetzt. – Eines nur beunruhigt mich, aber wenn der morgende Tag glücklich vorübergeht, will, ich Euch deshalb zu Rate ziehen, Glennaquoich.«

»Ich könnte beinahe auf Mr. Bradwardine die Charakteristik, die Heinrich von Fluellen gibt, anwenden«, sagte Waverley, indem er mit seinem Freunde dem Bivouak zuschritt:

»Zwar ist er nicht ganz nach modernem Schnitt,
Aber Werth und Muth bringt der ›Schotte‹ mit.«

»Er hat lange gedient«, entgegnete Fergus, »und man wundert sich zuweilen, so viel Unsinn mit so viel Verstand in ihm vereint zu finden. Ich möchte übrigens nur wissen, was ihn beunruhigen kann, wahrscheinlich etwas wegen Rosa. – Horch! Die Engländer stellen ihre Posten aus!«

Das Rasseln der Trommeln und der schneidende Ton der Pfeifen drang den Hügel herauf, erstarb, erschallte aufs neue und verstummte endlich. Dann hörte man die Trompeten und Kesselpauken der Kavallerie die schöne und wilde Kriegsweise spielen, welche das Signal zu diesem Teile des nächtlichen Dienstes gibt, und die endlich mit dem Winde in schrillen, traurigen Tönen verhauchte.

Die Freunde, welche jetzt ihren Posten erreicht hatten, blickten umher, ehe sie sich zur Ruhe niederlegten. Der westliche Himmel funkelte von Sternen, ein Frostnebel, der von dem Ozean aufstieg, bedeckte den östlichen Horizont und rollte in weißen Wolken über die Ebene hin, auf welcher die feindliche Armee bivouakirte. Ihre Vorposten waren bis zu dem großen Graben am Fuß der Höhe vorgeschoben und hatten an verschiedenen Stellen große Feuer angezündet, welche mit trübem Glänze durch den Nebel schimmerten, der sie umgab.

Die Hochländer lagen »dicht wie die Blätter in Balumbrosa«[18] auf dem Saume des Hügels in tiefem Schlafe, bis auf die Schildwachen. »Wie viele von den braven Burschen werden vor morgen Abend noch fester schlafen, Fergus!« sagte Waverley mit einem unwillkürlichen Seufzer.

»Daran müßt Ihr nicht denken«, entgegnete Fergus, dessen Gedanken ganz kriegerisch waren. »Ihr dürft nur an Euer Schwert denken, und an den, von dem Ihr es erhieltet. Alle andern Betrachtungen sind jetzt zu spät.«

Mit dem Schlaftrunke, welcher in dieser unwiderleglichen Bemerkung lag, war Edward bemüht, den Tumult seiner widerstreitenden Gefühle einzulullen. Der Häuptling und er taten ihre Plaids zusammen und machten sich so ein leidlich warmes Lager. Callum saß ihnen zu Häupten, denn es war sein Amt, unmittelbar die Person des Häuptlings zu bewachen und begann einen langen gälischen Trauergesang zu singen, eine langsame, eintönige Weise, welche sie, gleich dem fernen Rauschen des Windes, bald in Schlaf wiegte.

46. Der Zusammenstoß

Als Fergus Mac-Ivor und sein Freund einige Stunden geschlafen hatten, wurden sie geweckt und zu dem Prinzen gerufen. Die ferne Dorfuhr schlug drei, als sie dem Orte zueilten, wo er lag. Er war schon von seinen ersten Offizieren und den Häuptlingen der Clans umringt. Ein Bündel Erbsstroh, das eben noch sein Lager gewesen, war jetzt sein Sitz. Eben als Fergus den Kreis betrat, wurde die Beratung aufgehoben. »Muth, meine braven Freunde«, sagte der Ritter, und jeder stelle sich augenblicklich an die Spitze seiner Abteilung; ein treuer Freund hat sich erboten, uns auf einem gangbaren, wenn auch schmalen Wege zu führen, der sich zu unserer Rechten durch den Morast zieht, und uns in den Stand setzt, die feste Ebene zu erreichen, auf der der Feind lagert. Ist diese Schwierigkeit gehoben, so muß Gott und unser gutes Schwert das übrige tun.«

18   Eine Stelle aus Dantes Inferno.

Der Vorschlag erweckte allgemeine Freude, und jeder Führer eilte, seine Leute mit so wenig Geräusch als möglich in Ordnung zu bringen. Die Armee, welche sich von ihrem Lagerplatz rechts wandte, hatte bald den Pfad durch den Morast betreten, und marschirte mit staunenerregender Stille und großer Schnelligkeit. Der Nebel war noch nicht gestiegen, so daß sie für einige Zeit den Vorteil des Sternenlichtes genossen. Dieser ging aber verloren, da die Sterne vor dem anbrechenden Tage verschwanden, und die Spitze der Kolonne gewissermaßen in den Ozean des Nebels versank, der seine weißen Wogen über die ganze Ebene wälzte, sowie über die See, von der dieselbe begrenzt wurde. Man hatte jetzt einige Schwierigkeiten zu überwinden, die von der Dunkelheit und einem schmalen, gebrochenen und sumpfigen Pfade, und der Nothwendigkeit, geschlossen zu bleiben, unzertrennbar sind. Sie waren jedoch für Hochländer wegen der Lebensweise derselben minder lästig, als sie für andere Truppen gewesen wären, und so setzten sie ihren Marsch unaufhaltsam und im Geschwindschritt fort.

Als der Clan Ivor sich, dem Zuge der Vorangehenden folgend, dem festen Grunde näherte, tönte durch den Nebel der Ruf einer Schildwache, obgleich man den Dragoner, der ihn ausstieß, nicht sehen konnte: »Wer da?«

»Still«, flüsterte Fergus. »Still! Antworte keiner, so lieb ihm sein Leben ist. – Vorwärts!« Und so setzten sie schnell und schweigend ihren Marsch fort.

Die Vedette feuerte den Karabiner auf die Abteilung ab, und dann ertönte augenblicklich der Hufschlag ihres Pferdes, als sie davongaloppirte. »*Hylax in limine latrat*«, sagte der Baron von Bradwardine, als er den Schuß hörte; »der Bursche macht Allarm!«

Der Clan des Baron Fergus hatte jetzt die feste Ebene erreicht, auf der noch unlängst ein großes Kornfeld stand. Aber die Ernte war hereingebracht, und die Fläche war von keinem Baume, keinem Strauche unterbrochen. Der übrige Teil der Armee folgte schnell, als er die Trommel der Feinde den Generalmarsch schlagen hörte. Ein Überfall lag indeß nicht in dem Plane der Schotten. So war es ihnen denn gleichgültig, ob der Feind bereit sei, sie zu empfangen oder nicht. Es beschleunigte nur ihre Anordnungen zum Kampfe, die sehr einfach waren.

Das Hochlandheer, welches jetzt das östliche Ende der weiten Ebene oder des Stoppelfeldes besetzte, war in zwei Treffen aufgestellt, die sich von dem Sumpfe bis zu dem Meere erstreckten. Das erste war dazu bestimmt, den Feind anzugreifen, das zweite, als Reserve zu dienen.

Die geringe Kavallerie, welche der Prinz in Person kommandirte, blieb zwischen den beiden Linien. Der Abenteurer hatte die Absicht ausgesprochen, an der Spitze des ersten Treffens anzugreifen; dem aber widersprach seine ganze Umgebung; doch konnte er nur schwer von dem Plane abgebracht werden. Beide Linien rückten jetzt vor, die erste auf den augenblicklichen Angriff gefaßt. Die Clans, aus denen sie bestand, bildeten jeder eine Art von besonderer Phalanx, schmal in der Front, und zehn, zwölf, fünfzehn Glieder tief, je nach der Stärke des folgenden. Die Bestbewaffneten und Edlen, denn das war gleichbedeutend, standen in der Front einer jeden dieser unregelmäßigen Abteilungen. Die weiter hinten Stehenden drängten vorwärts, und erhöhten dadurch sowohl die physische Gewalt, als auch die Glut und das Vertrauen derer, welche der Gefahr zuerst begegneten.

»Herunter mit Deinem Plaid, Waverley«, rief Fergus, seinen eigenen abwerfend, »ehe die Sonne über dem Meere steht, wollen wir uns Seide für unsere Tartans gewinnen.«

Die Clansleute warfen überall den Plaid ab und machten sich schußfertig. Es entstand eine feierliche Pause von ungefähr drei Minuten, während welcher die Mannschaft mit entblößtem Haupte den Blick zum Himmel hob und ein kurzes Gebet sprach, dann setzten sie die Mützen wieder auf und bewegten sich, anfangs langsam, vorwärts. Waverley fühlte in diesem Augenblick sein Herz zucken, als sollte es ihm die Brust zersprengen. Es war nicht Furcht, es war nicht Ungestüm, es war eine Mischung von beidem, ein neuer, tiefkräftiger Impuls, der zuerst seinen Geist zittern machte, ihn betäubte und dann fieberisch aufregte. Die Klänge rings um ihn her vereinten sich, seinen Enthusiasmus zu steigern, die Pfeifer spielten, die Clans stürmten vorwärts, jeder in seiner eigenen dunkeln Kolonne. Als sie vorrückten, beschleunigten sie ihren Schritt, und das Geflüster der Leute schwoll zu einem wilden Schrei an.

In diesem Augenblicke zerteilte die Sonne, die sich jetzt über den Horizont erhoben hatte, den Nebel. Die Dünste zogen sich gleich einem Vorhange in die Höhe und zeigten die beiden Armeen in ihrem Zusammenstoß. Die Linie der regulären Armee hatte die Fronte dem Angriffe der Hochländer gerade gegenüber, sie funkelte in vollständiger Ausrüstung und wurde von der Kavallerie und Artillerie flankirt. Aber der Anblick erweckte keinen Schrecken bei den Angreifenden.

»Vorwärts, Söhne Ivors«, rief der Häuptling, »oder die Camerons vergießen das erste Blut!« – Mit fürchterlichem Geschrei stürzten sie vorwärts.

Das übrige ist wohlbekannt. Die Kavallerie, welche die vorrückenden Hochländer in der Flanke angreifen sollte, wurde dabei von einem unregelmäßigen Feuer begrüßt, und, von einem schmachvollen panischen Schrecken ergriffen, wankte sie, löste sich auf und verließ fliehend das Feld. Die Artilleristen, von der Kavallerie verlassen, flohen, nachdem sie ihre Geschütze abgefeuert hatten, ebenfalls, und die Hochländer, welche nach dem ersten Schusse ihre Gewehre fallen ließen und ihre Schwerter zogen, stürmten mit furchtbarer Bravour auf die Infanterie ein.

In diesem Augenblicke der Verwirrung und des Schreckens bemerkte Waverley einen englischen Offizier, allem Anscheine nach von hohem Range, der neben einem Feldgeschütze stand, das er nach der Flucht der Artilleristen ganz allein geladen und gegen den Clan Mac-Ivor, die ihm zunächststehende Abteilung der Hochländer, abgefeuert hatte. Ergriffen von der hohen kriegerischen Gestalt und dem Wunsche, ihn von dem unvermeidlichen Tode zu erretten, überholte Waverley für einen Augenblick die Hitzigsten, erreichte zuerst den Ort und forderte den Offizier auf, sich zu ergeben. Die Antwort war ein Hieb, den Waverley mit seinem Schilde auffing, wobei die Waffe des Engländers sprang. In demselben Augenblick war Dugald Mahony im Begriff, mit der Streitaxt den Schädel des Offiziers zu spalten. Waverley fing den Streich mit seinem eigenen Schwert auf, und der Engländer, der jetzt weiteren Widerstand unmöglich fand, und sich von Waverleys edlem Eifer, ihn zu retten, ergriffen fühlte, überlieferte die Überbleibsel seines Schwertes und wurde durch Waverley an Dugald mit dem strengen Auftrage übergeben, ihn gut zu behandeln und ihn nicht auszuplündern. Edward versprach ihm zugleich Ersatz für die so eingebüßte Beute.

Zur Rechten Edwards tobte die Schlacht einige Minuten in voller Wuth. Die englische Infanterie, in den flandrischen Kriegen gebildet, hielt festen Stand, aber ihre ausgedehnten Glieder wurden an mehreren Stellen von den dichten Massen der Clans durchbrochen, und in dem persönlichen Kampfe, welcher darauf folgte, gab die Art der Hochlandswaffen, sowie deren gewaltiges Ungestüm ihnen ein entschiedenes Übergewicht über Truppen, welche gewöhnt waren, ihr Vertrauen in ihre Stellung und in ihre Disciplin zu setzen, und die nun fanden, daß die erstere durchbrochen war und die letztere nutzlos sei. Als Waverley seine Augen auf dieses Schauspiel des Pulverdampfes und des Gemetzels richtete, bemerkte er Oberst Gardiner, der von seinen Leuten, trotz aller Anstrengung, sie zu sammeln, verlassen war, und nun dennoch über die Ebene sprengte, um das Kommando einer kleinen Abteilung

Infanterie zu übernehmen, welche, mit dem Rücken gegen die Mauer seines eigenen Parkes gelehnt, (denn sein Haus stand ganz nahe bei dem Schlachtfelde,) einen verzweifelten, aber nutzlosen Widerstand leistete. Waverley konnte sehen, daß Gardiner schon mehrere Wunden erhalten hatte, denn seine Uniform, sowie sein Sattel waren mit Blut befleckt. Diesen braven redlichen Mann zu retten, wurde der augenblickliche Zweck aller seiner Anstrengungen. Aber er konnte nur Zeuge seines Falles sein. Ehe Edward sich einen Weg durch die Hochländer bahnen konnte, die wütend und beutedurstig einander drängten, sah er seinen früheren Kommandeur, durch einen Sensenhieb getroffen, vom Pferde sinken, und, während er am Boden lag, mehr Wunden empfangen, als nötig gewesen wären, zwanzig Leben zu rauben. Als Waverley zu ihm kam, war indeß sein Bewußtsein noch nicht ganz entflohen. Der sterbende Krieger schien Edward zu erkennen, denn er richtete seine Augen mit einem vorwurfsvollen, doch bekümmerten Blick auf ihn und schien nach Worten zu ringen. Aber er fühlte, daß der Tod ihm nahe sei, gab daher seinen Vorsatz auf, faltete die Hände zum Gebet und gab seine Seele seinem Schöpfer zurück. Der Blick, mit dem er Waverley in seinem Tode ansah, ergriff denselben während der Verwirrung und Eile nicht so sehr, als wenn er sich daran nach einiger Zeit erinnerte.

Lautes Triumphgeschrei ertönte jetzt über das ganze Feld, die Schlacht war geschlagen und gewonnen, und die ganze Bagage, Artillerie und Kriegsvorräthe des regelmäßigen Heeres blieben in der Gewalt der Sieger. Nie war ein Sieg vollständiger. Nur wenige entkamen, ausgenommen die Kavallerie, welche das Feld gleich im Anfange verlassen hatte, und selbst diese wurde durch die ganze Gegend versprengt. So weit es unsere Geschichte betrifft, haben wir nur das Schicksal Balmawhapples zu erzählen, dessen Pferd ebenso starrköpfig war wie der Reiter, und die fliehenden Dragoner vier Meilen weit vom Schlachtfelde verfolgte. Da faßten einige Dutzend der Flüchtlinge sich ein Herz, machten Kehrt, spalteten ihrem Verfolger den Schädel und gaben so der Welt den Beweis, daß der unglückliche Edelmann wirklich Hirn darin hatte, was man bisher fast allgemein bezweifelte. Sein Tod wurde nur von wenigen beklagt. Die meisten von denen, welche ihn kannten, stimmten Maccombichs Bemerkung bei: der Verlust bei Sheriff-Muir sei größer gewesen. Sein Freund, Lieutenant Jinker, strengte seine Beredsamkeit nur dazu an, sein Lieblingspferd von jeder Mitschuld an dem Ereignisse frei zu sprechen. »Ich habe dem Laird tausendmal gesagt«, brummte er, »daß es eine Schande sei, dem armen Vieh eine schwere Kandare anzulegen, während es doch mit einer leichten Trense zu reiten gewesen wäre. Hätte er meinen Rath befolgt, so würde das schöne Tier nicht durchgegangen sein wie ein Karrengaul.«

Das war die ganze Leichenpredigt des Laird von Balmawhapple.«

47. Eine unerwartete Verlegenheit

Als die Schlacht vorüber und alles wieder im Geleise der Ordnung war, suchte der Baron von Bradwardine, welcher von der Pflicht des Tages zurückkehrte und den Leuten unter seinem Kommando ihre passende Stellung angewiesen hatte, den Häuptling von Glennaquoich und dessen Freund, Edward Waverley, auf. Er fand den erstern damit beschäftigt, unter seinen Clansleuten Streitigkeiten über Taten der Tapferkeit zu schlichten, sowie daneben einige wichtige und zweifelhafte Fragen über Beute zu entscheiden. Die wichtigste dieser letztern betraf das Eigentum einer goldenen Uhr, welche irgend einem unglücklichen englischen Offizier gehört hatte. Der, gegen welchen die Entscheidung ausfiel, tröstete sich damit, daß die Uhr, welche er für ein lebendiges Tier hielt, in eben der Nacht gestorben sei, in welcher Bich Ian Vohr sie dem Murdoch zusprach. Sie war nämlich nicht aufgezogen worden und deshalb stehen geblieben.

Eben als diese wichtige Frage entschieden wurde, trat der Baron von Bradwardine mit sorgenvollem und doch freudigem Aussehen zu den beiden jungen Männern.

Er stieg von seinem dampfenden Pferde, das er der Sorge eines seiner Reitknechte übergab. »Ich fluche selten«, sagte er zu dem Menschen, »aber wenn Du einen Deiner hundsföttischen Streiche spielst, den armen Berwick verläßt und nach Beute läufst, ehe er versorgt ist, so soll mich der Teufel holen, wenn ich Dir nicht den Kragen umdrehe.« Er streichelte hierauf das Tier, welches ihn durch die Mühen des Tages getragen hatte, und nachdem er einen zärtlichen Abschied von demselben genommen, sagte er: »Nun meine guten jungen Freunde, ein glorreicher und entscheidender Sieg, aber die Lumpe von Dragonern flohen allzuschnell. Es hätte mich freuen sollen, euch die wahren Punkte des *proelium equestre* oder des Reitergefechtes zu zeigen, das ich für den Stolz und Schrecken des Krieges halte, und das durch ihre Feigheit verhindert wurde. – Nun, so habe ich denn also noch einmal in diesem alten Streit gekämpft, obgleich ich offen gestehe, daß ich nicht so viel Anteil daran nehmen konnte als ihr, da es meine Pflicht war, unsere Hand voll Reiterei zusammenzuhalten. Und kein Cavalier sollte über die Ehre grollen, die seinen Kameraden zu Teil wird, und hätten sie dabei auch in dreimal größerer Gefahr gestanden, weil es, wills Gott, ein ander mal sein Loos sein wird, sich auszuzeichnen. – Aber ich bitte Euch, Glennaquoich, und Euch, Herr Waverley, gebt mir euren besten Rath in einer höchst wichtigen Sache, bei der die Ehre des Hauses Bradwardine wesentlich beteiligt ist. – Ich bitte Euch um Verzeihung, Fähnrich Maccombich, und um Eure, Inveraughlin, und Eure, Edderalshendrach, und Eure, Sir.«

Der letzte, den er anredete, war Ballenkeiroch, welcher sich an den Tod seines Sohnes erinnerte und ihn mit einem Blicke wilder Herausforderung ansah. Der Baron, der schnell wie der Blitz zum Zorn überging, runzelte schon die Stirn, als Glennaquoich seinen Major fortzog und dem Ballenkeiroch als Häuptling Vorstellungen über den Wahnsinn machte, in solchem Augenblicke Händel anzufangen.

»Der Boden ist mit Leichen bedeckt«, sagte der alte Bergschotte, indem er sich finster abwendete, »eine mehr würde kaum bemerkt worden sein, und wäre es nicht Euretwegen, Bich Ian Vohr, so sollte es die Bradwardines oder meine eigene sein.«

Der Häuptling beschwichtigte ihn, während er ihn fortschickte, und kehrte dann zu dem Baron zurück. »Es ist Ballenkeiroch«, sagte er mit flüsterndem, vertraulichem Tone, »der Vater des jungen Mannes, der vor acht Jahren bei dem unglücklichen Zusammentreffen in dem Grunde fiel.«

»Ah«, sagte der Baron, indem der drohende Ernst seiner Züge sogleich verschwand, »ich kann schon etwas von einem Manne hinnehmen, dem ich unglücklicher Weise einen solchen Kummer bereitet habe. Ihr habt Recht, Glennaquoich, mich darauf aufmerksam zu machen; er mag so finster aussehen wie die Mitternacht, ehe Cosmo Comyne Bradwardine sagt, er tue ihm Unrecht. Ach, ich habe keine männlichen Nachkommen und sollte nicht Geduld mit einem Manne haben, den ich kinderlos machte, obgleich Ihr Euch erinnern werdet, daß die Blutbuße durch Schätzung zu Eurer Zufriedenheit beigelegt wurde. – Wie ich also sagte, habe ich keine männlichen Erben, und doch ist es nötig, daß ich die Ehre des Hauses aufrecht halte, und deshalb bat ich um Eure besondere Aufmerksamkeit.« Die beiden jungen Männer warteten mit gespannter Ungeduld. »Ich zweifle nicht, Jungen«, fuhr er fort, »daß eure Erziehung euch in den Stand setzt, die Natur der Lehnsgüter zu erkennen?«

Fergus, der eine endlose Abhandlung fürchtete, antwortete: »Inwendig und auswendig, Baron!« und gab Waverley ein Zeichen, ja keine Unkenntniß auszusprechen.

»Und ihr wißt auch, wie ich nicht zweifle, daß das Lehn der Baronie Bradwardine eben so ehrenvoller als eigentümlicher Art ist, ein blankes, welches nach einem großen Gelehrten *blancum* oder vielmehr *francum*, ein freies Lehn, genannt werden sollte, *pro servitio detrahendi, seu exuendi, caligas regis post batalliam.*« – Hier richtete Fergus sein Falkenauge mit einem kaum bemerkbaren Zucken der Achseln auf Waverley. »Nun aber stoßen mir«, so fuhr der Baron fort, »bei dieser Gelegenheit zwei Punkte des Zweifels auf. Zuerst, ob dieser Dienst, oder diese Lehnshuldigung überhaupt der Person des Prinzen gebührt, da die Worte bestimmt lauten: *Caligas regis*, die Stiefel des Königs. – Ich bitte euch, darüber eure Ansicht auszusprechen, ehe wir weiter gehen.«

»Ei, der Prinz ist Regent«, antwortete Fergus mit löblicher Ernsthaftigkeit, »und an dem französischen Hofe werden alle Ehrenbezeigungen, die dem Könige gebühren, auch dem Prinzregenten erwiesen. Sollte ich übrigens einem von beiden die Stiefel ausziehen, so wollte ich diesen Dienst zehnmal lieber dem jungen Ritter erweisen als seinem Vater.«

»Ja, doch ich spreche nicht von persönlicher Vorliebe. Aber ich halte es, mit eurer Erlaubniß, für das sicherste, mich gegen den Prinzen zu der Lehnsleistung zu erbieten, und ich habe den Amtmann mit einem Protest beauftragt, wonach es Sr. königlichen Hoheit gestattet ist, sich die *caligae* ausziehen zu lassen, von wem es ihm beliebt, nur unbeschadet der Rechte des Baron von Bradwardine, welcher zugegen und bereit ist, diese Pflicht zu erfüllen.«

Fergus zollte diesem Entschluß den lautesten Beifall, und der Baron nahm mit dem Lächeln befriedigter Wichtigkeit einen freundlichen Abschied von ihnen.

»Lang lebe unser Freund, der Baron«, rief der Häuptling, als jener es nicht mehr hören konnte, »das abgeschmackteste Original, das nördlich des Tweed zu finden ist. Ich wünschte, ich hätte ihm den Rath erteilt, diesen Abend im Hofkreise mit einem Stiefelknecht unter dem Arm zu erscheinen. Ich glaube, er hätte den Wink befolgt, hätte ich ihn nur mit dem gehörigen Ernste gegeben.«

»Und wie kannst Du Vergnügen daran finden, einen Mann von seinem Verdienste lächerlich zu machen?«

»Ich bitte um Verzeihung, mein teurer Waverley, Du bist ebenso lächerlich wie er. Siehst Du denn nicht, daß der ganze Geist dieses Menschen mit dieser Zeremonie beschäftigt ist? Er hat davon seit seiner

Kindheit wie von dem erhabensten Vorrechte, der feierlichsten Zeremonie der Welt reden hören, und ich zweifle nicht, daß die Erwartung des Vergnügens, diese Pflicht zu erfüllen, bei ihm ein Hauptbeweggrund war, die Waffen zu ergreifen. Verlaß Dich darauf, hätte ich versucht, ihn davon abzubringen, so würde er mich für den größten Dummkopf betrachtet und wohl gar Lust bekommen haben, mir die Kehle abzuschneiden, ein Vergnügen, das er sich einst bei einer nicht halb so wichtigen Etikettenfrage machen wollte. – Aber ich muß nach dem Hauptquartier gehen, um den Prinzen auf diese merkwürdige Scene vorzubereiten. Mein Wink ist ihm sicherlich willkommen, denn er wird jetzt herzlich darüber lachen und dann auf seiner Hut gegen das Gelächter sein, wenn es sehr *mal-á'propos* wäre. – Also *au revoir*, mein lieber Waverley.«

48. Der englische Gefangene

Die erste Beschäftigung Waverleys, nachdem er sich von dem Häuptlinge getrennt hatte, war, den Offizier aufzusuchen, dem er das Leben gerettet. Er wurde nebst zahlreichen Unglücksgefährten in der Nähe des Schlachtfeldes in dem Hause eines Edelmannes bewacht.

Als er das Gemach betrat, in welchem sie zusammengedrängt waren, erkannte Waverley leicht den Gesuchten, nicht nur an seinem würdevollen Äußern, sondern auch an der Gegenwart Dugald Mahonys mit seiner Streitaxt, der seit dem Augenblicke der Gefangennehmung dem Unglücklichen nicht von der Seite gewichen war. Diese genaue Bewachung hatte wahrscheinlich nur den Grund, sich die von Edward versprochene Belohnung zu sichern, aber sie diente offenbar dazu, den Engländer in der allgemeinen Verwirrung vor der Plünderung zu bewahren; denn Dugald schloß sehr scharfsinnig, daß der Betrag des Lohnes, den er erwarten dürfte, sich nach dem Zustande des Gefangenen bei dessen Ablieferung an Waverley richten würde. Er eilte daher, Waverley mit mehr Worten, als er gewöhnlich zu machen pflegte, zu versichern, daß er den *sidier ro* heil erhalten hätte und daß ihm nichts widerfahren wäre, seitdem Se. Gnaden verboten hätten, ihm mit der Lochhaberaxt eins auszuwischen.

Waverley versicherte Dugald einer reichlichen Belohnung, und indem er sich dem englischen Offizier näherte, sprach er seine Bereitwilligkeit aus, alles zu tun, was unter den gegenwärtigen unangenehmen Umständen zu dessen Erleichterung beitragen könnte.

»Ich bin kein so unerfahrener Soldat«, entgegnete der Engländer, »daß ich mich über das Mißgeschick des Krieges beklagen sollte. Es schmerzt mich nur, solche Auftritte, die ich anderwärts oft mit verhältnismäßiger Gleichgültigkeit erlebt habe, jetzt auf unserer Insel mit ansehen zu müssen.«

»Noch ein solcher Tag wie dieser«, entgegnete Waverley, »und die Ursache Ihrer Trauer wird, wie ich hoffe, entfernt sein, und alles wieder zum Frieden und zur Ordnung zurückkehren.«

Der Offizier lächelte und schüttelte den Kopf. »Ich darf meine Lage nicht so weit vergessen, um eine förmliche Widerlegung dieser Meinung zu versuchen, aber ungeachtet Eures Sieges und der Tapferkeit, welche ihn erfocht, habt Ihr eine Sache unternommen, der Eure Kraft nicht gewachsen ist.«

In diesem Augenblick drängte sich Fergus durch die Menge. »Komm, Edward, komm«, rief er, »der Prinz ist für heute Abend nach Pinkie-Haus gegangen, und wir müssen ihm folgen, oder wir verlieren die ganze Ceremonie der *caligae*. Dein Freund, der Baron, hat sich einer großen Grausamkeit schuldig gemacht. Er hat darauf bestanden, den Vogt Macwheeble auf das Schlachtfeld hinaus zu schleppen. Dann mußt Du aber wissen, daß des Vogtes größter Abscheu ein bewaffneter Hochländer oder ein geladenes Gewehr ist; da steht er nun und hört des Barons Weisungen wegen des Protestes an, er duckt den Kopf unter wie eine Seemöve, so oft einer unserer müßigen Burschen auf dem Schlachtfelde einen Pistolenschuß abfeuert und empfängt jedes Mal zur Büßung einen strengen Verweis von seinem Patron, der selbst dann nicht eine Unaufmerksamkeit bei einer Rede auf die Ehre seiner Familie verzeihen würde, wenn man eine ganze Batterie abfeuerte.«

»Aber wie hat Bradwardine ihn dahin gebracht, sich so weit zu wagen?« fragte Edward.

»Nun, er war bis Musselburgh gekommen in der Hoffnung, glaube ich, für einige von uns das Testament zu machen, und nachdem die Schlacht vorbei war, trieb ihn des Barons strenger Befehl bis Preston. Er beklagte sich über einige unserer Burschen, daß sie sein Leben in Gefahr setzten, indem sie auf ihn zielten; aber da sie sich mit dem Lösegelde eines englischen Penny begnügten, glaube ich nicht, daß wir mit dieser Angelegenheit den Kriegsprofoß belästigen dürfen. Kommt also mit, Waverley.«

»Waverley!« rief der englische Offizier sehr überrascht, »Der Neffe des Sir Everard Waverley aus der Grafschaft –shire?«

»Derselbe«, entgegnete unser Held, etwas verwundert über den Ton, mit dem er angeredet wurde.

»Ich bin zugleich erfreut und schmerzlich berührt«, sagte der Gefangene, »daß ich mit Ihnen zusammentraf.«

»Ich weiß nicht, mein Herr«, antwortete Waverley, »wodurch ich diese Teilnahme verdiene.«

»Erwähnte Ihr Oheim niemals einen Freund, Namens Talbot?«

»Ich hörte ihn oft mit großer Achtung von einem solchen sprechen«, entgegnete Edward, »er ist Oberst, glaube ich, in der Armee und Gemahl der Lady Emily Blandeville, Aber ich glaubte, Oberst Talbot sei auf Reisen?«

»Ich bin eben zurückgekehrt«, entgegnete der Offizier, »und da ich in Schottland war, hielt ich es für meine Pflicht, zu wirken, wo meine Dienste von Nutzen sein konnten. Ich, Herr Waverley, ich bin jener Oberst Talbot, der Gemahl der Dame, die Sie nannten, und ich gestehe mit Stolz, daß ich meinen Rang und mein häusliches Glück Ihrem großmütigen und edelherzigen Oheim verdanke. Großer Gott, daß ich seinen Neffen in einer solchen Kleidung und in eine solche Sache verwickelt finden muß.«

»Herr«, sagte Fergus stolz, »diese Kleidung und diese Sache haben Männer von Geburt und Ehre zu der ihrigen gemacht.«

»Meine Lage verbietet mir, diese Behauptung zu bestreiten«, sagte Oberst Talbot, »sonst würde es nicht schwer sein zu zeigen, daß weder Tapferkeit noch der Stolz auf edle Abkunft eine schlechte Sache vergolden können. Doch mit Herrn Waverleys Erlaubniß und der Ihrigen, wenn es nötig ist, sie zu erbitten, möchte ich mit ihm einige Worte über seine Familienangelegenheiten sprechen.«

»Herr Waverley ist sein eigener Herr. Du wirst mir, wie ich vermute, nach Pinkie folgen«, sagte Fergus zu Edward, »wenn Du Dein Gespräch mit Deinem neuen Bekannten beendigt hast.« Mit diesen Worten warf der Häuptling von Glennaquoich seinen Plaid mit stolzerer Miene als gewöhnlich um und verließ das Gemach.

Die Vermittelung Waverleys verschaffte dem Obersten Talbot leicht die Freiheit, ihm in einen großen Garten zu folgen, der an das Haus stieß. Einige Schritte gingen sie schweigend neben einander her. Oberst Talbot dachte allem Anscheine nach darüber nach, wie er seine Mitteilung eröffnen sollte; endlich sagte er zu Edward:

»Herr Waverley, Sie haben heute mein Leben gerettet, und doch möchte ich bei Gott lieber, daß ich es verloren hätte, ehe ich Sie in dieser Uniform und mit der Kokarde dieser Menschen fand.«

»Ich verzeihe Ihnen Ihren Vorwurf, Oberst Talbot, er ist wohl gemeint, und Erziehung und Vorurteil machen ihn bei Ihnen natürlich. Aber es ist nichts Außergewöhnliches dabei, einen Mann, dessen Ehre öffentlich und ungerecht verletzt wurde, in der Lage zu finden, welche ihm die meiste Aussicht versprach, Genugtuung von seinen Verleumdern zu erhalten.«

»Ich würde vielmehr sagen, in der Lage, welche am besten dazu geeignet ist, die Gerüchte zu bestätigen, die sie in Umlauf setzten«, sagte Oberst Talbot; »denn Sie zeigten gerade das Benehmen, welches Ihnen zur Last gelegt wurde. Wissen Sie, Herr Waverley, in welche Unannehmlichkeiten und selbst Gefahren Ihre gegenwärtige Aufführung Ihre nächsten Verwandten gebracht hat?«

»Gefahren!«

»Ja, Herr, Gefahren. Als ich England verließ, waren Ihr Oheim und Ihr Vater gezwungen, Bürgschaft gegen eine Anklage des Hochverrates zu leisten, eine Bürgschaft, die ihnen nur durch die kräftigste Vermittelung gestattet wurde. Ich kam nach Schottland in der alleinigen Absicht, Sie aus dem Abgrunde zu retten, in den Sie sich gestürzt hatten, und noch kann ich die Folgen nicht absehen, die für Ihre Familie daraus entspringen werden, daß Sie sich dem Aufruhr offen angeschlossen, da schon der bloße Verdacht einer solchen Absicht Ihrerseits für dieselben so gefährlich war. Aufrichtig bedaure ich, daß ich nicht vor diesem letzten und verhängnißvollen Irrtume mit Ihnen zusammentraf.«

»Ich weiß in der Tat nicht«, fügte Waverley mit zurückhaltendem Tone, »warum sich Oberst Talbot meinetwegen so viel Mühe geben sollte.«

»Herr Waverley«, antwortete Talbot, »ich bin jetzt nicht in der Stimmung, auf ironische Bemerkungen zu antworten, deshalb nehme ich Ihre Worte in ihrem klaren Sinne. Ich bin Ihrem Oheim für Wohltaten verschuldet, wie sie ein Sohn von seinem Vater nicht größer empfangen kann. Ich bekenne mich gegen ihn zu den Pflichten eines Sohnes, und da ich weiß, daß ich seine Güte nicht besser vergelten kann, als indem ich Ihnen diene, so will ich Ihnen wo möglich gefällig sein, mögen Sie es nun erlauben oder nicht. Die persönliche Verpflichtung, die Sie mir heute auferlegten, ist zwar nach den gewöhnlichen Begriffen die größte, welche ein Mensch gegen einen andern haben kann, aber sie vermehrt meinen Eifer für Sie in nichts, auch kann derselbe durch die Kälte, mit der Sie ihn aufnehmen, nicht abgeschwächt werden.«

»Ihre Absichten mögen freundlich sein, mein Herr«, sagte Waverley trocken, »aber Ihre Sprache ist rauh oder wenigstens herrisch.«

»Als ich nach langer Abwesenheit nach England zurückkehrte«, fuhr Oberst Talbot fort, »fand ich Ihren Oheim, Mr. Everard Waverley, unter der Aufsicht eines königlichen Bevollmächtigten infolge des Verdachtes, in den er durch Ihre Taten gekommen war. Er ist mein ältester Freund – wie oft soll ich es wiederholen – mein größter Wohltäter! Er opferte seine eigenen Aussichten auf Glück den meinigen, er sprach nie ein Wort, er hegte nie einen Gedanken, welchen das Wohlwollen selbst nicht hätte sprechen und hegen können. Diesen Mann fand ich in Haft, eine Strafe, für ihn härter durch die Gewohnheit seines Lebens, durch die natürliche Würde seiner Gefühle und, verzeihen Sie mir, Herr Waverley, durch die Ursache, welche dieses Mißgeschick über ihn brachte. Ich kann Ihnen meine Gefühle bei diesem Anblick nicht verhehlen, sie waren für Sie höchst ungünstig. Nachdem ich durch die Verbindungen meiner Familie, welche, wie Sie vielleicht wissen, nicht unbedeutend sind, die Freiheit des Sir Everard erlangt hatte, ging ich nach Schottland. Ich sah den Oberst Gardiner, einen Mann, dessen Schicksal allein hinreichend ist, diese Insurrektion für immer verwünschenswert zu machen. Im Laufe der Unterhaltung mit ihm fand ich, daß er durch spätere Umstände, durch ein nochmaliges Verhör der in die Meuterei verwickelten Personen und durch seine Erinnerung an die gute frühere Meinung von Ihrem Charakter viel milder gegen Sie gestimmt war, und ich zweifelte nicht, daß noch alles gut werden würde, wenn ich glücklich genug wäre, Sie zu entdecken. Doch diese unnatürliche Rebellion hat alles vernichtet. Ich habe zum ersten Mal in einer langen und tätigen Kriegslaufbahn sich Briten durch eine panische Flucht entehren sehen, und zwar vor einem Feinde ohne Waffen und Disciplin. Und jetzt finde ich den Erben meines teuersten Freundes, den Sohn seines Herzens, wie ich wohl sagen darf, einen Triumph teilend, über den er als der erste hätte erröten sollen. Weshalb sollte ich Gardiner beklagen? Sein Loos war glücklich im Vergleich zu dem meinen!«

Es lag so viel Würde in dem Wesen des Obersten Talbot, eine solche Mischung kriegerischen Stolzes und männlichen Kummers, und die Nachricht von Sir Everards Haft wurde mit so viel innigem Gefühl vorgetragen, daß Edward betrübt, beschämt, niedergeschlagen dem Gefangenen gegenüberstand, dem er erst vor wenigen Stunden das Leben gerettet hatte. Er war daher nicht unwillig, als Fergus ihr Gespräch zum zweiten Mal unterbrach.

»Se. königliche Hoheit gebieten das Erscheinen des Herrn Waverley.«
Oberst Talbot warf auf Edward einen vorwurfsvollen Blick, der dem
scharfen Auge des Hochlandhäuptlings nicht entging. »Sein augenblick-
liches Erscheinen«, wiederholte dieser mit besonderer Betonung. Waverley wandte sich wieder zu dem Obersten.

»Wir sehen uns wieder«, sagte er, »inzwischen soll jede mögliche
Erleichterung –«

»Ich wünsche keine«, fiel der Oberst ihm in das Wort, »lassen Sie
mich behandeln wie den geringsten der braven Männer, welche an
diesem Unglückstage Wunden und Gefangenschaft der Flucht vorzogen,
ich möchte beinahe meinen Platz mit einem der Gefallenen vertauschen,
wüßte ich nur, daß meine Worte einigen Eindruck auf Sie machten.«

»Laßt den Obersten Talbot sorgfältig bewachen«, sagte Fergus zu
dem Hochlandoffiziere, welcher die Wache der Gefangenen kommandirte, »es ist des Prinzen ausdrücklicher Befehl, er ist ein Gefangener
von der höchsten Wichtigkeit.«

»Aber laßt es ihm an keiner Bequemlichkeit mangeln, die sich für
seinen Rang ziemt«, fügte Waverley hinzu.

»So weit dies mit strenger Bewachung vereinbar ist«, ergänzte Fergus.

Der Offizier versicherte, beiden Ermahnungen nachkommen zu
wollen, und Edward folgte Fergus zu dem Gartentore, wo Callum Beg
ihrer mit drei Reitpferden wartete. Als er sich umwandte, sah er mehrere Hochländer den Obersten Talbot in seine Haft zurückführen, auf
der Schwelle blieb derselbe stehen und machte mit der Hand gegen
Waverley ein Zeichen, als wollte er ihn nochmals ermahnen, seine
Worte zu beherzigen.

»Pferde«, sagte Fergus, indem er aufstieg, »sind jetzt so billig wie
Brombeeren, jeder Mann kann sie haben, der sie fangen will. Komm,
laß Callum Deine Steigbügel schnallen und uns dann nach Pinkie-Haus
eilen, so schnell diese *ci-devant* Dragonerpferde uns tragen wollen.«

49. Etwas Unwichtiges

»Ich bin«, sagte Fergus zu Edward, indem sie von Preston nach Pinkie-
Haus galoppirten, »auf Befehl des Prinzen zurückgekehrt. Wie ich
vermute, kennst Du die Wichtigkeit dieses edlen Obersten Talbot. Er
gilt für einen der besten Offiziere unter den Rothröcken, für einen besondern Freund und Günstling des Kurfürsten und jenes fürchterlichen
Helden, des Herzogs von Cumberland, der von seinen Triumphen in

Fontenoy zurückberufen wurde, um uns arme Hochländer lebendig zu fressen. Hat er Dir erzählt, was die Glocke in St. James läutet?«

»Fergus!« fügte Waverley mit einem vorwurfsvollen Blicke.

»Nein, ich weiß nicht, was ich aus Dir machen soll«, antwortete der Häuptling von Mac-Ivor. »Wir haben einen Sieg errungen, der seines Gleichen in der Geschichte nicht hat; Dein Benehmen wird durch jeden lebendigen Sterblichen bis zu den Wolken gehoben, der Prinz ist begierig, Dir in Person zu danken, alle Schönen der weißen Rose möchten Dich begrüßen, und Du, der *preux chevalier* des Tages, hängst auf dem Halse Deines Pferdes wie ein Butterweib, das zum Markte reitet, und siehst so finster aus wie ein Leichenzug.«

»Mir tut der Tod des armen Obersten Gardiner weh, er war einst sehr gütig gegen mich.«

»Nun, so sei fünf Minuten darüber betrübt und dann wieder heiter, was ihm heute widerfuhr, steht uns vielleicht morgen bevor. Und was hat es denn weiter zu bedeuten? Das beste nach dem Siege ist ein ehrenvoller Tod, aber das bleibt doch nur ein *pisaller*, das man lieber dem Feinde gönnt, als sich selbst.«

»Aber Oberst Talbot hat mir gesagt, daß mein Vater und mein Oheim von der Regierung meinetwegen verhaftet wurden.«

»Nun, so wollen wir Bürgschaften stellen, mein Junge, der alte Andreas Ferarra[19] soll Sicherheit stellen, und ich wünschte wohl zu sehen, wie er die Rechtfertigung in Westminster-Hall ausführt.«

»Nein, sie sind schon auf eine friedlichere Bürgschaft in Freiheit gesetzt.«

»Nun, weshalb ist dann Dein edler Geist niedergeschlagen, Edward? Glaubst Du, daß des Kurfürsten Minister solche Tauben sind, um ihre Feinde in einem so kritischen Augenblicke, wie der gegenwärtige ist, in Freiheit zu setzen, wenn sie sie bestrafen könnten oder es zu tun wagten? Sei versichert, daß gegen Deine Verwandten keine Anklage besteht, welche ihre längere Haft rechtfertigte, oder man fürchtet unsere Freunde. – Jedenfalls hast Du in dieser Beziehung nichts zu besorgen, und wir werden Mittel finden, ihnen die Nachricht von Deiner Sicherheit zukommen zu lassen.«

Edward wurde durch diese Gründe zwar zum Schweigen gebracht, doch nicht beruhigt. Mehr als einmal schon hatte ihn die geringe Teilnahme verletzt, welche Fergus für die Gefühle derer zeigte, die er

---

19 Fast alle Schwertklingen in Schottland trugen den Namen Ferarras, der wegen seiner Waffen berühmt war.

liebte, wenn sie nicht zu seiner eigenen augenblicklichen Stimmung paßten, besonders aber, wenn sie vielleicht einen von ihm gehegten Lieblingsplan kreuzten. Fergus bemerkte in der Tat zuweilen, daß er Waverley verletzt hatte, aber stets mit der Verfolgung irgend eines eigenen Planes beschäftigt, achtete er nie hinlänglich auf die Größe oder Dauer eines solchen Mißvergnügens, so daß die Wiederholung dieser kleinen Verletzungen die unbegrenzte Anhänglichkeit des Freiwilligen an seinen Offizier etwas abkühlte.

Der Chevalier empfing Waverley mit der gewöhnlichen Aufmerksamkeit und sagte ihm manche Artigkeit über seine ausgezeichnete Tapferkeit. Er nahm ihn darauf bei Seite, richtete mehrere Fragen über den Obersten Talbot an ihn, und als er die Mitteilungen empfangen hatte, die Edward über ihn und seine Verbindungen zu geben vermochte, fuhr er fort: »Ich glaube, Herr Waverley, da dieser Herr mit unserm würdigen Freunde, Sir Everard Waverley, so eng befreundet ist, und da seine Gemahlin aus dem Hause der Blandeville stammt, dessen Anhänglichkeit an die wahren Grundsätze der Kirche von England so allgemein bekannt ist, werden des Obersten persönliche Gefühle uns nicht abgeneigt sein, welche Maske er auch vorgenommen haben mag, sich den Zeiten anzupassen.«

»Nach der Sprache zu urteilen, die er heute gegen mich führte, sehe ich mich gezwungen, von Ew. königlichen Hoheit Meinung abzuweichen.«

»Nun, es lohnt doch wenigstens die Mühe eines Versuchs. Ich übertrage Ihnen daher die Aufsicht über den Obersten Talbot, mit der Vollmacht, gegen ihn zu verfahren, wie Sie es für zweckmäßig erachten, und hoffe, daß Sie Mittel finden werden, seine wahren Ansichten über die Wiedereinsetzung unseres königlichen Vaters zu ergründen.«

»Ich bin überzeugt«, sagte Waverley, sich verbeugend, »daß, wenn der Oberst Talbot sein Ehrenwort gibt, demselben unbedingt zu vertrauen ist, lehnt er es aber ab, dann bitte ich Ew. königl. Hoheit, einem andern als dem Neffen seines Freundes die Pflicht seiner strengen Bewachung zu übertragen.«

»Ich will ihn keinem andern als Ihnen anvertrauen«, sagte der Prinz lächelnd, doch seinen Auftrag gebieterisch wiederholend, »es ist für meinen Dienst von Wichtigkeit, daß ein gutes Einverständniß zwischen ihnen zu bestehen scheint, selbst wenn es Ihnen nicht möglich sein sollte, sein Vertrauen im Ernst zu gewinnen. Sie werden ihn deshalb in Ihr Quartier nehmen und für den Fall, daß er sich weigert, sein Wort zu geben, eine geeignete Wache beanspruchen. Ich bitte Sie, augenblicklich die Sache in die Hand zu nehmen. Wir kehren morgen nach Edinburg zurück.«

Indem Waverley so nach Preston zurückgeschickt wurde, verlor er den feierlichen Anblick der Lehnsleistung des Barons von Bradwardine. Er war aber jetzt so wenig zu eitlen Dingen gestimmt, daß er die Ceremonie beinahe ganz vergessen hatte, für welche Fergus seine Neugier zu wecken bemüht gewesen war. Am nächsten Tage wurde jedoch eine förmliche Zeitung in Umlauf gesetzt, welche einen genauen Bericht über die Schlacht bei Gladsmuir enthielt, wie die Hochländer ihren Sieg nannten, den eine Schilderung des Hofes, den der Chevalier später in Pinkie-Haus hielt, beschloß; einer der hochtrabenden Paragraphen dieser Schilderung lautete: »Seit jenem verhängnißvollen Vertrage, welcher Schottland als eine unabhängige Nation vernichtete, sind wir nicht so glücklich gewesen, unsere Prinzen jene Handlungen der Lehnshuldigung empfangen und dieselben von unserm Adel ausüben zu sehen, welche, auf die glänzenden Taten schottischer Tapferkeit gegründet, die frühere Geschichte unseres Landes zurückrufen, und die männliche und ritterliche Einfachheit, welche mit der Krone die Huldigung der Krieger verknüpfte, durch die sie wiederholentlich geschützt und verteidigt wurde. Am Abend des 20. aber wurde unser Gedächtniß durch eine jener Ceremonien aufgefrischt, welche den alten Tagen schottischen Ruhms angehören. Als der Kreis sich gebildet hatte, trat Cosmo Comyne Bradwardine von Bradwardine, Oberst in der Armee etc. etc., vor den Prinzen, begleitet von Mr. Macwheeble, dem Amtmann seiner alten Baronie, der, wie wir erfahren, kürzlich zum Kriegskommissär ernannt worden ist, und suchte in aller Form um die Erlaubniß nach, an der Person Sr königl. Hoheit, als Stellvertreter Ihres Vaters, den Dienst verrichten zu dürfen, für welchen durch einen Brief von Robert Bruce, der im Original vorgezeigt und von dem Kanzler Sr. königl. Hoheit beglaubigt wurde, der Bittsteller die Baronie Bradwardine und die Besitzungen von Tully-Veolan zu Lehn trägt. Als die Bitte genehmigt wurde, legte Se. Hoheit den Fuß auf ein Kissen, der Baron von Bradwardine ließ sich auf das rechte Knie nieder und schnürte ihm die Riemen der Hochlandschuhe auf, welche unser tapferer junger Held seinen braven Anhängern zu Ehren trägt. Als dies geschehen war, erklärte Se. königl. Hoheit die Ceremonie für beendigt, dann umarmte sie den tapfern Veteranen und versicherte, daß nichts als die Ehrfurcht vor einer Bestimmung Robert Bruces sie hätte bewegen können, auch nur symbolisch einen gemeinen Dienst von Händen anzunehmen, die so tapfer fochten, um die Krone auf das Haupt ihres Vaters zu setzen.

Der Baron von Bradwardine ließ hierauf durch den Kriegskommissär Macwheeble ein Instrument zur Bestätigung aufsetzen, daß alle Punkte und Umstände in der Lehnsleistung *rite et solenniter acta et peracta* wären, und ein ähnliches Protokoll wurde auch durch den Lordkanzler in dem Reichsarchive niedergelegt. Wir erfahren, daß es die Absicht Sr. königl. Hoheit ist, sobald die Zustimmung Sr. Majestät des Königs erfolgt, den Obersten Bradwardine unter dem Titel eines Viscount Bradwardine von Bradwardine und Tully-Veolan zum Pair zu erheben, und daß inzwischen Se. königl. Hoheit in ihres Vaters Namen und Machtvollkommenheit das Wappen der Familie auf ehrenvolle Weise vermehrt haben, nämlich durch einen Stiefelknecht, mit einem bloßen Schwerte gekreuzt, und darunter als Motto die Worte: »Zieh, und zieh aus!«

Das alles würde in Waverleys Ohren ganz leidlich geklungen haben, und ohne einen lächerlichen Gedanken zu erwecken, wenn er sich nicht der spöttischen Bemerkungen seines Freundes Fergus erinnert hätte.

Als er nach Preston zurückkehrte, fand er Oberst Talbot ruhiger. Die böse Stimmung hatte sich gelegt, welche das Zusammentreffen unangenehmer Ereignisse in ihm hervorgerufen. Er hatte sein gewöhnliches Wesen wieder angenommen, welches das eines englischen Edelmannes und Offiziers war, offen, edel und männlich, doch dabei empfänglich für ein gewisses Vorurteil gegen andere Länder oder Menschen von andern politischen Grundsätzen. Als Waverley den Obersten Talbot damit bekannt machte, daß der Chevalier ihn seiner besondern Aufsicht übergeben hätte, antwortete er: »Ich glaubte nicht, dem jungen Prinzen so sehr verpflichtet zu werden, wie es durch diese Bestimmung geschieht. Ich kann wenigstens in den Wunsch des ehrlichen presbyterianischen Geistlichen einstimmen: da er zu uns gekommen, um eine irdische Krone zu gewinnen, möge ihm bald eine himmlische zum Lohne werden. Ich gebe bereitwillig mein Ehrenwort, ohne Ihr Wissen keinen Versuch zur Flucht zu machen, denn ich kam in der Tat nur Ihretwegen nach Schottland und fühle mich selbst unter diesen Umständen glücklich, daß ich Sie traf. Aber ich vermute, daß wir nur kurze Zeit beisammen bleiben werden. Ihr Chevalier, ein Name, den wir ihm beide geben können, wird mit seinen Plaids und Blaumützen, wie ich vermute, seinen Kreuzzug gegen Süden fortsetzen?«

»Nicht, so viel ich höre, ich glaube, die Armee wird einige Zeit in Edinburg bleiben, um Verstärkungen an sich zu ziehen.«

»Und das Schloß zu belagern?« fragte Oberst Talbot mit spöttischem Lächeln. »Nun, wenn mein alter Kommandeur, der General Preston, nicht in sein Gegenteil umschlägt, oder das Schloß in den See versinkt, Ereignisse, die ich für gleich wahrscheinlich halte, so werden wir einige Zeit haben, unsere Bekanntschaft zu befestigen. Ich vermute, daß der tapfere Chevalier wünscht, ich möchte Ihr Proselyt werden, und da ich wünsche, Sie zu dem meinigen zu machen, kann mir nichts willkommener sein als die Gelegenheit zu freier Unterhaltung. Aber da ich heute unter dem Einflusse von Gefühlen sprach, denen ich selten Raum gebe, werden Sie mich hoffentlich entschuldigen, wenn ich mich nicht eher wieder in einen Streit einlasse, als bis wir uns etwas besser kennen gelernt haben.

50. Intriguen der Liebe und der Politik

Es ist nicht nötig, in diesen Blättern den triumphirenden Einzug des Chevaliers in Edinburg nach dem entscheidenden Sieg bei Preston zu schildern. Ein Ereigniß muß jedoch erwähnt werden, da es dazu dient, den Charakter Flora Mac-Ivors zu zeigen. Die Hochländer, von denen der Prinz umgeben war, feuerten in der wilden Aufregung der Freude ihre Gewehre wiederholt ab, eines davon war zufällig mit einer Kugel geladen, und diese streifte die Schläfe der jungen Dame, welche von einem Balkon herab ihr Taschentuch wehen ließ. Fergus, der den Unfall sah, war im Nu an ihrer Seite, und als er erkannte, daß die Wunde nur unbedeutend war, zog er sein Schwert, um hinabzustürzen, und den Unvorsichtigen für die Gefahr, in die er seine Schwester gebracht hatte, zu strafen; sie aber hielt ihn bei dem Plaid zurück und sagte: »Um des Himmels willen, tu dem armen Burschen nichts zu Leide, sondern danke Gott mit mir dafür, daß der Unfall Flora Mac-Ivor traf, wäre die Getroffene Whiggistin gewesen, würde man behauptet haben, der Schuß sei absichtlich abgefeuert worden.«

Waverley entging der Unruhe, in welche dieses Ereigniß ihn gestürzt haben würde, dadurch, daß er genötigt war, den Oberst Talbot nach Edinburg zu begleiten.

Sie legten ihre Reise zu Pferde zurück, und als wollten sie ihre Gesinnungen und Gefühle gegenseitig prüfen, unterhielten sie sich einige Zeit von allgemeinen Gegenständen.

Als Waverley das Gespräch wieder auf den Punkt brachte, der ihm jetzt am meisten am Herzen lag, nämlich auf die Lage seines Vaters und seines Oheims, schien Oberst Talbot eher bemüht, seine Angst zu beschwichtigen als zu steigern. Dies war namentlich der Fall, nachdem er Waverleys Geschichte gehört hatte, die dieser kein Bedenken trug, ihm anzuvertrauen.

»Und so«, sagte der Oberst, »war keine *mala intentio*, wie die Rechtsgelehrten, glaube ich, es nennen, bei Ihrem übereilten Schritt im Spiele, und Sie wurden in den Dienst dieses italienischen irrenden Ritters durch einige freundliche Worte von ihm und durch einen oder zwei seiner hochländischen Werber gelockt. Das ist freilich schon schlimm, doch noch nicht ganz so schlimm, wie ich erwartete. Indeß können Sie in diesem Augenblicke selbst von dem Prätendenten nicht desertiren, das ist offenbar unmöglich. Ich zweifle aber nicht, daß bei den Zwistigkeiten dieser bunt zusammengesetzten Masse wilder und verzweifelter Männer bald eine Gelegenheit kommen wird, durch die Sie sich aus Ihrer übereilten Verpflichtung herauswickeln können, noch ehe die Blase platzt. Läßt sich das tun, so würde ich Ihnen raten, an einen sichern Ort nach Flandern zu gehen, den ich Ihnen angeben würde. Ich glaube, ich würde Ihnen die Verzeihung der Regierung erwirken, wenn Sie einige Monate im Auslande gewesen sind.«

»Ich kann Ihnen nicht gestatten, Oberst Talbot«, antwortete Waverley, »von einem Plane zu sprechen, der dahin geht, eine Unternehmung zu verlassen, der ich vielleicht übereilt, aber ganz gewiß freiwillig beigetreten bin, und mit dem Vorsatze, ihr bis zu Ende zu dienen.«

»Nun«, sagte Oberst Talbot lächelnd, »so lassen Sie mir wenigstens meine Gedanken und Hoffnungen frei, wenn auch nicht meine Worte. – Aber haben Sie das geheimnißvolle Päckchen noch nicht untersucht?«

»Es ist in meiner Bagage«, entgegnete Waverley; »wir werden es in Edinburg finden.«

In kurzer Zeit langten sie in Edinburg an. Unserm Waverley war auf des Prinzen ausdrücklichen Befehl sein Quartier in einem hübschen Hause angewiesen worden, wo auch für den Oberst Talbot bequem Platz war. Sein erstes Geschäft war, hier seinen Mantelsack zu untersuchen, und sogleich fiel auch das erwartete Packet heraus. Waverley öffnete es hastig. In einem einfachen Kouvert mit der Adresse: »An E. Waverley, Esq.« fand er mehrere offene Briefe.

Die obersten beiden waren von dem Obersten Gardiner an ihn selbst adressirt. Der vom frühesten Datum enthielt eine freundliche und herzliche Vorstellung darüber, daß der Rath des Briefschreibers in Bezug auf die Verwendung seiner Zeit während des Urlaubes vernachlässigt werde, dessen verlängerte Frist, wie er Kapitän Waverley erinnere, bald abgelaufen sein würde. »In der Tat«, fuhr der Brief fort, »wäre es anders, so würden die Nachrichten von außerhalb und meine Instruktionen vom Kriegsministerium mich nötigen, den Urlaub zurückzunehmen, da nach den Niederlagen in Flandern große Gefahr eines feindlichen Einfalles, sowie eines Aufstandes der Unzufriedenen im Lande selbst vorhanden ist. Ich bitte Sie deshalb, so bald als möglich nach dem Hauptquartier des Regimentes zurückzukehren, und muß hinzufügen, daß dies um so notwendiger ist, als sich einige Unzufriedenheit in Ihrer Schwadron gezeigt hat, und die genaue Untersuchung verschoben bleiben soll, bis ich dabei Ihren Beistand haben kann.«

Der zweite Brief, acht Tage später datirt, war in einem Tone geschrieben, wie er sich danach erwarten ließ, daß der Oberst auf sein erstes Schreiben keine Antwort erhalten hatte. Er erinnerte Waverley an seine Pflicht als Mann von Ehre, Offizier und Engländer, erwähnte die wachsende Unzufriedenheit seiner Leute, von denen einige gesagt hatten, der Kapitän billige und unterstütze ihre Ausführung, endlich sprach der Schreiber des Briefes sein Bedauern und Staunen darüber aus, daß er dem erhaltenen Befehl, im Hauptquartier zu erscheinen, nicht gehorcht hätte, erinnerte ihn, daß sein Urlaub aufgehoben sei und beschwor ihn in einem Tone, in welchem väterliche Herzlichkeit und militärische Autorität sich einten, seine Verirrung dadurch gut zu machen, daß er sich augenblicklich wieder zu dem Regiment begäbe. »Damit ich überzeugt sein kann«, schloß der Brief, »daß diese Zeilen Sie wirklich erreichen, überschicke ich sie durch den Unteroffizier Tims von Ihrer Schwadron, mit dem Befehle, sie Ihren eigenen Händen zu überliefern.«

Nachdem Waverley diese Briefe gelesen hatte, sah er sich mit bitterm Gefühle gezwungen, dem Andenken des braven, vortrefflichen Briefschreibers ehrenvolle Gerechtigkeit widerfahren zu lassen; denn wahrlich, da der Oberst Gardiner sich überzeugt halten mußte, daß Waverley diese Briefe empfing, konnte nichts Geringeres erfolgen als die dritte und letzte Aufforderung, welche Waverley wirklich in Glennaquoich erhielt, wenn auch zu spät, um sie zu befolgen. Und daß er infolge der scheinbaren Vernachlässigung dieses letzten Befehles entlassen wurde, war weder hart noch ungerecht, es war nothwendig.

Der nächste Brief, den Edward entfaltete, war von dem Major seines Regiments und machte ihn mit dem Gerüchte bekannt, das im Lande zum Nachteile seines Rufes im Umlauf war, daß nämlich ein gewisser Falkoner von Ballihopple, oder ein ähnlicher Name, in seiner Gegenwart eine verräterische Gesundheit ausgebracht hätte, die Waverley schweigend hingenommen, obgleich die Beleidigung so groß gewesen wäre, daß ein Edelmann in der Gesellschaft trotzdem die Sache aufgenommen hätte. Wäre diese Schilderung wahr, so hätte Kapitän Waverley geduldet, daß ein anderer, vergleichsweise Unbeteiligter, eine Beleidigung durch Herausforderung gerächt habe, welche persönlich gegen ihn als Offizier gerichtet war. Der Major schloß damit, »daß zwar keiner von Waverleys Regimentskameraden diese ärgerliche Geschichte glauben könnte, daß aber alle darin übereinstimmten, seine eigene Ehre, sowie die des Regimentes hänge ab von dem Gewicht seiner eigenen Widerlegung.«

»Was denken Sie von alledem?« sagte Oberst Talbot, dem Waverley die Briefe einhändigte, nachdem er sie gelesen hatte.

»Denken? Es macht alles Denken unmöglich. Es ist genug, um wahnsinnig zu werden.«

»Ruhig, mein junger Freund. – Laßt uns sehen, was das häßliche Gekritzel der noch übrigen Schreibereien enthält.«

Das erste derselben trug die Adresse: »Herrn W. Russin, hier« und lautete:

»Geerter Hehr. Manche aus de junge Burschen wöll'n nich anbeeten, so sakt ich, Se hatten mi des Schkeirs sen Petschaft gezeigt. Aber Tims soll Se den Beweis geben, wie Se wullten, un den ollen Adam seggen, dat he en den Schkeir hett gewen, da hei em so gaud is; unn hei wird parat sin up dat Teken for de Hochkirch.

Es grüßt Ihnen

H. H.

Noch wat.

Seggt den Schkeir, wi wüll'n von em weten unn glöwen et nich, wenn ers nich sülwsten schriwt; unn Leitnant Buttler spionirt nach.«

»Dieser Ruffin ist, wie ich vermute, Ihr Donald aus der Höhle, der Ihre Briefe auffing und einen Briefwechsel mit dem armen Teufel, dem Houghton, in Ihrem Namen führte.«

»Das scheint nur zu wahr. Aber wer kann der Adam sein?«

»Wahrscheinlich ein Wortwitz, der Name wurde dem armen Gardiner öfters von seinen Soldaten gegeben.«

Die andern Briefe waren in derselben Absicht geschrieben und gaben bald noch mehr Licht über Donald Bean Leans Ränke.

John Hudges, einer von Waverleys Dienern, der bei dem Regimente geblieben und bei Preston gefangen genommen worden war, suchte jetzt seinen frühern Herrn in der Absicht auf, wieder in dessen Dienste zu treten. Von diesem Menschen erfuhr Waverley, daß einige Zeit nachdem er das Hauptquartier verlassen, ein Hausirer, Namens Ruthven, Ruffin oder Rivane, bei den Soldaten unter dem Namen Willy Will[20] bekannt, häufige Besuche in Dundee gemacht hätte. Er schien viel Geld zu haben, verkaufte seine Waaren sehr billig, war stets bereit, seine Freunde im Bierhause zu traktiren, und setzte sich leicht bei mehreren Leuten aus Waverleys Schwadron in Gunst, besonders bei den Unteroffizieren Houghton und Tims. Diesen setzte er in Waverleys Namen einen Plan auseinander, das Regiment zu verlassen und zu ihm nach dem Hochlande zu kommen, wo, wie das Gerücht ging, die Clans schon in großer Menge zu den Waffen gegriffen hatten. Die Leute, welche als Jakobiten aufgewachsen waren, insofern sie überhaupt eine Meinung hatten, und wußten, daß ihr Gutsherr, Sir Everard, diese Grundsätze verteidigte, gingen leicht in die Falle. Daß Waverley weit entfernt im Hochlande war, galt als hinreichende Erklärung, weshalb er seine Weisungen durch einen Hausirer überschickte, und der Anblick seines wohlbekannten Siegels schien die Verhandlungen in seinem Namen zu beglaubigen, zumal schriftliche Mitteilung gefährlich sein konnte. Diese Ränke kamen durch die voreiligen meuterischen Äußerungen derer zum Vorschein, die dabei beteiligt waren. Willy Will rechtfertigte seinen Namen, denn als der Verdacht entstand, war er nicht mehr zu sehen. Sobald nun die Zeitung mit der Nachricht von Waverleys Entlassung erschien, brach ein großer Teil seiner Schwadron in offene Meuterei aus, wurde aber von den übrigen Regimentsangehörigen entwaffnet. Nach dem Urteilsspruche des Kriegsgerichtes sollten Houghton und Tims erschossen werden, man begnadigte sie aber dazu, daß sie um ihr Leben würfeln durften: Houghton, der Überlebende, hatte viel Reue gezeigt, da er durch die Vorstellungen des Obersten Gardiner überzeugt wurde, daß er sich in ein abscheuliches Verbrechen eingelassen hätte. Es ist bemerkenswert, daß der arme Teufel, sobald er sein Unrecht eingesehen, auch nicht mehr daran zweifelte, daß sein Verführer ohne Waverleys Auftrag handelte, »denn«, sagte er, »wenn es unehrenvoll und gegen Altengland wär', so konnte der Junker nichts davon wissen, er hätte nie daran gedacht, etwas Schimpfliches zu tun, und Sir Everard auch nicht, auch keiner ihrer Vorfahren, und er würde in dem Glauben leben und sterben, daß Ruffin alles nur für seinen eigenen Kopf getan hätte.«

Die Energie, mit der er diese Überzeugung aussprach, sowie seine Versicherung, daß die Briefe für Waverley an Ruthven überliefert wären, brachten in der Meinung des Obersten Gardiner die günstige Veränderung hervor, deren der Oberst Talbot erwähnte.

Der Leser hat schon längst erkannt, daß Donald Bean Lean bei dieser Gelegenheit die Rolle des Versuchers spielte. Seine Beweggründe waren, kurz gefaßt, diese: Von tätigem, ränkesüchtigem Geiste, war er von denen, welche das Vertrauen des Chevaliers besaßen, lange als ein untergeordneter Agent und Spion benutzt worden, und zwar in viel größerer Ausdehnung, als selbst Fergus Mac-Ivor ahnte, dem er zwar für seinen Schutz verpflichtet war, den er aber doch mit Furcht und Abneigung betrachtete. Um nun auf dem politischen Gebiet festen Fuß zu fassen, trachtete er danach, sich durch irgend einen kühnen Streich über seine jetzige gefährliche und prekäre Räuberexistenz zu erheben. So wurde er besonders dazu benutzt, die Stärke der Garnisonen in Schottland, die Stimmung der Offiziere und ähnliches zu erspähen, und hatte schon lange auf Waverleys Schwadron, als der Versuchung zugängig, sein Augenmerk gerichtet. Donald glaubte sogar, daß Waverley selbst im Grunde den Stuarts zugetan sei, was ja durch seinen langen Besuch bei dem jakobitischen Baron von Bradwardine bestätigt schien. Als Edward daher mit einem von den Leuten Glennaquoichs in seine Höhle kam, hoffte der Räuber, sanguinisch genug, da er Waverleys wahren Beweggrund, die bloße Neugier, nicht zu würdigen vermochte, seine eigenen Talente sollten zu irgend einer wichtigen Intrigue unter Leitung des reichen jungen Engländers in Anspruch genommen werden. Er wurde auch nicht dadurch enttäuscht, daß Waverley alle Winke und Andeutungen, die eine nähere Erklärung geben sollten, unbeachtet ließ. Sein Benehmen galt für kluge Zurückhaltung und verletzte zwar Donald Bean Lean etwas, weil er sich von einem Geheimniß ausgeschlossen sah, dessen Besitz reiche Ernte versprach, trotzdem aber nahm er sich vor, bei dem bevorstehenden Drama eine Rolle zu spielen, wenn auch hinter den Coulissen. Deshalb brachte er Waverleys Wappen an sich, als ein Zeichen, welches er bei Leuten anwenden konnte, die das Vertrauen ihres Kapitäns besaßen. Seine erste Reise nach Dundee enttäuschte ihn zwar betreffs seiner Vermutungen, eröffnete ihm aber ein neues Feld der Tätigkeit, Er wußte, daß die Freunde des Chevaliers keinen Dienst so gut belohnen würden, als wenn er einen Teil der regulären Armee zu dessen Fahnen hinüberlockte. In dieser Absicht begann er also die Machinationen, mit denen der Leser bereits bekannt ist, und die einen Schlüssel zu all den Dunkelheiten in der Geschichte Waverleys, ehe er Glennaquoich verließ, geben.

Auf den Rath des Obersten Talbot lehnte es Waverley ab, den Burschen in seine Dienste zu nehmen, dessen Mitteilungen noch mehr Licht in die Dunkelheit gebracht hatten. Er stellte ihm vor, daß er unrecht gegen den Menschen handelte, wenn er ihn in ein verzweifeltes Unternehmen verwickelte, und daß, was auch geschehen möchte, seine Aussagen auf jeden Fall die Beweggründe rechtfertigen würden, aus denen sich Waverley selbst in das Unternehmen eingelassen. Waverley schrieb deshalb eine kurze Schilderung des Vorgefallenen an seinen Oheim und an seinen Vater, rieth ihnen aber unter den gegenwärtigen Umständen von jeder Beantwortung seines Briefes ab. Talbot gab dem jungen Menschen einen Empfehlungsbrief an den Kommandeur eines der englischen Kriegsschiffe, welche in der Nähe der Küste kreuzten, und bat ihn, den Überbringer in Verwick an das Ufer zu setzen und ihm einen Paß zu der Reise nach ... zu geben. Darauf wurde er reichlich mit Reisegeld versehen und erhielt die Weisung, um an Bord des Kriegsschiffes zu gelangen, ein Fischerboot durch Bestechung zu mieten, was ihm auch, wie sie später erfuhren, leicht gelang.

Der Bedienung Callum Begs überdrüssig, der, wie ihm vorkam, einige Neigung hatte, sein Benehmen als Spion zu bewachen, mietete Edward einen Edinburger Burschen, der die weiße Kokarde in einem Anfalle von Wuth und Eifersucht aufgesteckt hatte, als Jenny Jop eine ganze Nacht mit dem Unteroffizier Bullock von den Füsilieren getanzt hatte.

51. Intriguen der Gesellschaft und der Liebe

Oberst Talbot wurde nach dem Vertrauen, das Waverley ihm geschenkt, freundlicher in seinem Benehmen gegen denselben, und da sie viel beisammen waren, stieg Waverleys Achtung vor dem Charakter des Obersten. Anfangs hatte es ihm geschienen, als ob etwas Hartes in dessen unwilligen und bitter tadelnden Äußerungen läge, wenn auch im allgemeinen niemand sich der Überlegung zugänglicher erwies. Die Gewohnheit aber, als Autorität zu gelten, hatte seinem Wesen etwas Gebieterisches aufgeprägt, trotz des feinen Schliffs, welchen sein Benehmen durch die Bewegung in den höheren Kreisen der Gesellschaft angenommen hatte. Als Militär unterschied er sich von allem, was Waverley bisher gesehen hatte. Das Soldatische des Barons von Bradwardine trug den Stempel der Pedanterie; das des Majors Melville charakterisirte sich durch eine kleinliche Beobachtung der technischen Einzelnheiten in der Disciplin, welche allenfalls für den paßt, der ein Bataillon führen soll, doch nicht für den, welcher eine Armee zu kommandiren hat; bei Fergus war der Geist des Soldaten so sehr mit Plänen und politischen Absichten vollgepfropft, daß er weniger einem Militär als einem kleinen Herrscher glich. Oberst Talbot war der englische Soldat in des Wortes eigentlichster Bedeutung. Seine ganze Seele war dem Dienste seines Königs und seines Vaterlandes gewidmet, ohne ein Gefühl des Stolzes, wie es den Baron erfüllte, daß er in der Theorie seiner Kunst so erfahren war, wie es Melville aus der strengsten Beobachtung praktischer Kleinigkeiten sog, und ohne, wie der Häuptling von Glennaquoich, seine Kenntnisse zu verwenden, um die Zwecke seines persönlichen Ehrgeizes zu verfolgen. Zudem war Talbot ein Mann von umfassendem Wissen und gebildetem Geschmack, nur, wie wir bereits erwähnten, von den eigentümlichen Vorurteilen des Engländers erfüllt.

Dieser Charakter erschloß sich Edward von Tag zu Tage mehr, denn die fruchtlose Belagerung des Schlosses von Edinburg durch die Hochländer nahm mehrere Wochen in Anspruch, während deren Waverley weiter keine Beschäftigung hatte, als die Unterhaltung aufzusuchen, welche die Gesellschaft bot. Gern hätte er seinen neuen Freund überredet, sich seinen älteren Bekannten vorstellen zu lassen, aber nach einem oder zwei Besuchen schüttelte Oberst Talbot den Kopf und lehnte jede weitere Probe ab. Er ging in der Tat noch weiter und schilderte den Baron als den unerträglichsten Pedanten, mit dem das Unglück ihn je in seinem Leben zusammengeführt, und den Häuptling von Glennaquoich als einen französirten Schotten, der alle List und Leichtfertigkeit des Volkes, bei dem er erzogen worden, mit dem ganzen Stolz, der Rachgier und dem unruhigen Geiste der Nation, in welcher er geboren war, vereinigte. »Hätte der Teufel«, sagte er, »absichtlich einen Agenten ausgesucht, dies arme Land in Verwirrung zu stürzen, so hätte er keinen besseren finden können als diesen Menschen, dessen Geist ebenso tätig als gewandt, verschlagen und Unheil brütend zu sein scheint und dem eine solche Bande von Halsabschneidern wie die, welche Sie so sehr bewundern, blindlings folgt und gehorcht.«

Die Damen der Gesellschaft entgingen seinem Tadel ebenfalls nicht. Er gab zu, daß Flora Mac-Ivor ein schönes Weib und Rosa Bradwardine ein liebliches Mädchen sei; aber er sagte, daß die erstere den Eindruck ihrer Schönheit durch ein geziertes Wesen der Vornehmheit störe, das sie wahrscheinlich an dem lächerlichen Hofe von St. Germain gesehen hatte, und was die letztere beträfe, so sei es unmöglich, daß irgend ein Sterblicher solch ein kleines unerzogenes Ding bewundern könnte, dessen geringer Grad von Erziehung für ihr Geschlecht und ihre Jugend paßten, wie ihr eine von ihres Vaters alten Kriegsuniformen passen würde. Nun war freilich viel von diesem Tadel der Stimmung und dem Vorurteile des guten Obersten beizumessen, bei dem die weiße Kokarde vor der Brust, die weiße Rose in dem Haar und das Mac vor dem Namen aus einem Engel einen Teufel gemacht hätten, und er gestand selbst scherzend, daß er die Venus nicht ertragen würde, wenn sie in einem Gesellschaftszimmer unter dem Namen Miß Mac-Jupiter vorgestellt würde.

Waverley sah, wie man leicht glauben wird, die jungen Damen mit ganz andern Augen an. Während der Belagerung war er fast täglich ihr Gast, obgleich er mit Betrübniß bemerkte, daß seine Bewerbungen um die Neigung Floras eben so wenig ausrichteten, als die Waffen des Chevaliers gegen die Festung. Sie folgte ausdauernd der Regel, die sie sich auferlegt hatte, ihn mit Gleichgültigkeit zu behandeln, ohne sich den Schein zu geben, ihn zu vermeiden oder seine Unterhaltung zu fliehen. Jedes Wort, jeder Blick stimmte genau zu ihrem System, und weder die Niedergeschlagenheit Waverleys, noch der kaum unterdrückte Zorn ihres Bruders konnten Floras Aufmerksamkeit auf Edward über das hinausheben, was die gewöhnlichen Formen der Artigkeit erforderten. Auf der andern Seite stieg Rosa Bradwardine allmählich in Waverleys Meinung. Er hatte mehrfach Gelegenheit zu bemerken, daß ihr Wesen einen höheren Charakter annahm, sobald ihre Blödigkeit schwand, daß die Aufregungen der stürmischen Zeit bei ihr eine gewisse Würde des Gefühls und Ausdruckes hervorzurufen schienen, die er früher nicht bemerkt hatte, und daß sie keine erreichbare Gelegenheit unbenutzt ließ, ihre Kenntnisse zu erweitern und ihren Geschmack zu verfeinern. Flora Mac-Ivor nannte Rosa ihren Zögling, und war eifrig bemüht, ihr in ihren Studien beizustehen, und sowohl ihren Geschmack, als ihren Geist zu bilden. Ein sehr genauer Beobachter hätte indeß bemerken können, daß sie in Waverleys Gegenwart viel mehr bemüht war, die Eigenschaften ihrer Freundin geltend zu machen als die eigenen. Aber ich muß den Leser ersuchen anzunehmen, daß diese freundliche und uneigennützige Absicht von dem vorsichtigsten Zartgefühl verhüllt wurde, so daß es der gewöhnlichen Bemühung eines reizenden Weibes, ein anderes hervorzuheben, eben so ungleich war, wie die Freundschaft David und Jonathans dem vertrauten Verkehr von zwei Müßiggängern. Tatsache ist, daß die Wirkung zwar gefühlt, die Ursache aber schwerlich bemerkt wurde. Jede der Damen war wie zwei vortreffliche Schauspielerinnen ausgezeichnet in ihrer Rolle und führte sie zum Entzücken der Zuhörer durch; unter diesen Umständen konnte man natürlich nicht entdecken, daß die ältere fortwährend ihre Freundin dort zur Geltung kommen ließ, wo sie in dem günstigsten Lichte erscheinen mußte.

Für Waverley besaß Rosa Bradwardine eine Anziehungskraft, der nur wenige Männer widerstehen können, durch die deutliche Teilnahme nämlich, die sie an allem zeigte, was ihn betraf. Sie war zu jung und zu unerfahren, um ganz die Wirkung der beständigen Aufmerksamkeit, die sie ihm zollte, zu würdigen. Ihr Vater war zu ausschließlich mit gelehrten und militärischen Streitfragen beschäftigt, um ihre Parteilichkeit zu bemerken, und Flora Mac-Ivor beunruhigte sie nicht durch Warnungen, denn sie schloß aus diesem Benehmen, es sei höchst wahrscheinlich, daß die Neigung ihrer Freundin zuletzt erwidert werde.

Die Wahrheit ist, daß Rosa in der ersten Unterredung mit ihrer Freundin derselben ihren ganzen Gemüthszustand entdeckt hatte, obgleich sie selbst davon nichts merkte. Von der Zeit an war Flora nicht nur zu gänzlicher Verwerfung von Waverleys Anträgen entschlossen, sondern erst recht darauf bedacht, dessen Neigung womöglich auf ihre Freundin zu lenken. Auch interessirte sie sich darum nicht weniger dafür, weil ihr Bruder von Zeit zu Zeit, halb im Scherz, halb im Ernst, davon gesprochen hatte, sich um Miß Bradwardine zu bewerben. Sie wußte, daß Fergus die echten Ansichten des Kontinents über die Ehe teilte und seine Hand selbst einem Engel nicht gegeben haben würde, außer in der Absicht, dadurch seine Verbindungen, seinen Einfluß, seinen Reichtum zu erhöhen. Des Barons Idee, seine Besitzungen auf einen entfernten männlichen Erben, statt auf seine eigene Tochter zu übertragen, war daher wahrscheinlich ein unübersteigliches Hinderniß für ihn, ernsthaft an eine Verbindung mit Rosa Bradwardine zu denken. In der Tat war der Kopf unseres Fergus eine ewig tätige Werkstätte von Plänen und Intriguen jeder Art, und gleich manchem Künstler von mehr Geist als Ausdauer gab er oft unerwartet und ohne einen scheinbaren Grund einen Plan auf, um mit allem Ernste an einen andern zu gehen, der entweder frisch geschmiedet war, oder in einer frühern Zeit halb beendet bei Seite geworfen wurde. Es fiel deshalb oft schwer zu erraten, welches Benehmen er bei gegebener Gelegenheit beobachten würde.

Obgleich Flora innig an ihrem Bruder hing, dessen hohe Energie in der Tat ihre Bewunderung auch ohne die Bande erzwungen hätte, welche sie mit ihm vereinigten, so war sie doch keineswegs blind gegen seine Fehler, die sie als gefährlich für die Hoffnungen jedes Mädchens betrachtete, welches seine Begriffe ehelichen Glückes auf den friedlichen

Genuß der Häuslichkeit und den Austausch gegenseitiger Herzensneigung stützte. Die wahre Neigung Waverleys auf der andern Seite schien ungeachtet seiner Träume von militärischen Taten und Ehren ausschließlich auf die Häuslichkeit gerichtet. Er forderte und empfing keinen Anteil an den unruhigen Auftritten, die rings um ihn her vorgingen, und wurde durch die Besprechung widerstreitender Ansprüche, Rechte und Interessen, die oft in seiner Gegenwart stattfand, eher gelangweilt als interessirt. Dies alles zeigte ihn als einen Mann, ganz geeignet, ein Wesen glücklich zu machen, dessen Neigungen, wie die Rosas, mit den seinigen übereinstimmten.

Flora bemerkte diesen Punkt in Waverleys Charakter eines Tages, als sie mit Miß Bradwardine zusammen saß. »Sein Geist und sein feiner Geschmack«, sagte Rosa, »können durch solche kleinliche Streitpunkte nicht erregt werden. Was gilt es ihm z. B., ob der Häuptling der Macindallaghers, der nur fünfzig Mann in das Feld stellte, Oberst oder Kapitän sein soll, und wie kann man glauben, daß Herr Waverley Teil an dem heftigen Zwiste zwischen Deinem Bruder und dem jungen Corrinaschian nehmen könnte, ob der Ehrenposten dem ältesten eines jüngeren Clans oder dem jüngeren des ältesten gebührt?«

»Meine teure Rosa, wäre er der Held, den Du in ihm siehst, so würde er an diesen Sachen Teil nehmen, in der Tat nicht als wichtig an und für sich selbst, sondern als Vermittler zwischen den glühenden Geistern, welche dieselben zum Gegenstand ihres Zwistes machten. Du hast gesehen, daß Waverley, als Corrinaschian die Stimme leidenschaftlich erhob und die Hand auf das Schwert legte, aufsah, als erwache er aus einem Traume, und mit großer Ruhe fragte, was vorgefallen sei.«

»Gut, und nützte nicht das Gelächter, in welches alle über seine Geistesabwesenheit ausbrachen, zur Beilegung des Streites besser, als irgend etwas, das er sonst hätte vorbringen können?«

»Gewiß, meine Liebe«, antwortete Flora, »doch war dies nicht so rühmlich für Waverley, als wenn er die Streitenden durch Gründe zur Vernunft gebracht hätte.«

»Willst Du ihn denn zum allgemeinen Friedensstifter unter den sämmtlichen sprudelköpfigen Hochländern in der Armee machen? Ich bitte Dich um Verzeihung, Flora, Dein Bruder, weißt Du, ist dabei außer aller Frage; er hat mehr Verstand als die Hälfte aller übrigen, aber kannst Du glauben, daß die feurigen, heißen, wilden Gemüter, von deren Streitigkeiten wir so viel sehen und noch mehr hören, und die mich täglich bis zum Tode erschrecken, überhaupt mit Waverley zu vergleichen sind?«

»Ich vergleiche ihn nicht mit diesen ungebildeten Menschen, meine teure Rosa. Ich beklage nur, daß er bei seinen Talenten und bei seinen Kenntnissen nicht den Platz in der Gesellschaft einnimmt, zu dem sie ihn so sehr befähigen, und daß er diese nicht mit der vollen Kraft für die edle Sache verwendet, der er sich gewidmet hat. Sind da nicht Lochiel und P. und M. und G., alles Männer von der höchsten Erziehung, sowie von den ersten Talenten, weshalb suchte er nicht so tätig und nützlich zu sein wie diese? Ich glaube oft, daß sein Eifer durch den stolzen, kaltblütigen Engländer erstarrt ist, mit dem er jetzt so viel zusammen lebt.«

»Oberst Talbot? Der ist in der Tat eine unangenehme Persönlichkeit. Er sieht aus, als wäre keine schottische Dame würdig, ihm eine Tasse Tee zu reichen. Aber Waverley ist so freundlich, so unterrichtet.«

»Ja«, sagte Flora lächelnd, »er kann den Mond bewundern und eine Stanze von Tasso citiren.«

»Übrigens weißt Du ja auch, wie er gefochten hat«, fügte Miß Bradwardine hinzu.

»Was das bloße Fechten betrifft«, antwortete Flora, »so glaube ich, daß alle Männer, d. h. die, welche den Namen verdienen, einander darin gleich sind; im allgemeinen gehört mehr Muth dazu, davon zu laufen. Sie haben überdies, wenn sie einander gegenübergestellt werden, einen gewissen Instinkt zu kämpfen, wie wir ihn bei männlichen Tieren, etwa an Hunden, Stieren und anderen überhaupt finden. Aber hohe und gefahrvolle Unternehmungen sind nicht Waverleys starke Seite; er würde nie geworden sein, was sein ruhmgekrönter Vorfahr, Sir Nigel, war, höchstens dessen Lobredner und Sänger. Ich will Dir sagen, wo er zu Haus und an seiner Stelle sein wird, meine Liebe: in dem stillen Kreise häuslichen Glückes, gelehrter Trägheit und eleganter Zerstreuungen zu Waverley-Haus; dort wird er das alte Bibliothekszimmer in dem ausgezeichnetsten gothischen Geschmacke wieder herstellen und die Bücherbretter mit den seltensten und kostbarsten Werken versehen; er wird Pläne und Landschaften entwerfen, Verse schreiben, Tempel ausführen, Grotten graben, er wird in einer heitern Sommernacht unter der Kolonnade vor der Halle stehen und auf die Hirsche blicken, die im Mondlicht äsen oder im Schatten der gewaltigen alten Eiche liegen; er wird seiner reizenden Gemahlin, die sich an seinen Arm hängt, Verse citiren, – er wird eben ein glücklicher Mann sein.«

Und sie eine glückliche Frau, dachte die arme Rosa. Sie seufzte und ließ das Gespräch fallen.

52. Fergus als Brautwerber

Als Waverley sich den Hof des Chevalier und die dort herrschenden Zustände etwas genauer ansah, hatte er in der Tat wenig Ursache, davon erbaut zu sein. Wie die Eichel alle Verzweigungen der künftigen Eiche enthalten soll, so enthielt dieser kleine Hof die Aussaat zu allen Ränken und Intriguen, welche dem Hofe des größten Reiches Ehre gemacht haben würden. Jede Person von einiger Auszeichnung hatte besondere Pläne, welche sie mit einer Wuth verfolgte, die Waverley mit der Wichtigkeit des Gegenstandes im umgekehrten Verhältniß fand. Fast alle hatten ihre Gründe zur Unzufriedenheit, einen triftigen nur der alte würdige Baron, der sich der allgemeinen Sache halber betrübte.

»Schwerlich«, sagte er eines Morgens zu Waverley, als sie das Schloß besichtigt hatten, »werden wir die Belagerungskrone gewinnen, welche, wie Ihr wohl wißt, von den Wurzeln oder Kräutern geflochten wurde, die in dem belagerten Orte wuchsen. Wir werden«, sage ich, »das Schloß Edinburg durch diese Blokade nicht einnehmen.« – Für diese Meinung gab er sehr gelehrte Gründe an, welche der Leser schwerlich wiederholt haben will.

Als Waverley dem alten Herrn entronnen war, ging er nach der Wohnung Fergus Mac-Ivors, um, wie verabredet war, dessen Rückkehr von Holyrood zu erwarten. »Ich habe morgen eine Privataudienz«, hatte Fergus gesagt, »und Du mußt zu mir kommen, um mir Glück zu dem Erfolge zu wünschen, den ich mit Zuversicht voraussetzen darf.« Dieser Morgen war da und Waverley fand in des Häuptlings Zimmer den Fähnrich Maccombich, welcher wartete, um Rapport über seinen Dienst in einem Graben abzustatten, den man durch den Schloßberg geführt und dem man den stolzen Namen einer Tranchée gegeben hatte. Nach kurzer Zeit wurde die Stimme des Häuptlings gehört, der auf der Treppe voll Ungeduld und wütendem Ausdruck rief: »Callum, Callum Beg! Zum Teufel!« – Bald trat er selbst mit allen Zeichen eines Menschen, der von der heftigsten Leidenschaft erregt ist, in das Zimmer, und in den Zügen weniger Männer brachte die Wuth je eine heftigere Wirkung hervor. Die Stirnadern schwollen an, die Nasenlöcher dehnten sich aus, die Wangen flammten, der Blick wurde der eines Besessenen. Diese Zeichen halb unterdrückter Wuth waren um so furchtbarer, weil sie offenbar durch die gewaltige Anstrengung hervorgebracht wurden, einen Ausbruch der Leidenschaft zurückzuhalten, und von einem innern Kampfe herrührten, der den ganzen Mann erschütterte.

Er schnallte sein Schwert ab, warf es heftig von sich, so daß es bis in die andere Ecke des Zimmers flog, und rief aus: »Ich weiß nicht, was mich abhält, einen feierlichen Eid zu schwören, daß ich es nie wieder in seiner Sache ziehen will. – Lade meine Pistolen, Callum, und bringe sie augenblicklich herein, augenblicklich!«

Callum, den nie irgend etwas störte oder irre machte, gehorchte sehr ruhig. Evan Dhu, auf dessen Stirn der Argwohn, sein Chef wäre insultirt worden, einen ähnlichen Sturm heraufbeschwor, stand in dumpfem Schweigen da und wartete darauf zu hören, wo oder wen die Rache treffen sollte.

»Du bist da, Waverley?« sagte der Häuptling, nachdem er sich einen Augenblick gesammelt hatte. »Ja, ich erinnere mich, daß ich Dich auf-forderte, meinen Triumph zu teilen, und Du bist gekommen, um Zeuge meiner – Täuschung, wollen wir es nennen – zu sein.« – Evan übergab jetzt den geschriebenen Rapport, den er in der Hand hielt, und den Fergus mit heftiger Leidenschaft von sich warf. »Ich wünschte zu Gott«, sagte er, »das alte Nest stürzte nieder auf die Häupter der Narren, die es angreifen, und der Schurken, die es verteidigen. Ich sehe, Waverley, daß Du mich für verrückt hältst; verlaßt uns, Evan, doch bleibt in der Nähe.«

»Der Oberst ist in gewaltigem Allarm«, sagte Frau Flockhart zu Evan, als dieser herunter kam. »Ich will wünschen, daß er wohl ist. Die Adern auf seiner Stirn waren geschwollen wie Peitschenschnüre. Will er nicht etwas einnehmen?«

»Gewöhnlich läßt er Blut bei solchen Anfällen«, antwortete der Hochländer mit großer Gelassenheit.

Als Evan aus dem Zimmer war, wurde der Häuptling allmählich gefaßter. »Ich weiß, Waverley«, sagte er, »daß der Oberst Dich überredet hat, Deine Verpflichtung gegen uns täglich zehnmal zu verwünschen, nein, leugne es nicht, denn ich bin jetzt in der Stimmung, meine eigene zu verwünschen. Glaubst Du wohl, daß ich an den Prinzen diesen Morgen zwei Gesuche richtete, und daß er beide zurückwies? Was denkst Du davon?«

»Was kann ich davon denken«, antwortete Waverley, »ehe ich die Gesuche kenne?«

»Was kommt darauf an, Bester? Ich sage Dir, daß ich sie stellte, ich, dem er mehr verdankt, als dreien von denen, die sonst zu seinen Fahnen stießen; denn ich unterhandelte das ganze Geschäft und brachte alle die Perthshireleute auf, von denen sich sonst kein einziger gerührt hätte. Ich denke wohl, ich werde nicht leicht um etwas Unvernünftiges bitten, und hätte ich es getan, so hätte man es übersehen können. – Aber Du sollst alles wissen, jetzt, da ich wieder etwas freier atmen kann. – Du erinnerst Dich meines Grafenpatents, es ist einige Jahre zurückdatirt für Dienste, die ich damals leistete, und, das wenigste zu sagen, mein Verdienst hat sich durch mein späteres Benehmen nicht verringert. Ich schätze dieses Spielzeug einer Krone im Wappen gewiß eben so wenig als Du oder als irgend ein Philosoph auf Erden, denn ich halte dafür, daß der Häuptling eines solchen Clans wie des Sliochd nan Ivor im Range über jedem Grafen in Schottland steht. Aber ich hatte einen besonderen Grund, diesen verwünschten Titel eben jetzt anzunehmen. Du mußt wissen, daß ich zufällig erfuhr, der Prinz wäre in den alten törichten Baron von Bradwardine gedrungen, seinen männlichen Erben, einen Vetter des neunzehnten oder zwanzigsten Grades, zu enterben, weil er eine Anstellung in der Miliz des Kurfürsten von Hannover angenommen hat, und seine Besitzungen auf Deine liebliche Freundin Miß Rosa zu übertragen. Da dies der Befehl seines Königs und Oberlehnsherrn war, der die Bestimmung eines Lehns nach Willkür ändern kann, schien der alte Herr sich gern darein zu fügen.«

»Und was wird aus der Huldigung?«

»Verwünscht sei die Huldigung! – Ich glaube, Rosa soll am Krönungs-tage der Königin den Pantoffel ausziehen und dergleichen. Nun, Bester, da Rosa Bradwardine immer eine passende Partie für mich gewesen wäre ohne diese verwünschte Vorliebe ihres Vaters für den männlichen Erben, fiel mir ein, daß jetzt kein Hinderniß mehr bliebe, ausgenommen etwa, der Baron möchte verlangen, daß der Mann seiner Tochter den Namen Bradwardine annähme, was für mich, wie Du weißt, unmöglich ist, und daß sich dies vermeiden ließe, wenn ich den Titel annähme, auf den ich ein so gutes Recht hatte, und der natürlich die Schwierigkeit heben mußte. War sie nach ihres Vaters Tode noch aus ihrem eigenen Rechte Vicomtesse Bradwardine, um so besser, ich konnte nichts dage-gen haben.«

»Aber, Fergus«, sagte Waverley, »ich hatte keinen Gedanken daran, daß Du Neigung für Rosa Bradwardine fühltest, denn über ihren Vater spottest Du ja beständig.«

»Ich habe so viel Neigung für Miß Bradwardine, mein guter Freund, als ich für die zukünftige Herrin meiner Familie und die Mutter meiner Kinder für nötig halte. Sie ist ein reizendes, verständiges Mädchen und gewiß aus einer der ersten Tieflandfamilien; mit einiger Anleitung Floras wird sie eine ganz gute Figur spielen. Ihr Vater ist freilich ein Original und ein hinlänglich albernes, aber er hat dem Sir Hew Halbere, dem teuren verstorbenen Laird von Balmawhapple und andern so derbe Lehren gegeben, daß es niemand wagt, über ihn zu lachen, seine Albernheit zählt daher nicht. Ich sage Dir, es gab keinen irdischen Widerspruch, keinen. Ich hatte die Sache bei mir vollständig abgemacht.«

»Aber hast Du auch den Baron um seine Einwilligung gefragt oder Rosa?« sagte Waverley.

»Wozu? Mit dem Baron sprechen, ehe ich meinen Titel angenommen, hätte nur einen vorzeitigen Streit über den Namenswechsel herbeigeführt, während ich ihm als Graf von Glennaquoich nur den Vorschlag zu machen brauchte, seinen verwünschten Bären und Stiefelknecht nebenher in mein Wappen, oder vielleicht als besonderes zweites Schild, kurz auf irgend eine Weise aufzunehmen, die für mein eigenes Wappen nicht schimpflich wäre. Und was Rosa betrifft, so wüßte ich nicht, was sie für einen Einwand erheben sollte, wenn ihr Vater einwilligt.«

»Vielleicht denselben, den Deine Schwester gegen mich erhebt.«

Fergus machte große Augen über diesen Vergleich; er unterdrückte aber klüglich die Antwort, die ihm auf die Zunge trat, und sagte:»Oh, das würden wir leicht alles geordnet haben. – So bat ich also um eine Privataudienz; für diesen Morgen wurde sie zugesagt, und ich forderte Dich auf, mich hier zu treffen, weil ich Narr daran dachte, Dich zu meinem Brautführer zu machen. Gut also, ich setze meine Ansprüche auseinander, sie wurden nicht geleugnet, die wiederholt gemachten Versprechungen, das erteilte Patent, alles wurde anerkannt. Als eine natürliche Folge davon fordere ich, den Rang annehmen zu dürfen, den mir das Patent anweist. – Die alte Geschichte von der Eifersucht des C. und M. wird mir entgegen gehalten. – Ich weise den Vorwand zurück und erbiete mich, ihre Einwilligung schriftlich zu bringen, infolge des früheren Datums meines Patents gegen ihre albernen Ansprüche. – Ich versichere Dich, ich hätte eine solche Zustimmung erlangt, und hätte sie mit der Schärfe des Schwertes erzwungen werden müssen. – Da kommt die Wahrheit heraus, und er wagt es, mir in das Gesicht zu sagen, mein Patent müsse für den Augenblick noch unterdrückt werden, aus Furcht, den schurkischen Feigling und Nichtstuer (hier nannte er den Häuptling seines eigenen mit ihm rivalisirenden Clans) zu beleidigen, der keinen besseren Anspruch darauf hat Häuptling zu sein, als ich Kaiser von China, und der seinen feigen Widerwillen hervorzutreten hinter der angeblichen eifersüchtigen Parteilichkeit des Prinzen für mich verbirgt. Und um diesem elenden Ränkeschmied jeden Vorwand für seine Feigheit zu nehmen, erbittet der Prinz es von mir als eine persönliche Gunst, für den Augenblick nicht auf die Erfüllung meiner gerechten Ansprüche zu dringen. – Nach alledem setze einer noch Glauben in die Versprechungen der Fürsten!«

»Und endete Deine Audienz damit?«

»Enden? O nein! Ich war entschlossen, ihm keinen Vorwand für seine Undankbarkeit zu lassen und setzte ihm deshalb mit aller Ruhe, die ich erzwingen konnte, denn ich versichere Dich, daß ich vor Wuth bebte, die besonderen Gründe auseinander, die ich für den Wunsch hätte, daß Se. königliche Hoheit mir irgend eine andere Art, meine Anhänglichkeit und Pflicht zu zeigen, andeuten möchten, da die Wünsche meines Lebens dasjenige zum schwersten Opfer machten, was zu jeder andern Zeit eine Kleinigkeit gewesen sein würde. Dabei setzte ich ihm meinen ganzen Plan auseinander.«

»Und was antwortete der Prinz?«

»Antworten? – Je nun, es ist gut, daß geschrieben steht, verfluche nicht den König, selbst nicht in deinen Gedanken; nun, er antwortete, er sei sehr erfreut, daß ich ihn zu meinem Vertrauten gemacht, weil er dadurch härtere Täuschungen abzuwenden vermöchte; denn er könnte mir die Versicherung auf sein Fürstenwort geben, daß Miß Bradwardine ihre Neigung bereits verschenkt und von ihm das Versprechen erhalten habe, dieselbe zu begünstigen. – Also, mein lieber Fergus, fügte er mit dem freundlichsten Lächeln hinzu, da die Heirat gänzlich außer Frage ist, braucht die Sache, wissen Sie, wegen der Grafschaft, nicht übereilt zu werden. – Mit diesen Worten schlüpfte er davon, und ich stand *planté là.*«

»Und was tatest Du?«

»Ich sage Dir, was ich in dem Augenblicke hätte tun können: mich dem Teufel oder dem Kurfürsten verkaufen, wer von beiden die schwerste Rache geboten hätte. Aber jetzt bin ich wieder ruhig. Ich weiß, daß er sie mit einem seiner schurkischen Franzosen oder irischen Offiziere zu verheiraten gedenkt; aber ich will sie genau bewachen, und der mag sich vorsehen, der mich aus dem Sattel heben will. *Bisogna coprirsi, Signor.*«

Nach einer weiteren Unterhaltung, die nicht auseinandergesetzt zu werden braucht, nahm Waverley Abschied von dem Häuptling, dessen Wuth jetzt einem tiefen glühenden Verlangen nach Rache gewichen war. Er kehrte nach Haus zurück, kaum fähig, sich Rechenschaft von den gemischten Gefühlen zu geben, welche die Erzählung in seinem eigenen Busen erweckt hatte.

53. Unbeständigkeit

»Ich bin das wahre Kind der Laune«, sagte Waverley zu sich selbst, als er die Tür seines Zimmers hinter sich verriegelte und mit hastigen Schritten auf und nieder ging. »Was kümmert es mich, daß Fergus Mac-Ivor Miß Rosa Bradwardine zu heiraten wünscht? – Ich liebe sie nicht, ich hätte vielleicht ihre Liebe gewonnen, aber ich verwarf ihre einfache, natürliche, innige Anhänglichkeit, statt sie durch Freundlichkeit bis zur Zärtlichkeit zu steigern, und ich widmete mich einem Wesen, das nie einen sterblichen Mann lieben wird, der alte Warwick, der Königsmacher, müßte denn von den Todten erstehen. Auch der Baron – ich hätte mich um seine Güter nicht gekümmert, und so wäre denn der Name kein Stein des Anstoßes gewesen. Der Teufel hätte die öden Moräste nehmen und die königlichen *caligae* ausziehen mögen, ich hätte mich nicht deshalb bemüht. Aber, geschaffen wie sie ist für häusliche Neigung und Zärtlichkeit, die denen das Leben versüßt, die es zusammen hinbringen, wird sie von Fergus Mac-Ivor gesucht. Er wird sie nicht schlecht behandeln, dazu ist er unfähig, aber er wird sie nach dem ersten Monat vernachlässigen, er wird zu sehr damit beschäftigt sein, einen Häuptling, der so mächtig sein will wie er, zu unterwerfen, oder einen Günstling bei Hofe zu stürzen, oder irgend einen waldigen Berg oder See zu gewinnen, oder seiner Bande einige neue Cateranshaufen zu erwerben, um viel danach zu fragen, was sie macht oder wie sie sich unterhält.

> Dann wird der Sorge Gift die Knospe nagen,
> Dann von der Wang die holde Schönheit scheuchen,
> Dann wird sie blicken wie ein Geist, hohläugig,
> Dann schwach und mager wie in Fieberhitze,
> Dann wird sie sterben.

Und ein solches Geschick des lieblichsten Geschöpfes auf Erden hätte verhindert werden können, wenn Edward Waverley seine Augen offen gehabt hätte! – Auf mein Wort, ich kann nicht begreifen, weshalb ich Flora so hübsch, d. h. so viel hübscher als Rosa fand. Sie ist in der Tat größer und ihr Wesen bestimmter, aber viele finden Miß Bradwardine natürlicher, gewiß ist sie viel jünger. Ich dächte auch, Flora wäre zwei Jahre älter als ich selbst. Ich will diesen Abend beide genau betrachten.«

Mit diesem Entschlusse ging Waverley zum Tee in das Haus einer Dame von Rang, die der Sache des Chevalier zugetan war. Hier fand er, wie er erwartet hatte, die beiden jungen Mädchen. Alle standen auf, als er eintrat, aber Flora setzte sich sogleich wieder und fuhr in ihrer Unterhaltung fort. Rosa dagegen machte in dem dichten Kreise eine beinahe unmerkliche Bewegung, so daß er sich der Ecke ihres Stuhles nähern konnte. – »Ihr Wesen«, sagte Waverley bei sich selbst, »ist im ganzen recht zuvorkommend.«

Es entstand ein Streit, ob die gälische oder die italienische Sprache am fließendsten oder für die Poesie am geeignetsten sei. Das Gälische, welches wahrscheinlich anderwärts keine Verteidigung gefunden hätte, wurde hier tapfer durch sieben Hochlandsdamen vertreten, welche mit der ganzen Kraft ihrer Lungen sprachen und die Gesellschaft halb taub schrieen. Flora, welche bemerkte, daß die Damen des Tieflandes lächelten, führte einige Gründe dafür an, daß der Vergleich durchaus nicht abgeschmackt sei. Als Rosa um ihre Meinung befragt wurde, sprach sie sich lebhaft für das Italienische aus, das sie mit Waverleys Hilfe erlernt hatte. »Sie hat ein gebildeteres Ohr als Flora, wenn sie ihr auch in der Musik etwas nachsteht«, sagte Waverley bei sich selbst. »Ich glaube, Miß Mac-Ivor wird nächstens Mac-Murrough nan Fonn mit Ariost vergleichen.«

Zuletzt wollte die Gesellschaft darüber entscheiden, ob Fergus auf der Flöte spielen, oder Waverley aufgefordert werden sollte, ein Stück von Shakespeare vorzulesen. Die Frau vom Hause übernahm es mit freundlicher Laune, die Stimmen zu sammeln, unter der Bedingung, daß derjenige der beiden Herren, dessen Talent für diesen Abend nicht in Anspruch genommen würde, den nächsten damit erheitern sollte. Es traf sich zufällig, daß Rosa die entscheidende Stimme hatte. Flora, welche es sich zur Regel gemacht zu haben schien, nie etwas zu tun, was Waverley ermutigen konnte, stimmte für Musik, vorausgesetzt, daß der Baron seine Violine nähme, um Fergus zu begleiten. – »Ich wünsche Euch viel Freude an Eurem Geschmack, Miß Mac-Ivor«, sagte Edward zu sich selbst, während man nach seinem Buche suchte. »Als wir in Glennaquoich waren, hielt ich ihn für besser, aber sicher ist der Baron kein ausgezeichneter Violinspieler, und Shakespeare es wohl wert, daß man ihn anhört.«

Romeo und Julia wurden gewählt, und Edward las mit Geschmack, Gefühl und Geist einige Scenen daraus vor. Die ganze Gesellschaft klatschte Beifall und vielen stand eine Träne im Auge. Flora, der das Drama wohlbekannt war, befand sich unter den ersteren, Rosa, der es ganz neu war, unter den letzteren. »Sie hat auch mehr Gefühl«, dachte Waverley.

Das Gespräch wendete sich nun auf die Handlung und auf die Charaktere, und Fergus erklärte, der einzige, der ein Mann von Welt und Geist genannt zu werden verdiene, sei Mercutio. »Ich konnte«, sagte er, »nicht all seinem altmodischen Witze folgen, aber nach den Begriffen seiner Zeit muß er ein sehr netter Bursche gewesen sein.«

»Und es ist eine Schande«, sagte Fähnrich Maccombich, der seinem Herrn gewöhnlich überall hin folgte, »daß der Tibbert, oder Taggart, oder wie er heißt, ihn unter dem Arme des andern Edelmannes hindurch ersticht, während er den Kampf schlichtete.«

Die Damen erklärten sich offen für Romeo, doch ging diese Meinung nicht unangefochten durch. Die Herrin vom Hause und mehrere andere Damen tadelten besonders den Leichtsinn, mit dem er seine Neigung von Rosalinde auf Julia überträgt. Flora schwieg, bis man sie wiederholt um ihre Meinung fragte, dann sagte sie, nach ihrer Ansicht wäre die Schilderung nicht nur mit der Natur verträglich, sondern bewiese sogar im höchsten Grade die Kunst des Dichters. »Romeo«, sagte sie, wird wie ein junger Mann geschildert, welcher für zartere Leidenschaften besonders empfänglich ist, seine Liebe fiel zuerst auf ein Mädchen, das sie nicht erwidern konnte, das erzählt er uns wiederholt:

Von Amors schwachem kind'schem Joch verschont;

und dann wieder:

– die Liebe hatte sie verschworen.

Nun war es unmöglich, daß Romeos Liebe, vorausgesetzt, daß man ihn für ein vernünftiges Wesen ansieht, ohne Hoffnung fortbestehen konnte; der Dichter hat deshalb mit großer Kunst den Augenblick ergriffen, der ihn zur Verzweiflung trieb, um ihm einen Gegenstand in den Weg zu führen, der vollkommener ist als die, welche ihn verwarf, und der geneigt ist, seine Liebe zu vergelten. Ich kann mir kaum eine Lage denken, die mehr geeignet wäre, die Glut von Romeos Neigung für Julien zu zeigen, als daß er aus dem Zustande trüber Melancholie, in welchem er in der ersten Scene erscheint, in die exaltirte Stimmung versetzt wird, in welcher er ausruft:

– – Nah' Kummer noch so schwer,
Er wiegt nicht auf die Freude und das Glück
Darf ich nur einen Augenblick sie sehn.«

»Ei, Miß Mac-Ivor«, sagte eine junge Dame von Rang, »Sie wollen uns doch nicht unseres Vorrechtes berauben? Wollen Sie uns überreden, die Liebe könnte nicht ohne Hoffnung leben, oder der Liebhaber müßte unbeständig werden, wenn seine Dame grausam ist? Ich hätte einen so wenig gefühlvollen Schluß nicht erwartet.«

»Ein Liebhaber, meine teure Lady Betty«, sagte Flora, »setzt, wie ich glaube, seine Bewerbungen unter sehr entmutigenden Umstanden fort. Die Neigung kann dann und wann sehr heftigen Stürmen der strengen Zurückhaltung widerstehen, doch nicht einer langen Polarkälte offenbarer Gleichgültigkeit. Liebe kann von wunderbar wenig Hoffnung leben, doch nicht ganz ohne dieselbe.«

»Das ist gerade wie bei Duncan Mac-Girdies Pferd«, sagte Evan, »mit der Lady Erlaubniß. Er wollte es allmählich daran gewöhnen, ohne Futter zu leben, und eben als er es bis auf einen Strohhalm täglich herabgebracht hatte, krepirte es.«

Bei dieser Illustration Evans brach die Gesellschaft in ein schallendes Gelächter aus, und das Gespräch nahm eine andere Wendung. Bald darauf brachen die Gäste auf, und während Edward nach Haus zurückkehrte, dachte er über das nach, was Flora gesagt hatte. »Ich will meine Rosalinde nicht mehr lieben«, sagte er, »sie hat mir einen zu deutlichen Wink gegeben, und ich will mit ihrem Bruder sprechen und meine Bewerbung zurücknehmen. Aber was Julien angeht – wäre es hübsch, seinen Bewerbungen in den Weg zu treten, obgleich sie aussichtslos sind? Und sollten sie mißglücken, was dann? – Je nun, *alors comme alors.*«

Mit diesem Entschlusse, der Gelegenheit zu vertrauen, begab sich unser Held zur Ruhe.

54. Ein braver Mann im Schmerz

Sollten meine schönen Leserinnen meinen, daß meines Helden Leichtfertigkeit in der Liebe fast unverzeihlich sei, so muß ich sie daran erinnern, daß nicht all sein Kummer, alle seine Qualen aus dieser sentimentalen Quelle entsprangen. Selbst der lyrische Dichter, der sich so gefühlvoll über die Leiden der Liebe aussprach, konnte nicht vergessen, daß er zu gleicher Zeit auch Schulden und Durst hatte, was ohne Zweifel sehr zur Verschlimmerung seiner Leiden beitrug. Es gab in der Tat ganze Tage, wahrend welcher Waverley weder an Flora noch an Rosa dachte, sondern die er unter trüben Vermutungen über den wahrscheinlichen Zustand der Dinge in Waverley-Haus verlebte, so wie über den zweifelhaften Ausgang des Bürgerkrieges, in den er sich hatte hineinziehen lassen. Oberst Talbot verwickelte ihn oft in Gespräche über die Gerechtigkeit der Sache, der er beigetreten war. »Nicht«, sagte er, »daß es für Sie möglich wäre, sie in dem gegenwärtigen Augenblicke zu verlassen, denn Sie müssen, komme was da will, Ihrer übereilten Verpflichtung treu bleiben. Aber ich wünschte nur, Sie zu überzeugen, daß das Recht nicht auf Ihrer Seite ist, daß Sie gegen den wahren Nutzen Ihres Vaterlandes fechten, und daß Sie als Engländer und Patriot die erste Gelegenheit ergreifen sollten, diese unglückliche Unternehmung zu verlassen, ehe der Schneeball schmilzt.«

Bei solchen politischen Streitereien setzte Waverley gewöhnlich die allgemeinen Gründe seiner Partei entgegen, mit denen der Leser nicht belästigt zu werden braucht. Aber er konnte nie etwas vorbringen, wenn der Oberst ihn aufforderte, die Streitkräfte, mit welchen sie es unternommen hätten, die Regierung zu stürzen, mit denen zu vergleichen, die jetzt schnell zur Verteidigung derselben gesammelt würden. Nur die eine Antwort hatte er darauf: »Wenn die Sache, die ich unternommen, gefahrvoll ist, so wäre die Schmach, sie zu verlassen, um so größer.« Und dadurch gelang es ihm dann gewöhnlich seinerseits, Oberst Talbot zum Schweigen und das Gespräch auf einen andern Gegenstand zu bringen.

Eines Abends, als sich die Freunde nach einem langen Streite der Art erst spät getrennt hatten, und unser Held zu Bett gegangen war, wurde er um Mitternacht durch einen unterdrückten Seufzer geweckt. Er fuhr auf und lauschte. Der Seufzer kam aus dem Zimmer des Obersten Talbot, welches von dem seinigen nur durch eine Bretterwand, in der eine Verbindungstür war, getrennt wurde. Waverley näherte sich dieser Tür und hörte deutlich einige tiefe Seufzer, Was konnte die Ursache sein? Der Oberst war scheinbar in seiner gewöhnlichen Stimmung von ihm gegangen. Er mußte plötzlich unwohl geworden sein. In dieser Vermutung öffnete er leise die Verbindungstür und sah den Obersten im Schlafrock an einem Tische sitzen, auf welchem ein offener Brief und ein Bild lagen. Er erhob hastig den Kopf, als Edward noch ungewiß war, ob er vorwärts gehen oder zurücktreten sollte, und Waverley bemerkte, daß seine Wangen von Tränen feucht waren.

Wie beschämt darüber, überrascht zu werden, während er solchen Gefühlen Raum gab, stand Oberst Talbot mit sichtbarem Unwillen auf und sagte etwas streng: »Ich dächte, Herr Waverley, mein eigenes Zimmer und die Stunde sollten selbst einen Gefangenen gesichert haben gegen –«

»Sagen Sie nicht Aufdringlichkeit, Oberst Talbot, ich hörte Sie seufzen und glaubte, Sie wären unwohl, das allein konnte mich bewegen, so bei Ihnen einzutreten.«

»Mir ist wohl«, sagte der Oberst, »vollkommen wohl.« »Aber Sie sind betrübt«, entgegnete Edward; »ist da keine Hilfe möglich?«

»Keine, Herr Waverley, ich dachte nur an die Heimat und einige betrübende Ereignisse dort.«

»Großer Gott, mein Oheim!« rief Waverley.

»Nein, es ist ein Kummer, der mich allein betrifft. Ich bin beschämt, daß Sie gesehen, wie es mich beugte, aber der Schmerz muß zu gewissen Zeiten freien Lauf haben, damit er zu andern mit Anstand getragen werden kann. Ich wollte ihn vor Ihnen geheim halten, weil ich glaubte, daß er Sie betrüben würde, und Sie doch keinen Trost gewähren könnten. Aber Sie haben mich überrascht, ich sehe Sie selbst überrascht, ich hasse Heimlichkeiten. Lesen Sie den Brief.«

Der Brief war von der Schwester des Obersten und lautete:

»Ich erhielt Deinen Brief, teurer Bruder, durch Hodges. Sir E. W. und Mr. R. sind noch frei, dürfen jedoch London nicht verlassen. Ich wünschte, Gott weiß es, ich könnte Dir eben so gute Nachrichten von den Deinen geben; aber die Nachrichten von dem unglücklichen Vorfalle bei Preston kamen mit dem traurigen Zusatze zu uns, daß Du unter den Gebliebenen wärest. Du weißt, wie Emilys Gesundheitszustand war, als Deine Freundschaft für E. Dich bewog, sie zu verlassen. Sie wurde durch die böse Kunde aus Schottland, daß der Aufstand ausgebrochen sei, sehr beängstigt, hielt aber ihren Muth aufrecht, da dies, wie sie sagte, sich für Deine Frau zieme, sowie wegen des künftigen Erben, auf den Ihr so lange vergebens hofftet. Ach, mein armer Bruder, diese Hoffnungen sind vorbei. Trotz meiner Sorgfalt und Wachsamkeit erreichte dieses unglückliche Gerücht sie unvorbereitet. Sie wurde sofort krank, und das arme Kind überlebte kaum die Geburt. Wollte Gott, das wäre alles, aber obgleich die Widerlegung jenes schrecklichen Gerüchtes durch Deinen eigenen Brief sie sehr aufgerichtet hat, so hegt der Arzt dennoch ernste Befürchtungen und erwartet sogar gefährliche Folgen für ihre Gesundheit, besonders infolge der Sorge, in welcher sie nothwendiger Weise noch einige Zeit bleiben muß, die noch vermehrt wird durch ihre Begriffe von der Grausamkeit derer, von denen Du gefangen gehalten wirst.

Versuche daher, mein teurer Bruder, sobald Du diesen Brief erhältst, Deine Freilassung zu erlangen, auf Ehrenwort, gegen Lösegeld, oder auf sonst irgend eine Weise. Ich schildere Emilys Gesundheitszustand nicht schlimmer als er ist, aber ich darf nicht wagen, Dir die Wahrheit zu verhehlen. – Ich bin, mein teurer Philipp, wie immer Deine Dich liebende Schwester

Lucie Talbot.«

Edward stand regungslos da, als er diesen Brief gelesen hatte. Der Schluß war nur zu gewiß, daß den Obersten dieser Kummer infolge der Reise zu seiner Aufsuchung getroffen hatte, und der war schwer genug, selbst da, wo keine Hoffnung auf Besserung war, denn Oberst Talbot und Lady Emily, die lange ohne Familie blieben, hatten sich innig ob dessen gefreut, was jetzt verloren war, aber dies war nichts im Vergleich zu dem Schlage, der bevorstand, und mit Entsetzen betrachtete sich Edward als die erste Ursache zu beidem.

Ehe er sich fassen konnte, um zu sprechen, hatte Oberst Talbot seine gewöhnliche männliche Haltung wiedergewonnen, wenn auch sein trüber Blick den innern Kampf verrieth.

»Sie ist eine Frau, mein junger Freund, welche selbst die Tränen eines Soldaten entschuldigen kann«, sagte er, indem er ihm das Bild gab, dessen Züge dies Lob rechtfertigten, »und dennoch, Gott weiß es, ist das, was Sie hier von ihr sehen, nur der geringste Reiz, den sie besitzt – besaß, sollte ich vielleicht sagen, doch Gottes Wille geschehe.«

»Sie müssen fliehen, müssen augenblicklich fliehen, um sie zu retten, es ist nicht zu spät, darf nicht zu spät sein.«

»Fliehen? Wie ist das möglich? Ich bin Gefangener – auf Ehrenwort.«

»Ich bin Ihr Wächter, ich gebe Ihnen das Wort zurück, ich will für Sie haften.«

»Das verträgt sich nicht mit Ihrer Pflicht, auch kann ich mit der schuldigen Rücksicht auf meine eigene Ehre Ihre Freisprechung nicht annehmen, Sie würden dafür verantwortlich gemacht werden.«

»Ich will dafür mit meinem Kopfe verantwortlich sein, wenn es nötig ist«, sagte Waverley ungestüm. »Ich bin die unglückliche Ursache, daß Sie Ihr Kind verloren, machen Sie mich nicht auch noch zum Mörder Ihrer Gattin.«

»Nein, mein teurer Edward«, sagte Talbot, indem er ihn herzlich bei der Hand faßte, »Sie sind in keiner dieser Beziehungen schuldig, und wenn ich dies häusliche Leid zwei Tage vor Ihnen verbarg, so geschah es nur, weil ich fürchtete, daß Ihr Zartgefühl es aus diesem Gesichtspunkte betrachten möchte. Sie konnten nicht an mich denken, wußten kaum von meiner Existenz, als ich England verließ, um Sie aufzusuchen.

Der Himmel weiß, daß die Verantwortlichkeit für einen Sterblichen schwer genug ist, wenn er für die vorhergesehenen und unmittelbaren Folgen seiner Handlungen haften soll, für die mittelbaren und unberechenbaren Folgen hat Gott, der allein den Zusammenhang menschlicher Schicksale überschaut, uns arme gebrechliche Geschöpfe nicht verantwortlich gemacht.«

»Aber daß Sie Lady Emily in einem Zustande, der doch vor allen andern des Gatten ganze Teilnahme in Anspruch nimmt, verließen, um –«

»Ich tat nur meine Pflicht«, fiel Oberst Talbot ihm mit großer Ruhe in das Wort, »und ich darf, kann das nicht bereuen. Wäre der Pfad der Dankbarkeit und Ehre immer glatt und bequem, so wäre es wenig Verdienst, ihm zu folgen, aber er geht oft gegen unseren Vorteil und unsere Leidenschaften, und zuweilen unsere innigeren Neigungen. Das sind die Prüfungen, und diese ist, wenn auch vielleicht die bitterste«, die Tränen traten ihm wieder in die Augen, »doch nicht die erste, die mein Schicksal mir zu Teil werden ließ. – Doch wir wollen davon morgen sprechen«, sagte er, indem er Waverley die Hände schüttelte, »gute Nacht! Suchen Sie es für einige Stunden zu vergessen. Der Tag bricht, glaube ich, um sechs Uhr an, und es ist zwei Uhr vorbei. – Gute Nacht.«

Unserm Edward erstarb das Wort auf der Zunge. Er zog sich zurück.

55. Bemühungen

Als Oberst Talbot am nächsten Morgen zum Frühstück kam, erfuhr er von Waverleys Diener, daß unser Held schon früh ausgegangen und noch nicht zurückgekehrt sei. Der Morgen war schon weit vorgerückt, ehe er erschien. Er kam außer Atem, doch mit strahlendem Antlitz, so daß er Talbot in Staunen setzte.

»Da«, sagte er, indem er ein Papier auf den Tisch warf, »da ist mein Morgenwerk. – Alick, packe die Sachen des Herrn Obersten. – Aber schnell.«

Staunend besah der Oberst das Papier. Es war ein Paß, von dem Chevalier für den Obersten Talbot ausgestellt, nach Leith oder nach jedem andern Hafen, wo königliche Truppen standen, um sich dort oder anderswo nach England einzuschiffen. Die einzige Bedingung dabei war, daß er sein Ehrenwort gebe: gegen das Haus Stuart innerhalb eines Jahres nicht wieder die Waffen zu tragen.

»Um Gottes willen«, sagte der Oberst, und seine Augen funkelten vor Freude, »wie erlangten Sie das?«

»Ich war bei des Chevaliers Morgenaudienz. Er war nach dem Lager von Duddingston gegangen, ich folgte ihm dahin, erbat und erhielt Gehör, doch ich erzähle Ihnen kein Wort weiter, wenn ich nicht sehe, daß Sie anfangen zu packen.«

»Ehe ich weiß, ob ich mich dieses Passes bedienen darf, oder wie er erlangt wurde?«

»Oh, Sie können ja wieder auspacken. – Nun ich Sie aber bei der Arbeit sehe, will ich fortfahren. Als ich Ihren Namen zuerst nannte, funkelten seine Augen beinahe eben so sehr wie die Ihrigen vorhin. Er fragte ernst, ob Sie Gesinnungen gezeigt hätten, die seiner Sache günstig wären? – Durchaus keine, entgegnete ich, und es wäre auch keine Hoffnung vorhanden, daß dies je geschehen würde. – Sein Gesicht verfinsterte sich. Ich forderte Ihre Freilassung. – Unmöglich! rief er aus, und fügte hinzu, Ihre Wichtigkeit als Freund und Vertrauter gewisser Personen mache meine Forderung geradezu exorbitant. – Da erzählte ich ihm meine Geschichte und die Ihre, und bat ihn, nach seinen Gefühlen über die meinigen zu urteilen. Er hat ein Herz, Oberst Talbot, und ein fühlendes, was Sie auch sagen mögen. Er nahm ein Blatt Papier und schrieb den Paß eigenhändig. – Ich will meinen Räten nichts davon vertrauen, sagte er, sie würden mich abbringen von dem Wege des Rechten. Ich will nicht, daß ein Freund, der so geschätzt wird, wie ich Sie schätze, durch die peinliche Betrachtung niedergebeugt werde, die Sie betrüben müßte; auch will ich einen tapfern Feind unter solchen Umständen nicht gefangen halten. Überdies, fügte er hinzu, denke ich mich gegen meine klugen Rathgeber durch die gute Wirkung entschuldigen zu können, welche eine solche Milde auf die Gemüter der großen englischen Familie machen muß, mit der Oberst Talbot verwandt ist.«

»Da guckte der Politiker wieder hervor«, sagte der Oberst.

»Meinetwegen, aber er schloß wie ein Königssohn. – Nehmen Sie das Papier, sagte er, ich habe der Form wegen eine Bedingung hinzugefügt, wenn der Oberst dagegen ist, so mag er reisen ohne jede weitere Bedingung. Ich kam her, um mit Männern Krieg zu führen, nicht, um Frauen unglücklich zu machen.«

»Ich glaubte nicht, je so viel Verpflichtung gegen den Prätend –«

»Gegen den Prinzen«, sagte Waverley lächelnd.

»Gegen den Chevalier«, entgegnete der Oberst. »Das ist ein Name, dessen wir uns beide ohne Zwang bedienen können. – Sagte er noch etwas?«

»Er fragte nur, ob er mich sonst noch durch etwas verpflichten könnte, und als ich verneinend antwortete, schüttelte er mir die Hand und wünschte, alle seine Anhänger möchten so bescheiden sein wie ich, da mancher meiner Freunde nicht nur alles forderte, dessen Gewährung in seiner Macht stände, sondern auch noch anderes, das außer seiner und des größten Herrschers Macht läge. In der Tat, sagte er, schiene in den Augen seiner Anhänger kein Prinz der Gottheit so zu gleichen wie er, wenn man nach den übertriebenen Forderungen urteilen wollte, die täglich an ihn gestellt würden.«

»Der arme junge Mann«, sagte der Oberst. »Ich glaube, er beginnt die Schwierigkeiten seiner Lage zu fühlen. – Ja, teurer Waverley, das ist edel, es ist mehr denn edel, und soll nicht vergessen werden, so lange sich Philipp Talbot noch an irgend etwas erinnern kann. – Mein Leben – dafür mag Emily Ihnen danken – doch diese Gunst ist fünfzig Leben wert. Ich kann unter diesen Umständen nicht zögern, mein Wort zu geben, da ist es.« – Er schrieb es in aller Form nieder. – »Und wie soll ich nun fortkommen?« »Das ist alles schon in Ordnung. Ihre Bagage ist gepackt, meine Pferde warten, und mit Erlaubniß des Prinzen ist ein Boot gemietet worden, um Sie an Bord der Fregatte »Der Fuchs« zu bringen. Ich schickte deshalb einen Boten nach Leith.«

»Das ist vortrefflich. Kapitän Beaver ist mein besonderer Freund, er wird mich in Berwick oder Shields an das Ufer setzen, und von da kann ich Courierpferde nach London nehmen. – Sie müssen mir das Päckchen Papier anvertrauen, das Sie durch Ihre Miß Bean Lean erhalten haben. Ich finde vielleicht Gelegenheit, die Briefe zu Ihrem Nutzen zu verwenden. – Aber ich sehe Ihren Hochlandfreund, Glen – wie nennen Sie doch seinen barbarischen Namen? – und mit ihm seinen Diener, Kehlabschneider darf ich wohl nicht sagen. Seht, wie er geht, als ob die ganze Welt ihm gehörte, die Mütze auf das eine Ohr gedrückt und den Plaid stolz über die Brust geworfen! – Ich möchte den Jüngling an einem Orte treffen, wo meine Hände nicht gebunden wären, ich würde seinen Stolz zähmen, oder er den meinigen.«

»Schämen Sie sich, Oberst Talbot, Sie werden wütend bei dem Anblick des Tartans, wie der Stier bei dem des Scharlachs. Sie und Mac-Ivor sind einander in Ihrem Nationalvorurteil nicht unähnlich.«

Der letzte Teil dieses Gespräches wurde auf der Straße geführt. Sie gingen an dem Häuptling vorüber, er und der Oberst grüßten sich kalt wie zwei Duellanten, ehe sie ihre Stelle einnehmen. Offenbar war das Mißfallen gegenseitig. »Ich sehe den knurrigen Hund, der seinen Tritten folgt«, sagte der Oberst, nachdem er das Pferd bestiegen hatte, »nie, ohne mich an einige Worte zu erinnern, die ich einst irgendwo hörte, auf der Bühne, glaube ich:

– – – – dicht hinter ihm,
Wie eines Zaubrers Teufel, schreitet Bertram,
Er sehnt sich nach Beschäftigung.«

»Ich versichere Ihnen, Oberst«, sagte Waverley, »daß Sie die Hochländer zu hart beurteilen.«

»Nicht im geringsten, ich kann ihnen kein Jota ersparen, ich kann ihnen nicht das Pünktchen darauf erlassen. Mögen sie in ihren eignen öden Bergen bleiben, sich aufblasen und ihre Mützen an die Hörner des Mondes hängen, wenn es ihnen beliebt, aber was haben sie dort zu tun, wo die Menschen Hosen tragen und eine verständliche Sprache reden? – Ich meine verständlich im Vergleich zu ihrem Kauderwälsch, denn selbst die Tiefländer sprechen ein Englisch wie die Neger in Jamaika. Ich könnte den Prä–, den Chevalier, meine ich, selbst deshalb bemitleiden, daß er so viele Tollköpfe um sich hat. Und sie lernen ihr Handwerk so früh. Da ist z. B. eine Art von untergeordnetem Kobold, ein kleines Saugteufelchen, das Ihr Freund Glena – Glenamuck zuweilen in seinem Gefolge hat. Sieht man ihn an, so ist er fünfzehn Jahr alt, aber an Bosheit und Schurkerei zählt er ein Jahrhundert. Er spielte neulich mit Wurfsteinen auf dem Hofe, ein ganz anständig aussehender Mann kam vorüber, und da ein Stein sein Bein traf, erhob er den Stock. Da zog der junge Bandit die Pistole aus dem Gürtel, und ohne ein gebieterisches: »Gewehr ab!« aus einem obern Fenster, bei dem alle Spieler, die es hörten, vor Furcht zitterten, hätte der arme Mann wahrscheinlich sein Leben durch die Hand des kleinen Taugenichtses verloren.«

»Sie werden bei Ihrer Rückkehr eine schöne Beschreibung von Schottland machen, Oberst Talbot.«

»Oh, der Friedensrichter Shallow erspart mir die Mühe«, sagte der Oberst: »Öde, alles Öde – Bettler, alle Bettler – gute Luft, – und auch das nur, wenn man Edinburg hinter sich und Leith noch nicht erreicht hat, wie jetzt unser Fall ist.«

In kurzer Zeit waren sie in dem Seehafen.

»Leben Sie wohl, Oberst, mögen Sie alles so finden, wie Sie es wünschen. Vielleicht sehen wir uns eher wieder, als Sie erwarten. Es wird von einem baldigen Marsche nach England gesprochen.«

»Sagen Sie mir davon nichts«, erwiderte Talbor, »ich wünsche keine Nachrichten von Ihren Bewegungen zu überbringen.«

»Einfach denn – leben Sie wohl. Sagen Sie mit tausend herzlichen Grüßen Sir Everard und der Tante Rahel alles, was Pflicht und Liebe mir gebieten. – Denken Sie meiner, so freundlich Sie können, sprechen Sie von mir so nachsichtig, wie Ihr Gewissen erlaubt, und nun noch einmal: Leben Sie wohl!«

»Leben Sie wohl, mein teurer Waverley. Vielen, vielen Dank für Ihre Freundlichkeit. Entplaiden Sie sich bei erster Gelegenheit. Ich werde an Sie stets mit Dankbarkeit denken, und mein schlimmster Tadel soll sein: *Que diable allait-il faire dans cette galère?*«

So trennten sie sich. Oberst Talbot ging an Bord des Bootes, Waverley kehrte nach Edinburg zurück.

56. Der Marsch

Es ist nicht unsere Absicht, das Gebiet der Geschichte zu betreten. Wir wollen deshalb unsere Leser nur daran erinnern, daß der junge Chevalier gegen Anfang November beschloß, an der Spitze von höchstens sechstausend Mann seine Sache dadurch in Gefahr zu bringen, daß er einen Versuch wagte, in das Herz von England einzudringen, obgleich er die gewaltigen Anstalten kannte, die man zu seinem Empfange traf. Er brach zu diesem Kreuzzuge bei einem Wetter auf, welches für alle andern Truppen den Marsch unmöglich gemacht hätte, das aber in der Tat dem kühnen Bergbewohner Vorteile über einen weniger abgehärteten Feind gewährte. Einer überlegenen Armee trotzend, die unter dem Feldmarschall Wade an den Küsten lag, belagerte er Carlish und setzte dann bald seinen kühnen Marsch gegen Süden fort.

Da das Regiment des Obersten Mac-Ivor die Vorhut des Clans hatte, schritt er und Waverley, der jetzt eben so abgehärtet war wie irgend ein Hochländer und schon viel von ihrer Sprache verstand, beständig an der Spitze der Kolonne. Sie sahen das Vorrücken der Armee indeß mit verschiedenen Augen an. Fergus, der ganz Leben und Feuer war und gegen eine Welt in Waffen das Vertrauen nicht verlor, erwog nichts, als daß jeder Schritt sie London um zwei Fuß näher brachte. Er verlangte, erwartete und wünschte keinen Beistand als den der Clans, um die Stuarts wieder auf den Thron zu setzen, und wenn zufällig einige Anhänger zu den Fahnen stießen, betrachtete er sie stets in dem Lichte neuer Bewerber um die Gunst des zukünftigen Monarchen, der, wie er schloß, deshalb um so viel die Beute schmälern mußte, die sonst unter die Hochländer allein verteilt worden wäre.

Edwards Ansichten waren von denen seines Freundes sehr abweichend. Er mußte bemerken, daß in den Städten, in welchen sie Jakob III. proklamirten, kein Mensch rief: »Gott segne ihn!« Der Pöbel glotzte und horchte herzlos, stumm, dumpf, gab aber nur wenig Beweise von dem lärmenden Geiste, welcher ihn zur Übung seiner süßen Stimme bei jeder Gelegenheit veranlaßt laut zu schreien. Die Jakobiten hatte man glauben gemacht, die nordwestlichen Grafschaften wären überfüllt mit reichen Edelleuten und kräftigen Yeomen, die der Sache der Weißen Rose zugetan seien. Aber von den reichen Tories sahen sie wenig. Einige entflohen, einige stellten sich krank, einige lieferten sich der Regierung freiwillig als verdächtige Personen aus. Von den Bleibenden sahen die Unwissenden mit Staunen, Schreck und Widerwillen auf das wilde Aussehen, die unbekannte Sprache und die fremdartige Tracht der schottischen Clans; für die Klügeren waren die geringe Anzahl, der offenbare Mangel an Disciplin, die erbärmliche Bekleidung sichere Zeichen von dem traurigen Ausgange dieses übereilten Unternehmens. So waren also die wenigen, die zu ihnen stießen, entweder durch politischen Fanatismus blind gegen die Folgen, oder sie wurden durch zerrüttete Glücksumstände bewogen, in einem so verzweifelten Unternehmen alles zu wagen.

Als man den Baron von Bradwardine fragte, was er von diesen neuen Rekruten dächte, nahm er eine gewaltige Prise und antwortete dann trocken: »Ich kann nur eine vortreffliche Meinung von ihnen haben, da sie vollkommen denen gleichen, welche sich in der Höhle von Adullam dem guten König David anschlossen, *videlicet*, jeder, dem es schlecht ging, jeder, der Schulden hatte, jeder, der mißvergnügt war, und ohne Zweifel«, fügte er hinzu, »werden sie sich kräftig im Gebrauch ihrer Fäuste zeigen, und das ist auch nötig, denn ich habe schon manchen sauren Blick auf uns werfen sehen.«

Aber keine dieser Rücksichten erschütterte Fergus. Er bewunderte die üppige Schönheit des Landes und die Lage mancher Edelsitze, an denen sie vorüberkamen, »Sieht Waverley-Haus so aus, Edward?« fragte er diesen. »Es ist um die Hälfte größer.«

»Ist Deines Oheims Park so schön wie der?«

»Er ist dreimal umfangreicher und gleicht eher einem Walde als einem bloßen Parke.«

»Flora wird eine glückliche Frau werden.«

»Ich hoffe, Miß Mac-Ivor wird viel Ursache zum Glücke haben, abgesehen von Waverley-Haus.«

»Das hoffe ich auch, aber die Herrin eines solchen Ortes zu sein erhöht doch die Totalsumme bedeutend.«

»Eine Erhöhung, deren Mangel, wie ich glaube, durch andere Mittel reichlich ersetzt werden wird.«

»Was!« sagte Fergus, indem er plötzlich stehen blieb und sich zu Edward wendete. »Wie habe ich das zu verstehen, Waverley? – Hatte ich das Vergnügen richtig zu hören?«

»Vollkommen richtig, Fergus.«

»Soll ich daraus entnehmen, daß Du meine Verwandtschaft und die Hand meiner Schwester nicht mehr wünschest?«

»Deine Schwester hat meine Hand zurückgewiesen«, sagte Waverley, »sowohl unmittelbar, als durch alle die Mittel, durch welche die Frauen unwillkommene Bewerbungen abzuweisen pflegen.«

»Ich habe«, antwortete der Häuptling, »keinen Begriff von einer Dame, welche eine Bewerbung zurückweist, oder einem Edelmanne, der sie zurücknimmt, wenn sie von ihrem gesetzlichen Vormunde genehmigt wurde, ohne ihm Gelegenheit zur Besprechung der Sache mit der Dame zu geben. Du erwartest doch hoffentlich nicht, daß meine Schwester Dir wie eine reife Pflaume in den Mund fallen werde, sobald es Dir beliebt, ihn zu öffnen?«

»Was das Recht der Dame betrifft, einen Liebhaber abzuweisen, so ist das ein Punkt, den Du mit ihr selbst abmachen mußt, ich kenne die Gebräuche des Hochlands in dieser Beziehung nicht. Was aber mein Recht betrifft, ihrer Verwerfung beizustimmen, ohne an Dein Interesse zu appelliren, so sage ich Dir offen, und ohne deshalb die Schönheit und Vorzüge der Miß Mac-Ivor herabsetzen zu wollen, daß ich die Hand eines Engels mit der Aussteuer eines ganzen Kaiserreiches nicht annehmen würde, würde ihre Zustimmung durch lästige Freunde und Hüter erpreßt, statt aus ihrer eigenen freien Neigung zu entspringen.«

»Ein Engel mit der Ausstattung eines Kaiserreiches«, sagte Fergus mit dem Tone bitterer Ironie, »würde schwerlich einen Junker aufgezwungen werden. Aber«, fuhr er in verändertem Tone fort, »wenn Flora auch nicht ein Kaiserreich zur Aussteuer hat, so ist sie *meine* Schwester, und das ist wenigstens hinreichend, sie gegen alles zu schützen, was der Unbeständigkeit gleichen könnte.«

»Sie ist Flora Mac-Ivor«, sagte Waverley mit Festigkeit, »und das würde ein besserer Schutz sein, wäre ich der Unbeständigkeit gegen irgend ein Weib fähig.«

Die Stirn des Häuptlings war jetzt völlig umwölkt, aber Edward fühlte sich zu aufgebracht über den Ton, den er angenommen hatte, um den Sturm durch das kleinste Zugeständniß abzuwenden. Beide standen während dieses kurzen Gespräches still, und Fergus schien halb geneigt, noch etwas Heftigeres zu sagen, aber mit einer gewaltigen Anstrengung unterdrückte er die Leidenschaft und ging mürrisch weiter. Da sie bisher immer mit einander gegangen waren, und beinahe beständig Seite an Seite, verfolgte auch Waverley seinen Weg schweigend in derselben Richtung, fest entschlossen, dem Häuptlinge Zeit zu lassen, die gute alte Laune wieder zu gewinnen, die er so unvernünftig verleugnet hatte, und von seiner Würde nicht einen Zoll breit zu vergeben.

Nachdem sie in dieser mürrischen Weise eine Weile gegangen waren, eröffnete Fergus das Gespräch in verändertem Tone. »Ich glaube, ich war heftig, lieber Edward, aber Du reiztest mich durch Deinen Mangel an Weltkenntniß. Du hast irgend eine Prüderie oder hochfliegende Äußerung Floras übel genommen, und jetzt zürnst Du wie ein Kind mit dem Spielzeuge, nach dem Du erst geschrieen, und schlägst mich, Deinen treuen Wärter, weil mein Arm nicht bis nach Edinburg reicht, es Dir zu holen. Wenn ich leidenschaftlich war, so bin ich doch überzeugt, daß der Verdruß, einen Verwandten wie Dich zu verlieren, nachdem Hochland und Tiefland von Eurer Verbindung gesprochen haben, – und noch dazu, ohne zu wissen, warum oder weshalb, selbst kälteres Blut als das meine hätte in Hitze bringen können. Ich werde nach Edinburg schreiben und alles in Ordnung bringen, das heißt, wenn Du wünschest, daß ich es tue, und ich kann in der Tat nicht glauben, daß Du die gute Meinung von Flora, die Du so oft gegen mich aussprachest, ganz verloren hast.«

»Fergus«, sagte Edward, der in einer Sache, die er als schon erledigt betrachtet hatte, nicht weiter und schneller getrieben sein wollte, als ihm selbst gut dünkte, »ich erkenne den Werth Deiner Dienste vollkommen an, und durch Deinen Eifer für mich und in einer solchen Angelegenheit erzeigst Du mir gewiß keine geringe Ehre, aber da Deine Schwester ihre Entscheidung offen und freiwillig ausgesprochen hat, da alle meine Aufmerksamkeiten in Edinburg mit Kälte aufgenommen worden sind, so kann ich, um gegen sie und mich selbst gerecht zu sein, nicht zugeben, daß sie mit dieser Sache nochmals belästigt werde. Ich hätte Dir das schon vor einiger Zeit gesagt, aber Du sahst, auf welchem Fuß wir mit einander standen, und mußtest es daher von selbst erkennen. Hätte ich das nicht geglaubt, so hätte ich früher gesprochen, aber ich fühlte eine sehr natürliche Abneigung, einen Gegenstand zu berühren, der uns beiden gleich peinlich sein mußte.«

»O sehr wohl, Herr Waverley«, sagte Fergus hochmütig, »Die Sache ist zu Ende. Ich habe keine Veranlassung, meine Schwester irgend einem Manne aufzudrängen.«

»Noch habe ich Veranlassung, mich einer wiederholten Zurückweisung auszusetzen«, entgegnete Edward in demselben Tone.

»Ich werde indes«, sagte der Häuptling, ohne die Unterbrechung zu beachten, »die Sache genau erforschen, um zu erfahren, was meine Schwester davon denkt, und dann werden wir sehen, ob sie hier endet.«

»Was die Erkundigungen betrifft, so wirst Du Dich natürlich durch Dein eigenes Urteil leiten lassen«, sagte Waverley. »Ich bin überzeugt, daß Miß Mac-Ivor ihre Meinung nicht ändern wird; träte dieser mir unmöglich scheinende Fall aber dennoch ein, so ist es doch gewiß, daß ich meinen Entschluß nicht ändere. Ich erwähne dies nur, um späteren Mißverständnissen vorzubeugen.«

Mit Vergnügen hätte Mac-Ivor in diesem Augenblick ihren Zwist der Entscheidung durch den Degen anheimgestellt, seine Augen flammten, und er maß Edward mit seinem Blicke, als wollte er die Stelle suchen, wo er ihm eine tödtliche Wunde beibringen könnte. Aber Fergus wußte, daß zu einem Zweikampfe auf Leben und Tod doch irgend ein anständiger Vorwand gehört. Zum Beispiel kann man jemanden fordern, wenn er einen im Gedränge auf das Hühnerauge tritt, oder einen gegen die Wand drängt, oder einem im Theater den Sitz wegnimmt; aber der neuere Codex der Ehre gestattet nicht, eine Herausforderung auf das Recht zu stützen, einen Mann zu zwingen, gegen eine weibliche Verwandte die Aufmerksamkeiten fortzusetzen, die von der Dame selbst verworfen wurden. Fergus war also gezwungen, diese angebliche Beleidigung hinabzuschlucken, bis der Lauf der Zeit, den er genau zu beachten beschloß, ihm die Gelegenheit zur Rache bieten würde.

Waverleys Diener führte hinter dem Bataillon immer ein Reitpferd, obgleich sein Herr nur selten ritt. Jetzt blieb er, gereizt durch das herrische und unverständige Benehmen seines bisherigen Freundes, hinter der Kolonne zurück und bestieg sein Pferd mit der Absicht, den Baron von Bradwardine aufzusuchen und ihn zu bitten, in seine Abteilung als Freiwilliger eintreten zu dürfen, statt bei dem Regimente Mac-Ivor zu bleiben.

»Ein glückliches Leben würde ich geführt haben«, dachte er, als er zu Pferde saß, »wäre ich mit diesem prächtigen Pröbchen des Stolzes, des Dünkels und der Leidenschaft so nahe verwandt. Ein Oberst! Ei, er hätte Generalissimus werden müssen. Ein erbärmliches Oberhaupt von drei- oder vierhundert Mann! – Sein Stolz reichte hin für den Khan der Tartarei – für den Großherrn – den Großmogul. – Ich bin froh, daß ich ihn los bin. Wäre Flora ein Engel, so brächte sie einen zweiten Lucifer an Ehrgeiz und Wuth als Schwager mit.«

Der Baron, dessen Gelehrsamkeit gleich Sanchos Witz in der Sierra Morena aus Mangel an Übung schimmelig zu werden schien, ergriff freudig die Gelegenheit zu neuer Übung, die sich ihm dadurch bot, daß Waverley in sein Regiment eintreten wollte. Der gutmütige alte Herr bemühte sich aber zunächst, eine Aussöhnung zwischen den beiden ehemaligen Freunden zu bewirken. Fergus blieb kalt gegen seine Vorstellungen, obgleich er sie achtungsvoll anhörte, und was Waverley betrifft, so sah er keinen Grund, weshalb er der erste sein sollte, der die Wiederanknüpfung eines vertrauteren Verkehrs suchte, den der Häuptling so unvernünftig abgebrochen hatte. Der Baron erzählte hierauf die Sache dem Prinzen, welcher, bemüht, Zwistigkeiten in seiner kleinen Armee zu hindern, erklärte, daß er selbst es übernehmen wollte, dem Obersten Mac-Ivor Vorstellungen über sein unvernünftiges Benehmen zu machen. Aber in der Verwirrung des Marsches vergingen ein oder zwei Tage, ohne daß er Gelegenheit fand, seine Autorität geltend zu machen.

Inzwischen benutzte Waverley die Kenntnisse, die er bei den Gardinerdragonern erworben hatte und verrichtete bei dem Baron eine Art von Adjutantendienst. Unter den Blinden ist der Einäugige König, sagt ein Sprichwort, und die Kavallerie, welche meistens aus Tieflandsedelleuten, sowie deren Pächtern und Dienern bestand, bekam eine hohe Meinung von Waverleys militärischer Bildung und eine große Anhänglichkeit für seine Person. Diese schrieb sich freilich zum großen Teil aus der Genugtuung her, die sie darüber fühlten, daß der vornehme englische Volontär die Hochländer verließ, um bei ihnen einzutreten, denn es bestand eine alte Eifersucht zwischen der Kavallerie und der Infanterie, welche nicht nur aus der Verschiedenheit des Dienstes entsprang, sondern auch daher rührte, daß die meisten der Edelleute, welche in der Nähe des Hochlandes lebten, zu irgend einer Zeit Zwistigkeiten mit den benachbarten Stämmen gehabt hatten, und weil alle mit eifersüchtigem Auge auf die Hochländer sahen, welche Anspruch auf größere Tapferkeit und Nützlichkeit im Dienste des Prinzen erhoben.

57. Die Verwirrung in König Agramants Lager

Es war Waverleys Gewohnheit, zuweilen etwas getrennt von dem Hauptkorps zu reiten, um sich alles Merkwürdige anzusehen, worauf sie bei ihrem Marsche stießen. Sie waren eben in Lancashire, wo ein schloßartiges altes Gebäude seine Aufmerksamkeit erweckte. Er verließ die Schwadron auf eine halbe Stunde, um sich das Gebäude zu besehen und eine flüchtige Skizze davon aufzunehmen. Als er zurückkehrte, begegnete ihm Fähnrich Maccombich. Dieser Mensch hatte eine Art von Ehrfurcht gegen Waverley gezeigt, seitdem er ihn zuerst in Tully-Veolan sah und ihn in die Hochlande einführte. Er schien zu zögern, als wolle er mit userm Helden zusammentreffen. Als er aber an ihm vorbeikam, näherte er sich nur seinem Steigbügel und sprach das einzige Wort: »Vorsicht!« Dann ging er schnell weiter, jede Erklärung vermeidend.

Edward war durch diesen Wink etwas überrascht. Er folgte Evan mit den Augen und sah ihn bald unter den Bäumen verschwinden. Sein Diener Alick Polwarth, der ihn begleitete, sah dem Hochländer ebenfalls nach, und dann dicht an seinen Herrn heranreitend sagte er:

»Ich glaube, Sie sind unter den hochländischen Vagabunden nicht sicher.«

»Wie meinst Du das, Alick?« fragte Waverley.

»Nun, die Mac-Ivors haben sich in den Kopf gesetzt, daß Sie die junge Miß Flora beleidigt haben, und ich hörte mehr als einen sagen, sie würden sich nicht viel darum kümmern, ein Birkhuhn aus Ihnen zu machen, und Sie wissen wohl, daß viele von ihnen sich kein Gewissen daraus machen würden, dem Prinzen selbst eine Kugel durch den Leib zu jagen, wenn der Häuptling ihnen Befehl dazu gäbe, oder auch wenn sie nur glaubten, ihm damit einen Gefallen zu tun.«

Waverley fühlte sich zwar überzeugt, daß Fergus Mac-Ivor einer solchen Verräterei unfähig sei, keineswegs aber hatte er gleiches Vertrauen auch zu seinen Leuten. Er wußte, daß, wo man die Ehre des Häuptlings oder seiner Familie gefährdet glaubte, der für den glücklichsten gehalten würde, der die Beleidigung zuerst rächte, und oft hatte er das Sprichwort unter ihnen gehört: Die erste Rache ist die schnellste und sicherste. Dies mit Evans Wink vereinigend, hielt er es für das klügste, seinem Pferde die Sporen einzusetzen und schnell zu seiner

Schwadron zurückzukehren. Ehe er aber das Ende der langen Allee erreichte, in der er sich befand, fiel ein Pistolenschuß und eine Kugel pfiff an seinem Kopfe vorbei.

»Es war dieser Teufelsbraten, Callum Beg«, sagte Alick, »ich sah ihn in das Gehölz weichen.«

Edward, der über diese Handlung der Verräterei mit Recht aufgebracht war, sprengte die Allee hinab und bemerkte in einiger Entfernung das Bataillon Mac-Ivor. Er sah auch einen einzelnen Menschen mit allen Kräften laufen, um das Bataillon zu erreichen, Dieser war, wie er vermutete, der Meuchelmörder, der, einen Hag überspringend, leicht auf weit kürzerem Wege zu dem Bataillon gelangen konnte, als er zu Pferde. Unfähig, sich zu bezwingen, gebot er Alick, zu dem Baron von Bradwardine zu reiten, der ungefähr eine halbe Meile entfernt an der Spitze seines Regimentes hielt, um ihm das Vorgefallene zu berichten. Er selbst ritt unverweilt zu der Abteilung Fergus Mac-Ivors. Der Häuptling war gerade beschäftigt, seine Leute zu sammeln. Von einer Meldung bei dem Prinzen zurückgekehrt, war er zu Pferde. Als er Waverley bemerkte, spornte er sein Pferd ihm entgegen.

»Oberst Mac-Ivor«, sagte Waverley ohne weiteren Gruß, »ich habe Sie zu benachrichtigen, daß einer Ihrer Leute in diesem Augenblicke aus einem Hinterhalte auf mich geschossen hat.«

»Da das«, antwortete Mac-Ivor, »den Umstand eines Hinterhaltes ausgenommen, ein Vergnügen ist, welches ich mir eben selbst machen wollte, möchte ich wohl wissen, wer von meinen Clansleuten es wagte, mir vorzugreifen.«

»Ich werde zu Ihren Diensten stehen, wenn es Ihnen gefällig ist. – Derjenige, welcher Ihnen vorgriff, ist Ihr Page, Callum Beg.«

»Tritt vor, Callum! Hast Du auf Mr. Waverley gefeuert?«

»Nein«, antwortete Callum, ohne zu erröten.

»Du hast es getan«, sagte Alick Polwarth, der schon wieder zurückgekehrt war, da er einen Reiter getroffen hatte, den er mit dem Bericht des Vorgefallenen an den Baron von Bradwardine absendete, während er selbst in vollem Galopp zu seinem Herrn zurückkehrte. »Du hast es getan, ich hab Dich so deutlich gesehen wie die alte Kirche in Coudingham.«

»Du lügst«, erwiderte Callum mit der ihm eigenen Starrköpfigkeit. Dem Kampfe zwischen den Gebietern würde, wie in den Tagen des Rittertums, ein Kampf zwischen den Knappen vorangegangen sein. Fergus aber forderte mit seinem gewöhnlichen bestimmten Tone Callums Pistole. Der Hahn war hinunter, Pfanne und Zündloch schwarz, sie mußte also eben erst abgefeuert sein.

»Nimm das«, sagte Fergus, indem er dem Burschen mit voller Kraft einen Hieb mit dem Pistolenschafte über den Kopf versetzte, »nimm das dafür, daß Du ohne Befehl handeltest und, um es zu verheimlichen, logst.« Callum empfing den Schlag, ohne davor zurückzuweichen, und stürzte ohne ein Lebenszeichen nieder.

»Still gestanden, bei Eurem Leben«, sagte Fergus zu den übrigen Clansleuten, »ich jage dem ersten, der sich zwischen Herrn Waverley und mich drängt, eine Kugel durch den Kopf.«

Alle standen regungslos, nur Evan Dhu zeigte einige Besorgniß. Callum lag stark blutend am Boden, doch niemand wagte es, ihm Beistand zu leisten. Er schien den Todesstreich empfangen zu haben.

»Und nun zu Ihnen, Herr Waverley, haben Sie die Güte, zwanzig Schritte seitwärts auf das Feld zu reiten.« Waverley tat es ohne Zögern, und als sie eine Strecke von der Marschlinie entfernt waren, sagte Fergus, indem er sich nach ihm umwendete, mit erzwungener Ruhe: »Ich konnte mich über das Wandelbare Ihres Geschmackes nur wundern. Aber Sie bemerkten ganz richtig, selbst ein Engel hätte keine Reize für Sie, er müßte denn eine reiche Ausstattung mitbringen. Jetzt habe ich einen vortrefflichen Commentar zu dem dunkeln Texte.«

»Ich vermag Ihre Meinung nicht einmal zu erraten, Oberst Mac-Ivor, obgleich es deutlich ist, daß Sie Händel mit mir suchen.«

»Ihre erheuchelte Unwissenheit soll Ihnen zu nichts helfen, lieber Herr. Der Prinz – der Prinz selbst hat mich mit Ihren Ränken bekannt gemacht. Ich dachte nicht daran, daß Ihre Verpflichtungen gegen Miß Bradwardine die Ursache waren, weshalb Sie die beabsichtigte Verbindung mit meiner Schwester abbrachen. Ich sehe, die Nachricht, daß der Baron die Erbbestimmungen über seine Besitzungen veränderte, war für Sie ein hinreichender Grund, Ihres Freundes Schwester zu verwerfen und Ihres Freundes Geliebte an sich zu bringen.«

»Sagte Ihnen der Prinz, daß ich mit Miß Bradwardine versprochen sei?« fragte Waverley. »Unmöglich!«

»Er tat es, Herr«, antwortete Mac-Ivor, »also ziehen Sie entweder und verteidigen Sie sich oder geben Sie Ihre Ansprüche auf die Dame auf.«

»Das ist reiner Wahnsinn«, rief Waverley, »oder ein merkwürdiges Mißverständniß.«

»Keine Ausflüchte! Ziehen Sie Ihr Schwert!« sagte der wütende Häuptling, der sein eigenes schon entblößt hatte.

»Weshalb soll ich in einem wahnsinnigen Streite fechten?«

»So geben Sie jetzt und für immer alle Ansprüche auf die Hand der Miß Bradwardine auf.«

»Was für ein Recht haben Sie«, rief Waverley, der jetzt die Selbstbeherrschung verlor, »was für ein Recht haben Sie oder ein lebender Mensch auf Erden, mir solche Bedingungen vorzuschreiben?« Jetzt zog auch er sein Schwert.

In diesem Augenblicke kam der Baron von Bradwardine, von mehreren seiner Reiter begleitet, herangesprengt. Einige wurden durch Neugier getrieben, andere, um Teil an dem Streite zu nehmen, welcher, wie sie unbestimmt gehört hatten, zwischen den Mac-Ivors und ihrem Corps ausgebrochen sein sollte. Der Clan, der sie kommen sah, setzte sich in Bewegung, um seinen Häuptling zu unterstützen, und es entstand eine Verwirrung, welche leicht zum Blutvergießen hätte führen können. Hundert Zungen sprachen zugleich. Der Baron docirte, der Häuptling stürmte, die Hochländer schrieen auf gälisch, die Reiter fluchten und verschworen sich auf niederschottisch. Endlich kam die Sache so weit, daß der Baron drohte, die Mac-Ivors anzugreifen, wenn sie nicht in ihre Reihen zurückträten, und viele von ihnen legten auf ihn und die andern Reiter an. Die Verwirrung wurde besonders durch den alten Ballenkeiroch genährt, der ohne Zweifel glaubte, der Tag seiner eigenen Rache sei gekommen; da ertönte der Ruf: »Gebt Raum! Macht Platz! *Place à Monsseigneur!*« – Dies verkündete die Annäherung des Prinzen, der mit einer Abteilung Fitz-James-Dragonern, die als seine Leibgarde dienten, herbeikam. Sein Erscheinen stellte einige Ordnung her. Die Hochländer traten in ihre Glieder, die Kavallerie rückte in Schwadronformation, der Baron und der Häuptling schwiegen.

Der Prinz rief sie und Waverley vor sich. Nachdem er die erste Ursache des Zwistes, die Schurkerei Callum Begs, gehört hatte, befahl er diesen zur augenblicklichen Hinrichtung in die Haft des Generalprofoßes zu bringen, wenn er die Züchtigung, die der Häuptling an ihm vollzogen, überleben sollte. Aber in einem Tone, der zwischen dem Ansprechen eines Rechtes und dem Ersuchen um eine Gunst lag, bat Fergus, daß er ihm zur Verfügung gestellt werde, und versprach exemplarische Bestrafung. Dies abzulehnen, hätte als ein Eingriff in die patriarchalische Macht der Häuptlinge gelten können, auf die sie sehr eifersüchtig waren, und die man nicht beleidigen durfte. Callum wurde daher der Gerechtigkeitspflege seines eigenen Stammes überlassen.

Alsdann fragte der Prinz nach der Ursache des weiteren Zwistes zwischen dem Obersten Mac-Ivor und Waverley. Es entstand eine

Pause. Beide Partner fanden in der Gegenwart des Barons von Bradwardine ein unübersteigliches Hinderniß, einen Vorfall zu erwähnen, bei dem der Name seiner Tochter unvermeidlich ausgesprochen werden mußte. Sie richteten die Augen auf den Boden mit Blicken, in denen sich Scham und Verlegenheit mit Mißvergnügen mischten. Der Prinz, der unter den unzufriedenen und widerspenstigen Gemütern am Hofe von St. Germain aufgewachsen war, wo Zwistigkeiten aller Art die tägliche Entscheidung des entthronten Monarchen in Anspruch nahmen, hatte, wie der große Friedrich von Preußen gesagt haben würde, seine Lehrzeit für das Metier bestanden. Einigkeit zwischen seinen Anhängern zu befördern oder wieder herzustellen war unerläßlich. Er traf danach seine Maßregeln.

»Monsieur de Beaujou!«

»*Monseigneur*«, sagte ein ausgezeichnet hübscher Kavallerieoffizier in seinem Gefolge.

»*Ayez la bonté d'alligner ces montagnards-là, ainsi que la cavalerie, s'il vous plait et de les remettre à la marche. Vous parlez si bien l'anglais, que cela ne vous donnerait pas beaucoup de peine.*«

»*Ah! pas du tout, Monseigneur*«, antwortete Graf von Beaujeu, indem er den Kopf auf den Hals seines kleinen feurigen wohlgerittenen Pferdes beugte. Und damit sprengte er vertrauensvoll und wohlgemuth an die Spitze von Mac-Ivors Regiment, obgleich er kein Wort gälisch und nur sehr wenig englisch verstand.

»*Messieurs les sauvages Ecossais*«, sagte er, »das is sein sie so gut, Edelmann wilde, *de vous arranger.*«

Der Clan verstand den Befehl mehr aus seinen Bewegungen, als aus seinen Worten. Da er aber den Prinzen selbst gegenwärtig sah, eilte er, die Glieder zu formiren.

»Ah! serr gut! *Fort bien*«, sagte der Graf von Beaujeu. »Edelmann wilde – *ah, très bien* – nun! – *Qu'est ce que vous appelez visage, Monsieur?*« fragte er einen, der neben ihm hielt. »*Ah, oui!* Gesicht. – *Je vous remercie, Monsieur.* – Meine Herren, haben Sie die Güt', ßu macken Gesickt zu die Rechte, in Glieder. – Marsch! *Mais, très bien – encore, Messieurs, il vous faut mettre à la marche .... Marchez donc au nom de Dieu parceque j'ai oublié le nom anglais – mais vous êtes des braves gens, et me comprenez très bien.*«

Der Graf eilte hierauf zu der Kavallerie, um sie in Bewegung zu setzen. »Meine Herren Cavaliers, Sie müssen fallen ein – *Ah, par ma foi* – ich nicht sagte, fallen runter! Ich fürchten, der kleine dicke Herr haben sich viel weh getan. *Ah, mon Dieu! c'est le commissaire qui vous a ap-*

porté les premières nouvelles de ce maudit fracas. Je suis trop faché, Monsieur.«

Aber der arme Macwheeble, der mit einem Schwert quer an seiner ganzen Person und einer weißen Kokarde, so groß wie ein Eierkuchen, jetzt in dem Charakter als Kriegskommissär figurirte, wurde in dem Gewirre der Reiter, die sich in Ordnung aufzustellen eilten, überritten und begab sich dann unter dem allgemeinen Gelächter der Zuschauer hinter die Front.

»Eh bien, Messieurs, Schwenkung nach rechts – ha, das ist es! – *Eh, Monsieur Bradwardine, ayez la bonté, de vous mettre à la tête de votre régiment, car par Dieu, je n'en puis plus!«*

Der Baron von Bradwardine war gezwungen, dem Herrn von Beaujeu zu Hilfe zu kommen, nachdem dieser seine wenigen englischen Kriegsausdrücke erschöpft hatte. Die eine Absicht des Chevalier war so erreicht. Die andere war, daß die Soldaten beider Abteilungen von dem Zorne abgeleitet werden möchten, dem sie sich für den Augenblick hingegeben hatten.

Als Karl Eduard mit dem Häuptling und Waverley allein war, sagte er: »Wenn ich Ihrer uneigennützigen Freundschaft weniger verdankte, so könnte ich ernsthaft böse auf Sie beide über diesen ungewöhnlichen und unbegründeten Streit werden. Solch ein Streit in einem Augenblicke, wo der Dienst meines Vaters so entschieden die größte Einigkeit fordert! Das Schlimmste aber ist, daß meine besten Freunde glauben, sie dürften sowohl sich selbst als die Sache, die sie verteidigen, der kleinsten Laune opfern.«

Die beiden jungen Männer erklärten sich bereit, jede Zwistigkeit seiner Entscheidung anheimzustellen.

»In der Tat«, sagte Waverley, »ich weiß kaum, wessen ich beschuldigt werde. Ich suchte den Oberst Mac-Ivor nur auf, um ihm zu sagen, daß ich nur soeben dem Meuchelmorde von der Hand eines seiner unmittelbaren Begleiter entgangen sei, einer feigen Rache, welche er, wie ich wußte, nicht gut heißen konnte. Die Ursache, derentwegen er Händel mit mir sucht, kenne ich nicht, ausgenommen, daß er mich sehr ungerecht beschuldigt, zum Nachteil seiner eigenen Ansprüche die Neigung einer jungen Dame gesucht zu haben.«

»Wenn hier ein Irrtum obwaltet«, sagte der Häuptling, »so entsprang er aus einem Gespräche, welches ich diesen Morgen mit Sr. königl. Hoheit selbst hatte.«

»Mit mir?« sagte der Chevalier. »Wie kann der Oberst Mac-Ivor mich so mißverstanden haben?« Er führte hierauf Fergus bei Seite und nach fünf Minuten ernsthafter Unterredung spornte er sein Pferd zu Edward. »Ists möglich – nein, kommen Sie her, Oberst, denn ich will kein Geheimnis; ist es möglich, Herr Waverley, daß ich irre, wenn ich vermute, daß Sie ein begünstigter Liebhaber der Miß Bradwardine sind? Eine Tatsache, von der ich so vollkommen überzeugt war, daß ich sie diesen Morgen gegen Bich Ian Vohr als einen Grund anführte, weshalb Sie, ohne ihn dadurch zu beleidigen, nicht fortfahren könnten, eine Verbindung zu suchen, die für jeden, der nicht anderweitig verpflichtet ist, selbst zu viel Reize hat, um so leicht aufgegeben zu werden.«

»Ew. königl. Hoheit«, sagte Waverley, »müssen sich auf Gründe gestützt haben, die mir ganz unbekannt sind, als Sie mir die ausgezeichnete Ehre antaten, in mir den begünstigten Liebhaber der Miß Bradwardine zu vermuten. Ich fühle die Auszeichnung, die in dieser Vermutung liegt, aber ich habe keinen Anspruch darauf. Übrigens ist mein Vertrauen auf mein eigenes Verdienst mit Recht zu gering, um irgendwo zu hoffen, nachdem ich so bestimmt zurückgewiesen wurde.«

Der Chevalier schwieg einen Augenblick, sah beide fest an und sagte dann: »Meine Herren, gestatten Sie mir, Schiedsrichter in dieser Sache zu sein, nicht als Prinzregent, sondern als Karl Stuart, Ihr Waffenbruder für eine und dieselbe glorreiche Sache. Lassen Sie meine Ansprüche auf Ihren Gehorsam gänzlich bei Seite gelegt sein, und ziehen Sie Ihre eigene Ehre in Erwägung. Bedenken Sie, ob es gut oder zweckmäßig ist, unsern Feinden den Vorteil zu gewähren und unsern Freunden das Ärgerniß zu geben, daß wir unserer geringen Zahl ungeachtet nicht einig sind. Verzeihen Sie mir auch, wenn ich noch hinzufüge, daß die Namen der Damen, welche erwähnt wurden, von uns allen mehr Achtung erfordern, als daß sie zu Gegenständen eines Zwistes gemacht werden dürften.«

Er nahm Fergus bei Seite, sprach zwei oder drei Minuten sehr ernsthaft mit ihm, kehrte dann zu Waverley zurück und sagte: »Ich glaube, ich habe den Obersten Mac-Ivor überzeugt, daß sich sein Zorn auf ein Mißverständnis stützte, zu welchem allerdings ich selbst Veranlassung gab, und ich halte Herrn Waverley für zu großmütig, als daß ich glaube, er werde irgend eine Erinnerung an das Vergangene bewahren, wenn ich ihm die Versicherung gebe, daß die Sache sich so verhält. – Sie müssen diese Sache Ihrem Clan auseinander setzen, Bich Ian Vohr, um jede neue Gewalttat zu verhüten.« Fergus verneigte sich. »Und nun, meine Herren, machen Sie mir das Vergnügen, zu sehen, daß sie sich die Hände geben.«

Sie näherten sich kalt, jeder widerstrebend, um den Schein zu vermeiden, den ersten Schritt getan zu haben. Indeß gaben sie sich die Hände und trennten sich dann mit einer ehrfurchtsvollen Verabschiedung von dem Chevalier.

Karl Eduard ritt hierauf an die Spitze der Mac-Ivors, stieg vom Pferde, bat den alten Ballenkeiroch um einen Trunk aus seiner Feldflasche und marschirte eine halbe Stunde mit ihnen. Er fragte nach der Geschichte und den Verbindungen des Slioch nan Ivor, wobei er geschickt die wenigen gälischen Worte, die er verstand, benutzte, und den Wunsch aussprach, mehr zu lernen. Er bestieg hierauf wieder sein Pferd und galoppirte zu der Kavallerie des Barons, die in Front aufgestellt war, besichtigte das Sattel- und Zaumzeug, erkundigte sich nach den ersten Edelleuten und selbst nach den jüngeren Söhnen, fragte nach ihren Namen, sprach über ihre Pferde, ritt eine Stunde weit neben dem Baron von Bradwardine und hielt drei lange Geschichten über den Feldmarschall Herzog von Berwick aus.

»*Ah, Bonjour, mon cher ami*«, sagte er, indem er seinen gewöhnlichen Platz in der Marschlinie wieder einnahm, »*que mon métier de prince errant est ennuyant, par fois. Mais, courage! c'est le grand jeu, après tout.*«

58. Ein Scharmützel

Der Leser braucht kaum daran erinnert zu werden, daß die Hochländer nach einem Kriegsrate, den sie am 5. Dezember in Derby hielten, ihre verzweifelte Unternehmung aufgaben, weiter nach England vorzudringen, und daß sie zum großen Mißvergnügen ihres jungen kühnen Führers die Rückkehr nach Norden beschlossen. Sie begannen also den Rückzug und kamen durch die außerordentliche Schnelligkeit ihrer Bewegungen denen des Herzogs von Cumberland zuvor, der sie mit einem starken Korps Kavallerie verfolgte. Dieser Rückzug war eine Verzichtleistung auf ihre hochfliegenden Hoffnungen. Keiner war so sanguinisch gewesen als Fergus Mac-Ivor, keiner sah sich daher durch die neuen Maßnahmen so grausam getäuscht wie er. Er widersprach in dem Kriegsrate mit der größten Heftigkeit, und als seine Meinung verworfen wurde, vergoß er Tränen des Kummers und Unwillens. Von diesem Augenblicke an war sein ganzes Wesen so sehr verändert, daß er kaum mehr als jener von Leidenschaft glühende Mensch wieder zu erkennen war, dem noch eine Woche zuvor die ganze Welt zu eng erschienen war. Der Rückzug währte schon einige Tage, als Edward zu seiner Überraschung früh am 12. Dezember einen Besuch des Häuptlings auf dem halben Wege zwischen Shap und Penrith in seinem Quartier empfing.

Da sie seit ihrem Bruche nicht in Verkehr gestanden hatten, so sah Waverley mit einiger Beklemmung der Erklärung dieses unerwarteten Besuches entgegen, zumal die Veränderungen in Mac-Ivors Äußern ihn überraschten und betrübten. Sein Auge hatte von seinem Feuer verloren, seine Wangen waren eingefallen, seine Stimme leiser, und selbst sein Gang schien weniger fest und kräftig als sonst, sein Anzug, auf den er früher besondere Aufmerksamkeit verwendete, war sorglos übergeworfen. Er forderte Edward auf, mit ihm hinaus an den kleinen Fluß zu kommen, der in der Nähe vorüberfloß, und lächelte trübe, als er sah, wie Waverley sein Schwert umschnallte.

Sobald sie auf dem einsamen wilden Pfade am Ufer des Flusses waren, sagte der Häuptling: »Unser schönes Abenteuer ist jetzt gänzlich ins Wasser gefallen, Waverley, und ich wünschte zu wissen, was Du zu tun beabsichtigst, – nein, starre mich nicht so an, Mensch. In einem Briefe, den ich nach unserem Streite schrieb, machte ich meine Schwester mit der Ursache desselben bekannt, und sie antwortet mir jetzt, daß sie nie die Absicht gehabt hätte oder hätte haben können, Dich zu ermutigen. Ich scheine daher wie ein Wahnsinniger gehandelt zu haben. Die arme Flora! Sie schreibt sehr heiter; wie wird die Nachricht von diesem unglücklichen Rückzuge ihre Stimmung verändern.«

Waverley, der durch den Ton tiefer Melancholie, in dem Fergus sprach, wahrhaft betrübt wurde, bat ihn herzlich, jede Erinnerung an die unfreundlichen Worte, die sie mit einander gewechselt hatten, zu vergessen, und sie schüttelten einander die Hände mit aufrichtiger Herzlichkeit. Fergus fragte Waverley abermals, was er zu tun gedächte. »Wäre es nicht besser«, sagte er, »Du verließest diese unglückliche Armee, gingest nach Schottland voraus und schifftest Dich in einem der östlichen Häfen, die noch in unserem Besitze sind, nach dem Kontinente ein? Bist Du außer dem Bereiche, so werden Deine Freunde leicht Deine Begnadigung bewirken; und Dir die Wahrheit zu gestehen, wünschte ich, daß Du Rosa Bradwardine als Dein Weib mitnähmest und Flora unter eurem gemeinsamen Schutz.« – Edward sah ihn überrascht an. – »Sie liebt Dich, und ich glaube, Du liebst sie auch, obgleich Du es noch nicht an Dir entdeckt hast, denn Du bist nicht besonders befähigt, den eigenen Gemüthszustand zu beurteilen.« Dies sagte er mit lächelnder Miene.

»Wie kannst Du mir raten«, antwortete Edward, »die Unternehmung zu verlassen, zu der wir uns alle eingeschifft haben?«

»Eingeschifft?« sagte Fergus. »Das Schiff geht in Trümmer, und es ist Zeit für jeden, der es kann, das Langboot zu erreichen und sich zu retten.«

»Was werden aber andere Edelleute tun«, antwortete Waverley, »und weshalb willigten die Hochlandshäuptlinge in diesen Rückzug, wenn er so verderblich ist?«

»O«, entgegnete Mac-Ivor, »sie denken, daß, wie bei frühern Gelegenheiten, das Hängen, Köpfen, Konfisciren hauptsächlich den Tieflandsadel treffen wird, daß sie sicher in ihrer Armut und in ihrer Wildniß bleiben werden, um dort, wie das Sprichwort sagt, auf dem Berge dem Winde zu lauschen, bis das Wasser fällt. Aber sie werden sich täuschen, sie sind zu oft Ruhestörer gewesen, um wieder übergangen zu werden, und John Bull wurde diesmal zu sehr erschreckt, um seine gute Laune so bald wieder zu gewinnen. Die hannoverschen Minister verdienten immer als Schurken gehangen zu werden; wenn sie aber jetzt die Gewalt in die Hände bekommen, so verdienen sie den Galgen als Narren, wenn sie nur einen einzigen Clan im Hochlande in der Lage lassen, die Regierung je wieder zu beunruhigen. Und sie werden reine Bahn machen, dafür stehe ich.«

»Und während Du mir zur Flucht räthst«, sagte Edward, »was sind Deine Absichten?«

»O«, antwortete Fergus mit einem melancholischen Blick, »mein Geschick steht fest. Vor morgen Abend bin ich todt oder gefangen.«

»Was willst Du damit sagen, mein Freund?« sagte Edward. »Der Feind ist noch einen Tagemarsch hinter uns zurück, und sollte er uns erreichen, so sind wir stark genug, ihn abzuhalten. Erinnere dich an Gladsmuir.«

»Was ich sage, ist dennoch wahr, soweit es mich persönlich betrifft.«

»Und auf welchen Grund stützt sich Deine trübe Prophezeiung?« fragte Waverley.

»Auf einen, der nie bei einem Mitgliede meines Hauses trog. Ich sah«, sagte er mit leiserer Stimme, »ich sah den Bodach Glas.«

»Den Bodach Glas?«

»Ja. Bist Du so lange in Glennaquoich gewesen und hast nie von dem grauen Geiste gehört? Freilich, unter uns wird nur mit Widerstreben von ihm gesprochen.«

»Ich habe niemals von ihm gehört.«

»Das wäre eine Geschichte gewesen, die Dir die arme Flora hätte erzählen können. Wenn jener Hügel Benmore wäre, und jener lange blaue See, den Du dort nordwärts gegen die Berge blitzen siehst, Loch Tay, oder mein eigener Loch an Ri, so paßte die Erzählung besser zu der Umgebung. Laß uns indessen auf dieser Höhe niedersitzen; selbst Saddleback und Ulswater passen zu dem, was ich Dir zu sagen habe, besser, als englische Hecken und Pachthöfe. Du mußt also wissen, daß mit meinem Ahnherrn Ian nan Chaistel, als er Northumberland verheerte, eine Art von südländischem Häuptlinge verbündet war, der Kapitän einer Bande Tiefländer, Namens Halbert Hall. Auf ihrer Rückkehr durch Cheviot stritten sie sich über die Teilung der großen Beute, die sie gemacht hatten, und von Worten kam es zu Streichen. Die Tiefländer wurden bis auf den letzten niedergehauen, und zu allerletzt fiel ihr Führer, bedeckt mit Wunden, von dem Schwerte meines Ahnherrn. Seit jener Zeit tritt sein Geist den Bich Ian Vohrs an dem Tage entgegen, wenn irgend ein großes Unglück droht, besonders aber vor der Annäherung des Todes. Mein Vater sah ihn zweimal, das erste Mal, ehe er bei Sheriff-Muir zum Gefangenen gemacht wurde, das zweite Mal am Morgen des Tages, an dem er starb.«

»Mein lieber Fergus, wie kannst Du mir solchen Unsinn mit ernsthaftem Gesichte erzählen?«

»Ich verlange nicht, daß Du mir glauben sollst, aber ich sage die Wahrheit, bewiesen durch die Erfahrung von wenigstens zweihundert Jahren und in der vergangenen Nacht durch meine eigenen Augen.«

»Teile mir die näheren Umstände mit, um des Himmels willen!« sagte Waverley hastig.

»Das will ich, doch unter der Bedingung, daß Du nicht darüber zu scherzen versuchst. – Seitdem der unglückliche Rückzug begann, habe ich fast nie geschlafen, weil ich immer an meinen Clan dachte und an den armen Prinzen, den sie zurückschleppen wie einen Hund in der Schlinge, er mag wollen oder nicht, und an den Fall meiner Familie. In der letzten Nacht fühlte ich mich so fieberisch, daß ich mein Quartier verließ und in das Freie ging, in der Hoffnung, die scharfe Winterluft werde meine Nerven stärken. Ich kann Dir nicht sagen, wie es mir widerstrebt, fortzufahren, denn ich weiß, daß Du mir kaum glauben wirst. – Ich kam über einen kleinen Steg und ging auf und nieder, da bemerkte ich mit Staunen bei dem hellen Mondlichte eine schlanke Gestalt in einem grauen Plaid, wie ihn die Schäfer im südlichen Schottland zu tragen pflegen, die, welchen Schritt ich auch immer halten mochte, stets auf vier Schritt Entfernung vor mir blieb.«

»Du sahest wahrscheinlich einen cumberländischen Bauern in seiner gewöhnlichen Tracht.«

»Nein. Ich glaubte es anfangs auch und wunderte mich über die Verwegenheit des Menschen, mir nicht von der Seite zu gehen. Ich rief ihm zu, ich erhielt keine Antwort. Ich fühlte ein ängstliches Klopfen meines Herzens, und um mich von dem zu überzeugen, was ich fürchtete, stand ich still und wendete mich an derselben Stelle der Reihe nach gegen alle vier Weltgegenden. – Beim Himmel, Edward, wohin ich mich auch wendete, stand die Gestalt genau in derselben Entfernung vor meinen Augen! Da war ich überzeugt, daß es Bodach Glas sei. Mein Haar sträubte sich und meine Kniee bebten. Ich ermannte mich indeß und beschloß nach meinem Quartier zurückzukehren. Der Geist glitt vor mir her, denn ich kann nicht sagen, daß er ging, bis wir den Steg erreichten, hier blieb er stehen und wendete sich ganz nach mir um. Ich mußte entweder durch den Fluß waten oder so nahe an ihm vorbeigehen, wie ich jetzt bei Dir stehe. Ein verzweifelter Muth, gestützt auf den Glauben, daß mein Tod nahe sei, machte, daß ich beschloß, meinen Weg ihm zum Trotz fortzusetzen. Ich bekreuzte mich, zog das Schwert und rief: »Im Namen Gottes, böser Geist, gib Raum!« »Bich Ian Vohr«, antwortete er mit einer Stimme, die mein Blut erstarren machte, »hüte Dich vor morgen!« – Er schien in diesem Augenblick nicht einen Fuß, breit von der Spitze meines Schwertes entfernt zu sein, aber kaum waren die Worte gesprochen, als auch die Gestalt verschwunden war, und nichts weiter sich zeigte, das meinen Weg hätte hemmen können. Ich ging nach Hause und warf mich auf mein Bett, wo ich einige Stunden unruhig genug zubrachte, und als diesen Morgen gemeldet wurde, es sei kein Feind nahe, nahm ich mein Pferd und ritt aus, um mich mit Dir zu verständigen. Ich möchte nicht gern fallen, ehe ich mich mit einem Freunde, dem ich Unrecht tat, versöhnte.«

Edward zweifelte wenig daran, daß dieses Phantom die Wirkung eines erschöpften Körpers und eines niedergebeugten Geistes sei, welche den allen Hochländern gemeinschaftlichen Aberglauben stärkte. Er beklagte darum Fergus nicht weniger, vielmehr erwachte seine ganze frühere Freundschaft für denselben aufs neue. In der Absicht, seinen Geist von diesen traurigen Bildern abzulenken, erbot er sich, mit des Barons Erlaubniß in seinem Quartier zu bleiben, bis das Korps seines Freundes herankäme und dann wie früher mit demselben zu marschiren. Der Häuptling schien darüber viel Freude zu empfinden, dennoch zögerte er, das Anerbieten anzunehmen.

»Wir sind, wie Du weißt, bei der Arrieregarde«, sagte er, »dem gefährlichsten Posten beim Rückzuge.«

»Aber auch dem Ehrenposten.«

»Gut«, entgegnete der Häuptling, »so laß Alick Dein Pferd bereit halten für den Fall, daß wir von der Menge überwältigt werden, und es soll mich freuen, Deine Gesellschaft noch einmal zu genießen.«

Es währte lange, bis die Arrieregarde erschien, welche durch verschiedene Unfälle sowie durch die schlechten Straßen zurückgehalten worden war. Als Waverley endlich Arm in Arm mit seinem Häuptlinge zu dem Clan Mac-Ivor trat, schien aller Haß gegen ihn plötzlich verschwunden zu sein. Evan Dhu empfing ihn mit einem freundlichen Grinsen, und selbst Callum Beg, der eben so munter war als je, nur etwas blaß aussah und ein großes Pflaster auf dem Kopfe trug, schien über seinen Anblick erfreut zu sein.

»Der Schädel dieses Galgenstricks«, sagte Fergus, »muß härter sein als Marmor. Der Hahn der Pistole war daran abgebrochen.«

»Wie konntest Du einen so jungen Burschen so hart schlagen?« sagte Waverley mit einiger Teilnahme.

»Wenn ich nicht zuweilen hart zuschlüge, würden die Schurken sich vergessen«, lautete die Antwort Mac-Ivors.

Sie waren jetzt in vollem Marsche, und alle Vorsichtsmaßregeln wurden getroffen, um einen Überfall zu verhindern. Fergus mit seinen Leuten und ein schönes Clanregiment von Badenoch, das Cluny Mac-Pherson kommandirte, hatten die Arrieregarde. Sie waren eben über ein weites offenes Moor gekommen und betraten die Umhegungen welche ein kleines Dorf, Namens Clifton, umgaben. Die Wintersonne war untergegangen, und Edward fing an, Fergus wegen der falschen Prophezeiungen des grauen Geistes zu necken. »Die Iden des März sind noch nicht vorüber«, sagte Mac-Ivor lächelnd, und als er dabei seine Augen rückwärts über das Moor schweifen ließ, gewahrte er eine starke Abteilung Kavallerie über der braunen Fläche. Die Umhegungen, welche den offenen Grund begrenzten, und die Straße, auf der er zu dem Dorfe kommen mußte, zu besetzen, war das Werk eines Augenblicks. Während dies geschah, brach die Nacht vollends herein, obgleich man Vollmond hatte. Nur zuweilen warf dieser ein zweifelhaftes Licht auf die Scene.

Die Hochländer blieben nicht lange ungestört in der defensiven Stellung, die sie eingenommen hatten. Begünstigt durch die Nacht versuchte eine starke Abteilung abgesessener Dragoner die Umgebungen zu forciren, während eine zweite, gleich starke, auf der Straße vorzudringen versuchte. Beide wurden durch ein so heftiges Feuer empfangen, daß ihre Glieder wankten und sie von der Verfolgung ihres Planes abstanden. Nicht zufrieden mit dem errungenen Vorteile zog Fergus, dem die Gefahr die ganze Elasticität seines Geistes zurückgegeben, sein Schwert und rief: »*Claymore!*«[21] und feuerte seine Leute durch Stimme und Beispiel an, die Hecken zu überspringen und sich auf den Feind zu stürzen. Nach kurzem Handgemenge zwangen sie die Dragoner über das Moor zu entfliehen, wo eine große Menge derselben niedergehauen wurde. Aber der Mond, der plötzlich die Scene beleuchtete, zeigte den Engländern die geringe Zahl ihrer Verfolger, die durch den Sieg noch dazu in Unordnung geraten waren. Zwei Schwadronen rückten zur Unterstützung ihrer Waffenbrüder vor, und die Hochländer suchten die Umhegungen wieder zu erreichen. Aber mehrere von ihnen und unter diesen ihr tapferer Häuptling wurden abgeschnitten und umzingelt, ehe sie ihren Zweck erreichten. Waverley, der sich ängstlich nach Fergus umsah, von dem er in der Verwirrung und Dunkelheit getrennt worden war, erblickte ihn, wie er sich mit Evan Dhu und Callum verzweiflungsvoll gegen ein Dutzend Reiter wehrte, die mit ihren langen Pallaschen einhieben. Der Mond wurde in diesem Augenblicke wieder ganz umwölkt, und Edward konnte in der Dunkelheit weder seinem Freunde Hilfe bringen, noch einen Rückweg zur Arrieregarde finden. Nachdem er ein- oder zweimal kaum der Gefahr entgangen war, von einzelnen Abteilungen der Dragoner gefangen genommen oder getödtet zu werden, erreichte er endlich eine Hecke, kletterte über dieselbe und glaubte in Sicherheit und auf dem Wege zu den Hochländern zu sein, deren Sackpfeifen er in einiger Entfernung hörte. Für Fergus blieb ihm kaum einige Hoffnung, wenn nicht die, daß er gefangen sein möchte. Indem er mit Sorge und Angst sein Schicksal überdachte, erinnerte er sich an den Aberglauben von Bodach Glas, und mit innerlichem Staunen sagte er zu sich selbst:

»Wie, kann der Teufel die Wahrheit sprechen?«

59. Das Kapitel der Zufälle

Edward befand sich in einer sehr unangenehmen und gefährlichen Lage. Bald verlor er den Klang der Sackpfeifen und, was noch unangenehmer war, als er nach langem vergeblichem Suchen endlich der Landstraße nahe kam, erfuhr er durch den unwillkommenen Ton der

21 »Breitschwert«, ein celtischer Schlachtruf.

Kesselpauken und Trompeten, daß die englische Kavallerie sie jetzt besetzt hielt und folglich zwischen ihm und den Hochländern war. Dadurch verhindert, in gerader Richtung vorzudringen, beschloß er, die Engländer zu vermeiden und einen Versuch zu machen, auf einem Umwege zu seinen Freunden zu gelangen, ein betretener Pfad, der links von der Straße in der beabsichtigten Richtung fortlief, schien dazu das Mittel zu bieten. Dieser Pfad war schlammig und die Nacht finster und kalt, aber selbst diese Übelstände fühlte er kaum vor den Besorgnissen, den königlichen Truppen in die Hände zu fallen.

Nachdem er ungefähr drei Meilen weit gegangen war, erreichte er ein Dorf. Er wußte, daß das gemeine Volk der Sache, der er diente, im Ganzen nicht günstig war, aber er wünschte doch auch, sich einen Führer und ein Pferd nach Penrith zu verschaffen, wo er das Hauptkorps oder doch die Arrieregarde des Chevaliers noch zu finden hoffte, und deshalb näherte er sich dem Wirthshause. Es herrschte lauter Lärm darin. Er stand still, um zu horchen. Ein derber englischer Fluch und der Refrain eines Kriegsliedes überzeugten ihn, daß auch dieses Dorf von den Truppen des Herzogs von Cumberland besetzt war. Mit dem Wunsche, sich so heimlich als möglich zu entfernen und die Dunkelheit segnend, gegen welche er bisher gemurrt hatte, tastete Waverley, so gut er konnte, an einem Zaune hin, der einen Garten zu begrenzen schien. Als er die Tür zu dieser Einhegung erreichte, wurde seine ausgestreckte Hand von einer weiblichen erfaßt, und zugleich flüsterte eine weibliche Stimme: »Bist Du's, Edward?«

»Ein unglückliches Mißverständnis«, dachte Edward und suchte sich leise los zu machen.

»Mach keinen Unsinn, Mensch, oder die Rothröcke hören Dich. Sie haben alle angerufen, die am Gasthof vorbeikamen, ihre Wagen oder so was zu fahren. Also komm hinein zum Vater, oder sie tun Dir was zu leide.«

»Ein guter Wink«, dachte Waverley und folgte dem Mädchen durch den kleinen Garten in eine gepflasterte Küche, wo sie einen Schwefelfaden an einem erlöschenden Feuer anzündete und dann ein Licht anbrannte. Kaum hatte sie bei dem Scheine desselben Waverley erblickt, als sie es mit dem Ausruf fallen ließ: »O, Vater, Vater!«

Der so herbeigerufene Vater erschien sogleich, ein derber, alter Pächter, in ledernen Hosen und Stiefeln, die er ohne Strümpfe angezogen hatte, da er eben aus dem Bette gesprungen war, der übrige Teil seines Anzuges bestand nur aus dem Schlafrocke eines Westmoreland-Staatsmannes, d.h. seinem Hemde. Sein Gesicht wurde vorteilhaft durch ein Licht beleuchtet, das er in der linken Hand hielt, während er mit der rechten einen alten Degen schwang.

»Was gibts hier, Mädchen?« fragte er.

»Ach«, rief das arme Mädchen, beinahe außer sich vor Schreck, »ich dachte, es wäre Ned Williams, und es ist einer von den Plaidleuten.«

»Und was sollte Ned Williams zu solcher Stunde hier bei Dir machen?« – Dies war eine der Fragen, die viel leichter zu tun als zu beantworten sind. Die rosenwangige Dirne antwortete deshalb auch nichts darauf, sondern fuhr fort zu weinen und die Hände zu ringen.

»Und Du, Bursch', weißt Du, daß die Dragoner im Dorfe sind? Weißt Du das, Mensch? Und daß sie Dich spalten werden wie eine Rübe?«

»Ich weiß, daß mein Leben in großer Gefahr ist«, entgegnete Waverley, »aber wenn Ihr mir Beistand leistet, so sollt Ihr reichlich belohnt werden. Ich bin kein Schotte, sondern ein unglücklicher englischer Edelmann.«

»Magst Du ein Schotte sein oder nicht«, sagte der ehrliche Pächter, »so wünschte ich doch, daß Du auf der andern Seite geblieben wärest, aber da Du hier bist, wird Jakob Jopson keines Menschen Leben verraten, und die Plaidsleute waren muntere Burschen und taten nichts Böses, als sie gestern hier waren.« Und er ging mit allem Ernste daran, unserm Helden für die Nacht Obdach und Nahrung zu gewähren. Das Feuer wurde schnell wieder angezündet, doch mit der Vorsicht, die Flamme von außen nicht sehen zu lassen. Der ehrliche Pachter schnitt ein Stück Speck ab, welches Cicely anrichtete, und ihr Vater fügte einen vollen Krug von seinem besten Bier hinzu. Es wurde abgemacht, daß Edward, bis die Truppen am nächsten Morgen abmarschirten, bleiben sollte. Dann konnte er, wenn er von seinem Wirte ein Pferd mietete oder kaufte, seine Freunde zu erreichen suchen. Ein reines wenn auch ärmliches Bett nahm ihn nach den Mühseligkeiten dieses unglücklichen Tages auf.

Mit dem Morgen traf die Nachricht ein, daß die Hochländer Penrith verlassen hätten und gegen Carlisle marschirten, daß der Herzog von Cumberland im Besitz von Penrith wäre, und daß einzelne Abteilungen seines Korps die Straßen in allen Richtungen deckten. Ein Versuch, unentdeckt hindurchzukommen, wäre eine wahnsinnige Verwegenheit gewesen. Ned Williams, der echte Edward, wurde jetzt durch Cicely und ihren Vater zu Rate gezogen. Er, der es vielleicht nicht gern sah, daß sein hübscher Namensvetter zu lange in einem Hause mit seiner Geliebten bliebe, weil er neue Verwechselungen befürchtete, machte den Vorschlag, daß Waverley, seinen Plaid gegen die Landestracht vertauschend, mit ihm nach seines Vaters Pachthof, in der Nähe von Ulswater, gehen und in jener ungestörten Zurückgezogenheit bleiben sollte, bis die militärischen Bewegungen in der Gegend aufgehört hätten, seine Abreise zu gefährden. Auch einigten sie sich wegen eines Wochengeldes für die Zeit, während deren der Pächter Williams Edward bei sich beherbergte, bis er mit Sicherheit fortkönnte. Der Preis war sehr gering; die ehrlichen und einfachen Leute dachten nicht daran, ihre Forderung zu erhöhen, weil Waverleys Lage bedrängt war.

Die notwendigen Kleidungsstücke wurden also geschafft, und auf geheimen Pfaden, die dem jungen Pachter bekannt waren, hofften sie, jedem unangenehmen Zusammentreffen zu entgehen. Eine Vergeltung für die genossene Gastfreundschaft wurde vom alten Jopson und seinem rosigen Töchterlein entschieden zurückgewiesen, ein Kuß bezahlte die Tochter und ein herzlicher Händedruck den Vater. Beide schienen besorgt um ihres Gastes Sicherheit und nahmen mit den freundlichsten Wünschen Abschied.

Edward kam mit seinem Führer über die Felder, welche in der vorhergehenden Nacht der Schauplatz des Gefechtes gewesen waren. Ein matter Strahl der Dezembersonne beschien trübe eine weite Haide, welche die Leichen todter Menschen und Pferde, und die gewöhnlichen Begleiter des Krieges, eine große Menge von Raben, Geiern und Krähen zeigte.

»Dies also war Dein letztes Feld«, sagte Edward zu sich selbst, und sein Auge wurde feucht bei der Erinnerung an die vielen glänzenden Eigenschaften seines Freundes, sowie an die innige frühere Freundschaft, seine Leidenschaften und seine Mängel waren vergessen; »hier fiel der letzte Bich Ian Vohr auf einer namenlosen Haide, in einem unbedeutenden nächtlichen Scharmützel erlosch der glühende Geist, der es für etwas Geringes hielt, seinem Gebieter den Weg zu dem britischen Throne zu bahnen! Ehrgeiz, Politik, Tapferkeit, alle weit über ihre Sphäre hinausgehend, erfuhren hier das Geschick der Sterblichen. – Da ruhst Du nun, Du, die einzige Stütze einer Schwester, deren Geist nicht weniger stolz und ungezügelt als der Deinige, aber noch exaltirter war, hier ruhst Du und mit Dir Deine Hoffnungen für Flora und für die lange und gepriesene Linie der Vorfahren, deren Ruhm Deine abenteuerliche Kraft noch höher heben wollte!«

Als diese Gedanken sich Edward aufdrängten, beschloß er, auf dem Schlachtfeld nachzusehen, ob er unter den Todten den Körper seines Freundes finden könnte, um ihm die letzte Ehre zu verschaffen. Der ängstliche junge Mensch, der ihn begleitete, stellte ihm das Gefährliche der Unternehmung vor, aber Edward war fest entschlossen. Das Heeresgefolge hatte die Todten schon alles dessen beraubt, was sie fortschaffen konnten, aber das Landvolk, an Auftritte des Blutvergießens nicht gewöhnt, hatte sich dem Schauplätze des Gefechtes noch nicht genähert, obgleich einige ängstlich lauschend in der Nähe standen. Zwischen sechszig und siebenzig Dragonern lagen todt in der ersten Umgebung, auf der Landstraße oder auf dem Moore. Von den Hochländern war kein Dutzend gefallen, und unter ihnen namentlich die, welche sich zu weit vorgewagt hatten und die Hecken nicht wieder erreichen konnten. Fergus konnte Waverley unter den Todten nicht finden. Auf einem kleinen Hügel, von den andern abgesondert, lagen die Leichen von drei Dragonern, zwei todte Pferde und Callum Beg, dessen harten Schädel ein Reiterpallasch gespalten hatte. Es war möglich, daß Fergus' Leiche von seinem Clan fortgetragen worden war, aber er konnte auch entkommen sein, zumal Evan Dhu, der seinen Häuptling nie verließ, auch nicht unter den Todten war, oder er konnte gefangen sein, und die am wenigsten schlimme Vermutung, die er aus der Erscheinung des Bodach Glas zog, sich so als wahr erwiesen haben.

Die Annäherung einer Truppenabteilung, welche ausgeschickt war, das Landvolk zur Beerdigung der Todten anzuhalten, und zu diesem Zwecke, schon mehrere Bauern versammelt hatte, nötigte Edward jetzt, zu seinem Führer zurückzukehren, der seiner in dem Schatten einer Baumpflanzung mit großer Angst harrte.

Der Rest der Reise wurde glücklich zurückgelegt. In dem Hause des Pachters Williams galt Edward für einen jungen Verwandten, der für die Kirche erzogen war und hier bleiben wollte, bis die Ruhe im Lande wieder so weit hergestellt sei, daß er weiter reisen könnte. Dies beugte jedem Verdacht unter den gutmütigen und einfachen Landleuten von Cumberland vor und erklärte hinlänglich das ernste Wesen und die zurückgezogene Lebensart des neuen Gastes. Diese Vorsichtsmaßregel war nötiger, als Waverley vermutet hatte, da mehrere Ereignisse seinen Aufenthalt in Fasthwaite, so hieß der Pachthof, verlängerten.

Zuerst machte ein gewaltiger Schneefall seine Reise auf mehr als zehn Tage unmöglich. Als die Straßen wieder gangbar wurden, erhielt man die Nachricht von dem Rückzuge des Chevaliers nach Schottland, dann erfuhr man, daß er die Grenzen verlassen hätte und sich gegen Glasgow zurückzöge, dann, daß der Herzog von Cumberland Carlisle belagere. Seine Armee schnitt also Waverley jede Möglichkeit ab, in dieser Richtung nach Schottland zu gelangen. An der östlichen Küste rückte Marschall Wade mit einem starken Korps gegen Edinburg vor, und längs der ganzen Grenze waren Abteilungen von Miliz, Freiwilligen und Parteigängern unter den Waffen, um die Insurrektion zu unterdrücken und Nachzügler der Hochlandarmee aufzufangen, die etwa noch in England zurückgeblieben sein mochten. Die Übergabe von Carlisle und die Strenge, mit welcher die rebellische Garnison bedroht wurde, gab bald noch einen Grund mehr, das Unternehmen einer einsamen und hoffnungslosen Reise durch ein feindliches Land nicht zu wagen.

In dieser traurigen und verlassenen Lage, ohne den Vorteil der Gesellschaft und Unterhaltung Gebildeter, fiel unserem Helden oft ein, was Oberst Talbot als Argument gegen seine Teilnahme am Aufstande angeführt hatte. Aber eine noch drückendere Erinnerung störte seinen Schlaf: der letzte Blick und Todeskampf des sterbenden Gardiner. Aufrichtig hegte er den Wunsch, wenn die selten eintreffende Post Nachrichten von Gefechten verschiedenen Erfolges brachte, daß es nie wieder sein Loos sein möchte, in einem Bürgerkriege das Schwert zu ziehen. Dann wendeten seine Gedanken sich wieder auf den muthmaßlichen Tod seines Freundes Fergus, auf die verlassene Lage Floras, und mit noch zärtlicherer Erinnerung auf die Rosas, welcher der inbrünstige Enthusiasmus der Loyalität mangelte, der Floras Unglück heiligte. Diesen Träumereien konnte er sich ungestört hingeben, und auf manchem winterlichen Spaziergange an den Küsten von Ulswater gewann er eine vollständigere Herrschaft über seinen durch Mißgeschick gebändigten Geist, als seine früheren Erfahrungen sie ihm verliehen hatten. Hier fühlte er sich auch berechtigt, sich offen, wenn auch mit einem Seufzer, zu gestehen, daß der Roman seines Lebens beendet sei, und dessen wahre Geschichte nun begonnen habe. Es wurde ihm bald die traurige Genugtuung, seine Ideen von vernünftigem, von der Philosophie geleitetem Handeln realisiren zu sollen.

60. Eine Reise nach London

Die Familie Fasthwaite war Edward bald zugetan. Er besaß jene Freundlichkeit und Leutseligkeit, welche fast immer eine entsprechende Gesinnung in andern erweckt. Bei ihren einfachen Begriffen verlieh seine Gelehrsamkeit ihm Wichtigkeit, und sein Kummer gewann ihm Teilnahme. Den letztern schrieb er ausweichend dem Verluste eines Bruders in dem Scharmützel bei Clifton zu, und in jenem Urzustande der Gesellschaft, wo die Bande der Verwandtschaft hochgeachtet werden, erweckte seine fortgesetzte Niedergeschlagenheit Sympathie, doch nicht Überraschung.

Gegen Ende Januar wurde seine Stimmung durch die glückliche Verbindung von Edward Williams, dem Sohne seines Wirtes, mit Cicely Jobson in etwas erheitert. Unser Held wollte nicht durch Kummer das Fest trüben, das die Heirat von zwei Personen feierte, denen er so sehr verpflichtet war. Er nahm sich daher zusammen, tanzte, sang, spielte die verschiedenen Spiele mit und war der lustigste in der Gesellschaft; am nächsten Morgen aber hatte er an ernstere Dinge zu denken.

Der Geistliche, der das junge Paar traute, fand so viel Gefallen an dem vorgeblichen Studenten der Gottesgelahrtheit, daß er von Penrith herüberkam, ihm einen Besuch zu machen. Dieser hätte schlimm enden können, hätte er an eine Prüfung der muthmaßlichen theologischen Studien unseres Helden gedacht, zum Glück sprach er lieber von Tagesneuigkeiten. Er brachte zwei oder drei alte Zeitungen mit, und in einer derselben fand Edward eine Nachricht, die ihn bald taub gegen jedes Wort machte, welches der ehrwürdige Mr. Twigtythe von den Nachrichten aus dem Norden, sowie über die Aussicht sagte, daß der Herzog die Rebellen bald überfallen und vernichten würde. – Der Artikel lautete ungefähr folgendermaßen: »Es verstarb in seinem Hause, Hill Street, Berkeley Square, am 10. dieses Richard Waverley, Esq., zweiter Sohn des Sir Giles Waverley von Waverley-Haus, u.s.w. Er starb an einem schleichenden Übel, welches durch den unliebsamen Verdacht verschlimmert wurde, in dem er sich befand; denn er war gezwungen gewesen, eine hohe Bürgschaft gegen die drohende Anklage des Hochverrates zu stellen. Eine Anklage desselben schweren Verbrechens schwebt über seinem älteren Bruder, Sir Everard Waverley, dem Haupte dieser alten Familie, und, wie wir hören, steht der Tag seiner Untersuchung im Anfang des nächsten Monates bevor, wenn sich nicht Edward Waverley, der Sohn des verstorbenen Richard und der Erbe des Baronets, der Gerechtigkeit überliefert. In diesem Falle ist die gnädige Absicht Sr. Majestät, wie wir hören, das weitere Verfahren gegen Sir Everard fallen zu lassen. Dieser unglückliche junge Mann war, wie versichert wird, unter Waffen im Dienste des Prätendenten und marschirte mit den Hochlandstruppen nach England. Seit dem Scharmützel bei Clifton am 18. Dezember ist jedoch nichts wieder von ihm gehört worden.«

So lautete der betrübende Paragraph. »Guter Gott«, rief Waverley aus, »bin ich denn ein Vatermörder? Unmöglich! Mein Vater, der, so lange er lebte, nie die Liebe eines Vaters zeigte, kann durch meinen muthmaßlichen Tod nicht so sehr betrübt worden sein, daß dies den seinigen beschleunigte. Nein, ich kann das nicht glauben, ich müßte wahnsinnig werden, sollte ich einen so fürchterlichen Gedanken nur einen Augenblick hegen! – Aber es wäre mehr als Vatermord, ließe ich meinen edlen, großmütigen Oheim, der mir stets mehr als ein Vater war, nur einen Augenblick in Gefahr, während ein solches Übel durch ein Opfer von mir abgewendet werden kann.«

Während diese Betrachtungen gleich Scorpionenstichen auf Waverleys Denkvermögen wirkten, wurde der würdige Geistliche in einer langen Auseinandersetzung der Schlacht bei Falkirk durch die Todesblässe seines Zuhörers unterbrochen und fragte ihn, ob ihm unwohl sei? Zum Glück war die junge Frau, voll Leben und Fröhlichkeit, eben eingetreten. Mrs. Williams gehörte zwar nicht zu den scharfsichtigsten Frauen, aber sie war gutmütig, und da sie sogleich vermutete, daß Edward durch irgend eine unangenehme Nachricht in den Zeitungen getroffen sei, zog sie, ohne Verdacht zu erwecken, die Aufmerksamkeit des Herrn Twigtythe ganz auf sich, bis er bald darauf Abschied nahm. Waverley setzte hierauf seinen Freunden auseinander, daß er gezwungen sei, so bald als möglich nach London zu gehen.

Es entstand jedoch ein Grund der Zögerung, an den Waverley wenig gewöhnt war. Seine Börse, obgleich wohl versehen, als er nach Tully-Veolan kam, war seit jener Zeit nicht neu versorgt worden, und obgleich sein Leben dort nicht der Art gewesen war, daß er sie schnell erschöpft hätte, so fand er doch, nachdem er seine Schuld an seinen freundlichen Wirth berichtigt hatte, daß er zu arm sei, um die Ausgabe für Postpferde bestreiten zu können. Das beste schien daher, die große nördliche Landstraße bei Boroughbridge zu erreichen, und dort einen Platz in der Norddiligence zu nehmen, einem schweren altmodischen Kasten, der von drei Pferden gezogen wurde und die Reise von Edinburg nach London – mit Gottes Willen, wie die Ankündigung sagte – in drei Wochen zurücklegte. Unser Held nahm daher einen herzlichen Abschied von seinen cumberländischen Freunden, deren Güte er nie zu vergessen versprach, indem er schweigend die Hoffnung hegte, dies einst durch materielle Dankbarkeitsbeweise an den Tag legen zu können. Nach einigen kleinen Schwierigkeiten und Verzögerungen, und nachdem er seinen Anzug in einen Zustand gebracht hatte, der bei aller Einfachheit doch besser für seinen Rang paßte, befand er sich glücklich in dem gewünschten Fuhrwerke, *vis-à-vis* der Frau Nosebag, der Gattin des Lieutenants Nosebag, Adjutanten und Stallmeisters des Dragonerregiments ** Sie war eine muntere Frau von ungefähr fünfzig Jahren, trug einen blauen Rock, mit Scharlach ausgeschlagen, und hatte in der Hand eine Reitpeitsche mit silbernem Knopfe.

Diese Dame war eins von jenen tätigen Mitgliedern der Gesellschaft, die es übernehmen, *de faire les frais de conversation.* Sie war eben aus dem Norden zurückgekehrt und erzählte Edward, wie ihr Regiment die Unterrocksleute bei Falkirk beinahe in Stücken gehauen hätte, »nur daß ein abscheulicher Sumpf da war, wie man sie in Schottland überall findet, der bewirkte, daß unser armes kleines Regiment, wie mein Nosebag sagt, in jenem unbefriedigenden Gefechte ein wenig litt. Sie haben auch bei den Dragonern gedient?« Waverley kam diese Frage so überraschend, daß er sie bejahte.

»O, das wußte ich wohl«, sagte sie. »Ich sah an Ihrem Benehmen, daß Sie Soldat waren, und ich war überzeugt, daß Sie nicht zu den Kotpatschern gehört, wie mein Rosebag sie nennt. In welchem Regimente, bitte?«

Das war eine schlimme Frage. Waverley schloß aber sehr richtig, daß diese gute Frau die ganze Rangliste auswendig wußte, und um der Entdeckung dadurch zu entgehen, daß er der Wahrheit nahe blieb, antwortete er: »Gardinerdragoner, aber ich bin seit einiger Zeit ausgetreten.«

»Aha, die, welche in dem Wettrennen von Preston den Preis gewannen, wie mein Nosebag sagt. Bitte, waren Sie dabei?«

»Ich war so unglücklich, Zeuge jenes Gefechts zu sein.«

»Und das war ein Unglück, infolge dessen nur wenige aus dem Regiment Gardiner als Zeugen des Unfalls übrig geblieben sind, glaube ich, Sir, ha, ha, ha. Ich bitte Sie um Verzeihung, aber die Frau eines Soldaten liebt den Scherz.«

Hole Dich der Teufel, dachte Waverley, was für ein höllischer Zufall hat mich mit dieser zudringlichen Hexe zusammengebracht! Zum Glück blieb die gute Frau nicht lange bei einem und demselben Gegenstande. »Wir kommen jetzt nach Ferrybridge«, sagte sie, »wo eine Abteilung von den Unsern geblieben ist, um die Konstabler und Gerichtsdiener und die Art von Geschöpfen zu unterstützen, welche Papiere prüfen und Rebellen fangen und dergleichen.« Kaum waren sie in das Wirthshaus getreten, als sie Waverley an das Fenster zog und ausrief: »Da kommt Unteroffizier Bridoon von unserer armen lieben Schwadron, er kommt mit dem Konstabler; Bridoon ist eines von meinen Lämmern, wie Nosebag sie nennt. Kommt, Herr –, ja so, bitte, wie ist Ihr Name, mein Herr?«

»Butler, Madame«, sagte Waverley, entschlossen, sich lieber mit dem Namen eines früheren Regimentskameraden durchzuhelfen, als dadurch ertappt zu werden, daß er einen Namen nannte, der im Regiment nicht zu finden war.

»Ach, Sie bekamen kürzlich eine Schwadron, als der schäbige Kerl, der Waverley, zu den Rebellen überging. Hilf Himmel, ich wünschte, unser alter mürrischer Kapitän Crump ginge auch zu den Rebellen über, daß Nosebag die Schwadron bekäme! – Himmel, warum steht Bridoon nur so wackelig vor der Brücke? Ich will gehangen werden, wenn er nicht eins im Oberstübchen hat, wie Nosebag sagt. – Kommen Sie, da Sie und ich zum Dienste gehören, so wollen wir den Schurken an seine Pflicht erinnern.«

Mit Gefühlen, die leichter zu begreifen als zu beschreiben sind, sah Waverley sich gezwungen, diesem tapferen weiblichen Kommandeur zu folgen. Der Reiter glich so sehr einem Lamme wie ein betrunkener Dragonerunteroffizier, sechs Fuß lang, breitschulterig und sehr dünnbeinig, eine große Narbe über der Nase ungerechnet, einem Lamme gleichen kann. Frau Nosebag redete ihn mit einer Äußerung an, die, wenn sie kein Fluch war, doch sehr danach klang, und erinnerte ihn an seine Dienstpflicht.

»Ihr seid eine verdammte –« begann der tapfere Reiter, aber als er aufsah, um auf diese Worte eine entsprechende Tat folgen zu lassen, erkannte er die Sprecherin, machte seinen militärischen Gruß und veränderte den Ton. »Gott erhalte Euer liebliches Gesicht, Frau Nosebag, sind Sie es? Nun, wenn ein armer Bursche zufällig einen Schnaps trinkt, so sind Sie gewiß nicht die Frau dazu, ihn deshalb in Bedrängniß zu bringen.«

»Nun, Ihr Sapperloter, geht nur und tut Eure Pflicht; dieser Herr und ich gehören zum Dienst, aber seht genau nach dem scheuen Hahn mit dem breitkrämpigen Hute, der in der Ecke der Kutsche sitzt. Ich glaube, es ist ein verkleideter Rebell.«

»Verdammt sei ihre Stachelbeerbuschperrücke«, sagte der Korporal, als er nicht mehr gehört werden konnte, diese triefäugige Krake – Mutter Adjutantin, wie wir sie nennen – ist 'ne größere Plage fürs Regiment als der Profos, der Wachtmeister, und der alte Hubble de Shuff, der Oberst dazu. – Kommt, Meister Konstabler, laßt uns sehen, ob der scheue Hahn, wie sie ihn nennt, Pathe zu einem tüchtigen Glas Branntwein sein will, denn Euer Yorkshirer Bier ist verdammt kalt für meinen Magen.«

Dieser Verdächtige war beiläufig gesagt ein Quäcker aus Leeds, mit welchem Frau Nosebag einen heftigen Streit über die Rechtmäßigkeit des Waffentragens gehabt hatte.

Die Lebhaftigkeit der guten Frau half Waverley zwar aus dieser Klemme, war aber nahe daran, ihn in zwei oder drei andere zu bringen. In jeder Stadt, in der sie anhielten, wünschte sie die Wache zu sehen, wenn eine da war, und hätte Waverley einmal beinahe zu einem Werbeunteroffizier seines eigenen Regimentes gebracht. Dann bekapitänte und bebutlerte sie ihn, bis er beinahe taub vor Verdruß und Angst war, und nie in seinem Leben freute er sich mehr über die Beendigung einer Reise, als da die Ankunft der Kutsche in London ihn von den Aufmerksamkeiten der Madame Nosebag befreite.

61. Was ist zunächst zu tun?

Es war Zwielicht, als sie in der Stadt ankamen, und nachdem Edward seine Gefährtin abgeschüttelt hatte und durch viele Straßen kreuz und quer gegangen war, um die Möglichkeit einer Nachspürung zu verhindern, nahm er einen Mietswagen und fuhr nach dem Hause des Obersten Talbot, in eine der Hauptstraßen von Westend. Durch den Tod von Verwandten hatte der Oberst seit seiner Heirat ein großes Vermögen geerbt, er besaß wichtige politische Verbindungen und lebte auf großem Fuß.

Waverley fand es anfangs schwer, Zutritt zu erhalten, doch wurde er endlich in ein Zimmer gewiesen, in welchem der Oberst bei Tafel saß. Lady Emily, deren reizendes Antlitz von ihrer Krankheit her noch etwas blaß war, saß ihm gegenüber. Sobald er Waverleys Stimme hörte, sprang er auf und umarmte ihn, »Frank Stanley, mein lieber Junge, wie gehts? – Emily, meine Liebe, das ist Stanley.«

Das Blut trat der Lady in die Wangen, als sie Waverley mit einer Mischung von Artigkeit und Herzlichkeit begrüßte, und ihre zitternde Hand und bebende Stimme verrieten, wie sehr sie erschrocken war. Es wurde indeß schnell wieder Essen aufgetragen, und während Waverley sich erquickte, fuhr der Oberst fort: »Es wundert mich, Frank, daß Sie hergekommen sind. Die Ärzte sagten mir, für Ihren Zustand sei die Londoner Luft sehr nachteilig. Sie hätten das nicht wagen sollen. Indeß bin ich erfreut, Sie zu sehen, und auch Emily ist es, obgleich ich fürchte, daß wir nicht darauf rechnen dürfen, Sie lange hier zu behalten.«

»Ein besonderes Geschäft führte mich her«, sagte Waverley.

»Das dachte ich wohl, aber ich werde nicht zugeben, daß Sie lange bleiben. Spontoon«, sagte er zu einem ältlichen Diener von militärischem Aussehen, »nimm diese Sachen weg und komm selbst, wenn ich klingele, keiner von der Dienerschaft soll mich stören, mein Neffe und ich, wir haben von Geschäften zu sprechen.«

Als der Diener sich entfernt hatte, rief der Oberst: »Um Gottes willen, Waverley, was führte Sie her? Es kann Ihnen das Leben kosten!«

»Teurer Herr Waverley, dem ich mehr verdanke, als sich je vergüten läßt«, sagte Lady Emily, »wie konnten Sie so unbesonnen sein?«

»Mein Vater – mein Oheim – dieser Paragraph –«, er überreichte dem Obersten Talbot das Zeitungsblatt.

»Wollte der Himmel, daß diese Schurken dazu verdammt wären, in ihren eigenen Pressen zu Tode gequetscht zu werden«, sagte Talbot. »Wie ich höre, kommen jetzt in der Stadt nicht weniger als ein Dutzend solcher Zeitungen heraus, und da ist es denn natürlich, daß sie Lügen ersinnen müssen, um Absatz zu finden. Es ist übrigens wahr, mein teurer Edward, daß Sie Ihren Vater verloren haben, was aber die Andeutung betrifft, daß er sich seine Lage zu Gemüth gezogen hätte, so ist die Wahrheit – es ist zwar hart, das zu sagen, aber es wird Sie von dem Gedanken einer schweren Verantwortlichkeit befreien – daß Herr Richard Waverley bei dieser ganzen Sache einen großen Mangel an Gefühl für Ihre Lage und die Ihres Oheims zeigte. Als ich ihn zuletzt sah, sagte er mir sehr heiter, da ich so gut wäre, für Sie zu sorgen, hätte er es für das beste gehalten, eine Unterhandlung für sich selbst anzuknüpfen, und durch Kanäle, die seine früheren Verbindungen ihm noch offen ließen, seinen Frieden mit der Regierung zu schließen.«

»Und mein Oheim, mein teurer Oheim?«

»Der ist in gar keiner Gefahr. Es ist freilich wahr«, dabei sah er nach dem Datum der Zeitung, »daß vor einiger Zeit ein albernes Gerücht der Art, wie es hier steht, in Umlauf war, aber es war durchaus falsch. Sir Everard ist nach Waverley-Haus gegangen, frei von jeder Sorge, als der um Sie, aber Sie selbst schweben in Gefahr; Ihr Name steht in jeder Proklamation, es sind Verhaftsbefehle gegen Sie erlassen. Wann und wie kamen Sie hier an?«

Edward erzählte seine Geschichte ganz ausführlich, nur unterdrückte er seinen Streit mit Fergus, denn er selbst war für die Hochländer eingenommen und wünschte deshalb nicht, dem Obersten bei dessen Nationalvorurteil noch irgend welchen Vorwand zu gewähren.

»Sind Sie gewiß, daß es Ihres Freundes Glen Page war, den Sie bei Clifton todt sahen?«

»Ganz gewiß.«

»So ist der kleine Teufelsbub dem Galgen entgangen, der ihm im Gesicht geschrieben stand, obgleich er (zu Lady Emily sich wendend) recht hübsch war. Aber was Sie betrifft, Edward, so wünschte ich, daß Sie wieder nach Cumberland zurückgingen, oder vielmehr, daß Sie es nicht verlassen hätten, denn in allen Häfen sind die Schiffe mit Beschlag belegt, und es findet strenge Nachforschung nach den Anhängern des Prätendenten statt. Auch wird sich die Zunge des verwünschten Weibes rühren wie eine Mühlklapper, bis sie auf die eine oder die andere Weise herausbringt, daß der Kapitän Butler nur fingirt war.«

»So, wissen Sie etwas von meiner Reisegefährtin?« fragte Waverley.

»Ihr Mann war sechs Jahre lang mein Wachtmeister, sie war eine muntere Wittwe mit etwas Geld; er heiratete sie und avancirte, weil er ein guter Exerciermeister war. Ich muß Spontoon ausschicken, um zu sehen, was aus ihr geworden ist. Er wird sie schon bei den alten Regimentskameraden auffinden. Morgen müssen Sie wegen Ermüdung Ihr Zimmer hüten. Lady Emily wird Ihre Pflegerin sein, und Spontoon und ich Ihre Diener. Sie tragen den Namen eines nahen Verwandten von mir, den niemand von meiner jetzigen Dienerschaft sah, ausgenommen Spontoon, so daß also keine unmittelbare Gefahr vorhanden ist. Ich bitte Sie daher, haben Sie Kopfschmerzen, lassen Sie sobald als möglich Ihre Augenlider schwer werden, damit Sie auf die Krankenliste gesetzt werden können, und Du, Emily, laß für Frank Stanley ein Zimmer mit allen Bequemlichkeiten zurecht machen, die ein Kranker beansprucht.«

Am nächsten Morgen besuchte der Oberst seinen Gast. »Ich habe Ihnen einige gute Nachrichten zu bringen«, sagte er, »Ihr Ruf als Edelmann und Offizier ist von der Anklage vernachlässigter Pflicht und Teilnahme an der Meuterei unter Gardiners Dragonern gereinigt. Ich habe darüber einen Briefwechsel mit einem sehr eifrigen Freunde von Ihnen geführt, Ihrem schottischen Pfarrer Morton; sein erster Brief war an Sir Everard gerichtet, aber ich befreite den guten Baronet von der Mühe, ihm zu antworten. Sie müssen wissen, daß Ihr freibeuterischer Bekannter, Donald von der Höhle, endlich in die Hände der Philister gefallen ist. Er trieb das Vieh eines Gutsbesitzers fort, der Killan oder ungefähr so heißt.«

»Killancureit?«

»Richtig. – Der scheint nun ein großer Landwirth gewesen zu sein und eine besondere Vorliebe für seine Rindviehzucht gehabt zu haben, da er außerdem noch sehr schüchterner Natur ist, hatte er eine starke

Abteilung Soldaten auf seinem Gute, um sein Eigentum zu schützen. Donald steckte daher, ohne es zu ahnen, seinen Kopf in den Rachen des Löwen, wurde besiegt und gefangen genommen. Zur Hinrichtung verurteilt, bestürmte ihn auf der einen Seite ein katholischer Priester und auf der andern Ihr Freund Morton. Er wies den Katholiken hauptsächlich wegen der Lehre der letzten Ölung zurück, was der ökonomische Herr als übermäßige Ölverschwendung tadelte. So fiel also seine Bekehrung dem Herrn Morton zu, der sich seines Auftrages vortrefflich entledigte, obgleich ich vermute, daß Donald nach allem doch nur ein Christ mit manchem Deficit geworden ist. Er gestand jedoch in Gegenwart eines Beamten, eines Friedensrichters und des Major Melville, der ein sehr genauer und freundlicher Herr zu sein scheint, seine ganze Intrigue mit Houghton, setzte genau auseinander, wie sie geleitet wurde, und sprach Sie von der Teilnahme daran frei. Er erwähnte auch Ihrer Rettung durch ihn aus den Händen des Offiziers der Freiwilligen, sowie daß er Sie auf Befehl des Prät-, des Chevaliers, meine ich, als Gefangenen nach Doune schickte, von wo Sie, wie er hörte, als Gefangener nach Edinburg gebracht wurden. Das sind Dinge, die nur zu Ihrem Vorteil sprechen können. Er deutete an, daß er beauftragt worden sei, Sie zu befreien und zu beschützen, und daß er dafür Belohnung empfing, er wollte aber nicht gestehen von wem, und sagte, er würde sich kein Gewissen daraus gemacht haben, einen gewöhnlichen Eid zu brechen, um die Neugier des Herrn Morton zu befriedigen, dessen frommen Ermahnungen er so viel verdankte, aber er hätte den Eid des Stillschweigens auf die Schneide seines Dolches abgelegt, und der schien seiner Meinung nach unverletzlich zu sein.«

»Und was ist aus ihm geworden?«

»Er wurde in Stirling, nachdem die Rebellen die Belagerung aufgehoben hatten, mit seinem Lieutenant und noch vier andern Plaids gehangen, doch wurde ihm die Ehre eines höheren Galgens als seinen Freunden zu Teil.«

»Ich habe wenig Ursache, mich über seinen Tod zu freuen oder zu betrüben, und doch hat er mir viel Gutes und viel Böses getan.«

»Sein Geständniß wenigstens wird Ihnen wesentlich nützen, da es Sie von dem Verdachte reinigt, der der Anklage gegen Sie eine ganz andere Natur verleiht als die ist, welche man gegen so manchen andern unglücklichen Edelmann, der jetzt oder früher die Waffen gegen die Regierung ergriff, mit Recht erheben kann. Ihr Verrath, ich muß der Sache den Namen geben, obgleich Sie die Schuld teilen, ist eine Handlung, die aus mißverstandener Tugend entsprang, und deshalb nicht als Schande betrachtet werden kann, obgleich sie ohne Zweifel verbrecherisch ist. Wo die Strafbaren so zahlreich sind, muß Gnade für die bei weitem größere Menge walten, und ich zweifle nicht daran, daß ich Ihre Begnadigung erwirken werde, wenn es Ihnen gelingt, sich fern von den Klauen der Justiz zu halten, bis diese ihre Opfer gewählt und sich an ihnen gesättigt hat, denn in diesem wie in anderen Fällen gilt das Sprichwort: zuerst gekommen, zuerst bedient. Überdies wünscht die Regierung in dem gegenwärtigen Augenblicke die englischen Jakobiten einzuschüchtern, unter denen sich nicht viele Beispiele zur Bestrafung bieten. Dies ist ein rachsüchtiges und ängstliches Gefühl, welches bald verschwinden wird, denn von allen Nationen ist die englische ihrer Natur nach am wenigsten blutdürstig, jetzt aber besteht dieses Gefühl noch, und Sie müssen daher zunächst aus dem Wege gehalten werden.«

Spontoon trat jetzt mit einem besorgten Gesichte ein. Durch seine Regimentsbekanntschaften hatte er Madame Nosebag ausfindig gemacht und sie voll Feuer und Zorn, Lärmen und Toben gefunden, einen Betrüger zu entdecken, der unter dem angenommenen Namen des Kapitän Butler von den Gardinerdragonern vom Norden mit ihr hergereist wäre. Sie stand im Begriffe, ein Signalement seiner Person abzugeben, um ihn als einen Abgeordneten des Prätendenten aussuchen zu lassen; Spontoon aber brachte sie dahin, die Ausführung dieses Vorsatzes, den er übrigens vollkommen zu billigen schien, noch zu verzögern. Es war keine Zeit zu verlieren, die Genauigkeit ihrer Personalbeschreibung konnte leicht zu der Entdeckung führen, daß Waverley der falsche Kapitän Butler gewesen sei, eine Entdeckung, die viel Gefahr für Edward, wahrscheinlich auch für Sir Everard und vielleicht auch für den Obersten Talbot hatte. Wohin sich jetzt wenden, das war daher die Frage.

»Nach Schottland«, sagte Waverley.

»Nach Schottland?« erwiderte der Oberst. »In welcher Absicht? Hoffentlich doch nicht, um wieder zu den Rebellen zu gehen?«

»Nein. Ich betrachtete meinen Feldzug für beendet, als ich des Chevaliers Truppen trotz meiner Bemühungen nicht wieder erreichen konnte, und jetzt wollen sie nach allen Berichten einen Winterfeldzug in dem Hochlande führen, wo ihnen jeder Anhänger wie ich eher lästig als nützlich sein wird. Es ist mir in der Tat wahrscheinlich, daß sie den Krieg nur verlängern, um die Person des Chevaliers außer Gefahr zu bringen und dann für sich selbst einige Bedingungen zu erlangen. Ein weiterer Grund ist, die Wahrheit zu gestehen, wenn ich dadurch vielleicht auch in Ihrer Meinung verliere, daß ich des Kriegshandwerks herzlich müde bin und dieses Fechtens so überdrüssig, wie Fletchers humoristischer Lieutenant.«

»Des Fechtens? Pah! Was haben Sie denn gesehen als ein Scharmützel oder zwei? Ja, wenn Sie noch den Krieg in großem Maßstäbe gesehen hätten, sechszig- oder hunderttausend Mann auf jeder Seite des Schlachtfeldes.«

»Ich bin durchaus nicht neugierig, Oberst. Genug, sagt bei uns ein Sprichwort, ist so gut wie ein Festmahl. Die Reiterei mit wallendem Federbusch und der gewaltige Krieg bezauberten mich in der Poesie, aber die Nachtmärsche, die Wachen, das Lagern unter dem winterlichen Himmel und alle solche Nebendinge des glorreichen Standes sind in der Praxis gar nicht nach meinem Geschmacke. Was die bloßen Hiebe betrifft, so hatte ich mein Teil des Fechtens bei Clifton, wo ich ein halbes Dutzend Mal nur eben davon kam, und Sie, sollte ich meinen –«

»Ich bekam genug bei Preston, wollten Sie sagen?« antwortete der Oberst lachend, »doch das ist mein Beruf, Heinz.«

»Aber meiner ist es nicht«, sagte Waverley, »und da ich auf ehrenvolle Weise das Schwert ablegte, das ich nur als Freiwilliger zog, bin ich mit meiner militärischen Erfahrung vollkommen zufrieden und will mich durchaus nicht übereilen, es wieder zu ergreifen.«

»Ich bin sehr erfreut, Sie so sprechen zu hören, aber was wollen Sie denn im Norden?«

»Zuerst sind an der östlichen Küste von Schottland noch einige Häfen in den Händen von den Freunden des Chevaliers; könnte ich einen derselben erreichen, so würde es mir leicht werden, mich nach dem Kontinente einzuschiffen.«

»Gut – Ihr zweiter Grund?«

»Die Wahrheit zu gestehen, gibt es in Schottland eine Person, von der, wie ich jetzt finde, mein Glück mehr abhängt, als ich bisher glaubte, und um deren Lage ich sehr besorgt bin.«

»Also hat Emily Recht, daß doch eine Liebesgeschichte dabei im Spiele sei? – Und welche der beiden reizenden schottischen Mädchen, die ich durchaus bewundern sollte, ist denn die auserwählte Schöne? Doch nicht Miß Glen – will ich hoffen.«

»Nein.«

»Die andere mag passiren; Einfalt kann gebessert werden, doch Stolz und Dünkel nie. Nun, ich entmutige Sie nicht, nach dem was Sir Everard sagte, als ich mit ihm über die Sache scherzte, wird sie ihm gefallen, nur hoffe ich, daß der unerträgliche Papa mit seiner Lehnspflicht und seinem Schnupftabak und seinem Latein und seinen unleidlich langen Geschichten von dem Herzog von Berwick es für die Folge nothwendig finden wird, im Ausland zu wohnen. Was die Tochter betrifft, so glaube ich wohl, daß Sie eine eben so passende Partie in England gefunden hätten, aber wenn Ihr Herz wirklich an dieser schottischen Rosenknospe hängt, so hat der Baronet eine große Meinung von ihrem Vater und dessen Familie, und wünscht sehr, Sie verheiratet zu sehen, sowohl wegen Ihnen selbst, als wegen der drei laufenden Hermeline, die sonst davon laufen möchten. Doch da Sie ihm jetzt nicht schreiben können, will ich Ihnen seine Meinung von dieser Angelegenheit mündlich überbringen, denn ich denke, Sie werden nicht lange vor mir in Schottland sein.«

»Wirklich! und was kann Sie bewegen, an eine Rückkehr nach Schottland zu denken? Doch hoffentlich nicht eine Sehnsucht nach dem Lande der Felsen und Wasserfälle?«

»Nein, auf mein Wort nicht, aber Emilys Gesundheit ist jetzt Gott sei Dank wieder hergestellt, und Ihnen die Wahrheit zu sagen, habe ich wenig Hoffnung, die Angelegenheit, die mir jetzt am meisten am Herzen liegt, zu Ende zu bringen, wenn ich nicht eine persönliche Unterredung mit Sr. königl. Hoheit dem Generalissimus haben kann. Denn wie Fluellen sagt: der Herzog liebt mich sehr, und ich habe Gott sei Dank einige Liebe von ihm verdient. – Ich gehe jetzt auf eine oder zwei Stunden aus, um alles zu Ihrer Abreise vorzubereiten; Ihre Freiheit erstreckt sich bis auf das nächste Zimmer, Lady Emilys Wohnzimmer, wo Sie sie selbst finden, wenn Sie Neigung für Musik, Lektüre oder Unterhaltung verspüren. Wir haben Maßregeln getroffen, alle Diener fern zu halten, ausgenommen Spontoon, und der ist treu wie Gold.«

Nach zwei Stunden kehrte Oberst Talbot zurück und fand seinen jungen Freund im Gespräch mit seiner Frau; ihr gefiel sein Wesen und seine Kenntnisse, und er war entzückt, wenn auch nur für einen Augenblick in die Gesellschaft zurückgeführt zu sein, der er angehörte.

»Und nun«, sagte der Oberst, »hört meine Anordnungen, denn es ist wenig Zeit zu verlieren. Dieser Jüngling, Edward Waverley, *alias* Williams, *alias* Kapitän Butler, muß in Zukunft bei seinem vierten *alias Frank Stanle* bleiben und meinen Neffen vorstellen. Er reist morgen nach dem Norden, und unsere Kalesche bringt ihn die beiden ersten Stationen. Spontoon soll ihn dann begleiten, und sie reiten mit Postpferden bis Huntingdon. Da Spontoon auf dem ganzen Wege als mein Diener bekannt ist, wird dies alle Fragen abschneiden. In Huntingdon werden Sie den wirklichen Frank Stanley treffen. Er studiert in Cambridge. Da Emilys Gesundheitszustand es mir vor einiger Zeit zweifelhaft machte, ob ich selbst würde nach dem Norden gehen können, verschaffte ich ihm von dem Staatssekretariate einen Paß, um ihn statt meiner gehen zu lassen. Er sollte hauptsächlich nach Ihnen sehen, und so ist seine Reise jetzt unnötig geworden. Er kennt Ihre Geschichte; Sie werden in Huntingdon zusammen essen, und vielleicht sinnen eure weisen Köpfe einen Plan aus, die Gefahren der Weiterreise zu verhindern oder zu verringern. Und jetzt«, dabei nahm er seine Brieftasche heraus, »lassen Sie mich Ihnen die nötigen Gelder zu Ihrem Feldzuge einhändigen.«

»Ich bin beschämt, mein teurer Oberst –«

»Nein«, sagte Oberst Talbot, »Sie sollen unter allen Umständen über meine Börse gebieten, doch dies Geld ist Ihr eigenes. Ihr Vater, der die Möglichkeit annahm, daß Sie ergriffen würden, machte mich zu seinem Schatzmeister. Sie sind also jetzt 15,000 Pfund Sterling wert, noch außer Brerewood-Lodge, und also eine ganz unabhängige Person, jede größere Summe oder Kredit im Auslande sollen Sie haben, sobald Ihre Lage es verlangt.«

Der erste Gebrauch, den Waverley von den erworbenen Reichtümern machte, war, daß er an den ehrlichen Pachter Jobson schrieb und ihn bat, einen silbernen Deckelkrug von seinem Freunde Williams anzunehmen, welcher die Nacht des 16. Dezember noch nicht vergessen hätte. Er bat ihn zugleich, für ihn sorgfältig die Hochlandskleider und alles übrige aufzuheben, besonders aber die Waffen, die an und für sich selbst wertvoll wären, und denen die Freundschaft der Geber noch einen besonderen Werth verleihe. Lady Emily übernahm es, ein passendes Andenken zu besorgen, welches der Eitelkeit der Mistreß Williams schmeicheln und ihrem Geschmacke gefallen könnte, und der Oberst, der eine Art von Ökonom war, versprach, dem Ulswater Patriarchen ein ausgezeichnetes Gespann Pferde für Karren und Pflug zu schicken.

Einen glücklichen Tag brachte Waverley in London zu, und dann in der beschriebenen Weise reisend, traf er mit Stanley in Huntingdon zusammen. Die jungen Leute waren in einer Minute mit einander bekannt.

»Ich kann meines Oheims Räthsel lösen«, sagte Stanley. »Der vorsichtige alte Kriegsmann wollte mir nicht schreiben, daß ich Ihnen den Paß einhändigen möchte, den ich jetzt nicht mehr brauchen kann, käme es aber später als der tolle Streich eines Studenten heraus, *cela ne tire à rien*. Sie müssen daher mit diesem Passe Frank Stanley sein.«

Dieser Vorschlag schien in der Tat einen großen Teil der Schwierigkeiten zu beseitigen, auf welche Edward sonst überall gestoßen sein würde, und er machte sich kein Gewissen daraus, ihn anzunehmen, zumal seine gegenwärtige Reise durchaus keinen politischen Zweck hatte. Der Tag verging heiter. Der junge Student fragte nach Waverleys Feldzügen und den Sitten des Hochlandes, und Edward machte sich ein Vergnügen daraus, seine Neugier dadurch zu befriedigen, daß er ihm einen Pibroch pfiff, einen Strathspey tanzte und ein Hochlandlied sang. Am nächsten Morgen ritt Stanley eine Station weit mit seinem neuen Freunde und trennte sich von ihm nur mit großem Widerstreben und auf die Vorstellungen Spontoons, der daran gewohnt, sich der militärischen Disziplin zu unterwerfen, selbst streng auf ihre Befolgung hielt.

62. Verwüstung

Waverley, der mit Postpferden ritt, wie dies in jener Zeit üblich war, erreichte die Grenze von Schottland ohne ein anderes Abenteuer, als daß er zwei- oder dreimal nach seiner Person gefragt wurde, worauf aber der Talisman seines Passes hinlängliche Antwort gab. In Schottland hörte er die Nachricht von der entscheidenden Schlacht bei Culloden. Es war nichts weiter, als was er lange erwartet hatte, obgleich der Sieg bei Falkirk auf die Waffen des Chevaliers einen schwachen untergehenden Strahl geworfen hatte; dennoch erschütterte es ihn so, daß er dadurch für einige Zeit ganz entmutigt wurde. Der großmütige, feine, edelherzige Abenteurer war jetzt ein Flüchtling, und auf seinen Kopf stand ein Preis; seine Anhänger, so tapfer, so enthusiastisch, so treu, waren todt, gefangen oder verbannt. Wo war jetzt der exaltirte, der hochherzige Fergus, wenn er in der Tat die Nacht bei Clifton überlebte? Wo war der reine, gutmütige Baron von Bradwardine, dessen Schwächen nur eine Folie zu sein schienen, die Uneigennützigkeit, die Gutmütigkeit seines Herzens, seinen unerschütterlichen Muth zu heben? Die, welche sich an diese gebrochenen Säulen schmiegten, und dort Schutz hofften, Rosa und Flora, wo waren sie zu suchen, und in welche traurige Lage mußte der Verlust ihrer natürlichen Beschützer sie verwickelt haben? An Flora dachte er wie der Bruder an die Schwester, an Rosa mit Gefühlen von zärtlicherer Natur. Es konnte sein Geschick sein, den Mangel der Hüter, die sie verloren hatten, zu ersetzen. Aufgeregt durch diese Gedanken, setzte er seine Reise fort. Als er nach Edinburg kam, wo seine Nachforschungen beginnen mußten, fühlte er die ganze Schwierigkeit seiner Lage. Viele Bewohner dieser Stadt hatten ihn als Edward Waverley gesehen und gekannt, wie konnte er sich also seines Passes als Frank Stanley bedienen? Er beschloß daher, jede Gesellschaft zu vermeiden und so schnell als möglich weiter nördlich zu reisen. Er sah sich indessen gezwungen, einen Tag oder zwei auf einen Brief von dem Obersten Talbot zu warten, und mußte auch seine eigene Adresse unter dem angenommenen Namen an einem verabredeten Orte niederlegen. Zu diesem Zwecke ging er in der Dunkelheit durch die wohlbekannten Straßen, sorgfältig jede Beobachtung vermeidend, doch vergeblich. Eine der ersten Personen, denen er begegnete, erkannte ihn. Es war Mistreß Flockhart, Fergus Mac-Ivors treuherzige Wirtin.

»Gott steh uns bei, Herr Waverley, seid Ihr es?« rief sie aus. »Na, Ihr braucht Euch nicht zu fürchten. Ich würde keinen Menschen in Eurer Lage verraten. Ach, du liebe Zeit, was für eine Veränderung! Wie lustig pflegtet Ihr und der Oberst Mac-Ivor in meinem Hause zu sein.« – Und die gutmütige Wittwe vergoß ein paar aufrichtige Tränen. Da die Bekanntschaft sich nicht wegleugnen ließ, gestand Waverley sie eben so ein, wie die Gefahr seiner Lage, »'s ist bald dunkel, Herr«, sagte sie, »wollt Ihr nicht mit hereinkommen und eine Tasse Tee trinken? Ists Euch gefällig, in dem kleinen Stübchen zu schlafen, so will ich dafür sorgen, daß niemand Euch stört, und kennen wird Euch auch niemand, denn Kate und Matty, die Dirnen, sind mit zwei Dragonern davongegangen, und ich habe zwei neue Mädchen.«

Waverley nahm ihre Einladung an und mietete ihre Wohnung für eine oder zwei Nächte, überzeugt, daß er in dem Hause dieses einfachen Geschöpfes sicherer sein würde als irgendwo sonst. Als er in das Wohnzimmer trat und die Mütze seines Freundes Fergus mit der weißen Kokarde neben dem Spiegel sah, schwoll ihm das Herz.

»Ja«, sagte Frau Flockhart seufzend, als sie die Richtung seiner Augen bemerkte, »der arme Oberst kaufte eine neue, gerade den Tag vor dem Aufmarsche, und ich lasse die da von niemand herunternehmen, sondern bürste sie alle Tage selbst aus, und wenn ich sie ansehe, so denke ich, ich höre ihn Callum befehlen, ihm die Mütze zu bringen, wie er zu tun pflegte, wenn er ausging. – 's ist unvorsichtig, die Nachbarn nennen mich eine Jakobitin, aber sie mögen sagen, was sie wollen, er war ein so gutherziger Herr, als je einer lebte, und schön dazu. Wißt Ihr nicht, wann er sterben soll?«

»Sterben? Gott im Himmel! Wo ist er denn?«

»Ei, Herr Gott, wißt Ihrs denn nicht? Der arme Hochlandbursche Dugald Mahony kam vor einer Weile her, mit einem abgehauenen Arme und einem gewaltigen Hieb über'm Kopf. Ihr erinnert Euch wohl des Dugald, er trug immer eine Axt auf der Schulter, nun, der kam her und bettelte, wenn ich so sagen darf, um etwas zu essen. Und er sagte mir, der Häuptling, wie sie ihn nannten, ich nenne ihn immer Oberst, und Fähnrich Maccombich, dessen Ihr Euch auch wohl erinnert, waren an der englischen Grenze irgendwo gefangen genommen, als es so dunkel gewesen, daß seine Leute ihn nicht eher hätten vermissen können, als bis es zu spät war. Und er sagte, der kleine Callum Beg, das war ein kleiner, boshafter Nichtsnutz, und Euer Gnaden wären in derselben Nacht getödtet worden und noch mancher brave Mann außerdem. Er heulte, als er von dem Obersten sprach, wie Ihr's nie gesehen habt. Und jetzt geht ein Gerücht, dem Obersten soll der Prozeß gemacht und er mit denen hingerichtet werden, die sie in Carlisle gefangen genommen haben.«

»Und seine Schwester?«

»Ach, die sie die Lady Flora nannten, die ist zu ihm hinauf nach Carlisle und lebt bei irgend einer vornehmen papistischen Lady, um in seiner Nähe zu sein.«

»Und«, fragte Edward, »die andere junge Dame?«

»Welche andere? Ich weiß nur von einer Schwester, die der Oberst hatte.«

»Ich meine Miß Bradwardine«, sagte Edward.

»Ach ja, des Lairds Tochter«, erwiderte die Wirtin, »sie war ein recht artiges Mädchen, das arme Ding, aber viel schüchterner als Lady Flora.«

»Wo ist sie, um Gottes willen?«

»Ja, wer weiß, wo die jetzt alle sind? Die armen Dinger, die sind sehr hart bestraft für ihre weißen Kokarden und ihre weißen Rosen. Aber sie ging nördlich nach ihres Vaters Gut in Perthshire, als die Regirungstruppen zurück nach Edinburg kamen. Es waren viele schöne Männer unter ihnen, und ein gewisser Major Whacker, ein sehr artiger Edelmann, lag bei mir im Quartier, aber ach, Herr Waverley, er war doch lange nicht so schön wie der arme Oberst.«

»Wißt Ihr, was aus Miß Bradwardines Vater geworden ist?«

»Aus dem alten Laird? Nein, das weiß kein Mensch, aber man sagt, er hätte sehr hart in der blutigen Schlacht bei Inverneß gefochten, und Deacon Clank, der Blechschmied, sagt, die Regierungsleute wären sehr gegen ihn, weil er zweimal mit draußen war, er hätte sichs zur Warnung nehmen sollen, aber freilich kein Narr ist so groß wie ein alter Narr – der arme Oberst war doch nur einmal mit draußen.«

Dies Gespräch enthielt fast alles, was die gutmütige Wittwe von dem Geschick ihrer früheren Miethsleute und Bekannten wußte, aber es war genug, um Edward zu bestimmen, auf jeden Fall nach Tully-Veolan zu gehen; hier glaubte er Rosa zu finden oder wenigstens etwas von ihr zu hören. Er hinterließ daher an dem verabredeten Orte für den Oberst Talbot einen Brief, unterzeichnet mit seinem angenommenen Namen, und gab die nächste Poststation von dem Gute des Barons als seine Adresse an.

Von Edinburg bis Perth nahm er Postpferde, den Rest des Weges beschloß er zu Fuß zu machen. Er liebte es, auf diese Art zu reisen, weil sie ihm den Vorteil gewährte, von der Straße abzuweichen, wenn er in einiger Entfernung Truppen sah. Sein Feldzug hatte seine Konstitution bedeutend gestärkt und ihn an das Ertragen von Mühseligkeiten gewöhnt. Sein Gepäck sendete er voraus, wie sich ihm die Gelegenheit bot.

Als er weiter nördlich kam, wurden die Spuren des Krieges sichtbar. Zerbrochene Wagen, todte Pferde, dachlose Hütten, Bäume, zu Pallisaden gefällt, zerstörte oder nur teilweis hergestellte Brücken – alles verrieth die Bewegungen feindlicher Armeen.

In den Ortschaften, wo die Bewohner der Sache der Stuarts anhingen, waren die Häuser zerstört oder verlassen, die täglichen Feldarbeiten gänzlich unterbrochen, und man sah die Bewohner umherschleichen, Furcht, Kummer und Niedergeschlagenheit in ihren Zügen.

Es war Abend, als er sich dem Dorfe Tully-Veolan näherte, mit Gefühlen, ganz verschieden von denen seines ersten Einzuges! Damals war das Leben ihm so neu, daß ein trüber unangenehmer Tag eines der größten Mißgeschicke war, die seine Einbildungskraft voraussah, und es ihm schien, als könnte er seine Zeit nur auf elegante und unterhaltende Studien verwenden, nur in geselliger oder jugendlicher Heiterkeit seine Zerstreuung finden. Wie verändert war jetzt sein Charakter, nach dem Laufe weniger Monate, wie viel trüber, aber auch wie viel gehobener! Gefahr und Unglück sind schnelle, wenn auch strenge Lehrmeister.

Als er sich dem Dorfe näherte, sah er mit Staunen und Besorgniß, daß eine Abteilung Soldaten in der Nähe desselben im Quartier lag, und was noch schlimmer war, daß sie hier ihre Station zu haben schienen. Dies schloß er daraus, daß einige Zelte auf der Ebene standen, welche das Gemeindemoor genannt wurde. Um die Gefahr zu vermeiden, an einem Orte angehalten und befragt zu werden, wo er so leicht erkannt werden konnte, machte er einen langen Umweg, vermied das Dorf gänzlich und näherte sich dem untern Schloßtore auf einem ihm wohlbekannten Fußpfade. Ein einziger Blick ringsumher verrieth, daß hier große Veränderungen vorgegangen waren. Ein Torflügel war gänzlich zerschlagen und lag, zu Brennholz zerhauen und zu Haufen geschichtet, des Abholens gewärtig, der andere hing unbrauchbar an den losgerissenen Angeln. Die Verzierungen über dem Tore waren zerbrochen und niedergerissen, und die Bären, die hier Jahrhunderte lang Schildwache gehalten hatten, lagen, gewaltsam von ihrem Posten fortgerissen, im Schutte. Die Allee war grausam verwüstet. Mehrere große Bäume waren gefällt und lagen quer über dem Weg, und das Vieh der Bauern, sowie die Hufe der Dragonerpferde hatten den grünen Rasen, den Waverley so sehr bewunderte, in schwarzen Koth getrampelt.

Als Waverley den Hof betrat, sah er die Furcht verwirklicht, welche diese Umstände erweckt hatten. Das Haus war von königlichen Truppen ausgeplündert worden, und sie hatten es sogar in ihrem Übermuth niederzubrennen versucht. Die dicken Mauern des Außengebäudes hatten zwar dem Feuer widerstanden, die Ställe und Nebengebäude aber waren gänzlich eingeäschert. Die Türme und Zinnen des Hauptgebäudes waren vom Rauche geschwärzt, das Pflaster des Hofes aufgerissen und umhergeworfen, die Türen herausgerissen oder nur an einer Haspe hängend, die Fenster zerschlagen, der ganze Hof mit zerbrochenem Hausgeräth bedeckt, der Beirath von altertümlicher Auszeichnung, auf welchen der Baron im Stolze seines Herzens so viel Gewicht legte, und den er so verehrte, war mit besonderer Geringschätzung behandelt worden. Der Springbrunnen war zerstört, und die Quelle, die ihn speiste, ergoß sich jetzt über den Hof. Das steinerne Bassin schien nach der Art, wie es auf den Boden geworfen war, ein Sauftrog für das Vieh gewesen zu sein. Der ganze Stamm der großen und kleinen Bären hatte eben so wenig Gnade gefunden wie die an dem Eingangstore, und einige Familienbilder, welche den Soldaten zu Schilden gedient zu haben schienen, lagen zerstreut am Boden umher. Mit einem tiefbetrübten Herzen, wie man sich wohl denken kann, sah Edward die Verheerung eines so geachteten Hauses. Aber seine Angst, das Geschick der Besitzer zu erfahren, und seine Furcht, was das für ein Geschick sein möchte, wuchsen mit jedem Schritte. Als er die Terrasse betrat, zeigten sich ihm neue Spuren der Verwüstung. Die Ballustrade war herabgebrochen, die Mauern zerstört, die Beete von Unkraut überwuchert, die Obstbäume umgehauen oder ausgegraben. In einer Abteilung dieses altmodischen Gartens standen zwei gewaltige Kastanienbäume, auf deren Größe der Baron besonders stolz war. Zu träge vielleicht, sie umzuhauen, hatten die Verwüster mit sinnreicher Bosheit sie unterminirt, und in die Höhlung Schießpulver getan. Der eine Baum war durch die Explosion ganz zersplittert, und lag in Stücken ringsumher auf dem Boden, den er so lange beschattet hatte. Die andere Mine hatte nur teilweise gewirkt. Ungefähr der vierte Teil des Stammes war abgerissen von dem Baume, der so auf der einen Seite zertrümmert und entstellt war, auf der andern seine Zweige unverändert weithin erstreckte.

Unter diesen allgemeinen Zeichen der Verwüstung wirkten einige ganz besonders auf Waverleys Gefühle. Als er die Front des so entstellten und zerstörten Gebäudes übersah, suchten seine Augen natürlich den kleinen Balkon, der zu Rosas Wohnung gehörte, ihre *troîsème* oder vielmehr *cinquième étage*. Er war leicht zu erkennen, denn darunter lagen die Zierpflanzen und Gewächse, mit denen sie den Balkon zu ihrer Freude ausschmückte, und die von dem Simse herabgeschleudert waren. Mehrere ihrer Bücher lagen zwischen den Scherben der Blumentöpfe und anderen Trümmern. Waverley erkannte darunter eines seiner eigenen Bücher, eine kleine Ausgabe des Ariost, und hob es als einen Schatz auf, obgleich beschädigt durch Wind und Regen. Während er, in die trüben Betrachtungen versunken, die ein solches Schauspiel erweckte, sich nach irgend einem Menschen umsah, der ihm das Schicksal der Bewohner mitteilen könnte, hörte er im Innern des Gebäudes eine Stimme in wohlbekannten Tönen ein altes schottisches Lied singen:

> Man überfiel uns in der Nacht,
> Den Ritter hat man mir umgebracht.
>
> Es flohen die Diener, sie scheuten den Tod
> Und ließen uns in Elend und Noth.
>
> Sie erschlugen den Ritter, das teure Haupt,
> Nun ist er hin, seine Güter geraubt.
>
> Der Mond geht unter, die Sonne geht auf,
> *Sein* Aug ist geschlossen, *ihn* weckt man nicht auf.

Ach, dachte Edward, bist Du es? Armes hilfloses Geschöpf, bist Du allein gelassen, um mit Deinen wilden und unzusammenhängenden Gesängen die Hallen zu erfüllen, die Dich beschützen? – Er rief hierauf anfangs leise und dann lauter: »Davie – Davie Gellatley!«

Der arme Blödsinnige zeigte sich unter den Trümmern eines Lusthauses, das einst den sogenannten Terrassengarten beendigte, aber bei dem ersten Anblicke eines Fremden zog er sich erschrocken zurück. Waverley, der sich seiner Gewohnheit erinnerte, pfiff eine ihm wohlbekannte Weise, der Davie früher gern zu lauschen pflegte, und die er ihm abgehorcht hatte. Unseres Helden Sängerschaft glich eben so wenig der Blondels, wie der arme Davie dem Löwenherz glich, die Melodie aber hatte dieselbe Wirkung: das Wiederkennen herbeizuführen. Davie schlich schüchtern aus seinem Versteck hervor, und Waverley, der ihn zu erschrecken fürchtete, machte ihm die ermutigendsten Zeichen, die er erdenken konnte. – »'s ist sein Geist«, flüsterte Davie; doch als er näher kam, schien er sich von seiner Bekanntschaft im Leben zu überzeugen. Der arme Narr selbst schien nur noch der Geist dessen, was er gewesen. Die besondere Kleidung, die er in besseren Tagen trug, war noch in einzelnen Lumpen vorhanden, und das Fehlende war durch Stücke von Tapeten, Fenstervorhängen und Bildern ersetzt, mit denen er seine Lappen herausgeputzt hatte. Auch sein Gesicht hatte den gedanken- und sorgenlosen Ausdruck verloren, und das arme Geschöpf sah in einem erbärmlichen Grade hohläugig, mager und verhungert aus. Nach langem Zögern näherte er sich endlich Waverley mit einigem Vertrauen, sah ihm trübe in das Gesicht und sagte: »Alle todt und fort, alle todt und fort!«

»Wer ist todt?« rief Waverley, der vergaß, daß Davie unfähig zu jedem zusammenhängenden Gespräch war.

»Baron – und Amtmann – und Saunders Saunderson – und Lady Rosa, die so süß sang – alle todt und fort – todt und fort!

> Folgt, o folgt mir zu der Stelle,
> Wo der Glühwurm sprüht so helle –
> Folgt mir zu den Tobten schnelle.
> Durch Wolkenglanz,
> Durch Sturmgebraus
> Schaut der Mond heraus
> Aufs stille Todtenhaus,
> Folge mir mit Muth,
> Denn ich führ dich gut,
> Wo im schwarzen Schrein der Todte ruht«

Mit diesen Worten, die er in einem wilden ernsten Tone sang, machte er Waverley ein Zeichen, ihm zu folgen, ging dann schnell voraus nach dem Hintergrunde des Gartens und an dem Ufer des Baches hin, welcher, wie man sich erinnern wird, die östliche Grenze des Gartens bildete. Waverley, der unwillkürlich über den Inhalt seiner Worte schauderte, folgte ihm mit einiger Hoffnung auf Aufklärung. Da das Haus offenbar verlassen war, konnte er nicht erwarten, in dessen Trümmern einen vernünftigen Berichterstatter zu finden. Davie, welcher sehr schnell ging, erreichte bald das äußerste Ende des Gartens, und die Trümmer der Mauer überkletternd, die ihn einst von dem waldigen Tale trennte, in welchem der alte Turm von Tully-Veolan lag, sprang er in das Bett des Baches. Er schritt Waverley, der ihm folgte, rasch voran, einige Felsblöcke überkletternd andere mit großer Schwierigkeit umgehend. Sie kamen bei den Ruinen des alten Schlosses vorüber, Waverley folgte seinem Führer nur mit Mühe, denn es fing an, ganz dunkel zu werden. Noch weiter hin an dem Ufer des Baches verlor er ihn ganz, aber ein flimmerndes Licht, welches er jetzt zwischen den Zweigen des dichten Untergehölzes entdeckte, schien ein noch sichererer Führer zu sein. Er verfolgte einen rauhen Pfad und gelangte, durch diesen geleitet, endlich an die Tür einer elenden Hütte. Anfangs hörte er grimmiges Hundegebell, aber es verstummte, als er naher kam. Im Innern ertönte eine Stimme, und er hielt es für das klügste, zu lauschen, ehe er weiter ging.

»Wen bringst Du her, Du ungeratener Schuft, Du?« rief ein altes Weib, allem Anscheine nach sehr zornig. Er hörte Davie Gellatley zur Antwort ein Stück des Liedes Pfeifen, durch das er sich seinem Gedächtnisse zurückgerufen hatte, und zögerte jetzt nicht länger, an die Tür zu klopfen. Im Innern entstand augenblicklich Todtenstille, nur von dem Knurren der Hunde unterbrochen, dann hörte er, wie die Herrin der Hütte auf die Tür zuging, wahrscheinlich nicht um sie zu öffnen, sondern um einen Riegel vorzuschieben. Dies zu verhindern, öffnete Waverley selbst.

Er erblickte ein altes runzliges Weib, welches ausrief: »Wer dringt auf solche Weise und so spät noch in der Leute Hütten?« – Auf der einen Seite waren zwei grimmige, halb verhungerte große Hunde, die aber bei seinem Anblick ihre Wildheit ablegten und ihn zu erkennen schienen. Auf der andern Seite, von der geöffneten Tür halb versteckt, aber diesen Versteck offenbar nur mit Widerstreben suchend, ein gespanntes Pistol in der rechten Hand und mit der linken eben ein zweites aus dem Gürtel ziehend, stand eine hohe kräftige Gestalt in den Überbleibseln einer verblichenen Uniform und mit einem Barte, an den seit drei Wochen kein Messer gekommen.

Es war der Baron von Bradwardine. – Es ist wohl nicht nötig, hinzuzufügen, daß er seine Waffe fortwarf und Waverley mit einer herzlichen Umarmung begrüßte.

63. Aufklärungen

Des Barons Geschichte war kurz, wenn man sich die lateinischen, englischen und schottischen Zutaten und Gemeinplätze hinweg denkt, mit denen seine Gelehrsamkeit sie schmückte. Er verweilte längere Zeit bei seinem Kummer über den Verlust Edwards und Glennaquoichs, focht dann die Schlachten bei Falkirk und Culloden mit und erzählte, wie er, nachdem in der letzten alles verloren war, nach Hause zurückkehrte, weil er glaubte, unter seinen eigenen Leuten und auf seiner eigenen Besitzung eher als anderwärts einen sicheren Schlupfwinkel zu finden. Ein Kommando Soldaten war abgeschickt worden, seine Besitzungen zu verheeren, denn Nachsicht war nicht an der Tagesordnung. Ihr Verfahren wurde jedoch durch einen Befehl des Civilgerichtshofes gehemmt. Die Besitzungen konnten, wie man ausfindig gemacht hatte, nicht an die Krone zum Nachteil des Malcolm Bradwardine von Inchgrabbit, des männlichen Erben, verwirkt werden, dessen Ansprüche durch die Schuld des Barons nicht leiden durften, denn er hatte kein Recht durch ihn, sondern an und für sich selbst, und trat daher, gleich anderen Erben in ähnlicher Lage, die Besitzungen an. Aber ungleich anderen unter ähnlichen Umständen zeigte der neue Laird bald, daß er die Absicht hätte, seinen Vorgänger von jedem Vorteil gänzlich auszuschließen, und daß er das Unglück des Barons der ganzen Ausdehnung nach sich zu Nutzen machen wollte. Dies war um so ungroßmütiger, als man allgemein wußte, daß der Baron in einer romanhaften Idee, die Rechte dieses jungen Mannes nicht zu verletzen, seine Besitzungen nicht hatte auf seine Tochter übertragen wollen.

Diese selbstsüchtige Ungerechtigkeit verletzte das Landvolk, welches für den alten Herrn eingenommen und gegen dessen Nachfolger aufgebracht war. Nach des Barons eigenen Worten stimmte die Sache nicht zu dem Gefühle der gemeinen Leute in Bradwardine, und die Pächter waren nachlässig und widerspenstig in Bezahlung ihrer Abgaben und Entrichtung ihrer Pflichten. »Und als mein Verwandter«, fuhr der Baron fort, »mit seinem neuen Amtmann, Herr James Howie, herkam, um die Abgaben beizutreiben, hat jemand, ich habe John Heatherblutter, den Wildhüter, der im Jahr 1715 mit mir im Feld war, in Verdacht, im Dunkeln auf ihn geschossen, und er wurde dadurch so erschreckt, daß ich mit Tullius im Catilina sagen kann: *Abiit, evasit, erupit, effugit.* Er entfloh unaufhaltsam nach Stirling. Und jetzt hat er die Besitzung zum Verkauf ausgeboten, da er selbst der letzte Erbe ist. Könnte ich über solche Sachen klagen, so würde ich mich darüber mehr betrüben, als daß die Güter aus meinem Besitze kamen, was doch nach wenigen Jahren der natürliche Lauf der Dinge gewesen wäre. Jetzt aber fallen sie von dem Stamme ab, der sie in *saecula saeculorum* hätte besitzen sollen. Aber Gottes Wille geschehe, *humana perpessi sumus.* Sir John von Bradwardine, der schwarze Sir John, wie er genannt wurde, der gemeinsame Ahnherr unseres Hauses und der Inchgrabbits, dachte gewiß nicht daran, daß ein solcher Mensch seinen Lenden entsprießen würde. Zugleich hat er mich bei einigen der *primates*, der Machthaber für einen Augenblick, angeklagt, als ob ich ein Kehlabschneider und ein Anführer von Banditen und Meuchelmördern wäre. Und sie haben Soldaten abgeschickt, auf dem Gute zu lagern und mich zu jagen wie ein Rebhuhn in den Bergen, wie die Schrift von dem guten König David sagt, sowie von unserm tapfern Sir William Wallace, ohne mich indessen mit einem von beiden vergleichen zu wollen. – Als ich Euch an der Tür hörte, glaubte ich, sie hätten den alten Hirsch endlich in seinem Lager gestellt, und so nahm ich mir vor, zwar zu sterben, aber mein Leben teuer zu verkaufen. Aber Janet, könnt Ihr uns jetzt nicht etwas zum Abendessen geben?«

»O ja, Herr, ich will den Wasserhahn braten, den John Heatherblutter diesen Morgen brachte, und wie Ihr seht, röstet der arme Davie die Birkhuhneier. – Ich darf sagen, Herr Waverley, Ihr wußtet wohl nicht, daß all die Eier, die zum Abendessen in dem Herrenhause gegessen wurden, unser Davie geröstet hatte? Niemand kann so gut wie er mit den Fingern in die heiße Asche greifen und die Eier rösten.« – Davie lag während dessen mit der Nase beinahe in der Asche, blies darin umher, brummte bei sich selbst und wendete die Eier, als wollte er das Sprichwort widerlegen: Es gehört Verstand dazu, Eier zu rösten, und den Lobspruch der armen Janet rechtfertigen.

»Davie ist nicht so dumm, als die Leute denken, Herr Waverley, er würde Euch nicht hergebracht haben, hätte er Euch nicht als einen Freund des Hauses erkannt. – Haben Euch doch selbst die Hunde gekannt, Herr Waverley, denn Ihr wart freundlich gegen Vieh und Mensch. Ich kann Euch 'ne Geschichte von Davie erzählen, mit Sr. Gnaden Erlaubniß. Se. Gnaden, seht Ihr, muß sich in diesen schweren Zeiten verstecken. 's ist ein Jammer, er liegt den ganzen Tag und fast die ganze Nacht in einer Höhle drunten im tiefen Gehege; und wenn sie auch breit genug ist, und mit Stroh hinlänglich ausgelegt, so kommen Se. Gnaden doch, wenn das Land ruhig oder die Nacht sehr kalt ist, hier herein, um sich am Herde zu wärmen und auf den Decken zu schlafen, und gehen dann wieder weg. Hatt ich da eines Morgens einen

Schreck! Zwei unglückliche Rothröcke waren zum Angeln ausgegangen, oder zu sonst einem Streich. Und da sahen sie Se. Gnaden, wie er eben ins Holz sprang, und zielten auf ihn. Ich schnell zugesprungen und geschrieen: Wollt Ihr einem ehrlichen Weibe sein unschuldiges armes Kind erschießen? Und ich lief hin und schrie, 's wäre mein Sohn. Sie schimpften und fluchten, 's wäre der alte Rebell, wie die Schurken Se. Gnaden nannten. Und Davie war im Holz und hörte den Lärm, und aus seinem eigenen Kopf nahm er den alten grauen Mantel auf, den Se. Gnaden fortgeworfen hatten, um leichter laufen zu können, und so kam er aus demselben Gebüsch raus, und ging und benahm sich ganz wie Se. Gnaden, so daß sie getäuscht wurden und wirklich glaubten, sie hätten auf den verrückten Sawney, wie sie ihn nannten, angeschlagen. Und sie gaben mir einen Sixpence und zwei Fische, daß ich nichts sagen sollte. Nicht doch, Davie ist nicht so gescheidt wie andere, der arme Schelm, aber er ist auch nicht so dumm, wie die Leute glauben. Wie könnten wir aber auch genug für Se. Gnaden tun, da wir und die Unsrigen auf seinem Grund und Boden schon zweihundert Jahre gelebt haben, und da er meinen armen Jamie in die Schule und ins Kollegium schickte, und selbst ins Herrenhaus nahm, bis er an einen besseren Ort kam, und da er mich davor bewahrte, als Hexe nach Perth geschleppt zu werden, der Herr verzeihe denen, die solchen armen alten Körper antasten wollten, und da er den armen Davie sein Lebelang erhielt?«

Waverley fand endlich Gelegenheit, Janets Erzählung zu unterbrechen und nach Miß Bradwardine zu fragen.

»Sie ist, Gott sei Dank, gesund und wohl, in Duchran«, antwortete der Baron. »Der Laird ist weitläufig mit uns verwandt, und noch näher mit meinem Kaplan, Herrn Rubrick; und obgleich er von Whiggrundsätzen ist, so vergißt er doch in dieser Zeit alte Freundschaft nicht. Der Amtmann tut, was er kann, um uns aus dem Schiffbruche etwas für die arme Rosa zu retten, aber ich zweifle, ich zweifle, daß ich sie je in meinem Leben wiedersehe, denn ich muß meine alten Knochen in irgend einem fernen Lande niederlegen.«

»Klagt nicht, Euer Gnaden«, sagte die alte Janet. »Ihr wäret eben so schlimm daran im Jahre 1715 und bekamt doch die schöne Baronie zurück, und als – und jetzt sind die Eier fertig, und der Wasserhahn ist gar, und hier ist auch ein Messer und Sauce und die Hälfte von dem Weißbrot, das der Amtmann schickte, und da ist genug Branntwein in dem Kruge von Luckie Maclearie. Könnt ihr nicht zu Abend essen wie Prinzen?«

»Ich wünschte wenigstens, ein Prinz von unserer Bekanntschaft wäre nicht schlimmer daran«, sagte der Baron zu Waverley, welcher mit ihm in die herzlichen Wünsche für die Sicherheit des unglücklichen Chevaliers einstimmte.

Sie begannen von ihren Plänen für die Zukunft zu sprechen. Die des Barons waren sehr einfach. Sie bestanden darin, nach Frankreich zu entkommen, wo er durch Vermittlung alter Freunde irgend eine militärische Anstellung zu erhalten hoffte, zu der er sich noch fähig hielt. Er forderte Waverley auf, mit ihm zu gehen, und Edward erklärte sich dazu bereit, wenn es dem Obersten Talbot fehlschlagen sollte, seine Begnadigung zu erlangen. Im Stillen hoffte er, daß der Baron seine Werbung um Rosa billigen und ihm so ein Recht geben würde, ihn in seiner Verbannung zu unterstützen; aber er verschob es hiervon zu sprechen, bis sein eigenes Geschick entschieden sein würde. Sie sprachen hierauf von Glennaquoich, für den der Baron sehr besorgt war, obgleich er, wie er sagte, ganz der Achill des Horatius Flaccus sei:

Impiger, iracundus, inexorabilis, acer.

Flora bekam dann ein reichliches und ungeschmälertes Lob der Sympathie von Seiten des guten alten Mannes.

Es war inzwischen sehr spät geworden. Janet kroch in eine Art von Vertiefung hinter der Scheidewand, Davie schnarchte schon längst zwischen Ban und Buscar. Diese Hunde waren ihm nach der Hütte gefolgt, als das Herrenhaus verlassen wurde, und blieben hier beständig bei ihm. Ihre Wildheit, so wie des alten Weibes Ruf als Hexe trugen zum guten Teile dazu bei, Besucher von dem Tale fern zu halten. Der Amtmann Macwheeble versorgte Janet unter der Hand mit Nahrungsmitteln zu ihrem Unterhalte und auch mit einigen Luxusartikeln zum Gebrauche seines Patrons, bei deren Übersendung aber natürlich die größte Sorgfalt nötig war.

Nach einigen Komplimenten nahm der Baron sein gewöhnliches Lager ein, und Waverley setzte sich auf einen bequemen, mit Sammet überzogenen Armstuhl, der einst das Staatsschlafgemach in Tully-Veolan geschmückt hatte, denn das Hausgeräth des Herrensitzes war jetzt durch alle Hütten in der Nachbarschaft verteilt. Hier schlief er so gut, als hätte er in einem Daunenbette gelegen.

64. Noch mehr Aufklärung

Mit dem ersten Strahl des Tages war die alte Janet auf den Beinen, um den Baron zu wecken, der für gewöhnlich gesund und fest schlief.

»Ich muß nach meinem Loche zurück«, sagte er zu Waverley, »wollt Ihr mich durch das Tal begleiten?«

Sie gingen mit einander und folgten einem engen gewundenen Fußpfade, den einzelne Angler oder Holzfäller längs dem Ufer des Flusses getreten hatten. Während des Weges setzte der Baron Waverley auseinander, daß er in keiner Gefahr wäre, wenn er einen oder zwei Tage in Tully-Veolan bliebe, selbst nicht wenn er frei umhergehe, sobald er nur die Vorsicht gebrauchte, zu behaupten, daß er sich die Besitzung als Agent eines englischen Edelmannes besähe, welcher sie zu kaufen beabsichtigte. Daher rieth er ihm, den Amtmann zu besuchen, der noch in der Faktorei wohne, die Klein-Veolan hieß und ungefähr eine Meile entfernt lag, die er aber mit dem nächsten Termin verlassen müsse. Stanleys Paß würde eine hinlängliche Antwort für den Offizier sein, der den Militärposten kommandirte, und was irgend einen von den Landleuten beträfe, die Waverley erkennen möchten, so versicherte ihn der Baron, daß keine Gefahr des Verrates bei ihnen zu fürchten sei.

»Ich glaube«, sagte der alte Herr, »die Hälfte der Leute auf der Baronie wissen, daß ihr armer alter Laird hier herum versteckt ist, denn sie lassen nicht einen einzigen Jungen hierher kommen, um Vogelnester auszunehmen, ein Gebrauch, den ich nie ganz verhindern konnte, als ich noch im vollen Besitze meiner Macht war. Ja, ich finde sogar oft Dinge, welche die armen Menschen, Gott helfe ihnen, liegen lassen, weil sie glauben, daß sie mir nützlich sein können. Ich will hoffen, daß sie einen klügern Herrn bekommen, und einen ebenso gütigen, wie ich war.«

Ein Seufzer schloß diesen Ausspruch, aber der ruhige Gleichmuth, mit welchem der Baron sein Unglück trug, hatte etwas Ehrwürdiges, ja Erhabenes. Er zeigte keine fruchtlose Reue, keine lästige Traurigkeit, er trug sein Loos und die Härte, welche es mit sich brachte, mit einer launigen, wenn auch ernsten Fassung, und führte keine heftige Sprache gegen die siegende Partei.

»Ich tat, was ich für meine Pflicht hielt«, sagte der gute alte Herr, »und ohne Frage tun sie, was sie für die ihrige halten. Es betrübt mich zuweilen, wenn ich auf die geschwärzten Mauern blicke, in denen meine Vorfahren wohnten; aber die Offiziere können nicht immer die

Hand der Soldaten von Zerstörung und Vernichtung abhalten, und Gustavus Adolphus selbst erlaubte sie oft, wie wir in des Obersten Munro Expedition mit dem würdigen schottischen Regimente Mackay lesen können. – In der Tat habe ich selbst eben so traurige Anblicke, wie der von Tully-Veolan jetzt ist, gehabt, als ich unter dem Feldmarschall Herzog von Berwick diente. Gewiß können wir mit Virgilius Maro sagen: Fuimus Troes – und das ist das Ende von einem alten Liede. Aber Häuser und Familien und Menschen haben alle lange genug gestanden, wenn sie standen, bis sie mit Ehren fielen, und nun habe ich ein Haus erreicht, nicht unähnlich einer domus ultima.« Sie standen unter einem steilen Felsen. »Wir armen Jakobiten«, fuhr der Baron fort, indem er in die Höhe sah, »gleichen jetzt den Kaninchen in der heiligen Schrift (welche der große Reisende Pococke »Jerboa« nannte), ein schwaches Volk, das seine Wohnungen in den Felsen sucht. So lebt also wohl, mein guter Junge, bis wir uns am Abend bei Janet wiedersehen, denn ich muß in mein Patmos kriechen, was nichts Leichtes für meine alten steifen Glieder ist.«

Damit begann er, den Fels zu erklettern, indem er mit Hilfe der Hände von einem steilen Absatze zu einem andern stieg, bis er die halbe Höhe erreicht hatte, wo einige Büsche den Eingang einer Höhle verdeckten, die einem Ofen glich, in welchen der Baron zuerst Kopf und Schultern schob und dann allmählich den Rest seines langen Körpers. Waverley war neugierig genug, hinaufzuklettern, um ihn in seinem Loche liegen zu sehen, wie die Höhle mit Recht genannt werden konnte. Das Ganze glich so ziemlich dem sinnreichen Spiele: *Der Haspel in der Flasche*, dem Wunder aller Kinder, und einiger großen Leute, wie ich z.B., welche weder begreifen, wie das Ding hineingekommen, noch wie es herauszuholen ist. Die Höhle war sehr eng und zu niedrig, um darin stehen oder auch nur sitzen zu können, obgleich er zuweilen diese letztere Stellung einzunehmen versuchte. Seine einzige Unterhaltung war sein alter Freund, Titus Livius, und zuweilen verschaffte er sich dadurch eine Abwechselung, daß er lateinische Sprichwörter oder Stellen aus der heiligen Schrift mit seinem Messer in die Seitenwände und die Decke seiner Festung schnitt, welche von Sandstein waren. Da die Höhle trocken und mit frischem reinen Stroh und getrocknetem Farrenkraut ausgelegt war, wälzte er sich, wie er sagte, mit einem Wohlbehagen darin umher, welches auffallend gegen seine Lage abstach, überhaupt sei es, wenn nicht gerade Nordwinde wehten, ein ganz leidliches Nest für einen alten Soldaten. Auch fehle es ihm nicht an Außenposten zum Rekognosziren. Davie und dessen Mutter wären beständig auf der Wache, um Gefahr zu entdecken oder abzuwenden, und es sei sonderbar, was für sinnreiche Einfälle dem armen Narren der Instinkt der Anhänglichkeit da einstoße, wo die Sicherheit seines Gebieters in Frage komme.

Edward suchte jetzt eine Unterredung mit Janet. Er hatte sie auf den ersten Blick als das alte Weib wieder erkannt, das ihn während seiner Krankheit pflegte, als er von Gifted Gilsillan befreit worden war. Auch die Hütte, seitdem freilich etwas ausgebessert und stattlicher eingerichtet, war sicher der Ort seiner Haft, er erinnerte sich auch jetzt auf der Gemeinweide von Tully-Veolan eines alten Baumstumpfes, welcher der Gerichtsbaum genannt wurde, und ohne allen Zweifel derselbe war, bei welchem sich die Hochländer in jener denkwürdigen Nacht trafen. Das alles hatte er sich in der vergangenen Nacht zusammengesetzt, aber Gründe, welche der Leser wahrscheinlich erraten wird, hielten ihn ab, die alte Janet in der Gegenwart des Barons zu befragen. Jetzt begann er dagegen die Inquisition in vollem Ernste, und seine erste Frage lautete: »Wer war das junge Mädchen, das mich während meiner Krankheit besuchte?« Janet zögerte und sagte dann: »Das Geheimniß jetzt noch zu bewahren, würde niemand schaden oder nützen. Es war eine Lady«, sagte sie, »die ihresgleichen in der Welt nicht hat – Miß Rosa Bradwardine.«

»So war Miß Rosa wahrscheinlich auch die Urheberin meiner Befreiung?« fragte Waverley, entzückt durch die Bestätigung einer Vermutung, welche die Umstände in ihm erweckt hatten.

»Ja, Herr Waverley, das war sie, aber sehr, sehr bös würde sie gewesen sein, das arme Ding, hätte sie geglaubt, daß Ihr je ein Wort von der Sache erführet. Denn sie hieß mich gälisch sprechen, damit Ihr glauben solltet, Ihr wäret im Hochland. Ich kanns gut genug sprechen, denn meine Mutter war eine Hochländerin.«

Noch einige weitere Fragen brachten das ganze Geheimniß von der Befreiung aus der Gefangenschaft heraus, in welcher Waverley Cairnvreckan verlassen hatte. Nie klang Musik süßer in eines Musikfreundes Ohr als das Geschwätz, mit welchem die alte Janet ihm alle näheren Umstände auseinandersetzte:

Als Waverley seinem Freunde Fergus den Brief mitteilte, den er von Rosa Bradwardine durch Davie Gellatley erhalten hatte, und durch den sie ihn benachrichtigte, daß Tully-Veolan von einem kleinen Kommando Soldaten besetzt sei, ergriff dieser Umstand den tätigen und erfindungsreichen Geist des Häuptlings. Begierig, die feindlichen Posten zu beunruhigen und sie abzuhalten, so sehr in seiner Nähe eine Garnison zu errichten, auch mit dem Wunsche, den Baron zu verpflichten (denn der Gedanke einer Heirat mit Rosa ging ihm oft durch den Kopf), beschloß er, einige seiner Leute abzusenden, um die Rothröcke zu vertreiben und Rosa nach Glennaquoich zu bringen. Aber eben als er Evan mit einer kleinen Abteilung dazu den Auftrag gegeben hatte, zwang ihn die Nachricht, daß Cope in das Hochland eingerückt sei, um die Streitkräfte des Chevalier zu sprengen, noch ehe sie sich ganz gesammelt hätten, mit all seinen Leuten zu den Fahnen des Prinzen zu stoßen.

Er schickte einen Befehl an Donald Bean, ihn zu begleiten, aber dieser vorsichtige Freibeuter, welcher den Vorteil eines abgesonderten Kommandos sehr gut einsah, schützte, statt sich mit ihm zu vereinigen, mehrere Entschuldigungen vor, welche Fergus unter so dringenden Umständen als gültig annehmen mußte, obgleich nicht ohne den innern Vorsatz, für diese Verzögerung Rache zu nehmen, wenn Zeit und Ort dazu geeignet wären. Da er aber die Sache nicht ändern konnte, erteilte er Donald den Befehl, in das Tiefland hinabzuziehen, die Soldaten aus Tully-Veolan zu vertreiben und seinen Aufenthalt irgendwo in der Nähe des Ortes zu nehmen, um des Barons Tochter und Familie zu beschützen und die bewaffneten Freiwilligen oder kleine Truppenabteilungen, die er in der Nachbarschaft finden möchte, zu beunruhigen oder zu vertreiben.

Da dieser Befehl eine Art von Raubauftrag enthielt, nahm Donald sich vor, das Heu zu machen, während die Sonne schien. Ohne Schwierigkeiten vollzog er die Aufgabe, die Soldaten aus Tully-Veolan zu vertreiben, aber obgleich er es nicht wagte, in das Innere der Familie einzudringen oder Miß Rosa zu belästigen, da er sich nicht in der Armee des Chevaliers einen mächtigen Feind machen wollte, so trieb er doch von den Landleuten Kontributionen ein und benutzte auch auf andere Weise den Krieg zu seinem eigenen Vorteil. Zugleich steckte er die weiße Kokarde auf, machte Rosa Versicherungen inniger Anhänglichkeit an die Sache, in die ihr Vater verwickelt war, und entschuldigte sich wegen der Freiheiten, die er sich nehme, mit der Notwendigkeit, für den Unterhalt seiner Leute sorgen zu müssen. Um diese Zeit erfuhr Rosa durch den offenen Mund der Fama, mit allen Arten von Übertreibungen, daß Waverley den Schmied von Cairnvreckan getödtet hätte, als dieser einen Versuch machte, ihn zu verhaften, daß der Major Melville von Cairnvreckan ihn in das Gefängniß hätte werfen lassen, und daß er durch Kriegsgesetz binnen drei Tagen hingerichtet werden sollte. In der Angst, welche diese Nachrichten ihr verursachten, forderte sie Donald Bean auf, den Gefangenen zu befreien. Das war ein Unternehmen, wie er es sich wünschte, da er glaubte, daß es ihm als ein hinlängliches Verdienst angerechnet werden würde, um einige kleine Sünden vergessen zu machen, die er sich in dem Lande hatte zu Schulden kommen lassen. Er besaß aber die Kunst, indem er Pflicht und Disciplin vorschützte, so lange zurückzuhalten, bis die arme Rosa sich in ihrer höchsten Angst erbot, ihm einige wertvolle Diamanten, welche ihrer Mutter gehört hatten, als Belohnung für die Unternehmung zu geben.

Donald Bean, der in Frankreich gedient hatte, kannte den Werth dieser Tändeleien und überschätzte ihn vielleicht noch. Aber er bemerkte auch Rosas Besorgniß, es könne herauskommen, daß sie sich zu Waverleys Befreiung ihrer Juwelen beraubt habe. Damit diese Rücksicht ihm den Schatz nicht entziehe, erbot er sich freiwillig zu einem Eide, nie zu erwähnen, welchen Anteil Rosa an der Sache gehabt hätte, und weil er Vorteil davon erwartete, den Eid zu halten, und keinen Nutzen von dem Bruche entdeckte, leistete er den Eid, wie er zu seinem Lieutenant sagte, um redlich gegen die junge Lady zu sein, auf die einzige Art und Weise, welche er, nach einem innern Vertrage mit sich selbst, als bindend betrachtete: Er beschwor das Geheimniß auf den gezogenen Dolch. Er wurde zu dieser Art der Eidesleistung noch besonders durch einige Aufmerksamkeiten bewogen, welche Miß Bradwardine gegen seine Tochter Alice zeigte, die das Herz der Hochlandsdirne gewannen und zugleich der Eitelkeit ihres Vaters schmeichelten. Alice, die jetzt ein wenig englisch sprach, war zur Vergeltung von Rosas Freundlichkeit sehr redselig, und vertraute ihr bereitwillig die sämmtlichen Papiere an, welche die Intrigue mit Gardiners Regiment betrafen, deren Depositärin sie war; und ebenso bereitwillig zeigte sie sich auf Rosas Bitten, ohne Wissen ihres Vaters diese Papiere dem jungen Waverley zurückzugeben. »Denn das kann die gute junge Lady und den schönen jungen Mann verpflichten«, sagte Alice, »und von welchem Nutzen kann meinem Vater das Pack alten Geschreibsels sein?«

Der Leser weiß, daß sie am Abend vor Waverleys Entfernung aus dem Tale die Gelegenheit ergriff, um diese Absicht auszuführen.

Wie Donald seinen Auftrag erfüllte, ist bereits bekannt. Aber die Vertreibung der Soldaten aus Tully-Veolan hatte Allarm gemacht, und während Donald auf Gilfillan lauerte, wurde eine starke Abteilung, der er nicht die Spitze bieten mochte, abgesendet, die Insurgenten zurückzutreiben und hier zu lagern, um die Gegend zu beschützen. Der Offizier, ein Edelmann und strenger Soldat, drängte sich weder bei Miß Bradwardine ein, deren schutzlose Lage er ehrte, noch gestattete er seinen Leuten, die Disciplin auf irgend eine Art zu verletzen. Er errichtete ein kleines Lager auf einer Anhöhe in der Nähe von Tully-Veolan und ließ die Pässe der Nachbarschaft durch Posten besetzen. Diese unwillkommenen Nachrichten erreichten Donald Bean Lean, als er nach Tully-Veolan zurückkehrte. Entschlossen aber, den Preis seiner Arbeit zu gewinnen, nahm er sich vor, da es unmöglich war, Tully-Veolan selbst zu erreichen, seinen Gefangenen in Janets Hütte abzusetzen, einem Orte, dessen Existenz selbst viele von denen nicht ahnten, die lange in der Nachbarschaft gelebt hatten. Als dies geschehen war, forderte und erhielt er seinen Lohn. Waverleys Krankheit war dann ein Ereigniß, welches alle Berechnungen störte. Donald war gezwungen, mit seinen Leuten die Nachbarschaft zu verlassen und anderwärts ein freieres Gebiet zu seinen Unternehmungen zu suchen. Auf Rosas dringende Bitten ließ er einen ältern Mann zurück, einen Kräutersammler, dem man einige medizinische Kenntnisse zutraute, und der Waverley während seiner Krankheit pflegen sollte.

Während dessen stiegen neue und beängstigende Zweifel bei Rosa auf; sie wurden durch die alte Janet erweckt, welche darauf aufmerksam machte, daß ein Preis auf die Auslieferung Waverleys gesetzt worden sei, und daß man nicht wissen könnte, zu welchem Treubruch sein persönlicher Vorteil den Donald bewegen könne, um so mehr, als Waverleys Sachen so wertvoll waren. In einem Anfalle von Angst und Schrecken faßte Rosa den kühnen Entschluß, dem Prinzen selbst die Gefahr auseinanderzusetzen, in welcher sich Herr Waverley befand, indem sie glaubte, daß Karl Eduard sowohl als Politiker wie als Mann von Ehre ein Interesse daran haben würde, zu verhindern, daß er in die Gewalt der feindlichen Partei fiele. Diesen Brief wollte sie zuerst anonym absenden, aber ganz natürlich fürchtete sie, daß er in diesem Falle keinen Glauben finden würde. Sie unterzeichnete daher ihren Namen, obgleich nur widerstrebend und mit Angst, und übergab dann den Brief einem jungen Manne, der zu der Armee des Chevaliers ging, und der sie darum gebeten hatte, ihm ein Empfehlungsschreiben an den hohen Abenteurer mitzugeben, von dem er eine Anstellung zu erhalten hoffte. Den Brief erhielt Karl Eduard, als er nach dem Tiefland zog, und da er die politische Wichtigkeit erkannte, die es für ihn haben mußte, wenn man ihn als im Verkehr mit den englischen Jakobiten stehend ansah, so ließ er Donald Bean Lean die bestimmtesten Befehle erteilen, Waverley, an Person und Eigentum unverletzt, an den Gouverneur des Schlosses Doune abzuliefern. Der Freibeuter wagte es nicht, ungehorsam zu sein, denn die Armee des Prinzen stand jetzt so nahe, daß die Strafe augenblicklich hätte folgen können. Er war sowohl Politiker als Räuber und mochte die Gunst nicht in die Schanze schlagen, die er durch frühere geheime Dienste erworben hatte. So machte er aus der Noth eine Tugend und erteilte seinem Lieutenant den Befehl, Edward nach Doune zu bringen, was, wie wir wissen, glücklich von statten ging. Der Gouverneur hatte den Auftrag, ihn als Gefangenen nach Edinburg zu senden, denn der Prinz fürchtete, daß Waverley, wenn er in Freiheit gesetzt würde, nach England zurückkehren möchte, ohne ihm die Gelegenheit zu einer persönlichen Unterredung zu geben. Hierin handelte er nach einem Rate des Häuptlings von Glennaquoich, mit dem der Chevalier konferirt hatte, wie über Edwards Person zu verfügen sei, ohne ihm aber zu sagen, auf welche Art er den Ort seiner Haft erfahren hatte. Denn dies betrachtete Karl Eduard als das Geheimniß einer Dame, da er, obwohl Rosa ihren Brief in den vorsichtigsten und allgemeinsten Ausdrücken geschrieben und dabei gesagt hatte, daß lediglich die Rücksichten allgemeiner Menschenliebe sowie der Vorteil des Prinzen sie zu dem Schritte bewögen, dennoch aus der dringenden Art, wie sie den Wunsch aussprach, nicht als Vermittlerin erwähnt zu werden, die innige Teilnahme erkannte, welche sie an Waverleys Schicksal nahm. Diese richtige Vermutung führte ihn indeß zu falschen Schlüssen, denn die Aufregung, welche Edward verrieth, als er sich in den Hallen von Holyrood Flora und Rosa näherte, wurde von dem Prinzen auf Rechnung der letzteren gesetzt, und er glaubte, daß des Barons Anordnung wegen der Erbfolge oder irgend solch ein Hinderniß ihrer Neigung im Wege sei. Das Gerücht verband freilich Waverley häufig mit Miß Mac-Ivor, aber der Prinz wußte, daß das Gerücht in dieser Beziehung sehr freigebig ist, und aufmerksam das Benehmen der Damen gegen Waverley beobachtend, zweifelte er nicht, daß der junge Engländer kein Interesse an Flora finde und von Rosa Bradwardine geliebt werde. Mit dem Wunsche, Waverley an seine Fahne zu fesseln und ihm zugleich einen Freundschaftsdienst zu erweisen, drang der Prinz dann zunächst in den Baron, seine Güter auf seine Tochter zu übertragen. Mr. Bradwardine stimmte ihm bei, aber die Folge war, daß Fergus augenblicklich seine doppelten Ansprüche auf eine Frau und eine Grafschaft vorbrachte, welche der Prinz, wie wir bereits wissen, zurückwies. Der Chevalier, fortwährend mit seinen eigenen verwickelten Angelegenheiten beschäftigt, hatte bisher noch keine Auseinandersetzung mit Waverley gesucht, so gern er es auch gewollt hatte. Nachdem sich aber Fergus erklärt hatte, sah er die Nothwendigkeit ein, gegen beide neutral zu bleiben, und hoffte, der Zwist, der jetzt dem Ausbruche nahe schien, würde bis nach Beendigung der Expedition ruhen. Als Fergus auf dem Marsche nach Derby, über die Ursache seines Streites mit Waverley befragt, angab, daß Edward seine Bewerbungen um Flora zurückzunehmen beabsichtige, sagte ihm der Chevalier offen, er hätte das Benehmen der Miß Mac-Ivor gegen Waverley beobachtet und sei überzeugt, Fergus urteile Waverley gegenüber nach falschen Voraussetzungen, da dieser, wie er alle Ursache hätte zu glauben, Miß Bradwardine gegenüber gebunden sei. Der Streit, der darauf zwischen Edward und dem Häuptlinge erfolgte, wird dem Leser hoffentlich noch erinnerlich sein.

Als Janet die Hauptzüge dieser Schilderung beendigt hatte, gaben sie Waverley leicht den Faden, um durch die anderen Windungen des Labyrinthes zu gelangen, in das er sich verwickelt sah. Rosa Bradwardine verdankte er also das Leben, welches er jetzt für ihren Dienst in die Schanze zu schlagen bereit war. Einige Überlegung überzeugte ihn, daß es weit angenehmer sein würde, für sie am Leben zu bleiben, und daß sie, da er unabhängig war und Vermögen besaß, dieses entweder in einem fremden Lande oder in dem eigenen mit ihm teilen könnte. Das Vergnügen, mit einem Manne von dem hohen Werte des Barons von Bradwardine, der auch von seinem Oheim, Sir Everard, so sehr geschätzt wurde, verwandt zu werden, war ebenfalls ein erfreulicher Gedanke, hätte noch etwas gefehlt, um die Verbindung wünschenswert zu machen. Seine Eigenheiten, die während seines Glückes lächerlich erscheinen mußten, konnten bei dem Sonnenuntergange seines Glückes nur mit seinen edlen Zügen und seinem trefflichen Charakter in Einklang stehen, so daß sie ihn zwar originell aber nicht lächerlich erscheinen ließen.

Den Geist mit solchen Plänen zukünftigen Glückes beschäftigt, suchte Edward Klein-Veolan, die Wohnung des Amtmanns Duncan Macwheeble, auf.

65.

Nun ist Cupido ein gewissenhafter Knabe,
und gibt zurück, was er nahm.

Shakespeare.

Mr. Duncan Macwheeble, jetzt nicht länger Geschäftsführer oder Amtmann, obgleich er noch immer den leeren Titel dieser Würde führte, war der Bestrafung durch eine zeitige Lossagung von der Partei der Insurgenten sowie durch seine Unbedeutendheit entgangen.

Edward fand ihn in seinem Arbeitszimmer unter einer Menge von Papieren und Rechnungen, vor ihm stand ein großer Napf Hafermuß, daneben lag ein hörnerner Löffel und stand eine Flasche mit Dünnbier. Hastig eine umfangreiche Bekanntmachung durchfliegend, schob er von Zeit zu Zeit einen Löffel voll Muß in seinen geräumigen Mund. Eine dickbäuchige Flasche mit Branntwein, die ebenfalls neben ihm stand, zeigte, daß dieses ehrenwerte Mitglied der gesetzkundigen Gesellschaft seinen Morgentrunk entweder schon genommen hatte, oder daß er den Brei durch ein solches Verdauungsmittel zu würzen gedachte. Seine Nachtmütze und sein Schlafrock waren früher von Tartan gewesen, aber eben so vorsichtig als bescheiden hatte der ehrliche Amtmann sie schwarz färben lassen, damit die ursprüngliche Farbe seine Gäste nicht an den unglücklichen Ausflug nach Derby erinnerte. Sein Gesicht war, um das Bild zu vollenden, mit Schnupftabak bis zu den Augen betüpfelt und seine Finger mit Tinte bis zur Hand. Er blickte ängstlich auf Waverley, als dieser sich der kleinen grünen Barriere näherte, die seinen Schreibtisch und seinen Stuhl gegen die Annäherung des gemeinen Haufens schützte. Nichts beunruhigte den Amtmann mehr als der Gedanke, daß seine Bekanntschaft von irgend einem der unglücklichen Edelleute angesprochen werden möchte, die jetzt weit wahrscheinlicher Beistand fordern als Nutzen gewähren konnten. Aber dies war der reiche junge Engländer – wer konnte seine Lage kennen? – Es war des Barons Freund – was war also zu tun?

Während diese Betrachtungen dem Gesichte des armen Mannes einen Ausdruck plump komischer Verlegenheit gaben, konnte sich Waverley, indem er daran dachte, daß die Mitteilung, die er ihm zu machen hatte, so lächerlich mit dem Aussehen des Mannes kontrastirte, sich eines lauten Gelächters nicht erwehren.

Da Macwheeble keinen Begriff hatte, daß ein Mensch, der in Gefahr schwebe oder von Armut bedrückt sei, herzlich lachen könnte, erheiterte Edwards Lustigkeit sein eigenes Gesicht bedeutend und er hieß ihn ziemlich herzlich willkommen in Klein-Veolan, indem er ihn zugleich fragte, was er frühstücken wollte. Sein Gast hatte ihm zuerst etwas heimlich zu sagen und bat daher vor allen Dingen die Tür zu verriegeln. Duncan liebte diese Vorsicht keineswegs, denn sie schmeckte nach der Besorgniß vor drohender Gefahr, aber er konnte nicht zurück.

Überzeugt, daß er diesem Manne trauen dürfe, teilte Edward ihm seine gegenwärtige Lage und seine zukünftigen Pläne mit. Der Amt-

mann lauschte ängstlich, als er hörte, daß Waverley noch nicht begnadigt sei, er wurde etwas beruhigt, als er erfuhr, daß er einen Paß hätte,
rieb sich freudig die Hände, als er den Betrag seines gegenwärtigen
Vermögens erwähnte, riß die Augen groß auf, als er von seinen glänzenden Aussichten hörte; als Edward aber die Absicht aussprach, dies
alles mit Miß Rosa Bradwardine zu teilen, da schien das Entzücken
den armen Menschen beinahe des Verstandes zu berauben. Der Amtmann sprang von seinem dreibeinigen Stuhle auf wie die Pythia von
ihrem Dreifuße, warf seine beste Perrücke zum Fenster hinaus, weil
der Stock, auf dem sie hing, ihm gerade im Wege stand, warf seine
Mütze gegen die Decke und fing sie wieder auf, pfiff ein Nationallied,
tanzte einen Hochlandstanz mit unnachahmlicher Anmut und Gewandtheit, und warf sich dann erschöpft auf einen Stuhl, indem er ausrief:
»Lady Waverley! – Zehntausend jährlich! – Gott halte meinen armen
Verstand zusammen!« »Amen von ganzem Herzen«, sagte Waverley.
»Doch jetzt, Herr Macwheeble, laßt uns ans Geschäft gehen.« Dieses
Wort hatte sonst eine Art von Zauberkraft, aber des Amtmanns Kopf
war, wie er selbst sich ausdrückte, noch ganz wirblig. Er schnitt jedoch
seine Feder, versah ein Dutzend Bogen mit einem breiten Rande und
traf alle Anstalten, einen Kontrakt aufzusetzen, der jeden Rücktritt
unmöglich machte.

Mit einiger Schwierigkeit machte Waverley ihm begreiflich, daß er
zu rasch vorwärts wollte. Er erklärte ihm, daß er seines Beistandes zuerst
bedürfte, um seinen Aufenthalt dadurch sicher zu machen, daß er an
den Offizier in Tully-Veolan schriebe, Herr Stanley, ein englischer
Edelmann und naher Verwandter des Obersten Talbot, sei in Geschäften
bei Herrn Macwheeble, und da ihm der Zustand des Landes bekannt
sei, schicke er dem Kapitän Foster seinen Paß zur Einsicht. Dies bewirkte eine artige Antwort von dem Offizier, mit einer Einladung an Herrn
Stanley, bei ihm zu essen, was, wie man leicht denken kann, unter dem
Vorwande der Geschäfte abgelehnt wurde.

Die nächste Bitte Waverleys war, daß Herr Macwheeble einen berittenen Boten nach ** schicken möchte, der Poststation, wohin Oberst
Talbot ihm schreiben sollte, mit dem Auftrage, dort zu warten, bis die
Post einen Brief für Herrn Stanley brächte und dann mit diesem eiligst
nach Klein-Veolan zurückzukehren. Sogleich berief der Amtmann seinen Servitor, wie man vor sechszig Jahren sagte, Jock Scriever, und in
nicht viel längerer Zeit saß Jock auf dem kleinen weißen Pony.

»Gebt Acht und führt ihn gut, denn er ist etwas kurzathmig, seit –
hm, hm. Der Himmel steh mir bei, ich war nahe daran, unklug zu

sein – seit ich mit Peitsche und Sporen ritt, um den Chevalier zu holen, den Streit zwischen Herrn Waverley und Bich Ian Vohr zu schlichten, aber einen schönen Lohn kriegt' ich für meine Mühe. – Der Himmel verzeihs Ew. Gnaden! Ich hätte den Hals dabei brechen können – doch das alles wird gut gemacht! Lady Waverley! – Zehntausend jährlich! – Der Herr stehe mir bei!«

»Aber Ihr vergeßt, Herr Macwheeble, daß wir noch des Barons Einwilligung brauchen – die der Lady –«

»Fürchtet nichts, ich bürge dafür – ich will meine persönliche Bürgschaft dafür geben – Zehntausend jährlich. – Das sticht Balmawhapple gründlich aus – eine Jahresrente ist ganz Balmawhapple! Der Herr mache uns dankbar!«

Um dem Laufe seiner Gefühle eine andere Richtung zu geben, fragte Edward, ob er nicht kürzlich etwas von dem Häuptling von Glennaquoich gehört hätte?

»Nicht ein Wort weiter«, antwortete Macwheeble, »als daß er noch in dem Schlosse Carlisle ist und bald auf Leben und Tod inquirirt werden soll. Ich wünsche dem jungen Herrn nichts Böses«, sagte er, »aber ich hoffe, daß die, die ihn haben, ihn festhalten, und ihn nicht zurück nach dem Hochlande lassen, um uns wieder mit Schutzgeld und allen Arten von Gewalttaten und Bedrückungen und Plünderungen zu plagen. Er machte sich freilich aus dem Gelde nichts, da er es nicht verdient hatte, und das er der Frau in Edinburg in die Schürze warf, aber wie gewonnen, so zerronnen. Ich meines Teils wünsche nie wieder ein Schwert im Lande zu sehen, oder einen Rothrock, oder eine Flinte, es müßte denn sein, um ein Rebhuhn zu schießen. – Sie sind alle über einen Leisten, und wenn sie einem Unrecht getan haben, und man auch einen Urteilsspruch gegen sie für Bedrückung und Gewalttat bewirkt, was sind wir dadurch gebessert? – Sie haben keinen Pfifferling, uns zu bezahlen, und man kann nichts herausholen.«

Unter solchen Reden und einigen Geschäftsangelegenheiten verging die Zeit bis zum Essen, Macwheeble sann während dessen auf ein Mittel, Edward in Duchran, wo Rosa gegenwärtig wohnte, einzuführen, ohne Gefahr oder Verdacht zu erregen, was nicht leicht schien, da der Laird ein sehr eifriger Freund der Regierung war. Der Hühnerhof war in Requisition gesetzt worden, und Lauchsuppe mit schottischen Fleischschnitten dampften bald auf dem Tische in des Amtmanns kleinem Arbeitszimmer. Des Wirtes Korkzieher war eben in den Hals einer Flasche Claret gedreht, wahrscheinlich aus den Kellern von Tully-Veolan, als der Anblick des weißen Ponys, der in vollem Trabe unter dem Fenster vorbeikam, den Amtmann bewog, die Flasche für einen Augenblick mit der gehörigen Vorsicht bei Seite zu setzen. Jock Scriever trat mit einem Packet für Herrn Stanley ein. Es zeigte das Siegel des Obersten Talbot, und Edwards Finger zitterten, als er es erbrach. Zwei offizielle Schriften, zusammengelegt, unterzeichnet und in aller Form untersiegelt, fielen heraus. Sie wurden hastig von dem Amtman aufgehoben, der eine natürliche Ehrfurcht vor allem hatte, was einem Dekrete glich, und, die Titel flüchtig überfliegend, wurden seine Augen oder vielmehr seine Brille mit der Überschrift begrüßt: »Schutzbrief Sr. königl. Hoheit für die Person des Cosmo Comyne Bradwardine, Esq., gewöhnlich Baron von Bradwardine genannt, angeklagt wegen seiner Teilnahme an der letzten Rebellion.« – Das andere Papier war ein Schutzbrief derselben Art für Edward Waverley, Esq. Der Brief des Obersten Talbot lautete:

»Mein teurer Edward!

Ich bin soeben hier angelangt und habe doch schon mein Geschäft beendigt, es hat mich freilich einige Mühe gekostet, wie Sie sogleich hören sollen. Ich machte Sr. königl. Hoheit unmittelbar nach meiner Ankunft meine Aufwartung und fand sie in keiner sehr günstigen Stimmung für meine Absicht. Drei oder vier schottische Herren verließen den Herzog eben. Nachdem er mich sehr höflich begrüßt hatte, sagte er: »Sollten Sie es wohl glauben, Talbot, daß hier eben ein halbes Dutzend der achtungswertesten Edelleute und der besten Freunde der Regierung nördlich des Forth waren, Major Melville von Cairnvreckan, Rubrick von Duchran und andere, und mir durch ihre Vorstellungen einen Schutzbrief und das Versprechen künftiger Begnadigung für den hartnäckigen alten Rebellen abgezwungen haben, den sie Baron von Bradwardine nennen? Sie sagten, sein achtungswerter persönlicher Charakter sowie die Milde, die er gegen diejenigen der Unsrigen gezeigt, welche in die Hände der Rebellen fielen, müßten zu seinen Gunsten sprechen, besonders da der Verlust seiner Güter eine hinlänglich strenge Strafe sei. Rubrick hat sich erboten, ihn in seinem eigenen Hause zu bewahren, bis im Lande alles ausgeglichen ist; aber es ist etwas hart, gewissermaßen gezwungen zu werden, einen solchen Todfeind des Hauses Braunschweig zu begnadigen.« – Das war kein günstiger Augenblick zur Eröffnung meines Geschäftes, dennoch sagte ich, ich hörte mit Freuden, daß Se. königl. Hoheit soeben im Zuge wäre, solche Bitten zu genehmigen, und es machte mich kühn, eine ähnliche in meinem eigenen Namen vorzubringen. Er war sehr ärgerlich, doch ich blieb fest; ich erwähnte der Unterstützung unserer drei Stimmen im Parlamente, erwähnte bescheiden meine Dienste außerhalb, obgleich sie nur dadurch Werth erhalten hätten, daß Se. königl. Hoheit sie anzunehmen geruht, ich stützte mich auf seine eigenen Versicherungen der Freundschaft und des Wohlwollens gegen mich. Er war verlegen, aber hartnäckig. Ich deutete auf die Klugheit hin, den Erben eines solchen Vermögens, wie das Ihres Oheims, für die Folge allen Machinationen der Abgeneigten zu entziehen. Aber ich machte keinen Eindruck. Ich erwähnte der Verpflichtungen, die ich gegen Sir Everard und gegen Sie persönlich hätte, und forderte als einzigen Lohn meiner Dienste, daß er mir die Mittel gewähren möchte, meine Dankbarkeit zu beweisen. Ich bemerkte, daß er noch auf eine Weigerung sann, und mein Patent aus der Tasche ziehend, nahm ich zu dem letzten Mittel meine Zuflucht, ich sagte, da mich Se. königl. Hoheit unter so dringenden Umständen einer Gunst nicht für wert hielte, welche sie andern gewährt hatte, deren Dienste ich kaum für so wichtig wie die meinigen halten könnte, müßte ich mit aller Demuth um die Erlaubniß bitten, mein Patent in Sr. königl. Hoheit Hände niederlegen und mich vom Dienste zurückziehen zu dürfen. Darauf war er nicht vorbereitet, er gebot mir, mein Patent zurückzunehmen, sagte einige freundliche Worte über meine Dienste und gewährte meine Bitte. Sie sind daher abermals ein freier Mann, und ich habe in Ihrem Namen versprochen, daß Sie in Zukunft ein guter Junge und eingedenk sein wollen, was Sie der Milde der Regierung zu verdanken haben. So sehen Sie, daß mein Prinz eben so großmütig sein kann, wie der Ihrige. Ich behaupte freilich nicht, daß er eine Gunst mit der ausländischen Anmut und den Artigkeiten Ihres irrenden Ritters gewährt; aber er hat ein einfaches englisches Wesen, und der offenbare Widerwille, mit dem er die Bitte gewährte, zeigte deutlich das Opfer, welches er brachte, indem er seine Neigungen meinen Wünschen unterordnete. Mein Freund, der Generaladjutant, hat mir des Barons Schutzbrief im Duplikat verschafft, das Original ist in den Händen des Major Melville, welches ich Ihnen sende, da ich weiß, daß es Ihnen eine Freude sein wird, ihm die glückliche Nachricht zuerst mitzuteilen. Er wird sich natürlich ohne Zögern nach Duchran begeben, um dort einige Wochen Quarantäne zu halten. Was Sie betrifft, so gebe ich Ihnen die Erlaubniß, ihn dahin zu begleiten und sechs Tage dort zu bleiben, da ich höre, daß eine gewisse schöne Dame ebenfalls dort ist. Ich habe das Vergnügen, Ihnen sagen zu können, daß es Sir Everard und der Mistreß Rahel äußerst angenehm sein würde, wenn Sie in der Gunst dieser Dame Fortschritte machen können. Beide werden nicht eher glauben, daß Ihre Absichten und Aussichten und die drei laufenden Hermeline in Sicherheit sind, bis Sie ihnen eine Mistreß Edward Waverley vorstellen. Da nun eine gewisse Liebesangelegenheit von mir selbst – vor einer hübschen Reihe von Jahren – gewisse Maßregeln unterbrach, die damals zu Gunsten der drei Hermeline getroffen waren, verpflichtet mich meine Ehre, für Ersatz zu sorgen. Benutzen Sie deshalb Ihre Zeit gut, denn wenn die Woche verflossen ist, müssen Sie sich direkt nach London begeben, um dort bei den Gerichtshöfen Ihre Begnadigung zu betreiben.

Ich bin, mein teurer Waverley, auf immer Ihr treuer

Philipp Talbot.«

66.

Glücklich die Freit',
Die da währt kurze Zeit.

Als das erste Gefühl der Freude, welches diese glücklichen Nachrichten erweckte, etwas verrauscht war, machte Edward den Vorschlag, augenblicklich ins Tal zu gehen und den Baron in Kenntniß zu setzen. Aber der vorsichtige Amtmann bemerkte mit Recht, wenn der Baron sich sogleich öffentlich zeigte, so möchten die Pächter und Dorfbewohner ihre Freude auf zu ungestüme Weise äußern und bei der bestehenden Macht, vor welcher der Amtmann stets die unbegrenzteste Ehrfurcht hatte, Anstoß erregen. Er schlug daher vor, daß Waverley nach der Hütte der Janet Gellatley gehen und den Baron unter dem Schutze der Dunkelheit nach Klein-Veolan bringen solle, wo er dann wieder den Luxus eines guten Bettes genießen könne. Inzwischen, sagte er, wolle er zu dem Kapitän Foster gehen, ihm den Schutzbrief des Barons zeigen und um dessen Erlaubniß bitten, ihn für diese Nacht bei sich behalten zu dürfen, dann wolle er für Pferde sorgen, daß er morgen nach Duchran in Begleitung des Herrn Stanley reisen könne, »welchen Namen vermuthlich Ew. Gnaden noch beibehalten werden«, fügte der Amtmann hinzu.

»Gewiß, Herr Macwheeble, doch wollt Ihr nicht selbst heute Abend nach dem Tale gehen, um Euren Patron zu begrüßen?«

»Das möchte ich von Herzen gern, und ich fühle mich Ew. Gnaden sehr verbunden, daß Sie mich an meine beschworene Pflicht erinnern. Aber ich werde erst nach Sonnenuntergang von dem Kapitän Foster zurückkehren, und zu solcher Stunde hat das Tal einen bösen Namen es ist so viel Unglückverheißendes mit der alten Janet Gellatley ver-knüpft. Der Laird will von solchen Dingen nichts glauben, denn er war immer übermäßig tollkühn und waghalsig, und fürchtete weder Men-schen noch den Teufel. Aber ich weiß gewiß, daß Sir Georg Mackenzie sagt, kein Geistlicher kann an Hexen zweifeln, da die Schrift befiehlt: Du sollst Hexen nicht am Leben lassen. Ich will aber die alte Janet für diesen Abend herholen lassen, und Davie kann den Spieß drehen, denn ich will Eppie sagen, daß sie eine fette Gans zu Ew. Gnaden Abendessen schlachten soll.«

Als es nahe an Sonnenuntergang war, eilte Waverley nach der Hütte, und er mußte sich gestehen, daß der Aberglaube keinen unpassenden Ort oder Gegenstand gewählt hatte, um seine phantastischen Schrecken auf denselben zu gründen.

Die arme Janet, niedergebeugt durch das Alter und triefäugig durch den Torfrauch, trippelte in ihrer Hütte mit einem Birkenbesen umher und murmelte leise vor sich hin, während sie bemüht war, den Herd und den Fußboden zum Empfange der erwarteten Gäste ein wenig zu reinigen. Bei Waverleys Schritten fuhr sie zusammen, blickte auf und zitterte heftig, so sehr waren ihre Nerven durch ihre beständige Angst um die Sicherheit ihres Herrn gefoltert. Nur schwer machte ihr Waver-ley begreiflich, daß der Baron jetzt gegen persönliche Gefahr gesichert sei; als sie sich aber mit dieser freudigen Nachricht vertraut gemacht hatte, war es eben so schwer, sie zu überzeugen, daß er nicht wieder in den Besitz seiner Güter treten sollte. »Es paßte sich«, sagte sie, »daß er sie zurückerhielte, denn niemand würde so schlecht sein, ihm seine Güter zu nehmen, nachdem er ihn begnadigt hätte. Und was den Inch-grabbit betrifft«, sagte sie, »so könnte ich beinahe selbst wünschen, seinetwegen eine Hexe zu sein, wenn ich nicht fürchtete, daß der Böse mich beim Wort nehmen möchte.« Waverley gab ihr etwas Geld und versprach, daß ihre Treue belohnt werden sollte. »Wie kann ich anders belohnt werden, sagt nur selbst, als dadurch, daß ich meinen alten Herrn und Miß Rosa wieder zurückkommen und ihr Eigentum genießen sehe?«

Waverley nahm jetzt Abschied von Janet und stand bald unter dem Patmos des Barons. Auf ein leises Pfeifen steckte der Veteran vorsichtig den Kopf aus der Höhle hervor. »Ihr seid sehr früh gekommen, mein guter Junge«, sagte er, heruntersteigend, »es ist nur die Frage, ob die Rothröcke schon Zapfenstreich geschlagen haben, und vorher bin ich nicht sicher.«

»Gute Nachrichten können nicht zu bald erzählt werden«, sagte Waverley, und mit unendlicher Freude teilte er dem Alten die guten Neuigkeiten mit. Der ehrliche Bradwardine stand einen Augenblick wie in Andacht versunken da und rief dann aus: »Gedankt sei Gott, ich werde meine Kind wiedersehen!«

»Um, wie ich hoffe, nie wieder von ihm getrennt zu werden«, sagte Waverley.

»Ich hoffe zu Gott, nein, es müßte denn sein, um die Mittel zu ihrem Unterhalte zu gewinnen, denn meine Angelegenheiten sind in einem zerrütteten Zustande; aber was haben irdische Güter zu sagen?«

»Und wenn nun«, sagte Waverley bescheiden, »sich eine Lage des Lebens böte, welche Miß Bradwardine gegen die Unsicherheit des Glückes schützte und sie in dem Range erhielte, in dem sie geboren ist, würdet Ihr dann etwas dagegen haben, mein teurer Baron, weil diese Lage einen Eurer Freunde zum glücklichsten Menschen von der Welt machte?« – Der Baron wendete sich um und sah Waverley sehr ernst an. »Ja«, fuhr Edward fort, »ich werde meine Verbannung nur dann als widerrufen betrachten, wenn Ihr mir die Erlaubniß gebt, Euch nach Duchran zu begleiten, und –«

Der Baron schien seine ganze Würde zu sammeln, um eine passende Antwort auf das zu geben, was er zu einer andern Zeit als die Präliminarien zu einer Verbindung zwischen der Häusern Bradwardine und Waverley betrachtet haben würde. Seine Anstrengungen waren vergebens. Der Vater war zu mächtig für den Baron, der Stolz der Geburt und des Ranges verschwanden in der freudigen Überraschung, durch seine Züge ging ein leichtes Zucken, als er seinen Gefühlen freien Lauf ließ, seine Arme um Waverleys Hals schlang und schluchzend ausrief: »Mein Sohn, mein Sohn, hätte ich die ganze Welt durchsuchen müssen, ich würde diese Wahl getroffen haben!«

Edward erwiderte die Umarmung mit aller Innigkeit des Gefühles, und einige Augenblicke schwiegen beide; endlich unterbrach Edward die Pause: »Aber Miß Bradwardine?«

»Sie hat nie einen Willen gehabt als den ihres Vaters, überdies seid Ihr ein hübscher junger Mensch von ehrenhaften Grundsätzen, von hoher Geburt, nein, sie hat nie einen andern Willen gehabt als den meinen, und in meinen stolzesten Tagen hätte ich für sie keinen passenderen Gatten wünschen können, als den Neffen meines vortrefflichen alten Freundes Sir Everard. – Aber ich hoffe, daß Ihr die Genehmigung Eurer Verwandten habt, und besonders Eures Oheims, der *in loco parentis* ist? Daran müssen wir denken!« – Edward versicherte, Sir Everard würde sich durch die schmeichelhafte Aufnahme seiner Werbung, die er vollkommen billigte, hoch geehrt fühlen. – Zum Beweise dafür händigte er dem Baron den Brief des Obersten Talbot ein. Der Baron las ihn sehr aufmerksam. »Sir Everard«, sagte er, »schätzte stets im Vergleich zu Ehre und Geburt den Reichtum gering, und in der Tat hat er keine Ursache, der *diva pecunia*, den Hof zu machen. Doch da der Malcolm ein solcher Vatermörder ist, denn anders kann ich ihn nicht nennen, da er daran denkt, das Familienerbe zu veräußern, wünschte ich jetzt«, er richtete dabei seine Augen auf einen Teil des Daches, welches die Bäume überragte, »daß ich Rosa das alte Haus mit dem, was dazu gehört, hinterlassen hätte. – Und dennoch«, sagte er mit milderem Tone, »mag es gut sein, wie es ist, denn als Baron von Bradwardine hätte ich es für meine Pflicht halten können, aus gewisse Bedingungen in Bezug auf Namen und Wappen zu dringen, die von einem güterlosen Laird und einer mitgiftlosen Tochter aufgegeben werden können, ohne daß man ihn tadelt.«

»Der Himmel sei gepriesen«, dachte Edward, »daß Sir Everard diese Skrupel nicht hört. Die drei laufenden Hermeline und der hüpfende Bär würden darüber sicher davonlaufen.« Mit der ganzen Gluth eines jugendlichen Liebhabers versicherte er dann den Baron, daß er sein Glück nur in Rosas Herz und Hand suche, und daß ihres Vaters bloße Genehmigung ihn ebenso glücklich machte, als wenn er seiner Tochter eine Grafschaft mitgeben könnte.

Sie erreichten jetzt Klein-Veolan. Die Gans dampfte auf dem Tische, und der Amtmann schwang Messer und Gabel. Eine freudige Begrüßung fand zwischen ihm und seinem Gutsherrn statt. Auch in der Küche war Gesellschaft. Die alte Janet saß in der Herd-Ecke, Davie hatte den Spieß zu seinem unsterblichen Ruhme gedreht, und selbst Ban und Buscar waren in der Freigebigkeit des glücklichen Macwheeble bis an den Hals vollgestopft worden und lagen jetzt schnarchend am Boden.

Der nächste Tag brachte den Baron und seinen jungen Freund nach Duchran, wo der erstere infolge der fast allgemeinen Verwendung der schottischen Regierungsfreunde erwartet wurde. Diese Verwendung war so zahlreich und so mächtig gewesen, daß man beinahe gewiß glaubte, auch seine Güter wären gerettet worden, wären sie nicht bereits in die habsüchtigen Hände seines unwürdigen Vetters übergegangen gewesen, dessen Rechte als von dem Baron unabhängig durch eine Begnadigung der Krone nicht angetastet werden konnten. Der alte Herr sagte aber mit seiner gewöhnlichen guten Laune, er sei zufriedener über den Besitz der guten Meinung bei seinen Nachbarn, als er über eine *restitutio in integrum* gewesen sein würde, hätte man diese auch ausführbar gefunden.

Wir wollen es nicht versuchen, das Zusammentreffen des Vaters und der Tochter zu beschreiben, die einander so innig liebten und unter so gefährlichen Umständen von einander getrennt gewesen waren. Noch weniger wollen wir es versuchen, das tiefe Erröten zu analysiren, als sie die Glückwünsche Waverleys empfing, oder uns dabei aufhalten, ob sie neugierig war, zu wissen, welch besonderer Beweggrund ihn um diese Zeit nach Schottland geführt habe. Wir wollen den Leser selbst nicht mit der Beschreibung der Liebeswerbungen vor sechszig Jahren belästigen. Es genügt, zu wissen, daß unter einem so pünktlichen Soldaten, wie der Baron war, alles in der gehörigen Form ging. Er nahm es am Morgen nach ihrer Ankunft über sich, Rosa den Antrag Waverleys mitzuteilen, den sie mit dem gehörigen Grade mädchenhafter Schüchternheit aufnahm. Das Gerücht sagte aber, Waverley hätte schon den Abend zuvor fünf Minuten Zeit gefunden, sie auf das Kommende aufmerksam zu machen, während die übrige Gesellschaft drei verschlungene Schlangen betrachtete, welche im Garten ein *jeu d'eau* bildeten.

Meine schönen Leserinnen werden selbst urteilen; was aber mich betrifft, so kann ich nicht begreifen, wie es möglich ist, eine so wichtige Angelegenheit in so kurzer Zeit mitzuteilen, wenigstens nahm die Verhandlung bei dem Baron eine volle Stunde in Anspruch, Waverley wurde jetzt in aller Form als anerkannter Liebhaber betrachtet. Auf das Winken und Nicken der Wirtin vom Hause mußte er bei dem Essen neben Miß Bradwardine sitzen und beim Whist ihr Mitspieler sein. Trat er in das Zimmer, so hatte diejenige der vier Miß Rubrick, welche zufällig zunächst bei Rosa saß, gewiß ihren Fingerhut oder ihre Scheere am obern Ende der Stube zu holen, damit der Sitz neben Miß Bradwardine von ihm eingenommen würde. Und zuweilen, wenn Papa oder Mama nicht bei der Hand waren, sie zurechtzuweisen, kicherten die Mädchen auch unter einander. Der alte Laird von Duchran machte auch gelegentlich seinen Scherz und die Lady ihre Bemerkung. Selbst der Baron konnte sich nicht ganz zurückhalten, aber hier entging Rosa jeder andern Verlegenheit, als der, Vermutungen anstellen zu müssen, denn sein Witz bestand gewöhnlich in einem lateinischen Citate. Selbst die Bedienten grinsten zuweilen zu bemerkbar, die Mägde lachten zu laut, und ein herausforderndes Einverständniß schien durch die ganze Familie zu herrschen. Alice Bean, das schöne Mädchen aus der Höhle, welches nach ihres Vaters Mißgeschick, wie sie es nannte, Rosa als Kammermädchen begleitet hatte, lächelte und kicherte auf das beste mit. Rosa und Edward aber ertrugen alle diese kleinen Neckereien wie andere Liebesleute vor und nach ihnen, und es gelang ihnen wahrscheinlich, irgend eine Schadloshaltung zu finden, denn man vermutet nicht, daß sie während der sechs Tage, die Waverley in Duchran blieb, im ganzen sehr unglücklich waren.

Es war endlich bestimmt, daß Edward nach Waverley-Haus gehen sollte, um die nötigen Anstalten zu seiner Heirat zu treffen. Hierauf sollte er nach London eilen, um seine förmliche Begnadigung zu betreiben, aber dann sobald als möglich zurückkehren, um die Hand seiner verlobten Braut in Empfang zu nehmen. Er beabsichtigte auf seiner Reise auch einen Besuch bei dem Oberst Talbot; aber das Wichtigste war ihm, etwas von dem Schicksale des unglücklichen jungen Häuptlings von Glennaquoich zu erfahren, ihn in Carlisle zu besuchen und zu sehen, ob irgend etwas zu tun sei, wenn nicht seine Begnadigung, so doch wenigstens eine Umwandlung der Strafe zu erlangen, zu der er gewiß verurteilt wurde; schlimmsten Falls aber Flora ein Asyl bei Rosa anzubieten, oder ihre Absichten sonst auf jede mögliche Weise zu unterstützen. Das Schicksal des Häuptlings Fergus war schwerlich abzuwenden. Edward war schon bemüht gewesen, seinen Freund, Oberst Talbot, für ihn zu interessiren, aber dieser hatte deutlich zu verstehen gegeben, daß sein Einfluß in dieser Art von Angelegenheiten gänzlich erschöpft sei.

Der Oberst war noch in Edinburg, um dort im Auftrage des Herzogs von Cumberland mehrere Geschäfte zu besorgen, die einige Monate in Anspruch nahmen. Hier sollte Lady Emily zu ihm kommen, der Luftveränderung und Ziegenmolken zur Wiederherstellung ihrer Gesundheit empfohlen waren, und die die Reise in Begleitung von Frank Stanley machen sollte. Edward besuchte daher in Edinburg den Obersten, der ihm auf das herzlichste zu seinem bevorstehenden Glücke gratulirte und freundlich eine Menge Aufträge übernahm, die unser Held ihm anzuvertrauen gezwungen war. Aber in Beziehung auf Fergus war er unerbittlich. Er überzeugte Edward in der Tat, daß seine Verwendung nutzlos sein würde, aber außerdem gestand Oberst Talbot auch noch, daß er seinem Gewissen nach nichts für den unglücklichen jungen Mann tun könnte. Die Gerechtigkeit, sagte er, welche die Buße von denen forderte, die das ganze Land in Angst und Trauer versetzt hätten, könnte sich kein passenderes Opfer wählen. Er wäre mit der klarsten Ansicht von dem, was er unternahm, in das Feld gezogen. Er hätte seinen Gegenstand erforscht und begriffen. Seines Vaters Schicksal hätte ihn nicht abgeschreckt; die Milde der Gesetze, welche ihm die Güter und Rechte seines Vaters wieder übertragen, hätte ihn nicht belehrt. Daß er tapfer und großmütig sei und andere gute Eigenschaften besäße, mache ihn nur um so gefährlicher, daß er aufgeklärt und kenntnißreich sei, lasse sein Verbrechen nur um so strafbarer erscheinen, daß er ein Enthusiast für eine falsche Sache sei, mache ihn zu einem Märtyrer für dieselbe nur um so geeigneter. Außerdem noch wäre er das Mittel gewesen, viele Hunderte in das Feld zu locken, welche ohne ihn nie daran gedacht haben würden, die Ruhe des Landes zu stören.

»Ich wiederhole es«, sagte der Oberst, »obgleich, wie der Himmel weiß, mit einem seinetwegen persönlich betrübten Herzen, daß dieser junge Mann das verzweiflungsvolle Spiel, welches er spielte, genau erforscht und erkannt hat. Er spielte um Leben oder Tod, Krone oder Sarg; es kann ihm jetzt mit Gerechtigkeit gegen das Land nicht erlaubt werden den Einsatz zurückzuziehen, weil die Würfel gegen ihn fielen.«

Das waren die Grundsätze jener Zeit, welche selbst brave und menschlich gesinnte Männer gegen einen besiegten Feind geltend machten. Hoffen wir fromm, daß wir wenigstens in dieser Beziehung die Auftritte nie wieder sehen, die Gefühle nie wieder hegen, welche vor hundert Jahren in Britannien allgemein waren.

67.

Schon Morgen? das ist bald! –
Schont ihn! schont ihn!

Shakespeare

Begleitet von seinem früheren Diener Alick Polwarth, der in Edinburg wieder in seinen Dienst getreten war, erreichte Edward Carlisle, während die Kommission unter Oyer und Terminer, die über seine unglücklichen Waffengefährten das Urteil fällen sollte, noch ihre Sitzungen hielt. Er hatte seine Reise so viel als möglich beschleunigt, ach, nicht mit der entferntesten Hoffnung, Fergus zu retten, sondern nur mit dem Wunsche, ihn zum letzten Male zu sehen. Ich hätte erwähnen sollen, daß er zur Verteidigung des Gefangenen mit der größten Freigebigkeit die nötigen Gelder angewiesen hatte, sobald er erfuhr, daß der Tag des Verhörs angesetzt sei. Ein Anwalt erschien daher, aber so, wie gewöhnlich die berühmtesten Ärzte an das Sterbelager irgend eines Mannes von hohem Range treten. Die Ärzte hoffen auf irgend einen unberechenbaren Zufall durch die Kräfte der Natur; die Advokaten suchen die kaum mögliche Gelegenheit irgend eines gesetzlichen Versehens zu benutzen. Edward drängte sich in den Gerichtshof, der außerordentlich gefüllt war; da er aber aus dem Norden kam und eine gewaltige Angst und Aufregung zeigte, glaubten die Leute, er sei ein naher Verwandter irgend eines der Gefangenen und machten ihm deshalb Platz. Es war die dritte Sitzung des Gerichtshofes, und zwei Männer standen vor den Schranken. Das Verdict »schuldig« war bereits gesprochen. Edward sah in der Pause, welche darauf folgte, auf die Schranken. Er konnte sich nicht irren in der hohen Gestalt und den edlen Zügen von Fergus Mac-Ivor, obgleich sein Anzug schmutzig war, und sein Gesicht die ungesunde gelbe Farbe zeigte, welche die Folge langer und enger Haft ist. Neben ihm stand Evan Maccombich. Edward fühlte sich unwohl und betäubt, als er auf sie blickte, aber er wurde zu sich selbst zurückgerufen, als der Gerichtsschreiber die feierlichen Worte sprach: »Fergus Mac-Ivor von Glennaquoich, auch Bich Ian Vohr genannt, und Evan Mac-Ivor, im Dhu von Tarrascleugh, auch Evan Dhu, und Evan Maccombich oder Evan Dhu Maccombich genannt, ihr und jeder von euch steht des Hochverrates angeklagt. Was habt ihr für euch zu sagen, weshalb der Gerichtshof nicht gegen euch das Urteil sprechen sollte, daß ihr sterben müßt nach dem Gesetze?«

Als der Vorsitzende Richter die verhängnißvolle Kappe der Verurteilung aufsetzte, setzte Fergus seine eigene Mütze ebenfalls auf, sah dem Richter fest und streng in das Gesicht und antwortete mit zuversichtlicher Stimme: »Ich kann diese zahlreiche Versammlung nicht in der Vermutung lassen, daß ich auf eine solche Anklage nichts zu antworten hätte. Aber was ich sagen möchte, würdet Ihr nicht hören wollen, denn meine Verteidigung würde Eure Verurteilung sein. Fahret daher in Gottes Namen in dem fort, was Euch erlaubt ist. Gestern und den Tag zuvor habt Ihr königtreues und ehrenwertes Blut verurteilt, um gleich Wasser vergossen zu werden. Sparet meines nicht. Wäre das aller meiner Vorfahren in meinen Adern, ich hätte es bei dieser Sache gewagt.« Er nahm seinen Sitz ein und weigerte sich wieder aufzustehen.

Evan Maccombich sah ihn sehr ernsthaft an, stand dann auf und schien sprechen zu wollen, aber die Verwirrung vor dem Gerichtshof und die Verlegenheit, daß er in einer andern Sprache dachte, als die war, in der er sich ausdrücken wollte, hieß ihn schweigen. Es entstand ein Gemurmel der Teilnahme unter den Zuschauern, welche glaubten, der arme Schelm wollte sich auf den Einfluß seines Vorgesetzten beziehen, um sein Verbrechen zu entschuldigen. Der Richter gebot Stillschweigen und ermutigte Evan, zu sprechen.

»Ich wollte nur sagen«, sagte Evan, »daß wenn Ew. vortrefflichen Gnaden und der ehrenwerte Gerichtshof Bich Ian Vohr nur diesmal frei lassen wollten unter der Bedingung, daß er nach Frankreich zurückginge und König Georgs Regierung nicht mehr beunruhigte, so würden sechs von den besten seines Clans willig bereit sein, sich für ihn hinrichten zu lassen, und wenn Ihr mich nach Glennaquoich gehen lassen wollt, so hole ich sie selbst zum Köpfen oder zum Hängen, und Ihr könnt mit mir den Anfang machen.«

Ungeachtet der feierlichen Gelegenheit wurde bei diesem sonderbaren Vorschlage eine Art von Gelächter in dem Gerichtshofe gehört. Der Richter verwies diese Unanständigkeit, und Evan, der ernst umherblickte, sagte, als das Geräusch verstummt war: »Wenn diese sächsischen Herren lachen, weil ein armer Mensch wie ich denkt, daß mein Leben oder das Leben von sechs meiner Art so viel wert sei, wie das Leben von Bich Ian Vohr, dann mögen sie vielleicht Recht haben; wenn sie aber lachen, weil sie glauben, daß ich nicht zurückkommen würde, ihn zu lösen, so kann ich ihnen sagen, daß sie weder das Herz eines Hochlandmannes noch die Ehre eines Edelmannes kennen.«

Jetzt war keine Neigung mehr zum Gelächter unter den Zuhörern, und Todesstille herrschte ringsum.

Der Richter sprach hierauf über beide Gefangene die Verurteilung nach den Gesetzen wegen Hochverraths mit allen fürchterlichen Nebendingen aus. Die Hinrichtung wurde auf den folgenden Tag festgesetzt. »Euch, Fergus Mac-Ivor«, sagte der Richter, »kann ich keine Hoffnung auf Begnadigung geben. Ihr müßt Euch bis morgen auf Euren letzten Gang hier und Eure Rechenschaft dort vorbereiten.«

»Ich wünsche nichts anderes, Mylord«, antwortete Fergus in demselben männlich festen Tone.

Die Augen Evans, fortwährend auf seinen Häuptling gerichtet, füllten sich mit Tränen. »Was Euch armen unwissenden Mann betrifft«, fuhr der Richter fort, »der Ihr den Begriffen folget, in denen Ihr erzogen wurdet, so habt Ihr uns heute einen auffallenden Beweis gegeben, wie die Treue, welche nur dem Könige und Reiche gebührt, durch Eure unglücklichen Begriffe von Clanschaft auf ein ehrgeiziges Individuum übertragen sind, welches endet, indem es Euch zum Werkzeug seiner Verbrechen machte. – Für Euch fühle ich so viel Mitleid, daß ich versuchen will, Eure Begnadigung zu erwirken, wenn Ihr Euch entschließen könnt, darum zu bitten. Sonst aber –«

»Gewährt mir keine Gnade«, sagte Evan; »da Ihr Bich Ian Vohrs Blut vergießen wollt, ist die einzige Gunst, die ich von Euch annehmen würde: – laßt mir die Hände losbinden, gebt mir mein Schwert und bleibt dann nur eine Minute sitzen, wo Ihr jetzt sitzt.«

»Bringt die Gefangenen fort«, sagte der Richter, »sein Blut komme über sein Haupt.«

Fast betäubt durch seine Gefühle sah Edward, daß der Strom der Menge ihn auf die Straße fortgerissen hatte, noch ehe er wußte, was er tat. Sein augenblicklicher Wunsch war, Fergus noch einmal zu sehen und zu sprechen. Er ging nach dem Schlosse, in welchem sein unglücklicher Freund gefangen saß, aber der Eintritt wurde ihm verweigert. »Der Oberfriedensrichter«, sagte ein Unteroffizier, »hat von dem Gouverneur verlangt, daß niemand den Gefangenen sprechen darf, ausgenommen sein Beichtvater und seine Schwester.«

»Und wo ist Miß Mac-Ivor?« Man gab ihm den Ort an. Es war das Haus einer achtungswerten katholischen Familie in der Nähe von Carlisle.

Vom Tore des Schlosses zurückgewiesen, wagte er nicht, sich in seinem eigenen unpopulären Namen an den Obersheriff oder die Richter zu wenden, deshalb richtete er sein Gesuch an den Anwalt, der Fergus verteidigt hatte. Dieser sagte ihm, man fürchte eine nachteilige Wirkung auf die öffentliche Meinung, wenn die Freunde des Prätendenten die letzten Augenblicke der Verurteilten schildern könnten, man hätte daher den Entschluß gefaßt, alle die Personen zurückzuweisen, welche nicht den Anspruch naher Verwandtschaft hätten. Indeß versprach er, um den Erben von Waverley-Haus zu verpflichten, ihm einen Befehl zur Vorlassung bei dem Gefangenen für den nächsten Morgen auszuwirken, ehe ihm die Fesseln zur Hinrichtung abgenommen würden.

Spricht man so von Fergus Mac-Ivor, dachte Waverley, oder träume ich? Von Fergus, dem Kühnen, dem Ritterlichen, dem Freisinnigen, dem stolzen Häuptling eines ihm ganz ergebenen Stammes? Ist er es, den ich den Angriff leiten sah, der Tapfere, Tätige, Junge, Edle, die Liebe der Damen, der Held des Volksliedes? – Ist er es, der hier gefesselt wurde wie ein Missetäter, der auf dem Karren zum gemeinen Galgen geschleppt werden soll, der den grausamsten Tod sterben soll, verstümmelt durch die Hand der elendesten und verworfensten Menschen? – Ein böses Gespenst war es in der Tat, das dem Häuptling von Glennaquoich ein solches Geschick verkündigte.

Mit bebender Stimme bat er den Anwalt, Fergus auf seinen Besuch aufmerksam zu machen, wenn er dazu die Erlaubniß erhalten sollte. Er verließ ihn darauf, und nach dem Gasthofe zurückgekehrt, schrieb er einige kaum leserliche Zeilen an Flora Mac-Ivor, daß er sie diesen Abend zu sprechen wünsche. Der Bote brachte einen Brief mit Floras reizender italienischer Handschrift zurück, die selbst unter dieser Last des Elendes kaum gezittert hatte. »Miß Flora Mac-Ivor«, so sagte dieser Brief, »könne es selbst unter den gegenwärtigen Umständen des Unglückes ohne Gleichen nicht ablehnen, den teuersten Freund ihres teuren Bruders zu sehen.«

Als Edward Miß Mac-Ivors gegenwärtige Wohnung erreichte, wurde er sogleich vorgelassen. In einem großen Zimmer mit dunkler Tapete saß Flora neben einem vergitterten Fenster und nähte an einem Gewande von weißem Flanell. In geringer Entfernung von ihr saß eine ältliche Frau, dem Anscheine nach eine Fremde und von einem religiösen Orden. Sie las in einem katholischen Andachtbuche; als Waverley eintrat, legte sie es auf den Tisch und verließ das Zimmer. Flora stand auf, ihn zu begrüßen und reichte ihm die Hand, doch keins von beiden machte den Versuch, zu sprechen. Die Schönheit ihres Gesichts war gänzlich dahin, sie war bedeutend abgemagert, und ihr Antlitz und ihre Hände, so weiß wie der feinste Marmor, gewährten einen auffallenden Kontrast zu ihrer schwarzen Kleidung und ihrem rabenschwarzem Haar. Trotz dieser Beweise des Kummers aber hatte ihr Anzug nichts Vernachlässigtes oder Geschmackloses, selbst ihr Haar, obgleich ohne allen Schmuck, war mit der gewöhnlichen Sorgfalt geordnet. Die ersten Worte, welche sie sprach, waren: »Haben Sie ihn gesehen?«

»Nein«, antwortete Waverley, »man hat mir den Zutritt verweigert.«

»Das stimmt zu dem übrigen«, sagte sie, »aber wir müssen uns unterwerfen. Werden Sie die Erlaubniß erhalten? Hoffen Sie?«

»Für – für – morgen«, sagte Waverley, aber er sprach es so leise aus, daß es kaum verständlich war.

»Ja, dann oder nie«, sagte Flora, »bis zu der Zeit«, fügte sie aufwärts blickend hinzu, »bis wir uns alle wiedersehen. Aber ich hoffe, Sie sehn ihn, während die Erde ihn noch trägt. Er liebte Sie stets von Herzen, obgleich – doch es ist nutzlos, von der Vergangenheit zu sprechen.«

»Nutzlos in der Tat!« wiederholte Waverley.

»Oder selbst von der Zukunft, mein guter Freund«, sagte Flora, »so weit sie irdische Dinge betrifft, denn wie oft habe ich mir die Möglichkeit dieses Ausganges gedacht, und wie weit blieb dennoch alles hinter der unendlichen Bitterkeit dieser Stunde zurück!«

»Teure Flora, wenn Ihre Geistesstärke –«

»Das ist es eben«, rief sie etwas wild, »hier, Herr Waverley, hier nagt an meinem Herzen ein geschäftiger Dämon, der mir zuflüstert, aber es wäre Wahnsinn, darauf zu hören, daß die Seelenstärke, auf welche Flora stolz war, ihren Bruder mordete.«

»Guter Gott, wie können Sie einem so fürchterlichen Gedanken Worte geben?«

»Ist es etwa nicht so? Er verfolgt mich wie ein Gespenst. Ich weiß, daß er wesenlos und nichtig ist, aber er ist gegenwärtig, er drängt meinem Geiste seine Greuel auf, er flüstert mir zu, daß mein Bruder bei seiner Flüchtigkeit und Hitze seine Kräfte an hundert Gegenstände verteilt haben würde. Ich war es, die ihn sie sammeln lehrte, alles auf diesen fürchterlichen, verzweiflungsvollen Wurf zu setzen. O, daß ich mich erinnern könnte, ihm nur einmal gesagt zu haben: »Wer mit dem Schwerte tödtet, soll durch das Schwert getödtet werden!« – Daß ich ihm nur einmal gesagt hätte: Bleib' zu Haus, spare Dich, Deine Vasallen, Dein Leben für Unternehmungen auf, die im Bereich des Möglichen liegen. Aber ach, Herr Waverley, ich spornte sein feuriges Temperament noch mehr an, und sein Verderben fällt zur Hälfte auf seine Schwester!«

Edward versuchte den fürchterlichen Gedanken, den sie ausgesprochen hatte, energisch zu bekämpfen. Er erinnerte sie an die Grundsätze, in denen sie beide erzogen waren, und nach denen zu handeln sie für ihre Pflicht gehalten hatten.

»Glauben Sie nicht, daß ich sie vergessen habe«, rief sie hastig, indem sie aufwärts blickte, »ich bereue diesen Versuch nicht etwa, weil er Unrecht war! O nein, in dem Punkte bin ich gerüstet, sondern weil es unmöglich war, daß es anders enden konnte.«

»Aber er schien nicht immer so verzweifelt und gefährlich, als er war, und Fergus' kühner Geist würde die Sache gewählt haben, mochten Sie sie billigen oder nicht, Ihre Rathschläge dienten nur dazu, seinem Benehmen Einheit und Beständigkeit zu geben, seinen Beschlüssen Würde zu verleihen, nicht sie zu übereilen.« Flora hörte bald auf, Edward Gehör zu schenken, und beschäftigte sich dann wieder mit ihrer Näharbeit.

»Erinnern Sie sich wohl noch«, sagte sie dann, indem sie mit geister-artigem Lächeln aufblickte, »daß Sie mich einst damit beschäftigt fanden, ein Hochzeitsgeschenk für Fergus zu nähen? Jetzt säume ich sein Brautgewand. Unsere Freunde hier«, – fuhr sie mit unterdrückter Aufregung fort, »wollen in ihrer Kapelle den blutigen Reliquien des letzten Bich Ian Vohr geweihte Ehre geben. Aber sie werden nicht alle beisammen sein; nein – sein Kopf! – Ich werde nicht einmal den letzten elenden Trost haben, die kalten Lippen meines teuren, teuren Fergus küssen zu können.«

Der Schmerz überwältigte die unglückliche Flora, sie wurde auf ihrem Stuhle ohnmächtig. Die Dame, welche im Vorzimmer gewartet hatte, trat jetzt schnell ein und bat Waverley, das Zimmer zu verlassen, doch nicht das Haus. Als er nach einer halben Stunde zurückgerufen wurde, fand er, daß Miß Mac-Ivor ihre Fassung wiedergewonnen hatte. Er wagte hierauf die Bitte der Miß Bradwardine vorzubringen, sich in Zukunft als ihre Adoptivschwester zu betrachten.

»Ich habe von meiner teuren Rosa«, antwortete Flora, »schon einen Brief, der diesen Gedanken aussprach, erhalten. Der Kummer ist selbstsüchtig und denkt nur an sich, sonst würde ich ihr schon geschrieben haben, daß ich selbst in meiner Verzweiflung einen Strahl der Freude hatte, als ich von ihren glücklichen Aussichten hörte, und erfuhr, daß der gute alte Baron dem allgemeinen Schiffbruche entgangen ist. Geben Sie dies meiner teuersten Rosa, es ist ihrer armen Flora letzter Schmuck von Werth und war das Geschenk einer Prinzessin.« Sie gab ihm ein Kästchen, welches die Diamantkette enthielt, mit der sie ihr Haar zu schmücken pflegte. »Mir ist es in Zukunft nutzlos. Die Güte meiner Freunde hat mir eine Zufluchtsstätte in dem Kloster der schottischen Benedictinerinnen in Paris verschafft. Morgen, wenn ich den morgenden Tag zu überleben vermag, trete ich mit dieser ehrwürdigen Schwester meine Reise an. Und nun, Herr Waverley, leben Sie wohl. Mögen Sie mit Rosa so glücklich sein, wie Ihr innerer Werth es verdient, und denken Sie zuweilen an die Freundin, die Sie verloren haben. Trachten Sie nicht danach, mich wiederzusehen, es wäre übel angebrachte Güte.«

Sie reichte ihm ihre Hand, welche Edward mit einem Strome von Tränen benetzte. Mit wankenden Schritten verließ er das Zimmer und kehrte zurück nach Carlisle. In dem Gasthofe fand er einen Brief des Anwaltes, der ihm meldete, daß er Fergus am nächsten Morgen besuchen dürfe, sobald man die Tore des Schlosses öffne, und daß er bleiben könne, bis die Ankunft des Sheriffs das Signal zum verhängnißvollen Zuge gebe.

68.

Noch finster ist der Abschied, der uns droht,
Verhüllte Trommeln, schwarzbedeckte Bahre.

Campbell.

Nach einer schlaflosen Nacht fanden die ersten Strahlen des Morgens Waverley schon auf der Esplanade gegenüber dem alten Tore des gothischen Schlosses von Carlisle. Aber er ging lange nach allen Richtungen umher, ehe die Stunde erschien, in welcher die Tore geöffnet und die Zugbrücken niedergelassen wurden. Er zeigte dem wachhabenden Unteroffizier seinen Befehl und wurde eingelassen.

Das Gefängniß, in welchem Fergus saß, war ein dunkles gewölbtes Gemach in dem mittelsten Teile des Schlosses, ein gewaltiger alter Turm, umgeben von Außenwerken und dem Anscheine nach aus der Zeit Heinrichs VIII. oder noch etwas später stammend. Das Knarren der schweren Riegel und Bolzen, die zurückgezogen wurden, um Edward Eintritt zu gewähren, wurde durch das Kettengerassel des unglücklichen Häuptlings beantwortet, der schwer gefesselt über den steinernen Boden seines Gefängnisses schwankte und dem Freunde in die Arme fiel.

»Mein teurer Edward«, sagte er mit fester, fast heiterer Stimme, »das ist sehr freundlich von Dir. Ich hörte mit dem aufrichtigsten Vergnügen von Deinem bevorstehenden Glücke. Und wie geht es Rosa? Was macht unser alter grilliger Freund, der Baron? Es geht ihm gut, denk ich, da ich Dich in Freiheit sehe. – Und wie werdet Ihr den Vorrang zwischen den drei Hermelinen und zwischen dem Bären und Stiefelknecht entscheiden?« »Ach, mein teurer Fergus, wie vermagst Du in diesem Augenblicke zu scherzen?«

»Freilich betraten wir Carlisle mit glücklicheren Aussichten am 16. November, als wir so vergnügt nebeneinander einzogen und die weiße Fahne auf den alten Türmen aufpflanzten! Aber ich bin kein Knabe, mich hinzusetzen und zu weinen, wenn das Glück gegen mich war. Ich wußte, was ich wagte, wir spielten ein kühnes Spiel, und die verlorenen Tricks sollen männlich bezahlt werden. Und jetzt, da meine Zeit kurz ist, laß mich zu den Fragen kommen, die mir die wichtigsten sind. – Der Prinz? Ist er den Bluthunden entkommen?«

»Er ist in Sicherheit.«

»Gelobt sei Gott dafür! Erzähle mir die näheren Umstände seiner Flucht.«

Waverley teilte ihm die merkwürdige Geschichte mit, soweit sie damals bekannt war, und Fergus hörte ihm mit dem größten Interesse zu. Er fragte hierauf nach mehreren andern Freunden und erkundigte sich genau nach dem Schicksale seiner eigenen Clansleute. Sie hatten weniger gelitten als andere Stämme, die an dem Kampfe Teil genommen; denn da sie nach der Gefangennehmung ihres Häuptlings, wie dies der Hochlandsbrauch mit sich brachte, zum größten Teile auseinander gegangen und nach Hause zurückgekehrt waren, hatte man sie bei der schließlichen Unterdrückung des Aufstandes nicht unter den Waffen gefunden und folglich mit weniger Strenge behandelt. Fergus hörte dies mit großer Zufriedenheit.

»Du bist reich und großmütig, Waverley«, sagte er. »Wenn Du hörst, daß die armen Mac-Ivors in ihrem elenden Besitztum durch harte Aufseher oder Agenten der Regierung bedrängt werden, so erinnere Dich, daß Du ihren Tartan getragen hast und ein Adoptivsohn ihres Stammes bist. Der Baron, der unsere Sitte kennt und in unserer Nähe lebt, wird Dich über Zeit und Mittel unterrichten, wie Du ihr Beschützer sein kannst. Willst Du das dem letzten Bich Ian Vohr versprechen?«

Edward gab, wie man sich leicht denken kann, sein Wort und hielt es später so treu, daß sein Andenken in jenen Tälern heute noch gefeiert, und er der Freund der Söhne Ivors genannt wird. »Wollte Gott«, fuhr der Häuptling fort, »ich könnte Dir meine Rechte auf die Liebe und den Gehorsam dieses alten tapfern Stammes übertragen, oder wenigstens, wie ich schon zu tun bemüht war, meinen armen Evan überreden, seine Begnadigung unter den gebotenen Bedingungen anzunehmen und Dir zu sein, was er mir war, der herzlichste – bravste – anhänglichste –«

Die Tränen, welche sein eigenes Geschick ihm nicht erpressen konnte, flossen reichlich bei der Erwähnung seines Milchbruders.

»Aber«, sagte er, sie trocknend, »das kann nicht sein. Du kannst für sie nicht Bich Ian Vohr sein, diese drei magischen Worte«, sagte er halb lächelnd, »sind das einzige Sesam, öffne dich! für ihre Gefühle und Sympathien, und der arme Evan muß seinen Milchbruder in den Tod begleiten, wie er ihn durch sein ganzes Leben begleitet hat.«

»Und ich sage dies«, sagte Maccombich, indem er sich vom Boden erhob, auf welchem er, aus Furcht, ihr Gespräch zu unterbrechen, so still gelegen hatte, daß Waverley ihn nicht bemerkt hatte, ich sage dies, daß Evan nie ein besseres Geschick wünschte oder verdiente, als mit seinem Häuptlinge zu sterben.«

»Und jetzt«, sagte Fergus, »da wir denn doch einmal bei dem Gespräche von der Clanschaft sind, sage mir, was Du von der Prophezeiung des Bodach Glas hältst?« – Dann, noch ehe Edward etwas antworten konnte, fuhr er fort: »Ich sah ihn wieder in der vergangenen Nacht, er stand in dem Strahle des Mondscheins, der durch jenes hohe enge Fenster auf mein Bett fiel. Weshalb sollte ich ihn fürchten, dachte ich, morgen, lange vor dieser Zeit, bin ich ebenso körperlos wie er! – Falscher Geist, sagte ich, bist Du gekommen, Deine Wanderungen auf

Erden zu beschließen und Deinen Triumph im Falle des letzten Ab-
kömmlings Deines Feindes zu feiern? – Der Geist schien zu nicken und
zu lächeln und verschwand dann meinen Blicken. Was denkst Du davon? – Ich tat dieselbe Frage an den Priester der ein guter und gefühlvoller Mann ist, er gestand, daß die Kirche solche Erscheinungen als
möglich zugibt, ermahnte mich aber, meinem Geiste das Verweilen
dabei nicht zu gestatten, weil die Einbildungskraft uns so sonderbare
Streiche spielt. – Was denkst Du davon?«

»Dasselbe, was Dein Beichtiger«, sagte Waverley, der einen Streit
über diesen Punkt zu vermeiden wünschte. Ein leises Klopfen an der
Tür verkündete den Geistlichen, und Edward zog sich zurück, während
jener nach den Vorschriften der römischen Kirche den beiden Gefangenen den letzten Trost der Religion spendete. Nach einer Stunde
wurde Edward wieder vorgelassen, bald darauf trat ein Kommando
Soldaten mit einem Schmied ein, welcher den Gefangenen die Fesseln
abnahm.

»Du siehst das Kompliment, das man unserer Hochlandstracht und
unserm Hochlandsmute gemacht hat«, sagte Fergus zu seinem Freunde,
»wir haben hier gefesselt gelegen wie wilde Tiere, bis unsere Beine ge-
lähmt waren, und jetzt, da sie uns befreien, schicken sie sechs Soldaten
mit geladenen Gewehren, um uns zu hindern, das Schloß mit Sturm
zu nehmen.«

Edward erfuhr später, daß diese strengen Vorsichtsmaßregeln getroffen worden waren, weil die Gefangenen einen verzweifelten Versuch
zur Flucht gemacht hatten, der beinahe gelungen wäre.

Bald darauf rasselten die Trommeln der Garnison. »Das ist der
letzte Trommelruf«, sagte Fergus, »den ich höre, und dem ich gehorche,
und nun, mein teurer, teurer Edward, ehe wir uns trennen, laß uns
von Flora sprechen, ein Gegenstand, der die zärtlichsten Gefühle erweckt, die noch in mir leben.«

»Wir trennen uns nicht hier«, sagte Waverley.

»O ja, das tun wir, Du darfst nicht weiter mitkommen. Nicht daß
ich, was kommen wird, für mich selbst fürchtete«, sagte er stolz. »Die
Natur hat ihre Martern wie die Kunst, und wie glücklich würden wir
den Menschen schätzen, der den Schmerzen und Qualen einer fürchterlichen Krankheit nach einer kurzen halben Stunde entronnen wäre?
Mögen sie die Sache hinziehen wie sie wollen, sie kann doch nicht
länger dauern. Aber was ein Sterbender mit Festigkeit ertragen kann,
das vermag einen lebenden Freund zu tödten, wenn er es ansieht. –
Dieses Gesetz des Hochverraths«, fuhr er mit staunenerregender Festig-

keit und Fassung fort, »ist eine von den Segnungen, durch welche, lieber Edward, euer freies Vaterland das arme alte Schottland beglückte, dessen eigene Gesetzgebung darin viel milder war. Doch ich denke, früher oder später, wenn keine wilden Hochländer mehr dessen Milde genießen können, werden sie es aus ihren Gesetzbüchern streichen, weil es sie einer Nation von Kannibalen gleichstellte. Auch die Äfferei, die Todtenköpfe auszustellen, sie haben nicht so viel Witz, den meinigen mit einer papiernen Krone zu versehen. – Darin läge doch noch Satire, Edward. Ich hoffe, sie werden ihn auf das schottische Tor pflanzen, damit ich selbst noch nach dem Tode zu den blauen Hügeln meines Vaterlandes blicken kann, die ich so innig liebte.«

Der Baron würde hinzugesetzt haben:

Moritur, et moriens dulces reminiscitur agros.

Lärmen, Wagengerassel und Hufschlag wurden jetzt auf dem Schloß- hofe hörbar. »Da ich Dir gesagt habe, weshalb Du mir nicht folgen darfst, und da diese Töne mich gemahnen, daß meine Zeit schnell entflieht, sage mir, wie Du die arme Flora fandest?«

Von überwältigenden Gefühlen mehrmals unterbrochen, gab Waver- ley von dem Gemütszustand, in dem er sie gefunden hatte, Bericht.

»Arme Flora«, antwortete der Häuptling, »ihr eigenes Todesurteil hätte sie ertragen, doch meines nicht. Du, Waverley, wirst bald das Glück gegenseitiger Zuneigung in der Ehe kennen – lange, lange mögen Du und Rosa es genießen –, aber nie könnt Ihr die Reinheit des Gefühls kennen lernen, welches zwei Waisen vereinigte, wie Flora und mich, die wir allein in der Welt standen und uns seit unserer Kindheit alles waren. Doch ihr starkes Pflichtbewußtsein, ihre Treue wird ihr neue Kraft verleihen, wenn der erste Schmerz über diese Trennung vorüber ist. Sie wird dann an Fergus denken, wie an die Helden unseres Stam- mes, bei deren Taten sie so gern verweilt.«

»Wird sie Dich nicht noch sehen?« sagte Waverley. »Sie schien es zu erwarten.«

»Eine notwendige Täuschung wird ihr die letzte erschütternde Trennung ersparen. Ich könnte von ihr nicht ohne Tränen scheiden, und ich kann den Gedanken nicht ertragen, daß diese Menschen sich einbildeten, sie könnten mir Tränen erpressen. Sie ist in dem Glauben, daß sie mich zu einer späteren Stunde sehen wird, doch dieser Brief, den mein Beichtvater ihr übergibt, setzt sie in Kenntniß davon, daß alles vorbei ist.«

Es erschien jetzt ein Offizier und meldete, daß der Oberfriedensrichter und dessen Leute vor dem Tore des Schlosses warteten, um die Körper des Fergus Mac-Ivor und Evan Maccombich zu fordern. »Ich komme«, sagte Fergus. Sich auf Edwards Arm stützend und begleitet von Evan Dhu und dem Priester begab er sich die Treppe hinab, die Soldaten bildeten die Nachhut. Der Hof war mit einer Schwadron Dragoner und einem Bataillon Infanterie besetzt, welche ein offenes Quarré bildeten. In der Mitte befand sich eine Art Schleife oder Hürde statt des Karrens, auf welcher die Gefangenen zu dem Orte der Hinrichtung geschleift werden sollten, der eine halbe Stunde von Carlisle entfernt war. Die Hürde war schwarz angestrichen und wurde von einem weißen Pferde gezogen. An dem einen Ende dieses Fuhrwerkes saß der Scharfrichter, ein gräßlich aussehender Kerl, wie es sich für sein Geschäft ziemte, mit der gewaltigen Axt in der Hand, an dem andern Ende, zunächst dem Pferde, befand sich ein leerer Sitz für zwei Personen. Durch den tiefen und dunkeln gothischen Bogengang, der sich an der Zugbrücke öffnete, erblickte man zu Pferde den Oberfriedensrichter mit seinem Gefolge, dem die zwischen den Militair- und Civilbehörden bestehende Etiquette nicht weiter vorzudringen gestattete.

»Das ist für eine Schlußscene recht nett arrangirt«, sagte Fergus und lächelte geringschätzend, indem er auf die Zubereitungen des Schreckens blickte. Evan Dhu rief hastig, als er die Dragoner gesehen hatte: »Das sind dieselben Bengels, die bei Gladsmuire davongaloppirten, ehe wir ein Dutzend von ihnen kalt machen konnten.« – Der Priester ermahnte ihn, zu schweigen. Die Hürde näherte sich jetzt, Fergus drehte sich um, schloß Waverley in seine Arme, küßte ihn auf beide Wangen und sprang behend auf seinen Platz. Evan setzte sich an seine Seite. Der Priester folgte in einem Wagen, der seinem Patron, dem katholischen Edelmann, gehörte, in dessen Hause Flora sich befand. Als Fergus Edward mit der Hand zuwinkte, schlossen sich die Reihen der Soldaten rings um die Hürde, und der ganze Zug setzte sich in Bewegung. An dem Tore machte man Halt, indem der Gouverneur des Schlosses und der Oberfriedensrichter eine kleine Ceremonie zu vollziehen hatten: die Militärbehörde überlieferte die Verbrecher an die Civilbehörde. »Gott erhalte den König Georg!« sagte der Oberfriedensrichter. Als die Formalität beendet war, stand Fergus auf und sagte mit fester kräftiger Stimme: »Gott erhalte den König Jakob!« Das waren die letzten Worte, die Waverley ihn sprechen hörte.

Der Zug setzte sich wieder in Bewegung, und die Hürde verließ das Portal, unter dem sie einen Augenblick gehalten hatte. Der Todtenmarsch ertönte und seine melancholische Weise mischte sich mit den dumpfen Schlägen der Glocken auf der benachbarten Kathedrale. Der Klang der Militärmusik erstarb, als die Prozession sich weiter bewegte, und der dumpfe Ton der Glocken war bald nur noch allein hörbar.

Der letzte der Soldaten war jetzt unter dem gewölbten Torwege verschwunden, durch den sie einige Minuten marschirten, der Schloßhof war ganz leer, aber Waverley blieb noch immer stehen, wie erstarrt, die Augen fest auf den dunkeln Gang gerichtet, in welchem er eben noch den Freund zum letzten Male gesehen hatte. Eine Dienerin des Gouverneurs, von Mitleid über den Schmerz ergriffen, den seine Züge aussprachen, fragte ihn endlich, ob er nicht in das Haus ihrer Herrschaft treten und sich niedersetzen wollte? Sie mußte ihre Frage zweimal wiederholen, ehe er sie verstand, endlich aber rief sie ihn zu sich selbst zurück. Er lehnte die Freundlichkeit durch eine hastige Bewegung ab, zog den Hut über die Augen, verließ das Schloß, und schritt, so schnell er es vermochte, durch die leeren Straßen, bis er seinen Gasthof erreichte; hier eilte er auf sein Zimmer und riegelte die Tür hinter sich zu.

Nach etwa anderthalb Stunden, die ihm als ein Menschenalter unerträglicher Angst erschienen, verkündete ihm der lustige Ton der Trommeln und Pfeifen und das verworrene Gemurmel der Menge, welches jetzt die kürzlich noch so öden Straßen füllte, daß alles vorbei sei, und daß Soldaten und Bevölkerung von dem traurigen Auftritte zurückkehrten. Ich will es nicht versuchen, seine Gefühle zu beschreiben.

Am Abend empfing er einen Besuch von dem Priester, der ihm sagte, daß er auf den Wunsch seines verstorbenen Freundes käme, um ihm die Versicherung zu überbringen, daß Fergus Mac-Ivor gestorben sei, wie er gelebt, und daß er seiner Freundschaft bis zum letzten Augenblicke gedacht habe. Er fügte hinzu, er hätte auch Flora gesehen, deren Gemüthsstimmung gefaßter zu sein scheine seitdem alles vorüber sei. Mit ihr und der Schwester Theresa wollte der Priester Carlisle am folgenden Tage verlassen, um sich in dem nächsten Seehafen nach Frankreich einzuschiffen. Waverley zwang diesem guten Manne einen Ring von einigem Werte und eine Geldsumme auf, um sie im Dienste der katholischen Kirche für das Andenken seines Freundes zu verwenden, denn er glaubte, daß dies Flora am meisten zusagen würde. *Fungarque inani munere*, wiederholte er, als der Geistliche sich entfernte. Doch weshalb sollte man nicht auch diese Handlungen der Erinnerung neben andere Ehrenbezeigungen stellen, mit denen die Anhänglichkeit bei allen Sekten das Andenken der Todten bewahrt?

Am nächsten Morgen vor Tagesanbruch verließ er die Stadt Carlisle, indem er sich das Versprechen gab, ihre Mauern nie wieder zu betreten. Kaum wagte er es, auf die gothische Verzierung des befestigten Tores zurückzublicken, durch das er gehen mußte, denn die Stadt war mit einer alten Mauer umgeben. »Sie sind da nicht« sagte Alick Polwarth, der die Ursache des zweifelhaften Blickes errieth, welchen Waverley zurückwarf, und der sich mit der gemeinen Neigung für das Fürchterliche mit allen Umständen der Hinrichtung bekannt gemacht hatte. »Die Köpfe stecken auf dem schottischen Tore, wie sie's nennen. Es ist recht schade, daß Evan Dhu, der ein wohlmeinender, gutmütiger Mensch war, ein Hochländer sein mußte, und wirklich, das war auch der Laird von Glennaquoich, wenn er eben keinen Wutanfall hatte.«

69. Dulce domum

Der Eindruck des Entsetzens, mit welchem Waverley Carlisle verließ, milderte sich endlich zur Melancholie, und diese Milderung wurde durch die peinliche und doch beruhigende Aufgabe beschleunigt, an Rosa zu schreiben. Während er seine eigenen Gefühle über das Unglück nicht unterdrücken konnte, war er bemüht, es in einem Lichte zu zeigen, welches ihre Teilnahme erregen mußte, ohne ihre Vorstellung schmerzlich zu berühren. Das Bild, das er ihretwegen entwarf, nahm er allmählich auch in sein eigenes Gemüth auf, und seine nächsten Briefe wurden heiterer und bezogen sich auf die Aussichten des Friedens und Glückes, die vor ihnen lagen. Aber obgleich seine ersten Gefühle zur sanften Melancholie geworden waren, erreichte Edward seine Heimat doch, ehe er, wie sonst gewöhnlich, Erheiterung aus dem Antlitze der Natur zu finden vermochte.

Zum ersten Male, seitdem er Edinburg verließ, begann er jetzt das Vergnügen zu empfinden, welches beinahe alle fühlen, die von Scenen der Öde, der Verheerung, oder einsamer und melancholischer Größe zu einer üppig grünen, bevölkerten und reich kultivirten Gegend zurückkehren. Aber wie steigerten sich diese Gefühle, als er die Besitzung betrat, die seit so langen Jahren Eigentum seiner Vorfahren gewesen war, als er die alten Eichen des Waverley-Geheges wieder erkannte, als er daran dachte, mit welchem Entzücken er Rosa an alle seine Lieblingsorte führen würde, als er endlich die Türme der ehrwürdigen Halle über die Bäume, von denen sie umgeben war, emporsteigen sah, als er sich zuletzt in die Arme seiner ehrwürdigen Verwandten warf, denen er so viel Liebe und Dankbarkeit schuldete.

Das Glück ihres Wiedersehens wurde durch kein einziges Wort des Vorwurfs getrübt. Im Gegenteil, welche Schmerzen Sir Everard und Mrs. Rahel auch während Waverleys Unternehmung mit dem jungen Chevalier gefühlt haben mochten, stimmte dieselbe doch zu sehr zu den Grundsätzen, in denen sie erzogen waren, als daß sie zu Vorwürfen oder auch nur zu Tadel geneigt gewesen wären. Oberst Talbot hatte den Weg zu Edwards günstigem Empfange gleichfalls mit großer Geschicklichkeit geebnet, indem er seinen Muth und besonders sein tapferes großmütiges Benehmen bei Preston mit vieler Wärme schilderte, bis endlich, bei dem Gedanken, daß ihr Neffe bei einem Einzelkampfe einen so ausgezeichneten Offizier, wie den Obersten, selbst zum Gefangenen gemacht und vor der Niedermetzelung bewahrt hatte, die Einbildungskraft des Baronets und seiner Schwester die Taten Edwards denen eines Wilibert, Hildebrand und Nigel, der gerühmten Helden ihres Stammes, gleichstellte.

Das Äußere Waverleys, den die Sonne gebräunt, und dem die Gewohnheit militärischer Disciplin eine würdevolle Haltung verliehen hatte, war jetzt von kräftigem und kühnem Charakter, der nicht nur die Schilderung des Obersten zur Wahrheit stempelte, sondern auch alle Bewohner von Waverley-Hall überraschte und entzückte. Sie drängten sich herbei ihn zu sehen, zu hören und ihn zu preisen. Herr Pembroke, der insgeheim seinen Muth rühmte, weil er die erhabene Sache der Kirche von England verteidigte, machte nichtsdestoweniger seinem Zöglinge freundliche Vorwürfe darüber, daß er mit seinen Manuskripten sorglos umgegangen war, woraus ihm in der Tat einige Übelstände erwuchsen, denn als der Baronet durch königliche Beamte verhaftet wurde, hatte er es für klug gehalten, sich in ein Versteck zurückzuziehen, das nach dem Gebrauche, zu dem es in früheren Zeiten gedient hatte, das Priesterloch genannt wurde. Hierher, versicherte er unsern Helden, hätte der Haushofmeister oft nur einmal Nahrung zu bringen gewagt, so daß er mehrmals gezwungen gewesen wäre, kalte Speisen zu sich zu nehmen, oder, was noch schlimmer wäre, halbwarme, nicht zu erwähnen, daß sein Bett oft zwei Tage hintereinander nicht gemacht worden wäre. Waverleys Gedanken wendeten sich unwillkürlich auf das Patmos des Barons von Bradwardine, der mit Janets Kost und mit einigen Bündeln Stroh in einer Sandsteinhöhle wohl zufrieden war, aber er machte keine Bemerkungen über diesen Gegensatz, der seinen würdigen Lehrer nur verletzen konnte.

Alles war jetzt geschäftig bei den Vorbereitungen zu Edwards Heirat, ein Ereigniß, dem der gute alte Baronet und Mrs. Rahel wie der Erneuerung ihrer eigenen Jugend entgegensahen. Die Heirat schien, wie Oberst Talbot angedeutet hatte, beiden in hohem Grade erwünscht, da sie alles für sich hatte, außer Reichtum, und davon besaßen sie für sich selbst mehr als genug. Herr Clippurse wurde daher unter besseren Aussichten nach Waverley-Haus beschieden als im Beginn unserer Geschichte. Aber Herr Clippurse kam nicht allein, denn da er jetzt in hohem Alter stand, hatte er sich mit einem Neffen vereinigt, und beide führten jetzt das Geschäft als die Herren Clippurse und Hookem. Diese würdigen Herren erhielten den Auftrag, alle nötigen Anstalten auf das glänzendste zu treffen, als ob Edward eine Pairstochter heiraten sollte.

Der Tag seiner Verheiratung war auf den sechsten nach seiner Ankunft festgesetzt. Der Baron von Bradwardine, für den Hochzeiten und Kindtaufen und Begräbnisse Feste von hoher und feierlicher Wichtigkeit waren, fühlte sich etwas gekränkt, daß mit Inbegriff der Familie Duchran und der ganzen Nachbarschaft, die Anspruch darauf hatte, bei einer solchen Gelegenheit gegenwärtig zu sein, nur dreißig Personen zusammenkamen. Als er heiratete, bemerkte er, waren 300 Pferde geborner Edelleute, außer den Dienern und einigen Dutzend Hochlandslairds, die nie ein Pferd bestiegen, anwesend.

Aber sein Stolz fand einigen Trost darin, daß er und sein Schwiegersohn so kürzlich gegen die Regierung in Waffen gestanden hatten, und daß es daher als eine Veranlassung zur Besorgniß und als Beleidigung der herrschenden Macht betrachtet werden konnte, wenn sie alle Verwandten und Angehörigen ihrer Häuser mit kriegerischem Gefolge, wie es sonst bei solchen Gelegenheiten in Schottland üblich war, einlüden. »Und ohne Zweifel«, schloß er mit einem Seufzer, »sind viele von denen, die sich außerdem an dieser fröhlichen Hochzeit ergötzt haben würden, entweder zu einem bessern Orte eingegangen, oder aus ihrem Vaterlande verbannt.«

Die Hochzeit fand an dem bestimmten Tage statt, der ehrwürdige Herr Rubrick, ein Verwandter des gastlichen Hauses, in dem sie gefeiert wurde, hatte die Genugtuung, die Hände des Brautpaares in einander zu legen. Frank Stanley war Brautführer, zu welchem Zwecke er wenig Tage nach Edwards Ankunft eintraf. Lady Emily und Oberst Talbot wollten auch zugegen sein, aber als der Tag der Abreise kam, war Lady Emilys Gesundheit dazu nicht stark genug. Als Ersatz dafür wurde verabredet, daß Edward Waverley und seine Gattin, die in Begleitung des Barons sogleich eine Reise nach Waverley-Haus unternehmen wollten, auf ihrem Wege dahin einige Tage auf einer Besitzung zubringen sollten, welche Oberst Talbot in Schottland gekauft hätte, und wo er sich einige Zeit aufzuhalten gedächte.

70.

Dies Haus ist nicht mein eigen
Ich sehs am ganzen Bau.

Die Hochzeitsgesellschaft reiste in großem Stile. Voran fuhr eine Kutsche, nach dem neuesten Geschmack gearbeitet, mit sechs Pferden bespannt, ein Geschenk Sir Everards an seinen Neffen, die durch ihre Pracht die Augen von halb Schottland blendete, ihr folgte die Familienkutsche des Herrn Rubrick, beide waren von Damen besetzt; der begleitenden Herren mit ihren Dienern zu Roß waren in runder Summe etwa zwanzig. Dessenungeachtet, und ohne die Furcht, dadurch einer Hungersnoth ausgesetzt zu werden, kam der Amtmann Macwheeble dem Hochzeitszuge auf der Straße entgegen, um ihn zu bitten, in seinem Hause in Klein-Veolan einzukehren. Der Baron staunte und sagte, sein Sohn und er würden gewiß nach Klein-Veolan kommen und den Amtmann begrüßen, aber er könnte nicht daran denken, den ganzen *comitatus nuptialis* mitzubringen. Er hatte gehört, fügte er hinzu, daß die Baronie durch ihren unwürdigen Besitzer verkauft worden sei, und freue sich daher, zu sehen, daß sein alter Freund Dunkan seinen früheren Posten auch unter dem neuen *dominus* wieder erhalten hatte. Der Amtmann drehte und wand sich und wiederholte dann seine Einladung, bis endlich der Baron, ungeachtet er sich durch die Hartnäckigkeit Macwheebles beinahe verletzt fühlte, seine Einwilligung nicht länger versagen konnte.

Er verfiel in tiefes Sinnen, als sie sich dem Eingange der Allee näherten, und als er bemerkte, daß die Verzierungen wieder hergestellt, die Trümmer fortgeschafft und die beiden großen steinernen Bären, die verstümmelten Gegenstände seiner Vergötterung, auf ihren Posten an dem Torwege wieder zurückgeführt waren, fuhr er empor wie aus einem Traum. »Der neue Besitzer«, sagte er zu Edward, »zeigte, wie die Italiener das nennen, mehr *gusto* in der guten Zeit, daß die Herrschaft sein ist, als der Hund Malcolm, obgleich ich ihn selbst hier auferzog, *vita adhuc durante* je erworben hat. – Und dennoch, da ich von Hunden spreche, sind das da nicht Ban und Buscar, die mit Davie Gellatley die Allee heraufgesprungen kommen?«

»Ich bin dafür, daß wir ihnen entgegengehen«, sagte Waverley, »denn ich glaube, daß der gegenwärtige Herr des Hauses Oberst Talbot ist, der erwarten wird, uns zu sehen. Wir zögerten anfangs, gegen Euch zu erwähnen, daß er Eure ehemalige Besitzung kaufte, und wenn Ihr nicht geneigt seid, ihn zu besuchen, so können wir selbst jetzt noch zu dem Amtmann gehen.«

Der Baron hatte Gelegenheit zur Entfaltung seiner ganzen Großherzigkeit. Er tat einen langen Atemzug, nahm eine gewaltige Prise und sagte, »da man ihn einmal so weit gebracht hätte, könne er an dem Tore des Obersten nicht vorübergehen und würde sich glücklich schätzen, den neuen Herrn seiner alten Hintersassen zu sehen.« Er stieg deshalb ab, die andern Herren und Damen taten dasselbe, er gab seiner Tochter den Arm, und während sie die Allee hinuntergingen, zeigte er ihr, wie schnell die *diva pecunia* der Leute vom Süden – ihre Schutzgöttin, wie er sie nennen könnte – alle Spuren der Verwüstung entfernt hätte.

In der Tat waren die umgehauenen Bäume nicht nur fortgeschafft, sondern auch die Wurzeln ausgegraben und die Stellen mit Gras besäet, so daß jede Spur der Verwüstung für ein Auge, welches den Ort früher nicht gesehen hatte, verwischt war. Eine ähnliche Umwandlung hatte auch mit dem äußern Menschen des Davie Gellatley stattgefunden, der ihnen zwar entgegenkam, aber dabei alle Augenblicke stehen blieb, um den neuen Anzug zu bewundern, der seine Person schmückte. Er tanzte mit seinen gewöhnlichen albernen Possen zuerst zum Baron, dann zu Rosa, strich mit der Hand über seine Kleider, indem er rief: Hübsch Davie, hübsch, und war kaum im Stande, eines seiner tausend Lieder auszusingen, so atemlos machte ihn das Übermaß seiner Freude. Auch die Hunde begrüßten ihren ehemaligen Herrn mit zahlreichen Freudensprüngen. »Auf mein Gewissen, Rosa«, sagte der Baron, »die Dankbarkeit dieser rohen Tiere und des armen Narren bringt Tränen in meine alten Augen, während Malcolm, der Schelm – doch ich bin dem Obersten Talbot verpflichtet, daß er meine Hunde in so guten Stand setzte, und den armen Davie auch. Aber Rosa, meine Liebe, wir dürfen nicht zugeben, daß sie eine lebenslängliche Last für das Gut bleiben.«

Indem er so sprach, kam Lady Emily, auf den Arm ihres Gatten gestützt, an dem untern Tore ihren Gästen mit tausend Begrüßungen entgegen. Nachdem die Ceremonie der Vorstellung, durch die Gewandtheit und Leichtigkeit der Lady Emily bedeutend abgekürzt, vorüber war, entschuldigte sie sich, daß sie eine Art von List gebraucht hätte, um sie zu einem Orte zurückzubringen, der peinliche Erinnerungen in ihnen erwecken möchte.

»Aber da er den Besitzer wechseln sollte«, fuhr sie fort, wünschten wir, daß der Baron –«

»Bloß Herr Bradwardine, gnädige Frau, wenn es Ihnen gefällig ist«, sagte der alte Herr.

»Herr Bradwardine und Herr Waverley sehen sollten, was wir getan hätten, um das Gut ihrer Väter wieder in seinen frühern Stand zu setzen.«

Der Baron antwortete mit einer tiefen Verbeugung. Als er den Hof betrat, fand er in der Tat, außer den alten schwerfälligen Ställen, die niedergebrannt und durch Gebäude von gefälligerem Äußern ersetzt worden waren, alles so viel als möglich in demselben Zustande, in welchem er es verlassen hatte, als er vor Monaten die Waffen ergriff. Das Taubenhaus war wieder gefüllt, der Springbrunnen spielte mit seiner gewöhnlichen Lebendigkeit, und nicht nur der Bär über dem Becken desselben, sondern auch all die andern Bären hatten ihre verschiedenen Positionen wieder eingenommen und waren mit so vieler Sorgfalt ausgebessert worden, daß man keine Spur mehr von der kürzlich an ihnen verübten Gewalttat sehen konnte. Der Baron blickte alles mit stummer Verwunderung an und sagte endlich zu dem Obersten:

»Während ich mich Euch verpflichtet fühle, daß Ihr mein Familienzeichen wiederhergestellt, muß ich mich doch darüber wundern, daß Ihr nirgends Euer eigenes Wappen angebracht habt, das, wenn ich nicht irre, einen Bullenbeißer trägt, den man früher einen Talbot nannte, wie der Dichter sagt:

Ein Talbot stark – ein fester Rüde;

wenigstens ist solch ein Hund das Wappen der kriegerischen und berühmten Earls von Shrewsbury, mit denen Eure Familie wahrscheinlich blutsverwandt ist.«

»Ich glaube«, sagte der Oberst lächelnd, »daß unsere Hunde von demselben Wurfe stammen, denn ich meines Teils würde, wenn die Wappen sich den Vorrang streitig machen wollten, sie, wie das Spruchwort sagt, sich »wie Hund und Bär« zerreißen lassen.«

Indem der Oberst dies sagte, wobei der Baron wieder eine gewaltige Prise nahm, betraten sie das Haus, das heißt, der Baron, Rosa und Lady Emily mit dem jungen Stanley und dem Amtmann, denn Edward und die übrigen Gäste blieben auf der Terrasse zurück, um ein neues Gewächshaus zu besehen, das mit den schönsten Pflanzen angefüllt war. Der Baron nahm sein Lieblingsgespräch wieder auf: »Wie sehr Ihr auch Gefallen daran finden möget, die Ehre Eures Wappens zu verleugnen, Oberst Talbot, eine Laune, wie ich sie auch bei andern Edelleuten in Eurem Lande gefunden habe, muß ich Euch doch wiederholen, daß es eines der ältesten Wappen ist, eben so wie das meines jungen Freundes Stanley, welches einen Adler mit einem Kinde aufweist.«

»Den Vogel mit dem armen Würmchen, nennen sie's in Derbyshire«, sagte Stanley.

»Ihr seid ein Hansnarr, Sir«, sagte der Baron, der an diesem jungen Manne einen großen Gefallen fand, vielleicht deshalb, weil er ihn zuweilen neckte. »Ihr seid ein großer Hansnarr, und ich muß Euch nächstens bessern«, sagte er, indem er seine gewaltigen Augenbrauen zusammenzog, »Aber was ich sagen wollte, Oberst Talbot, Eure *prosapia* oder Abstammung ist sehr alt, und da Ihr die Besitzung, die ich für mich und die meinigen verwirkte, für Euch und die Eurigen recht- und gesetzmäßig erworben habt, wünsche ich, daß sie bei Eurem Namen so lange als bei den frühern Besitzern bleiben möge.«

»Das ist wirklich sehr freundlich von Euch, Herr Bradwardine«, entgegnete der Oberst.

»Und dennoch, Sir, kann ich mich nur darüber wundern, daß Ihr, Oberst, bei dem ich so viel *amor patriae* bemerkte, um selbst andere Nationen herabzusetzen, doch den Gedanken fassen konntet, Eure Laren oder Hausgötter *procul a patriae finibus* aufzustellen und Euch gewissermaßen selbst zu expatriiren.«

»Wirklich, Baron, ich sehe nicht ein, weshalb ein alter Soldat einen andern noch länger betrügen sollte, nur um das Geheimniß der törichten Knaben Waverley und Stanley und meiner Frau, die auch nicht klüger ist, zu bewahren. Ihr müßt also wissen, daß mein Vorurteil zu Gunsten meines Vaterlandes nicht abgenommen hat, und daß die Summen, welche ich dem Käufer dieser umfangreichen Baronie vorstreckte, nur dazu dienten, für mich ein kleines Gut von 250 Acker Land zu kaufen, welches Brerewood heißt, und dessen Hauptverdienst darin besteht, nur wenige Meilen von Waverley-Haus entfernt zu sein.«

»Und wer in des Himmels Namen hat denn diese Besitzung gekauft?«

»Das auseinanderzusetzen«, sagte der Oberst, »ist Sache dieses Herrn.«

Der Amtmann, auf den sich diese Bemerkung bezog und der während dieser ganzen Zeit vor Ungeduld hin und her getrippelt war, trat jetzt vor und rief: »Das kann ich, Euer Gnaden.« Mit diesen Worten zog er aus seiner Tasche ein großes Packet, erbrach mit zitternder Hand das Siegel und sagte: »Hier ist die Erklärung von Malcolm Bradwardine von Inchgrabbit, nach aller Form Rechtens unterzeichnet und untersiegelt, wonach er für eine gewisse festgesetzte und ihm ausgezahlte Summe die ganze Besitzung und Baronie Bradwardine, Tully-Veolan und Zubehör, nebst dem Schlosse, dem Herrenhause, dem –«

»Um Gottes willen, Sir, zur Sache. Ich weiß das alles auswendig«, sagte der Oberst.

»Für Cosmo Comyne Bradwardine, Esq., seine Erben und Angehörigen unwiderruflich entweder als *a me vel de me* –«

»Bitte, schnell zu lesen, Sir.«

»Beim Gewissen eines ehrlichen Mannes, Oberst, ich lese so kurz, als mit dem Stil verträglich ist. Unter der Reservation und Belastung –«

»Herr Macwheeble, das dauert so lange, wie ein russischer Winter – erlaubt mir. Kurz, Herr Bradwardine, Eure Familienbesitzung ist Euch abermals zum freien Eigentum und zu unumschränkter Verfügung zurückgegeben, nur belastet durch die Summe, welche zu dem Rückkaufe vorgeschossen wurde, die, wie ich höre, zu dem Werte durchaus nicht im Verhältniß steht.«

»Ein altes Lied, ein altes Lied, Ew. Gnaden«, rief der Amtmann, indem er sich die Hände rieb, »seht nur in das Rentenbuch.«

»Welche Summe durch Herrn Edward Waverley, hauptsächlich durch den Erlös aus seinem väterlichen Erbteil, welches ich ihm abkaufte, vorgeschossen, seiner Gattin, Eurer Tochter, zugeschrieben wird, sowie der aus dieser Ehe entspringenden Nachkommenschaft.«

»Das ist eine katholische Sicherheit«, rief der Amtmann, »für Rosa Comyne Bradwardine, *alias* Waverley als Leibrente, und für deren Kinder aus besagter Ehe als Lehn, und da ich von der Heirat einen etwas genauen Contract *intuitu matrimonii* aufsetzte, so kann er später nicht als *donatio inter virum et uxorem* verringert werden.«

Es ist schwer zu sagen, ob der würdige Baron über die Rückgabe seines Familiengutes mehr entzückt war oder über das Zartgefühl und die Großmuth, das ihn auf den Todesfall frei verfügen ließ und so viel als möglich selbst den Schein einer ihm auferlegten pekuniären Verpflichtung vermied. Als die erste Freude vorüber war, wendeten sich seine Gedanken auf den männlichen, unwürdigen Erben der, wie er sagte, sein Geburtsrecht gleich Esau für ein Gericht Linsen verkauft hätte.

»Aber wer kochte ihm den Brei«, rief der Amtmann, »das möcht' ich wissen. Wer anders als Ew. Gnaden gehorsamer Diener Duncan Macwheeble? Se. Gnaden, der junge Herr Waverley, legte es von allem Anfange an in meine Hände, vom Augenblick der Citation an, wie ich wohl sagen darf. Ich überflügelte sie, ich spielte Versteckens mit ihnen, ich schmeichelte ihnen, und wenn ich Inchgrabbit und Jamie Howie nicht einen tüchtigen Streich gespielt habe, will ich Hans heißen. Er, ein Rechtsgelehrter! Ich rieth ihnen, sich vor unserem hübschen jungen Bräutigam nicht sehen zu lassen. Ich machte ihnen Gruseln vor unseren wilden Landleuten und den Mac-Ivors, die eben erst beruhigt sind, so daß sie keinen Schritt vor die Türe wagten, wenn die Sonne untergegangen war, aus Furcht vor Heatherblutter und ähnlichen Teufelskerlen, die sie fortblasen möchten. – Und auf der andern Seite machte ich ihnen Angst mit dem Oberst Talbot, ob sie gegen den Freund des Herzogs einen unmäßigen Preis festhalten wollten? Ob sie nicht wüßten, wer Herr im Hause wäre? Ob sie nicht an dem Beispiel manches armen irregeleiteten Menschen genug gehabt hätten?«

»Der zum Beispiel nach Derby gegangen wäre, Herr Macwheeble?« flüsterte ihm der Oberst zu.

»O stille, Oberst, um Gottes willen! Laßt die Fliege an der Wand bleiben! Es waren manche brave Leute in Derby, und es ist nicht gut, vom Strick zu sprechen.« – Er warf einen scheuen Blick auf den Baron, der in tiefe Träumerei versunken war.

Plötzlich auffahrend, faßte er Macwheeble bei einem Knopfe und führte ihn in eine Fenstervertiefung, von wo nur einzelne Bruchstücke ihres Gespräches die Gesellschaft erreichten. Gewiß betraf es Stempelpapier und Pergament, denn kein anderer Gegenstand hatte eine so tiefe unbedingte Aufmerksamkeit des Amtmanns in Anspruch zu nehmen vermocht.

»Ich verstehe Ew. Gnaden vollkommen, es kann eben so leicht hergerichtet werden wie eine Abwesenheitsvollmacht.«

»Für sie und ihn nach meinem Tode und für ihre männlichen Erben, aber mit Bevorzugung des zweiten Sohnes, wenn Gott sie mit zweien segnet, der dann Namen und Wappen des Geschlechtes Bradwardine führen soll, ohne irgend einen anderen Namen oder ein anderes Wappen.«

»Still, Ew. Gnaden!« flüsterte der Amtmann. »Ich will schon alles machen, das kostet nichts als eine Verzichtleistung in favorem, und die soll zur nächsten Sitzung der Schatzkammer bereit sein.«

Die besondere Unterredung endete hier, und der Baron wurde jetzt aufgefordert, neuen Gästen die Honneurs von Tully-Veolan zu machen. Diese waren der Major von Cairnvreckan, der ehrwürdige Morton und zwei oder drei andere Bekannte des Barons, denen es mitgeteilt worden war, daß er die Besitzungen seiner Väter wieder erstanden hätte. Unten auf dem Schloßhofe ertönte Jubelgeschrei der Dorfbewohner, denn Saunders Saunderson, der das Geheimniß mehrere Tage mit löblicher Klugheit bewahrte, ließ beim Anfahren der Kutsche seiner Zunge freien Lauf.

Aber während Edward den Major Melville freundlich und den Geistlichen mit der aufrichtigsten innigsten Herzlichkeit begrüßte, sah sein Schwiegervater etwas verlegen aus, weil er nicht wußte, wie er die Pflichten der Gastfreundschaft gegen so viele Gäste erfüllen und seinen eigenen Leuten ein passendes Fest geben sollte. Lady Emily erlöste ihn aus dieser Verlegenheit, indem sie ihm sagte, wenn sie auch in mancher Beziehung eine schlechte Stellvertreterin der Mistreß Edward Waverley wäre, so hoffe sie doch, daß der Baron die Unterhaltung billigen würde, die sie in Erwartung so vieler Gäste angeordnet, auch werde er für Vorräte gesorgt finden, welche im Stande wären, die frühere Gastfreundschaft von Tully-Veolan einigermaßen aufrecht zu erhalten. Es ist unmöglich, das Vergnügen zu beschreiben, welches diese Versicherungen dem Baron verursachten, der mit einer Galanterie, welche halb dem steifen schottischen Laird, halb dem gewandten französischen Offizier angehörte, seinen Arm der schönen Sprecherin bot und sie nach dem geräumigen Speisesaale führte, wohin die übrige Gesellschaft ihnen folgte.

Nach Saunders' Anordnungen und durch seine Bemühungen war hier und in den anderen Gemächern alles so viel als möglich auf dem früheren Fuß wiederhergestellt, und wo neues Geräth nötig gewesen war, war es der Form nach dem alten ähnlich. Eine Zugabe zu dem alten Gemache aber lockte Tränen in die Augen des Barons. Es war ein großes schönes Gemälde, welches Fergus Mac-Ivor und Waverley in der Hochlandstracht darstellte; die Scene war ein wilder felsiger Bergpaß, durch den im Hintergrund der Clan nach dem Tieflande herabzog. Das Gemälde war nach einer Erzählung entworfen und die Skizze, die während ihres Aufenthaltes in Edinburg ein junger Mann von ausgezeichnetem Talente gemacht hatte, war in London durch einen der ersten Künstler ausgeführt worden. Neben diesem Bilde hingen die Waffen, welche Waverley in dem unglücklichen Bürgerkriege getragen hatte. Das Ganze wurde mit Bewunderung und tieferen Empfindungen betrachtet.

Allen Gefühlen zum Trotz müssen die Menschen essen, und während der Baron das untere Ende der Tafel einnahm, bestand er darauf, daß Lady Emily sich an das obere setzen sollte, damit sie, wie er sagte, dem jungen Volke ein Beispiel gäbe. Nach einer kurzen Pause der Überlegung, welche er darauf verwendete, zu entscheiden, ob der presbyterianischen Kirche oder der bischöflichen Kirche von Schottland der Vorzug gebühre, bat er Herrn Morton, als den Fremden, den Segen zu sprechen, indem er bemerkte, daß Herr Rubrick, der zu Hause sei, für die ausgezeichnete Gnade, die ihm zu Teil geworden, das Dankgebet sagen würde. Das Essen war vortrefflich, Saunderson wartete in voller Livree auf, mit allen früheren Dienern, die wieder angenommen worden waren, ausgenommen einen oder zwei, von denen man seit der Affäre bei Culloden nichts gehört hatte. Die Keller waren mit Wein versorgt, den man für vortrefflich erklärte, und es war so eingerichtet worden, daß der Bär des Springbrunnens auf dem Hofe für diesen einen Abend Branntwein zum Gebrauch der geringen Leute spie. Als das Essen vorüber war, warf der Baron, im Begriff, einen Toast auszubringen, einen etwas besorgten Blick auf den Schenktisch, der aber mit Silberzeug reich versorgt war, es stand vieles von dem alten darunter, das man entweder versteckt gehalten hatte, oder das die benachbarten Edelleute von den Soldaten kauften und dem früheren Eigentümer bereitwillig zurückerstatteten.

»In diesen Zeiten«, sagte er, »müssen die dankbar sein, welche nur Leben und Güter retteten, und doch jetzt, da ich im Begriffe stehe, diese Gesundheit auszubringen, kann ich nicht umhin, ein altes Familienerbstück zu beklagen, Lady Emily, ein *poculum potatorium*, Oberst Talbot.«

Hier wurde der Baron von seinem Haushofmeister leise angestoßen, und als er sich umsah, erblickte er in den Händen des *Alexander ab Alexandro* den berühmten Pokal des St. Duthac, den heiligen Bären von Bradwardine. Es ist eine Frage, ob die Wiedererwerbung seiner Güter ihm mehr Entzücken verursachte. »Bei meiner Ehre«, sagte er, »man könnte an Feen und Zauberer glauben, wenn Sie zugegen sind, Lady Emily.«

»Ich bin sehr glücklich«, sagte der Oberst, »daß es mir durch die Wiedererwerbuug dieses alten Familienstückes möglich wurde, Euch einen Beweis von der lebhaften Teilnahme zu geben, die ich an allem nehme, was das Glück meines jungen Freundes Edward betrifft. Aber damit Ihr die Lady nicht für eine Zauberin oder mich für einen Hexenmeister haltet, was in Schottland kein Spaß ist, muß ich Euch erzählen, daß Frank Stanley, Euer Freund, der von einem Tartanfieber ergriffen wurde, seitdem er Edwards Beschreibungen von schottischen Gebräuchen hörte, uns diesen merkwürdigen Becher zufällig beschrieb. Mein Diener Spontoon, der wie ein echter Soldat alles beobachtet und wenig spricht, gab mir zu verstehen, daß er glaube, das von Herrn Stanley beschriebene Stück im Besitze einer gewissen Mistreß Rosebag gesehen zu haben, welche früher Gehilfin eines Pfandleihers gewesen war. Während der letzten unangenehmen Zeiten in Schottland hatte sie Gelegenheit gefunden, Geschäfte in ihrem frühern Gewerbe zu machen, und war so die Depositärin der kostbarsten Beutestücke der halben Armee geworden. Ihr könnt denken, daß der Pokal schnell erworben wurde, und es wird mir eine wahre Freude sein, wenn Ihr mich nicht in der Vermutung stört, daß der Werth dieses Stückes nicht dadurch verringert wurde, daß es durch meine Hände ging.«

Eine Träne mischte sich mit dem Wein, mit dem der Baron den Pokal füllte, als er dem Obersten einen Trunk des Dankes bot und dann eine Gesundheit auf das Glück der vereinigten Häuser Waverley und Bradwardine ausbrachte.

Es bleibt nur noch zu erwähnen, daß kein Wunsch im Ganzen mehr erfüllt wurde als dieser.

Biographie

1771	*15. August:* Walter Scott, Sohn von Walter Scott und seiner Ehefrau Anne Rutherford, wird im College Wynd geboren.
1772?	Er wird nach einer Erkrankung teilweise gelähmt.
1773–75	Er lebt bei Sandy-Knowe nahe Kelso wegen seiner Gesundheit.
	Die Familie zieht nach George Square um.
1775–76	Scott besichtigt London und Bath mit seiner Tante, Miss Janet Scott.
1778	Er verbringt den Sommer bei Prestonpanis wegen der dortigen Seebäder.
1779–83	Er besucht das Gymnasium in Edinburgh.
1783	Er kehrt für einige Monate nach Kelso zurück, wo er das Gymnasium besucht und John und James Ballantyne trifft.
1783–86	Scott besucht die Universität Edinburgh.
1786	Er wird in die Lehre zu seinem Vater gegeben.
1787–88	Er ist krank, und erholt sich bei Kelso.
1789–92	Er besucht Seminare, hauptsächlich im Fach Jura, an der Universität Edinburgh.
1792	*11. Juli:* Er wird an der Jurafakultät zugelassen.
	Er verliebt sich in Williamina Belsches.
	Er besucht Liddesdale, weiter Northumberland und High Lands, auf Suche nach Balladen.
1795	Er macht Williamina eine Liebeserklärung in einem Brief.
1796	Scott verliert Williamina an William Forbes. Er wird Kurator der Jurabibliothek. Er veröffentlicht einige Übersetzungen aus dem Werk von Gottfried August Bürger.
1797	Scott wird Quartiermeister bei den Freiwilligen Dragonern von Edinburgh.
	Sommer: Er trifft Charlotte Carpenter bei Gilsland.
	24. Dezember: Er heiratet sie bei Carlisle.
1798	Er mietet ein Landhaus bei Lasswade.
1799	Scott wird zum Sheriff von Selkirkshire ernannt.
	Er übersetzt Goethes »Goetz« und schreibt »Glenfinlas«.
1801	Er kauft das Haus in der Castle Street 39.
1802	Er veröffentlicht »Minstrelsy of the Scottish Border«, Band I und II.
1803	Veröffentlicht Band III von »Minstrelsy of the Scottish

Border«.

1804	Er mietet Ashestiel von seinem Cousin James Russell.
1805	Er läßt sich auf eine Partnerschaft mit James Ballantyne, einem Drucker, ein.
	Er fängt »Waverley« an, legt die Arbeit daran jedoch bald nieder.
	Er veröffentlicht »The Lay of the Last Minstrel«.
1806	Er wird zum Principal Clerk of Session ernannt.
1808	Scott hilft bei der Gründung von »The Quarterly Review«.
	»Marmion« und seine Ausgabe von Dryden werden veröffentlicht.
1809	Er streitet mit Constable, und gründet seinen eigenen Verlag in Partnerschaft mit John Ballantyne.
1810	Er besucht die Hebrides.
	Er arbeitet weiter an dem Roman »Waverley« und legt ihn wieder beiseite.
	Er veröffentlicht »The Lady of the Lake«.
1811	Für £4,000 kauft er den Bauernhof von Cartley Hole, den er in Abbotsford umbenennt.
1812	Er zieht von Ashestiel nach Abbotsford und beginnt, das Haus zu vergrößern und sein Grundstück zu bepflanzen.
1813	Er wird gezwungen, Constable das Unternehmen John Ballantyne & Co retten zu lassen.
	Er verweigert seine Krönung zum Dichter von seiten des Erbprinzen.
	Er kauft mehr Land bei Abbotsford.
	»Rokeby« wird veröffentlicht.
1814	Scott besucht Orkney, Shetland, und die Hebrides auf einer Reise zu den Nordinseln.
	Er veröffentlicht seine Swift –Ausgabe und, anonym, seinen ersten Roman, »Waverley«.
1815	Er wird zum Essen beim Kronprinzen in London eingeladen.
	Er besichtigt das Feld von Waterloo.
	Er trifft Wellington, den Kaiser Alexander, Matwej I. Platoff und andere in Paris.
	Er veröffentlicht »The Lord of the Isles« und »Guy Mannering«.
1816	Er veröffentlicht »Paul's Letters«, »The Antiquary«, »The Black Dwarf« und »Old Mortality«.
1817	Er leidet an Gallensteinen.

Ihm mißlingt, Baron von Exchequer zu werden.

Er kauft Toftfield, an Abbotsford angrenzend.

»Rob Roy« wird veröffentlicht.

1818   Scott bringt die Insignien von Schottland zu Tage.

Er fährt fort, Abbotsford zu vergrößern und zu verschönern.

Ihm wird die Ernennung zum Freiherrn vom Kronprinzen angeboten.

Er verkauft seine Urheberrechte an Constable für £12,000.

Er besucht die erste Blair-Adam Clubsitzung.

»The Heart of Midlothian« wird veröffentlicht.

1819   Scott leidet schwer an Gallensteinen.

Er empfängt den Prinzen Leopold bei Abbotsford.

Er veröffentlicht »The Bride of Lammermoor«, »A Legend of Montrose« und »Ivanhoe«.

1820   Er besucht London, und trifft Sir Thomas Lawrence und Sir Francis Leggatt Chantrey.

April: Er wird zum Freiherrn ernannt.

Seine ältere Tochter Sophia heiratet John Gibson Lockhart.

Scott wird zum Präsidenten der Königlichen Gesellschaft von Edinburgh gewählt.

Er veröffentlicht »The Monastery« und »The Abbot«.

1821   Er wohnt der Krönung von George IV. bei.

Er erweitert seinen Besitz bei Abbotsford.

Er schreibt »The Beacon«.

Er verkauft weitere Urheberrechte an Constable für £5,500.

»Kenilworth« und »The Pirate« werden veröffentlicht.

1822   Er organisiert den Besuch von George IV. nach Edinburgh.

Er bittet um die Rückkehr nach Schottland von Mons Meg.

»The Fortunes of Nigel« und »Peveril of the Peak« werden veröffentlicht.

1823   Scott erleidet seinen ersten Schlaganfall.

Er wird Gründungspräsident des Bannatyne Clubs und Vorsitzender der Edinburgh Oil Gas Co. Er verkauft weitere Urheberrechte an Constable für £5,500. »Quentin Durward« wird veröffentlicht.

1824   Er spricht anläßlich der Eröffnung der Akademie Edinburgh.

»St. Ronan's Well« und »Redgauntlet« werden veröffentlicht.

1825   Er vermacht Abbotsford seinem Sohn Walter bei seiner Hochzeit mit Jane Jobson.

Er fängt »The Life of Napoleon« an.

Er besichtigt Irland; auf seiner Rückkehr schließt er Freundschaften mit George Canning, William Wordsworth und Robert Southey.

»The Betrothed« und »The Talisman« werden veröffentlicht.

1826   *Januar:* Scott geht bankrott.

Mai: Er verliert seine Ehefrau.

Er besichtigt London und Paris, um Material für »Napoleon« zu sammeln.

»Woodstock« wird veröffentlicht.

1827   Er gesteht öffentlich ein, daß er der Verfasser von »Waverley« ist.

Er kauft die Urheberrechte seiner Romane zurück.

»The Life of Napoleon« und »Chronicles of the Canongate« werden veröffentlicht.

1828   Er besucht London.

Er beginnt, sich Notizen für die Magnum-Ausgabe seiner Arbeiten zu machen.

Er veröffentlicht »The Fair Maid of Perth« und die erste Serie von »Tales of a Grandfather«.

1829   Veröffentlicht »Anne of Geierstein; The History of Scotland«, Band I. »Tales of a Grandfather«, zweite Serie, und die ersten Bände der Magnum-Ausgabe.

1830   *Februar und November:* Er erleidet Schlaganfälle.

Er gibt seine Stelle als Clerk of Session auf.

»Tales of a Grandfather«, dritte Serie, »The History of Scotland«, Band II, und »Letters on Demonology and Witchcraft« werden veröffentlicht.

1831   *Mai:* Er erleidet einen anderen Anfall.

Er segelt auf H. M S. »Barham« nach Malta und Neapel, von Anne und Walter begleitet.

»Tales of a Grandfather«, vierte Serie, »Count Robert of Paris«, und »Castle Dangerous« werden veröffentlicht.

1832   *Mai:* Er verläßt Rom für Schottland.

Er hat einen erneuten Schlaganfall bei Nimeguen.

Juli: Er erreicht Abbotsford.

21. September: Sir Walter Scott stirbt in Abbotsford.

17950112R00231

Printed in Poland
by Amazon Fulfillment
Poland Sp. z o.o., Wrocław